新中国70年70部
长篇小说典藏

新中国70年70部
长篇小说典藏

日出东方

黄亚洲——著

天地出版社 | TIANDI PRESS

图书在版编目（CIP）数据

日出东方 / 黄亚洲著. —成都：天地出版社，2019.9
（2020年2月重印）
（新中国70年70部长篇小说典藏）
ISBN 978-7-5455-5161-7

Ⅰ. ①日… Ⅱ. ①黄… Ⅲ. ①长篇小说－中国－当代
Ⅳ. ①I247.5

中国版本图书馆CIP数据核字（2019）第172640号

RICHU DONGFANG
日出东方

出品人 杨 政
作 者 黄亚洲
责任编辑 杨永龙 马志侠 李建波
封面设计 刘 静
内文排版 尚上文化
责任印制 葛红梅

出版发行 天地出版社
（成都市槐树街2号 邮政编码：610014）
（北京市方庄芳群园3区3号 邮政编码：100078）
网 址 http://www.tiandiph.com
电子邮箱 tianditg@163.com
经 销 新华文轩出版传媒股份有限公司

印 刷 河北鹏润印刷有限公司
版 次 2019年9月第1版
印 次 2020年2月第2次印刷
开 本 680mm×960mm 1/16
印 张 44
字 数 532千字
定 价 88.00元
书 号 ISBN 978-7-5455-5161-7

咨询电话：（028）87734639（总编室）
购书热线：（010）67693207（营销中心）

本版图书凡印刷、装订错误，可及时向我社营销中心调换

出版说明

为庆祝中华人民共和国成立70周年，全面展现中华民族的文化创造能力和文学发展水平，深入揭示新中国70年来的伟大历程、辉煌成就和宝贵经验，激励人们为实现“两个一百年”奋斗目标、中华民族伟大复兴的中国梦而不懈奋斗，我们策划出版了这套“新中国70年70部长篇小说典藏”丛书。为将该丛书打造成思想精深、艺术精湛、制作精良的精品丛书，我们成立了丛书评审专家委员会，成员均为密切关注和深刻了解我国长篇小说创作动态的资深评论家。委员会从历史评价、专家意见和读者喜好等方面对新中国成立70年来众多优秀长篇小说进行综合评定，从中选出70部描写我国人民生活图景、展现我国社会全方位变革、反映社会现实和人民主体地位、弘扬社会主义核心价值观和讴歌中华民族伟大复兴中国梦的精品力作。这些作品，大多为曾获中宣部“五个一工程”奖、“茅盾文学奖”等重大国家级奖项的长篇小说，政治性、思想性和艺术性高度统一，代表了中国文坛70年间长篇小说创作发展的最高成就。

我们致力于“把提高作品的精神高度、文化内涵、艺术价值作为追求”的使命任务，通过这套丛书的出版，在讲好中国故事、传播中国声音、阐释中国精神、展现中国风貌的同时，倡导精品阅读，引领和推动未来的中国文学原创出版。

“新中国70年70部长篇小说典藏”
评审专家委员会名单

评审专家委员会主任：李敬泽

评审专家委员会委员（按姓氏笔画排序）：

丁　帆	白　烨	朱向前	吴义勤	何向阳
应　红	张　柠	张清华	陆文虎	陈思和
孟繁华	胡　平	南　帆	贺绍俊	梁鸿鹰
董保生	董俊山	谢有顺	臧永清	潘凯雄

项目统筹：吴保平　宋　强

第 1 章

入得暮春，雨水充沛，陈独秀便多梦了。

梦多而杂，伴鼾，有一次还罕见地淌了口水，蓝花枕巾糊了一块，硬是叫高君曼掐人中掐醒。

支撑着陈独秀梦境的那些圆木很坚壮，黝黑而粗粝，像他的个头，以至于相隔八十二年，他的梦境还没有坍塌，而被今人洞察。

圆木交叉着，顶端悬一口钟。钟什么形状，记不清了，他只感觉到是铜质的，音色如剑，有穿透力，龙华寺的法印和尚两年前对他说：尔命如钟。他一直弄不明白法印和尚指的是梵钟还是时钟。若说梵钟，他是不信的。若说是时钟，那就是一种流水的概念或者是历史的概念，大而无当的东西。陈独秀当时并未细问，同是安徽籍的法印和尚也未细剖。第二年陈独秀就受蔡元培之邀离沪北上，再也不去龙华踏青，当然也更不知道法印和尚在他任教北京大学三个月之后就圆寂了。

而他在 1919 年暮春的那些诡谲的梦境里，确乎是听见钟声的，一口小铜钟像是上岸的鱼一样不停地翻着肚皮，乱蹦乱颠。那是一种惊心动魄的声音。

梦里的天空是法兰西的天空，暗颜色。准确地说不是天空而是屋穹，一个大厅，其经纬点应是巴黎。

巴黎的凡尔赛宫华贵而压抑。由于梦境的缘故，陈独秀看不清大厅的边沿。一扇门他是看见了的。他没经过那扇橡木门就发觉自己已置身于大厅吊灯的昏黄色之中了。他伸出手指，触到了那扇门，他觉得这两扇门坚硬得不成道理。

门边站着的那两个戴圆形高帽的拉门人，他也看见了。他们长着与他一样的褐黄色的眼珠，胸前一排排的纽扣像黄金一样闪光。他还顺着两位拉门人的褐黄色的目光，看见了会议桌周遭的一大圈模模糊糊的人。这一圈人大多穿着黑色的燕尾服，一把把大剪刀挂在屁股上。他们走起路来，剪刀就无声地工作，把空气剪成碎片。会议厅里的空气一下子都叫这些剪子主宰了，这也是很不成道理的。

在听到铜铃声之前陈独秀先听见了剪子们的发言。发言很凶，残忍而又文质彬彬。但是这些出自枪管的声音很快就被一个女人的呼唤所取代了。

“独秀，醒醒，你醒醒！”他听出来了，这是君曼的声音。

接着就是人中被掐了一下。

已经日上三竿了，瓦楞上和院子里满是阳光。高君曼要陈独秀喝点大米粥，要给他擦个身子，他的白衫子上浸透了汗。

高君曼告诉他，昨天夜里学生寻上门来不少，说要拉起一个行动小组，响应陈先生对中国的“直接改造”，想听听先生的意见。

陈独秀没有听清夫人之言。空气沉闷而潮湿。太阳亮晃晃地停在他的额角上，他有点气喘。

陈独秀在这些令整个中国知识界都惊悸不安的日子里，不仅多梦，而且得了热伤风，热得厉害，每天早晨的衫子都是湿淋淋的。

陈独秀在喝了一大碗热粥后，眼皮子打架，继续回床上做他的梦。他累，不想说话。

高君曼说：“刮痧不顶用了，该给你拔拔火罐子了。”

陈独秀没有听见高君曼说的，而是继续听见了剪子们的话。那些乌黑的剪子每一把都闪着两条细细的白色的光。

有一把剪子从会议桌旁边站起来，用嚓嚓嚓的声音说："我大英帝国的海军当时均集中于地中海，东部不免空虚。再说，德军又对我施行潜艇战略，我们不能不请日本相助。我也知道，我们当时所允酬谢日本之价，未免昂贵，但是，既然有契约在前，总不能成为一页废纸吧？而今战胜了德国，日本以实力援助战事，实功不可没。而中国，虽为战胜国，毕竟，未对此次战争出一兵一卒。所以，现在，对中国山东胶州问题，本总理与美国总统和法国总理的意见相同，认为还是应该让日本国继承德国之权利。"

响了几下掌声，陈独秀听见了。美国人和法国人都鼓了掌。掌声里呆呆坐着五个中国人，既有北方的外交总长陆徵祥、驻美公使顾维钧，也有南方军政府的代表王正廷。呆呆的中国人听见掌声，脸色一齐涨红，如龙华寺的罗汉。

有个中国人拍了一下桌子，拍得不重。陈独秀从梦里坐过去，认识那人就是上海嘉定人氏顾维钧。

他听见顾维钧在喊叫。

"中国怎么是未出一兵一卒之战胜国？中国有十四万华工参加了这次世界大战，试问，哪个战场哪个角落没有我们中国人？"

"是穿军装的中国人吗？手里有枪吗？"有人说。

然后是笑声。大厅的回音使这些笑声听起来很厚实。

陈独秀又看见一把剪子从哄笑声中站起来。

"请允许我把草拟的《凡尔赛和约》的第156条念一下：德国将按照1898年3月6日与中国所订条约及关于山东省之其他文件，所获得之一切权利、所有权名义及特权，其中关于胶州领土、铁路、矿产及海底电线为尤要，放弃以与日本。诸位，听清楚了吗？"

陈独秀听见了上牙床与下牙床咬出的吱吱的声音，他听出来了，这一声音发自于中国的陆总长之嘴，有如夜鼠磨牙。

那剪子还在沙沙沙响："本条款还有如下内容：所有在青岛至济南铁路之德国权利，其所包含支路，连同无论何种附属财产、车站、工场，固定及行动机件，矿产，开矿所用之设备及材料，并一切附随之权利及特权，均为日本获得，并继续为其所有。"

另一位黑剪子又念："第158条，德国应将关于胶州领土内之民政、军政、财政、司法或其他各项档案、登记册、地图、证券及各种文件，无论存放何处，自本条约实行起三个月内移交日本。诸位同意否？"

陈独秀怒喊一声"放屁！"他觉得他此时不能不喊，但他用足了气力而声带却如棉絮一样没有共振。他的话，所有的剪子都没有听见。

那洋人又说："请陆徵祥阁下到桌前来验看一下条款内容。"陆徵祥呆坐不动。

陈独秀靠在橡木大门上，觉得腿脚有些麻木。他很丧气。这时候他又听见了两个高鼻子拉门人的对话。

一个说："就我记忆所及，中国人自从他们的唐朝宋朝以后，就没有站起来过。"

另一个说："就我记忆所及，他们中国人，自从他们的唐朝宋朝以后，就没有发出声音过。"

陈独秀以头触门。他此时悲愤已极。他觉得整个大门都被他撞坍了，他自己也头痛如裂。

"独秀，"又是君曼的声音，"你怎么了？你撞床档上了！"

陈独秀说："钟，打钟！"

他说这话的时候，眼睛陡地睁圆。

"那是座钟，都三点了！"

"那是巴黎的钟！"陈独秀翻身坐起，两眼如铃，铃上遍布血丝。“钟很响。君曼，我听出来了，那是用中国人的骨头敲的，是骨头，腿骨！”

妻子扶他坐正，说：“黑子、喜子都要吃冰糖葫芦，买吧？”

陈独秀瞪着鼻子前面的空气说：“噔噔噔，噔噔噔，你难道就没听见钟声？国内的南北和会，分赃！党派分赃！巴黎的和会，也是分赃，列强在分赃！我这人怎么这么该死？我怎么会说威尔逊是世界上第一个好人？‘美国大总统威尔逊屡次的演说，都是光明正大，可算得现在世界上第一个好人’。君曼，我得的是眼病吧？眼睛瞎了！北大学生跑到美国使馆门口喊‘威尔逊大总统万岁’，不就是我唆使的吗？”

“小心凉，披上褂子。”

“现在才听见钟声！什么公理战胜，强权失败！其实他威尔逊的十四条，没一条是给中国人想的！噔噔噔，噔噔噔，你听见没有？太可怕了，太可怕了，中国人还能不从被窝里爬起来吗？”

“汗那么多。”

“我的汗都是从泪腺里流出来的！天下最大的傻瓜就是陈独秀！我是陈独傻！”

“喝口茶，喝口茶。”

“把自来水笔给我拿过来。《每周评论》要出第二十期，我要敲钟了！要拿威尔逊的腿骨来敲钟，这条洋狗！”

“你躺下吧！你手都打抖，怎么握笔？”

“君曼，你是不是我老婆？！”

陈独秀说出这句咬牙切齿的话的时候，黑子和喜子就一起把小脑袋伸进门里嘻嘻笑起来，两口参差不齐的小白牙像两棒没有长全的玉米。

毛泽东无梦。

毛泽东一向睡眠很好。近三个月天天冷水晨浴，使得晚间睡眠更沉。无梦的毛泽东一天到晚听见铃声。他的圆口黑布鞋总是踩着铃声的有力的节奏走过操场，一路坑坑洼洼，走向教室。

手握小铜铃的老校工惊异于毛先生的精神健旺。昨夜毛先生寝室又聚集一帮长衫人物，凑着油灯谈巴黎，直至鸡鸣。毛先生送客关门的时候，他也披衣起身，看看学校大门闩紧没有。他心疼毛先生的身子骨，熬夜就是熬命。但是他知道毛先生睡眠很好，帐钩一松鼾声便起，清晨出门井水洗身之时，眼圈子从来没见青的。老校工摇着铜铃想，教历史的先生与教其他科目的先生毕竟不一样，若是一样了，中国的历史也就没这么精彩了。

长沙修业小学四年级的孩子一见二十六岁的历史教员出现在门口，就刷刷地起立，齐喊："先生好！"

喊毕，齐刷刷坐下，一阵风。

毛泽东把粉笔盒往讲桌上一放，忽然大声说："同学们，起立！"

孩子们迟迟疑疑起立。动作迟缓者都是怀疑自己听错了耳。"诸位同学，今天先生讲的课，是八国联军侵略中华。洋鬼子之所以一再打中国，就是欺侮我们中国人站不起来，腰杆不直。今天先生来讲这段历史，听课者还能坐得住吗？所以这堂课，先生愿意看见你们站着，你们愿意站着吗？"

"愿意！"满教室轰轰响。

有个男孩子雄赳赳说："先生，我能站在凳子上吗？"

"凳子，是给屁股坐的，但是这堂课，可以给鞋底子踩！"

大约有一半的男孩子呼啦啦站上了凳子，这么一站，中国的男人便伟岸了许多。

毛泽东说："个头是高了，可是还有不少腰杆子没挺直！"

话音未落，腰杆子一下子都全挺直了。

毛泽东环视教室，说：“像中国人了！”

他于是夹起半截白粉笔，在黑板上写下英、美、德、法、俄、日、意、奥八个字。刚写毕，便听得远处传来七八声枪响，不知道是在处决还是在吓唬。长沙城一年四季老闻枪声，也是见怪不怪了。“堂堂乎张，尧舜禹汤，一二三四，虎豹豺狼。”张敬尧兄弟总是喜欢把自己治理的三湘之地放在准星前头，他们开枪就像啪啪啪扇男人耳光或者啪啪啪打女人屁股，日日夜夜随意得很，这种暴政又何异于黑板上的那八个字。

毛泽东转过身，面对一屋子耸得像宝塔一样的孩子们，心里寻思：今天晚上新民学会开会的时候，要自觉地把巴黎的火药味同长沙的火药味融在一起研究。

他嘴里说出的话却是：“同学们，先生今天不讲八国联军了，讲什么呢？讲讲巴黎和会。这两桩事情，其实就是同一件事情，都是强盗之举。所以，同学们，你们不要坐下，你们依旧给我站着。淌鼻涕的，擤干了；有眼屎的，擦净了。你们都盯着先生看！若见先生讲得愤怒了，你们也可以跟先生一样，用脚跺凳子，跺砖地，因为你们今天长得跟先生一样高了，你们的跺脚会很有力。先生告诉你们，长沙一跺脚，巴黎的街道也会颤抖起来！”

陈独秀后脖子上的第四道紫红色的痧痕，是李大钊刮出来的。

碎瓷碗片在李大钊手中柔润如玉，使高君曼折服。陈独秀趴在床上，一缕夕阳在他的汗涔涔的黑背脊上涂了一层油膜。他说：“痛，痛。”

李大钊说：“那是寒气出肤之痛，忍着。”

陈独秀说：“蔡先生后来怎么讲的，守常，说下去。”

他是指蔡元培校长几个钟头前在西斋饭厅的一席话。李大钊

匆匆赶到箭杆胡同，就是来告诉陈独秀这番慷慨之言的。他知道陈独秀这些日子相当关注蔡校长的想法。一校之长在国家紧急之时的动静往往能成为火星子，点燃某一根导火索。

“我一点不怪蔡先生。”陈独秀又喘着气说，“汤尔和先是荐我上任，现在又轰我下台，蔡先生也是迫于无奈罢了。”

陈独秀被免文科学长已有二十几天了。对于此事，他一点也不怪蔡校长。顽固派对《新青年》围剿日甚，当校长的身处夹缝，采进两步退一步之策，也属情理之中。

“你轻一点。”陈独秀的声音闷在肥厚的枕头里，“守常，说下去。”

高君曼先是挤挤眼，后来又拉李大钊到门外，小声说：

“李先生，我知道怎么刮了，您是不是先走一步？不是我下逐客令，仲甫的急脾性，你是有数的。”

陈独秀在屋里听见个大概，拍床喊：“君曼你啰唆什么，快让李先生进来！”

李大钊对高君曼说：“君曼嫂子，你信不信，我给仲甫说两三句话，抵得上两三百道手上功夫哩！”

这是公元1919年5月2日黄昏，汗淋淋的陈独秀趴在蓝花儿枕头上，瞪大牛眼，听着蔡元培校长的悲愤之言。这些语言经过转述之后，依然滚烫如泪，能炙痛人心。蔡元培校长当时是说给参加《国民杂志》社例行社务会议的十余名各校学生听的。他说话的时候十根手指都在颤抖，以至于不能不握紧两只拳头。

“同学们，”他路过饭厅的时候，突然冲进来，模样踉跄。他当时说话的节奏也是踉跄不已。“失败了！我们失败了！晴天霹雳啊，我昨日一个晚上没有睡着啊，政府已经接到中国代表团来电，关于索还胶州租借的对日外交，已经失败了！”

学生们一起站了起来。

头发梳得光溜溜的北大校长语音哽咽：“同学们！政府的外交总长陆徵祥，已经快顶不住了！他在血盆大口的威胁之下，已经想把我们的山东献出去了！他已经电请政府同意在和约上签字了！同学们，同学们，你们都应该知道，胶州亡了，就是山东亡了！山东亡了，国家就不成其国家了！此时此刻，一个大学校长说这些话，心里悲愤啊！”

说到这里，蔡元培不由自主又一个踉跄，穿灰长衫的学生许德珩一把搀扶住他。

蔡元培又说：“昨日，我同外交委员会的汪委员长几个人，给陆徵祥外长打了一个十一字的电报！”

许德珩说：“同学们，电报稿在这里，我念一下，蔡校长的电报真是十一个字：公果敢签者，请公不必生还！听清楚了：不必生还！如果他陆徵祥敢卖山东，他什么时候回来就什么时候打死他！”

“不必生还！”七八个学生一齐挥拳击桌。

“打死他！打死他！”另一拨这样叫。

蔡元培说：“同学们呀，同学们！你们能想象得出，我们的政府会这般的软弱，这般的无能吗？他们一片又一片地向列强割我们国家的地，用割地的钱购来一批又一批的枪炮，再用枪炮镇压一省又一省的民众！你们是知道的，他们的枪口是对着百姓的，他们没有一杆枪口敢对着西方列强，敢对着小日本！同学们，你们都是国家的精英、民族的精英！政府不敢说的话，如今只有靠你们来说了！我作为校长，本来是千不该万不该呼吁你们离开书桌、走出教室的，但在国难当头之时，我只能痛心地请求你们大家放下书本，共图救亡大计了！你们可以写文章，可以打电报，可以向民众呼唤，唤起全国舆论，以阻止政府签约！同学们，山东在你们手里，中国在你们手里，你们要起来啊！”

好几个学生代表突然呜咽失声。

“我愿意以血唤起民众！”一个叫刘仁静的年轻学生两眼通红，突然像兔子一样蹦起来，“我愿意自焚！我愿意死在总统府大门口！”

蔡元培说：“同学们，我呼吁你们行动起来，不是要你们做出过于激烈的行为！你们千万不要同刺刀对抗！热血是你们身上最宝贵的东西，你们一定不要白白洒掉！只有你们保护好了自己，你们才有力量呼喊正义与良知！……你怎么了？”

蔡元培突然看见一个穿青布长衫的学生在咬自己的手指头。口子咬大了，鲜血满手。

那青年哭着，在自己摊开的笔记本上，写下淋淋漓漓两个字：“血拼！”

蔡元培后来知道那个叫夏秀峰的学生还不是北大的，是高工的。他当时只感觉到，一直留在他自己眼眶里的那粒不曾流下来的泪珠儿，不经意之间，已经变成一粒非常耀眼的火星儿了。中国的现代史后来证明，1919 年 5 月初的蔡元培对自己的判断是正确的。他在成为北大的一颗火星之后，北大立时成为全中国的一粒火星。

这两天，高君曼很有点火气。

现在，她两手叉腰，冲着院子说：“干吗呀？再怎么着，也得凑个时辰呀！”

进北京两年一个月，高君曼说话也溜了，半腔京片子。

喜子和黑子跪在炕上，凑着玻璃窗看院子，院子里昏昏花花的，挤满了长衫和眼镜。

干燥的 5 月 3 日之夜，星星眨眼，所有眼镜后面的眼珠也如眨眼之星。这个夜晚是非常时刻，空气中有导火索燃烧的吱吱之声。在这样的时刻，学生们不能不黑压压地聚集于北池子箭杆胡同九号，中国思想界巨人的声音对他们而言是非常重要的。

就在几个钟头之前，《国民杂志》社的社务会议做出一项决定，决定立即通告北京大学全体同学，于次日晚上七时在北大三院礼堂举行学生大会，并邀高师、工专、农专、法专等校代表一起参加，讨论应急行动步骤。

但是高君曼像个门神。从门隙中透出的灯光打在高君曼的挺拔的鼻梁上，她的黑黑的眼珠像白天一样闪着黑色的光。

“我知道，全知道。”高君曼尽量压着声音说，“我知道青岛要亡了，我知道山东要亡了，可我更知道这会儿陈先生病重，这会儿他烫得像块炭。同学们，他要这么劳累下去，他也得亡！”

“中国遭祸了，节骨眼上了，我们要听陈先生的声音！”学生邓中夏这样说。

又有同学说：“师母，陈先生是我们的旗帜！”

“他受风寒了，知道不？”高君曼说，“风大，旗帜不能老插着，知道不？你们今天晚上把这面旗帜收起来，抽屉里放一放，行不？”

学生们没有动弹的，黑压压的，沉默的。年轻人也很顽固。

高君曼气恨恨掩上门，就听屋里的陈独秀在说：“你良心坏了。”

“你胡说什么？”高君曼脸上挂不住了，她三步两步就跳进屋。她看见丈夫乖乖地趴着，光背脊上粘连着三只小小的火罐。

“我要出去！”陈独秀低声吼，像头受伤的狮子，“君曼你今天良心坏了！”

“你自己想想，你今儿腿脚硬不硬，你额头烫不烫，你能下床吗？”

“你今天是叫我受刑！”陈独秀的软绵绵的声音里始终有咆哮的味道。

高君曼不理他，顾自出门。

“你们的先生今天是病人，”高君曼对顽固的学生们这样说，试图以情动人，“病人啥都不图就图个安静，你们今儿饶了他好不好？你们要真关心你们的先生，能不能帮我走一走药渣儿，带带先生的病？”

年轻的长衫们沉默。

高君曼端过一只药罐子，抓起药渣，一把把地抖。药渣如同失去了光泽的星星，粘连成一条断断续续、模模糊糊的黑色银河，从台阶上一直蜿蜒到大门口。

学生们鱼贯而出。

布鞋底子上，皮鞋底子上，药渣发出脆裂的呻吟，在药渣的声音还没有结束的时候，随着一声大喝，房门开了。

陈独秀在门口昂首而立。屋内的灯光漏出来，把他的光溜溜的背脊打成斑马，而三只小火罐子依然颤颤地粘连在他的后背脊上。

“我知道你们为什么而来！”陈独秀把着急的妻子推到身后，“你们是为巴黎而来！我告诉你们，同学们，实际上，中国的外交不会断送于巴黎，而只会断送于沉默！”

陈独秀说到这里就把手舞起来，背脊上的小火罐随之颤动。

“你们要喊！诸位同学，你们要喊！陈先生今天喊不动了，你们，要喊！”

学生们齐声说：“知道了，陈先生！”

“明天，也就是5月4号，”陈独秀挥动拳头，“请大家看第二十期的《每周评论》，我在那上面有篇文章。什么公理，什么永久和平，什么威尔逊总统的十四条宣言，都是一文不值的空话！”

“空话！空话！”学生们喊。

高君曼想扶陈独秀进房，陈独秀又一把推开了她。咣当一声，一只火罐摔在地上。

“现在是到了直接解决的时候了！我一条喉咙，只能在纸上喊，而你们，你们喉咙多，你们要一齐喊，喊出声来！你们要喊得巴黎每一道街路都打摆子！中国不能没有声音！你们就是声带！中国只有你们是声带了！”

“我们会喊的，陈先生！”长衫们齐刷刷地喊，许多眼镜后面有泪光闪耀。

蔡元培听见了声音。声音使他心境复杂。

若是北大学子面对砧板和刀锋没有声音，他是着急的。他的“兼容并包”的办学方针以及聘任陈独秀之类的大胆之举，说到底，就是为了拓宽学子的声带。但是学生一旦热血上了脸，那就很可能不仅仅是涉及声带了。作为大学校长，他又不能不控制火候。

5 月 4 日午后，操场上不断传来口号，一阵狠似一阵。那是岩浆在涌动，而且离突破口不远了。蔡元培听得出来。

“还我青岛！保我主权！”

“取消《二十一条》！”

“国民判决国贼！”

“诛卖国贼曹、章、陆！”

蔡元培的左脚那只已经裂了一条细口子的黑皮鞋，踏在校长办公室的褪色地板上发出咯咯的声响，像母鸡下蛋后的声音。蔡元培忽然发现自己此时的心态也是母鸡的心态，他很怕身子底下的软和和的鸡蛋有任何一点碎裂。

他绕着写字桌，一步步走得很慢，怕惊醒什么似的。其实他明白，他怕惊醒的是自己心里的一个念头。这个念头是一道命令，命令他疯狂地跑下楼，在最后的一刹那，把学校的大铁门锁上。

他知道学生们要上街游行，地点很可能是天安门，甚至使馆区。他也知道政府听不得呐喊，政府对付学生自有一套包括刺刀在内的应对方案。

电话铃响起来。教育总长打来的，声音急促。

“学生是不是集合了？”

“有可能。”

“什么有可能，孑民兄，我电话里都听见学生的口号了，打雷一样。”

“天要打雷，总长阻得住吗？”

“阻不住也要阻呀，孑民兄！使学生勿生事端总是你我职责所在。”教育总长傅增湘声音高了几度。

“学生一腔爱国热情，怎么能叫事端呢？”蔡元培的倔脾气上来了。

“我告诉你一条消息，”傅增湘放低声音，“政府刚刚开完紧急会议，军队和警察都开始吹哨子了。”

蔡元培心里一紧。

“昨日夜间，北京大学千名学生聚会，大总统当夜就获知了。”

蔡元培仍然不吱声。窗户之外，闷雷似的口号声愈益激烈。

傅增湘在电话里说：“聚会地点就在法科礼堂，京城十三所中等以上学校均有代表参加，场面如此张扬，孑民兄你不会一无所闻吧？”

蔡元培当然知道昨夜发生于法科礼堂的那场风暴。他虽未身处风暴中心，但那种啸叫声他是听到的。鸡叫三遍时他还独处书房，瞪着窗外的夜空。他很为他的学生骄傲，他知道这场风暴是属于整个民族的。自鸦片战争以来的民族屈辱，终于选择了一个直接的爆发点。这爆发点没选择其他地方，恰恰选择了他治下的一群学生的嘴巴。

“同学们！同学们！同学们！”他不知道跳到台上这样喊的学生姓甚名谁。有人当夜就来激动地告诉他，这位戴眼镜的是文科的学生。“外交危急！国事危急！民族危急！我们要以死抗争！要血，我们有血！要命，我们有命！我们坚决不准政府签署卖国和约！中国的土地可以征服而不可以断送！中国的人民可以杀戮而不可以低头！我们要上街游行！我们要唤醒国人！在这民族沦亡时刻，我们北大的莘莘学子若再保持沉默，若不奋起抗争，我们也就像曹汝霖、章宗祥、陆宗舆一样，也是民族的罪人！”

有人还告诉他，一位姓谢的学生，大约是法科的，当场就裂断衣襟，啮破中指，血书“还我青岛”四个大字。

还有一个学生，叫刘仁静的，才十八岁，却更是热血灌顶，当场取出一把菜刀，寒光一闪，说要割颈，要以死激励国人抗争，四五个学生拼命抱住他，才夺下了那把菜刀。

会上发言的学生有许德珩，有张国焘，有丁肇青，然后是大会临时主席、法科学生廖书仑。这位临时主席慷慨激昂地宣布：“同学们，大会做出如下决定：第一，联合各界，一致抗争！第二，立即通电巴黎专使，坚决不在和约上签字！第三，通电全国各省市，定 5 月 7 日为国耻纪念日，举行群众游行示威活动！第四，定于 5 月 4 日，也就是明天，北京学生齐集天安门，举行学界大示威！”蔡元培之所以彻夜未眠，独坐至鸡鸣，就是他在脑海里一遍一遍地演映着这场风暴。风暴将他的心情席卷得很复杂。他知道这场风暴未来的去向是天安门，并且会撞上涂着皇家颜色的坚固的天安门城墙。

“此次聚会通过两个宣言，大总统也知道了。”傅增湘电话里又说，“警察总监吴炳湘在学生中布置了不少耳目，孑民兄这你也该是明白的。你知道宣言的事吗？”

这两个宣言的手抄件，此刻就摆在校长的写字桌上。一个是文言的，辞章厚重激烈，许德珩起草：

> 呜呼国民！我最亲爱最敬佩最有血性之同胞！我等含冤受辱，忍痛被垢于日本人之密约危条，以及朝夕祈祷之山东问题，青岛归还问题，今日已由五国共管，降而为中日直接交涉之提议矣。噩耗传来，天黯无色。夫和议正开，我等之所希冀所庆祝者，岂不曰世界中有正义、有人道、有公理，归还青岛，取消中日密约、军事协定，以及其他不平等之条约，公理也，即正义也。背公理而逞强权，将我之土地由五国共管，侪我于战败国如德、奥之列，非公理，非正义也。今又显然背弃山东问题，由我与日本直接交涉。夫日本，虎狼也，既能以一纸空文，窃掠我二十一条之美利，则我与之交涉，简言之，是断送耳，日亡青岛耳，是亡山东耳。夫山东北扼燕晋，南拱鄂宁，当京汉、津浦两路之冲，实南北之咽喉关键。山东亡，是中国亡矣！我国同胞处其大地，有此山河，岂能目睹此强暴之欺凌我、压迫我、奴隶我、牛马我，而不作万死一生之呼救乎？法之于亚鲁撒、劳连两州也，曰：“不得之，毋宁死。”朝鲜之谋独立也，曰：“不得之，毋宁死。”夫至于国家存亡、土地割裂、问题吃紧之时，而其民犹不能下一大决心，作最后之愤救者，则是二十世纪之贱种，无可语于人类者矣。我同胞有不忍于奴隶牛马之痛苦，极欲奔救之者乎？则开国民大会，露天演说，通电坚持，为今日之要着。至有甘心卖国，肆意通奸者，则最后之对付，手枪炸弹是赖矣。危机一发，幸共图之！

另一个是白话的，气势更如火山喷涌，罗家伦起草：

> 现在日本在万国和会要求并吞青岛、管理山东一切权利，就要成功了！他们的外交大胜利了！我们的外交大失败了！山东大势一去，就是破坏中国的领土！中国的领土破坏，中国就亡了！所以我们学界今天排队到各公使馆去要求各国出来维持公理，务望全国工商各界，一律起来设法开国民大会，外争主权，内除国贼，中国存亡，就在此一举了！今与全国同胞立两个信条道：
>
> 中国的土地可以征服而不可以断送！
>
> 中国的人民可以杀戮而不可以低头！
>
> 国亡了！同胞起来呀！

“宣言宣言，当然可以，”教育总长在电话里的声气又大起来，“然而聚众天安门，甚至于去外交使团所在地滋事，此举便是大险招啊，如若真个招致鲜血涂地，则于学生，于教育界，于国家，都不是好事啊。孑民兄，你也是当过教育总长的，我刚才在紧急会议上挨了警察总监吴炳湘一顿训，又挨了警备司令段芝贵一顿训，钱总理也翻了我好几个白眼。我是感到了压力的，压力很大啊。此事你一定要帮帮忙，既是帮我，也是帮你自己啊！你我官位不保事小，学生鲜血横流事大啊！”

这最后一句话，很有些求告之意了。蔡元培当过教育总长，知道总长也是个不好当的差使，但是从傅增湘这句话中，他也明显地听出了某种虚伪。傅增湘还是很看重总长这个位置的。然而话虽虚伪，“鲜血”二字，却也如两下重锤，敲在蔡元培的心坎上。

他彻夜难眠，就是怕这两个字。这两个字只能涌动在他的学生的心头，而不能流淌在他的学生的脸上。

蔡元培冲着电话这样说："总长先生，元培愿如实禀告，如今国难当头，北大学生无法安坐于教室之中，拳拳爱国之心，确殊难得，元培实在不忍心阻拦学生！"

蔡元培停顿了一下。从隐隐约约的口号声分析，学生游行队伍已集合完毕了。

"对政府的干预，元培当然也有担心。"蔡元培继续大声说，"作为校长，元培又何尝不想千方百计保护学生？我不忍看到学生流血，更不忍看到学生牺牲，可是也不能出于此种担心，而闷住我们学生的救国呼声！"

电话啪地搁上。

蔡元培的嘴唇和电话线抖得一样厉害。

片刻之后，他拔腿冲出了校长室。

蔡元培跑到学校大门口的时候，气喘得厉害。

管门的老校工说："校长，喝口水？"

蔡元培手一指，说："拉上。"

老校工立马明白了校长的意思。管门的其实早就为"开关"二字忐忑不安了。锈迹斑斑的铁门叽叽嘎嘎响，两个校工一齐推。"快点！快点！"校长说。

口号声越来越清晰，蔡元培知道学生队伍已经开始起步了。

铁门拉紧，老门卫双手捧出一把看起来很怕人的大锁。

"蔡校长，在下还有大锁一把。"

"锁！锁上！"校长说。

老门卫合起双掌，蹲个马步，以一种夸张的身姿，吧嗒一声合了锁。

蔡元培听着锁响，心里踏实了一些。

口号声如海涛般轰响，游行队伍已经临近大门了。放眼望去，队伍花花白白一片，真如涌动的海浪。因为许多旗帜都是撕破了白床单做成的，取其意为卖国贼曹、章、陆出丧，这也是昨日法科礼堂大会的倡议之一。

“取下！”蔡元培忽然手指大锁，“快取下！”

老门卫愣住了，听不懂校长的意思。

“取下锁，听明白了吗？取下这把锁！”

听明白了，老门卫马上取出长柄铜钥匙，慌慌忙忙开启了大锁，两个门卫一齐动手，推开大铁门。

蔡元培顿脚说：“谁叫你们开门了？”

两人又一齐呆住。

蔡元培说：“锁，拿掉！门，关上！”

铁门复又叽叽嘎嘎拉拢。

浩浩荡荡的学生游行队伍现在逼近了大门，白色旗号此起彼落，吼声如潮。

“还我青岛！”

“取消《二十一条》！”

“民贼不容存，诛夷曹、章、陆！”

大铁门。黑色栅栏。

队伍被迫停下了。

走在头里的许德珩一声喝“开门”，游行总指挥傅斯年把手像刀一样一劈，几个学生便冲了上去，协力一拨拉，紧闭的大铁门便立即洞开。

游行队伍拥出大门，如洪流出闸，奔腾浩荡。

蔡元培避在门卫房内，表情呆然地听着轰然涌动的脚步声和口号声。

“校长做得很好。”有人在他背后字正腔圆地说。

蔡元培回头，见是李大钊。

图书馆主任李大钊身着黑色长衫，其目光透过圆圆的眼镜，格外深沉。他就这么深沉地瞧着自己的校长。

“门是将关未关，锁是将锁未锁。”李大钊说，“若天下之领导者均以此种立场对待民意，则天下有救了。”

蔡元培心里复杂，不吱声。

李大钊又说：“北大为有蔡校长而自豪。”

蔡元培叹一声，说：“唯守常知我最深啊。”

他看窗外。

窗外犹如巨涛，继续呼啸出校。

午后已过一时，新华门内总统府的宴厅里，还是酒香扑鼻，未有散席之意。

大总统徐世昌兴致很高。他今天宴请刚由日本归国的驻日公使章宗祥。应邀作陪者是国务总理钱能训、交通总长曹汝霖、中华汇业银行总理陆宗舆。

徐世昌想，眼下外交乏力，民众怨愤，时局艰危，若是几位重臣再不抚慰一番，几乎就没有人再说政府好话了。

他再次端起酒杯，侧脸对章宗祥说：“尔出使日本，多有操劳，不仅大大改善中日关系，还为本政府谋取了新贷款之允诺，殊为不易。”

一名卫士出现在宴厅门口，神色慌张，与站在门口的一位侍卫官耳语：“队伍三千，已经到了天安门！”

侍卫官说：“知道了。”

卫士问：“要不要禀报总统？”

侍卫官摇头：“不必。”

徐世昌眼望众人，说：“望诸位务以国家为重，勿听流言，照常供职，共济艰难！来来，举杯！”

卫士又来耳报："学生要去东交民巷滋事！教育部次长在天安门当场劝阻。学生说，'我们今天的行动，教育部管不了！'"

侍卫官说："步军统领李长泰不是去了吗？警察总监吴炳湘不是也去了吗？"

卫士说："他们也阻止了，可是学生人多，一喊打倒卖国贼，便堵不住了！"

侍卫官无法，便向徐世昌走去，轻声向大总统说了几句。

徐世昌重重放下酒杯，对总理钱能训说："再打电话给吴总监，令其妥速解散，不许去东交民巷！"

曹汝霖脸色一变，帮腔说："总统说得对，宁可十年不要学校，不可一日容此学风！"

钱能训斜眼盯着曹汝霖，说："学生群情激愤，难以控制。若是东交民巷去不了，会不会殃及其他，恐宜早作预谋。"

曹汝霖心头一惊又一慌，心里想：这个钱能训，不仅能训，且能猜，把我多日的担心给点破了。他赶紧站起来，说："总统慢用，诸位慢用，我还是先回家吧。"曹汝霖回家了，像只专门扑火的飞蛾。

从"火烧赵家楼"现场急忙奔逃出来的瞿秋白，在胡同拐弯处，差点撞在杨昌济和杨开慧父女身上。

人没有撞上，眼镜却由于脚步的骤止而掉落在地。瞿秋白慌忙捡起眼镜，对姑娘说："对不起，警察追我，能不能让我也搀扶一下令尊大人？"

还没等杨开慧表态，病体虚弱的杨昌济便一把挽上了瞿秋白。他发现这位学生的手心都是汗，且很冷。教授关注着时局，这位学生为何气喘吁吁，他心里早已明白了八九分。

两个警察脚步踏踏地拐过胡同，见着老人就嚷嚷着问那个纵火的学生往哪边逃了。他们如此心浮气躁，以至没发现那个毕恭毕敬搀扶着老人的竭力控制着自己呼吸的年轻人，就是他们的猎物。杨教授嗅嗅鼻子，空气中确实有股淡淡的烟味。不远处就是赵家楼胡同，看来年轻的中国人确实在那里放了一把火。

杨开慧朝后一指，两个警察就跑了，像腿脚细长的猎狗一样。

瞿秋白松开手，说："谢谢了，老伯。"

杨教授问："你烧了曹汝霖的房子？"

瞿秋白一时不知怎么回答。火其实不是他放的。他随北大学生的人流冲进曹宅之后，一起打了玻璃门窗，砸了花瓶衣镜。大家愤怒异常，他也愤怒异常。

三千北大学生和各校学生先是天安门受阻，然后又是东交民巷受阻，呼吁救国却受国家打压，其悲愤之情可想而知。愤激之下，才有去卖国贼家惩罚卖国贼之举。

瞿秋白打砸一阵，汗流浃背，此时他看见一个冲到四合院北房的学生取出了洋铁扁壶，低喊一声"放火"，便从中倾倒出了煤油。煤油是倾倒在一块褐黄色的地毯上的。那块地毯被拉起来，架上了方桌。他后来知道那个放火者叫匡互生，好像是北京高等师范的。火焰蹿起来之后，雀跃不已的瞿秋白举着一块带火的木板，又在两三处引了一下，让火焰更大一些。等到李长泰和吴炳湘带着大批警察扑到曹宅的时候，东院的一排西式房屋已被烧得差不多了。但见烈焰冲天，学生四逃，挤在胡同口的观看者不计其数。

曹汝霖被人从藏匿的卧房箱子中扶出来，铁青着脸接受警察总监吴炳湘的道歉这一场面，瞿秋白是不曾见到的。他当时已跑出好远，穿过马路了。

瞿秋白觉得自己打从求学之后还从来没有跑得这么快过。

他现在喘气已经平和，他急急说："老伯，不是我放的火。"

他鞠一躬，转身就想走。

“你是北大的？”杨教授追问一句。

“不是，”瞿秋白边跑边说，“我是俄专的。”

杨开慧在陪着父亲踽踽走入胡同口一间标有“张公医寓”的四合院之后，还一直注意着升起在半空的那团黑烟。她趴着身子，凑着西院的木窗，盯视着乱纷纷的街道。

“爸爸，”杨开慧说，“抓了好多学生呢！”

学生被推得跌跌撞撞，他们的青布长衫或者黑布长衫的后面都像风帆一样鼓了起来，那是由于警察的撕揪。警察此时的手掌皆如鹰爪。

“爸爸，”杨开慧再一次说，“有好几十个学生被抓呢。”

事后据报载，在“火烧赵家楼”一案中被捕学生三十二名，其中北大二十名，许德珩亦在其中。另有高师八名，工业学校二名，中国大学一名，汇文大学一名。

杨昌济坐于老中医桌前，盯视着眼前的一炷清香，始终不言语，脸色很沉。

老中医愕然抬脸：“杨老先生今日脉相有异，过浮过急。”

杨开慧说：“大夫，警察抓人，我爸爸一路生气，心没法静下来。今日不搭脉只抓药行不行？”

大夫取过一支羊毫，开始开方子。

杨开慧走近父亲，小声说：“我担心润之。”

杨教授也担心着毛润之。毛润之是他最喜欢的学生。

杨开慧说：“润之若在北京，这把火里，也少不了他。”

杨教授心想，润之在长沙，长沙的闹腾气势也不见得会比京城弱。这个学生的血气，他是有数的。

“爸爸，”杨开慧说，“长沙城里，没什么好烧的吧？”

杨昌济知道女儿担心着毛泽东，但是他还是想说实话，于是说:“整个中国，可烧之物实在太多了，何况长沙！”女儿果然沉默了。

门砰地推开，几个油头汗脑的警察探进头来。

还没等惊愕的老中医开口，杨昌济忽然以杖击地，怒不可遏:“滚出去！医家私宅，岂是你们可以随便闯进来的？！”

一怒之下，忽然便有痰上涌，咳嗽激烈，上气不接下气。这一阵大咳，警察倒是吓走了，然急得杨开慧一直捶背不止。

京城五月，天越来越见闷热。

陈独秀伤风过后，每日都起得很早。他蹲在院子里，一边刷牙一边对妻子说:“看见没有，不是我热伤风了，是北京城热伤风了。北京这场病生得好啊！”

陈独秀几乎每天都在箭杆胡同家中或是在骡马市大街米市胡同会见学生。《每周评论》的发行所就在米市胡同。这些天，许多学生都像朝圣一样聆听着陈独秀的教诲。

时局发展非常迅速。

5日，北京各大专院校学生代表开会议决，即日起一体罢课。6日，北京中等以上学校成立学联。9日，蔡元培自辞北大校长，离京南下。11日，北京各校教职员联合会成立，左右为难的教育总长傅增湘也于这一天继蔡元培之后离职出走。19日，北京两万一千余名学生实现了总罢课。同时，各校的讲演团在京城、京郊、列车上乃至全国各地，开始了大规模的宣传，控诉政府的卖国以及军警的残暴。

陈独秀一边用热水洗脸一边对妻子说:“现在还是强盗世界，是公理不敌强权的时代。对外，要实行民族自卫主义，哪怕引起无人道的战争，也在所不惜。”

妻子说："别提战争，我怕。黑子、喜子也怕。"

陈独秀坚持说："我在《每周评论》第二十一期上已经作了这般呼吁。还有，君曼，对内，我们一定要实行平民征服政府！政府腐败无能，非用民意强按牛头喝水不可！"

妻子说："你们这些教授哪，又拿政府薪水，又要征服政府，你们哪！"

晚上，陈独秀从米市胡同回到家，进门就说："君曼，早上一句话叫你说对了。我既看透了人家，又不得不拿人家薪水养家，中国的教授哪，苦水皆在于此啊！"

陈独秀后来又想着妻子的这句简单的话，两个时辰都没有睡着。

在长沙的毛泽东却睡得很死。

5 月 22 日深夜时分，毛泽东寝房窗上连响三遍鸡啄之声，他都没有听见。这些天他很累，眼皮也有些肿。

也许是 7 日那天冒雨参加长沙各校学生的"五七"国耻纪念大游行，又水淋淋地与张敬尧的兵打斗了一番，毛泽东这几天的梦中老是有水。

他在水里看见了一条游鱼。鱼很奇怪，黑红两色，背为黑，黑如墨，肚见红，红得鲜艳，伏在水中，一动不动，直视着毛泽东。毛泽东奇怪，浅浅溪水，何来这么肥的鱼，且色泽又这么鲜亮怪异？待伸手去碰，那鱼尾一甩，却一下没了。

就在这时，他听见了敲窗玻璃之声。

毛泽东撩开打着许多补丁的破蚊帐，探出头来听，随后便下床趿上拖鞋，推窗。

他看见了月光下的一张陌生面孔：一个青年。

毛泽东说："有门在，何必敲窗？"

青年答：“我没有门钥匙，只得敲窗。”

说着，便有一封信函递进窗子。

毛泽东接过信，急忙点亮煤油灯，一看，笑了：“李大钊先生的信！这信还不是钥匙吗？快进来！”

他知道来者名叫邓中夏，北大学生，也是新成立的北京学联的总务干事。

邓中夏说：“事情紧急，就请允许我翻窗吧。”

毛泽东启窗，笑着拉了他一把，邓中夏便如燕子似的落了地。

煤油灯一直亮到鸡叫。毛泽东知道了北京风暴的剧烈程度。他有些不满意长沙了，长沙的水还没有达到沸点。

毛泽东踩着鸡叫声，连夜找到了新民学会会员蒋竹如，又邀来陈书农、张国基，于月光下商议如何响应北京的学生运动。两天之后，各校代表二十余人便齐集楚怡小学聚会，毛泽东向大家介绍了半夜敲窗的邓中夏。一个小时之后，会议就做出了这样的决定：成立新的湖南学生联合会，同时决定立即发动学生总罢课，向北京政府提出拒绝《巴黎和约》、废除一切不平等条约等六项要求。

毛泽东专门请邓中夏在南门喝了姜盐黄豆芝麻茶，另加两只白糖芦叶粽。他笑眯眯对邓中夏说：“你来敲窗之时，我正梦见溪涧之中有一大鱼，黑红两色。现在知道了，它就是专门从京城游来的大鱼，红者，是学生反抗之火；黑者，是政府镇压之鞭。要感谢你带来北京的消息，你把我们湘江的水搅活了！”

邓中夏嚼着家乡粽子，嚷嚷说：“我还能是鱼？鱼放在砧板上都不发一言，我这个月可是咽喉都喊哑三回了！润之兄，中国人应当永远结束做鱼的日子了！”

毛泽东举起白瓷茶盅说：“为你对鱼的见解、对声音的见解，碰一杯！”

二十天之后，毛泽东为湖南学联创办了《湘江评论》，他写的发刊词为湖南大发其声："时机到了！世界的大潮卷得更急了！洞庭湖的闸门动了，且开了！浩浩荡荡的新思潮业已奔腾澎湃于湘江两岸了！顺他的生，逆他的死。如何承受他？如何传播他？如何研究他？如何施行他？这是我们全体湘人最切最要的大问题，即是'湘江'出世最切最要的大任务！"

所有不出声的鱼儿，因湘江之潮而一齐怒吼了。

而6月7日、8日、9日这三天里的陈独秀，由于连续在家宅里做狮吼状，已多次吓着了七岁的黑子和六岁的喜子。

陈独秀跺着卧房里的干裂的地板，连声喊："无耻！无耻！天下再没有这般更无耻的了！"

如若他真是狮子的话，脖子周围的鬓毛该是根根直竖的了。

高君曼冲进房门说："别吓着孩子，喜子都哭了！"

陈独秀安静下来，从地上捡起摔坏的钢笔。隔壁喜子的呜咽声和屋外零星的枪声，均清晰可闻。

自总统徐世昌下令撤换镇压不力的步军统领李长泰、号称"屠夫"的王怀庆继任之后，北京城大开杀戒，由警棍殴打变为马队冲撞，变为开枪示警，凶猛异常。6月3日，学生被捕者已达一百七十余人，大多是北大的。4日，又捕学生七百余人。北河沿法科校舍作为临时监狱，此处爆棚之后，马神庙理科校舍也被当作了临时监狱。

京城之开杀戒震惊全国，上海学联驰电全国："政府摧残士气，惨无人道，一至于此！同属国民，宁忍坐视？务乞主持公理，速起援救，性命呼吸，刻不容缓！"

6月5日，黄浦江畔汽笛大作。

上海实现了学生罢课、工人罢工、商人罢市的三罢斗争。声势浩大的政治罢工，标志着中国工人阶级首次以独立的姿态登上了政治舞台。

然而京城的王怀庆是永远不管上海如何全国如何的，他继续为大总统徐世昌及幕后的段祺瑞尽屠夫之责，对学生毫不手软，两人夹一个，三人拖一个，如牲口一般尽往临时监狱里圈。

陈独秀第一次感到了笔力的软弱，他这两天已经摔坏了三支钢笔，文章确实是不能再写下去了。

“卑鄙之尤！无耻之极！”陈独秀跺地不止，“不再做更大的直接行动怎么行呢？我也要直接行动了！”

高君曼说：“你别吓着孩子。”

陈独秀吼：“吓着中国孩子的，不是我，是他徐世昌！是他段祺瑞！”

登门造访的李大钊与胡适走进屋子，闻得此言，异口同声说：“对，对！”

“守常，适之，他们都是长了眼的，你们看见没有？这些军阀，谁演说就抓谁，监狱关不下就在北大关帐篷，真是暗无天日！惨痛，惨痛！上海的朋友一天三只电报，叫我南下，叫我躲一躲，我躲什么？我不想活了！我是盼望政府早日将我下监，处死了更好！这种毒气弥漫的社会，我不想再呼吸它了！”

胡适说：“仲甫兄，安静一些。你看你真的把黑子、喜子都吓哭了呢。君曼嫂子，你还是去照管孩子。仲甫，依我看，下期《每周评论》上，我们再以笔作炮，轰它几响。”

陈独秀说：“现在写文章，还能发表在刊物上？如今在北京，刊物已不成其为大炮，满街墙垣倒是壁垒！两位看看，看看，我这篇文章，是要直接发表在墙头上的！”

陈独秀指着桌上的一页纸。

李大钊拿起稿笺，看见标题是《北京市民宣言》，不由一愣："仲甫，你写的是传单？"

陈独秀取回稿笺，直视胡适："适之，我要你帮忙，译成英文，我要送东交民巷！中文的，我要贴遍北京街头，撒向全体民众！"

两位同事还没有闹明白，高君曼的脸首先白了："独秀，你真是吃了豹子胆了！你怎么能跟学生一样去撒传单？你听听，从昨天到今朝，枪声都没停过！"

胡适说："仲甫之心境，我理解。我一路而来，见大街上还有洋龙在冲洗血迹，便心如刀绞。可是话说转来，抛撒传单之举，非大学教授所为，仲甫兄实在不值得冒险。守常，你说呢？"

李大钊说："官逼民反，民不得不反。我倒是赞佩仲甫之激情。"

高君曼差点要哭出来："李先生，你千万别往独秀的灶膛里添柴火！"

李大钊说："当然，是不是要亲自上街，倒可商榷。"

砰，一拳打在桌上。

陈独秀鼓成牛眼睛："眼下都是什么时候了？鲜血流在大街上，学生关在牢房里，我们这些做教授的还能风雨不动安如山？适之，你是我安徽老乡，皖地多豪杰，你今天说一句话，敢不敢给我翻译？"

一纸稿笺，再次递在胡适面前。

"这个……仲甫的意思是……"

"不叫你上街，只请你翻译！"

"我译，我译。"

"你呢，守常？"陈独秀转个方向，双目如炬，"我是要叫你上街的！跟我一起上街！你刚才不是说赞佩我今日之激情吗？那么我就要拖你直接行动去！我今天夜里就去印刷厂把'宣言'印

出来，你明天跟不跟我上街去撒？撒呀，撒呀，如六月雪一样地满街飞舞！让他徐世昌段祺瑞听个明白，这就是北京市民的声音！——你去不去？”

高君曼哀求地说：“李先生！”

她很想让李大钊说出另一番话，李大钊心里明白，但嘴里只含笑，看着高君曼。

高君曼要哭了：“李先生，求你别理睬独秀！他这几年越来越固执！你想想，他两个儿子延年和乔年在上海读书，他一个月生活费只寄五块光洋，多少人来说了，延年和乔年面黄肌瘦，饿了，啃大饼；渴了，喝自来水。独秀怎么说？他说这是锻炼！虽然延年和乔年是我姐姐生的，可是我总是他们的亲姨妈呀，我看了也心疼呀！他独秀呢，就是固执，我半句话他都听不进去……”

“住口！”陈独秀拍桌案，“君曼，你有完没完？”

李大钊从陈独秀手里接过《北京市民宣言》，说：“君曼嫂子，仲甫有些事的做法是可以商榷，但是他做《北京市民宣言》这件事，字字情真意切，句句如火似雷，我倒以为没有做错。君曼嫂子，你听听：对于政府提出最后最低之要求如下：第一，对国外交，不抛弃山东省经济上之权利，并取消民国四年、七年两次密约！第二，免除徐树铮、曹汝霖、陆宗舆、章宗祥、段芝贵、王怀庆六人官职，并驱逐出京！第三……”

高君曼双手捂住耳朵，说：“都疯了！都疯了！几个教授上街撒传单，学生就能得救了？”

李大钊说：“君曼嫂子，当初你跟仲甫毅然结伴离开安徽老家，双双出走，不也是吃了豹子胆的吗？”

“那种胆大，不过是听几顿骂声！现在这种胆大，是要出人命的呀！”高君曼急得额上冒汗。

陈独秀又喝一声："妇人之见！"

李大钊说："仲甫，我有一句话说。来，出门说。"

"就这里说！"

"出门说，"李大钊拖他，"出门说。"

院子里星光闪烁。李大钊一出门便对陈独秀说："嫂夫人所言，还是有几分道理的。"

"有几分？有几分？是话都有三分理，能听哪个的？守常，你说一句，你到底赞不赞成直接行动？"

"呼吁强权者开明的做法，多少有点幼稚。仲甫，真正的斗争在于革命，我们要多注意俄式革命！"

"你又是俄式革命！今天别俄式了好不好？守常，这是中国，这是北京！"

"仲甫，我正在写《我的马克思主义观》，我打算为《新青年》出一期马克思主义专号。我这些天来想得最多的一个问题是，若是高举德先生、赛先生大旗的陈独秀先生，能够在旗帜上端端正正写上马克思主义五个大字，我相信中国之天下，马上就会有另外一番气象了！"

说完这番话，李大钊便热热切切地凝望着陈独秀，他盼望自己的这番话能使对方有所触动。

陈独秀的脸庞依旧黝黑如岩。星光底下，他的眼睛烁烁发亮。

"我还是这个主张：先莫框入什么主义！"他有些着恼，"中国之首务，乃革命。凡有助于在中国实现民主和科学者，实现新时代新社会者，《新青年》都应鼓掌而纳之。"

"仲甫之所谓新时代新社会，究竟是什么样的社会？"李大钊不依不饶。

"很清楚，理想的新时代新社会，应是诚实的、进步的、积极的、自由的、平等的、创造的、美的、善的、和平的、相爱互助的、劳动而愉快的、全社会幸福的这样一种社会！我希望那种虚伪的、保守的、消极的、束缚的、阶级的、因袭的、丑的、恶的、战争的、倾轧不安的、懒惰而烦闷的、唯有少数人幸福的现象，渐渐减少，乃至于消灭！”

“美好！相当美好！相信国人皆会拍掌而欢迎。”李大钊点首，随之话锋一转，“然而幸福社会，究竟要怎么一步步去获取？直接行动，我赞成。但究竟如何行动？这里，必有一个明确的主义问题。”

“我们两人别再啰唆！言不如行，明日撒传单，我是去定了，你到底去不去？”

“仲甫！”

“一句话，去不去？”

陈独秀一边狠狠逼问，一边抬起头来，出神地盯视着夜空。

他听见了远处传来的隐隐约约的钟声，不知是教堂的钟声还是自己的幻觉。

尔命如钟。他当然想起从法印和尚嘴中缓缓吐出的这四个字了。召唤的力量，有时候，实在是至高无上的。

“俄式革命是动刀动枪的。你开口闭口俄式革命，连上街撒个传单都不能去？”陈独秀狠跺一脚。

“好吧，我们都去。”李大钊说。

话音未落，屋内忽然就传出了尖厉的哭声，高君曼实在忍不住了。

第 2 章

李大钊盘腿坐在床上，没有就寝的意思。

“睡吧，”赵纫兰推门说，“葆华和星华都睡着了。”

李大钊揉揉两撇黑胡子，深深舒一口气。

“怎么了？”妻子问。

在陈独秀连夜赶到北大讲义印刷所印传单的时候，李大钊不能不为第二天的“直接行动”思量再三。

夜风吹过深长的后闸胡同，树叶发出水一样的声音，一只猫跳过瓦楞子，碰得屋顶窸窸窣窣响。

赵纫兰其实知道丈夫在思虑着什么。

“睡吧。”李大钊说。

他睡到半夜的时候，睁开了眼睛。他看见妻子不在身边，而在门外。门外的妻子低垂着脸，双手合十，悄声念叨着什么。

李大钊披衣出门，悄声问：“你什么时候信菩萨了？”

“真的不会被警察抓住吗？”

“我被抓，倒也罢；仲甫被抓，后果就严重了。纫兰，你应当知道，仲甫对于我们国家，影响实在太大了。”

清冷的月光使李大钊的脸白了一些。

李大钊又说：“仲甫这人，若是明确加盟马克思主义，其影响将无可估量，中国的青年就有望了，中国就有望了。”

“你同陈先生明天撒了传单都能安全回家，我同君曼嫂子就都有望了。”妻子这样说。

李大钊一呆，笑了起来："这倒是大实话。去睡吧，别信菩萨了，世上本无菩萨。"

李大钊后半夜又睡着了，而赵纫兰依旧睡不着。

要出事。这个念头总是挥之不去。

陈独秀一点没想着会出事。他6月11日的血管一整天流淌的都是炸药。

川菜馆子浣花春的口味一直很重，陈独秀却一点不觉得香辣，嘴巴一抹，趁着黑，就拉着高一涵上新世界游乐场去。

昨日晚上，他也是拉的这位北大教员，在嵩祝寺边上的讲义印刷所忙活到后半夜。他提回了两捆油墨很香的传单。语句铿锵的《北京市民宣言》印在一页纸上，上半页中文竖排，下半页英文横排，字迹十分清晰。一清早，李大钊就来敲门取走一些，赶回后闸胡同一带散发，还说要贴到附近警察署墙上去。胡适也来取走十数张，说要贴到他的家居附近去，他有美国胶水，墙上一点便可粘贴上一张。陈独秀不肯平分传单，把大多数《北京市民宣言》都塞在自己的两肋间，一套白色西装为之撑得鼓鼓胀胀的。"你们不要劝我，"他对他们说，"我造的炸弹，我岂能不多甩几颗？十五年前我天天跟杨笃生他们试验炸弹，一心暗杀慈禧，偏偏一直没机会扔炸弹。今日造了这么许多，还能不甩个爽快？"

陈独秀之所以要去新世界，是琢磨那里人多。人多便好办事。进门一瞧，果然楼上楼下的琴声灯影里皆是长衫短褂。剧场、书场、台球场，没一个地方不满的。

点心摊主见着他上楼就乐呵呵吆喝："杏仁茶豆腐脑哎！"

国难当头，竟然还有这么多老少男女在这里寻开心，陈独秀心头很有些愤然，仔细一想，也想明白了，唯其麻木，才该有一盆冷水当头浇下去。

若要当头浇，就该上高处。陈独秀扯了一把高一涵，两人便穿过一堵小门直往楼顶走。因为他已经看见游乐场二楼平台上正在放一部露天电影，黑压压一片人头，若是天女散花一般飘下文字炸弹，那便顿收炸锅之效，情景该是很动人的。

他紧一紧西装，慢慢往楼梯上走。高一涵很为陈独秀担心，因为陈独秀的步姿总有一种大肚罗汉模样。他人不胖，一套白色西装也很合身，但夹带一多，人形就不能不臃肿，一臃肿，就容易惹人注目。高一涵想分些传单，陈独秀硬是不肯。其实，陈独秀自己也知道，北京这几日鹰犬遍布，凡是人多的地方都有鬼鬼祟祟之眼，但是陈独秀血管里滚的是炸药，是使命在身之人。使命在身之人，是顾不着许多的。大不了去监房！陈独秀恨恨地想，监房又怎么的？与学生关在一起，还能心安一点！这个国家，本身就是个大监狱。四周不是眼睛就是棍棒，空气恶浊透了！

屋顶花园是个平台，有电杆而无电灯，漆黑一片。探头下望，只听电影放得热闹。电影本身是无声的，一班锣鼓手一到紧要关头，便一齐嘭锵嘭锵起来，营造紧张气氛。陈独秀端详一番，猜出那电影是《黑籍冤魂》，讲大户人家吸食鸦片而家破人亡之事，他上个月看过。

看人家抽鸦片容易，自己吸入了大烟都还不自知呢，这帮子浑浑噩噩的人呵！陈独秀一边这样想着，一边就抽出肋间传单。

他探出半个身子，猛地一挥。

“尔命如钟！”他说。

传单果然如大朵的雪花飘飞，夜空里白花花一片。在这种翻飞之中，确乎有当当当的钟声响起。

这种壮景，陈独秀也看呆了。他随后便听见有人惊呼，有凳子摔倒的声音，锣鼓班一时停了敲打。

“好！”陈独秀说，又猛挥一次手，“再来一场六月雪！”

又是一场六月雪，下面的嚷嚷声更响了。

他没有听见高一涵在楼梯口拍掌示警，等他听见时，已经晚了，黑暗中突然出现的几双粗壮臂膀扭住了他。

“混账东西，果然来了！”陈独秀一边怒骂一边拼命挣扎，“放手！放手！”

一个胖警察伸手插入陈独秀的西装，掏出一沓传单。

“你还嘴硬？《北京市民宣言》，宣你的鬼！”

“不是我！”陈独秀蹦跳着挣扎。

一个警官走上屋顶花园，厉声问：“抓到谁了？”

便衣警察七嘴八舌：“抓到撒传单的了！就是他！”

警官分开众人，走到陈独秀面前，瞪圆眼珠：“就是你？”

“真是暗无天日，竟敢无故捕人！”陈独秀跺脚。

“不是你？”

“怎么能是我呢？”

“不是他？”警官问便衣警察。

胖警察手举传单：“就是从他身上搜出来的！他一进门我就发现他身上长肥膘！”

陈独秀拍拍西装：“我哪有衣兜盛这些东西？”

胖警察鼓圆牛眼：“哈，竟敢耍赖？不是从你这个衣兜里搜出来的？”

“放得进吗？你放放看！”

胖警察气呼呼地把大沓传单塞回到陈独秀的内衣兜里去，然后，指着陈独秀，大声向警官报告：“长官，千真万确，就是从这兜里搜出来的！”

胖警察的话音还没落地，陈独秀已以迅雷不及掩耳之势，从兜里掏出传单，一股脑儿抛下屋顶花园。

一时间又是雪花满天飞舞。

警官大惊："快抓住他！"

陈独秀哈哈哈仰天大笑，这种肆无忌惮的笑声犹如铜钟翻滚。

他一路被推着下楼的时候，一路还大笑不已，笑得浑身哆嗦以至于撞来撞去，在最后一级楼梯上又故意撞在脸色发白的高一涵身上，喊一声"不是石头你挡什么道"。高一涵明白，这是陈独秀在叫他赶快躲避，免遭虎爪。

许世英走到客厅门口，犹豫了好一阵子，才又举步。

作为北洋政府的代表，他奉命到上海求见孙中山，表达政府的善意。他推测到这位国民党领袖对于陈独秀的被捕，是会相当愤懑的，只是他还不知道孙中山是否会怒形于色，当面给他难堪。

要说难堪，徐世昌大总统这些天也够难堪的。拿下一个陈独秀，激起全国舆论大哗，各阶层人士都跳出来指责政府的不是，各省各团体的电报也如雪片般急飞北京，有齐声喊"政府利用黑暗势力，摧毁学术思想之自由"的，有大声骂"军警当局有意罗织罪名以摧残近代思潮"的。上海工业协会的通电更是出言凌厉："大乱之机，将从此始。"连安徽省省长吕调元也拍电报给安徽老乡吴炳湘，一边说几句陈独秀"好发狂言"，一边也拍胸脯保证陈独秀"于过激派无涉"，"务乞俯念乡里后进，保全省释"。一场六月雪于京城骤降，弄得大总统和警察总监的背脊骨这些天都凉飕飕的。

孙中山的态度也是举足轻重的，这位于护法斗争中屡屡失败的英雄在全国政界仍有着巨大的威望。他人在上海莫里哀路，却时时关注着五四之后的北京。风尘仆仆的许世英盼望能在莫里哀路见到一张比较平和的脸，哪怕并无笑容。

然而等待他的并不是一张平和的脸。还没等他走进门，孙中山便从宽大的扶手椅上站了起来，大步迈向他，既未寒暄，也未握手，更没吩咐马湘泡茶。

廖仲恺紧追其后，低声说：“先生，压点火气。”

孙中山的火气丝毫未减弱：“你们做的好事！”

许世英忙说：“孙先生！”

“你们做的好事，很好，好在做出了一件证据，一件使国民相信我反对你们是不错的证据！你们想杀死他吗？”

许世英愣住了，不知怎么回答。

“孙先生问你呢，”廖仲恺走上一步，“你们想动刀子吗？”

许世英瞟瞟廖仲恺，他知道孙中山很喜欢这位密友。

“我不曾听说，真的不曾听说。”

孙中山冷笑一声：“谅你们也不敢杀他！他们这些人，死了一个，就会增加五十个，一百个，你们要做，尽着去做吧！”

“不敢，不敢，”许世英心里想，霉气透了，上海六月黄梅天不是人待的地方，“孙先生，你放心，我这就打电报回去！马上去打，马上去打。”

许世英走后半个钟头，回到卧房的孙中山还在忧郁着，没看见一盅红枣莲子汤已端在案头。

孙中山推匙不饮，对宋庆龄说：“达令，这些年，我太喜欢点拨枪弹，是不是？”

宋庆龄望着孙中山。

“而我看陈独秀这个人，”孙中山又说，“却独喜欢点拨脑袋。这个安徽人我没见过，但却像非常认识他似的。你想，开枪，是须眼睛瞄准的，眼睛是什么呢？眼睛就是脑袋的枪口。眼睛和手指，都是听脑袋驱使的。脑袋于人，最为重要。陈独秀这个人，就是看准了这一点。他是专门点拨国人脑袋的。真的，达令，自新文化运动以来，就看得很清楚了，一二刊物，就能使社会蒙受极大之影响。”

“达令，”妻子说，“枪也很重要。”

“当然，当然，联络滇军，说服桂军，抓这一批枪打那一批枪，也是很费心思的。”

“不过，你说得对！”宋庆龄舀起一匙红枣，递在丈夫嘴边，“陈独秀先生编的《新青年》，还有《每周评论》，我也是喜欢看的。戴传贤那儿有，我看过好几期。那些文章真也像枪呢，字儿都如子弹，满纸的响声。”

“你马上叫戴季陶来，达令！”孙中山把红枣嚼得嘎嘣响，“我要他也办一家刊物，最好也是每礼拜一期，陈独秀办《每周评论》，我们可以办《星期评论》，也要办得满纸都是响声。”

“我这就打电话。”

“欲收革命成功，必有赖于思想之变化。欲图救活中国，非使国民群怀觉悟不可！”

“达令，你又要抓枪弹，又要抓脑袋。”

“全国民众的最后希望都在国民党身上，我孙文不能辜负了这种希望。”

“你先不要辜负了这盅莲子汤，你看，都凉了。”

宋庆龄说话，总是这般沁人心脾。

赵纫兰三天里已经是两次到箭杆胡同了。

“你看，”赵纫兰说，“都是头版新闻呢，全国都在呼吁释放陈先生，所以你千万要宽心。来，起来，饭总是要吃的。”

喜子从门外探进头来，说：“妈，阿姨把饭都做好了。今天还有鱼呢！”

高君曼从床上支起身子，说：“难为你了，纫兰。我早说要闯祸的，要闯祸的，就没想到这么快。德先生也好，赛先生也好，陈独秀也好，早晚都是要捉到政府的牢里去的！”

“守常说了，政府的牢，纸糊的。只要全国老百姓一齐喊一声，那牢就得散架。”

“一家都有一家事，你呢，也有你的先生。你老来，我心里能安吗？独秀早点回家才是道理，孩子也需要爹。你说那牢房，什么时候能散架？”

什么时候？还真不好回答。

“他不能不回来呀，”高君曼又呜呜地抽泣起来，“他不能扔了这个家不管呀！”

“妈！”黑子蹦进屋，“有一篮鸡蛋，在门口，有人送的。我追出去看，那人就跑了。”

赵纫兰扶高君曼起床，走出院子去看。

门口堆着的，哪里只是鸡蛋，还有果子、腊肉、酒坛子，甚至还有一只咸猪头。

四下探望，就是不见一个人影。

高君曼觉着了奇怪：“独秀怎么成庙里的菩萨了？”

湖南督军张敬尧生得菩萨模样，心里却阴鸷得很。他去天津向段祺瑞表了一趟忠心，急匆匆返回长沙，便注意到了《湘江评论》。

他注意到这本刊物的时候已是七月下旬。七月下旬的长沙街头，太阳很辣。他的手下在很辣的太阳底下停了车，抬枪就杀了一个摆水果摊的老头。张敬尧见车不动了，问是什么事，卫队长从前头嗵嗵嗵跑来，报告说一个老头的箩筐挡住了车道，或许是图谋不轨。

张敬尧下了车，慢吞吞地往车队的前头走。

他一边走一边对同时下车的副官说：“啊，你继续念。”

“大帅，”个头矮矮的徐副官说，“刚才念的是《创刊宣言》。”

“再念。”张敬尧在太阳底下说。

“时机到了！世界的大潮卷得更急了！洞庭湖的闸门动了，且开了！”

张敬尧眉间一紧，说：“他要开闸放水？”

徐副官继续念：“浩浩荡荡的新思潮业已奔腾澎湃于湘江两岸了！顺他的生，逆他的死……各种改革，一言蔽之，‘由强权得自由’而已。各种对抗强权的根本主义，为平民主义。”

“什么意思？”

“禀大帅，就是说，用平民主义，也就是用老百姓，来对抗强权，也就是对抗我们。”

“妈的，这个臭秀才叫什么名字？”

“毛泽东。”

“毛泽东？”

徐副官点头称是，然后又继续念：“俄罗斯打倒贵族，驱逐闻人，劳农两界合立了委办政府，红旗军东驰西突，扫荡了多少敌人，协约国为之改容，全世界为之震动。”

“妈的，吹俄国的大牛了，这个臭秀才又叫什么名字？”

“毛泽东。”

“还是这个毛泽东？”

“禀大帅，还是这个毛泽东。这篇文章的题目叫作《民众的大联合》。这里还有一篇，写陈独秀的。”

“陈独秀，不是抓起来了吗？”

“就是为了他被抓起来才写的。”

“说他好话？”

“大帅请听：陈君之被逮，绝不能损及陈君的毫末，并且留着大大的一个纪念于新思潮，使他越发光辉远大……我祝陈君至坚至高的精神万岁！”

“万岁？”湖南督军陡地吓一跳，“万岁？”

“是的大帅，万岁。”

“这个人把陈独秀当皇上，喊他万岁？”

“是的大帅，乱喊万岁的人，都不是好东西。”

“唔，”张敬尧闭眼，想了想，“这个要放水的毛泽东是哪里人？”

“就是我们湖南人。”

张敬尧止了步。他现在站在车队的最前头了。他看见了尸体，看见了两只破烂不堪的碾扁了的竹箩筐，以及一地染血的苹果。

士兵们在拖开尸首。

张敬尧开始往回走，一边走一边继续问副官：“那个毛泽东既是湖南人，怎么不说湖南话？”

“《湘江评论》，顾名思义，就是湖南人说湖南话。”

“不对，”湖南督军的眼珠子骨碌碌转，“这个秀才没为湖南说话，他要淹死湖南。”

突然传来一阵呼天抢地的喊叫，一个年近半百的老婆子半跌半爬地冲到车队前头，抚尸大哭，接着又朝汽车扑上去，咚咚咚直敲汽车的眼睛。

一个军官拔出手枪又是一枪，丝毫不见犹豫。

街旁民众吓得目瞪口呆，大气也不敢出。

张敬尧回头看一看，不吭一声，仿佛什么事情也没有发生。他继续举步一边朝自己的汽车走，一边认真吩咐副官：“你去警告那个毛泽东，他若再敢在湖南乱放水，张敬尧马上放他的血！”

两个穿着补丁衫裤的孩子跪在坟前，脸颊上亮晶晶的，都是泪。

新砌的土坟，布幡招摇。

男孩十五岁，名唤石头。他姐姐十六岁，名唤石花。

风很大，石花的长头发飘起来，如黑色的布幡。

好心的街坊们收了铁锹，拍拍他们的肩，示意他们可以走了。

孩子们不忍站起，复又呜呜大哭。

“咳，我昨日挖了三个坟坑，今日又是两个。”扶锹者惨然一笑，“尧舜禹汤，胡乱开枪，一个湖南，半省坟场。”

砰，砰！枪托砸在门楣木牌上的声音很脆，也很怕人，树上的蝉鸣立时止住。

徐副官带领七八个士兵闯进学校，首先就是几枪托，将门楣上的“《湘江评论》编辑部”的木牌砸落在地。

编辑部设在落星田商专学校内，几个学生编辑正在议论稿件，闻着响动一齐愣住。

毛泽东望望窗外，搁下手中狼毫，对在座的年轻人说：“水来土掩，兵来将挡，大家莫要紧张。”

徐副官双手叉腰，一脚踩在“《湘江评论》编辑部”木牌上，虎虎地问道：“哪个是毛泽东？”

学校门内门外渐渐聚集起一批吃惊的围观民众。身着灰布长衫的毛泽东闻声而出：“武将叫阵，文人出马，长沙的事情如今也像北京一样奇怪。先生，敝人姓毛，名泽东。”

徐副官仔细打量了一番对方：“你就是要把洞庭湖开闸的《湘江评论》主编？”

毛泽东笑一笑，说：“不开闸门，何以成洪流？不唤起民众，何以反抗专制？你们军人有炸药，若是你们也来参与开闸，一声爆破，何愁湖南的革命形势不一日千里？”

一番话说得编辑部的同人们只想笑。

“你敢跟我耍贫嘴？老实告诉你，我今天是专奉张大帅之命来警告你的。你乱写刁文，犯上作乱，犯了张大帅的虎威了！”

“我毛泽东这两个月写了很多文章，这不假，就像你们这两个月又抓了很多人一样。只是，请教长官，不知我的哪篇文章算得上是犯上作乱，犯了张大帅的虎威？”

“你心里明白！”

毛泽东喊人取来《湘江评论》，簌簌翻开几页：“喔，是这一篇吗，《民众的大联合》？我毛泽东以为，实行社会改造，根本的一个方法，就是民众的大联合！为什么这么说呢？因为一国的民众，总比一国的贵族资本家要多。而且，历史上的运动，不论哪一种，无不是出于一些人的联合。较大的运动，必有较大的联合。占中国人口大多数的农民要联合起来，为减轻地租捐税、解决吃饭问题进行抗争！学生、教员、妇女各界也都要联合起来，最终实现民众的大联合！是这一篇吗，长官先生？我提倡的是民众联合，怎么就犯了张大帅的虎威了？”

围观人群窃窃议论，人越聚越多。

徐副官恼了，拍拍腰间手枪：“我不跟你说这一篇！”

“啊，那一定是这一篇，”毛泽东翻出创刊号，“一定是呼吁释放陈独秀先生的这一篇！”

“你称陈独秀万岁！”

“皇帝老儿称万岁，陈独秀的精神胜过皇帝老儿千万倍，怎么就不能称万岁了？你看，我是这么写的：我祝陈君至坚至高的精神万岁！是这句话冒犯了张大帅的虎威了？”

“你为政府要犯鸣不平，不是犯上作乱又是什么？”

毛泽东闻言，勃然大怒，举手直指对方：“国家软弱，民生维艰，陈独秀为之呼号，呼吁民主，呼吁科学，他犯了哪条王法了？大家知道，6月11号，陈独秀被政府抓起来了。政府为什么要抓陈独秀？那是政府怕陈独秀！陈独秀是中国思想界的明星，他说出了全中国民众的心里话。什么心里话呢？那就是中国没有民主，中国没有自由，中国没有科学！这些话，是专制的政府最怕听的，也是张敬尧大帅最怕听的！”

“胡说！”

“陈独秀入了大牢，我们就是要抓紧地救援他。我们救他，就是救民主！就是救科学！就是救中国！”

“住口！”徐副官拔出手枪，气急败坏，“我看你今天是蓄意聚众煽动，蛊惑人心！”

“对！”毛泽东把手中的一大沓《湘江评论》迅速散发给围观群众，“你若是一定要定我个犯上，定我个作乱，我毛泽东写的每一篇文章都可以说是犯上作乱！中国之专制，不能不犯！我告诉你这位长官，中国之现状，不能不乱！”

“太放肆了！”徐副官恶向胆边生，“给我捆起来！”

“慢！”毛泽东说，“张大帅今天没给你抓人的口谕吧？长官先生，你冷静一点。”

“这个，这个，”徐副官觉得有些进退两难，“娘的，我就捆不得一个秀才？”

话犹未了，人群一阵骚动，只见石花和石头两个孩子大哭着奔来，分开人群，抓住徐副官就要拼命。

“你们还我爸爸！还我妈妈！”女孩子呼声凄厉。

“杀人要偿命！”石头尖厉厉喊，张口就咬人。

徐副官的手臂被咬了一口，痛得大呼一声，一把推倒孩子就跑。

人群里有人喊：“光天化日的，杀人就是要偿命！”

石头倒在地上大哭。人们围拥上去。孤儿的命运牵动着众人的心。毛泽东弯腰捡起“《湘江评论》编辑部”的木牌，发现已经碎裂了。

“毛先生！”人群中走出一个老头，“你莫伤心，我是木匠，我马上就给你刨一块更大的！”

尽管新的牌子第二天就挂了上去，但是一个月之后，也就是1919年8月，《湘江评论》还是被湖南军阀张敬尧下令查禁，湖南学生联合会同时被勒令解散。然而《湘江评论》人们是记住了的，一共出版了五期的这本势若大潮的杂志，成了五四时期全国著名的周刊之一，在20世纪初的中国思想界留下了不可磨灭的印记。

连胡适也作了这样热情洋溢的夸赞：“现在新出版的周报和小日报，数目很不少了，北自北京，南至广州，东从上海、苏州，西至四川，几乎没有一个城市没有这类新派的报纸……现在我们特别介绍我们新添的两个小兄弟，一个是长沙的《湘江评论》，一个是成都的《星期日》。”

就在毛泽东为陈独秀的被捕义愤填膺之时，号称“社会主义将军”的粤军总司令陈炯明，也在漳州的临时驻地打出了一面旗帜。

那是一面红色布幅，紧绷绷地拉在枝叶繁茂的樟树之间：“南北齐努力，营救陈独秀！”

树干上绑着的还有一只老式留声机的喇叭，一遍遍响着略带沙哑的军乐声。

避居福建的粤军正在这军乐声中列队操练，刀光剑影，步声踏踏，生气勃勃。

树荫下的青石板地上，陈炯明盘腿席地而坐，笑容可掬。他正以他的独特方式款待十余位漳州豪富。

豪富们盘腿坐成一排，神色多有惶然。面对面与他们席地而坐的是一排气宇轩昂的粤军将校。粤军第二支队司令蒋介石也坐于其中。

几个炊事兵抬来几只大木桶。而后，盛着米饭和猪肉的粗瓷大碗便一只只摆到了众宾客的膝前。

宾客们感到了一种意外。

米饭很香，陈炯明吸了一口香气，满意地抽抽鼻子。

“今日恭请诸位，虽是粗茶淡饭，却是一片至诚。诸位知道，北京徐世昌、段祺瑞之流，勾结倭寇，祸国殃民，倒行逆施，罄竹难书！最近竟又拘捕思想界众人敬仰的北大教授陈独秀，举国震惊。本总司令已驰电北京，严正呼吁释放陈先生！今日，我特意奉告诸位，若北京方面执迷不悟，本总司令将率哀兵，敢以两万人之兵力，倾巢出动，通电讨贼！”

豪富们闻言一愣，区区两万之众，怎敢北伐？连孙中山都避居上海一动不动了，流落在闽的粤军又如何能做此妄举？心里这么忖着，脸上却依旧笑容不减，纷纷应和：“陈总司令侠义胆肝，闽人早已闻之，但看今日风采，果然正气凛然！”“真不愧为举国闻名的‘社会主义将军’！”

粤军将校们稳坐不动。蒋介石脸上隐有笑意，眼角瞟着陈总司令，心里想：这厮不仅对我演得一手好戏，处处设防，对他们说些台词，也是宛若名角，炉火纯青。

陈炯明腰板笔挺，又出言道：“话又说回来了，要讨伐反革命，就须有讨伐的资本。什么资本？有人，有枪，有粮，有饷！”

蒋介石咳嗽一声，帮腔说：“兵马未动，粮草先行！”

陈炯明说：“当然，这个道理，大家都懂。想必在座诸位也是洞明在胸的，自然也能一如既往，鼎力相助本军。”

豪富们如坐针毡。坏了，鸿门宴，他们想。

“将来，革命成功了，诸位都是革命功臣。”陈炯明继续目光炯炯，“革命功劳簿上，我保证给在座诸位各记一笔。今天，在捐赠簿上，我先请在座诸位各记一笔！”

副官把捐赠簿轮流摊在各位宾客面前。豪富们看看威严对坐的粤军将校，一个个无计可施，只得提起笔。

陈炯明环顾四周，满面笑容，侧身嘱咐蒋介石：“中正，你是不是能再走一趟上海？有劳你去面禀孙大元帅，本军的反击计划，即日拟就！”

蒋介石起立，应一声：“是！”

蒋介石第三天就赶到上海。他一路颠簸着，坐在小汽车里。

“戴先生，”他对坐在身边的戴季陶说，“陈总司令募集军饷确有本事。军饷足而士气猛，士气猛而无敌不摧。孙先生对粤军完全可以寄予厚望。”

戴季陶专门开车到火车站迎接蒋介石，他一直捉摸不透这位说话总是一本正经的年轻军人。

“依你观之，”他说，“陈炯明这个人靠不靠得住？”

“戴先生一直都是这样在怀疑别人的？今天怀疑陈某人，明日就可以怀疑蒋某人。”

“介石兄何必说这种话？军队对于孙先生来说，实在是太重要太重要了。”

“每个中国人的面相，都是一部奥妙无穷的书，而我们中国的书，又是世上最难读的书。”

戴季陶点头：“小弟颇有同感。”

“凭孙大元帅的学问，他能读懂中国任何一部书！”

“啊，”戴季陶佩服起来，“介石兄此言高矣！”

“十有八九之书，我尚不能读懂，包括陈炯明总司令这本书。但我可以奉告一句实话，粤军其实不能算真正的革命军，派系太多，陈炯明之惠州派、邓仲元之粤东派、许崇智之福建派，明里争，暗里斗，空气恶浊。我这个无派之人，在军中如何安然立足？再这么下去，我只有三十六计走为上计了。”

“你老兄军事上雄才大略，孙先生怎么肯让你离开粤军？”

蒋介石冷笑一声：“形势比人强啊！”

汽车转弯的时候颠动了一下，一片水洼溅起来，同时引来了路边两个年轻人的惊叫。

两个年轻人正坐在一处门槛上啃大饼，泥浆不仅溅到脸上，也溅到饼上。

“不长眼了？怎么这么欺侮人？！”年长的一个站起来，对汽车直挥拳头。这个短衫破旧的二十一岁的年轻人，便是陈独秀的长子陈延年，其时在上海震旦大学法科读书。

汽车停了。

戴季陶的头伸出车窗，脸色很难看：“年轻人敢骂人？”

陈乔年赶紧拉拉陈延年，说：“算了，哥。”

陈延年点点饼上的泥：“我骂烂泥！”

恼火的戴季陶推开车门想下车，被笑眯眯的蒋介石一把拉住。

“小不忍，乱大谋。亏戴先生还是个读书人。”他说。

戴季陶关上车门：“开车！”

汽车远去之后，陈延年兄弟还久久看着自己手中溅满泥浆的烧饼。

“吃吧！”陈延年用手擦一擦，咬了一口。

陈乔年也咬了一口：“泥土是有营养的。”

“对，老母鸡吃虫的时候，都要吃点泥。”

“给。”弟弟一边啃饼，一边摸索出一张火车票递给哥哥。

陈延年一愣：“火车票？你买来了？”

“你明天就动身去北京看爸爸吧。”

“你哪来的钱？你说，你哪来的钱？”

他忽然悟到什么，急忙捋起弟弟的衣袖，左臂看了，右臂也看了。

“别找针眼儿，哥，我没去卖血！”

“那你哪来的钱？”

“跟你说实话吧，这三天我都没有去学校上课，去八仙楼洗盘子了。这车票，是用我做工的钱买的。”

“爸爸若知道你不读书去做工，他会把对徐世昌、段祺瑞的火都发到你头上，你信不信？再说，白天要去做工，也得我们两个一齐去做，你怎么就瞒着我？”

“哥，你看看你自己，晚上拉大锯，手都肿了，我都看见的。”

哥哥沉默了。乔年又说：“真的，你别看我的手，你看看你自己的手。哥，今天晚上，我们别去拉大锯了，你早点睡，明天就去北京。你告诉爸爸，我想他。还有，安徽老家的妈妈也没有再骂他了，也盼他早点出狱。”

“我都会说的。”延年点头。

监室西向，光线不足。

监室内，一张草席铺于地上。脸容瘦削的陈独秀席地而坐，背向铁栅，持笔看书，双眉紧皱。大儿子进京探监，他是根本没有想到的。

京师警察厅的监狱饭菜还好，掺沙不多，尚可下咽，只是监室光线阴暗，潮气逼人，日日都似老家安庆的黄梅季节，叫人难受。

那个脸上有三块老年斑的狱官，又像老猫似的蹑手蹑脚走近笼子，一张脸似笑非笑。

“恭喜陈先生，你家公子看你来了。”

“我没儿子。”

“陈先生是不愿见儿子，还是陈先生本来就没有儿子？”

陈独秀摇摇头，顾自看书，再不理会。

狱官摇了摇手中的钥匙，踱了几步，又说：“书里的学问同过日子的学问，不是一个学问。过日子的学问与牢房里的学问，也不是一个学问。”

“这牢房里的学问，是什么学问？”

“此学问，名堂大得很，可称作五子登科。”

陈独秀合上书本：“何谓五子登科？”

“大凡坐牢之人，整日所思所想者，无非五子：日子、刀子、银子、婆子、儿子。所谓日子，就是算日子，盘算究竟何日可以免除牢狱之灾。所谓刀子，就是掂量掂量这一番罪孽是否够得上砍头的。所谓银子，就是盘算家里的钱财尚有多少，有否欠人者，有否人欠者，一笔一笔都要算起来，平日糊涂的，三天大牢一坐，一毫一厘都清楚了。所谓婆子，就是想念老婆子，想想平日实在待她不好，今日坐牢，想待她好都没可能了。所谓儿子，就是一坐大牢就特别念及子孙，自家失了名节，子孙万须保全。”

陈独秀哈哈哈笑起来。

“人犯一收监，五子必登科，历来如此，陈先生又何必见笑？依在下看，先生此刻，实实在在思想着一子。”

“哪一子？”

“陈先生是重犯，想必对于算日子，已不抱奢望。对于刀子的掂量，大概还不至于。说到银子，陈先生是读书人，家道不会殷实，也无所谓盘算不盘算家底。至于婆子，你老婆前日来探望，昨日又来探望，想必要说的话也都说了。眼下先生唯一要想的，就是儿子。据我所知，陈先生是有儿子的。”

“我儿年幼，世事不懂，想他作甚？”

“陈先生还有年长的儿子，常住上海。”

陈独秀愣了。他真的没料到上海的儿子会来北京看他。

狱官得意了：“如何？”

“好吧，给你说对了。我陈独秀此刻朝思暮想的，就是儿子，叫他进来见我。”

“人家要我开恩，少不得要见一把碎银子。听你陈先生口气，倒像你是牢头禁子我是犯人。也罢也罢，是秀才，敬三分，我给你传来就是。”

陈延年从一张木凳上规规矩矩站起来。

“官长。”陈延年说。

老狱官摸摸脸上的老年斑，斜眼瞧着年轻人，慢悠悠说：“他是老子，你是儿子。平日在家里，一见老子面，少不得就是叩头行礼请安，那是家里的规矩。人一进大狱，就没有老子、儿子的讲究，统统是孙子。见了你爷，你也是见孙子，见了你爹，你也是见孙子，该说的话你要说，该放的屁你要放，一无顾忌，别怕他闻着臭，听见没有？”

“听见了。”陈延年点点头。

狱官又压低声音说：“让他闻点臭是为他好！你爹是朝廷重犯，凶多吉少，脾气还是犟得像头牛，见谁都不买账。他不买朝廷的账，朝廷就买他的账了？大总统要取他的命，还不是就像拍死一只蚊子？这个道理他就不懂。所以，你今天去看他，就是做他的老爷子，摆下一副威来，好好训斥他一顿，懂不懂？”

陈延年听得不耐烦，想发作又觉得有点犯不着，想忍住又忍不住，便声气很重地问：“官长，你倒是让不让我探监？”

狱官的老年斑涨红了，说："我这么啰里啰嗦，还不是为你爹好？这个道理，不懂？他编的《新青年》，我儿子都看得入迷，抽了烟土似的，什么德呀，什么赛呀，叫人听得心惊肉跳。你看，我把这话跟你说了，你懂不懂？"

"懂，懂，懂。"

"年轻人，莫要不耐烦。好吧，跟我来！"

三分钟之后，陈独秀父子的目光就对接在一起了。目光的中间，是一面粗黑色的锈迹斑斑的铁栅。

父亲的头发长了，胡子也长了，脸色发青。延年瞧在眼里，心里好大不忍。

"爸爸！"他发出一声带哭腔的呼唤。

刚唤出一声爸爸，就听陈独秀一声怒喝："没出息！"

延年赶紧擦泪。

狱官吓了一大跳，退出老远。

陈独秀站起来，一个虎步走近监门："到这里来抹什么眼泪？赶快回上海去！回去！"

"我知道爸爸会骂我。我同乔年商量了，就是挨骂也要来看你。全国都在营救你。我们不能不来看看爸爸。爸爸，你还好吧？"

陈独秀不语。

"我刚下火车就来了。本来乔年也想来，没有钱买车票。后来，乔年说，哥，还是你去吧。为了这一趟盘缠，我和乔年帮人家拉大锯，三个晚上没睡觉，乔年还去菜馆洗了两天的盘子。"

父亲的口气软了一些："我没什么。我很好。每天看书。进大牢的前三天，我刚发表一篇文章……"

"《研究室与监狱》，我同乔年都看了！"

"我说，世界文明发源地有二：一是科学研究室，一是监狱。我们青年要立志出了研究室就入监狱，出了监狱就入研究室，这才是人生最高尚优美的生活！我觉得这里很高尚很优美！所以你来看我干什么？我不就在这几块青石板上安安静静研究中国吗？倒是你，时间都磨在火车轮子上，荒废学业！”

狱官在远处搔搔头皮，他脸上的深褐色的老年斑一下子又暗黑了几分。他真的没想到父子俩的见面，竟会是这么一番光景。

他又听见陈延年说：“爸爸，我这就回上海。你的话，我都记住了。”

陈独秀的声音又软了一些：“没想到你的头发跟我一样长。”

“没有及时叫乔年给我剪。这个月，特别忙。”

“每月五元钱生活费不够用？你们两个，果真像人家说的，饿了就啃大饼，渴了就喝自来水？就如这里牢房的待遇？”

“爸爸，我们都是按照你的嘱咐去做的。钱不够用，我们有两只手，我们会挣。我和乔年都认为，苦日子甜。”

陈独秀不语，踱了几步。潮湿的石砖地嚓嚓响。

“爸爸，”延年又补充说，“再说，中国本来就是一个大牢，我和乔年都愿意这样坐牢。”

“这话，有底气了，像我儿子说的了！可见你们这两年的大饼，没白啃。”

“爸爸，我同乔年除了啃大饼外，这几个月还在啃巴枯宁，啃克鲁泡特金，我们觉得无政府的见解非常有道理。”

“不谈巴枯宁，不谈巴枯宁，什么无政府，徒喊口号而已。”

“爸爸，你不能这样说。五个月之前，我们在上海组织了‘进化社’，专门研究无政府学说，得益匪浅。”儿子激动起来，倔劲儿也随之显现了。

陈独秀很喜欢儿子有这样的性格，他喜欢自己的独特的血脉在儿子身上流通。但是事关根本理论，他觉得还是需要告诫儿子几句。他这样说:“克鲁泡特金的文章,读读是不要紧的。但是你是我儿子,所以我必得告诉你:克鲁泡特金这个人,有两张面孔,他一面迷信个人的自由,一面又赞成社会的组织!他一面提倡大规模的交通工业,一面又主张人人自由退出社会!他一面主张抵抗的革命运动,一面又反对多数压服少数!这个人,又卖矛,又卖盾,你买他的货色,千万小心。你鞋带松了,延年。”

儿子系鞋带,不语。

陈独秀说:“鞋带都霉了,回去换一根。我再问你,李大钊先生的《庶民的胜利》《布尔什维主义的胜利》,读过没有?”

“读过。”

“要读三遍!”

“我会再读的,爸爸。”

“读到了李大钊先生的这句断言吗?‘试看将来的寰球,必是赤旗的世界。’”

“读到了。不过,爸爸,我和乔年只服从真理。真理在谁之手,我们听谁。”

“这话,也像是陈独秀的儿子说的。”

“那我走了。爸爸,你千万保重。”

“慢!你回上海之前,去看一下李大钊先生,你要转告他一句话。”

“什么话?”

“我这些天,最想念的一个人,就是他。”

儿子点点头。

陈独秀大声问:“听见没有?”

儿子赶紧答:“知道了,爸爸。”

陈延年离开笼子二十来步之后,老狱官便发作起来了。他摇动着一大把闪闪发亮的钥匙,一边摇一边狠狠训斥这位不知天高地厚的年轻人：“该说的话，你一句没说。”

“该说的话，我全说了。”年轻人不服气。

“看起来，”老狱官长叹一声，“你的爹全无悔改之心，他是万万不能出牢房的了，免得又毒害我儿子。”

陈延年突然站住了，老狱官差点撞到他身上。

陈延年回过脸，龇牙咧嘴地咆哮起来：“你白天把这儿当牢房，晚上把你自己家里当牢房！你还有儿子呢？你没有儿子了！你儿子成了你的犯人！你这个该死的老头子，你应该赶快向你儿子投降！”

老狱官半晌回不过神来，最后，抖着嘴唇说：“你小子大起来，不是朝廷重犯砍我的头！”

一个钟头之后，陈延年出现在后闸胡同。

他饿了。院子里太阳很好。他坐在竹椅上，手中拿着鸡蛋烙饼，嘴里喝着香气扑鼻的小米粥。

李葆华、李星华满手糨糊，在糊一架风筝。葆华边糊风筝边好奇地看着陈延年。

他们真好，陈延年想，他们有爸爸，有妈妈。季节到了，他们就糊风筝。他们的爸爸甚至会带他们去放风筝。他们真好。

赵纫兰为陈延年添了粥，又悄悄踱到他身后，用手量量他的肩宽。

陈延年感觉到了：“师母，我不要做衣服。”

“破衣烂衫的，你爹看了不心疼，我看了心疼！”

“我爸说，年轻人，穿新衣服，不长骨头。”

“别听你爹的！虽然老话说，少时忍得孤寒，老来福寿平安，可也不能孤寒成这副模样嘛！在上海，你听你爹的，今儿在我这四合院里，你听我的！”

葆华抬脸喊："哥，你要听我妈的！我爸也听我妈哩！妈做什么，爸穿什么！哥，你来呀，帮我放这风筝。"

陈延年应声而起。

李大钊推门而入，笑容满面地说："延年，看谁来了！"

门口站着高君曼。

陈延年把风筝递还给葆华。

高君曼的眼睛亮起来了，高声喊："延年！"

"姨妈。"陈延年声音很轻。

"家去！家去！"高君曼奔上几步，火辣辣地拉他，"你看，到北京了也不家去！弟弟妹妹都想你哟！"

陈延年小声说："我不去。"

"走，走，我包饺子给你吃。北方的饺子我学会包了，我做的肉馅特别香！"

葆华说："我要哥哥放风筝！"

赵纫兰说："葆华，懂礼貌！"

陈延年说："我要赶火车。爸爸叫我马上回上海。"

高君曼脸上的笑容淡了下来。

李大钊突然拍拍延年的肩："延年，我有一句话要对你说。"

"我爸爸也有一句话，要我转告你。"

"那就进屋说！"

进屋之后，李大钊拉开椅子，让延年坐。

"延年，"李大钊轻声说，"你爸爸转告我一句什么话，你就是不说，我也知道。"

"是吗？"

"他说，他很恨我。"

陈延年吃惊地张大了嘴巴。

"他怎么能不恨我呢？我没有劝阻他，起码没有大声劝阻他。以往，好多事情，我常常对他说，仲甫，不必这样做，不必那样做。虽然我小他十岁，他都听了我。这一回，他气血上涌，一心直接行动，我非但没有劝阻他，反而跟他一起去撒了传单。这一撒，撒出了祸，造成身陷囹圄，他能不恨我吗？”

“李先生，我爸没这么说。”

“好吧，就算他不恨我，我也恨我自己。你爸爸现在不应该坐在监牢里，他应该站在刊物上，站在报纸上，站在演讲台上，全国民众尤其是青年人，现在都想听见他的声音，看到他的文章！政治如此黑暗，国民如何奋斗，陈独秀先生出来说句话，那就是黄钟大吕！可是现在，你想想，他却坐在黑暗的牢房里！谁的不对呢？我，我李大钊！是我没有劝阻他，是我不好！”

两串眼泪顺着陈延年的双颊流了下来。

“李叔叔，你千万莫这么说。”他哽咽着说。

李大钊取出手绢，帮他揩了泪。

陈延年说：“我爸爸，是要我这么告诉你的……”

李大钊专注地看着小伙子。

“他说，你去转告李叔叔一句话，就说，我这几天特别想念的一个人，就是他。”

李大钊鼻子一酸，眼眶潮湿起来。

仲甫，我知道你心里是怎么想的。以往许多突围不出去的问题，被铁栅一围，突然都有出路了。

“李叔叔，我自己也有一句话想问你。”延年又说。

“你问。”

“我读了好些巴枯宁的文章，还有克鲁泡特金的文章，我觉得无政府主义，对于黑暗的中国来说，实在是个好主义。我爸爸叫我别读巴枯宁，不知道我该不该听爸爸这句话。”

“不该听。”

“哦？”延年觉着了意外。

“对于青年人读什么书的问题，谁的话也不能全听。你不必全听你爸爸的，你也不必全听巴枯宁的。巴枯宁的无政府学说，自有他的理想主义之长处，也有他的幻想主义之不足。这是我的看法。当然，我之陋见，你也不必全然采信。”

“我明白了。”延年恭恭敬敬地站起来。

“你坐下，”李大钊说，“现在该是我告诉你一句话的时候了。”

陈延年坐下。

李大钊指指窗外：“她是你的姨妈，现在也是你的妈妈。我知道你对你父亲娶小姨子这件事是一直不满意的。你不满意，乔年也不满意，你安徽老家的人都不满意。”

陈延年垂了头。窗外夕阳本来就红了他的脸，李大钊的这番话又添了他一重红色。

“你母亲还在安徽老家？”

“在，她小脚，永远走不远。既不会走上海，也不会走北京。”

“听你这句话，”李大钊说，“你对你父亲还有气。”

“他如今在牢里，我怎么还敢有气？我像李叔叔一样，恨不得他今天就出了那铁笼子！”

“你在上海，一个月五块钱，缺衣少食的，也对你父亲没有气？”

“没有，”延年摇头，“我知道爸爸的良苦用心。一个月五元钱，他是买的一块石头。他是用这块石头在磨我，磨乔年。他把我和乔年看成是两把刀。”

“延年，你今天听李叔叔一句话：你既然能理解你父亲，你就该方方面面都理解他。”

陈延年盯着自己的鞋尖。这是一双黑面布鞋，大脚趾都快露出头了。

“我懂了，”他站起来，“李叔叔，我这就跟我姨妈回家。”

他于是就走出屋门，对院子里的高君曼说：“妈，我跟你回家去。”

妈？高君曼抬起脸，这张脸像花一样绽放开来。

回到箭杆胡同之后，高君曼紧紧忙忙张罗着给延年烧了饭，又在灯下数出二十块银圆，一定要叫延年伸出手来接。抄家那天，警察没有抄走银圆。延年不接。

高君曼说：“延年，你叫我妈，真叫我高兴。你一定拿着，你十块，乔年十块。”

“不要不要！”陈延年一个劲躲，把挂在门边的一只木勺子都碰了下来。

高君曼使劲抓住延年的手，硬是一叠叠放入银圆：“你要不收，就又见外了。妈看见你这副样子，心疼！再怎么说，你和乔年的亲生母亲，也是我的亲姐姐，我能不心疼你和乔年吗？我跟你爸爸也说过不止十回二十回了，别苦了孩子，可他这颗榆木疙瘩脑袋，就是装不进我的话。说是磨炼磨炼，你们身子骨还嫩，能这么磨炼吗？延年，你今天听妈一句话，饭一定要吃饱，衣服一定要穿暖，缺了啥，尽管来信说，你爸不睬你，妈睬你，啊？”

陈延年听话地点点头。

高君曼的眼泪忍不住挂下来了。自打陈独秀入狱后，她还没有像今天这么高兴过。

第 3 章

火车减速，喷出一团团白汽，缓缓驶入一大片摇动的标语纸旗和嘈杂之中。这是天津火车站，陈延年认得。火车要停半个钟头。陈延年离京南下，这一次坐火车，他捡着了一个靠窗的座位，这比上京时蜷缩在人家的脚边强多了。

聚集在天津火车站进行宣传鼓动的学生们一遍又一遍地向旅客们呼喊口号，同时把墨汁淋漓的大标语往火车上贴。

陈延年听清了学生们轰轰然的呼喊声："声援北京同学！""立即释放陈独秀先生！"

他的眼睛不由自主就湿了。

有学生把红红绿绿的传单递进车窗。

陈延年马上说："谢谢！"

一个身材瘦削、相貌英俊的青年学生在分发《天津学生联合会报》，一边分一边激昂地说："诸位先生，我告诉你们，陈独秀先生一天不释放，我们一天不停止斗争！"

他也给车上的陈延年递来一份。陈延年其时并不知道此人便是天津南开学校的学生、天津学生联合会会刊负责人周恩来。

"谢谢！"陈延年说。他看见这个年轻学生满脸是汗。

周恩来大声向他说："先生，你该知道，陈独秀先生是为国人的权利仗义执言的，政府逮捕陈独秀，其实就是逮捕我们每一个民众！"

陈延年脸上慢慢地挂下眼泪。

“我知道，”他说，“谢谢你的呼吁！”

周恩来握紧拳头：“要团结！拳头要握得紧。我们团结了，五指收紧了，拳头硬了，有力量了，政府就不能不答应我们的要求！”

汽笛响了，贴满了标语的火车开始移动。

“对，对。”陈延年的眼泪一直停不下来，直像车轮一样打转。

周恩来目送着这个流泪的陌生人，很远了还向他挥挥手。周恩来觉得这个小先生很有点同情心。

有个学生跑过来，拍拍周恩来的肩：“你不是还答应人家排戏吗？”

“什么？”

“排戏！”

周恩来记起来了：“糟了！”

他急忙跑出火车站。

一支眉笔，勾画着浓浓的双眉。

邓颖超在做简单的化妆。

这是新剧《安重根》的彩排。这出戏是直隶第一女子师范学校的学生们即将推出的义演节目。

十五岁的邓颖超饰演的是男主角、朝鲜抗日志士安重根。

舞台上的一位女同学看着台下的空座位，不明白了，问邓颖超：“文淑，昨天来采访我们的那个《天津学生联合会报》的周恩来，是不是吹牛了？”

邓颖超嘟起嘴说：“我看也是吹大牛！”其实她很不愿意说出这句话。

若是她知道一脸油汗的周恩来正气喘吁吁地赶来广东会馆小剧场，就更不愿意说这样的话了。

“吹牛不花钱！还说愿意指导我们排戏呢，鬼影儿都不见！”

那位女同学又说。

邓颖超站起来："不等了不等了！排戏！"

彩排开始十分钟之后，周恩来赶到了广东会馆。他强行抑住气喘，一边目不转睛地看着舞台，一边沿木梯走上楼座。

他在最后一排轻轻落座。

舞台上的邓颖超排练得很投入，手势激烈，字正腔圆："日本鬼子的马蹄，一声声，一声声，不光是敲击着我的祖国的山河，更是敲击着我的破碎的心啊！"

邓颖超悲切地抬起脸，一抬脸眼就亮了，脱口喊："周恩来！"

同学们顺着她的目光，也发现了楼座最后一排的周恩来。

邓颖超喊："嘿，你快下来呀！"

周恩来下了楼座，又笑眯眯地走上舞台。

邓颖超说："周恩来，你说来指导我们排戏，怎么偷偷窝在角落里？"

"只有坐在角落里，"周恩来诚恳地说，"才能发现演员的台词能不能响彻全场。"

"对。"许多女学生点头。

"你听清楚我的台词了吗？"邓颖超对自己的演技很有些忐忑。

"前半句还清楚，后半句不够响亮。还有，这个转身的动作嫌快，我觉得要刚柔相济。安重根是抗日志士，内心世界是很丰富的，眼神特别重要。"

"你来，你来！"邓颖超撑不住了，嘴巴嘟了起来。

周恩来笑笑，并不推辞，摆开架势，眉眼闪亮，说："日本鬼子的马蹄，一声声，一声声，不光是敲击着我的祖国的山河，更是敲击着我的破碎的心啊！"

舞台上一片掌声。

邓颖超顿时心悦诚服："周恩来，我早就看过你演的新剧，你真是演谁像谁！”

“我那时候是男扮女装，你现在是女扮男装。”周恩来说。

彩排结束了，他送邓颖超回家。

“我们两个加起来，世界上什么角色都能演了！”

周恩来笑起来：“嚯，好大的口气！”

街口转弯之后，邓颖超停下步子，说：“我家到了，你能进来坐坐吗？”

这是邓颖超的母亲杨振德租下的一间小屋。邓颖超估计周恩来是不会进屋坐的，她的估计对了。

“以后再登门拜访吧，我还有篇稿子要赶回去发！”

“义演的时候，你一定来看！”

“一定。”

“勾手指！”

两人勾了一下，然后互道再见。

邓颖超一进家门，就听见了熟悉的织机声，那是一台织毛巾的小织机所发出的嚓嚓嚓的轻响，妈妈在操劳。

她爬上床，趴在窗子上看街道。

周恩来的背影没入了夜色，很快就看不清楚了，只见一辆接一辆的洋车晃着灯盏跑过。

“谁呀？”母亲离开了织机。母亲守着寡，是个失业教师。教师看学生，常常能一目了然。

“他演得真好。”

“谁呀？”

邓颖超忽地拉开架势：“日本鬼子的马蹄，一声声，一声声，不光是……”

“谁呀？”

“安重根。”

"我不是问你演的是谁，我是问你看的是谁。"

"哎呀，妈妈，"邓颖超一把搂住母亲，"干吗问得这么细呀！"

杨振德心里有些好笑，便转了话题："我给你买来了，最新一期的《每周评论》。"

邓颖超一把接过，很高兴："陈独秀关在牢里，文章是不会有了，有李大钊的没有？"

《每周评论》暂且失了陈独秀这位主将，然而火药味未曾稍减，且照样惹祸。京师警察厅以猎犬之鼻时时嗅着这本刊物，嗅着刊物的主持者李大钊和胡适的思想踪迹。

这种嗅法很快就有了后果。

北大教员王星拱于7月20日的黄昏，紧紧张张地奔入了后闸胡同，他得到了一个可怕的消息。

"守常，"他喘着气对李大钊说，"情形很有些不妙！"

"不妙，不妙，"李大钊从椅子上站起，"我也正为这个生气呢！你看看，你看看，这个胡适之，都写了些什么！"

在院子里喂鸡的赵纫兰从王星拱慌张的神情上发现了什么，急忙进屋问："王先生，什么事不妙？"

"这还不明白吗？"没等王星拱解释，李大钊将手中的一本《每周评论》递给妻子看，"我们可爱的胡教授胡说了些什么呀！什么《多研究些问题，少谈些主义》，怎么能少谈些主义呢？他说谈主义是极容易的事，是阿猫阿狗都能做的事，是鹦鹉和留声机都能做的事，简直岂有此理！谈主义容易吗？正因为找不到好主义，中国才国将不国！鼓吹民主的关大牢，政府官员操屠刀！在这种时候，只谈问题的研究，不谈主义，简直就是害国家！害民族！害青年！"

赵纫兰喊："当家的！"

“你看看今天出版的《每周评论》第三十一期！你看看，你看看！”

“当家的！”

“怎么？”

“你先听听王先生要说什么！”

李大钊恍悟：“你说的，不是胡适的《多研究些问题，少谈些主义》？”

王星拱说：“守常，你快离开北京，京师警察厅已经认定你是极端分子，他们随时会动手！”

“什么？”

“他们要抓人！”

赵纫兰急了：“消息可靠吗？”

王星拱说：“我有个学生的表舅，是在警察厅谋事的……”

“你别说了！”赵纫兰果断地对丈夫说，“学校放暑假了，你本来不就准备回一趟河北老家吗？”

“可是你看看胡适这篇东西！”李大钊又举起手中的杂志，“既误国，又误人！不马上写一篇公开信回答他，我骨鲠在喉！”

赵纫兰吼了一声：“回乡下能不能写文章？”

丈夫一时愣住。

赵纫兰问王星拱：“王先生，今天京山铁路还有路过滦州的火车没有？”

“晚上可能有，但是说不准。”

“葆华！星华！”赵纫兰冲着屋里喊，她此时的神情像个临阵的将军，“快穿衣服，马上准备出门！当家的，发什么愣呀，快去收拾你的书！王先生，谢谢你了，求你再帮个忙，去胡同口叫辆马车！”

坐在火车里的李大钊仍旧不安分，他还为胡适突然抛出的那篇文章烦恼着。

他买的是三等车厢票，混迹于普通百姓之中。这么做，为的是不引起注意。屁股底下没有一等车厢那样的沙发座，只有长条木板，坐久了疼痛。车窗也窄小，不像一等车厢那样挂有绿呢子和乌纱做的两层窗帘。但是孩子们很兴奋，一直趴在车窗上看窗外的黑咕隆咚的田野以及偶见的灯光。

李大钊小声对妻子说："胡适是在号召学生回到书斋里去，他这么做，完全不合时宜！"

"别说话了，求求你！你这两撇胡子，谁都能认出你！"

李大钊不说话了。妻子的小声警告是对的。李大钊看看对座，对座是一个一直在打瞌睡的脚夫模样的苦力，光着一双脏兮兮的黑脚杆。脚夫旁边坐着的，俨然一位前清遗老，一件暗纹大团花长袍，外套深绛色对襟马褂，也在闭眼打盹。三等车厢的乘客，什么人物都有。

李大钊的思绪随眼睛走了一圈，又回到胡适身上来了。这位翻译过《北京市民宣言》的胡大教授，如今宣的什么言？

"军阀拼命用锁匙关学生，胡适也拼命用锁匙关学生，两者异曲同工！"他又愤愤然说。

赵纫兰发现此时有警察挤入车厢，再容不得细想，立即拿起一块花头巾将李大钊的脸整个儿裹住。

"你这是干吗？"

"闭嘴！乖一点！"

赵纫兰虽是乡村女子出身，但紧要时分却能表现出异常的聪慧，这一点很使李大钊钦佩。回到河北昌黎之后，赵纫兰又催促他早日把文章写完，不让贪玩的孩子整日缠住爸爸。赵纫兰对丈夫说："既然有鱼刺卡在喉咙里，就早日吐了它吧！"

李大钊于是言辞犀利地写下了《再论问题与主义》一文。问题与主义之争，是马克思主义在中国传播过程中出现的第一次重要的思想论战。

李大钊一清早就去投了邮。他把这篇文章直接寄给胡适。李大钊走出邮政所，深深地吸了一口气，他觉得昌黎的空气真好。

轻易不激动的胡适教授显得分外冲动，他那双擦得油亮的棕色皮鞋不停地敲打着青砖地面。

“我马上发他的文章！这一期就发！好家伙，《再论问题与主义》，像是要把我衣服一件件扒光了一样！我把它发在《每周评论》第三十五期上，君子坦荡荡，我马上就发！”

周作人好长时候才弄明白是怎么回事，并且看了这一份寄自河北的手稿。

“守常之言，似也有他的道理。”矮个子的周作人慢吞吞地说。

胡适还是激动，激动得声音都变了调：“他有他的道理，我自然有我的道理！我的衣服质地紧密，他轻易是扒不掉的！守常敢写《再论问题与主义》，我就敢写《三论问题与主义》《四论问题与主义》，世上什么道理我都可以不信，我只相信真理之灯越拨越亮！”

周作人看见胡适的脸涨如猪肝，一个劲儿地摇头：“你们一个河北人，一个安徽人，顶起牛来，都像我们浙江绍兴人。”

床头油灯蹿着火苗。

李大钊坐在床头，一时没有睡意。可能是电力不足之故，小小的电灯泡总是昏黄如老年人的瞳孔。

自从暑假之后，眼见得形势平静了些，李大钊遂带家小返回了京宅。令李大钊揪心的是，陈独秀仍旧寝食于铁栅之中。两天前他邀高君曼带着黑子和喜子来后闸胡同吃了一顿饺子，但是他的宽心话说得再多，也没法让君曼嫂子的泪腺停止工作。

赵纫兰进房，坐在床头，把煮熟的鸡蛋一个个往篮子里装。

“一个工字，一个人字，合作一块，就是一个天字。”李大钊若有所思，“工人，就是天。我们在天底下走，往往看地不看天。就是看着天吧，也没一回看得明白。我们对工人的境遇实在了解太少。而说到底，革命，变天，就是变工人坐天下！”

“这也是那个俄国人说的话？”妻子问，“俄国人知道一个工字，一个人字，就是一个天字？”

赵纫兰知道丈夫近来走了一趟天津俄租界，去会了一个叫伯特曼的俄国人，那人是共产党人。他们的见面是天津北洋大学的一个学生撮合的，那学生叫张太雷。作为俄共布尔什维克中央西伯利亚局的工作人员，伯特曼很想会见一下中国的马克思主义信仰者。

张太雷马上说，中国的马克思主义者，舍李大钊先生还有谁？

李大钊自与伯特曼见面之后，便经常说到工人阶级与工人运动。

“不，不，”李大钊笑着回答妻子，“工字，人字，合成一个天字，当然不是俄国人说的话，这是我的话。但我想，这肯定也是伯特曼先生的意思。”

“你就是想跟陈先生说这些话？”

“说实在话，我得了个什么想法，第一个想与之交流的，就是仲甫。真的，纫兰，我确实很想把我的想法告诉仲甫。他说他想念着我，我知道是为什么。他不是想我这个人，而是在想一种道理。他以前鼓吹德先生与赛先生，这是对的。但是他找不着一种切实的方法，一种交通器具，可以让这两位先生登陆中国。现在，他每天摸着牢狱的铁窗，开始懂了，知道非得用铁的手段来砸碎旧有的国家机器了。”

“所以他想你了。”

“我也想他呀。啊哟，够了够了！”

“什么？”

李大钊跳下床：“鸡蛋！我是说鸡蛋！你怎么放那么多？你不能放这么多。放得多，感觉不好。”

“怎么？”

“仲甫坐牢，时间会很长。”

李大钊的眼里甚至有了泪光。妻子赶紧将满篮子的鸡蛋往外取。

“也不知陈先生瘦成什么样子了。”赵纫兰叹气说，“牢里能有什么吃的？你老家村头的那个二杆子，不是做过牢头禁子吗？他说他得的活钱，一大半都是从牢饭里扣的。”

李大钊改变了主意：“那就放回去。”

他自己动手，将妻子取出的熟鸡蛋又一只只放了回去。

次日，李大钊与赵纫兰赶到京师警察厅监狱门口的时候，那个脸上有三块老年斑的狱官却怎么也不买账，说是不能探监。

“上头有规定，不能探就是不能探。”狱官把一串亮晃晃的钥匙轮流在脸上涂刮，像刮胡须，“非亲非故，凭什么探视要犯？”

赵纫兰说：“长官，他们都是学堂里的同事，都是教书的。”

“北京大学教书的，十个有九个不是好东西。我儿子就是被你们这些乱党贼子教坏的，如今跑哪儿去了都不知道。早晚有一天，咔嚓，砍了头。”

李大钊摸出一枚银圆：“先生，我是读书人，教书人，活了半辈子，没有求过人。今儿求您一回了，请您高抬贵手，让我和陈先生见上一面。我同陈先生虽南北不同籍，然情同手足，您就闭个眼点个卯，算作是家属探监了，就这一回，行不行？”

狱官掂掂银圆，扔了回来："要说平时，我也收在袖口里了，天下之人，谁个不喜财？只是这一回不行，上有谕令，说是严密提防乱党内外勾连！嘿，辜负了这块光洋了。识相点，走吧。"

李大钊不走。他盯着狱官，心有不甘。隐约传来几声犯人受虐的号叫声。

狱官瞪出眼珠："还不滚？我越看你越像乱党！"

赵纫兰把丈夫拉到身后，对狱官说："长官，那就求您了，您把这篮子鸡蛋捎给陈先生。"

"不成！"

"鸡蛋不会说话，长官。"

"谁说鸡蛋不会说话？老话说，鸡蛋里都能挑出骨头来！给我拎回去！"

恼怒的李大钊终于忍不住了，抢上一步，从篮里取出一只鸡蛋："捎一只也不成？"

"不成！"

李大钊一扬手，鸡蛋就飞了过去，噗一声，老年斑上打个正中。

狱官捂脸惊叫："哇！"

"叫你说对了，"温文尔雅的李大钊罕见地瞪圆眼珠，"鸡蛋就是会说话！"

吓白了脸的赵纫兰赶紧扯上丈夫，逃离监狱大门。走出老远，李大钊还愤恨不已。"做了半辈子文人，今日里倒做了一回武将！"他说。

妻子问："你小时候练过弹弓？"

"叫你说对了！"李大钊说，"我刚才看到的真不是一张麻脸，是一只麻雀！"

妻子停步，想起了什么，不无担心："大钊，你以后会……会拿枪吗？”

“要是形势逼急了，我也只能如仲甫说的那样，直接行动！该打鸡蛋，就打鸡蛋；该打子弹，就打子弹！”

赵纫兰看着李大钊。

“别害怕，纫兰。”李大钊说。

赵纫兰低下了脸，半晌才说：“嫁鸡随鸡，嫁狗随狗，嫁鸡蛋随鸡蛋，嫁子弹随子弹，我这辈子，也就这命了。”

李大钊不吱声。

“我这话说得挺不得体的，是吧？”赵纫兰忽觉抱歉了。

“不，”丈夫的眼镜后面，是两道非常认真的目光，“这是你说过的最得体的话。纫兰，我在想，我这辈子，怎么报答你呢？”

一只碎壳的熟鸡蛋，被两只手指颤颤地捏着。

老狱官站在陈独秀监房的铁栅外，满脸委屈。

“你那个同事，双眼近视，狗胆包天，斯文其外，蛮横其中，一看便知是个乱党！”狱官点点左颊上肿起的包块，“叫他滚，他还要泼，也不看看此地是何等场所！我非奏请上司将他捕起来不可！”

陈独秀心中疑惑，问：“此人何名何姓？”

“听说姓李，两撇大胡子！那胡子再长下去就像俄国老毛子了！”

“就是这个鸡蛋？”

“就是这个！就是这个！”

“给我看看。”

狱官把鸡蛋递进栅栏。

陈独秀接过鸡蛋，用尽平生气力，照着眼前的斑麻之脸狠狠投掷过去。

这一蛋比刚才那一蛋还凶。

“哇呀！”狱官捂住脸面，一屁股蹲坐于地，“什么年头呀，文武乱套啦！”

长着一嘴黑胡子的何叔衡在长沙楚怡小学任教，教小学高年级的国文与历史。此校十三年前系由陈润霖创办，中小学合于一校。毛泽东在1919年的暑热之天，三天两头去找这位黑胡子朋友。

这一回去楚怡，是毛泽东读了李大钊的文章之后，对胡适的“问题”之说豁然而生怀疑之故。在此之前，他几乎迷上了胡适的实用主义。一个胡适，一个陈独秀，早已取代了他心目中原先的偶像梁启超和康有为。

但是李大钊的文章厉害，几指头，就戳破了纸糊的理论。

何叔衡煮了一锅绿豆汤，问毛泽东要不要喝，毛泽东则谈兴不减，无暇他顾。

毛泽东说：“起始读胡适之文章，觉得实在有理。中国问题之多，直如湘江之沙。我略一开列，就开列出了一百一十四个问题。可是何老夫子啊，我一读到李先生的文章，便心生豁然。其实，问题之解决，还非得依赖主义不可。主义是纲，问题是目，纲若不举，目何能张！”

“罢，罢，罢，”何叔衡举手，“我今天不跟你论主义，倒要跟你摆一个实际问题，此一问题，非你那一百一十四个问题中的一个。然而对你润之而言，此一问题，又是非解决不可之问题！”

毛泽东觉着了意外：“什么问题如此重要？”

“终身大事。”

“谁的终身大事。”

“毛润之的终身大事呀，难道还是我何叔衡的终身大事？虽说眼下兵荒马乱，然嫁娶之事总不可轻误。我痴长你几岁，不能不关心你的成家立业。主义要管，问题自然也要管。”

“眼下的问题是要破湖南军阀张敬尧之家，而不是立湖南志士毛泽东之家！不破他张家，不立我毛家！”

“你不是经常说起北京杨昌济先生的女儿吗？叫什么杨什么慧来着？”

“杨开慧。”

“子在川上曰，逝者如斯夫！润之，岁月不饶人，你也二十六了。我们新民学会会员须遵守不虚伪、不懒惰、不浪费、不赌博、不狎妓之五不纪律，但是没有说过要不成家呀！”

“你这个前清秀才啊，今日我是特地来跟你谈主义的，不是谈问题的，你偏偏又弄出一个问题来！要说问题，也有问题，当今最大的问题，是要继续发动全国呼吁，呼吁北京政府立即释放陈独秀！唯陈独秀出狱，中国思想界才有新鲜空气频吹！”

“这也是，都九十天了，他还关着，实举国一耻！我也写了一篇文章，呼吁释放陈独秀的，昨日邮给京报了！”

历史应当记得1919年9月16日这一天。这一天下午，京城里有一扇门要打开。为一个重要人物踏出这道高高的门槛，全国的报纸喊哑了喉咙。

老狱官灰着脸去开牢门，心里不情愿，但是不情愿也得去开门。他从裤腰带上解下钥匙，挨个儿数出一把，叮叮当当打开牢门，然后后退一步，仰脸一声长喝：“陈独秀——出狱！”

陈独秀背脸看书，未加理会。

“聋了？我颊上之包还没退肿，你就开释了。安徽同乡会保你，全京城的狗屁报纸天天都在喊要救你！也不知道你祖上哪辈子积的德！”

陈独秀回头，恼怒了：“别来烦我！”

狱官大受委屈："要放你了！放你，知不知道？是放你出去，千真万确的，陈先生！"

"这几日秋蚊子已经够烦了，你还来烦！"

狱官看着苗头不对，更加谦恭起来："陈先生，在下说的是真的。监狱外头，许多人在等着欢迎你呢！许多小旗举着呢！"

陈独秀仿佛没听见。其实老狱官没说诳，确有各界人士两百余人静肃地聚候在监狱大门口，迎接陈独秀出狱，其中以北大师生居多。他们事先都已得到了确凿的消息。

来自北大的师生有李大钊、高一涵、王星拱、许德珩、张国焘、邓中夏、黄凌霜等人。

高君曼带着两个孩子，站在人群的最前面。

静默着的人群一时还起了些骚动，因为其时还有一辆北大的黑色小汽车弯过街角，停了下来。

人群窃窃议论说："蔡校长来了！"

蔡元培是久违了，人群的激动不难理解。

长期自我放逐后回到北京才四天的蔡元培西装革履，稳健下车，步入迎候人群。

他与李大钊紧紧握了握手。

又一辆马车匆匆赶到，跳下来的是文质彬彬的胡适。

胡适见了李大钊，却站在数步之外，并不走过来。

蔡元培招招手，笑了："怎么不站在一起？两位还在作主义与问题之争？"

胡适说："守常文章如矛，虽尖锐锋利，然小弟并不以为手中之盾已经破碎。"

李大钊针锋相对："我只请教胡教授一句话：今日北大如此多的师生齐聚监狱门口，仅仅为的是解决一个问题，还是为的欢迎一个主义？"

“啊呀呀，真吃不消守常的咄咄逼人，”胡适苦笑，转向蔡校长求援，“不知校长同情哪一边？”

“我虽然人不在京城，可是两位的高论我都拜读了。我以为，我若是捧了一个，压了一个，那我这个北大校长就一定是世上最无用的校长！我若能让你们每一位教授都能在讲台上各自海阔天空、无所顾忌，那我这个北大校长就是举国最能干的校长！”

胡适击掌而叹：“精湛！精湛！”

监狱大门就是在此时洞开的，门内一下子站出两个木无表情的警察。这一响动顿时吸引了所有的视线，好几盏镁光灯举了起来。

然而陈独秀还是没有出现。

他还在监房里，坐得很稳，一直只给老狱官一个纹丝不动的背影。

“陈先生！”老狱官的声调已近乎哀求，“小的是当差跑腿之人，嘴长在人家身上，官家扔个令箭要关，咱也不能不每天在您面前晃荡个钥匙。官家发个话要放您，咱也不敢留您多吃一口饭。小的平日里吆五喝六，不知天高地厚，今儿算是小的在您先生面前说软话了，先生放不放小的一马？”

陈独秀缓缓回脸，点一点手中之书：“文章千古事，不可随意叨扰，懂不懂？”

“小的懂，小的懂！”

陈独秀放下书，站起，伸个懒腰，说：“前头带路！”

“是，陈先生。”狱官如蒙大赦。

陈独秀的发须都显得过长，在潮湿的甬道一路行走，恍若仙人踱步。他目不斜视，但知道两旁铁栅内的暗黑之处，均亮有惊疑的闪烁不定的眼睛。

他忽地站定，慢慢回身，冲着长长的空寂的监狱甬道大声说了几句话。

他知道他的话是有很多人听着的。

“我这会儿有幸出门了，你们老老幼幼的还得留着吃这儿的饭。饭是霉饭，菜是烂菜。你们谁想吃？你们谁也不想吃！而且我知道，你们的冤屈都大过你们的罪孽。我是个教书的，平日话多，我今儿不复多言，只奉劝大家一句话：你们日后要是出了大牢，别忙着打家劫舍，也别忙着偷鸡摸狗，要多想想是谁逼得你们无路可走的？房是怎么破的？锅是怎么碎的？往后，见着街上有撒传单的，多护着他们点儿，见到警察追打学生，给学生让个道儿。你们要晓得，只有他们，才知道国家的毛病出在哪里；只有他们，才是打心眼儿里体贴着你们的！”

老狱官哀求说：“陈先生！”

陈独秀怒：“不想让我出门了，是不是？”

“哪里话，哪里话，”狱官苦起一张脸，“小的不是不让您先生说话，小的只是怕耽误了您先生时间。”

“前头带路！”

“是，先生。”

甬道两侧，不约而同地响起了老老幼幼的人声：“先生走好！”

陈独秀闻言，感慨地挥挥手。

快出监狱大门时，狱官忽然反身，哈下腰，双臂一拦。

“慢，陈先生。”

“还有什么事？”

“一桩小事。”

老狱官一招手，旁边便有个狱警上前，递上一页纸。

“须签个字，方能出狱，务请陈先生鉴谅。”

陈独秀看了满纸内容，冷冷地说：“什么今后‘不再作越出法律范围举动’？什么话？中国有法律吗？北京有法律吗？”

狱官赔笑：“这是上峰指示，不是在下的意思。如若陈先生不肯作此具结，在下就实在没法子打开大门了。”

“拿笔来！”陈独秀寻思，反正是废话一句。嘴生在自己脸上，脚生在自己身上，思想如风一样翔于天地之间，谁能管得住？

他签了字，龙飞凤舞。

狱官放心了，又说：“在下还有一句话相告：陈先生出狱之后，只能居住北京，不能再去外地，且每月都有警官来府上视察，看看先生有无越规之举动。”

陈独秀闻言，手指身后：“你带路！”

“怎么？”

“我回监房！”

老狱官慌了：“在下不敢再啰唆，这就请先生出狱！先生这边请！”

陈独秀终于出现在监狱大门之外。

他脸庞苍白，发须过长，眼睛炯炯有神。

“爸爸！”一声尖叫。

黑子和喜子首先挣脱了妈妈，朝父亲奔去。

陈独秀紧紧搂住了两个孩子。

小纸旗与花束顿时沸腾起来。

张国焘与许德珩分别领呼口号：“欢迎陈先生出狱！”“真理与陈先生同在！”“民主与科学万岁！”

高君曼为丈夫披上一件深色外衣。

“快回家吧，”她说，“别磨蹭，你浑身都有酸味。我雇了马车。”

陈独秀没有搭理她，因为此时他看见了蔡校长。他急走几步，与蔡元培紧紧拥抱。

“我给蔡校长添麻烦了。”他说。

“我可以说是与仲甫同时出狱的。”蔡元培说。

陈独秀的表情讶异了。

蔡元培说：“政府没有抓我，但是我离开北京到南方做隐士去了，也可以说是一次自我监禁。北京的空气，难以呼吸啊。后来想想，隐居也非我所欲，北大毕竟放心不下，还是归去来兮吧！所以，我也是四天之前，才回的北京。”

陈独秀听罢，感叹一声：“彼此同心。”

“回北大之后就开课吧。”校长提议。

“我不想开课了。”

“为什么？”

“有人唇边抹着糖，有人嘴边尽长刺。想我独秀，恰是后一种，开口骂人。”这是校长最喜欢听到的一句话。

蔡元培笑起来，说：“脾性太臭。”

陈独秀眼一热，再次与蔡元培紧紧拥抱。

蔡元培指指自己的车：“上我的车。我送你回家。”

陈独秀随即回过头，吩咐高君曼：“我上蔡校长的车。你跟孩子们仍旧乘马车回去吧。”

高君曼应允了，但脸上有一种掩不住的失望。

陈独秀正要上车，忽又看见了欢迎队伍中的李大钊。李大钊在笑，两撇黑胡子在抖。

“对不起，蔡校长。”陈独秀说。

“怎么？”

“我想坐守常的车走。”

“哦，”蔡元培通情达理，“请便，仲甫。”

陈独秀急走几步，走到李大钊面前：“守常！你雇了车没有？”

“马车在后面。”

“我上你的车！”

两人突然展臂，紧紧拥抱。

胡适走上来，亲热地打招呼："仲甫兄！"

"你这个适之呀，"陈独秀忍不住直言了，"徐世昌、段祺瑞把我这个做先生的关进大牢，你胡适之又想把做学生的关进书斋，你安的什么心啊？你别以为我在大牢里就看不到《每周评论》了！"

胡适一时无法申辩。

"什么《多研究些问题，少谈些主义》！我在监牢里，每日想的都是主义！"

"其实，我的本意也不是如此。"

"我曾经对蔡校长说过：胡适之才，胜我七倍。今日看来，此话要改：胡适之狭，不亚于我！"

胡适急了："仲甫兄！……"

陈独秀挥挥手："算了，算了，今日不跟你多言，我得回去洗澡了。一见适之面，浑身虱子痒！"

张国焘走上前来，朗声道："陈先生，我们有一首欢迎诗，此时想献给你。"

"诗？"陈独秀听不明白。

李大钊微笑了："仲甫，听听学生朗诵吧。"

朗诵开始了。

三十几位北大男女学生，排成两列，一律抬脸，亮眼，扬眉，声情并茂：

你今出狱了，
我们很欢喜！
他们的强权和威力，
终究战不胜真理。

什么监狱什么死，
都不能屈服了你；
因为你拥护真理，
所以真理拥护你。

陈独秀听着，渐渐地，觉得眼里有点热。

你今出狱了，
我们很欢喜！
相别才有几十日，
这里有了许多更易：
以前我们的“只眼”忽然丧失，
我们的报便缺了光明，减了价值；
如今“只眼”的光明复启，
却不见了你和我们手创的报纸！
可是你不必感慨，不必叹息，
我们现在有了很多的化身，同时奋起：
好像花草的种子，
被风吹散在遍地。

陈独秀击掌。大声喊：“对！”

你今出狱了，
我们很欢喜！
有许多的好青年，
已经实行了你那句言语：
“出了研究室便入监狱，
出了监狱便入研究室。”
他们都入了监狱，

监狱便成了研究室；
你便久住在监狱里，
也不须愁着孤寂没有伴侣！

诗念完了，全场鸦雀无声。

陈独秀眨了好几回眼睛，他眼睛热热的。陈独秀轻易不流泪，此时也没有流。

张国焘说："陈先生，我现在要报告你这首诗的作者。陈先生知道是谁写的吗？"

陈独秀摇头。

"就是站在陈先生身边的李大钊先生。"

陈独秀回脸，久久凝视着面容敦厚的李大钊。

好你个守常！陈独秀心里说。

两人复又紧紧相拥。学生们报以一片掌声。

李大钊说："仲甫，上马车吧！"

马车里很热。帘子虽已卷起，但也一路无风，京城九月之暑热仍如老虎。

"守常，别挨着我，我身上真有臭味哩。"陈独秀在嘚嘚嘚的马蹄声中说，"唉，我这次研究室生活，整整九十八天。你可知道，这九十八天里，我最大的研究心得是什么？"

空气中飘来一股股久违的青草与烂泥的气息，陈独秀一边问一边大口呼吸，心里畅快得很。

"我不知道仲甫有如何的心得，我只知道，仲甫研究的，一定不是某个问题，而是某种主义。"

"你说对了，我就是在研究马克思。我原先总觉着马克思学说还缺一块，缺一块英美式的民主。而今摸了九十八天大牢的墙，才知道要靠什么打掉这座墙。达摩面壁悟道，我是做了一回达摩啊。我做达摩之时，手里握着一篇经，知道这是一篇什么经吗？就是你的《我的马克思主义观》。君曼探监，我嘱她带《新青年》，第六卷第五号，啊呀，果然送来了经了，油墨香，你的立论也香。守常，我今日可以告诉你，你信奉的主义就是我信奉的主义，我决意加盟布尔什维克了！”

“仲甫！”

“我这句话，说错了？”

“你不是说了一句话，你是说了一篇宣言！”

“大而无当？”

“大哉斯言！”

“大可不必！”

两人哈哈笑，互相握手。两人手心里都是汗。

“仲甫，我正想告诉你，我去了一趟天津，伯特曼的一番话，使我很受启发。”

“伯特曼，谁？”

“俄共党员。他说中国革命若要成功，首要之务，是中国的工人必须组织起来。”

陈独秀闻言，两道眉毛顿时拧起来。这个伯特曼的话，他不能同意。

陈独秀摇摇头，摇得就像白马脖子上的铃铛，当当有声。

“仲甫不能同意？”李大钊问。

“当然不能同意。”陈独秀声气很重，“首要之务，是要在思想界呐喊马克思主义！现在到处是无政府主义、工读主义、基尔特社会主义，连我儿子也一口一个巴枯宁。当务之急难道还不是要大力鼓吹马克思主义吗？”

“伯特曼先生的意思也不是……”

“洋人知道什么！”陈独秀打断对方，“最知中国者，唯你我！”

“仲甫，中国工人阶级数量已经很大，这是一个一无所有唯有镣铐的革命阶级，我们须要研究他们，发动他们……”

“够了！”陈独秀脸色通红，伸手一拍车挡，“停车！”

马蹄声停了。车夫回过头，一脸愕然。

陈独秀顾自跳下马车。着地的时候，陈独秀腿弯了一下，感到了膝关节的疼痛，毕竟牢坐久了。

李大钊在车上喊：“仲甫！”

陈独秀没有理睬，虎着脸，走了几步。

后面一辆马车嘚嘚嘚地赶上来，陈独秀一看，正是高君曼的那辆。

高君曼喊：“独秀！”

“爸爸！”儿子和女儿一起招手。

陈独秀于是挤上了那辆马车，马车风快地走了。李大钊没有动弹，心里叹息了一声。

大木盆热气腾腾。

陈独秀光着脊背坐在大木盆里洗澡，妻子拎一束树叶子抽他的背。抽着，抽着，又觉得下不了手了。

“抽呀，快抽呀！重些，再重些！”陈独秀喊。他忽然觉得很恨自己。马车的蹄声，一直在他心里响。

“什么抽呀抽呀，哪有这样洗澡的！”高君曼说。

“欧洲洗法。”

“你不是不信洋人那一套的吗？”

“九十八天的霉气，不这么抽打能行？再说，我这人也该抽。你抽呀！”

高君曼抽了两下，又停了树枝：“为什么该抽？假若你是指你我不该结伴离开安徽，我更不愿抽！是不是你坐牢之时想到这个了？”

丈夫否认。女人之事，他从来不悔。

妻子说：“那又为什么？反正，我不忍心。”

陈独秀轻声说：“君曼，依你说，我这个人脾气是不是太倔？”

“你那牛脾气，还用说！”

“守常今日所说，其实都是对的。我长牛角，这不错。我还不止一对，好几对呢。可是牛角也该长在头顶上，并未横在耳道里，我怎么就听不进话呢？九十八天里，我没有一天不想着守常，一朝见面，我怎么就又是上车，又是下车，脾气会这么坏呢？”

“这么多年来，我头一回听你自己说自己脾气坏。”

“你抽我，抽呀！”

高君曼还是不想抽。陈独秀怒拍木盆，水花溅了出来：“抽！抽！我这么该死，你还不抽？！”

高君曼牙一咬，举起树枝就抽。啪，啪，啪，水花四溅。

陈独秀双手扶住盆沿，感觉到了疼痛：“抽得好！抽得好！”

一对年幼的子女在外敲门，直呼妈妈不要打爸爸。

陈独秀觉得火辣辣的味道很好受。

周身的虱子，该是没有了，心气也平和了不少。君曼催他上床，他迟迟不解衣，只是大口大口吸着雪茄。吞云吐雾之间，他琢磨着有三桩事情，必得马上做的。头一桩，走一趟后闸胡同，去守常家里吃一顿热热闹闹的饺子。这一回，饺子是必须咬破的，这样才出鲜味，而独秀的心中之味，守常该知。第二桩事，马上答应蔡校长之邀，开宋代文学课。讲台还是要紧的，薪俸也不能等闲视之。第三桩事，召开《新青年》编辑会议，改众人轮流编辑为一人主撰。《新青年》再不能一张嘴巴喊多种声音。想想看，荒唐不荒唐，第五期由李大钊介绍马克思学说，第六期的带头文章又是胡适的《实验主义》，叫人无所适从是办刊之大忌。应该把李大钊、胡适、周作人、周树人、钱玄同、刘半农、沈尹默通通找来，定下新规矩，废止刊物的“同仁”之说，明确由独秀主编。这么做，众人大约都是会拥护的，唯胡适可能有异议。胡适显然是不赞成马克思而赞成杜威的。胡适会说：算了吧，还是轮流编辑好，黄莺儿也叫，云雀儿也叫，各种见解都不偏废，林子就热闹。他若真这样说，我便得严厉制止，我将如此出言:《新青年》已成为全国学界的思想之鼓，一面大鼓，绝不能鼓面也敲，鼓帮子也敲，百只鼓槌，混乱不堪。现今两把鼓槌，须得一齐握在我手。鼓点节奏，全按章法，不使紊乱。我若是出言凌厉，料想胡适也不会执意反对。或者，这次编辑会议干脆就搬到胡适府上去举行，以使他不便强力反对。

陈独秀在这么思忖的时候，大钟寺的钟声一直在隐隐约约传来。钟声音色清亮，一声声的，听着顺气。

陈独秀是这么想的，后来，也就这么做了，三桩事于三日内全部完成。

《新青年》自第七卷开始，全由陈独秀一人主编。陈独秀在第七卷第一号上发表了《本志宣言》，这篇宣言表明了这本著名杂志从宣传西方资产阶级文化开始向宣传马克思主义的深刻转变。

陈独秀捧着这本新杂志抽着雪茄，想象着自己已经成了一个穿上新制服的斗士，不禁咧嘴笑了起来。他知道，在20世纪20年代的中国，无政府主义等各种各样的西方思潮，在追求中国变革的青年一代中，还有着相当广泛的市场。马克思学说，布尔什维主义，有多少人会信呢？但是，只要钟声持续响着，什么都会起变化的。钟声在空气里传播的速度，可能谁都始料未及。

第 4 章

9 月 16 日这一天，天津有雨。

天津学联会所在的那幢小砖楼，掩在初秋的细雨之中。邓颖超与二十个同伴在砖楼上焦急地等待着一个核心人物上楼。

邓颖超期待着的脚步声，终于咚咚咚地响在楼梯上，只不过不是周恩来一个人的，他带了一群人，七八个，都是矮个儿，高颧骨，黝黑皮肤。

周恩来一进门，就对二十位青年伙伴说："我带了几位南方的同学，广东来的，都是无政府主义学习会的。"

邓颖超和直隶第一女师的毕业生刘清扬一起说："欢迎欢迎。"

大家一起鼓掌。鼓掌的大多是年轻的女同学，白衣黑裙，红扑扑的脸，一朵朵花一样。

邓颖超搬椅子："请坐请坐！"

周恩来突然说："为什么要坐这里？同学们，为什么我们不到楼外去？"

刘清扬奇怪了，说："外面有雨啊！"

周恩来挥动手臂，像挥动一把刀："我们今天不是结社吗？结社的目的，就是相互携手，风雨同舟。觉悟之社，就是觉悟之舟。舟既造就，缺风缺雨怎么行？"

天津学生成立"觉悟社"的这一天，正是陈独秀在北京出狱的日子。当然，他们并不知道陈先生在这一天被释放。他们在这一天，只是为自己身上奔流的热血激动着。正是由于有这样的热血在中国的存在，与各种社会主义思潮相联系的报刊和社会团体才会如雨后春笋般涌现于大江南北。

“那还用说吗？”对周恩来的提议，大伙一齐欢呼，“走，迎风迎雨去！”

邓颖超激动地昂起脸，张大嘴，让雨丝直接落入口内。刘清扬问她吃什么，十五岁的邓颖超大声说：“吃天哪！”

“他山之石，可以攻玉。我们先听听广东朋友的介绍好不好？”周恩来这样提议。

“好！”二十位天津学生骨干一齐在雨中鼓掌。来自广东的八位青年忽然齐刷刷地站成一排。

一位广东男学生上前一步，做了个夸张的手势，像是登台演说：“无政府之社会，乃是人类最先进最完美之社会！”

一位广东女学生紧跟着也是一个夸张动作：“无政府之世界，乃是人类最向往最渴求之世界！”

再一位男学生：“完美之世界将必定是十三无：无地主！”

另一男学生接上：“无资本家！”

女学生接上：“无首领！”

就如说接口令似的，南方来的这八个精精神神的学生每人都说出了一个“无”，并配以造型动作，掷地有声，势若万钧。

“无官员！”“无代表！”“无家长！”“无军队！”“无监狱！”“无警察！”“无裁判厅！”“无法律！”“无宗教！”“无婚姻制度！”喊完，造型即完毕。

“对不起，我们要赶赴北京，告辞了！”他们又一齐这样说，说罢，便呼啦啦地冒雨而行。

邓颖超羡慕地望着这群人的背影，大声说：“啊，真了不起！”

“太叫人激动了！”刘清扬也这么说。

南开学校的马骏抹抹满脸雨水，说：“我读过克鲁泡特金，无政府学说真是一个奥妙无穷的学说！”

“无家长，那我们连爸爸妈妈也不要了？”李毅韬忽然这么问。

“无婚姻制度，那就是别结婚了？”身为天津学联会会长的谌志笃也笑了起来。

邓颖超试图纠正：“不是不结婚，而是没有家庭的束缚。”

“结了婚，就意味着有家庭！”谌志笃说。

“家庭，代表着宗法。未来的社会，是容不得半点封建宗法的！”周恩来送走了广东学生，匆匆跑了回来，“来，我们现在就开始！”

邓颖超问：“开始什么？”

“忘了？今天我们成立觉悟社，其宗旨就是：要本着革心、革新的精神，求取大家的自觉、自决！所以，第一个觉悟，也就是最基本的革新，便是彼此废除姓氏，互相称代号！”

“对，”直隶第一女师的郭隆真说，“我们已经把纸阄做好了！”

周恩来敞开衣服口袋：“投进去！”

五六十只折叠好的纸阄被大家投入周恩来的湿漉漉的外衣口袋。

周恩来将手擦干，伸入衣袋，使劲地来回搅动：“赵钱孙李、周吴郑王，均为封建符号！生命一降世，便有家族宗法的绳索套上来，无疑是悲哀！我们觉悟社全体社员，作为新世纪的创造者，首先自身要做到反叛传统，割断历史！我们今天就废除姓氏，互相以秘密代号称呼！”

“万岁！”男女同学一齐欢呼。

周恩来宣布：“把手擦干，伸进来！每人摸一个！”

“啊哈，我二十九号！”马骏摸出一张，展开就喊。

“我十三号！”郭隆真宣布。

“我一号！我一号！”邓颖超忽然欢叫赶来，把打开的纸阄高高兴兴地送到大伙眼前。

周恩来说：“你拿一号真没错，每一回冲锋陷阵，你都在最前头！现在我来取一个。啊，以后，请社员们都称我为五号！”

“五号！”马骏喊。

“到！”周恩来雨中扬眉。

众人笑，笑得雨丝乱颤。

周恩来忽然神情庄严地说：“我现在有一种非常崇高的感觉。”

大家看着他，安静下来。

周恩来说：“我们今天为主义，牺牲了自己的名姓，算是小的牺牲。将来，为民族，为国家，为大众，我们还要准备牺牲自己的生命。我想，对于我们觉悟社社员而言，这应该是最起码的觉悟！”

“恩来，我也准备牺牲！”邓颖超表态最响。

“叫我五号！”

“五号，一号准备牺牲！”

“大家都有这个觉悟，我五号非常高兴。今日，应该就是我们为国为民奋斗终生的宣誓之日！”

马骏说：“五号，我提议，我们觉悟社的第一个活动，就是讨论一次无政府学说。”

“我不赞成。”

“为什么不赞成，恩来？”

“叫我五号！”

“为什么不赞成，五号？”

“你们有谁读了《新青年》第六卷第五号？读过的，请举手。”

“登了什么文章？”邓颖超好奇了。

“李大钊先生的文章，《我的马克思主义观》。”

“没读过。”邓颖超摇头。

“我昨天连夜看了。马克思真是个伟人。李大钊也是个伟人。今天是我们觉悟社的成立日，我提议，本社成立后的第一次活动，就是邀请李大钊先生来天津，给我们介绍马克思主义。”

邓颖超又表示了疑惑：“那你为什么今天要叫来无政府主义的朋友？”

“当今主义众多，五号以为，唯有比较，唯有鉴别，才有我们觉悟社的觉悟！”

邓颖超长时间盯着雨中的周恩来，忽然间觉得他非常聪明，以至她晚上与母亲睡在床上，还谈到这个浓眉毛的周恩来。

“今天我得了一号，”她说，“我想一定是爸爸在天之灵的缘故。他要我什么事情都冲个第一名！”

母亲笑笑。每次当女儿提到父亲，她听了都高兴。邓颖超几乎没有见过流放于新疆的“犯官”父亲，三岁之记忆，早如雾气般散淡。女儿七岁那年，父亲邓庭忠暴病故于西陲，孩子从此更无父亲之印象，然而杨振德就是喜欢女儿提到父亲。

邓颖超现在提到的却是另一个男人了。“周恩来这个人，真聪明！”她说。

母亲注意地看着女儿容光焕发的脸，哪怕在暗淡的光线下，她也看清了她的脸。

“无政府主义什么都好，就是无家长这一条不好。怎么能不要爸爸妈妈呢？妈，我从小没了爸爸，要不是你每天起早摸黑、含辛茹苦，哪有我的读书呢？妈，你哭了？”

“文淑，你长大了。”

“不，我还没有长大。周恩来说，真正成熟的人，是懂得救国之路的人。我们觉悟社的人，其实都还没有真正觉悟。譬如，马克思主义究竟是什么主义呢？能救我们国家吗？李大钊究竟是怎么样的一个先生呢？”

李大钊是个什么样的先生，邓颖超在觉悟社成立的五天之后，就亲睹其风采了。她不仅见到了两撇大胡子，更听到了随着大胡子的抖动而响彻于全场的慷慨激昂的演说。李大钊此回应邀演说，接受得也非常爽快。他非常愿意跟天津卫的学生当面交流思想，就像他非常喜欢跟自己学校的学生经常在图书馆聊天一样。

李大钊登上了南开学校的讲台。他一边走一边注视着台下。他看见了密密麻麻的年轻的眼睛，他明白什么叫渴望。他想，中国之所以还没有绝望，就因为存在着中国年轻一代的如此焦灼的渴望。应该给渴望以甘露，这就是我们这些身为教授的人应该做的事情。李大钊双手扶住讲台的边沿，这么想着。在他这么想着的时候，学生们的掌声渐渐平息下来。

李大钊选择了一个切入的角度。

“同学们，我还没有开讲，在台下就收到了同学们递的纸条八十多张。刚才我请周恩来同学帮我计算一下，看看同学们关心的是什么。现在计算出来了，有三十六张纸条问的是马克思主义到底鼓吹什么？于中国适用不适用？有二十四张纸条是问巴枯宁的无政府主义是不是天底下最好的主义？还有十二张纸条问的是工读主义，四张纸条问的是实验主义，四张纸条问的是基尔特社会主义。同学们，说真的，我从你们的问话里，感觉到了中国的希望！”

所有的眼睛都如萤火，聚集于一堂，李大钊感觉到了很强的光亮。

“你们不少同学都看过我写的文章，知道我是推崇马克思主义的。刚才，我走上讲台之前，就看见讲台上贴了一幅大胡子的马克思画像。当时我就想，你们天津南开的学生，一定是早就准备着我来大大地谈一番马克思的了。”

“不对，李先生，”前排边沿上有一位青年起立，大声说，“我们不管什么主义，我们只想听好主义。”

“对！”许多人附和。

那位青年又说：“马克思，巴枯宁，他们虽然像中国人的姓名，姓马，姓巴，可是他们都是洋人，他们的主义是洋主义，难道我们四万万中国百姓只有选择走洋路，才能摆脱黑暗吗？”

坐在前排的周恩来明显的不安起来，他觉得这位同学有点不礼貌。

“我就顺着这位同学的问题来说吧，我现在不讲洋话了，就先说说土话吧。我就从一双老土布鞋说起。”李大钊除下自己的一只布鞋，举起来，“我今天来天津，就是穿这双老土布鞋来的。我穿了三年了，鞋底磨出洞来了，我昨天还在鞋底上钉了两块皮掌。我一边看鞋匠钉鞋的时候，一边就在想，选择鞋子，很重要啊！一个人要走一条好路，必得要有一双好鞋子。有了一双合脚的好鞋子，即便走长路，走夜路，走险路，心里都踏实。我此刻有点好奇，我想知道，同学们今天都穿的什么鞋呢？是不是像我一样是一双圆口布鞋呢？如果可以的话，大家不妨举起鞋子给我看一看。”

会场一片骚动。这个提议太新鲜。

接着，便有许多鞋子举起来了。

更多的鞋子举起来了。

绝大多数同学都举起了鞋子。而且，绝大多数都是皮鞋，黑色的或者是棕色的。周恩来举的是一双黑皮鞋，帮沿上甚至有了一条细细的豁口。邓颖超举的是一双浅棕色圆口皮鞋，几乎是全新的，上个月母亲才给买的。

“我看见了，八九成都是皮鞋。皮鞋也就是洋鞋！中国原不产洋鞋，洋鞋都是从洋人那里舶来的。同学们，你们如果觉得中国人绝对不能走洋路，那又为什么个个都要穿洋鞋呢？”

许多人一愣。

“问得好！”有人回过神来，大声喝彩。

李大钊清清嗓子，喝口茶，继续说：“我们穿洋鞋，是因为觉得洋鞋牢固，便于走路。走什么路呢？大家在天津，在中国，肯定是走中国的路。由此可见，穿洋鞋，还是能走中国的路的。那么，我们是不是应该下这样的决心，在中国的土路上，走出一条洋道来呢？依我看，应该下此决心。马克思主义的洋道，你们以为平坦吗？并不平坦，并非一马平川，并非开满鲜花。这条洋道，说得透彻一点，是一条血路，殷红的血路。什么血？工人的血！农民的血！革命者的血！我们北方邻邦俄罗斯的工人和农民们在驱赶沙皇的时候，他们的鞋面上，不都淌满了血吗？你们一定读过不少关于俄罗斯的报章书刊，这种血，你们是可以想见的。所以，我说，穿洋鞋的同学们，你们一定不要听不得洋主义，一定不要拒绝走洋路。不管什么主义，什么路，只要能为中国民众谋到利益，能让帝国主义滚蛋，能让军阀下台，能让穷苦百姓过上好日子，我们都要鼓掌欢迎！”

“说得太好了，我们为李先生这番话鼓掌！”马骏如一匹烈马一样兴奋地蹦起来，“我们就用这双鞋鼓掌！”

他啪啪啪地打击起手中的皮鞋来。

不少同学以皮鞋击掌，啪啪声一片。

邓颖超喊：“你们这样做，不礼貌吧？”

李大钊笑了：“击得好，击得好！你们这么一敲，就让我听见了洋鼓声！洋鼓一敲，就是队伍开路了，就是士兵出发了！”

“对！”同学们齐声喊。

“我希望天津南开的学生们，扎紧你们的鞋，好好走路！走一条好路！我所说的好路，就是马克思主义之路！这是世界上最有希望的路！今天的演讲人李大钊的大胡子，同学们很快就会忘记掉，但是，有一个人的大胡子，同学们千万不要忘记，这个人就是马克思！”

李大钊的有力的手，直指贴在棕色讲台上的一张小小的马克思画像。这张画像是周恩来从一本书刊上精心地描下来的，人面描得不怎么样，一把胡子倒画得很传神。

全场又卷起一片热烈的掌声。这次是手的鼓掌，而不是“洋鼓”之声。

周恩来两眼放光，冲着邓颖超的耳朵大声说：“请李先生请得太对了！”

张敬汤倒背着手，阴沉沉地盯着河边的木笼子。

河边一排又一排笼子的粗粝的木条上，结着雪白的霜。

转眼就到了冬天，长江以北早已雪花纷飞。长沙虽未降雪，进入十二月之后，却也来了数次寒流，满街都早早地走动起了破棉袄。

虽则马克思主义的介绍与宣传，于1919年下半年以来，在中国风势日猛，被新思潮带动的各种青年社团也直如雨后春笋之势，然而中国封建势力所端起的刺刀的寒亮程度，倒是与季节同步的，凛冽而有力。

旅长张敬汤现在举起了马鞭。河对岸的百姓越聚越多，他要用马鞭子点散这些人群，就像点穴道一样。刁民火气很易膨胀，但是经不住点戳。他是武夫，武夫相信马鞭。

他刚要开口骂娘，那些检查站笼的士兵们先扯开了嗓子。

“硬——喽！”一个士兵从木笼抽回木棍子，这样喊。

这三十几只站笼里，每只都关有一名人犯。由于站笼这一刑具本身的残酷，所有的“站人”都作卡脖挺身的惨状。

冬日的惨白的阳光照耀在这些惨白的仿佛都已死去的人脸上。

士兵拿着一条木棍，挨个儿伸进站笼捅一捅，然后拉着声调喊：“硬——喽！”

又是一个站笼，一个耷拉着脑袋的。士兵又捅一捅，喊：“硬——喽！”果然有好几个站死的。

士兵又捅一个，发现是动弹的，便喊：“没——硬！”

“也算硬了，”张敬汤厉声喊，“看见没有，尿了！这是临终尿！也算硬了！”

“是，”士兵挺身说，“硬——喽！”

张敬汤冲着所有的站笼子骂：“娘的，站够了没有？我说你们怎么就没种呢？有种的，到日本去闹，在长沙胡闹什么？什么湖南民众要站起来？好吧，站起来吧，今儿就让你们站个够！现在站够了没有？都站出滋味来了吗？”

长沙的焚烧日货大会，是他哥哥张敬尧亲自下令镇压的。一接令箭，他出手就很快，两个钟头后就率领马队包围了长沙教育会坪。那是12月2日，风大，火大，口号声也大：“抵制日货！”“抗议福州惨案！”“严惩日本凶手！”

张敬汤看不下去。平日温顺的长沙人，怎么一个个都平生凶蛮之气？就算福州出了“惨案”，要长沙百姓较什么劲？福建早已划入日本人的势力圈，你福州学生多事，动不动就要检查商店，焚毁日货，那就怪不得人家那个“日本居留民团”来同你冲突，打死你一个，打伤你七个。福州学生太会闹，马上电求全国，什么“衅由彼开，损失均在全国”，什么“只论强权，不问是非”，什么“请各省各地爱国团体团结起来一致反抗，一定使日本政府对其居留民行凶暴行加以严惩，并负法律上的责任”。全国各界联合会便也跟着多事，通电尽是“警告全国父老，使知吾国危亡已在眉睫，迅与日人断绝国民交易，厉行抵制日货”之类。

长沙人岂有不闹的？而且他哥哥还特意告诉他，要查查那个喜欢“开闸放水”的毛泽东，看他在湖南学联被强令解散、《湘江评论》被查封之后，是不是还在其中蹦跳。如若是他，此回定严惩不贷，甚至亦可干脆一点，就地正法。

三十二岁的旅长张敬汤没有抓到毛泽东。这个又把湖南学联强行恢复的强人，估计是在火光里脱逃了。张敬汤的马队踏过火堆也踏过了所有的学生、妇女和商人。当时他只记得自己一路挥舞着马鞭，照着一张张湖南人的脸就抽。一个女孩子被他抽了一鞭，倒地之后，又被一个士兵迎面一枪托，打下好几颗牙齿来。当时他的马已经踏过去了，他没有看见那个哇哇大哭的姑娘随后又从血肉模糊的嘴巴里吐出一堆牙齿来，他更不知道这个从此成了无牙姑娘的女孩子名叫石花，她的摆水果摊的父母亲在三个月之前双双横死在他哥哥的车队前面。

一万长沙暴民在他的枪刺和马鞭下四散而逃，强作反抗之状的便抓了起来，连夜送入了站笼。中国人要站起来，你们自己喊的，那就站吧。张敬汤为此请示了哥哥，哥哥张敬尧说：“站！”

张敬汤冷冷地想，哼，站了一夜，就有站死的了，这些敢放火的暴民，也没几根腿胫骨硬朗的嘛。

于是他又扬起马鞭子，恶狠狠地朝小河对岸的围观人群喊：“都给我记着了，凡是不好好在家里窝着，贼着心想在湖南站起来的刁民，我张敬汤就开恩了，我让他这么站着！娘的，你们还有想站的没有？”

由于有士兵的枪刺所构成的警戒线，悲愤的长沙民众只得隔着小河相望。

“当家的，你冤呀！”人群中有哭喊而竟至昏倒者。

毛泽东和何叔衡挤在人群之中，只觉热血一股股上涌。

“黑暗至此！”何叔衡的眼镜后面都是泪水，“黑暗至此！”

一名外国传教士隔河拍照，仔细拍那些奇特的站笼子。

毛泽东挤到他身边，咬牙切齿地说：“先生，你今天拍到了中国最黑暗的东西！”

传教士解释说：“一张这种照片在伦敦卖，可以卖五个英镑。”

“你看到几个站笼子？”

“三十五个，先生。”

“数错了！”

“不会错。早上是三十六个，有一个坏了，拿去修了。”

“数错了，先生！在我眼里，是四万万个站笼子！”

“四万万个？”传教士放下了相机。

“四万万个！四万万个最野蛮的站笼子！这就是我们中国的现实！”

“先生，让我给你照个相吧！”传教士一时间瞪大了蓝色的眼珠子，“我总算碰上一个能看到有四万万个站笼子的中国人了！”

毛泽东一把挡开他的照相机，转身对悲愤的长沙民众喊：“湖南的百姓，已无路可退了！民谣就是民意：堂堂乎张，尧舜禹汤，一二三四，虎豹豺狼！四贼不除，湖南无望！”

“怎么办，毛先生？”有人急切地问，“我们听你的！”

“长沙已无说理之地！唯有上京城，请愿，要求立即驱逐张敬尧出湖南！”

“对！”何叔衡抹去眼泪，接口大喊，“张毒一日不出湘，湘民一日不安宁！”

毛泽东是个敏于行动之人。12 月 3 日，他便出席了在楚怡小学召开的长沙各校教职员代表和学生代表联席会议，决定立即开展驱张运动，发动全省学校总罢课，并分派驱张代表团去北京、天津、上海、汉口、常德、衡阳、广州等地，扩大驱张宣传。

至于毛泽东自己，他选择了北京。他认为，最终能将皖系军阀张敬尧调离湖南的，还得出自中南海总统府的令箭。

铁轮滚滚。

在这条向北隆隆爬行的灰色长龙上，糊满了大小标语：“北上请愿，驱除张毒！”“张敬尧贩运鸦片！”“张敬尧摧残教育！”“代表三千万湘民请命！”

这是12月6日，驱张代表团团长毛泽东和四十余名代表都集中在一节车厢里，一路走一路开会。

毛泽东为大家鼓劲：“张毒暴行，已引起全国注目！只要我们联络各界，奔走呼号，他北京政府就不得不挥泪斩马谡，张敬尧滚出湖南的日子，绝对不会远！”

“十日之内，张毒必然出湘！”有代表这样判断。“张敬尧赶走了，谁来呢？”这句话说得含含混混，不看着口型听还真听不清楚。无牙姑娘石花是公推的驱张代表，她说她要把几十颗牙齿都带到北京天安门去告地状。

对于石花的提问，毛泽东的回答很见自信：“我们自己来！各界推出代表，组成会议，自己管自己！我们应当有这样的强烈信念：湖南之事，应由全体湖南人民自决之！若是再进一步，湖南都可以宣布独立，建立国家！”

许多代表一愣，接着便有人鼓掌。鼓掌者多是学生。

“如此，湖南不就成风中之烛了吗？”一位胖胖的商界代表问。

毛泽东笑了。毛泽东说：“你说，是全国一片黑暗好，还是一处略有光明好？我说，总是有一处光明好！有了第一把火，就会有第二把火！有了第二把火，就会有第三把火！一省一省的问题解决了，将来合起来，便可以得到全国问题的总解决！”

车轮在响，有人应和，有人茫然。其实这个问题毛泽东自己也没有想透，一省建国，是无奈中的一条思路。全国黑暗，中华民族自立自强的总建设一时还看不到头绪，那就不如索性去谋各省的分建设。等他个十年二十年，各省的分建设都搞好了，再搞彻底的总革命，共同建设一个大中国。这是一条十分大胆也是十分冒险的革命思路，毛泽东一旦进入这个思路，就越想越觉得可行。他不管别人怎么想，不管"湘人自治"或者"湘区立国"，听起来确有点骇人。

毛泽东当晚又开始这么想，他坐在车厢的木条椅子上，摇摇晃晃想着的时候，睡着了。梦里，又有一条黑红相间的鱼向他游来，瞪着他，一动不动。毛泽东看着这条屏心静气的鱼，琢磨着它是不是处于一种跳龙门之前的紧张状态呢？他伸手去抓它，却怎么也抓不住，那鱼总是在他三尺远的地方盯着他，善解人意的样子。车轮哐当哐当，一种无休无止的伴奏，毛泽东越想越沉，直至睡得梦也没了鱼也消逝了。

北京北长街的福佑寺，是一处几近荒废的喇嘛庙。

大殿内外，残垣破壁。但是由于四十几位摩拳擦掌的湖南志士的安营扎寨，福佑寺顿时有了生气。

大殿里开始了热热闹闹的打扫。

"请问毛团长，"一位兼管废庙的老年喇嘛开始同毛泽东谈论租金，"贵团欲租用几个月？"

毛泽东哈哈大笑："几个月？师父差矣，我们至多租十天便可返湘！明日，我们就去总统府请愿，兴许后天大总统便下令罢免张敬尧，交付国民审判。如此，三天便可退租！"

老喇嘛摇摇头。

"不相信？"毛泽东双手叉腰。

“看来毛团长是个讲理的人。”

“湖南百姓个个都是讲理的人。”

“毛团长知否，一个国家最不讲理的地方，是在哪里？”

“依师父说，是哪里？”

“就是京城。”

毛泽东想，他说得一针见血，道理很对，于是改了口，豪爽地说：“那我就预交半个月租金！半个月之后，我这位团长大人绝对不会再与释迦牟尼佛同居一室了。”

二十七岁的毛泽东还是把事情估计得太乐观了，六十四岁的徐世昌大总统自有他自己的逻辑。徐世昌当天从报纸上见到一个名为“驱张团”的团体来到北京，便冷笑了一声。他知道这些人会给京城带来一些麻烦，但是想想这些毛孩子们，却也有些可怜。第二日，果有传旨官来报，新华门外，皆是湘音。人群中还夹着几只镁光灯，那是北京报馆的好事之徒混杂于其间。

中南海积雪很厚，徐世昌裹起裘皮大衣漫步于松柏之间。他这几天一直觉得关节僵硬，不出屋活动活动怕是不行。但是要出新华门见人，则是不行中的不行。

他哼着鼻音，对传旨官说：

“调兵遣将之笔，向是总统所摄，这些湖南百姓，今日真的是想来握我徐世昌这支笔？”

“禀大总统，新华门外闹事刁民仅有四十余人。”

“哪只手敢伸，就打哪只手。这年头，个个都如孙猴子投胎似的，闹事都闹出精来了！”

毛泽东组织的这次请愿，果然又无果而终。虽然没有了张敬汤的野蛮的马队，但是新华门军警的呵斥和推搡也是不留情面的。毛泽东在退走的时候，后腰上又被揍了一枪托，生疼生疼，而无牙的女团员石花则重重挨了一脚，扑通一声，倒在地上哇哇大哭。

毛泽东捂着自己的后腰，使劲搀起石花。他灰衫的袖口沾上了一抹一抹的血。这位姑娘的后脑勺被新华门外的坚硬的砖地磕破了，一绺头发被血粘成了湿糊糊的一块。

回到破败的福佑寺，毛泽东就吩咐煮稀饭。饭好之后，他舀了一碗，亲自端着，送到神座后侧的铺位上，一勺一勺地喂这位可怜的姑娘。

“还痛不痛？”毛泽东问。

石花摇摇头。

大殿里，有人烧大锅，有人睡大觉，有人嘴里咒骂不停，有人来回踱步不止。大家情绪都不高。

身穿紫红色破衣的老喇嘛踱到毛泽东身边，赔着笑说：“毛团长，依老衲看，您还是先交一个月的租金吧？”

毛泽东还没想好怎么回答，却突然眼睛一亮。一个穿着碎花小棉袄的姑娘出现在殿外的石阶上。

“开慧！”毛泽东奔过去，“你找到这里的？”

杨开慧没有进殿，站在冬日的太阳里，朝他笑。

毛泽东有些内疚，到北京了，没有先去恩师杨昌济那里报到，却先向总统府报到了。

杨开慧告诉毛泽东，她父亲病重了，已经住进了一家德国医院。“润之，医院不会给你一枪托的。”她这样说。

毛泽东后来去了那家德国医院好几次。

恩师杨昌济瘦多了，两颊凹陷得就如他后脑勺枕着的两只大枕头，唯一双眼睛，还是那样炯炯有神。

杨昌济一直担心着湖南的“驱张”，他一再要女儿读报给他听。所以，他很明了湖南民众驱张的决心，也很明了驱张团到了北京之后的境遇。驱张团境遇不是很妙，先是得到大量的同情，流在长沙的血和泪都上了京城各报的头版，随即下来就是日渐的松散，总统府和总理府始终拒见，而请愿团送到各报馆的驱张文章也多数石沉大海。

杨昌济让毛泽东直接坐在病榻上，握住他的手，轻声说："驱张必定成功之理由，说来我听听。"

毛泽东一说到驱张，就要站立起来。

他站在病榻边昂扬地说："其一，公理在我不在他。我握有三千万湘民生灵涂炭之事实，他唯握有刺刀和绞索。"

"这我听懂了。"

"其二，士兵在我不在他。"

"这话我听不懂。"

杨开慧笑笑，与其兄杨开智对望一眼，意思显然是毛润之这个理由，我们也听不明白。

"为什么士兵在我不在他呢？"毛泽东开始解释，胸有成竹，"他之军队，仅在湘境，小军也！我之军队，乃在全国，乃在各界，人心所向，拔世盖天，大军也。杨老师，现在每天都有京城各界人士前来驱张请愿团声援，我组织了一个平民通讯社，毕竟每天都有五十几条驱张消息稿发往全国各报馆！你说是他张敬尧的兵多，还是我毛泽东的兵多？"

杨昌济说："虽则报馆之刊载一日比一日稀少，但你的话还是有理，铿锵之中见着了气势。润之你说得好，说下去。"

"其三，气势在我不在他！他张敬尧现在已四面楚歌，锋芒散尽，连驻守在衡阳的直系师长吴佩孚和驻守于常德的直系旅长冯玉祥都想借民众之势以倒张，湘军的谭延闿也对张敬尧不满，张毒之孤立显而易见。而我这个毛团长领三千万湘民之托，横心与张敬尧决一死战，加之驱张请愿团四十余位大将，各自代表一方湘界，扎营京城，奔走呼号，人人气贯长虹，个个破釜沉舟，如此军威，如此气势，何池不夺？何城不下？”

杨开慧和杨开智一齐笑出声来。

“润之啊，”杨昌济大点其头，“还是你那句话呀：时机到了！世界的大潮卷得更急了！洞庭湖的闸门动了，且开了！还有那一句：顺它的生，逆它的死！润之啊，你还是什么都不怕啊。”

就在杨昌济对毛泽东之言大为感慨之时，四位“驱张请愿团”的成员一路寻到了这家德国医院。

“毛团长！”胖胖的商界代表招招手，将毛泽东唤到病房外的走廊上，显得非常不好意思，“我们想回长沙了。本来打算悄悄走的，转念想想毛团长的平日情谊，不辞而别总是不好。”

面对四位袖手耸肩的“逃兵”，毛泽东强抑怒气。他说：“才这么几天，诸位的肚子里，就消化完了长沙万人送行大会上的壮行酒？徐世昌才两回闭门拒见，诸位就销蚀了破釜沉舟之决心？”

胖胖的商界代表脑袋垂得更低，然而意思的表达依旧还是清晰的：“毛团长，冰冻三尺，非一日之寒，亦非一日可融。到京之后，才发觉大总统与张敬尧是同裤之人，驱逐一事，谈何容易。驱张既不可速成，不如早日返湘，另图抗议之道。”

另外一位代表也怯怯地说：“毛团长，鄙人亦以为迟走不如早走。”

病房内的杨昌济很不安，他支起耳朵，倾听着走廊上的声音。

他听见又一个声音在说：“毛团长，我劝你也及早返回。早上，长沙方面又来电报，说令尊大人在韶山病重，家中盼望你早日回去。”

然后便是毛泽东的声音：“家父病重，我早几日就已知道。侍奉父病，也是孝道。然而自古忠孝难以两全，我此刻所念所思，皆是如何兢兢业业做好中华民族之孝子，而不是只做韶山毛贻昌一人之孝子！”

走廊上一片静默。

杨昌济叹口气，扭转脸，对杨开慧说：“润之此人，既资质俊秀，又大气磅礴，可倚可靠。”

杨开慧似乎听懂了父亲的含意，低首不语。

杨昌济剧咳几声，又问：“你听见了没有？”

聪明的杨开智说：“爸爸，妹妹听懂你的话了。”

二十几天之后，毛泽东的父亲毛贻昌在家乡病逝，与毛泽东的母亲文七妹合葬于韶山土地冲。毛泽东忙于驱张，在困境中苦撑，终未能回湖南老家奔丧。

半个月之后，毛泽东的恩师杨昌济先生亦不幸病逝。杨昌济弥留之际，抖着手腕，亲笔向滞留上海的章士钊写举荐信，推荐毛泽东、蔡和森两人。他信中这样说：“吾郑重语君，二子海内人才，前程远大，君不言救国则已，救国必先重二子。”新年过后的元月十七日，毛泽东在自己的黑棉袄外面，罩上一件白衫，去了北京南横街七井胡同内的一座寺院。那座古寺名为法源寺。杨昌济的灵柩在运回湖南之前，先按旧例停放于这座古刹。

毛泽东是以半生半婿之身份，陪同开智、开慧兄妹俩，为杨昌济守灵的。他托腮而坐，长时间不吭声，想着生，想着死。

远处大殿时有悠扬的诵经声传来。他们坐在寺庙右侧的一间空房内。天很黑了，屋外铺满了静静的积雪，厚如棉毯。

毛泽东一直没有言语，默视着白色的灵幔。灵幔后侧并排放着两条长凳，黑漆灵柩就默默地搁在长凳之上。

屋外，雪花无声地飘落着，无休无止。杨开慧拨一拨炭盆，问毛泽东：“冷不，润之？”

毛泽东摇摇头。

“想什么呢？”

“想得多了。想杨老师一生，想我自己。”

“润之，我从来没见你这么忧郁过。”

“是啊，忧郁，是忧郁，为你父亲。”

“不对，你只说了一半。”杨开慧的眼光一向很锐利。

毛泽东说：“另一半忧郁，确实也是为我自己。是的，开慧，这几日，我一直很忧郁。在人前，我总是作西楚霸王之状，挥刀举剑，永不服输，可是在人后，譬如说，在恩师灵前，或者说，在你面前，时常就有英雄气短之感。”

“短在何处呢？”

“就如你父亲，教了一辈子伦理学，一本《伦理学原理》，有时候，说得至清至澈；有时候，却又越来越说不清理在何处。我也一样，脑子有时候很清晰，有时候又不知道路在何方，半夜都会惊醒。”

杨开智站起来，踱了开去。这些话，他听着，觉得很沉闷。他在灵幔背后，拨了拨灯芯草，让长明油盏更亮一些。

杨开慧要毛泽东继续说下去，她很担心毛泽东。

“我今岁二十又七，”毛泽东继续低声低语说，“却已经信仰过世上许许多多东西了。小时候，信孔、孟。更小的时候，跟我母亲信佛。我小时候的乳名叫石三伢子，你晓得吗？”

石三伢子？杨开慧摇摇头。

“我妈妈请人给我算八字，说我八字大，不拜个干娘难保平安。有一天我妈带我去棠佳阁外婆家，路上有块石头，像人，人家都说是石观音，妈就叫我跪下磕头，拜石头做干娘。从此我就有了个石三伢子的乳名。我们毛氏家族，都是崇佛的。”

“你会打坐吗？”杨开慧来了兴致。

毛泽东随即做了个打坐之姿，一边打坐一边说："我曾有一句话：精神不灭，物质不灭，即精神不生，物质不生，既不灭何有生乎，但有变化而已。我这些话，看起来，与佛家的灵魂不灭也如出一辙。"

他大叹一口气。

杨开慧入神地望着他。

"后来，我不信佛了，信康、梁。表兄送我两本书，一本讲的是康有为的变法运动，一本是《新民丛报》，梁启超编的。这两本书我读了又读，直到可以背出来。说老实话，我非常崇拜康、梁。尤其是梁任公。我还给自己取了个名字，叫毛学任，也就是一辈子要学梁任公的意思，亏了你父亲的指点，我才把'学任'改成了'润之'。"

杨开慧点点头："听爸爸说过。"

"再后来，为追求德先生和赛先生，我又信奉工读主义、巴枯宁的团体无政府主义、克鲁泡特金的互助论。后来，又觉得马克思学说不错，俄罗斯革命有理。胡适先生说应该少谈些主义，多研究些问题，我就跟着来排列中国的问题，一排就排了一百一十四个。后来见李大钊先生批评胡适之文，又生顿悟之感。眼下，发奋驱张，想彻底改造湖南，一省首先建国。然而看看现状，驱张又谈何容易？来京已一月，雾障重重，肩膀上挨了一枪托，屁股上挨了一枪托。开慧，真的，我有时候，简直不知道下一步路，究竟该往哪个方向走。"

"先前，你一直指点我这个道理、那个道理，从没听你叹过自己不明道理。今天，你却叹了一肚皮苦经。"

"这个月，蔡元培校长又在北京发起'工读互助团'，呼吁各地青年实行半工半读的集体生活，要求遍地开花，将来再来个'小团体大联合'，在全国实现一个各尽所能、各取所需的工读互助之社会。这个建议，似乎又不错。可是社会之改造，就这么实验实验便能成功的吗？开慧，这些天，我心中真的是疑惑颇多。”

杨开慧忽然说：“能不去想这些主义吗？”

“那怎么行？”毛泽东顿时睁圆了眼睛，“那，那做什么人呢？”

其实杨开慧早已明白了，毛泽东整个人就是为主义而生的。他的到处求学，他的雨中锻炼和水中锻炼，他的乞讨考察自讨苦吃，目的都很单一，皆是为的寻找主义和播种主义，以图国之强盛。杨开慧不像别的姑娘那样不喜男人谈论国是，相反，她喜欢男人有肩。上天为什么要把男人的肩膀造得比女人宽一点呢？男人就应该是这样。

杨开慧便轻声说：“润之，那你就继续钻研吧。就像有人说的，蚯蚓无骨，一天到晚也在深处钻研呢。”

“可是，”毛泽东放松了坐禅的姿势，“说实话，如今我于种种主义、种种学说，实在还谈不上有一个明确的概念。我好几次做梦梦到一条鱼，一条鲤鱼，半黑半红，像跳龙门之前的鱼，傻呆呆的。我几次想，我是不是就是这条鱼呢？我想跳龙门，也许主义就是龙门，可是我不知道龙门在哪儿。天下最惨之事，莫过于摸不着门，我若是那条傻傻的鱼，那也惨了。”

“润之，”杨开慧说，“你真的常常这样苦恼吗？”

“真的常常苦恼。只是我从不在人前表露罢了。”

“你在我面前痛痛快快表露了。”

“那是你呀，你是开慧呀！”

这最后一句话，这句拙拙的话，杨开慧特别爱听。她知道自己在毛泽东心目中的位置和分量，她觉着一种温暖。于是她说：“也有一个人经常在我面前表示苦恼。”

毛泽东一怔，不明白姑娘的意思。

“就是他。”杨开慧指指白色的灵幔，“我爸爸。爸爸说过他的苦恼，他几次对我说过，我听着倒很喜欢。追求真理的人，都有这种苦恼，这是一种高尚的苦恼。”

毛泽东说：“我听见了一句很有见地的话。”

“爸爸临终前还对我说，他研究了一辈子人间伦理，可是最终的答案，他还是没有把握。”

“就凭杨老师这句话，今日我也该送他一只人间最大的花圈。可是，开慧，我实在是囊中羞涩，所有的钱都买了纸张印传单了，连一只最小的花圈都买不上。”

“花圈不算什么，你人都来了。”

“不，”毛泽东双腿一蹬，站起来，“这座法源寺，唐代就有了，那时候叫悯忠寺，其意为悲悯天下忠烈之人。你爸爸忠于理想一辈子，临终时还念念不忘人间伦理，如此高风亮节，我这个学生还不应敬送他一个天下最大的花圈吗？开慧，你等一等！”

毛泽东一边说，一边就大步出门。他迅速融入了寒光烁烁的雪夜之中。

“润之，外面冷！”杨开慧不知他要干什么，但也拉他不住。

“妹子，”杨开智见妹妹要追出门，急忙拉住她，“别出去，外面风大。”

兄妹俩坐着，探头出门，使劲盯着月光下隐约闪动的毛泽东的身影。

一会儿就传来了急促而响亮的啪啪之声。

他们看见毛泽东弯着腰，手舞之，足蹈之，在偏房外的大片空地上，接连不断地拍打着雪，雪声清脆而响亮。

毛泽东全身开始发热，但是双手冰冷。他在厚厚的积雪上堆起一个雪坨子，然后狠狠拍击，拍击出一个结实的雪团子。

就这样，在清冷的月色下，在泛着寒光的雪地中，身穿黑棉袄和白纱衣的毛泽东一刻不停地拍制着雪团子。他拍出的雪团子有膝盖那么高，滚圆的，一个接着一个，越拍越多。

杨开慧看不明白，走出灵房，走到冬夜的风中，哥哥没有拉住她。

“你这是干什么？”她走到月夜的舞蹈者身边。

毛泽东喘着气：“快围成了。”

“什么呀？”

“花圈！”毛泽东终于停了下来，用手指着松柏下一大圈鼓鼓凸凸的雪坨子，“这是花圈！看明白了吧，花圈！我送的花圈！开慧，也许这个花圈是天下从未有过的最大的花圈。我想，对于一个一辈子追求人间至理的人，应当有一个这样大的花圈送他上路！”

“从没见过的雪花圈！”杨开慧忽觉眼眶湿了。

“每一回听杨老师上课，心灵都会纯净如雪。我毛泽东今天是以雪还雪。”

“我越来越理解你了，润之。”

“开慧，”毛泽东轻声说，“在我最没有方向的时候，你是一盏灯。”

“不对，”杨开慧纠正说，“润之，我没有办法成为你的指路灯，你还是应该寻找自己的方向。”

毛泽东点点头。

“没有灯光照着你的路，我也着急。”

毛泽东又点点头。听着这话，他心生感动。他后来告诉她，他要设法去见陈独秀。他看了最近一期的《新青年》，他在陈独秀的论述里见着有东西在燃烧。

什么东西呢？杨开慧不明白。

毛泽东也不明白。但是毛泽东说，他必得在北京期间，好好地请教陈独秀一番。

在毛泽东快走近陈独秀宅院时，听见身后有急促的脚步声赶了上来，那是一种皮靴踩着积雪的嘎叽嘎叽之声。

毛泽东下意识地闪到一边，但是肩膀还是被粗暴地推了一把。胡同很窄，后面的赶路者把前行者都当作了障碍。毛泽东没有发作，因为他看见的是一个警察，乌鸦般的黑色装束。这年头就数警察最没法打交道。警察径自走到一座宅院门前，砰砰砰打门。这倒使毛泽东吃了一惊，他认出这个墙色斑驳的四合院就是陈独秀之宅。

毛泽东蹲下来，系鞋带。

警察见门不开，又踢一脚，再踢一脚，直踢得高君曼慌慌忙忙来开门。

警察声气很粗："陈独秀在家吗？"

"在，在。"

"在哪儿？"

"卧房，头有点痛。"

"这些天做什么？"

"养养鸡，喂喂鸟。"

"有不检点行为吗？"

"看你这位警察先生说的哪儿话，"高君曼叫起来，"鸡啊鸟啊的，能听得懂他的演讲吗？"

警察递过一张检视单："画个押！"

高君曼便代替丈夫签了个字，警察收了检视单嘴里叽咕着走了。

毛泽东一直等到警察绕过胡同之后，才趋步上前。

"嫂子，我想见陈先生。"

高君曼一把拉进毛泽东："里面说话！"

毛泽东拍拍雪，说："嫂子不认识我了？我叫毛润之，上回来过。"

"怎么不知道你呢，毛润之，办《湘江评论》的，独秀老是说你的文章如山洪出闸！"

"承蒙陈先生厚爱。我今天特地再来请教他。"

"他不在家。"

"不在？"毛泽东一愣。

"不在。"

"不是养鸡喂鸟吗？"

"出北京了！"

"是吗？"

"先去上海。"高君曼凑在客人耳边说，"延年和乔年要留学法国，他去送送。然后就去武汉，武汉的人要他去演讲。"

毛泽东暗自一惊，心想，坏了，这不是自我暴露吗？于是他马上说："一演讲，不就又要见报？一见报，北京的警察还不盯住他？"

"我也这么说嘛，可谁能拉转他那个牛头？"

话犹未了，忽又听得大门啪啪啪打得山响，末了，又是重重的一脚。毛泽东又一惊："还是那个警察！"

"你快进屋。"高君曼推他一下。

毛泽东赶忙躲进屋子。

高君曼打开门，果然是那个喉咙很粗的警察。

"你代他画押不行，还是得陈独秀自己画押。叫他出来！"

"他头痛，躺着。"

警察推进门："那我进去。他躺着也不成！"

"先生，他咳嗽，喀喀喀，喀喀喀，还吐几口血呢！不染着你？”

警察犹豫了。高君曼又说：“怕是牢里带出来的疾。”

警察急忙递过检视单：“那你递进去，叫他画个押，画这儿！”

“行。先生进屋坐吧？”

警察摇手：“不坐了，不坐了！”

高君曼走向屋子，心里打鼓。

北房偏冷，毛泽东坐在炉子旁边，伸手烤着。炉子是泥炉，胶泥搪的，像个大肚的酒坛子，外面刷着北京特有的大白粉。

高君曼掀帘进屋，悄声说：“我字儿写不好，烦你帮陈先生签个名。”

黑子说：“妈，这个叔叔是谁呀？进屋就烤火。”

“嘘！”高君曼取出笔墨，“黑子乖，别作声。”

毛泽东问：“陈先生的签名，有样式没有？”

“有。”高君曼取来一摞书，书上有签名。

毛泽东一瞧笔画笔顺，心中就有数了。他在硕大的古砚上舔舔笔尖，一抖腕，便在检视单上签下“陈独秀”三字，龙飞凤舞。

高君曼挺满意，悄声说：“今天亏得你来！”

警察接过检视单，看一看，跺着脚说：“她姥姥的，这雪也止不住！”

高君曼又邀请：“进屋喝碗热茶吧？”

“不用，管住你男人就行了！”

毛泽东见警察一走，也匆匆离开箭杆胡同。没见上陈独秀，他心里有点不踏实；心里更不踏实的还有一条，那就是他担心陈独秀这一回又要出事。近段时间他有点相信自己的预感。

就在毛泽东代替陈独秀签字画押的这个月的 29 日，秘密离京的陈独秀抵达上海。他一出上海火车站，就从上海报纸的号外中得知当日在天津发生的“一·二九”流血惨案。天津当局无理镇压抵制日货的爱国学生，重伤学生五十余名，并在直隶省公署逮捕请愿总指挥周恩来以及其他三名学生领袖。

陈独秀双眉跳起，对报童说：“岂有此理！”

报童吓一跳，说：“先生您付钱！”

这是陈独秀头一回知道周恩来这个名字。虽说七年之后周恩来率领四位中共政治局常委来见这位失势的中共总书记时，陈独秀转过头去没有理睬他，但是应该说，对周恩来这三个字，陈独秀自始至终是非常尊重的。

邓颖超脚痛，痛得空气从齿缝中出来，嘶嘶响。

在周恩来被抓进天津警察厅的时候，邓颖超像只小兽般扑向那些乌鸦似的警察，被一个警察踢下了粗粝的石阶，她右侧倒地打了个滚，右脚脖子扭了。

脚脖子有点红，看看不起眼，但是不能碰，一碰就痛。杨振德拧出一块热毛巾，敷在女儿脚上，热辣辣的。

邓颖超一边龇牙咧嘴，一边说：“他会怎么样呢？”

“谁呀？”

“周恩来嘛！”邓颖超望着灯光里的母亲，母亲的双鬓里已经有了几根白发，“他们会对他怎么样呢？”

“没有好果子吃。”母亲说，“当初，你爸爸也是这么被抓走的。”

“他们打人吗？”

“打几下总是难免的，不伤骨头就是万幸。”

“我要救他！妈，我一定要救他！”

“小超啊小超，你以为你台上演过花木兰，台下就是花木兰了？”

“妈，女儿认为，台上演戏和台下做人是一回事。台上做过花木兰的人，台下也得做花木兰；台上做过安重根的人，台下也得做安重根。”

母亲注视着女儿，半晌说：“你这话跟你爸爸当年说的一样！”

天津的邓颖超快近午夜还没合眼，不是因为脚痛，是心痛。她整夜都在盘算救助方案。而在这一天的午夜时分，到了上海的陈独秀，则终于打听到了自己的两个宝贝儿子在什么地方打工赚钱。

他独自行走，拐过一条小街，又转入一个里弄。街灯把他孤单的身影拉得很长。

他在里弄口停了步，向一位在路灯下卖茶叶蛋的老太太问路。茶叶蛋的香气，在冬夜里有一种穿透力。

“请问老太太，图书馆在巷子里吗？”

他一边问，一边把手中的报纸号外撕作两片，扔了。

“报纸撕破，可惜了，包茶叶蛋，正好。”

“老太太，有的报纸能包鸡蛋；有的报纸只配踩在脚底下！”

他狠狠地踩了几脚。

老太太奇怪地看着这位皮肤黝黑的中年人，随后往身后指一指。

陈独秀折进里弄，高一脚低一脚，隐隐约约的锯木声果然越来越响。

在穿过一个门洞之后，他看见了一家小图书馆的工场。他走上前去，朝窗里望。首先看见的是一把大锯，叽嘎叽嘎作响，很有节奏感。接着看见两个拉锯人一个坐得高，一个坐得低，身上衣衫单薄，脸上却已大汗淋漓。

我的延年！我的乔年！

叽——嘎！叽——嘎！满地板的刨花，满眉毛的木屑。兄弟俩干得正欢，连拉几十下，一点也没有停下来的意思。他们周遭，是一些半成品的白木书架。

陈独秀站在窗外，久久看着自己两个白天念书夜晚做工的儿子，看着他们瘦削的身躯和汗湿的破衣。孩子于出国前夕还在做工挣钱，很使陈独秀百感交集。

精瘦的陈延年擦擦额上的汗，精瘦的陈乔年也擦擦汗。

叽——嘎！叽——嘎！叽——嘎！

陈独秀默默地转身，离开了图书馆工场。他不想干预劳动。他觉得他们现在的身姿很动人。

这样很好，他对自己说。

这个皮肤黝黑的中年人现在又站到了卖蛋老太太面前。茶叶蛋还是很香。

“先生，天冷，吃个茶叶蛋吧。”

陈独秀蹲下来。

老太太从陶罐里夹出一个茶叶蛋。

“怎么知道我只买一个？”

“先生要几个？”

“我都要了。”

老太太吓一跳：“我还有十个。”

“我都要了。”陈独秀说，“里面，图书馆，有两个孩子，拉大锯的。你听见拉锯的声音了吗？你仔细听。对了，就是那儿，你给他们端去，都端去，一人五个，让他们吃完。听着，一定要叫他们吃完。还有，把这张纸条交给他们。”

陈独秀写了几个字，把纸条和钱一起交给老太太。

老太太听话地端起了陶罐，颤颤地走入黑黑的巷子。

陈独秀站在夜风里，一动不动，一直倾听着隐隐约约的叽嘎叽嘎的声音。他听着那声音，那是儿子心里发出的声音。

锯子声停了。终于停了。

陈独秀放心地点点头，慢慢竖起大衣领子，顺着夜街，走了。

两个钟头之后，他所住的旅馆房门，便响起了鸡啄米似的敲门声。

陈独秀跳起来，急忙开门。是儿子，当然是儿子来了。

两个儿子现在就站在他面前。精瘦，但是精神。

老大皮肤粗黑，老二皮肤白皙。两人衣服均已换过，但仍然是两身旧得不能再旧的衣服。

延年叫一声："独秀同志！"

乔年也叫一声："独秀同志！"

陈独秀沉默了一会儿，说："为什么不叫爸爸？"

"对于信奉无政府学说的人来说，宗族和家庭的概念不是一个先进的概念。"延年诚恳地说。

弟弟担心地看看哥哥，又看看爸爸。他觉得哥哥的这句话说得挺诚实，但是语气上冲了一点。

陈独秀说："可是我毕竟是你们的亲爹！"

延年说："所以我们看你来了，独秀同志。"

陈独秀想了半天，决定退却："那么我也得叫你们延年同志、乔年同志？"

延年说："可以这么称呼。"

乔年马上补充说："你也可以把同志两字去掉，叫延年、乔年。"

乔年这么说，延年也没有反对。延年蹭蹭脚，有点手足无措的样子。兄弟俩的鞋上都有明显的泥沙和木屑。

"那么，延年，乔年，都坐吧！"陈独秀拖开两张饰有黑色花纹的木椅子，"两位同志，一人五个鸡蛋是不是都下肚子了？"

延年说："没有一人五个。"

“怎么没有？”

“他六个，我四个。”听延年这样解释，大家都笑起来，气氛顿觉缓和。

“延年，乔年，”陈独秀说，“除了送你们一篮鸡蛋之外，今天，我还要送你们三样东西。”

他走到屋角，打开棕黄色的手提皮包，从中取出一包沉甸甸的东西。

“知道你们明天就去法兰西，我和你们姨妈都特别高兴。本来去俄国留学，会更好一些，但是你们要去法兰西，我们也赞成。你们平日生活缺衣少食，做父母的都知道，每月接济你们也都有限。这一回，特地带来一百六十元大洋，一人八十元，祝你们两兄弟平安抵达欧洲。”

儿子却拒绝了。

陈延年说：“独秀同志，你四年前叫我同乔年一起到上海读书，这四年来我们最大的收获就是思想上的自主和生活上的自立，我们在上海和在法兰西，都能依靠工读养活自己。钱，你自己用，黑子和喜子都还小，他们需要花钱。”

“我相信你们的两只手，就像相信我自己的两只手一样。”父亲说，“可是，这一百六十元大洋是你姨妈上礼拜变卖首饰得来的，这也是她的一片心，明白了吧？你们要不带上，你姨妈会夜夜睡不着觉的。”

乔年说：“延年同志，带上吧？”

哥哥不吱声。

乔年从父亲手中接过银圆，说：“独秀同志，我就代延年同志收下了。谢谢你，还有，谢谢姨妈。”

“我要给你们的第二样东西，是这两册《新青年》，第六卷第五号、第六号。虽已出版几个月，但由于有李守常的《我的马克思主义观》一文，便觉常读常新。知道你们看过，但我请你们多看几遍。”

“我有这两册《新青年》。”延年瞥了一眼封皮，说。

乔年赶紧说：“延年同志，带上吧？”

哥哥不置可否。

乔年便说：“独秀同志，我代延年同志收下了，我们会多读的。”

“送给你们的第三样东西，是一句话。”

两个儿子闻言皆一愣。

“是的，一句话。”父亲说，“临别之赠言。”

兄弟俩的神情都专注起来。

陈独秀走了几步，缓缓说：“到了国外，不比国内，当街一站，便有八面来风。风中有沙，风中有叶，风中有腥，风中也夹有横贯宇宙之气。人类生存之道的善丑，眼下看来，都集大成于欧洲了。望两位小同志万勿拘泥于一得之见，若遇真理所在，便要顿生见异思迁之心，如此，头脑才不至于僵化。”

延年说：“这就是你的临别赠言？”

父亲说：“是的。”

乔年急忙说：“独秀同志，我收下了，我也代延年同志收下了。”

他实在怕哥哥又说出什么唐突的话来。他知道哥哥的倔劲不亚于父亲，也知道父亲的倔劲丝毫未变。

延年说：“不用乔年同志代，这句话，我自己收下。这句话好，我喜欢。独秀同志，谢谢你。”

此言一出，气氛更见缓和。

陈独秀凝望着大儿子的黑瘦的脸，忽觉鼻子有些发酸。他说：“这些年，让你们过了一些苦日子，但是，于今想来，我也不觉后悔。你们长大了，长得很快。明天你们就要登船去欧洲了，今天，我能用欧洲的礼节拥抱你们一下吗？”

延年很干脆地上前一步。

陈独秀与大儿子紧紧地拥抱在一起。

“独秀同志，”延年忽然很动感情地说，“我们喜欢你！”

陈独秀松开大儿子，又与二儿子拥抱在一起。乔年的劲不比哥哥小，他抱父亲抱得更紧，父亲的两个肩膀甚至都给他夹痛了。而就在乔年与父亲抱成一团的时候，延年又上前一步，与他们两位拥抱在一起。

父子三人抱成了一块石头。

“我喜欢你，爸爸。”乔年说。

陈独秀忽然松开手，神情讶异：“你，叫我爸爸了？”

乔年望着父亲眼角深深的皱纹，又叫了一遍：“爸爸！”

延年迟疑了一下，也跟着叫了一声：“爸爸！”

父子三人复又紧紧地抱在一起。

陈独秀现在觉得自己的脸上真的湿了。两行眼泪不由自主地顺着他的鼻翼流下来。

“我……很高兴。”他的嗓音明显哽咽。

旅馆的电灯由于电压不足，昏昏黄黄，这就更使得拥抱在一起的三个人凝固得像一块黑褐的岩石。由于这一分钟的紧密拥抱，陈独秀的心弦得以彻底松弛。他觉得这几年花在孩子身上的心血全撒在要害处了，虽然这种心血的某种象征仅仅是每人每月五元大洋。

1920年2月4日的下午，太阳刺眼。陈独秀的黑色皮鞋踩着正在融化的积雪，走上台阶，走入武昌文华大学第四讲堂。

掌声渐渐平息。他又看见了如星星一般闪闪烁烁的眼睛。这些眼睛所呈现的饥渴，与其说是对明星丰采的仰慕，不如说是对思想力量的冀求。陈独秀喜欢面对这些眼睛。他已很有一些时候没有面对这些眼睛了。

在上海送走儿子赴法之后，陈独秀乘船溯江而上到达武汉。四天之中先后应邀在武昌文华大学、武昌高等师范学校等地作了立论鲜明的演讲，受到武汉各界的热烈欢迎，武汉报纸为此作了大量报道，全国各报都对陈独秀的演说作了摘要刊登。

陈独秀每次演讲，都会辅以有力的手势。

他现在这样说："武汉乃九省通衢之地，国之心脏所在，我希望武汉知识界、武汉市民能尽力谋取工商业之发达，以心动力，成为中国外交的强劲后盾！我更希望，武汉市能开全国之先河，摆脱军阀统治，实行市民自治！"

全场响起掌声。

一位穿灰布棉袍的先生匆匆走上讲台，对陈独秀鞠一躬，躬成九十度，如日本人一般。

陈独秀转脸，问他什么事。

那人说："敝人万分惭愧，然有些话不能不说。先生言论过激，当局已有微词，能否暂停演讲？"

陈独秀想一想，对全场大声说："已经有先生要求我停止演说，说是当局不予许可，但我以为这张讲台并非当局提供给我，而是你们提供给我的，决定我陈独秀能不能说话不在于当局，只在于你们，你们愿意我继续演讲吗？"

全场愕然，但紧接着呼喊声就像暴风雨大作了："请陈先生演讲！""我们要听陈先生说话！"

"对不起，这位先生，我陈独秀向来鼓吹民主，这一回也不得不顺从民众之意愿，继续本人的演讲。"

灰棉袍先生瞠目结舌。

陈独秀又笑着对他说："敝人也惭愧之至，就譬如唱京戏罢，那拖腔也是必须拖到底的。"

那位先生说了一句"请便"，低首而去。

"好吧，诸位先生，"陈独秀继续他的演讲，"我现在想谈谈社会改造的方法与信仰。我的主张是，未来之社会，必须消灭私有财产制。社会改造的方法有三：第一，打破阶级的制度，实行平民社会主义！第二，打破继承的制度，实行共同劳动工作，不使无产的受苦、有产的安享！第三，打破遗产的制度，不使土地归私人传留享有，应归为社会的共产。不种田地的人，绝不应该享有田地的权利！"

一名传旨官手持一份来自武汉的报纸，急匆匆往内廷赶。

白雪铺地，传旨官滑了一下，差点跌倒。北京这几日连续下雪。传旨官手里的《国民新报》是通过京汉铁路直送北京的，油墨未干，陈独秀三个大字醒目地嵌在粗黑的标题之中。大总统前几日还问到过陈独秀，答复都是说他"尚知检束"，如今却在武汉大放厥词，此事骇人已极，不能不紧急禀告。

大总统徐世昌此时正身着西服，端坐于书案前。案桌上堆有一沓又一沓从各地查抄来的各类"异端"书报和小册子。警察总监吴炳湘躬身在侧，一一向大总统细作介绍。步军统领王怀庆也侍立于侧。

徐世昌翻翻第一堆书报。这些书报是《新青年》《每周评论》、上海的《解放与改造》、湖南的《湘江评论》、天津的《天津学生联合会报》、援闽粤军陈炯明所办的《闽星》杂志。

吴炳湘躬身指点："大总统请看，这一类书报，宣传的多是马克思学说，主张俄式革命，阶级斗争，工农做主。这一类报刊，取缔者不少，比如《湘江评论》，湖南督军张敬尧已明令查禁。"

徐世昌思忖了一会儿，轻声问："马克思？哪里人？"

"德国人。"

王怀庆惊异地说："德国？他们不是打败了吗？"

多嘴！徐世昌不满地瞥了他一眼。步军统领自知说话唐突，再不敢吭声。"这些呢？"大总统指指面前的第二堆书报。

这些书报是由吴稚晖创办的上海《劳动》杂志，北京的《奋斗》《北大》《学生周报》《社会动态》杂志，广州的《民风》，山西的《革命潮》。

吴炳湘说："禀大总统，这些是宣扬无政府主义的，所谓无政府者就是不要政府。"

"不要政府？"徐世昌用手摸摸唇边的两条花白胡子，"这不对。天下之事，都是有章法的。日月经天，也须循规蹈矩。政府就是管秩序的。社会失却政府，那不是乱套了吗？街上马车踩死人，谁来管？农人种田不纳粮，谁来管？粮车不进城，城里人不都饿死了吗？"

一位长相精瘦的传旨官趁大总统说话的间隙，轻声奏报："禀报大总统，还是有驱张请愿团人员聚集新华门外，不肯退走，非求见大总统不可。民众围观很多。"

"你们看，你们看，这些湖南人就是不要政府！"徐世昌大叹一声，"不要政府，湖南的土地能长粮食吗？嗯，你再介绍下去。"

瘦瘦的传旨官迟迟不肯离去，王怀庆挥挥手："就说大总统今日不在总统府！"

传旨官应声而退。吴炳湘介绍第三堆书报。

这些书报是《太平洋》杂志、北京学生办的《曙光》、上海张东荪办的《时事新报》。

"这一路是宣扬基尔特社会主义、资本主义的，主张社会改良。还有这些，是宣传新村主义，工读主义，主张社会试验……"

“好了好了，”徐世昌两绺长长的花白胡子抖动起来，“试验？国家呀，国家呀，国家能试验吗？他们不懂社稷之重，重于泰山之理！”

传旨官再一次入房：“禀大总统，请愿团已聚集一百余人，欲强行闯入新华门！”

王怀庆厉声说：“闯入一步，格杀勿论。”

徐世昌举起一只手，示意且慢。

他缓缓地把第一堆宣传马克思学说的书报，从案桌一股脑儿推落到地上，说：“他们，不懂中国。”

书籍发出零乱的噼噼啪啪的声音，如一大堆波涛撞破在礁石上。

徐世昌又伸手，推落宣扬无政府主义的书报：“他们，也不懂中国。”

接着，第三堆书报也从案首稀里哗啦掉落：“他们，也不懂中国。”

徐世昌站起来，从这些书籍上踩过，走了好几步，良久，摇摇头说：“张敬尧一介武夫，也不懂中国。他若懂得中国，湖南民怨也不至于沸腾到这一步。”

众人皆不吭声。

“唉，说到底，我徐世昌，也不懂中国。然我懂得一条道理，我中华泱泱大国，绵延数千年，诸多问题，冰冻三尺，绝非一朝一夕可以化解！请愿，请愿，撤职，撤职，毛孩子徒会喊叫。再说，张敬尧有兵有枪，我徐世昌下一纸空文，能革得了他的职吗？你们侍卫官出面，代表本总统见一下，敷衍一番便是了。”

传旨官应声而去，还没走到门口，另一位手持武汉报纸的传旨官又出现了。

这位传旨官上前一步，低声禀报：“请大总统审看昨日湖北报纸，陈独秀在武汉演说，张狂得很。”

“陈独秀？他不在北京吗？”徐世昌一听说陈独秀三字，便转眼看定警察总监。

“他能在武汉？”吴炳湘说，“不会吧？”

“这还有假？”王怀庆一把接过报纸，大声念，“陈独秀发表题为《社会改造的方法与信仰》的演讲，他认为社会改造的方法是，第一，打破阶级的制度。第二，打破继承的制度。第三，打破遗产的制度！”

徐世昌举手，制止王怀庆继续念下去，然后眯细眼睛，看定吴炳湘，说：“你不是每回都报告，陈独秀释放之后，行为安详、闭户读书、仅拜客数次、行动尚知检束吗？”

吴炳湘自知失职，声音明显怯弱起来：“禀大总统，警员每月都去陈宅视察，不曾懈怠。“受豫戒令者日记表”上，回回都是这么填报的，且有陈独秀本人的签名。警察厅实不知他已擅自离京。”

徐世昌走几步，又长叹一声：“不是本总统要对他怎么样，实在是他自己过于张狂。就这样吧，此事，着京师警察厅重新办理，严加惩处。”

徐世昌说话，再不能不带一点肃杀之气了，他知道，窝在天津的段祺瑞早就在评说他的手腕过于软弱。段祺瑞兵权在手，新华门里的大总统开腔，总也不能不吐几颗子弹。

当日下午，一脸阴气的吴炳湘便带着一帮随从，直闯北京外右五区警察署大院。

慌慌张张的署长奔出来迎接，还没站稳，脸上就挨了吴炳湘重重的两个耳刮子。

“我问你，陈独秀在不在北京？”

署长目瞪口呆，讲不出话来。

吴炳湘跺脚：“紧急集合。”

捂住脸庞的署长转脸大呼：“紧急集合——！”

警员集中之后，吴炳湘直接如此这般地布置了一番。他要求此番设伏擒拿陈独秀，必得万无一失，切忌打草惊蛇。于是五六个警察受命进屋脱去警服，换上各式小贩的便装。这些衣物，署里都是准备着的，已经派了好几次用场了。

警察署长命令：“吆喝一声！”

一个装扮成小贩的警察便拉长声调喊：“切糕喽！豌豆黄喽！艾窝窝喽！”

另一个喊：“吃艾窝窝喽，白糖桃仁芝麻馅儿喽，又糯又软喽，又香又甜喽！”又一个喊：“冰糖——葫芦！”

警察署长喝一声：“行了！”

此时，从京汉铁路返京的陈独秀正挤出前门火车站，踩着咯咯作响的积雪，扬手招呼马车。

一辆围着棉围子的单套马车应声而到。棉围子外面镶着蓝边，挂着金黄色的流苏，模样挺漂亮。

“先生，这是新车，车价不涨！”

陈独秀钻入马车。他吩咐车把式挥鞭紧走，以便及早返家。外出数日，家小安全如何，他其实心里也惦念得不行。

飘动着金黄色流苏的单套马车马上跑了起来，蹄声嘚嘚。陈独秀撩开棉围子看，街旁的屋顶和店铺招牌上都是积雪，白花花地刺眼睛。

他不知道，就在此时，在他所居的箭杆胡同口，脸上挨过两耳刮子的警察署长正在部署便衣警察的潜伏位置。

“四子，你在这儿！”面相如猴儿一样的警察署长说，“刘疙瘩，你到那个胡同口！平时别吆喝，一发现案犯回来，就堵上去！”

就在署长的布置快完的时候，一片蹄声由远而近地响起来。漂亮的新马车抖着流苏，转过弯来，一路擦过警察身边，嘚嘚往前走。

坐在马车里的陈独秀眯着眼，冥思默想，一时没有注意到棉围子外面有什么动静，而那些特殊的小贩们一时也没有想到这辆跑过去的马车，载着的就是他们的猎物。

陈独秀下车敲打门，开门的是儿子黑子，脸颊红红的，手上还有雪团子。

“爸爸！”

父亲搂住了孩子。儿子把冰冷的小手伸到父亲的脖子里，冻得陈独秀咯咯咯笑。警察们没有听见这番笑声。警察们现在正从胡同口逼近九号院子。署长还在部署一个最重要的伏岗。这个岗位就设在大门外。

“你就在这里，眼睛给我盯着两边！”他对一个卖冰糖葫芦的便衣说。

“是。”

“吆喝一声。”

“冰糖——葫芦！”

吆喝的腔调还真是那么回事儿。

“行了！”署长于是说，“我走了，你们脑前脑后都给我多长几颗眼珠子！”

署长举步回署，觉得心里踏实不少，脸上的火辣之感顿然消失。布下如此之罗网，不怕缠不住回京的陈独秀。

举着冰糖葫芦的便衣在门外站得笔直，而另一个穿黑制服的警察则准备敲门进屋，此人任务是以日常检查为名，向家属刺探户主的回京时间。已经回进宅门的陈独秀则丝毫不知门外的布置，他刚在火炉子旁换上一双老棉鞋，便听得黑子说："爸爸，冰糖葫芦。"

陈独秀知道门外那声悠扬的叫卖勾起孩子的馋劲儿了，他又问喜子要不要，喜子说要的。

高君曼为丈夫端过热茶，说："黑子，喜子，别缠爸爸，让你爸喘口气！"

陈独秀兴致勃勃地说："我去买，我去买，冰糖葫芦嘛！"

他兴冲冲地穿过院子，一拉开门就愣住了。

刚要敲门的警察，一见拉开宅门的陈独秀，一时也愣了。两人面对面地愣了好长一会儿。

"你是谁？"警察的脑筋转不过弯来。

"我是谁你不认识？"陈独秀没好气，"姓陈名独秀。"

"你不是陈独秀。"

"什么话！我坐不改姓，行不改名。"

"你是陈独秀的兄弟？"

"你怎么比我还犟？我再说一遍，我就是陈独秀本人。"

"不对，陈独秀昨日还在武汉宣传阶级争斗，你不是陈独秀。"

陈独秀心里一惊，说："既然先生认定陈独秀不在家，那我就关门了，关门之前，我要买一串冰糖葫芦。嘿，卖冰糖葫芦的！"

那个卖冰糖葫芦的小贩却并不上前做买卖，反而与那个穿制服的警察耳语了几句。

警察便又对陈独秀说："你若真的是陈独秀先生，那么是否可以给我一张名片？"

陈独秀想一想，便伸手从衣袋里摸索。果有名片，尚未分完，他犹疑着递出一张。

警察读了一遍名片，又狐疑地朝他打量了一番。

"好吧，你就待在家里，不要外出。"警察说完，顾自走了。

陈独秀复又招呼那个卖冰糖葫芦的："你来！你来呀！你到底卖不卖冰糖葫芦？"

那个小贩一动不动，只是冷冷地盯着他看。

陈独秀现在似乎意识到什么了。他一缩脖子，悄悄关上了门。

黑子奔过院子："爸爸，我要冰糖葫芦！"

陈独秀不语。

高君曼走出卧房，见他神态不对，走上几步，惊问其故。

"坏事了！"陈独秀说。

"怎么？"

"外面有警察。"

高君曼拉开丈夫，轻手轻脚地拨开门闩，将木门拽开一道细细的缝。她把目光投入门缝，果然看见外面已经聚拢了许多可疑的小贩，一齐在那里探头探脑，指指点点。

"坏了！"高君曼立即把门合上，"门封住了。"

陈独秀阴了脸问："怎么办？"

"你得走！"

陈独秀一时没了主意："往哪儿走？"

"除了监狱，往哪儿走都行！"

"怎么会这么快呢？"

"你又在外面大骂政府了，是吧？"

"不骂政府还叫陈独秀？"

"那你就赶快走，我可不愿意再给你送牢饭了！"黑子忽然哇的一声哭起来，高君曼赶紧捂住孩子的嘴。

远在外右五区警察署里的署长倒不会听见孩子的这声哭叫，他只是把一张名片放在手心里颠来倒去地琢磨。

"就是他！"他忽然想明白了，一拍桌子。站在他面前的所有警察都吓了一跳。“还愣着干什么？吹哨子，集合！”

尖厉的哨子声立即响了起来。屋檐下所有挂着的冰凌都惊落了水珠。

高君曼不是以耳朵而是以心听到了警察署的哨子声。她知道时间不多了。她爬上木凳，把北房厨房内熏黑的窗栅小心翼翼地拆取下来。陈独秀站上小凳子，伸头朝外面看了看。冷清清的，没人。这是另一侧胡同。

“快一点，独秀！”高君曼说。

她手心戳进了一根木刺，很痛。

“你不要紧吧？”

“快点，求求你，别磨蹭了。”

陈独秀拼命蠕动身体，以图挤出窗子。但是姿势不对，一只肩膀出去了，另一只肩膀无论如何出不去。高君曼使劲托他，托得快哭了。

“哎呀，你轻一点！”

“已经在打门了！你快一点！”

陈独秀怒道：“这是骨头，不是面团！”

黑子冲了进来，哭丧着脸说：“妈妈，他们在砸门！”

“你倒是出去呀！”高君曼鼓着劲儿帮助丈夫使力。

陈独秀终于出去了，扑通一声，仿佛是摔在雪地里。高君曼的一颗心也同时落了地，她嘘了口大气。“起码，”她对自己叹息一声，“不用送牢饭了。”

接着她就听见了笨拙的啪嗒啪嗒的脚步声，脚步声迅速远去，像是海水退潮。她一时觉得很欣慰，一时又觉得很沮丧，儿子和女儿什么时候依偎在她两侧，她也浑然不觉。

一杯咖啡冒着热气。陈独秀盯着气雾看。

在胡适家里，任何时候都有调得很可口的咖啡。

随后，陈独秀举起瓷杯，一仰脖子就喝完了，喝完之后咂咂嘴，一边咂嘴一边观察着胡适的反应。

胡适神色不安地踱来踱去，黑皮鞋敲着新铺的木板地面，发出嘎吱嘎吱的声音。

“该说话了。”陈独秀说。

于是胡适就说了这样的话：“不是我胆小怕事，仲甫，实在是因为你我之密切关系，校内校外都是一清二楚的。我是由于你的力荐才进的北京大学，我又是你的《新青年》和《每周评论》的主要编辑者，警察在你家抓不到人，第二个目的地肯定就是我这里……”

“好了，”陈独秀打断他，“你的意思，我全明白。”

小壁炉烧着几根木柴，哔哔剥剥响。

“仲甫，不要误会，你不要门缝里看人把我看扁了。”

“你扁不扁圆不圆现在都无关紧要，要紧的是我必须躲过警察的抓捕。我不能再有九十八天了。”陈独秀站起来，拉开门就往外走。

胡适追上几步：“仲甫，盘缠有没有带够？”

“你家里唯一正宗的，是咖啡的味道。”陈独秀笑一笑，举手点点他的鼻子，走了。

现在该去哪里呢？出了门的陈独秀，一时真没了主意。

先叫一辆马车吧，他想。

雪停了。

满口无牙的石花用手指头在窗上抠了个洞，神情木然地朝外观看。

大殿外，一柄斧头在寒风中扬起又劈下。毛泽东热得只穿件无袖短褂，一只只粗大的树根在他的利斧下纷纷碎裂。石花看着飞溅的木屑，呆呆想着自己的牙齿。

毛泽东捧着一大堆木柴，用肩膀推开大殿的木门。福佑寺，一个破败之庙，毛泽东苦苦撑守的地方。

大殿门楣上，写有“平民通讯社”字样。

殿内，一架已两日没有工作的油印机和一沓沓传单摆在香案上。一盆柴火烧于殿堂中央，火势微弱。二十几个驱张代表袖手围坐火盆，情绪显得低沉。

帮毛泽东放下木柴的一位戴皮帽的姓刘的代表说：“毛团长，我有句话，说出来很唐突……”

“说吧，”毛泽东说，“嘴辣才是湖南人。”

“毛团长，事情明摆着，眼下是进也不得，退也不得。总统府口里说要罢免张敬尧，楼梯轰轰响，不见人下来。北京的风，也是每天轰轰响，冻得骨头都痛。不撑下去，难为大家离乡背井一腔热血；撑下去，又怎么个撑法？毛团长，我们平民通讯社一天发出五十条消息，北京报馆现在连三条也用不上。”

“你想怎么做？你说实话。”

“我也没想妥。”

“不，你已经想妥了。”

“那就恕我直言，毛团长。已经有人回去了，我也想回去。”

“你姓刘，你知道你有个了不起的老祖宗吗？”毛泽东慢条斯理地穿衣服。

“刘邦？”

“他那个时候险不险？险得很哟！你说，他打了多少回败仗？最后，硬是赢了！”

“我知道毛团长的意思。毛团长是说，哀兵必胜。”

"就是这个理。楚虽三户，亡秦必楚。这就叫得道多助。你们看，天津学联刚刚又来一封电报，念给你们听听：代表团诸君不堪强权压迫，不远千里，奔走赴京，从事驱张运动，奋斗精神，实可钦佩！……"

"毛团长，别念了……"另一位代表忽然从火盆旁边跃起来，拍拍灰屁股。

"怎么？"

"另想思路行不行？我们别一条胡同走到底吧？"

毛泽东一时不说话了。他确实发现许多双眼睛此时都在悄悄看着他，而且眼睛里的光是一种颜色的。

毛泽东扣上所有的衣纽，腰一叉，大声说："都怎么啦？我们是不是都是吃辣椒长大的？北京的风很冷，可是三千万湘民的心还热着，他们每日都在等北京的消息！有人想拔腿，那就走吧。既非出家之人，何必庙里长待。请便，请便。你们别管我毛泽东，我毛泽东学过打坐的，我不想轻易挪屁股。我认定一条死理，只要他张敬尧还在湖南一日，我就一日不返长沙！"

大殿一片肃静，唯有守庙的喇嘛如一匹老猫在殿外廊沿下走动。

李大钊的声音就是这个时候传进来的。殿外传来他的爽朗的喊声："喂，你们毛团长在哪里？"

毛泽东一惊，快步出门。他只见李大钊正在指挥两位工友将送到的两大车木炭卸下。"润之，快来，两车木炭是北大图书馆送的。这筐鲜辣椒，不知道对不对湖南人的胃口。"

毛泽东一时感动得不知说什么才好："李先生！"

"还有，我联络好了，明天八所学校联合举办慰问驱张代表团大会，你们要推派代表发言哦！润之，你怎么了？"

毛泽东揉揉眼。他觉得鼻子一阵阵发酸。他此时百感交集，不在福佑寺苦撑两月有余的人是体会不到这种心情的。李大钊探头看看大殿内的气氛，又看看毛泽东，心里明白了大半，于是便说：找个地方聊聊！

老喇嘛打开了福佑寺后院的小屋，拨旺了一盆炭火，让这对师生促膝。

毛泽东坐在李大钊面前，什么话都想说。他细细地谈了两个月来的驱张，又提到杨昌济，再讲到陈独秀，最后还说到了湖南一省独立问题。他对三湘之地的这一潜在的可能性，始终抱有抑止不住的热情。

“从中外历史来看，湖南建国是有条件的。”他说，“以西方国家而论，湖南可以做希腊的斯巴达，做德国的普鲁士。从中国历史看，春秋战国，魏晋南北朝，还有五代十国，各省不都建有国家吗？我以为，湖南完全可以先行一步，率先建国，以成为全中国的先进省！”

李大钊不语。毛泽东更加激动起来：“唐代诗人谭用之那一句‘秋风万里芙蓉国’，叫湘人千百年来自豪不已。如今全国冰冻，若湖南先开放一批芙蓉之花，不是也很好吗？李先生，你说呢？”

“先要把张敬尧赶出湖南。”李大钊拨拨炭火。

“对，此为前提。”

“想把他赶到哪个省？”李大钊忽然提了这么个怪问题，倒叫毛泽东打了个愣，“千万别把他赶到我们河北来哟，要这样，就逼得我也要率团驱张喽！润之，说实在话，我是实心实意祝愿你们驱张成功的。但依我看，恐怕必须有一个根本的解决。你旁征博引，引了斯巴达，引了普鲁士，我也来给你引一个外国的例子……”

毛泽东猜到了：“俄罗斯？”

“俄罗斯！”李大钊拨拨炭火，细白的灰烬扬了起来，“以俄国而论，如果罗曼诺夫家族没有颠覆，经济组织没有改造，它的一切问题，统统不能解决。今日呢，统统解决了！政治问题解决了，法律问题解决了，家族制度问题解决了，女子解放问题解决了。一切的前提，就是经济基础问题的解决。这就是马克思的唯物史观。润之，你是知道的，胡适不喜欢谈主义，而我，是越来越喜欢谈谈布尔什维主义的了。”

毛泽东拧紧双眉。

李大钊站起来，走了几步。炭火把他的脸烤得很红。

“所以，光是向强权者呼吁，没有太大用处，独裁者的耳膜一般都是用铁打成的，唯有刺刀，锐利之刺刀，才能戳得进去！”

“李先生，很难想象，这是一个大学教授打的比喻。”

毛泽东从来没听李大钊说过这般的凌厉之言。

李大钊坦诚地说：“我是管图书库房的，不是管刀枪库房的。依我本性，不想说刀，也不想说枪，但是，看起来，也只有在刀枪说话之后，一个国家的教授才能真正像个教授。”

“李先生，”毛泽东说，“你的话，总是能说到问题的骨子里头去！我要好好想想。”

有个驱张代表推进门，问：“毛团长，留客人吃饭吧？”

毛泽东急忙说：“留饭留饭！”

李大钊站起来：“不用不用。”

毛泽东急问那位刘姓代表：“几点了？”

那人掏出一只旧怀表，一看，却是停的，摇一摇，还是不走。

李大钊从怀里摸出一块打璜金表，递给毛泽东：“润之，赠你一块表。你驱张日以继夜，如何能没有时间？”

“李先生，这怎么好意思？”

“我别的送不起，一点时间还是送得起的。”

毛泽东收下表，鞠躬，说：“谢李先生。”

这时候他们听见了几声撕裂心肺般的尖叫。叫喊声发自大殿前面的雪地。三人循声奔出，只见满口无牙的姑娘绝望地跪在雪地里，高举双手，向苍天狂喊。

“老天啊，你开开眼吧，你怎么还不叫张敬尧滚出湖南啊！张敬尧杀了我爸爸妈妈啊，他是魔鬼啊，他打光了我的牙齿啊！求你老天用天雷打他啊！打他出湖南啊！”

姑娘呼喊得几乎快昏死过去了。

毛泽东急奔过去，把她扶起。大伙儿一拥而上，心里都难受得很，大家说：“莫哭，石花，莫哭，你放心，老天会长眼的，啊？老天会用天雷打他的，啊？”

“唉，”毛泽东叹口大气，回脸对李大钊说，“看着中国百姓如此受苦受难，我也真想不出用什么办法来救助他们，提出建‘湖南国’，盼望一省先行民主，也是没有办法的办法。嘿，大家先把石花抬进殿里去，别冻着她了！”

恸哭不已的石花刚被七手八脚抬走，却又有人摸进福佑寺来了。这是一位女人，小脚，颤颤的，喘喘的。

有人喊：“李教授，你夫人找你来了！”

李大钊吃了一惊，仔细一看，果然是夫人。

“怎么了？”李大钊真想不到赵纫兰会寻到这里来。

赵纫兰拉直袖口，抹抹额上的细汗，把丈夫拉到一边，俯耳说了几句。

“是吗？”李大钊双眼瞪圆了，心也咚咚跳了起来。

仲甫再也不能出事了，他急速地想，再也不能了，再也不能了！

李大钊夫妇是乘马车赶回后闸胡同的，马蹄一路敲着急鼓，像他的心。

“仲甫，”他一见屋里的陈独秀，就用蹄声似的急迫节奏对他说话，“三十六计走为上计，我想过了，你不能再待在北京了，马上出京，去天津！再从天津坐火车，去上海。而且，不能直接从北京走，前门火车站已经不安全了！”

陈独秀双手叉在胸前，高跷起二郎腿。刚才跳窗的时候，右膝盖碰了一下，有点痛。葆华要给他揉揉，他说：“小朋友，不要。”

对于李大钊所提的这个火急火燎的出京建议，陈独秀皱皱眉，大不以为然，离开北京干什么？他想。“大不了再进一回研究室。”他后来这样说。

“仲甫，千万别犯糊涂，国家与社会都需要你！你想想，你在武汉仅仅几场演讲，就在全国造成了如此大的反响，你怎么能轻易就叫自己闭拢嘴巴呢？”

陈独秀想了很长时间。“上海就上海吧，怎么个走法？”他问。

一听这话，赵纫兰的心便如井轱辘一样突然松了，她也感觉到了自己脚痛，刚才这一路奔，太急了。

李大钊说：“我送你走！借一辆骡车走！”

“骡车？”

“坐骡车，图个安全。我会赶车，你不相信？”李大钊举手，作挥鞭状，“驾！吁！信了吧？我从小就是个把式！”

李大钊没有说谎，他的一手红缨鞭确实甩得有板有眼。骡车是雇来的，雇了个长趟，来回脚，直放天津。李大钊亲做“赶脚”。陈独秀则扮成下乡收债的店家掌柜，头戴一顶厚厚的毡帽，身上的那件小背心则是向王星拱家借的，油腻滑亮，感觉像是小富人家。李大钊对陈独秀唯一的警告是不准开口，以免漏出皖音，叫人起疑。沿途一切交涉，自然均由李大钊办理，河北乐亭人，开腔溜圆，面相朴实，一眼看去活脱活像店家帮手。

李大钊的这一筹划，前前后后也果然顺畅，除了出朝阳门时迎面遇到一队警察造成一阵心悸之外，其余均告无恙。

原野上积着厚雪，骡车的车辙一路如犁，黑黑地描画着道路。车走到空旷之处，李大钊便开始大着胆子跟陈独秀说话，他说的是一件想了很久的事情，他觉得现在必须说。这是一件大事，且火候已到了。

“仲甫，”他凝视着白雪茫茫的道路，郑重其事地说，“我有个想法，也想得长久了，我想必得跟你磋商。”

“说就是了。”

“仲甫，我以为，尽速筹组一个强固而精密的革命的党，是中国走俄式道路的必经之途，也是当务之急。”

陈独秀把棉帘子掀大一些，问：“你说什么？”

吁！李大钊吆喝一声，铃铛和蹄声便一齐停了。“你下车吧。”李大钊说，转过脸。

“我为什么下车？”

“你忘了你五个月前下了我的车？你生气了，必下车。”

“你今日是存心想叫我这个店东活活地给警察缚去？”

李大钊哈哈大笑起来，一团一团的雾气从他的嘴里喷出，陈独秀很少见他有这么开怀的。

一驾单挂马车迎面而来，嘚嘚而过。一声鞭响之后，蹄声便如风声一样远去。

“你小看我了，李守常先生！”陈独秀声气很重地说，“我这人倔，我知道，天下任何人物任何旗号，我都不会对之投降，但是有一样东西，我是要投降的。岂但投降，俯首帖耳是也！”

“什么东西呢？”

“钟声。”

“钟声？”

“你看我面相如钟否？”

“不像。”李大钊俯过身，仔细看一看。

“对了。”陈独秀说，“那就是人家的钟声了。”

“到底什么钟声？”

“真理的钟声。”陈独秀说，“一闻真理之钟声，我这人的血就活了。俯首帖耳，欢呼雀跃，冲锋陷阵，万死不辞，我陈独秀就是这等货！守常，从你刚才的话里，我就听见了钟声。既闻如此钟声，又何来跳车之理？”

“好，好，”李大钊极为高兴，“驾，驾！”

骡车又嘚嘚地开步，铃铛清脆地响。

“仲甫，组党一事，关乎全局，要做，便得快做。”

“孙逸仙倒是在上海重新改组了国民党。”

“依孙先生的建国大纲，”李大钊说，“并不能叫工农阶级坐天下。靠他那个国民党的方针策略，亦无法发动俄式革命。你同意此说否？”

“我同意。”

李大钊凝视着雪白道路和两边雪白的原野，一字一顿地说：“我们一定得筹组自己的政党，一个真正劳动者的政党。”

陈独秀几乎要站起来：“守常，我一向是敏于行动之人！”

“仲甫，你牵个头，抓紧点。国家形势至于此，已是时不我待了！”

“确实时不我待。我也觉得我们这个民族，已经被人按在砧板上了。”

“我打算先组织一个马克思研究会，从中再形成核心。”

“这样吧，上海是中国产业工人聚居之地，我去上海发动南方，守常发动北方。”

陈独秀就是这脾性，性急。他不知道刚才他的这句话，其实已可视作发号施令了。但是李大钊喜欢他的这种发号施令，他希望看到陈独秀坐稳战车，隆隆前行。

“驾！”李大钊喊，一边喊一边想，我这车，其实并非骡车，乃马车。

马克思之车。

这么想着，他就笑了起来。白色气雾又从他嘴里大团大团地喷出，一路飘散在太阳下的冬风里。

第 5 章

一个人影从卧床上翻身坐起，倾听着黑暗中隐约传来的呻吟声。这是 1920 年 4 月的某个春夜，窗外雨声滴答。在这种令人心烦的檐水声里，上海亚东图书馆的主任被一种突如其来的痛苦的呻吟声所惊醒。

汪孟邹仔细一听那呻吟，果然是陈独秀的声腔。

亚东图书馆坐落于上海五马路棋盘街，规模不大，当街两扇玻璃门，门一关，里面就很清静。陈独秀自二月间逃离北京抵达上海后，就一直借住于这位安徽老乡的图书馆里。当年也是陈独秀鼓励这位汪孟邹离皖赴沪创办实业的，现在此巢正可暂栖。

汪孟邹三步并两步冲到陈独秀卧室，果然是他在小铁床上捂肚呻吟。

“哪里痛？”汪孟邹慌忙扶起陈独秀。

陈独秀点点自己的胃部。

“拉肚子没有？”汪孟邹按按陈独秀的肚子。

“没有。”

“怎么跟我的病一样！仲甫，你别急，我有上好的胃药。”汪孟邹取来了胃药，让陈独秀服下。

陈独秀服药时神情很乖。胃痛起来，比肚子里其他地方痛起来都更要命。

“这药很灵，一忽儿就雨过天晴。”汪孟邹耐心地在床边坐下，“这房间原先是个小书库，名声不好。上回一个孕妇来这里借书，跌了一跤，早产两个月。你看，这回，你又肚子痛。”

“你是话中有话。”

“听出什么味儿了？”

“你想赶我出门。”

“啊，给你说准了！仲甫，不是我舍不得把这屋子当栈房，而是你，该有自己的住房了，该把嫂夫人和孩子从北京接来了。我再怎么嘘寒问暖，总不如老婆侍候得周全。”

“一个人过，也有一个人过的好处，省心。你是知道的，我那老婆唠唠叨叨也烦人。”

“肚子稍稍好受一点，就又说这些没良心的话了！”

陈独秀仔细按按肚子，脐左侧按按，脐右侧按按，一下子就高兴起来：“什么灵丹妙药，如此立竿见影？”

“仲甫，你我至交，我说一句贴己话，你不动气吧？”

“说就是了。”

“你前天去铁工厂演讲，昨天又去小沙渡演讲，奔东奔西，饱一顿饥一顿的，怎么着也得闹出病来。我说，能不能有个根本的解决办法？你不是老喜欢提根本的解决办法吗？”

“有什么根本解决办法？”

“能不能不干这个活了？”

“什么活？”

“革命。”

“什么？”陈独秀一愣，“你是说，要我金盆洗手？或者叫回头是岸？”

汪孟邹慌起来，连忙说：“你别动气，你别动气。”

窗外，檐水一直在响，夹着隐隐约约的敲竹梆子的声音。撑着伞的馄饨担子不知走在哪条深巷里。“孟邹啊，我不动气。我肚中唯有胃气，现在好不容易驱散了，我还能再动吗？我真不想动气。再说，你这劝慰之语，也算是人之常情，我动什么气呢？我老婆也常这么叨扰我，我耳膜都起茧了。可是你想想，孟邹，一个人，靠什么支撑着才活在世上？睁眼闭眼也就几十年，白驹过隙，一忽而已，你说，靠什么撑着？你说呢？”

“你说吧，你是先生。”

“无非两个字：理想。”

“这我明白，就如我的理想一样，一辈子卖书、借书、印书。”

“我所信奉的，也就是你的这个理想：卖书。我叫卖的是主义。我的目的，是要叫全中国都迷上这本书。你我的国家太苦了，知道吗？你我的民族太苦了，知道吗？已经苦了多少代多少年了，我见着不忍心，知道吗孟邹，我陈独秀不忍心！我生到人间来，就是为这个才活着的！我先前叫卖的是子弹，因为我参加过暗杀团，造过火药，后来我明白，一粒子弹，在中国，打穿不了什么。我明白了这个理之后，我才开始叫卖主义，我觉得主义才是最厉害的火药。你现在劝我不要干这码子活了，就等于给我一根绳子，叫我悬梁，给我一把刀子，叫我割颈！”

“我明白了。”汪孟邹站起来，“仲甫，我孟邹既无意给你绳，也无意给你刀，今日之言，算我都是废话。我这个人，书库里待久了，也迂腐成一条书蛀虫了。仲甫，你别在意，你安生睡。”

他走到门口，拧灭灯，关上门，忽又在片刻之后轻轻推开门。“仲甫，”汪孟邹在黑暗中说，“你是一个伟大人物，真的，你一点也不比我书架上的那些伟人逊色。”

“又是一句废话。”

“真的，我们皖人脸面有光了。”

“还是废话。”

京城四月，尘沙大，浮灰和阳光搅在一块儿暖融融地下来，就使得街面上有了春意。京城厂甸一带有几条吃食街，带着浓郁京味儿的叫卖声在这里响成一片。

“豌豆黄！驴打滚！来块大切糕喽！”

“糖豌豆来，江米粥！扒糕，凉粉，老豆腐！”

一伙外国男女满面笑容地走过这块热热闹闹的京城繁华之地。连片的吃食摊、风筝店、风车铺，使这些初到中国京城的人很觉稀奇。就在陈独秀于上海闹胃痛的这一天，李大钊在京城诚恳地接待了几位来自北方邻国的客人。

共产国际远东书记处派往中国的代表团负责人维经斯基在俄共党员、翻译杨明斋的陪同下，来北京接洽李大钊。维经斯基四十多岁，中国皇城的一切对他来说都很新鲜。他问李大钊，小贩们的这种美丽的吆喝是不是就是中国京戏的一种唱腔。李大钊告诉他，这种吆喝确实很像京戏里的道白。流动小贩们在大宅院门前的吆喝要比在这街路上的吆喝更见悠长，“开了锅的喽，炸豆腐啊”，一句长腔，要长到几层院子里的太太、小姐都能听个明明白白。在这街路上的呢，则讲究个短促，响亮，让人听了耳朵一震，而耳朵是直接连通胃部的。

维经斯基哈哈笑。

笑完之后，维经斯基便要吃小吃，李大钊连连说不成。为人东道，吃炸豆腐，这哪成。但是路过一家切面铺，维经斯基死活不走了，他的妻子库兹涅佐娃以及他的秘书夫妇也一齐停了下来，大家一个劲指指点点，看起来都要吃小吃。

切面铺子不大，门口照例挂一只竹箩圈，用红纸剪成的流苏糊了一圈，给人的感觉又厚道又温馨。

山东汉子杨明斋再三对李大钊解释说：“李同志，苏俄朋友说，他们真的愿意吃这儿的面条。”

“这怎么行？”李大钊还是觉得过意不去，“太寒碜，太寒碜。前面就是番菜馆，有俄式大菜，说啥也总得让我在像样的饭馆里做一回东道主。杨先生，你再跟他们建议一下。”

杨明斋用俄语叽咕了一阵，看来不奏效，维经斯基一行仍然表示对简陋的小面铺有浓厚兴趣。

李大钊双手一摊：“那就进吧，恭敬不如从命。”

门一推，掌柜便迎了上来。

“来面还是来饼？”掌柜在油晃晃的围裙上擦擦手，笑容满面，“本店有葱花饼、大小薄饼、窝丝饼、家常饼、炒饼。”

“面条呢？”李大钊推推眼镜。

“炸酱面、打卤面、热汤面。”

“面式不多。”

“本店还有几样炒菜：醋熘白菜、炒麻豆腐、肉丁酱。依在下看，每位先生还是来半斤炒饼，一盘醋熘白菜，一小碗酸辣汤，每份不过铜圆五十枚，只合一毛多钱，本店号讲究的就是这份经济实惠。”

杨明斋听得有道理，说：“我看就这么着，每人再加一碗打卤面！”

李大钊说：“那就真的太寒碜了。”

“李同志，我告诉你，维经斯基同志说：比起他们攻打冬宫那几天吃的东西，这儿就算是天堂盛宴了！”

“我发现维经斯基先生很实际。”李大钊笑。

杨明斋小声说：“维经斯基同志接着要谈的话题，将更实际。”

在靠窗的座位上，一行人坐了下来。店里没别的客人，环境安然，唯听掌柜的刀在砧板上的那种飞快的敲击声。

通过杨明斋的翻译，维经斯基诚恳地对李大钊表达了以下的意思，温文尔雅与直言不讳的风格同时体现在这位年轻的俄罗斯人身上：“共产国际和列宁同志都对中国共产主义者的斗争表示极大的钦佩和寄予极大的希望。中国应当有一个像俄国共产党那样的组织。我们渴望能早日见到共产国际的东方支部。”

“我可以告诉维经斯基先生，在中国，党的组建工作，实际上已经在酝酿过程中了。党的名称，还没有商定。我建议维经斯基先生尽早与陈独秀先生见面。”

维经斯基不明白李大钊所荐之人。“陈——独——秀？”他问。

杨明斋说：“我们不清楚陈独秀。伯特曼同志，还有北大的俄籍教授柏烈伟，都只介绍过你李大钊同志。”

“不，我跟陈独秀先生还是不一样。陈独秀先生是中国最有号召力的刊物《新青年》的创办人和主编。”

“我听说过《新青年》。”维经斯基说。

“我三年之前回到祖国的时候，就向《新青年》投了一篇文章，叫作《青春》。陈独秀先生就是通过《青春》认识的我。”

“啊，明白了，他就像一只善于孵蛋的母鸡！”俄罗斯人说。

“中国已经有成千上万的年轻人破壳而出了！”

“我明白了。”维经斯基很满意自己的比喻以及这位李同志对这一比喻的自然的引申。他觉得这位面相敦厚的中国同志非常聪慧，同时也一下子明白了他所说的“陈独秀”这三个字的含义。他到中国来，就是为的见这样的领袖人物。世上再强大的主义也不过是一辆大车，而领袖人物则是轮子，他们才接触路面。

“来啦！”掌柜用京剧唱腔喊。

面条端上来，碗碗冒着热气。客人们饶有兴趣地用筷子卷着连绵不绝的面条。

杨明斋吃了几筷，悄声问李大钊：“看来，真有必要与陈独秀商谈？”

“杨先生，对你，我想谈一点我的感想。”

“请讲。”

“你很会走路。我知道你十九岁那年就从山东老家闯关东，一闯就闯到海参崴。你这叫万里投荒，一身是胆。这一回，你又走了万里路，带俄国朋友一路从海参崴来到北京。我请求你马上再走个万里路，从北京赶到上海去。我知道你特别有胆量走路。陈独秀先生会在上海欢迎你，你们的想法与陈先生的想法将很快成为同一个想法。”

“北京到上海，我想一万里路大约是没有的。”

“不，”维经斯基停止了对面条的笨拙的转动，“我同意马上就去上海。我们既然来中国，就有走长路的准备。中国造座城墙，就有一万里。你看，李同志，连你们中国的面条都有一万里长！”

维经斯基尽管把手举得很高，他筷子上挂下来的面条还是顽固地与油晃晃的大碗粘连在一起。

李大钊哈哈大笑，他后来对吴廷康，也就是苏联的维经斯基说，你们俄罗斯人打比喻与中国人打比喻一样频繁，也一样传神。那是他在与维经斯基已经很熟的时候说的话。维经斯基几次去了他的装饰优雅的图书馆接待室，见了他的诸如邓中夏、张国焘、罗章龙、刘仁静等好学生，也散发了《国际》刊物以及英文版《震撼世界的十天》等书籍。他们无话不谈。而当后来李大钊知道了维经斯基曾是学统计学的，于是他更加直截了当地对维经斯基说，你要把十月革命之后苏俄工农业生产的这些增长数字，通通搬到上海去说，陈独秀将会更懂这些数字的含义，他会把这些数字制成节拍供自己跳舞。他是中国最为优秀的舞蹈家。

一个月之后，杨明斋便带着维经斯基走入前门火车站，坐上了南下上海的列车。

五月，气候大幅回暖，下午的车厢暖和和的，夹着些许臭味。

一名铁路警察见有洋人上车，便立即狐假虎威地喝令男女同胞让出座位来。

“起来起来！不准坐！”警察以木棍指着一个老头，“没见着人家洋大人上车？”

“老总，”老头嘟嘟哝哝说，“他是人，咱不也是人……”

“少给我废话！”警察劈胸揪起老头，又对已经靠窗而坐的高君曼恶狠狠地说，“你也起来，长耳朵没有？”

高君曼说：“我带着孩子……”

“你也废话？”警察瞪眼。

“老总，你看我有那么多箱子、包裹……”

“耳朵聋了是不是？”

维经斯基看不下去，指着高君曼说了几句话，杨明斋立即翻译给那个警察听：“洋大人说了，别赶这位女士，大家挤一挤，一起坐，挤挤暖和嘛，这也是讲究世界大同嘛。”

“是，是，”警察赔笑，“洋大人鼻子高，气就宽。”

然后，他又沉下脸，举起黑色警棍，威吓高君曼：“洋大人让你坐着，你就坐着，坐规矩一点，说话别冲洋大人的脸，走路别踩洋大人的脚！”

这番话说完不过几分钟，情势便立刻起了变化，起变化的缘由是两位穿黑袖衫的便衣警察从站台急急忙忙挤上了这节车厢。他们紧盯着已经坐稳的维经斯基夫妇，互相耳语几句，接着便又与那位穿制服的铁路警察耳语了几句。

铁路警察的表情迅速起了变化，显得阴沉起来。

“喂，”铁路警察与两位便衣一起挤到维经斯基面前，“你们是从俄国来的？”问话显得很不客气。

杨明斋代为回答：“是的。”

“俄国的皇上现在叫列宁了是不是？”

杨明斋耸耸肩膀，一时不知怎么回答。

“你们是列宁派来的？”

“不是，他们是记者。”

“记者？”警察取过维经斯基递上的记者证，左看右看，没看懂，“你们是俄国的过激分子吧？”

维经斯基说：“我们是苏俄著名报纸《生活报》的记者。”警察瞪出眼球问：“干什么来了？”

“我们希望在贵国筹办一个华俄通讯社。”

“去上海干什么？”

杨明斋代为解释：“上海，那是人最多的地方，他们想去看看。”

“找谁？”

杨明斋火了，装出高等华人的派头，拖个长腔：“人家是外国人，你们啰嗦什么？”

“找谁？”两个便衣警察也挤上来逼问，毫不客气，脸拉得很长，“找谁？你们一定有谁要找！”

杨明斋说：“找谁还不一样？采访嘛。”

便衣不依不饶：“你说，他们要找谁接头？”

坐在一旁的高君曼忽然高声说：“别问个萝卜不生根，他们是找我丈夫去！”

警察一愣：“你？”

“你丈夫是谁？”便衣盯上来。

高君曼尖着声音说：“我丈夫姓高，上海办大报纸的！我丈夫请他们去上海走走，犯了哪家子法了？他们一不偷，二不抢，坐坐火车还不成吗？徐大总统不乐意了是不是？”

三个警察一下子都被这个泼辣的女人镇住了，面面相觑。

“火车都误点了，你们还磨蹭什么？你们不赶路我们还得赶路呢！”

旅客们开始声援了，左一拨儿右一拨儿的都在说："都误了点儿了！这是干吗呀？"

三个警察撑不住了，开始撤，一边踢着便道上的箩筐和藤箱，一边骂骂咧咧。

在火车开动之后，杨明斋凑近车窗，小声地对高君曼说："这位大嫂，谢谢了。"

高君曼也没有理睬，只是看着窗外。

黑子爬上母亲的膝头，细声细语问："妈妈，爸爸姓高了？"

一辆马车在离开上海北火车站之后，便一路小跑，进入了法租界。

汪孟邹指点着前方马路，对高君曼说："转个弯就到，这叫霞飞路。那幢房子真的很合适，仲甫一定能谈下来。"

"租金不知贵不贵？"

"都是安徽老乡亲，陈独秀又是他老部下，能敲竹杠吗？"

马车刚到门口，喜气洋洋的陈独秀就奔出门来。

黑子跳下马车扑了上去："爸爸！"

喜子也扑了上去："爸爸！"

陈独秀说："租下来了！租下柏公馆了！楼上卧房里什么都有，大钢床，红木柜子，大书桌！他们甚至说不收我租金。"

高君曼笑了，连声说："来搬东西呀！"

汪孟邹说："仲甫兄，夫人接到了，孩子接到了，我也该归还令箭，得胜返朝了吧？"

他笑着跳上马车走了。

还没等汪孟邹的马车在亚东图书馆门口停下，老门房便推出玻璃门，大惊小怪地冲着马车报告："有洋人等着见你！俄国来的！"

维经斯基夫妇和杨明斋都坐在营业房里等着汪孟邹。柜台上摆着的三杯茶已经凉了。

杨明斋说："您就是陈独秀先生的房东汪先生？这两位是俄苏记者，专门来见陈独秀先生的，有要事相商。李大钊先生的亲笔信在此。"

汪孟邹半信半疑地接过李大钊的亲笔信，一瞅，吓一跳，赶紧拉开玻璃门，冲到街上，大声招呼那辆正在松缰离去的马车。

"马车！回来，马车！"

这辆马车又嘚嘚嘚地返回了老渔阳里。由柏公馆改为陈公馆的这幢二层宅邸此时却是静悄悄的。汪孟邹几次大呼仲甫，均不得回音。

于是汪孟邹便轻轻走上楼梯。卧房的门闭着，他唯见黑子和喜子趴在门外光滑的地板上打玻璃球。所有从北京带来的箱笼和包裹，还堆在门外没有打开。

"爸爸妈妈呢？"汪孟邹蹲下来问。

黑子指指紧闭的卧房门，一边继续认真地用大拇指击球。

汪孟邹敲卧房门："仲甫兄！仲甫兄！"

不见动静。

汪孟邹在心里苦笑，下楼，对客厅里坐候的客人们说："陈先生可能不在家。"

杨明斋奇怪了，一再说："你不是说过，陈先生刚搬入这间新居吗？"

"那……那我再去找找。"汪孟邹复又上楼，踌躇一番，终于又开始敲卧房的门，他这回劲儿使大了一些。

"仲甫兄，我是汪孟邹，我知道你们都累了，"汪孟邹压低声音，"有客人来拜见你！远道来的！"

传来陈独秀瓮声瓮气的嗓门："叫他明天来！"

汪孟邹下楼梯，走了几级，想想不对又犹豫着上楼，冲门缝轻喊：“是北京李先生介绍来的。”

“哪个李先生？”

“李大钊先生介绍来的。”

“怎么不早说！”陈独秀声气很粗，一会儿就开了门，他赤着脚，披挂一件条纹睡衣，“人呢？”

“在下面。”

“信呢？”

“在下面。”

看陈独秀急步下楼，汪孟邹急了：“仲甫，你这样子？”

陈独秀也觉得不妥，复又上楼，数分钟后才整整齐齐下楼。他仿佛根本没看见客人，先问汪孟邹要信。

“信呢？”他说。

汪孟邹取出信函。

陈独秀读罢，眼睛烁烁发亮。他非常明白李大钊的用意。这是一种契机。北京的李大钊从心底里感觉到了这种契机，而希望上海的陈独秀用肩头来感觉它。

于是陈独秀凝视着维经斯基的蓝眼睛，用英语说：“维经斯基先生，可以说，我早就盼望着你来了。我期待着我们之间的讨论和合作！”

“这是我最愿意听到的一句话。”维经斯基立即像大鸟一样展开双臂，与陈独秀做了一个拥抱的动作。

随后，陈独秀便优雅地吻了吻维经斯基夫人的手。刚吻罢手，楼梯上就出现了容光焕发的高君曼。而她的出现则顿时叫维经斯基夫妇和杨明斋目瞪口呆。

杨明斋一时口吃：“陈独秀同志，这位是……是您夫人？”

“是我内人，刚从北京来上海。”

“啊！”维经斯基大笑着说，“在没有与陈同志合作之前，我们已经与陈夫人紧密合作过一回了！”

下楼的高君曼笑得捂紧了嘴巴。她认出了火车上的朋友。维经斯基夫人一下子就与高君曼紧紧拥抱在一起了。

当夜，陈独秀睡不着。在孩子们的轻微的鼾声里，他对着高君曼的耳朵说：“你知道有一种绳子，能够同时与二十四口铜钟牵在一起吗？我听人说过，俄国有一个教堂，东正教的教堂，就有这样一条大绳子，那绳子复杂得简直就像一件绳衣，穿在敲钟人身上。那敲钟人手也动，脚也动，屁股也动，如同跳舞，一跳，二十四口钟就一齐当当响。”

高君曼抚摸着丈夫的厚敦敦的肩膀，她不明白他说这个故事是什么意思。

“我觉着，”陈独秀又把热热的风吹到高君曼耳朵里，“那个敲钟人的面相，那种模样，就是今天那个维经斯基。你别奇怪，我感觉着就是这样。”

“睡吧。”妻子说。

“维经斯基真是个跳舞的人。他的绳子很长。上海有口钟，他也牵着了。”

“睡吧。”妻子说。

半夜时分，高君曼又被雪茄烟雾呛醒了，她看见枕头边有烟头明明灭灭。

“他也不是那个敲钟人。”她又听见丈夫这么说。

“敲钟人是谁？”

“列宁。”丈夫说。

高君曼第二回醒来的时候，已是黎明。海关大楼方向传来隐隐的钟声，里弄口也有了刷马桶的沙沙声。陈独秀站在露台上，背影黑黑的，雪茄的青烟一阵阵地笼罩着他的脑袋。

高君曼叹息一声，走上露台，拉陈独秀回房。

陈独秀纹丝不动。

“想什么呢？”

“想我自己。”

“不止想你一个人吧？还在想什么人吧？”

“你说什么？”陈独秀回脸。

“你在上海，是不是有女人了？昨日你跟我亲热的时候，我就有这感觉。”

“你的感觉奇怪，问得也奇怪。”

妻子不作声。妻子知道丈夫在北京期间去过许多不该去的地方，起码一个大学教授是不该去的。小报上老登这些花边新闻，陈独秀见着这些花边从来不以为然。

女人对陈独秀而言，如同空气一样不可缺少，而且空气还要求新鲜。高君曼知道这一点。

“女人，虽然重要，”陈独秀说，“但是对我而言，君曼，你要记住，我来这个世界，不是为女人而来的，是为理想而来的。”

高君曼为丈夫披上衣服。陈独秀盯着东边的晨曦，说：“人生一世，一副皮囊几十年，若不赶紧着为国人谋利益，徒活而已！”

“你这个人呀，不是叫女人神魂颠倒，就是叫女人心惊肉跳。”

“维经斯基来了，钟声响了，往后，你心惊肉跳的日子还有呢。”

“我也常纳闷，捏捏耳垂子，肉也不薄，怎么就这么没福气！我自己没福气，倒也罢了，只是想着孩子们可怜。”

“此言差矣，君曼，你要知道，孩子们并不可怜！做陈独秀的子女，是一种福气！能为理想而不惜捐躯之男人，英雄也，英雄之子，是会为父亲骄傲的。”

“做陈独秀的女人，也是一种福气，是不是？”

“就我所知，君曼，你已经多时没说过有志气的话了，就这句话，见了志气。我不管是坐牢，还是砍头，你都要当作一种福气来享！”

“你说疯话？”

“我没疯。我只不过想告诉你，我这个人，命里不安分，他是会永远直接行动下去的。不过，这一回，他不会再做孤胆英雄，上街去撒传单，他是要结成一帮同党，群体行动，以马克思学说为宣言，拯四万万同胞于水火之中！这件大事要做成了，就驱除国家黑暗而言，无异于日出东方。”

“我发现我越来越听不懂你的话了。”

“啊呀，你说出了应该由我说出的话。”

“你这人好没良心！”

“维经斯基太太，就是那个漂亮女人，她就永远不会这样骂她丈夫。”

高君曼无言。高君曼就这样重新开始了上海的生活，她一开始就处在了一种莫名的紧张之中，无论是对陈独秀的主义，还是对陈独秀本人。

陈独秀确是敏于行动之人。在与维经斯基交谈数次之后，他决定立即组建上海的共产党组织，以此推动全国各地共产党组织的建立。五月的一个早上，三个西装革履的男人就兴致勃勃地来敲陈宅的石库门了。

敲门的是一个性急的中年人，手里拎着一瓶日本清酒。此人便是上海《星期评论》的创办人之一、浙江省议会议长沈玄庐。

在他身后的一位，则是提着一只小藤篮的年轻人，面皮黝黑，颧骨凸出。他对清晨的强行敲门似乎感到不安。

“太早了吧？”他对沈玄庐惴惴地说。他叫陈望道，原浙江第一师范学校的语文教师。

“好事不怕早！”沈玄庐嗓门大，手上劲也大。

另一个就是戴季陶，陈宅常客了，他安慰陈望道说：“不用担心，仲甫哪怕要发火，迎面一个喜讯，也不怕他不乐。”

陈独秀穿着睡衣下楼，脸上果然不悦。他昨夜握笔撰文了，也是熬到鸡叫。

“什么事？一个个都属公鸡的，天还不亮就嚷嚷！哟，这不是陈望道先生吗？”

陈望道说：“陈先生！”

陈独秀心里明白了什么，顿起笑容：“好好好，我已经知道沈玄庐为什么提着酒了！”

沈玄庐哈哈大笑。

陈望道打开手提藤篮，规规矩矩地取出一册英文书，递给陈独秀：“完璧归赵。”

“这叫完璧归陈！”戴季陶笑眯眯地说，“还有一册，要完璧归戴！”

陈望道果然又取出一册书，恭恭敬敬说：“归还戴先生！”

戴季陶收下书，对陈独秀解释说：“我给他的是日文版的《共产党宣言》，是我从东京带回来的。他主要是根据日文版翻译。你那本英文版的《共产党宣言》，供他翻译时作重要之参照。仲甫，你知道不知道，陈望道先生可是躲到他义乌老家，挑灯夜译，实足花了三个月工夫哟！陈先生，快取译稿，给仲甫兄过眼！”

陈望道从藤篮中小心翼翼捧出一大沓译稿。

沈玄庐赞叹：“仲甫，我这位浙江老乡可谓是不负众望！”

陈独秀掀稿而念：“一个幽灵，共产主义的幽灵，在欧洲徘徊！……啊，啊，仅读几行字，便知陈望道先生译笔之漂亮！”

沈玄庐说：“仲甫，陈望道先生这一回来上海，就不回浙江了，我已经同季陶商量妥当，聘他为《星期评论》编辑！”

陈独秀喝一声：“酒呢？”

沈玄庐说：“在呀！”

陈独秀跺脚：“怎么不喝？”

高君曼出现在楼梯口，头发蓬蓬乱乱：“独秀，你这两天血压高！”

陈独秀说：“共产主义幽灵进家门了，血压再高也不能不举杯！——喝！”

沈玄庐乐得大叫：“喝！”

陈独秀说：“君曼，快上酒杯！柜子里还有花生米！”

高君曼端来了酒杯，叮叮咚咚排开，众人一一斟上。

陈独秀举起手中酒杯说：“一为马克思和恩格斯，二为陈望道，三为专门借我这册英文版的李大钊，四为贡献出日文版的戴季陶，五为诚聘陈望道来上海共事的沈玄庐，干杯！”

众人听得高兴，齐说“干杯”，正待痛饮之时，陈独秀又说了一声“慢”。

陈独秀说：“我今日兴奋，再多说几句。这本《共产党宣言》，可以说是全世界共产主义者的圣经。开始是德文版，后来出了英文版、俄文版、法文版、西班牙文版。在中国，一直没有全译本。北京南京报章上，断断续续译出一点章节的，倒是不少。我与守常先生不止一次说起过，什么时候能有中文版的《共产党宣言》呢？你陈望道是浙江义乌人，义乌人素以骨头硬朗闻名。当年戚继光抗倭，专门招募义乌人组成戚家军，攻无不克。你陈望道看来也是攻无不克，必是戚家军之后。望道，你今日立下大功了！你为全中国的共产主义者望了道了！来，来，为中国共产主义者有了自己的全译本圣经，干杯！”

众人甚喜，一齐举杯，正待豪饮，忽又听陈独秀说一声“慢”。

陈独秀环视大家，说：“又有一句重要之言，必得先说。”

沈玄庐不满意了：“唉，这杯酒怎么这么难喝？说到底，还不是你陈家之酒，是我的酒！”

陈望道想笑，不敢笑。

陈独秀激情难抑：“你陈望道既已译了《共产党宣言》，就是半个共产党人了。你戴季陶、沈玄庐虽为国民党员，但向以《星期评论》为壕堑鼓吹社会主义，也该是半个共产党人了。既为同道，便是同党，我们上海的共产党组织也该应运而生了。”

还不等大家接口，忽有一戴眼镜者推门而入，连呼：“这个主意好！这个主意好！”

李汉俊来了，他也算得上是上海《星期评论》的创刊人之一，三个月前《星期评论》编辑所从爱多亚路新民里五号搬到了他的白尔路三益里十七号私宅，他便更成了这本明星杂志的中坚。陈独秀常去白尔路，他也常来渔阳里。高君曼补送一只酒杯，沈玄庐为李汉俊斟了酒。

李汉俊说：“共产主义信仰者若没有自己的组织，没有实际行动，只是做文章说空话，绝不能推动中国革命。仲甫兄昨日还跟我说过这个意思。”

沈玄庐说：“仲甫今天说的，也明明白白是这个意思。”

陈独秀问：“那么，诸位意下如何？”

沈玄庐嚷：“这还用说？我们以举酒代替举手，先把这杯酒干了吧？”

见酒杯一只只举起来，陈独秀又举手说：“慢。”

沈玄庐愕然了：“你还慢，慢，慢，你今天存心不让我们有口福，是不是？”

陈独秀说：“一个党的取名，如同一个人的取名一样，必得响亮。名亮则路宽，路宽则人众，人众则事成。我们既然组党，必先要取一个亮堂堂的名称。”

“啊，也对，也对，”戴季陶说，“就如安庆有亮堂堂的独秀之山，安庆人就有亮堂堂的独秀之名。”

陈望道说：“我们按不按马克思的取名呢？”

陈独秀斟酌一番，说：“那就取名中国共产党，如何？”

李汉俊赞同：“我看可以。”

“依我看，不妥。”戴季陶表示了异议，“中国信仰共产主义者并不多，凤之毛，麟之角，还不如取一个更易于大众理解的称谓，比如：中国社会党。”

“不妥，不妥，”李汉俊摇手，“天津的江亢虎成立过中国社会党。”

沈玄庐寻思半天，说：“体肤为社会党，骨肉为共产党，也是一法。”

陈独秀说：“兹事体大，我还是写封信去北京，与李守常商议之后再定。”

沈玄庐忽然大叫：“管他什么名，先把这杯酒干了好不好？举得手都发酸了！仲甫，不准你再说慢了，你敢再说一声慢，我跟你拼了！”

陈独秀说：“干！干！”

酒杯互碰，叮当一片，众人终于喝成了酒。

暮色之中，李大钊走回后闸胡同，一进门，妻子赵纫兰便就迎了上来。“今天这么迟？开会了？”妻子问。

李大钊说：“复了一封长信，很紧要，寄往上海的。”

赵纫兰猜出来了：“寄给陈先生的？”

李大钊接到陈独秀的信函后，旋即复了一封长信，郑重建议中国共产主义政党的名称，还是叫中国共产党为好。

赵纫兰为丈夫换上拖鞋。李大钊说：“仲甫在上海已经开始行动了，我在北京也须加快步伐。明天我就想找几个人谈谈，好在湖南的毛润之为驱张之事也在北京。”

赵纫兰一拍手：“啊呀，忘了告诉你，那个毛润之前两天来家里找过你。”

“他来过了？”

“说是辞行来的，他要去上海，有一批湖南青年要去法国勤工俭学，他专门赶去送行。”

溪水叮咚。

一双光脚在溪泉中洗。这里是山东曲阜孔庙。

毛泽东在南下上海途中，特意在山东泰山和曲阜等地停留。他要看看孔子的故居和墓地。

毛泽东揩干净双脚，穿上黑面布鞋，径往大成殿而去。

入了空无一人的大成殿，迎面便是孔子塑像。毛泽东觉着了一阵阴凉，顿感气氛庄肃。

毛泽东观视塑像良久，末了，一屁股坐了下来。

既然旁无游人，颇有感慨的毛泽东干脆与孔子对起话来。他一时觉得有满腹的话，闲坐无事的孔子恰可以做他的对谈者。

“孔老夫子啊，孔老夫子，三千年前，你的弟子在树下躲了雨，我毛泽东今日也在孔府的树下躲了雨，你的弟子洗了脚，我毛泽东今日也洗了脚。既已濯足，便为弟子，不管你相认不相认，我毛泽东自今日始，算是你孔老夫子的弟子喽！”

说到此处，毛泽东前倾弯腰，鞠了一躬。

“去年这个时候，北京大呼要打倒你的孔家店，我在湖南，也挥拳高呼砸烂孔家店。如今想一想，你老夫子开过店吗？你不是开店之人，你当不了掌柜的。你就是开店，也开不出一个好店来！你呀，老夫子，你无非就是一匹马，一辆车，坑坑洼洼到处走罢了。你既未开过店，我们为什么要跟你这个假店主过不去呢？你想过这个道理没有？看来你没有想过。我今天告诉你，其中之关键，是你的文章没有做好。”

孔子沉闷不语。毛泽东摇了摇头。

“你是述而不作，但是你之所述，其实并不漂亮。大约是你老了，所以蠢话很多。你用你的语言搓了一根绳子，这根绳子本来是挂你的店牌的，你却没有去挂，反而拿来束缚中国人的手脚，尤其是我们青年人的手脚。这一缚，就缚了两千多年。须知束缚是有代价的。既有束缚，便有反抗。所以我们这些晚辈就认定你有一个店，便要用石头来砸你这个店。我小名石三伢子，我这块石头也是砸着就见痛的哟！”

说到这里，毛泽东笑起来。

“但是你不要怕，”毛泽东又说，“你连个店号也没有，你怕什么？如今要怕的，倒是我们这些石头，包括我这个石三伢子。我们砸了你的店子，我们又开什么店呢？我们能卖什么东西呢？其实，老夫子啊，我们也没个店号，我们再怎么盘算，也盘算不出有哪一票扎扎实实的货，今天可以卖给国人。所以，没法子啰，我毛泽东今天还是愿意来这里洗一回脚，做你一回弟子！好歹你还有个‘学而时习之，不亦乐乎’，我愿意听；你还有个‘有教无类’，我愿意听；你还有个‘未知生，焉知死’，我愿意听！我这么说，你老人家该满意了吧？”

毛泽东等了半天，没听孔子言语，便长叹一声，起身，袖子一挥，走了。

大成殿前松柏摇动。毛泽东一步步踱于松柏之下，神思凝重，凝重之间还颇有些怆然。中国叫孔夫子搞了这么多年，什么东西都集“大成”了，积重难返，但是一个民族总是要有新路的，孩子一代一代生出来，路总是要走下去的，孔夫子之后，该走什么路呢？中国总不能再走死路吧？虽说死路两旁一直是松柏长青。

毛泽东到了上海，到处打听陈独秀，都没结果。

他来上海，其目的，除了送别赴法勤工俭学的湖南青年之外，就是想求教陈独秀。他觉得陈独秀应是孔夫子之后的“集大成者”，虽然还没见陈独秀端出自己的完完整整的主义，但是站在其身旁的两位先生，一位赛先生，一位德先生，却早已在中国知识界深入人心了。

而陈独秀这一时期却没有多谈这两位“先生”，他连续几天都忙于在上海纺织工人集中地沪西小沙渡作演讲。中国产业工人的觉悟和组织程度，已越来越为此时的陈独秀所关注。

讲台下人头攒动，刚下班的纱厂女工们慢慢汇聚在这里，一齐睁大眼睛听陈独秀演讲。

“诸位工人师傅都知道自己的力量吗？”陈独秀现在的演讲，握拳头的动作越来越多。这里是小沙渡工人补习学校前面的露天讲台，陈独秀面对的是密密麻麻的纺织女工的眼睛。这些眼睛明亮者少，灰暗者多。“我们扯山海经的时候，总是说，我们不过是个小小的工人，能有什么力量呢？工人师傅们，你们是有力量的！你们看看四周，我们每一个人穿的衣服，不都是你们纺的纱、织的布？要是没有你们，所有的人不都要活活冻死吗？商人还能做生意吗？兵士们还能打仗吗？小孩子还能长大吗？街上还有人走吗？”

一个小个子工人慌慌忙忙挤进人群，又挤到演讲台边上，看他那副紧张如满弦的神情，十有八九隐藏着坏消息。果不其然，当他把李汉俊招下演讲台耳语几句之后，李汉俊的脸色顿然变了。

李汉俊跳上台，捅捅陈独秀后腰，低声示警：“警察马上要到，赶快停止演讲！”

陈独秀不睬，继续打手势演讲，他正在兴头上。

“你们要懂得，这世界，本来就是你们创造的！没有你们便没有世界！但是，你们创造了世界，世界却仍旧叫你们受穷，你们辛辛苦苦，起早摸黑，饿了，吃不饱！冷了，没衣穿！病了，缺钱抓药！生下孩子，念不起书！你们要团结起来，改善自己的境遇啊！”

工人们听得很专注，许多眼睛亮了起来，而李汉俊心里的鼓声此时则越来越响，细细密密的冷汗从他的额上渗了出来。他摘下眼镜擦一擦，擦的时候他觉得自己的手指在打抖。他很不满意陈独秀的故作镇静，这不是革命者应有的风度。

“仲甫，还是走吧？”他又悄悄伸手，扯陈独秀的西装衣襟，扯得很有力。

陈独秀烦了，一把将他推开，继续大声说：“工人兄弟姐妹们，你们要想改进自己的境遇，不结成团体，那是不行的。但是，我要告诉你们，像上海的工人团体，就是再结一万个也都是不行的！新的工会，一大半是下流政客在里面出风头，旧的工会公所里面，一大半也是店东工头在那里包办。他们不会给你们谋取任何利益！觉悟的工人呵，你们要另外联合起来，组织起你们真正的工人团体！你们要用自己做工的双手，替自己谋利益！”

“对！”人群中有人喝彩，“陈先生说得好！”

陈独秀大声喊：“工人兄弟姐妹们啊，团结，就是力量啊，五指捏拢，就是拳头啊！……”

话没讲完，李汉俊一把扯住他，就往台下跑。陈独秀正待发火，却已经听见有人惊叫“警察”，人群哗的一下开始大乱，女工们一齐发出的尖喊声如同几百块窗玻璃同时碎裂。

李汉俊迅速翻过讲台后边的一堵围墙，有工人托了他一把。然而陈独秀却不行，接连爬了几下，手上都是青苔，还是没有翻过围墙。陈独秀心里骂，屁股底下这五六双手怎么都轻绵绵的，还不如高君曼那双手，厨房里的那扇窗那么高那么窄，他还是能像条鱼一样钻出去。就在这么想着的时候，他觉得自己像朵云一样飞了起来，接着便与小半堵墙一起轰隆而坠了。他觉得屁股痛，而一动弹，又觉得右脚比屁股还痛。他喊李汉俊，没回音，不知是被接走了还是被抓走了。

“过激分子跑了！翻墙了！”墙那边有人喊，并且有警笛嘟嘟响。

陈独秀咬着牙站起来，一瘸一拐地奔逃。他想，再痛也得忍着，不逃不行，上海警察不见得比北京警察心肠软。但是在翻过一道黄泥土墙之后，他只感到脚踝钻心般痛。刚想喘气，忽又听见警察的沙哑的喊声：“在这里！”

陈独秀心里急，想使劲跑，又想干脆不跑了，娘的，站下来不跑，又怎么样呢？正在犹豫当中，忽然耳边响起一个女人的声音：“快进这儿！”接着他就觉得有一只手拉了他一把。

这是一个暗黑的门洞。陈独秀闻到了女人的气息。这个女人在暗黑之处使劲按着他的头，不让他动弹。

门洞外响起纷乱的脚步声，间杂着警察的大呼小叫声，如同一股浊流，哗哗而来，又滚滚而去。陈独秀在暗黑之中抬起眼睛，想看清一个人的脸，但是他看不清，只感觉这个人脸容很白。

“你是谁？”他问。

“医生。”

“医生？你是医生？”

“我是医生。”

“为什么我伤了，就会有医生出来？”

“我一直在听你演讲。你说话真有力量。你的脚确实扭伤了，你该用点药。”

女人说话的声音很柔，耐听。陈独秀再不言语。几分钟后，她扶着他穿过一个门洞，又穿过一条窄窄的里弄。陈独秀现在才看清了她，她一张脸很漂亮，眼睛和眉毛都很细，鼻梁挺挺的。他一直没有吭声，任凭她叫了一辆黄包车，坐了上去，几个弯之后，又进了一间旧旧的平房，平房里都是很沉重的家具，空气中弥漫着一股药水味儿。

按照女人的吩咐，陈独秀倒在一张竹躺椅里，然后把右脚高高架起。

女人叫他忍住痛，脱了他的旧皮鞋，又脱了他的湿漉漉的袜子。浓浓的臭味从空气中一阵阵散发出来。女人闻着，也不回避，也无表情。她先用毛巾，再用酒精，净了他的脚，然后调和着一种褐色药膏，仔细地为他敷抹。陈独秀龇牙咧嘴，感觉到又凉又痛，但是他没有发出任何声音。他在心里已经确认她是个医生了。医生这种职业，他一向是敬佩的。女人问他痛不痛，陈独秀说：“稍微有一点。我在北京也翻过一次墙，脚也扭过。”

“那你就是陈伤了。”

一个男孩探进头来，四五岁的模样，脸很圆，头发盖在眉毛上。他看看陌生人，又看看母亲，说：“妈，我要吃番薯。”

“自己去锅里拿，乖！”女人说。

孩子走了。

陈独秀问：“你丈夫呢？”

“别提他。”

“为什么呢？”陈独秀木然，后来又摇摇头。

女人笑一下，说：“我是一双他穿过的鞋子，说扔就扔，扔下我都五年了。”

陈独秀瞧着自己的光脚丫子出神。

“你叫什么名字？”他问。

“施芝英。”

“听我演讲，是什么感觉？”

“没听你讲话之前，我是这个感觉。”施芝英伸手，按熄电灯，房间顿时一片灰暗，“听你一番讲话，就是这个感觉。”她复又开亮了灯。

陈独秀觉得这女人聪明。

“书生之言，不会有这番功用吧？”陈独秀有点淡然地说，一边说，一边心里振奋。他始终明白自己讲演的那种冲击力。

施芝英的回答态度很诚恳：“不然，我也不会救你。我一个弃妇，敢背你敢扶你吗？”

陈独秀盯着这位穿着碎花儿布衫的女医生，仔细盯着，长时间盯着。女医生发出一声笑，她的笑容很妩媚。

这一刻，九曲桥边的毛泽东兴致很高。

“诸位，诸位，”毛泽东高高举手，摇着招呼众人，“离别时分，大家来合个影！你们到法兰西，我留在岳麓山，又要几度春秋不见故人喽！”

一群来自湘江之畔的男女青年在上海半淞园聚会。几天后，其中的六位就将登轮赴法留学。

“润之！”赴法留学青年萧子璋忽然双手按住毛泽东肩头，两眼直瞪，“你说实话，你是不是舍不得抛下你的杨开慧？”

“哪里话！”

“那就干脆横下一条心，过两天跟我们一起登船，到法兰西喝咖啡去！名单上本来就有你毛润之嘛！”

有人附和，都说要毛泽东同去。毛泽东笑。他是铁了心不留洋的。他于是这样说："第一，毛泽东不懂洋文，怕到了法兰西受气。子璋，你忘了？那天跟你学法语，三天没记住一个词。第二，大家都走了，总还要留个把人看看家吧？开开窗呀，扫扫地呀，看这个很不干净的家还得再怎么打扫呀，你们日后就不回湖南老家了？"

"有理！有理！"好几个人笑。

"我毛泽东还有几句话要说。"

"讲！讲！"大家点头。

"大家在湖南，学习很勤恳。到了法兰西，好学风务必不要丢掉。我有个建议，无论到什么地方，只要有三名以上的会员，就要组织起学术谈话会，交换知识，养成好学的风气。"

萧子璋说："这一条，我们能做到！"

"那么，"毛泽东说，"我还有个请求。"

"讲！讲！"

"你们远渡重洋，为的是西天取经。我在家中守门，是就地打坐念经。大家一个目的，都是苦苦探求救国之真理。我希望诸位游僧发现了什么，悟到了什么，必得来封信跟我这个在家和尚通通气，大家一定要互相启示，一齐得道，共同成佛！"

众人觉得这句话说得好，于是一起鼓掌。

"那么，八方和尚，一起拍照了！"毛泽东再次指挥，把大家唤在一起。

众人刚站齐，闻得咔嚓一声之后，便又听得一声尖厉厉的叫，那是一位年轻人跑进半淞园，把手挥得像风车一样。

"毛润之！"那人喊，"你要找的人，在印刷厂！"

毛泽东果然在印刷厂见到了陈独秀。他发现陈先生瘦了一圈。

陈独秀缓步走在机器旁，脚也有点瘸。毛泽东一旁扶着他。印刷机在滚动，机声嚓嚓。

“脚上不要紧吧？”毛泽东问。

“上药膏了，过几天就好。今日封建军阀扭了我的脚，明天我们就会唤起民众扭下他们的脖子！”

“陈先生的言谈和文章，始终犀利如青锋之剑。”

“世间最犀利的东西，”陈独秀说，“莫过主义。”

“对，对，”毛泽东兴奋起来，“我近一时期一直在苦思这个问题。我到处追寻陈先生之足迹，就是为的讨教主义的问题。”

陈独秀闻言，笑了，忽然问他见过马克思、恩格斯的《共产党宣言》没有，毛泽东说见过零散的章节，还是几个月之前在北京那座破喇嘛庙里看的，很觉新鲜，但因难窥全豹，所以也没有太特别的感觉。

“那么，”陈独秀手指一架印刷机，“你看看我今天特地来校印的东西是什么。”

毛泽东的视线落在印刷机上：“《共产党宣言》？”

“《共产党宣言》第一个中文全译本！来，介绍一下，这位就是立下大功劳的翻译家陈望道先生。”

陈望道从机房走了过来。

“久仰先生！”毛泽东微鞠一躬。

陈独秀说：“该‘久仰’！该‘久仰’！十多年前，同盟会员刘师培在日本办的《天义报》上，译过《共产党宣言》。不过，只译了个序言。去年 4 月，我们在《每周评论》第十六号上，刊登过《宣言》第二章的一部分。这一回，可就要全文出版了，陈望道先生真的是功不可没哟！”

“哪里，哪里！”一向斯文的陈望道照例斯斯文文地说，“润之先生的《湘江评论》期期拜读，文气磅礴，亦久已敬佩矣！陈先生，你们那边去谈，校样出齐，我来叫你。”

陈独秀把毛泽东带到又新印刷厂西头的一个纸品仓库里，一落座便直接问他：“润之为什么不去法兰西？”

毛泽东说：“陈先生，说不想去，假的，我其实也很想去，只是，若是大家都走了，中国的虎豹豺狼，谁打？你看湖南张敬尧，至今还在吃人。起码，驱张成功，我毛泽东再去法兰西！虎豹豺狼有兵，新民学会有理，人说秀才遇到兵有理说不清，我偏不信。我这人好斗，我就不信我毛泽东今生今世一定斗不倒他张敬尧！”

“人不可无傲骨，革命家更不可无傲骨，我看你很自信。”毛泽东的这种脾性，陈独秀很欣赏。

“见笑于陈先生了。”

“不不，我倒是喜欢这脾气。你我性灵，彼此相通。毛润之，你知道我加入过暗杀团吗？”

毛泽东不甚了了。

“也就是你这个年纪，不，比你还小两岁。也就是在此地上海，天天摆弄炸药，发了誓，要刺杀慈禧太后。此时听来，好笑吧？仅凭一身热血，要挽天下之危。这就叫只见个人，不见社会，不见阶级。从那时候起，我陈独秀留洋，办报，坐牢，奋斗，实足摸索了十七年，至今才算彻悟，明白救国之路，别无他途，唯马克思主义，唯俄式革命！”

陈独秀这么明确地赞赏马克思主义，毛泽东倒没有想到。陈先生与李先生所思所想，看来是一样的，他想。

“李大钊的《我的马克思主义观》，读过没有？”陈独秀果然又这样问。

“读过两遍。”

“考茨基的《马克思的经济学说》，读过没有？”

“已经借得，尚未就读。”

“你要读。还有，日本人河上肇写的《马克思唯物观》，亦可一读。再有，这一套《共产党宣言》全译本的校样稿，你可以带回去，先睹为快。”

“谢陈先生。”

陈独秀不顾脚痛，还是站起来，走了几步：“润之，我已经抱定一个信念，四万万中国同胞要站起来，所倚仗者，必马克思主义无疑！我们中国的脚，像我一样，已经扭伤了，在世界上已经站不直了，不赶快倚仗一种坚实可靠的主义，很难走路。你记住我陈独秀的话，中国，唯有倚仗马克思主义，才能真正迎来德先生，才能迎来赛先生，才能使四万万中国人迎来永久的光明！”

毛泽东凝神地看着陈独秀，胸中似有闸门开启之感。

十六年之后，毛泽东在延安与美国记者斯诺的谈话中，还回忆起了1920年在上海的这次不平凡的会见。这次会见确是一次颇具震撼力的谈话。毛泽东说：陈独秀谈他自己的信仰的那些话，在我一生中可能是关键性的这个时期，对我产生了深刻的影响。毛泽东还说：到了1920年夏天，在理论上，而且在某种程度的行动上，我已成为一个马克思主义者了，而且从此我自己也认为是一个马克思主义者了。

当晚，毛泽东便在上海的下榻处，细细读了宣言的全文。第二天，太阳照着哈同路民厚南里二十九号的时候，毛泽东还没有睡意。他看着东升的太阳照在“湖南改造促成学会”的油漆木牌上，熠熠发亮，他想，湖南也可能要亮起来了。这种亮，可能会很快，而且这种亮，跟张敬尧在不在湖南，可能没有关系。

就在他这么想着的一个月之后，张敬尧终于被逐出了湖南。张敬尧并不是被民众的抗议声所驱逐，而是在直皖军阀之间的混战中败走麦城。身居上海的毛泽东在获知这一消息时，却显得格外沉着。他已经不再相信湖南赶走一个张敬尧便会出现新气象，而深信唯有动员民众参与革命，工农坐了天下，湖南才能亮起来，亮如旭日。

毛泽东买好去长沙的船票之前，又专程去了一趟老渔阳里。不巧的是，主人又不在家，依旧是女主人高君曼给客人沏上一杯茶。

毛泽东在敲门的时候，门外还有个身材修长的蓝旗袍女人，她悄悄地闪在了一边，毛泽东当时并没有注意到，他进屋之后，只注意到沏茶的女主人面容有些憔悴。

"我是来辞行的。"毛泽东对高君曼说，"请陈师母转告陈先生，湖南之事，务请他放心。我回湖南之后，第一，马上就创办一个文化书社。湖南人现在脑子饥荒实过于肚子饥荒，青年人尤其嗷嗷待哺。我的书社愿以最迅速的办法，把救国之主义介绍给他们。师母，你在听我说吗？"

他发现女主人的眼睛老是瞄着窗外。

"我听着，毛先生。"

"第二，我打算组织一个湖南俄罗斯研究会，以研究俄罗斯一切事情为宗旨，再发行一份《俄罗斯丛刊》。师母，我觉得，俄式革命的研究，对中国而言，实在太重要了！"

"哦，哦。"高君曼心不在焉。

"第三，我要派湖南青年去俄罗斯实地考察，不要一提勤工俭学，就是法兰西，我则是推崇俄罗斯。师母，是不是门外有客人？"

"别去理她。"

"是谁呀？好像有什么事？我去开门。"毛泽东站起来去开门。高君曼想拦，没来得及拦。

开了门，便见着了那位身材修长的蓝旗袍女人。"请问你找谁？”毛泽东问。

施芝英说：“有样东西，要带给陈先生。”

她文静地举起一瓶药膏。

“药？”毛泽东说，“你送进去就是了。”

“她不收。”施芝英说。

“那我送吧。是陈先生用的？”

“是的，”施芝英转身走了，“谢谢先生。”

毛泽东回进门，将药瓶置于桌上。

“有人送来药，说是给陈先生用的。陈师母，我先走了，务请你转告陈先生，请他注意听我们湘江之涛声。”

高君曼不言不语，伸出手，一抹，便将桌上的药瓶子抹下桌面打落在地。

砰！碎片四裂，直叫毛泽东吓一跳。高君曼双泪流出，歇斯底里起来：“陈先生是你们的一个好兄长，一个好先生，可是他实在做不成一个好丈夫！”

毛泽东离开老渔阳里的时候，心间阳光又减了几分。他觉得这位师母的做法有些过，以陈先生的思想界播火者身份，烧着一些男女，结交一些男女，原是寻常之事，摔罐子摔瓶子之举，过了，何况还是药。再说，你高君曼也是新潮女子，观念并不囿于大成殿，当初跟你这位亲姐夫双双远走高飞，不也是惊世骇俗之举？毛泽东在十六铺码头登轮之时，江风一吹，又开始从另外一条思路思想这户人家。他想，陈先生作为思想界领袖，若能立身谨严，自洁自强，那就更叫人高山仰止了。陈先生是不该叫夫人这么难过的。湖南新民学会会员一律立戒不赌不酗不嫖，陈先生若能入这样的会，那就太好了。

但是，这是不可能的，轮船鸣笛的时候，他又这么想。再后来，除了湖南的事，他就什么都不想了。

第 6 章

警察推开一间办公室，点点下颏，示意周恩来进入。

外号“杨梆子”的天津警察厅长仰坐在靠背椅上，斜起眼睛，不屑地看看进门者，问：“你代表谁呀，小兔崽子？”

浓密的头发与络腮胡遮住了周恩来的大半张脸，唯有眼神仍如刀剑般锐利。现在他就射出目光，掷刀掷剑般地看着杨梆子。

就在毛泽东离开北京南下上海的这个月里，被无理关押在天津直隶省警察厅长达七十余天的周恩来，终于秘密地串连起他的难友，做出了一项十分果敢的决定。

“怎么不说话，兔崽子？”

“我今天来找你，是代表先后被捕的二十四名天津爱国学生！”

“有什么屁，就放。”

“我们全体被捕学生决定绝食！”

“绝食？在我这里绝食？”警察厅长一敲桌子，“敢！”

“我告诉你，警察厅长先生，你们拘捕我们两月有余，既不转交法庭正式审判，又拒绝释放，我们认为，第一，这是明目张胆地违背民国约法！第二，这是公然违反新刑律的规定！”

“好一个刁嘴之徒！”杨梆子忽然干笑一声，眯细眼睛察视这个胡子拉碴的学生代表。世道果然变坏了，他想，这个牙尖之徒，年纪这么小，就敢咬得这么狠。

周恩来突然发作，举起戴铐之手，往下狠狠一劈，咣当一声，木椅便如被刀劈一样裂去一只角。

周恩来吼道："限定你们在三天之内发往法庭进行公审，否则，我们全体绝食！由此引起所有后果，你警察厅长杨以德负全部责任！"

警察厅长目瞪口呆了，呆了半天正待发作，后腰被人轻轻戳了一下。他听见了一个警官的耳语声："厅座，天津各报馆记者二十多人集聚门外，说要求紧急采访杨厅长。"

"不采访！不采访！"

又一个警官推门而入，嗵嗵嗵走到杨梆子身后："禀报厅座，来了许多学生，都在门外，是来闹事的！"

"许多，多少？"杨梆子瞪眼问道。

"许多，许多，没法子数，还有许多小旗子，红红绿绿一大片，路都堵了。"警官有点语无伦次。

坏了，杨梆子的神经本能地一抽，坏了，又要挨段祺瑞训了。只要天津地面一颤，段府的电话线就跟着颤，他杨梆子脑门上的青筋也跟着颤。

"我话说完了。"杨梆子听见周恩来这么说，看见他从敲破的木椅上站了起来，"我要回去了。"

杨梆子说："你坐下。"

周恩来以命令的口吻对警察说："前头带路，回去！"

"慢！"警察厅长急忙站了起来，"周先生，我们是不是再谈谈？"口气有如落入汤锅的面条，不能不软了。

周恩来头也不回："三天之后再谈。"

这兔崽子，杨梆子摸着下巴，这个兔崽子有谋略呢，大起来若能拉一支队伍，跑不了能当个段祺瑞。

杨梆子后来的三天，过得越来越不是滋味。到了第四天头上，警察厅门口又来新花样了，值勤警官慌慌张张向他报告，说是有人自愿投牢，想当囚犯。

杨梆子问有多少人，说是二十四个，有男有女，全是学生，都带着铺盖，铁了心了。

这次带着铺盖冲击警察厅的举动，是邓颖超的策划。牢里的伙伴们，一直使她牵肠挂肚。她前几日对妈妈说，她要学朝鲜的安重根了，妈妈还没弄清楚女儿的真意，邓颖超已经在三天后开始了“直接行动”。应当说，这次行动极具个性。

砰！一只鼓鼓囊囊的铺盖置于警察厅门外，扬起一股沙尘，其后一个女学生便稳稳地坐在铺盖上。然后，又是一只铺盖落地，又坐上一位女学生。尽管守卫在门口的警察大呼小叫不准放，越来越多的铺盖仍然无视禁令，直至封堵住了警察厅的大门。

二十四只铺盖和二十四个学生吸引了众多路人，拉着报馆记者的十几辆洋车飞一样地赶到现场。

警察拥出大门，荷枪实弹，如临大敌。杨梆子则站在窗玻璃后头观察。他观察到一个白衫黑裙的小姑娘特别活跃，如兔子一样蹦着，跳着，喊叫着，胸膛抵着刺刀，手指直点警察的鼻子，她的脸庞红如旭日，但是听不清她在喊叫什么。

邓颖超喊叫的是：“什么人敢带铺盖？不怕死的才敢带铺盖！我们连死都不怕，还怕你这把吓唬人的刺刀吗？”

举刺刀的警察一寸寸后退，邓颖超则步步进逼：“我们今天二十四个学生，带二十四个铺盖，就是为的坐牢！我们自愿坐牢！我们愿意替换关在牢里的二十四个学生！天津的监牢太有名气，关人不审讯，抓人无罪名，我们愿意见识见识这样的监牢！”

“讲得好！”胆大的民众喝彩。报馆记者们挤到邓颖超身边，像围追一位明星。

步步后退的警察声嘶力竭：“快散开！不准闹事！你这个小姑娘，再走一步我就开枪了。”

邓颖超忽然回身几步，抓起铺盖，顶在头上，大喝一声：“坐牢去啊！”

二十四只铺盖呼啦一下子顶在二十四颗头颅上，二十四个嗓门一齐大喊：“坐牢去啊！”

“娘的，”杨梆子在窗子后头跳脚，“一个小女人都顶不住！给我顶住！开枪！”

警察后来朝天开了好几枪，又挽手结成链子，才得以把那些发狂的铺盖挡在大门之外。

晚上，精疲力竭的邓颖超搂着母亲说，她感到害怕，很害怕。

杨振德其实就在现场。她是听到消息之后就赶往警察厅的。但是，她没有拉女儿。她一直在圈子的外面看着，她为女儿的胸脯与刀尖之间的距离感到骄傲，她判定警察不敢下手。女儿这一辈的斗争方式比父辈要高明多了，她的父辈们的牺牲有时候太快，民众还没有看清楚怎么回事他们就已经倒下去了。

“是吗？”母亲奇怪了，用手掌托住女儿的双腮，“我怎么一点也没感觉你害怕呢？你用胸膛顶着刀尖向前走的时候，我看你脸色一点都不害怕。”

邓颖超说：“妈妈，我害怕的不是刺刀，我害怕的是我们年轻人的斗争总是没有胜利。真的，妈妈，我们不怕流血，真的不怕，可是，太惨了，我们流下的血，总是不能使花儿开放。”

母亲紧紧搂着女儿。

“周恩来在牢里，也怕。他说，他不是怕绝食，不是怕警察厅长，只是怕斗争没有个头。自打去年以来，我们冲锋陷阵一年多了，中国还是那么黑暗，军阀还是那么猖狂，民众呢，还是像牛像马像羔羊。妈，你说，哪儿是头呢？”

“是啊，”母亲忧伤起来，“自你爸爸走了之后，我也总想，你爸爸的血不会白流的，可是我今天又差一点看到女儿流血。国家呀，天那么大，地那么大，怎么就没见着哪儿有光明呢，哪怕一线线呢！”

眼泪顺着邓颖超的脸颊流下来，流到嘴边，咸咸的。

“小超，别哭，你已经很勇敢了。”

“周恩来也很勇敢，可是他还是被关着，而且绝食了！还有，他的学籍，也已经被开除了！”

母亲默然。她也听说了，周恩来一个，马骏一个，均被南开开除。还有一个马千里，一个时子周，也被迫辞去了教职员职务。学校，说到骨子里，也是政权的一个组成部分，超脱是有限的。

邓颖超抽噎起来，她一时觉得非常伤心。

这份伤心在7月17日这一天却转化成了喜悦，邓颖超赶往天津地方审判厅的时候，带着一只粉红色的花环。这只花环是她自制的，她在前一天亲手采集了许多带露水的杜鹃花。她料定周恩来会判为当庭释放，天津当局在对抗舆论和民众方面，已经力不从心了。

但她从旁听席上看见周恩来与他的三个同伴站到被告席上的时候，还是禁不住心里发酸。她看见他们四个人全都骨瘦如柴。

小铜铃叮叮叮一阵猛摇，法官连呼“安静”，然后便拉着腔调问：“被告周恩来，你带头聚众冲击直隶省公署办公室，扰乱政府正常秩序，知罪否？”

“我知罪。”周恩来点点头。

旁听席顿起喧哗。邓颖超瞪圆了眼睛。

周恩来随之扬脸，提高了音量：“我知罪，是因为我已经明白在天津，在中国，什么是犯罪。什么是犯罪呢？爱国是犯罪！抵制日货是犯罪！谴责日本浪人的暴行是犯罪！保护民族利益，向直隶公署呼吁、要求见公署专员是犯罪！”

满堂起波涛。许多人哈哈大笑。

法官摇铃，说："被告太过分了，公然混淆是非！"

"既然本人混淆是非，所举之例，均非犯罪，那么试问，警察用枪托殴打学生使他们流血是不是犯罪？警察厅拘捕社会公共团体的成员并且几个月不予审讯是不是犯罪？"

"今天是你审问我，还是我审问你？"法官越来越恼。

"当然是我审问你！"周恩来举手直指法官，"真理在谁手上，谁就是法官！今天是我代表真理，代表爱国学生和爱国民众，审判一切践踏民权的兽行！"

法官一时不知说什么好。他有心想让事情了结，但也不能全失面子。他昨日接到了方方面面的电话，知道今天演的是终场戏。他只知结局，但是不明戏谱，一时间不知怎么举手投足。这里的法官是世上最难当的法官。

"你知罪否，被告？"他又干巴巴地问一句，他知道自己的声音已经非常乏力，他的声音已经混在压抑不住的喧闹声中了，黑白两色的法庭里一片混乱。无数鲜花抛在四个精瘦的青年人身上。

邓颖超爬在黑漆斑驳的围栏上，喊一声"五号"，然后扬手就扔去了花环。周恩来顺势弯了弯腰，花环从他头顶落下，直挂胸前。旁听席上的学生与民众大拍巴掌。

也有好几朵鲜花抛向法官，是几个男学生扔的。他们手劲大，湿润的花瓣擦着法官们的油脸以及他们的黑袍的时候，三位审判者顿然间有了一点给面子的感觉。

"周恩来、马千里、郭隆真等人妨害安全及骚扰一案，经本庭审理，宣布期满释放。"主审法官扯着嗓子说。他说得很快，说完就起身离席。他们消失的时候法警也消失了，就像一些黑鼠们刹那间全都进了洞一般。

围栏被挤倒了，旁听者如潮水一样拥向被告席。一面写着

“欢迎被拘代表出狱”的大红旗帜抖了开来，左右飘晃，如花一样盛开在法庭上。

邓颖超忽然蹲在地上哭了。她再也没有气力了。谁也没有注意到她。审判庭外九辆汽车喇叭齐鸣，等着载送出狱代表去商会，那里还有欢迎大会。直到所有的人都如潮水般退出了审判庭之后，邓颖超才从两排竖固的椅子中间站了起来。她揉着红红的眼睛，悄悄走过发灰的水门汀通道，一直走出法庭。

她今天的舒心程度，在天津，恐怕谁也比不上。

邓颖超的心思开始放在毛线上。针织，恐怕最能体现感情的细密。一个月之后，杨振德买来几个大萝卜，汗淋淋地推开家门。她发现女儿仍旧坐在卧房窗边，安安静静地织她那件棕黄色的毛衣。

毛衣已经织成了，女儿用蓝色丝线在毛衣上绣字。

母亲放下萝卜，来了好奇心：“小超，绣什么字呢？”

“不给看！”

“不看不看。”

“看吧看吧，没什么了不起，同学友谊嘛。”

母亲取过宽大的毛衣，看女儿绣上的六个蓝色小字，字迹细腻而端正：给你温暖，小超。

“给谁温暖呢？”

“不说。”

“不说不说。”

“刚才不是说了嘛，同学友谊嘛！”

“大热天的，就送毛衣了？”

“他要漂洋过海。”

“谁呀？”

“又问谁了，不说嘛！反正他要漂洋过海，要去法兰西。”

“勤工俭学？”

“我若筹得到钱，我也会去。妈，记得你给我念过屈原的诗：‘路漫漫其修远兮，吾将上下而求索。’妈，国家那么黑暗，怎么求解放，怎么争自由，青年人谁不想求取真理？我是很支持他去的。”

“是啊，年轻人，该有志气。”母亲应和着，进厨房去了。她心里有些不踏实，其实，她知道女儿这件礼物是送给谁的。

杨振德开始切萝卜，切着切着就听见房门响，接着又听见女儿开门的声音和快活的招呼声。

“伯母！”一会儿，一个年轻人的头探进厨房。果不其然，是周恩来。

“啊，周恩来，你请坐！”杨振德说，“小超，给客人沏茶！”

杨振德继续切萝卜，但是切得很轻。她尽力捕捉卧房里的谈话声。她听见周恩来在说：“谢谢你，一号。这件毛衣，一定将伴随我去法兰西。”

她又听见女儿问：“你那首诗真是给她的？”

“哪首诗？”

邓颖超不言语。许多事不问也罢。但是敏感的周恩来猜出来了。那是他六月初在河北地方检察厅看守所写的，觉悟社社员李愚如要去法国勤工俭学，他便给她写了一首诗，托人带出监狱。诗里有这样的句子：“到那里，举起工具，出你的劳动汗，造你的成绩灿烂。磨炼你的才干，保你天真烂漫。他日归来，扯开自由旗，唱起独立歌。争女权，求平等，来到社会实验。三月后，马赛海岸，巴黎郊外，我或者能把你看。”

邓颖超问他，他去法国目的之一，是不是为了“或者能把你看”？

“我是去求学的。”周恩来表情严肃起来，“你知道，在监狱里，我们组织了几十次晚间演讲会，我讲了好几课，先讲马克思的唯物史观，后来讲阶级斗争史，后来又讲马克思经济论中的剩余劳动和剩余价值学说。但是我还是讲不透啊。我必须到法国，到英国，到德国去，去看看那里的工业是不是像时子周介绍的那样，去看看那里的工人究竟是什么样的生产状况和生活状况，我必须去感觉马克思的博大和深刻。”

“好了，你别说了。”杨振德又听见了女儿的声音，“四季冷暖，你自己当心。”

然后又是周恩来的笑声：“看你，小大人似的！熬过炼狱的人，还能照顾不好自己？我虽说是个独身主义者，但是，独身，并不是说不善待自己。”

女儿沉默了。杨振德听见的是长久的沉默。她琢磨得出女儿的隐秘的心思。

接着，她听见了客人告辞的声音。

“伯母，我走了！”周恩来微笑的脸庞再一次探进厨房。

“请再来玩！”杨振德满面笑容说。

客人出门之后，杨振德怔了半天，她忽然觉得应当对这个英俊的年轻人说些什么。于是，她放下菜刀，解下围裙，急急推门出去。

外面热，满街烈日。杨振德急走几步，追上了夹着毛衣的周恩来。

周恩来站住了：“伯母，你也出门？”

杨振德将周恩来拉到树荫下：“太阳大，这里站一会儿吧，我有话说。”

“伯母，你说吧。”

“你父母还健在吧？”

周恩来笑笑，说:“我还是婴儿的时候，就过继给了叔父。但是，我的继父还是很快就过世了。我生母，是在我九岁的时候去世的。第二年，我那个很会讲故事的继母也过世了。”

杨振德心里说：可怜的孩子！她又问:“你是江苏人？”

“出生在江苏淮安，祖籍是浙江绍兴。伯母，为什么问这些？”

杨振德踌躇了一会儿，说:“恩来，我女儿她，她年纪还小，她也从来没有对什么同学表示过什么。我从这件毛衣上，能体会到我女儿的一种心情。”

周恩来的脸色有些不自然。他看看烈日下的街道，街道上穿梭跑着的洋车，又看看自己的鞋尖。

“当然，我也听见了，你是独身主义者，不会有成家立业的观念。但是，我希望你理解我女儿的这份心情。她从小就失去了父爱。”

“她年岁虽小，可是她很成熟，她甚至敢用身子去顶杨梆子的刺刀。她的热情，她的魄力，她对真理的追求，使我一直很敬重她。”

“希望你在天涯海角，也能记住我们这个家庭。”

“我记住了，伯母。”周恩来伸出手，握住对方，“我从小就没了母亲，我看着你，也就像看着母亲一样。伯母，你一定要把小超照顾好，我不会忘记我在天津的这段生活，不会忘记小超带着铺盖冲警察厅的壮举。伯母，真的，我永远不会忘记！”

“你走吧，恩来，多保重。”杨振德舒口气，挥挥手。她一直站在树荫下，目送着这位青年的矫健的背影。

一个清粼粼的大池塘，两个人在闷头游泳，辨不清这两人是男是女。这个池塘位于浙江萧山县的衙前乡。池塘水花飞溅，塘边树叶繁茂，知了叫得很欢。

在1920年这个炎热的夏季，正当中国大批有志青年纷纷漂洋过海去西方寻求救国强国之路时，陈独秀在中国产业工人最集中的城市上海，踏踏实实地开始了组建共产党的过程。八月份，他决定召开一次极为重要的会议。这个会议的出席者之一就是此处池塘里的一个泳者。

泳者做蛙状，蹬腿有力，兴致颇高。

塘边急匆匆奔来一个瘦高个青年，双手拢在嘴边，冲泳者大喊："爸爸，上海陈先生叫你回上海去！"

听儿子沈剑龙一喊，沈玄庐便从水里探出头来。

另一位也探出头来。这是个年轻姑娘，她听见了丈夫的声音。

公公与媳妇身穿内衣裤衩，同游一池，在中国是件极稀罕的事，但对于萧山县衙前乡的这个池塘，却是常事了。媳妇叫杨之华，刚嫁给沈剑龙不久。沈玄庐创办农民学校，不能没有一批思想新颖的教员，杨之华就是一个，先教书，后来就成了儿媳妇。

沈剑龙看见了两颗黑脑袋，又喊："爸爸！"

沈玄庐双手急划一阵，双脚踩稳了池塘，昂起脸，怒气冲冲地纠正儿子："沈玄庐！"

儿子急忙改口："沈玄庐，上海的陈独秀捎来口信，要你明天就回上海，要开会！"

沈玄庐划到塘边，走出池塘，一边用手巾擦着湿淋淋的身子，一边大声训斥儿子："跟你说过多少遍了，民主须从一家一户做起，天下人皆生来平等，无分上下，应一律直呼其名，以示民权，听清楚没有？"

儿子说："听清楚了，沈玄庐。"

杨之华也上了岸。内衣很窄，显露出了她的苗条的身躯。

沈玄庐转向她："你也听清楚没有，杨之华？"

"听清楚了，爸爸。"媳妇捋捋淌水的短发。

沈玄庐瞪眼："沈玄庐！"

杨之华忙说："听清楚了，沈玄庐！"

沈玄庐擦干身子，发现池塘边正聚拢着越来越多的佃农，像看西洋镜似的看着光膀子的自己和自己的光膀子的儿媳妇。

"看什么？"沈玄庐对观望的农人们喊叫，"好看吧？念一首我沈玄庐的名诗给你们听听！"

嗬，农人们大声叫好。对沈老爷的经常出现的怪异举动，他们早已习以为常了。

沈玄庐念，声很大，抑扬顿挫：

赤裸裸的天，
赤裸裸的地，
赤裸裸的人！
何处藏身？
不必藏身，便是藏身！
藏身处，不知道是天是海，
只是光明！

"好！"喝彩声热热烈烈，也不知听懂没有。

"诸位，我奉劝大家，不要眼睛看斜了，"沈玄庐挥着手中的手巾喊，"这是一个池塘，不是一张床。若是一张床，我沈玄庐今天就不能跟儿媳妇下水。这是池塘，人所共有。这些天以来，我们翁媳一直同泳，这就体现了男女平等，权利同享，没什么好奇怪的！这是一种民主精神，平等精神！大家听清楚没有？"

佃农们齐声说："听清楚了，三老爷！"

沈玄庐怒了："沈玄庐！"

佃农们齐声喊："听清楚了，沈玄庐！"

沈玄庐又说："还有，我沈家今年的租子，我在这里宣布了，再减免一成！”

佃农们几乎要欢呼了：“谢三老爷！”

沈玄庐又怒了：“沈玄庐！”

佃农们赶紧说：“谢沈玄庐！”

沈玄庐接过用人递上的湖绿色绸子衣服，披上，束紧腰带，问儿子：“叫我什么时候走？”

“明天。”

“你看，刚吃了你们的喜酒，几天不到又得走，可见陈独秀这个会议之紧要。剑龙，临走有句话，我必得告诉你！”

“我听着。”儿子做出乖样子。

父亲突然面露凶相，咬牙切齿：“沈剑龙，你给我识相点，结婚才几天，就像苍蝇闻着腥一样，要往那些不干不净的地方钻了？杨之华如今不是外人了，我今天之所以要当着她的面警告你，就是要你识相！”

杨之华捋捋头发，神色忧郁，沉默不语。她慢慢地披上宽大的外衣。她知道她这婚结得快了一点。

沈剑龙不敢看新婚妻子，搔搔头皮，嗫嚅地说：“我会识相的，爸爸。”

沈玄庐跺脚：“沈玄庐！”

沈剑龙立即大声说：“我会识相的，沈玄庐。”

沈玄庐天不亮就起身，由萧山坐浙赣铁路，转沪杭铁路赶回上海。回到上海已是午后。他顾不得脑门上的青筋还在轰隆轰隆作铁轨之响，就直接赶往法租界霞飞路。他明白这是个什么会，陈独秀要组党。

霞飞路的新渔阳里六号是戴季陶寓所，陈独秀同意把这个会安排在戴宅开，自有他的想法。

沈玄庐推门推得很重。他大步流星进门，进门首先喘气，然后抱拳:“抱歉,抱歉,诸位,来晚了!”沈玄庐一屁股坐到嗡嗡作响的英国产电风扇前面,掏出皱巴巴的手绢擦擦满脖子的汗,“仲甫,我是最后一个吧?”

陈独秀看看怀表,皱眉说:“还缺一个重要人物,此户户主戴季陶。”

沈玄庐一时听不明白。看看同党人物,倒也是差不多了。《星期评论》的编辑同人李汉俊在,在杂志社帮忙工作的俞秀松在,李达在,《共产党宣言》的中文译者陈望道也在。

沈玄庐擦净了汗,问户主去哪儿了,陈独秀脸色见乌云,说:“这老兄,家里钥匙倒是留了,人却不见影儿!我们再喝一杯茶罢!”

戴季陶知道家中高朋满座,也想早点返回寓所,但是一时难以抽身。他此时正在莫里哀路孙中山宅邸。孙中山会见苏俄客人,一定要他作陪。孙中山把这次会见看得很重要。

身穿草绿色制服的孙中山坐在宽大的扶手椅里,以锐利的目光注视着来访的维经斯基。

宋庆龄走进来,将一只精致的水果碟放在维经斯基身边茶几上,碟里盛的是去核的龙眼。

“请用,很新鲜,福建陈炯明将军捎来的。”孙中山微微欠身,做了个热情的手势。他的话通过宋庆龄译成英语:“对于列宁先生领导之俄国革命,孙文始终敬佩有加。贵国建国初始,我便给列宁先生拍了致贺电报。布尔什维克党是俄国民众福祉之所在。”

维经斯基说:“我们很感谢孙先生对共产主义事业的理解。我们俄国革命者全知道您的名字,知道您是伟大中国人民的导师!”

宋庆龄在翻译这句话前,柔声对客人说:“维经斯基先生,我冒昧地提个请求，如果可以的话，请别赞扬太多。我丈夫坎坷一生，目前急需的是鼓励而不是评价。”

维经斯基看看宋庆龄，笑一笑说：“我极为理解。”

这位夫人，维经斯基心里想，真个了得！

孙中山说：“我正在努力改组国民党。这将是一个代表全国民众利益的党。”

戴季陶补充说：“孙先生在做非常大的努力。”

“在这方面，第三国际有何指教？”孙中山欠身问。

维经斯基迟疑了一下，说：“我祝孙先生成功。”

“谢谢。”

“请问，孙先生什么时候重返广州？”

“快了。”孙中山显得很有信心，“广州即将从反革命的桂系军阀手中获得解放，我将在那里再度设立革命政府！遗憾的是，广州与贵国相距太远，此种地理位置，使我们无法与你们进行迅速有效的联络。”

“也许，通过无线电，可以建立这种联系。”

孙中山趁势建议：“贵国政府能在海参崴建立大功率的无线电台吗？”

“这个建议很好。我将及时向我们的政府报告。”

孙中山很高兴，客人走的时候，他亲自送出大门。戴季陶要跟着走，孙中山却又留他，说：“中正从奉化赶来了。我想请他回粤军，不知他肯不肯。我们一起见见。”

这么一说，戴季陶又走不脱了。

孙中山进入书房的时候，一身灰布长衫的蒋介石依然如军人一样，啪的一个立正：“中正晋见孙先生！”

“坐，坐，介石。”孙中山说，“每日静坐默读，还在坚持吗？”

“中正每日坚持不懈。”

“还在默读孟子养气章、曾文正公主静箴？”

“不，中正每日之默祷，现改为八项：一、建成党国。二、救济民生。三、人心趋正。四、母亲寿康。五、英公无恙。六、二子成立。七、智德日进。八、功业成就。”

“好！好！”孙中山来了兴致，“我准备请你重回粤军，你一定要回去，你的军职是第二军总参谋长。”

蒋介石刚要申辩，孙中山立马制止了他。

“我知道你要说什么。”孙中山说，“陈炯明这个人不属牛，但是有牛角。不过，有我的面子在，他也不会再像过去一样对待你。你的军事才能，他还是敬重的。至于你自己，介石，还是要善与陈炯明共事。来，我书一联赠你。”

孙中山走到书案前，取一支湖笔，沉吟片刻，饱蘸浓墨，挥毫书写了两行字：

穷理于事物始生之处，研几于心意初动之时。

孙中山念了一遍，复又写上“书赠中正”字样。

蒋介石极为感动。这种感动之情，孙中山看出来了。孙中山说：“事物始生之处，心意初动之时，都是最要紧的关节，一定要善加把握。介石，你的静坐默祷之举，是符合此理的，我很赞成。季陶，你是不是也要注意这个‘心意初动之时’呢？”

戴季陶一愣，小心作答：“先生教诲极是。我要注意。”

蒋介石听出话中有因，问戴季陶：“怎么了？”

戴季陶低声说：“陈独秀要筹建共产党，跟我商量了几次。此事，我也跟先生说了。”

“共产党？苏俄的那种党？”蒋介石脸色一阴，“你怎么说？”

“我说，我要考虑考虑……”

“考虑考虑？”蒋介石脸色大变，“还能考虑什么呢，你不是已经有党了吗？”

“是的，是的。”戴季陶一面应声，一面察看着站在窗前的孙中山，“我是极珍视自己的党籍的。”

孙中山慢慢回转身，直视自己的秘书长，勉强咧嘴一笑：“你既珍视自己的国民党籍，又要去参与别的党，这种自打嘴巴的行为，是你戴传贤做得的吗？”

“亏你追随先生那么多年！”蒋介石忽然用很大的声音这么说。

这句刺耳的话，让戴季陶吓了一大跳。戴季陶明白，这话一半是说给孙先生听的，但是，此言也体现了蒋介石的顽如石头般的朋党意识。他承认，蒋介石比他血性更热。

陈独秀扔掉手中的雪茄。

“不等了！”他说，“就算是在孙中山那里磨蹭吧，现在维经斯基先生也到了，杨明斋也到了，就他这个主人还不来！开会吧，秀松，把门关上，我们开会！”

俞秀松合门闩的时候，动作很轻。

“诸位，”陈独秀环视众人，“今天这个会，乃是结朋党之会。朋党为何？只为四万万受欺压受剥削的中国同胞谋取福利！朋党何名？我与守常商量了，就叫共产党！又新印刷厂已经将陈望道先生翻译的《共产党宣言》出版了，首版一千册，现在发给诸位每人一册。”

陈望道给每人送上一册，一边送一边作吟哦状：“一个幽灵，共产主义的幽灵，在上海徘徊。”

“啊，啊，对了，”陈独秀笑，“陈望道此刻口译一句：在上海徘徊，那就是点出今天这个会议的主题了。我们今日之举，就是要正式地严谨地成立上海共产党！”

沈玄庐说："对，幽灵进门，水到渠成！"

维经斯基想说话，向杨明斋勾动一根手指头。

杨明斋马上说："维经斯基同志说，他想说几句话。"

陈独秀同意："请他说。"

杨明斋听了一段急促的俄语，然后翻译说："维经斯基同志说，中国现在关于新思想的潮流，虽然汹涌澎湃，然而局限颇多。第一，太复杂。有无政府主义，有工团主义，有社会民主主义，有基尔特社会主义，五花八门，没有一个主流，使思想界成为混乱局面。"

陈独秀插话："此言一语中的。"

"第二，没有组织。在报纸上写文章的多，在生活中做具体工作的少。中国的革命不是靠空话推动的，必须要有坚强有力的政党的领导。所以，对于陈独秀同志今日筹建共产党，我们共产国际远东书记处认为是极富远见之举，我们祝愿中国同志成功！"

众人悄悄鼓掌。掌声尚未止歇，便闻咚咚咚敲门声。众人听着皆一惊。

俞秀松欲去开门，陈独秀说声"慢"，警觉地走到门口。

"谁敲门？"他问。

"我，仲甫。"戴季陶的声音。

大家一齐放了心。

戴季陶进门，口还没开，眼圈先就红了，接着，泪水扑簌簌流了下来。

"即便迟到了，也不至于这样呀！发生什么事了，季陶？"陈独秀十分讶异。

"我对不起诸位，对不起诸位！共产主义的组建，季陶是全然赞成的。陈望道翻译《共产党宣言》，也是季陶委托的。季陶原本是准备做一名共产党员的，只是，季陶自有不方便之处。"

所有这些话，他都是抽噎着说的。这种抽噎，就使得李汉俊首先皱眉了："你想退出？"

戴季陶用手绢按眼："季陶其实是不想退出的……"

"戴传贤先生，你是自由身，"陈独秀以手指敲桌面，声气很重，"脚长在你身上，想走就走，想留就留，全然不必顾虑，你只消留下一句话就是了。"

戴季陶忽然又号啕起来，大把大把的鼻涕喷在手掌上。

沈玄庐摇头："唉哟哟，唉哟哟，如丧考妣。"

陈独秀说："看你这阵势，季陶，还是走吧。虽说你是此房房主，我看还是回避为好。"

戴季陶止了泪，说："我心里委实是吊桶十五,七上八下。仲甫，说句兜底的话，孙先生在世一日，季陶就不能加入别的党。"

"走吧走吧，"陈独秀牵上他的湿乎乎的手，送他到门口，拉开门闩，"你的孙先生，还在等着你呢。"

戴季陶忽然说："这房子，我也不想住了，留给你们用好了，也算是季陶一片心意。说实在的，仲甫，要是季陶不顾忌孙先生……"

"知道知道，走吧走吧，你自己保重！"陈独秀送其出屋，随后很快地反身关门。

大浪淘沙，也是没办法的事情。陈独秀看得出大家的心情也很沉闷。

"也好也好，"陈独秀说，"一起步就发现软骨头，也好。怎么不好？好！山高路远的，省得以后骨折。现在，还有没有要掉眼泪的？要声言退出的？沈玄庐，你身居浙江省议会议长之要职，你想不想退出？"

"龟儿子才退出！我儿子结婚一礼拜不到，我就跌跌撞撞赶回上海，一脸的喜酒还没醒呢！我图什么？我就图个共产主义，我就赞成俄式革命，我沈玄庐是什么人物？我可不是他戴季陶这只小老鼠！”

“那好，汉俊，把你准备的红被面拿过来。”

李汉俊应声取出半床红色绸缎被面。他与俞秀松一起，踩上一张叽叽嘎嘎作响的太师椅，将之悬挂于墙上。

陈独秀说：“诸位同志，权当这就是一面赤色大旗，象征赤色革命，诸位既愿加盟共产党，就请举拳宣誓。”

维经斯基通过杨明斋提出了一项建议，据他说，这面旗帜还不像党的旗帜，应该剪把镰刀和斧头的标志贴上去。陈独秀愣半晌，说算了算了，现在来不及了，现在就是我们这些人了，以后工人、农人加入了，再来镰刀、斧头不迟。

陈独秀后来对月底赶来上海的张国焘说，想不到这个维经斯基还有点迂。不过总的说，这个人心地很好，有书生气，有书生气者免不了都有点迂。

1920 年 8 月 22 日是礼拜天，天气炎热。上海共产党早期组织就这样诞生了。人员起始是八位，后来增到十七位，他们是：陈独秀、李汉俊、李达、陈望道、沈玄庐、俞秀松、邵力子、沈雁冰、李启汉、杨明斋、林伯渠、施存统、李中、周佛海、沈泽民、袁振英、李季。陈独秀为这些人的书记。书记一词，也是从北方邻邦带过来的，多说也就顺口了。凑巧的是，在上海成立共产主义小组的那些日子里，列宁正在莫斯科主持召开共产国际第二次代表大会。他在大会上作了《民族和殖民地问题》的发言，将目光投向了东方。在中国上海滩响起的钟声，他或许隐隐约约听到了。

而在一个多月之后的中国北京，李大钊也召集了会议，他把地点选在北大图书馆的“亢慕义斋”。

亢慕义斋挂有一副对联：“出实验室入监狱，南方兼有北方强”。北京十月的阳光，透过窗玻璃，折射在这副对联上。很显然，这副对联的内容，源于陈独秀的那段名言。

李大钊认为选在这个房间开会特别有意义，所以他说：“诸位，我们在亢慕义斋，也就是共产主义室，召开共产党组织的成立会，意义特别重大。我们先请张申府把从上海带回来的《共产党》周刊创刊号发给大家。”

张申府时年二十五岁，北京大学讲师。他动作利索地开始分发刊物。

张国焘、刘仁静、罗章龙、黄凌霜，一拿到刊物就翻阅起来，书页嚓嚓作响，散发出油墨的香味。

“真是不错啊，”李大钊说，“上海建党之后，立即出刊了《共产党》。李达主编，立论犀利，大家看看，倾盆大雨，痛快淋漓啊！”

黄凌霜合上刊物，当作扇子摇起来：“我有个意见要发表，李先生。”

李大钊说：“你说，凌霜。”

黄凌霜点点自己和另外几位同伴：“我们几个，既认为共产主义是合理的，亦认为无政府主义是崇高的……”

“嘿，嘿，”刘仁静说，“我们今天可不是来讨论无政府主义的！”

“我反对你的偏见！”黄凌霜站起来，他很看不起这位自以为是的小个子，“无政府社会有什么不好？无政府的社会是去除一切强权的社会，由平民自己建立各种团体管理自己，比如办教育就有教育会，办农业就有农业会，这是何等美妙的境界！苏俄的无产专政，也并不见得赛过无政府主义。李先生，你是知道的，我去年在《新青年》五卷五号上发表《马克思学说批评》时就这样说：苏俄之专政，也无非是建立私权，保护少数特殊幸福的机关。我主张的共产主义，是无政府之共产主义。这一点，我是很明确的。”

李大钊劝黄凌霜坐下去，他说：“凌霜，我们今日的议题，是建立党的组织……”

黄凌霜又站起来，说：“我就是这个意思：我们今日成立组织，也应照着理想去做。我们不应有任何形式，不要有束缚。今日的会议，也不要有主席，不要有会议记录！今后，也应当这样，人人都是自由者，人人都是主人！”

这个提议倒叫李大钊也皱眉头了。

张国焘也恼了，说：“我们是成立一个政党，还是烧一锅稀饭？这么稀稀拉拉，行吗？”

李大钊赶紧说：“凌霜说的，也有道理。党内倡导民主，没有独裁。但是分工还是要的。党内工作，我看这样安排：职工运动的发动工作，请张国焘负责。由黄凌霜编辑一个周刊，可以起名《劳动者周刊》。罗章龙、刘仁静、张国焘一起负责发起社会主义青年团。我本人，分担联络的任务。这种安排，大家以为如何？”

张国焘有点犯难：“分工我做职工运动，我是同意的，只是，活动经费的筹措……”

李大钊说：“这样吧，国焘，我每月捐出薪俸八十元，为活动之需。”

李大钊顺利地分了工，使会议的结局得以圆满。李大钊总有这个本事，把一个圆圈画封闭了。在这次会议之前，九月份，他其实已经与张申府、张国焘开过一个三人会议，三双手握在一起，算是成立了共产党的北京支部。此次人员顺利扩充，也算是圆满的。黄凌霜这几个人，主义之旗号还不鲜明，但此事也须文火来煮，着急不得，眼下主要是看其有无献身理想之一腔热血。

十一月份，秋风吹成冬风的时候，湖南的毛泽东也加快了步伐。为建党一事，他几次去楚怡小学找何叔衡商量。他告诉这位前清秀才，湖北的另一位前清秀才董必武，也已经在他自家宅中召集过一个会了，建立了湖北的共产党组织。他们推荐一个叫包惠僧的当了书记，那个包姓青年是北大文科的肄业生。

何叔衡笑眯眯地说："还是先说开慧吧。"

毛泽东一愣："扯什么呀，何胡子，我说的是开会。"

"先说开慧，后说开会。"何叔衡放下手中的紫砂茶壶，认认真真地说，"我表侄是开花轿店的，我给你备一顶花轿吧？"

"何谓花轿？"毛泽东听不懂。

"人生大事，没一顶花轿，怎么抬得动？"

毛泽东知道何胡子说的是什么事。人生大事固然是人生大事，但是人生大事也并非一定要别人抬着来完成的。再说，众人所抬，可能不是新娘，而是孔老夫子。

"何胡子，"毛泽东严肃起来，"你我是不是新民学会会员？我们是不是立志要反对封建陋习？"

"润之，我告诉你，花轿，也不光是小姐、太太坐的！你以为劳苦大众只有一辈子抬的分，连一回坐的分也没有？"

"何胡子啊何胡子，我要说东，你偏说西，不跟你说开慧了，还是跟你说开会的事。你先看看这封信，这封信太要紧了。"

毛泽东递给何叔衡看的一封信是来自法兰西的，蔡和森写的，信上力陈建党之必要。蔡和森的意见，毛泽东一直是看重的。毛泽东昨夜在湖南第一师范学校附属小学的宿舍里睁眼到天亮，所念所思，不是开慧，确实是好友和森，是和森对国内局势的判断。

几天以后，毛泽东约了五个人，一起踱步在青山祠侧畔的一块空坪上。毛泽东不作室内开会之举，只作坪上踱步之状，为的也是安全。湖南乌云蔽日，形势依旧险恶，革命者不能不防。老省长张敬尧是走了，新省长赵恒惕并不见得和善。青山祠是湖南一师附小的教师宿舍，祠畔有一大块空坪，阳光融融，正好散步。

毛泽东停下步子，这样对大家说："蔡和森从法国寄来的信，诸位都已经看过了。和森说，无产阶级革命有四种利器，一个是党，一个是工会，一个是合作社，一个是苏维埃。尤其是党，党是革命运动的发动者、宣传者、先锋队、作战部。所以，和森力主正式成立一个中国共产党。他的想法，与陈仲甫先生委托我在湖南成立党组织的想法，殊为一致。我已经复信和森了，我说，你的想法，我没有一个字不赞成的。"

何叔衡说："润之，道理都明白，莫多讲；再说，北鄂已动，南湘安能不动？我看，今日大吉，就算成立了吧！"

毛泽东便取出一页纸，说："今天来的，都是信仰共产主义的同志。我们一边散步，一边就算结盟了。请诸位都签上自己的大名。"

何叔衡说："无奈已是初冬，北风无情。若是春季，此地满眼桃花，我们今日便叫作桃园六结义。"

众人笑，先后签名。

会散之后，毛泽东特意留下何叔衡，说："何胡子，我还有一项私人请求。"

"何言请求？说就是了。"

毛泽东还不好意思开口。何叔衡说："润之从不开金口求人，如今相求，定是要事，赶快说吧。"

"你真的有一个表侄开花轿店？"

"是啊，此店开张已十年有余了！"

毛泽东犹豫："我想……"

何叔衡笑了:“润之真的要跟杨教授的女儿成亲了?”

“嘘——!”

“你嘘什么?男女作合,天经地义,还怕什么耳朵听到?润之,你都二十七了,你还以为小?结党结婚两不偏废才对。”

“我想,成亲也是一件大事,既是办大事,好像也该有一顶花轿。”

“什么叫敬酒不吃吃罚酒?就是说你润之这顶花轿!我早说过,百姓成亲也该坐轿!”

“本来我想,大家都是新民学会会员,该是提倡节俭,反对陋习,花轿、鞭炮之类,理应通通取消。可是昨日有个王老师跟我说,你这个做校长的,只晓得拿刀枪反封建,不晓得拿杆秤称称女人之心。”

“何谓称称女人之心?”

“他说,女人一辈子就是两抬,一次抬进门,一次抬出门。”

何叔衡眼一圆,说:“不假,一为婚礼,一为葬礼。”

“这两抬,都是女人最风光的时候。抬进门时,是笑的;抬出门时,是哭的。”

“不假,为人一世,唯哭笑二字。”

“这就叫悲欢人生。”

“是啊是啊,人活一辈子,无非一个悲字,一个欢字,除却悲欢二字,人还剩什么?”何叔衡大点其头。

“所以我想,女人一生两抬,若是少了进门这一抬,两抬剩一抬,便是月缺一半。悲欢两字丢了一字,岂非人生一大憾事?”

“所以你今日想吃罚酒,来跟我讨一顶轿子抬抬了?”

“就托托你那位表侄吧,”毛泽东不好意思地说,“不须四抬大轿,一乘轻兜小轿即可,只求个意思罢了。”

杨开慧身穿一件绣花小棉袄，肩背一只鼓鼓的书包，走过板仓村外的小木桥。她今日走路感到特别轻松，胸也挺得很高。今日是成亲日，她要步行到妙高峰青山祠去，她的新郎在那儿等她。

哥哥杨开智一路送她出村。

“回吧，哥，别送了。”杨开慧说，她看见哥哥憨厚的脸上有泪痕，“哥，别伤心，照顾好妈妈，我会经常回来看你们的。”

“你看你，就这么一只书包。”

杨开智一想到妹妹出嫁如此简单，心里就紧。倒是母亲劝他，你知道天上的龙是怎么走的？是飞的，是爬的，是拱的，是滚的？你爸爸早就说过人家毛润之是龙行之人，龙行之人自有龙行之福。你就省点心，万不必管你妹妹和妹夫的方圆尺寸。

杨开慧笑着对哥哥说：“人家毛泽东不送一点儿聘礼，我又带什么嫁妆呢？其实，人家那儿吃的也有，用的也有，啥也不缺，我带上几件衣服，不就成了？”

“总觉寒碜。”

“爸爸生前是做什么的？”

“教书的。”

“教什么书？”

“伦理学。”

“哪种伦理学？”

“新伦理学。”

“既然爸爸都那么开通，理字前头带上了一个新字儿了，我还能再做一个守旧的女子吗？”

“去妙高峰，路也不近。既然有轿子，总是要坐的。毛泽东说好有一顶花轿要来，你就性急。”

“我不要坐轿。坐什么轿！”

“何必呢，开慧？”

“哥，你想，妈妈跟了爸爸一辈子，到长沙，到北京，可谓是亦步亦趋。我如今有了可以托付终身的人，也该做到亦步亦趋。我就从今天结婚之日做起，亦步亦趋，一步一步走到他身边去！”

杨开慧在桥头辞别哥哥，开始了她的“亦步亦趋”。她想，今日是起步，我一辈子对润之都要这样，我愿意这样。一个女人的美妙，应该全在亦步亦趋之中。

走了不到两里山路，她的前额上已有了细细的汗珠。她紧一紧书包，继续迈步。然而此时身后已经传来了焦急的喊声。

杨开慧发现一顶两人抬的红兜小轿正在匆匆忙忙赶上来。

两个轿工，一个年长的，一个年轻的，均走得气喘吁吁。

那个年轻的轿工名唤石头，其姐姐，就是那位参加赴京驱张团的满嘴无牙的石花。聪慧的石头也是经何叔衡介绍，最近才被雇在轿店里的。

老轿工喘着气说：“新娘子，快请上轿。我们来晚了，新娘子多包涵。”

新娘子不买账：“多谢多谢！你们返回吧，我走路去。”

老轿工大为吃惊：“那怎么行？我们东家是受何先生之重托，专门派我们两个来侍候新娘子的！”

“我喜欢走路呀！”杨开慧说。

“不成不成！”老轿工停了花轿，拦在路中，“新娘子你今天非得坐上花轿，不然我们哪里回得了家！”

石头也帮腔说：“你新娘子要不坐，我们回去要挨手心板子哩！”杨开慧见着这两张被北风吹红了的脸，心就软了一些。

“一定要坐？”

“一定要坐！”

“好吧！”杨开慧掀开轿帘，小心翼翼地踏进花轿，“既然一定要坐，我就坐一坐。”

“来呀，石头，”轿杠上肩，老轿工的一张脸顿时就生动了，他极有韵味地喊着，“抬起来呀，去成亲呀，花好月圆，万万年啊！”

石头也喊得很有节奏，那是他最近学的：“凤凰双飞，鸳鸯游啊，白头偕老，子孙稠哇！”

两位轿工刚在兴头上，便听轿子里发出一声喊：“停轿！”

轿工不知出了什么差错，急忙放下轿子。杨开慧像只兔子蹦出花轿，高高兴兴地说：“好了，两位师傅，我在轿子里晃荡过了。既然新娘子坐过了，你们也可以回去交差了。”

老轿工闻言，几乎要哭：“新娘子，是嫌我们抬得不好还是怎么的？”

杨开慧想一想，说：“我说实话吧。这花轿，外面的布围子是新的，可是里面的坐垫子是旧的，非但旧，而且磨破了，烂棉破絮都露出来了。我想，一定已经有成百上千个女人坐过这顶轿子。”

“成百上千？该有，该有的，没错。”

“一个女人，就是一个故事。也就是说，这轿子，藏着成百上千个故事了。”

老轿工点头说：“是啊是啊，哭的，闹的，笑的，成百上千，没错。”

“在这成百上千个故事里，没有一个故事是像我这样，才钻进去，又走下来的吧？”

“没一个像你，没错。”

“这就对了。你们回去，告诉你们东家，你们今天认认真真抬了，抬了一个全新的故事，你们已经完工了，你们抬得很好。

这么说，行不行？东家还不能饶你们？”

老轿工摸摸后脑勺，叹气说：“看这模样，今天新娘子是存心不要我们侍候了？”

“我今天只是没有赏钱给你们。”

“看你新娘子说哪儿去了！”两位轿工无可奈何地抬起空轿，“那我们就回了，对不住你新娘子了！”

“多谢了，两位师傅！”

轿工走了。他们只觉得这位新娘子怪，世上少有这样的新嫁娘，一身粗布棉袄，一双布鞋，鞋面上花也不绣，还一定不肯坐轿上门。

“脚上沾泥的新嫁娘，怕是会一生尘埃呢。”老轿工这样对新轿工石头说，他心里很觉得惋惜。

毛泽东全然没想到他的新婚妻子是一路走来的。其时他正在忙着抹桌搬凳。

青山祠教师宿舍内的天井里，摆开了一张褪色的八仙桌，毛泽东和几个同事正在拾掇板凳和碗筷。铁锅很旺，而一只肥鸡尚在热水里褪毛。何叔衡慌慌张张跑进门，说：“润之，来了，来了！”

毛泽东一喜：“花轿到了？”

何叔衡脸上不好看，说：“没轿，走来的！”

毛泽东一怔，急步走向门外。他果然看见了妻子。妻子远远地走在阳光里，一头短发，英姿勃发。

毛泽东大声喊：“开慧！”

杨开慧招招手，笑笑，一步一步走近了，走近之后就冲着毛泽东大大方方伸出手：“握握手吧。”

新郎、新娘握手，笑容满面。

何叔衡叹口气说："罢了，罢了，一不拜天地，二不拜高堂，三不夫妻对拜，也只好这样握握手了。"

杨开慧知道何叔衡不高兴，所以当酒宴开始的时候，她站起来，头一杯酒就要敬何校长。

何叔衡慌忙起立，说："不敢当，不敢当。"

新娘说："我敬你，是表示歉意。你好心送来一顶花轿，我却不领情。"

"不打紧，不打紧。"

杨开慧咕嘟嘟饮下一杯米酒，然后开始作说明："何校长，我为什么不想坐这顶花轿呢，因为我看着花轿，心里难受。"

何叔衡一惊："为何难受？"

"我也在问自己，花轿抬的是欢喜，为何难受？何校长，我说实话，我之所以难受，是因为我看着花轿里外不一。轿子外面，是红围子，新的，还缀着流苏，漂漂亮亮。轿子里面，那坐凳，却是磨破的，破棉烂絮都露了出来。看着这样的轿子，我想到什么了？我忽然就想到女人了，想到我们中国的女人了，我们周遭许许多多的女人，不都是这一顶轿子吗？"

毛泽东想，这开慧，在做一篇锦绣文章了，已经有一个好起头了，于是便说："对，开慧，说下去，为什么女人是一顶轿子？"

"女人出嫁，头上蒙着红盖头，缀着流苏，漂漂亮亮，可是实际上呢，骨子里呢，悲哀啊，没有自主的命，任人牵，任人磨，只是一团给人坐破的破棉烂絮。说句实话，中国许许多多的女人，都是这种可怜的轿子命！"

"对，对！"一桌酒客一齐点头。新娘子名不虚传，果然是才女。

毛泽东含笑说："开慧不是轿子命，所以开慧不能坐轿子！"

"润之说出了我的心里话。所以这第二杯酒，我敬润之。"

她大大方方站起来，敬夫君，酒杯齐眉。

毛泽东亦高高举杯，说:“开慧，你不是一顶轿子。我毛泽东既不会坐你，也不会抬你。你我的人生，就是一起牵着手走路，你搀我，我扶你。”

杨开慧忽觉鼻子一酸，两滴眼泪夺眶而出。

所有的酒客都受了感动，尤其是何叔衡，眼睛也有点红。

“今天这顿喜酒，”这位前清老秀才说，“真喝出点味道来了。”

两根红蜡烛已经点了一大半了。蜡烛也是何叔衡买的，说洞房花烛夜，无烛不成洞房。

毛泽东坐在床上，杨开慧的脸偎依在他胸前，两人都没有睡意。毛泽东轻声说:“关于轿子的一番话，你说得很好。”

“我还有一句话想说。”

“说吧，今天让你说个够。”

“你在酒宴上对我说，你既不会坐我，也不会抬我，是不是?”

“是。”毛泽东没多喝酒，他记得是说过这样的话。

“我要你抬我。”

“这怎么说?”毛泽东看着妻子。十九岁的妻子脸庞很红，双颊上明明暗暗地跳动着烛光。

“你不是说一个女人一辈子有两抬吗?润之，我想求你抬我。抬进门，我不求，你今天看见了，我宁愿走进来，我愿亦步亦趋跟随你。可是还有一抬，我想求你答应我。今天新婚之日，我也不避讳了。我只求我的丈夫能答应抬我一次，我不求今日风风光光抬进来，只求日后风风光光抬出去。”

毛泽东闻言，愕然半晌。

他没料到妻子会在红蜡烛旁边说出这样的话。但是这样的话，却也道出了一个女人的一辈子的希冀，以及对丈夫的信赖与忠贞。这番话，实是花烛之泪，又心酸又喜庆。

“润之，你能答应我吗？我要你答应我。”

“开慧，你这是……这是什么意思呢？”毛泽东轻声说。他心里其实很明白妻子的意思，但是他不想伤妻子的心。他在琢磨怎么样回答她。

“意思是很明白的。那就是若我死在你前头，我求你把我风风光光抬出去。”

“今天这日子，怎么说这样的话？”毛泽东一边搂紧她，一边心里还在琢磨，怎样实实在在地回答这个问题，同时又不至于伤她的心。她今天走了几十里地，脚都走痛了。她是实践着她的亦步亦趋，他心里明白，暖暖和和地明白。

风吹过青山祠。不知哪根枯枝断了，咔嚓一声掉落在窗外。

杨开慧轻轻推开毛泽东，用眼睛正面瞧着他。她说：“润之，从今天起，我就是你的人了。我说这句话的意思有两个，一是盼望我们两人白头到老，二是盼望你能管我管到底。也就是说，两人厮守，厮守到底。”

毛泽东沉默了一会儿，说：“这句话，还真不好说。”

红蜡烛跳跃着，没有声音，继续在流泪。

“我早料到你会这样说。”杨开慧垂了眼睛。

“开慧，你也是青年团员了，你是知道的，我们两个都是准备为布尔什维主义献身的人。我们渴望幸福，但是国中豺狼虎豹当道，东南西北虎视眈眈，作为革命者，我们得准备着应付任何不测的事件。”

新娘点点头。

毛泽东又说：“假如不能厮守到底……”

“那也算了，那是缘分。”

“但是，开慧你记住，我会尽一切能力保护你。”

“我记住了。”

“开慧，面对花烛，说这些话，你心里真的一点不沉重吗？去年我们去香山骑马，你不说；去北海划船，你不说；在法源寺为你父亲守灵，对着长明烛灯，你也不说这样的话，如今面对花烛，你怎么就挑了这个话题？”

“我就是想在做新娘的时候，把你我之间的一切事情，都说明白了。”

“你也像个做理论的。”毛泽东感叹一声，“你真像你父亲！”

不能不说杨开慧的这一番话带有一种预兆。十年之后，杨开慧被捕，受尽拷打，遍体鳞伤，就义于长沙浏阳门外识字岭，当时毛泽东正在井冈山率领红军抗击国民党的第一次大规模围剿，他不知道杨开慧是在中午时分的野外离开人世的，也不知道是当地的农民将这位二十九岁的血迹斑斑的女人遗体，偷偷运回板仓下了葬的。毛泽东后来在得知噩耗时，说了这样八个字：“开慧之死，百身莫赎。”他有点后悔，后悔在十年前的新婚之夜，对杨开慧的一拾之求，拒绝得太干脆太冷静。人间有许多话，原本是不该说得太决绝的。

李达在渔阳里门外叫黄包车，一边举手拦车一边打着寒噤。上海的冬风带着似有似无的雨丝，阴阴湿湿的会往骨头缝里钻。

陈独秀要出门。

就在湖南的毛泽东成婚的几天之后，在上海的陈独秀突然决定南下广州，接受广东省省长兼粤军总司令陈炯明之邀，去那里当教育委员长，主持广东教育。他觉得此时的广东，已是可试身手之地。一个半月之前，陈炯明已分三路击溃桂军，广州城头变换旗号，重又成为革命之营垒。大喜过望的孙中山也已从上海赶回广东，以最快的速度重建了他的军政府。

对陈独秀离沪，李达不置可否，李汉俊则是坚决反对的。他一直陪坐在陈独秀书桌边，试图在最后时刻做最后努力。陈独秀没有理睬他，顾自疾书。他想起草一个党章，留在上海，让代理书记李汉俊据此运作组党之事。党章很重要，李汉俊是主张民主分权的，他是主张中央集权的，这第一步若走歪，党就不成其为党，朋党犹若茶馆，如何了得？所以陈独秀又想赶早去广东，又不放心上海的事。

李达三步并两步奔上楼梯，进屋就说："快走，黄包车叫好了，三辆。一辆仲甫坐，一辆送客的坐，还有一辆装书！"

陈独秀伏案疾书，似听见又未听见。

高君曼催他穿衣下楼。她已经把丈夫要带的两皮箱书都用线绳一包一包扎好，又在皮箱外匝了两道粗绳。她对丈夫说，快一点，轮船不等人呢。

陈独秀搁了笔，看看旁边的李汉俊。李汉俊仍旧固执地建议他能不去就不去，说上海诸事之紧，不逊于广东。

陈独秀有些恼："你不必多说。"

李汉俊也恼了："骨鲠在喉，不得不说。"

陈独秀大声说："我为什么不去广东？出掌教育委员会，是个传播新文化的好机会，还可以趁势发展共产主义者组织！李守常都来了信了，也是这个意见，你不要多啰唆。"

李达说："仲甫兄，你如果马上起身，跑着下楼，可能还来得及。"

陈独秀开始点雪茄："我还只写了如何培植党员这一款，再等一等。"

李达愣了一会儿说："依我看已经迟了，现在再赶去轮船码头，也来不及了。嫂夫人，你去楼下退黄包车吧。"

陈独秀顾自写字，头也不抬："这一趟轮船没有，不等于下一趟轮船也没有！”

“鹤鸣，”李汉俊把李达拉到楼梯口，悄声说，“你怎么那么赞成他去？”

“仲甫之牛头，你能拉得转？”

“眼下各地共产党组织都已经建立，党员都在积极吸收，组建全国共产党应该说是箭在弦上，仲甫却要离沪南下，你看这事儿做得玄乎不玄乎？”

“广东教育委员长，也是个不小的官。”

“我先前也不知道仲甫有官瘾，现在知道他瘾头大得很！”

“我告诉你，汉俊！”陈独秀尖锐的话从屋里清晰地传来，“广东没有官位，只有壕堑，我不是去抖官翅子的，我是去扣扳机的！”

说话声气很重，震得李汉俊和李达都不吱声了。

“让他去吧，”李达压低声音说，“既然叫你代理书记，你就把书记代理好，我们撑你！”

门外的嘁嘁喳喳使陈独秀写不下去了，他噗地一下扔了笔，仰脸于圈椅上。真是岂有此理，他想，连官位与壕堑也分不清楚。即便是官翅子吧，共产党人去抖一抖，有什么不好？翅子嗡嗡作响，亦为主义之声，不可能是别的响动。

高君曼俯着他耳朵说：“我倒不是叫你不要去，有个委员长当当也好。”

丈夫斜视她一眼，又是妇人之见。

高君曼说：“只是，我想跟你一起去，孩子也去。”

“你不要去。”

“为什么？”

“这官儿做得长不长，难说。也许三两个月，就得打道回府。”

“是不是你在广州也有女人了？”

陈独秀火气大了，指着门外大声说："他们烦我，你也来烦我？你知趣一点好不好？共产党人每天提着脑袋做文做事，你这个女人还胡乱猜忌什么？"

高君曼再不吱声。过了几天，12 月 17 日早晨，她去轮船码头送别丈夫。她最后的一句叮嘱是：时间待得短，你别找女人；时间长了，我也管不了，你好自为之。陈独秀没吱声，暗里想，这临别赠言，怎么说得跟施芝英一模一样。

刚过元旦，1921 年的凛冽北风席卷村庄，作虎吼之声，而雪粉弥漫空中，呈狂舞之状，补习学校的每扇窗户都抖得簌簌直响。

张国焘哈哈手："这天也是，阴冷阴冷的！"

住在学校已经好几天的邓中夏和张国焘，正在把长凳集中起来，搁上棉絮，铺成一张床。

黑板上那些刚健的粉笔字还没有擦掉，"天为什么下雨？为什么打雷？""穷富是命里就有的吗？"

学校在元旦那天刚开学，作为创办人的张国焘和邓中夏一直住在学校里，再往后，教员准备轮换。应该说，志愿到长辛店来为工人授课的，大有人在。长辛店是京汉铁路北段的一个大站，设有机修厂。铁路工人集中，离北京只有四十华里光景，并不太远。

张国焘和邓中夏打的旗号是"提倡平民教育"。先从教育职工子弟着手，借此扩大影响，组织工会。李大钊很赞成这一策略，他觉得张国焘自接受了职工运动的分工之后，工作相当见成效。李大钊很为北大的学生自豪，他们书也念得，苦也吃得，牢也坐得，真乃国之精血。

邓中夏比张国焘瘦，更觉得冷，他捅捅小煤炉的火，说："那个姓郑的工人师傅又送来两床棉絮，今天晚上总不会像昨天晚上那么冷了。”

话犹未了，那个姓郑的方脸膛工人披着一身雪花，风风火火走进来。

“走走走，两位老师，过节去。”郑大虎敞着大嗓门说，一边举起手里拿着的两块大毛巾。

张国焘听不懂：“过什么节？”

“洗澡节。”

邓中夏也不懂了：“洗澡怎么还有节？”

郑大虎啪啪地拍雪，笑：“这年头缺煤，长辛店有澡堂子，也不给咱们工人开。今天，总算轮上一回，这还不像过节？两位老师在这里住一礼拜了，吃的窝窝头，睡的木板床，为了咱们和咱们的娃儿受教育，大老远的跑到这儿来遭罪，谁见了谁不心疼！咱这儿没什么请的，就请你们寒冬腊月暖暖和和洗个澡吧！”

张国焘与邓中夏一合计，都同意去。天贼冷，洗个澡也好。

澡堂子不远，大池也不见大，雾蒙蒙一片。他们脱了衣服便浸入池中，一会儿就觉得全身骨头都长了一寸似的，特舒展。

忽然间，两人都觉着了奇怪。

“咦，”邓中夏说，“怎么就我们两个？”

“是啊，”张国焘说，“工人怎么不进来洗？”

邓中夏喊：“郑大虎师傅！”

外间传来应声：“唉！”

脱了衣服的几十个工人全都静静地挤在外间的小锅炉房边，有的端脸盆，有的披毛巾，谁都不进澡堂子。

邓中夏湿淋淋地奔到外边，急了：“郑师傅，你们快来洗呀！”

郑大虎说：“你们洗吧，不着急。”所有的工人一齐说：“不着急，不着急。”

邓中夏拖工人："这是干吗呀，为什么不一块儿洗？"

郑大虎躲着说："你们北京来的老师身子干净，我们一浸，水就脏了。你们慢慢洗吧，我们待会儿会洗的。"

张国焘听见这番话，也感动了。

"一起洗！"他大喊，"一起洗！天下最干净的就是工人！"

在张国焘、邓中夏的推拉之下，光膀子的工人们全都轰轰隆隆下了池子，他们一边拍着水，一边还喊谢谢老师，谢谢老师，仿佛亏欠了老师似的。

邓中夏说："我们哼歌儿吧，今天教的，大家忘了没有？"

众人说："没忘！"于是异口同声唱起来：

如今世界大不平，
重重压迫我劳工。
一生一世做牛马，
思想起来好苦情。
……

"停！"邓中夏忽然睁圆眼睛，"魏师傅，你的手怎么啦？"

他发现洗着澡的魏老头左臂膀没有了，只见一个红红的圆形大疤。

魏老头说："不提它，不提它。"

"邓老师，"有人告诉他，"机器咬的。"

张国焘说："机器怎么咬得那么狠呢？"

"我两天没合眼，"魏老头用毛巾轻轻地捂住大疤，"没合眼吧，走路就打跌冲，工头逼我加班，把我往机器上推，这一推，机器还不吃人？命能捡回来，算是祖上积德。"

"邓老师，"郑大虎说，"魏老头跪着要厂方给医药费，跪了整两天，厂方都不理睬。我们帮他说话，上头就派警察，凶啊，用棍子打！”

邓中夏站起来。他有些激动，想说话。于是他把毛巾一垫，干脆站到池子边沿上，向一大群雾气中的光身子男人说：“工人师傅们，你们叫我们老师，其实你们才是我们的老师。魏师傅这只断手，叫我们实实在在看到了中国产业工人受欺凌受压榨的惨状！我们这些读书的大学生，如果不能援助中国民众改变自己的痛苦命运，我们读书又有什么意义呢？”

最后一句话，邓中夏是哽咽着说的，泪珠和汗珠一齐凝结在他的脸上。

“劳工万岁！”张国焘在池子里喊，他一时也觉得十分激动。

满澡堂子喊：“劳工万岁！”

张国焘：“劳工神圣！”

满澡堂子喊：“劳工神圣！”

晚上挤在同一个被窝里的时候，张国焘对邓中夏说：“长辛店的工人运动太有希望了，工人又质朴又有冲劲，若是中国的工人都像长辛店一样，共产社会早早就能实现了。”

邓中夏说，中国的产业工人实在太少，比不得俄苏。人数多寡其实是很要紧的，中国工人若超过中国农民，陈独秀早就成了列宁了。

两天之后，两位学生便回北京去。

雪野茫茫，郑大虎用巡道车送他们。独臂魏老头赶上来了，一脚深一脚浅地奔跑在雪野上，手举一支钢笔，牵着他的十来岁的儿子，拼命向远去的巡道车招手。

“邓老师，你的自来水笔！你的笔掉啦！”

巡道车停了，邓中夏从椅子上站起来，双手围在嘴前喊：“魏师傅，我是留给你儿子的！”

声音透过风声传过来，听不清楚。

魏老头急了:“我儿子一个大字不识，不用笔!”

“你儿子已经识了十个字了！他会有文化的！你要叫他报名上学!”

魏老头垂手，看看儿子，打愣。他问儿子:“傻小子，你认字了?真认得十个字了?”

他看见他的傻小子点了点头。

魏老头突然哭起来，以独臂举起黑杆子钢笔，喊:“邓老师，你让我有手啦！这支笔就是我的手！我们工人有手啦!”儿子紧紧偎住激动的父亲。父亲的泪水流过粗糙的脸颊，一滴，一滴，滴在儿子的黑头发上，结成冰珠。

父亲的这种激动没过两年便终止了，他的聪明的傻小子在认到第三百个字的时候，也停止了文化攀登。他们两人都倒在 1923 年 2 月的雪地里，魏师傅剩下的独臂也被刺刀劈断了。他的儿子则是肚子饮弹。满地白雪慢慢吸收着他们的血，成了一大团粉红色的半透明的东西。

倒在雪地里的工人还有不少，一堆一堆的犹如黑色的灌木丛。郑大虎的胸膛被刺穿了，半柄刺刀断在他胸前。那是“二七大罢工”之后的事，军阀们充分地使用了手中的子弹和刀刃。

“工人想出头就是这下场。”刽子手们吹着枪口上的青烟，这样说。

北大图书馆的主任室是经常有敲门声的，但是李大钊没有想到这一回齐刷刷敲门的竟是五位同党，而且均黑着脸。

李大钊正在审读张国焘的一份报告。张国焘在报告里说，已有必要立即在长辛店筹备组织工会，因为工人不喜欢工会这个名称，认为有工头操纵之嫌，所以还是称工人俱乐部为好。李大钊很有兴趣地读到这里，他的五位年轻同志就敲门进屋了。

五个人一齐站着，以黄凌霜为首。李大钊指指炭盆，示意可以围坐，这样暖和些，然而五个人均站如木头疙瘩，一动不动。

“出什么事了？”李大钊惊异地看着他们。

黄凌霜局促不安：“我们找你，李先生……有点事，要谈。”

“坐吧，取取暖。”李大钊指着炭盆说，“有什么事，但说无妨。”

“这个……李先生，”黄凌霜吞吞吐吐半天，忽然抬起脸，坚定地说，“我们五个，决定从今日起，退出北京共产党支部。李先生，您别误会，我们的退出，并不是害怕政府或是害怕军阀。”

李大钊一惊，说：“我们拢共十个人，你们今日要退出五个？”

“李先生，您的教诲，我们终生难忘。但是我们终究信奉巴枯宁和克鲁泡特金。我们无政府主义者与你们共产主义者，实在无法同坐一船。”

李大钊耐住性子说：“我们能否把彼此的分歧抛开一些，譬如说，我们都为无产阶级和人民大众的利益而奋斗。我希望你们……”

黄凌霜打断了李大钊的话：“现在已不是希望的问题，而是现实的问题了。再见，李先生！”

五个人一齐向后转，低垂着头，脚步沉重地退了出去。李大钊站着，不发一言。他觉得胃部有点痉挛。

门忽然又开了，探进了黄凌霜的头：“李先生，你出来一下。”

李大钊走到门外，只见五个人正在他面前默默排成整齐的一行，这种状况使李大钊有些诧异。

沉默中，五个人忽然一齐弯腰，向李大钊毕恭毕敬地鞠了一躬：“李先生！”

李大钊沉默了一会儿，也双脚靠拢，立正了，向对方微微鞠了一躬。五个人终于一齐后转，低着头走了。

李大钊一回到自己的写字桌旁，就开始研墨，他要给广州写信。他此时的心情不能不复杂，原有的盟友在分化，北方的产业工人则在被唤起，看来形势已迫切要求真正的马克思主义分子迅速组党，以党团集聚力量则力量强，以力量团结民众则民众厚，唯此，才是拯国拯民于水火的上上之策。陈独秀在广州，那里是南国，热，他希望陈独秀的心也同样炽热。

陈独秀在广州确实心热，心热的一部分原因，是受煎熬之故。他此刻正在走入珠江岸畔的一座宴会楼，他的脸色又红又紫。对于非常大总统孙中山统领下的革命大本营里，窝有这么多的蝇营狗苟之辈，他是估计不足的。

估计不足的，还有这个陈炯明。当初这位省长力邀他去广东，几天一个电报，情真意切。然而共事之后，却发现他脸上的笑容有一半是堆出来的，并不真诚。陈独秀本来是拒绝出席这次邀宴的，但是有些话想同陈炯明当面摊牌，他还是夹起皮包钻进小包车，从教委赶了过来。

东道主陈炯明迟到了，他一进宴厅就注意到了陈独秀，并且还特意把陈独秀从左桌拉到主桌上来，说：“啊呀仲甫兄，三日不见如隔三秋。来来来，这里坐，我们碰一杯！”

既然如此来拉，不妨就坐过去。红木太师椅上铺着厚厚的织锦垫子，软得很。这人今日的态度已如椅垫子一样软软和和，看来正好对话。

陈独秀自沪抵穗后，处事雷厉风行。一方面提出改革教育的三大纲领，大幅度地刷新教育；另一方面积极创办革命报刊，创办宣讲员养成所，创办工人夜校，广泛进行共产主义理论的宣传。陈独秀的革命活动不能不引起广州封建势力的惊恐，于是暗箭乱飞，报纸上的聒噪之声日益刺耳，惹得他经常在居住的“看云楼”里发火。他细看广东云层，终于看出了蹊跷，乱云之所以总是麇集不散，是因为应该吹出朗朗清风的陈省长压根儿没有张嘴。

还没等陈炯明举杯，陈独秀首先举起拇指大的白瓷小酒杯："省长，我敬你一杯。"

陈炯明略略浮肿的脸上堆出笑容："啊，好！好！"

"且慢，我有一句话。"

"啊，说！说！"

"广东高师由国立改为省立，本是省长亲自决定，而现在，孔教徒守旧派均借此围剿独秀，言语之恶毒，不堪入耳，省长知道不知道？"

陈独秀出言如此锐利，宴桌旁的所有脸孔均变了色。

陈炯明做惊讶状："有这样的事？"

"有人说我鼓吹'百善淫为首、万恶孝为先'，省长也不曾听说？"

陈炯明微笑："不曾，不曾！"

"还把本人的名字陈独秀改作陈独兽，省长也没有听说？"

"什么？陈独兽？孤独的野兽？啊，哈哈哈哈……"陈炯明一时笑得发抖，"没听说，没听说。不过，倒是听说过一句话，说你组织了一个什么'讨父团'，是吗？"

"省长相信了？"陈独秀目光炯炯。

"不，不，我不相信。仲甫怎么会发动儿子讨伐父亲呢？这不是开玩笑吗？仲甫自己认为呢？"

众宴客视线一齐转向陈独秀。

陈独秀冷笑一声："我想，我的儿子倒有资格组织这一团体。而我，我连参加的资格也没有。因为省长知道，大家也都知道，我陈独秀自幼便是一个没有父亲的孩子！"

略含挖苦的妙答，使得几张宴桌均起笑声。

陈独秀目光一转，直逼省长："不过，凭省长的这句问话，说明外间所有的谣言和攻击，省长其实全是知道的。"

气氛一时尴尬了，陈炯明扁扁嘴巴。

"嗯……也算是知道一些吧。不过，我从来没有理会他们联名写的罢免书。"

"要罢免我，也行，省长发一句话便是。"

"哪里话，哪里话，仲甫何必多疑！来，来，诸位，一起举杯，我们为广东革命政府干杯！"

"且慢，我还有一句话。"陈独秀大声说。

陈炯明停了酒杯："有话就说，有话就说。"

"我这句话是个长句子。"

"但说无妨，但说无妨。"

"我这句话也不是对省长一人说的，是对所有在场诸位说的。那边桌子上，有几位报馆记者，那么我这句话，也可以说是对所有广东民众说的。"

陈炯明沉脸一想，说："仲甫之言，本当洗耳恭听，但恐句子冗长，有耽误本省长公务之虞，是否允许先行退席？"

"不，我这句话，非请省长一起听不可。"

陈炯明复又坐下，脸上的笑容开始僵硬。他想，这个陈仲甫，可能要我今日下不了台了。

陈独秀发作了，脸色通红，语言铿锵而锐利。

"诸位先生都知道，"他说，"我自应邀来粤，在各学校各团体之演讲，众耳共闻！在各处的演说词，回回都登在报上，众目共见！有人造谣污蔑，说我在演讲中主张讨父，主张仇孝，主张公妻，主张妇女国有，鼓吹'百善淫为首、万恶孝为先'，我倒要问问他，他究竟在何时、何地听我作过这种鼓吹？此种谬论究竟出自我口，还是存于己心？"

陈炯明皱眉，盯着面前的酒杯。

陈独秀继续说："我们虽然不主张为人父母翁姑的，专拿孝的名义来无理压迫子女儿媳的正当行为，但是，我们却从来不反对子女儿媳孝敬父母翁姑，更不说孝是万恶之首，要去仇他！至于'百善淫为先'这句话，我想，除了极为不堪的政客，除了做淫秽小说的新闻记者，除了姬妾众多的大腹巨贾，没有任何人肯主张的吧？"

整个宴厅一声不吭。陈独秀知道自己的话有如投枪，见着血了，于是他益发严厉："现在，广东就有无耻的懦夫，不敢与我正面为敌，却专门躲在人后，造下流谣言，以攻击中伤为能事。今天，我借省长一杯酒，郑重声明，今后各处倘有印刷物公然传载此类谣言者，即认为有意损害敝人名誉，我陈某人将立即诉诸法庭，以儆邪僻，决不姑息！"

他一口饮干了手中之酒。

"谢谢诸位恭听！"他说，"我还有个演讲会，只好比省长还先走一步，抱歉之至！"

言罢离席，大步而去，头也不回。

全宴厅鸦雀无声，面面相觑。

陈炯明在愣了很长时候才说出一句"诸位畅饮吧"，这才使宴厅恢复杯盏之声。

陈独秀的小包车刚在惠福路巧心茶园停下，候在门口的几位旗袍女郎便噼啪鼓掌，献来一束花。

茶园门楣横一块红幅："欢迎陈委员长莅临妇女解放恳谈会指导！"陈公博和一位神情高傲的青年在门口等他。陈公博是北大毕业生，脾性率直，能言善说，陈独秀委他担任省教委的宣讲员养成所所长。

陈公博一见陈独秀下车，便手指那位青年介绍说："陈先生，他要马上见你，他说要退出社会主义者同盟。”

陈独秀认识他，他也是北大毕业生，著名无政府主义者区声白。陈独秀虽觉意外，但也保持着镇定，他目光严厉地盯着那位青年，盯视良久。

已经来广州主编《劳动与妇女》杂志的沈玄庐慌慌忙忙从茶园奔出，一见陈独秀就喊：“啊呀，仲甫，各界妇女代表都在里面翘首以待呀！快进去，快进去！”

陈独秀说：“我同这位年轻人有事要谈，你先进去，你请别人先说几句！”

“好！好！”沈玄庐叹口气，奔上台阶。

陈独秀沉默一会儿，对区声白说：“观点不合吗？”

“陈先生，我们不能再沉默！”区声白神情倔强，“陈先生虽是我师长，但我们无政府主义者决定为捍卫自己的主张而奋起。我们主张绝对自由，反对劳动阶级专政。我们没有办法不宣布退出社会主义者同盟。”

“请便吧！”陈独秀说，声音淡淡的。

“我已写了文章，批驳先生的，将要发表。”

陈独秀加重音量：“我将反驳！”

“谢谢先生！”区声白骄傲地点点头，转身而去。

陈独秀怒不可遏，将手中花束狠摔于地，区声白并不回头，似乎并未听见摔花之声。

沈玄庐又奔出，拉住陈独秀的西装衣袖不放，也不管他脸上什么表情：“啊呀仲甫，那个人讲了三句话就没词儿啦！”

“你接上嘛！你不是演讲家吗？”

“那，好，好。”沈玄庐无法，复又奔入。

陈独秀对陈公博说：“北京的无政府主义分子退党，广东的又来唱双簧！主义之问题，不能不澄清。召开党的全国代表大会，统一全国共产党人的行动，确已时不我待！”

“听说第三国际也是这个意思。大家都在等陈先生下决心呢。”

陈独秀压低声音说：“我已经请李汉俊加紧起草党章了，他拟了一个，我看根本不行。五指握不成拳的党，算什么党？我叫他重起炉灶，一俟拟就，即召开各地代表会议。会议地点，我们也合计了，在上海召开为妥。”

“仲甫！”身后传来沈玄庐的大嗓门。

陈独秀回脸，愣了，只见满眼的旗袍与粉黛，三十余位打扮各异的妇女代表一齐笑盈盈地排列在茶园大门口的台阶上。

沈玄庐一屁股坐下，冲陈独秀一翻眼睛：“会议代表全都在这儿了，你好歹不肯进门，就在这里演讲吧。”

“既如此，我就在这里演讲了！”

沈玄庐惊得跳起来：“什么？”

陈独秀说：“此地空旷，我就在此演讲。今天既为妇女演讲，题目便叫作：无政府主义与妇女运动！”

沈玄庐抽口冷气：“题目也变了？”

街人越聚越多。陈独秀大步站上台阶，昂起脸。

“我现在对于无政府主义深恶痛绝！无政府主义，乃革命之大患！我们的北邻俄罗斯，若是以克鲁泡特金的自由组织代替了列宁的劳动专政，我敢断言，不但资产阶级会马上恢复势力，连旧帝政的复辟，也必定在所难免！”

夜间，陈独秀返回看云楼时，还在思考着无政府主义的问题。他知道今天听讲演的一大半妇女听不懂，但是他不能不把心中的愤懑发泄出来。广东的云，不管从哪个层面看，都是越来越看不得的了。

空气中药水味儿很浓，夹着阵阵花香，闻着挺特别。

周恩来坐候于巴黎一家医院的前厅里。他捧着一大束鲜花等人。

医院乃弥合创口之地，周恩来想，我今天一定要把他们弥合在一起。

中国广东的无政府主义者于1921年春天公然与陈独秀决裂的时候，在欧洲的巴黎，两派观点不尽相同的勤工俭学学生，却通过周恩来的调停，走到一起来了。

走进门的是来自克鲁邹的中国勤工俭学学生，七八位，其中有几个还穿着有铁屑味的工装，一看就知道是劳动的一群。

打头的是四川籍的赵世炎，还有一位叫李立三，在里昂做工的陈延年和陈乔年兄弟俩也夹在他们的行列里。他们的步子都很大。

“谢谢你们，你们很准时。”周恩来迎上去。

赵世炎一见周恩来就连珠炮似的说：“我们很痛心中国学生的血流在巴黎街头，但是我们更痛心的是做出这种请愿的决策。我们中国学生有能力在法国活下去，我们不做寄生虫！我们有一双手，世界上所有的东西都是靠手撑着的！我们就是基于这一点才不去包围中国公使馆。‘蒙达尔派’里有人乱说，说我们是驻法公使陈箓的走狗，这是乱咬！我们再三再四地重申这一点：我们没有理由乞讨！”

李立三立即附和，言简意赅：“乞讨的政策只能导致镇压！”

在克鲁邹做工的中国学生们对2月28日包围中国公使馆之举，一直是不满的。所谓工读生活，打工本来就是应有之义，缺钱了当然靠自己挣，补贴留学，并非有志青年所为。策动学生去包围公使馆，挨了打，头破血流，酿成个“二八”事件，何苦来着。这是克鲁邹一派的想法，对此，周恩来研究了半天，也认为不无道理，但是蒙达尔一派的英勇斗争以及他们的马克思主义的理论倾向，也是非常值得肯定的。周恩来彻夜没睡着，凌晨时分他向克鲁邹方面打了电话，希望他们赶来巴黎医院探视伤员。快近中午的时候，周恩来去花店买了一大束花，花很新鲜，瓣叶上都是露珠。周恩来认为，中国的乌云那么沉重，革命营垒本来就势弱，若再刀枪无序，锋芒杂乱，又如何问鼎苍天？他觉得，他今天的鲜花就是他的武器。他要在营垒内部打一个小小的仗。花瓣上的露水是晶莹的子弹。

所以他凝视着赵世炎的眼睛，说出这样的话："我欣赏你们在探望之时也能坦率地谈出你们的意见，确实是这样，交流之后才会有谅解。但是在诸位进入病房之前，我想提三条小小的要求。第一条，请诸位说话的声音尽量放轻一些。"

周恩来领探望者一路上楼。楼梯是褐黄色的，呈弧线形，颇有贵族气派。

"第二条，"周恩来回脸说，"请诸位进病房之时，务必面露笑容。"

这句话立即使赵世炎展露了笑容。陈延年兄弟俩也笑出声来。

周恩来在大病房外面停了步，最后说："第三条，请大家都从我手上取几枝花，然后，我们进门。"

来自克鲁邹的中国学生们一推进门，就看见了蒙达尔的朋友的惨状。脸色、纱布、绷带和墙壁都是同一种颜色。

蔡和森坐了起来，王若飞坐了起来，李维汉坐了起来，全病室的中国留学生均坐了起来，他们感动地看着探望者进门。

周恩来笑容满面地说："来自克鲁邹工厂区的同学们来看你们了。他们带来了鲜花，也带来了他们的意见。你们也知道，克鲁邹的同学对这次请愿是有不同看法的。"

赵世炎和李立三把手中的花分别插在伤者床头。赵世炎说：

“本来，我是很想对在蒙达尔读书的同学们发表一通意见的，可是现在看见了你们的血迹，我倒反而说不出口了。我只说一句：你们受难了！”

李立三的声音也像赵世炎那么轻：“我们只是这么认为，中国留法学生不用靠政府救济，应当到工厂做工，通过做工了解工人，养活自己，取得工人运动的经验。”

“我倒不想说什么了，”陈延年说，“我只想打一个比方，街头的鲜血是一切革命者的黏合剂。”

躺在床上的学生们都显出了感动。蔡和森缓缓地说：“说实话，我们在蒙达尔读书的学生，也很钦佩你们克鲁邹学生的顽强，只是，我们不想便宜那帮华法教育会的蛀虫。”

双方都沉默了一会儿。花香很淡，但是飘了开来。

“诸位，我说几句吧。”周恩来坐在蔡和森床头，笑嘻嘻的，一副大哥哥的模样，“虽然我来欧洲才两个月，但是依我看，双方的大目标是一致的。这一次流了血的同学是想利用一切可能得到的经济力量，潜心研究欧洲社会，求取救国之真理。坚持在工厂做工的同学们，则是要就近研究和推动工人运动，也是求取救国之道。用一句中国成语说，这叫殊途同归。大家知道，我在国内也坐过牢，也挨过打，也流过血，今天就让我们大家以中国青年之血的名义，互相沟通，互相理解，让所有革命的留法学生拧成一个拳头！”

陈延年忽然说：“我又想打个比方了，蒙达尔和克鲁邹，不是两个城市，而是一条壕堑！”

“我们没有理由不走在一起。”赵世炎说，“和森，你说呢？”

蔡和森说：“我想也是。你看呢，若飞？”

王若飞的那只露在绷带外面的手使劲一握，说：“我也打个比喻，一把筷子折不断。”

赵世炎忽然说："我有个想法，想发起一个全法的中国勤工俭学会，协调我们的行动！"

周恩来称赞："喔，这个主意好。"

蔡和森马上表态说："我参加。我想，我们这个病房的所有同学，我们蒙达尔的所有同学，都会参加的。"

赵世炎说："恩来，要谢谢你的花，今天双方相会，全靠花为媒。"

"不是花为媒，"周恩来纠正，"是血为媒，你没听见陈延年刚才的比喻吗？"

陈延年说："我想再补充一句，或许，是马克思的学说让我们黏合在一起了！说实话，我跟乔年，原先都是信奉无政府主义的，自从到了法国，看到了许多马克思主义者批判无政府主义的著作，我们原先的信仰一下子崩溃了。我想再打个比方，就像一座高楼忽然坍了一样，轰隆轰隆，这种坍塌，很痛苦，也很兴奋。向真理投降，真是一件天下最幸福的事。我跟乔年都这样感觉。我们也更理解我们的父亲了。我这样想，只要我们大家都信马克思主义，一起来研究和摸索，我们的拳头会握得越来越紧！"

周恩来说："此言精彩！不是陈独秀之子还真说不出来。咦，我什么地方见过你？"

他忽然觉得陈延年面熟得很，黝黑的皮肤，炯炯有神的眼睛，这副面容不知在哪道历史的缝隙里隐现过。

陈延年笑了，点出了那个地方："一个火车站！"

"火车站？什么火车站？"

"天津。"

"天津？"周恩来的记忆突然清晰了，"是的，是的，你在火车上，我塞给你传单，那时候我们正在呼吁释放陈独秀。"

在巴黎的春色越来越浓的时候，市郊阿利昂法语学校的一间教室里，灯光下，周恩来独自一人在伏案写字。这一段时间，他一直很兴奋。

他在写一封信。

笔尖沙沙移动：“小超，我要告诉你三件事。第一件事是你送给我的毛衣确实织得密实，很温暖，我每天都穿着它。第二件事是两千名留法中国学生的团结，已经得到了加强，勤工俭学会成立了，相当的活跃。下一步，还准备在留法学生和华工中，组织少年共产党。第三件事是我由旅欧的张申府和刘清扬介绍，加入了共产党。在诸主义中，我彻底地信奉了马克思主义。过去我们受无政府主义影响，实在太深，无政府是个虚幻的主义，我们要尽快抛弃它。当然，我的独身主义也将随着无政府主义的抛弃而一起抛弃。小超，我建议你也多读一些宣传马克思学说的小册子，共产事业是一个崇高的事业，为之奋斗一辈子，是值得的。”

嚓嚓的缝纫机声停下了，杨振德吃惊地看着女儿，她不明白女儿何以这么激动。她是像一阵风一样卷进家门的，双颊被早春的风吹得很红，像搽了两块胭脂，当然这种红色也可能不是风带来的。

母亲问她怎么了。

“他来信了！”她喊。

“谁？”

“妈，我要彻底信奉马克思主义了！无政府主义是个不切实际的主义！”

“你怎么了，小超？”

“妈，他说他抛弃独身主义了！”

杨振德猜到了八九分：“你是说谁呀？”

“周恩来呀！”

母亲把十六岁的女儿拉到身边，摩挲着她的手。女儿年纪尚小，谈论婚嫁毕竟还早。当然，经过风风雨雨的打磨，小超也早已不是一个“十六岁”一词所能涵盖的姑娘了。

“妈，”邓颖超若有所思，“你说，为什么他要把放弃独身主义这个消息告诉我呢？”

邓颖超仰着脸，那神情，明显是要从母亲这里获取一种她渴望得到的支持。

“小超，你还小。”

“虚岁都十七了。”

“说实话，妈妈也挺疼爱这个小伙子的。”

“妈！”女儿叫唤一声，有些不好意思了。

“他既然把这个消息告诉你了，你也应当把你的消息转告给他。”杨振德忽然换了一种思路。她觉得女儿的早熟实际上也是一种成熟，没有特别担心之必要。

“我有什么消息啊？”

“你的心里话就是你的消息。小超，你胆挺大的，像你爹，上天敢揪鹏，下海敢逗龙，这方面的事儿呢，也别胆小。想什么就说什么。恩来远离家乡，也是很孤单的。”

女儿听话地点点头，她很感激母亲能说这番话，能说这番话的母亲是不多的。

“妈，他是共产党员了，我也想参加共产党。他这个五号一赶，就远远赶到一号前面去了！”

“早晚你也会赶上去的。”

“天津不知有没有共产党？天津要没有，我就跑北京去参加，李大钊先生早就叫我们笃信马克思主义，他肯定是共产党。”

“天津早晚会有的，全国都会有的。”

“我的妈呀，好像你是诸葛亮似的！”

杨振德的预言没有错，1921 年 6 月 3 日，意大利“阿奎利亚号”轮船驶进上海，又一帖催化剂进入了这个中国最大的城市。来自荷兰的共产党人马林手扶舷栏，在夕阳下注视着这个城市的岸畔高楼。那是一些锯齿形的建筑，东方的天空被切割得轮廓分明。

他对身边的一位同伴说：“这个城市与爪哇的城市非常不一样。”

“你应当说，远东地区的城市都一样。”

“怎么说？”

“都是暴政横行，人民苦难。”

“不，”马林注视着江面，“这句话应当再反过来说。”

“怎么说？”

“哪儿都是人民伟大，暴政虚弱。”

“说得好，”同伴拍拍他的肩，“这也许就是你的使命所在。”

马林的身份是共产国际执委会委员，原名叫亨德立克斯·斯内夫利特。他受列宁和共产国际的委托，专门来中国查明是否需要组建共产国际办事机构并考察社会政治情况。然而，进入上海这个城市还不到半个小时，这位性格刚烈的荷兰人就忽然大打出手。其时他正路过一条悬挂着红灯笼的街道。

从悬有一盏铃兰型门灯的妓院内，突然蹿出一个袒胸露腿的洋女人。女人个头很高，嘴唇在暮色中如同着了火。

“要陪陪吗？先生，你是法国人吗？”她熟练地把一只手搭在马林肩头。

马林推开女人的手：“你是哪国移民？”

“这并不重要，我的先生！”

“从彼得格勒来，还是从莫斯科来？”马林言辞犀利，如一柄解剖刀。

俄妓吃一惊："你也是俄国人？"

"回自己的祖国去！不要把自己的人格拿到另外的国家去贩卖！"

俄妓退一步，笑一声："人格？人格早已被苏维埃毁灭了。父亲战死了，他是陆军少将。"

马林沉下脸说："苏维埃会使每个人都得到新生，回你的祖国去！到建筑工地上去！到义务劳动现场去！尊敬的女士，我建议你尽快抛弃你的仇恨，人民会原谅你的！"

突然传来尖厉的喊叫声。一个俄妓冲出屋子，一路追逐着一个穿长衫的瘦男人。那男人尖嘴猴腮，边躲边笑。

"给我钱，不能赖钱！"俄妓喊。

瘦男人被追急了，突然回身，扬起拳头，把那个高大的俄妓揍倒在地上。

"娜塔沙！娜塔沙！"她的同胞姐妹扔下马林，惊奔过去。

瘦男人还想挥拳，手刚举起，便被一双更强有力的手制止了。马林的体魄非常强健，有如海员。

"欺侮女人，你混蛋！"他用英语怒骂。

瘦男人说："哈啰，洋大人，关你什么闲事？"

马林出手一拳，对方便像只掏空的口袋一样倒了下去，但这个人又迅即滚地而起，带着一脸血，摆开了拳势，势若黑猴。

小街骚乱起来。长衫与旗袍开始加快脚步避逃，而短褂们则开始围观。

瘦男人舔舔嘴边的血，左左右右像猴子一样晃动："娘的，我抢了你的女人了？"

他一拳打在马林身上，马林纹丝不动，而马林打过去，对方便又仰脸跌了下去。瘦男人跌下去的时候，便又出现了几个穿黑衫的男人，就像从地里一下子钻出来一样，群猴般围住马林。马林心想，糟了，还没斗上封建军阀，就先跟地痞流氓斗上了，在爪哇传播革命之时也没有这种经历。打吧，他咬咬牙，也只能以拳制拳了。他大喝一声出了拳，出拳毒辣，接连几个直拳、勾拳，把几个黑猴子打得遍地滚动。

警笛声突然大作。马林下意识地抓起旅行袋就跑，他想被带往警局就十分麻烦了。进入中国，他用的是化名。

而那位俄妓却用英语对他说："你，不用担心警察的。"

果然，急咻咻赶到的警察只朝围观华人猛舞短棍："滚开！滚开！"其中一个警官冲到马林面前，靴子后跟一碰，啪地立正，用英语磕磕巴巴地说："三分局二队警官王长胜！先生有什么吩咐？"

"上帝，"马林耸耸肩，"这真是一个奇怪的国家！"

当晚，寄宿于南京路永安公司楼上的大东旅社之后，马林还在思索这种奇怪现象，他觉得中国与爪哇还是有某种共同的东西。他在这么想的时候，听见了敲门声。他知道是谁来了。

一个瘦削的身影无声地走在厚厚的地毯上。

在马林到达上海的时候，二十三岁的俄共党员尼克尔斯基受共产国际远东书记处的派遣，也同时到达上海。他的使命与马林相同，也是考察中国共产主义运动情况，并推动中国共产党的建立。

"幸会，亲爱的尼克尔斯基同志，我们几乎是同一个时间到达了远东这座最负盛名的城市。"马林打开三十二号客房的房门，与来访的高个子热情拥抱。

尼克尔斯基说："而且我们肩负的使命也相同。"

"我们所受到的监视也是相同的。"马林补充说。

"你有证据吗？"尼克尔斯基看看已经关紧的门，又看看窗。

"唯一的证据就是我的预感。你知道我有被驱逐出境的经历吗？我在爪哇从事共产主义活动，被荷兰殖民当局无情地驱逐出境。”

“我知道。”

马林又告诉对方，他已经化名安德烈森，身份是日本《东方经济学家》杂志的记者。他说，我们必须非常小心地行事。

尼克尔斯基掀起窗帘的一角，看看外面的街道，除了街角有一个安南巡捕在百无聊赖地溜达，他没有发现什么。

“马林同志，”他说，“但愿我们能在圆满地完成我们的使命之前，不被任何人驱逐出这座城市。”

三天之后法租界工部局巡捕房里，一台英文打字机正在嚓嚓嚓地发出不祥的声音。神色阴沉的奇琼巡长在打字机旁踱来踱去，像只老猫。他用猫一样的阴郁而略带尖厉的声音，口述一份公函：

“法租界工部局警务处巡捕房致荷兰驻上海总领事馆：现已查明，荷兰共产主义活动分子马林，原名亨德立克斯·斯内夫利特，在乘意大利苏尔特利斯提诺公司的‘阿奎利亚号’轮船，于1921年6月3日抵达上海后，即寄宿南京路东方饭店，化名安德烈森，并已于6月4日离开，住进麦根路三十二号公寓。现正处于我巡捕房的密切监视之中。”

“好，”奇琼吐出一口烟，“立即派专人送荷兰领事馆！”

上海麦根路三十二号是一个德国家庭寓所，好客的德国主妇忙碌于厨房，她对客人的接待是极其周到的。

马林只有住到这里才觉得安全了些，尼克尔斯基也是同样感觉。三天后，李达和李汉俊也赶到了麦根路。

据李达报告，会议通知函已经发出。会议代表计十三名，代表全国的五十七名共产党员。

“为什么是十三名代表？”马林问。

李汉俊说：“各地共产党支部派两名，也就是北京两名，上海两名，广东两名，湖南两名，湖北两名，山东两名，这样是十二名。再加上东京的旅日共产主义小组一名，便为十三名。”

尼克尔斯基插问：“在巴黎，不是还有共产主义组织吗？”

李达说：“非常遗憾，由于地理关系，他们已经不可能派代表于七月份赶到上海了！”

马林诙谐地说：“早知如此，我轮船上就顺便带一个来了！”大家笑起来。

马林又说：“请你们将这阶段的工作计划和预算，报送一份给我。我要转报共产国际。”

李达收了笑容。转报共产国际的问题，所牵所涉，大了。

他小心翼翼地说：“刚才我说的就是工作。我们另外没有正式的计划和预算。”

马林表情严肃，从沙发上站了起来：“中国的布尔什维党将是共产国际的组成部分。因此，我们要求你们有正式的书面报告。财务方面，共产国际也将予以支持，每一位会议代表可以先发一百元钱的路费，会议结束之后，再给五十元。”

李汉俊的冲劲上来了：“马林同志，尼克尔斯基同志，恕我直言，中国共产党目前还没有正式成立，是否加入共产国际，目前根本无法作答。”

尼克尔斯基说：“总是要加入的嘛。世界工人阶级是一个整体，一个伟大的整体。”

李汉俊争辩说：“即便中国共产党成立之后加入了共产国际，将来与共产国际所派代表之间的关系如何处理，也有待研究。共产国际在经济上援助我们，我们愿意接受，但也应由我们按实际工作的情形，加以自由支配。”

马林大皱眉头：“上海怎么比苏门答腊还要闷热？我们是不是休息一下？”

李达和李汉俊均沉默不言。

马林走了一圈，和缓了口气，微笑着说：“我这个人，脾气不太好，嘴像枪管子。但是我们的心，就如共产主义的旗帜一样，是赤热的。若是你们的领袖人物陈独秀同志在这里，他将更加明了这一点。”

陈独秀停止了踱步，对摇着蒲扇的包惠僧说：“他怎么能一到上海就打人呢？李达来信说，他打的是上海瘪三。就算是瘪三，瘪三也是中国人嘛。”

草拖鞋踱在地板上，发出吱吱的声音。陈独秀心里也有一种吱吱的声音，像被什么啃着似的。对于没有谋面的马林，他从一开始就有了一种反感。

包惠僧笑着说：“有些中国人，也是该打。岂止该打，而是该杀！陈先生当年磨刀霍霍要杀慈禧，慈禧太后不也是中国人？”

“慈禧要杀，也该我杀，轮不到洋人杀。”

包惠僧听着这句话，相当感叹：“陈先生，你呀，你是最像中国人的中国人。”

“他若是诚心来帮助我建立共产党组织的，我自然没有理由不欢迎。嗐，也不知怎么的，我总是常常想起那个维经斯基，又会俄文，又会英文，温文尔雅，你不把话说完他绝对不会插嘴。而这个马林，说话不用舌头，却用拳头。李达的评价是对的，他说这个洋鬼子骄傲。傲者，说话便如打拳，打拳就是说话。以后我倒可以介绍这个马林到上海大世界去摆擂台，或者开武馆。而现在的问题是，马林摆开一个马步，对付的却是我们。”

包惠僧笑起来。

“他说：来！来！来！你想，我能去吗？”陈独秀摇摇头，又摇摇头，“什么意思呢？中国共产党还没有正式成立，就已经是人家的一个支部了，这合乎逻辑吗？李汉俊说他当场就脸黑了，我还嫌他的脸不够黑！”

包惠僧说：“那就请陈先生自己去开会，也摆个马步给马林看看。”

“你说我又怎么走得开？”陈独秀摊摊手，“修校舍的专款眼看有着落了，若是我这个兼职预科校长一拍屁股走人，这笔专款还能批得下来吗？校舍还修得起来吗？惠僧你去，代表我参加，开完会之后，你仍旧回湖北工作。广东还有一位代表，我请陈公博去！”

门突然被推开，陈公博满面笑容地走进来。

“太感谢你了，陈先生！你的推荐，我都听见了。”陈公博说，“我的蜜月之行，首选就是上海呢！”

陈独秀一拳揍在他肩上：“开会，乃是首务！”

陈公博笑嘻嘻说：“两者并非矛盾。一般而言，开会总安排在白天，又一般而言，蜜月总体现在晚上！”

包惠僧听了，忍不住乐。

陈独秀说：“你再嘴油，我就另换代表了！”

“不敢嘴油，不敢嘴油。”陈公博严肃起来，“陈先生你放心，会议第一，蜜月第二，主次有序，我一定把会开好就是了。我到上海，一定认认真真地把广东的革命形势向代表们介绍，行不行？话说回来，陈先生，你去上海出席会议，其实才是最合适的。”

陈公博说的是不错的，陈独秀理应赶赴上海。对于这个不与会的问题，在上海的马林也是百思不得其解。

“陈独秀同志怎么能不来开会呢？”他专门带着尼克尔斯基去白尔路三益里李汉俊家，询问这个上海商务印书馆的年轻编译，“按理说，应当由他主持会议，会议的主持怎么能不来呢？”

“他的脚只接受他的大脑指挥。”提起这个问题，李汉俊心里也有隐隐的火气。陈独秀原本就不该南下，再说，为修校舍筹一笔款子，真的比组一个党更重要？

“广东真有那么重要？”马林又问这个问题。

“在中国历史的进程中，广东一直是一个举足轻重的地方。”

“那我以后也要去。”

“你应该去。”

“问题是陈同志现在应该来！”

“问题是他认为他可以不来！”

“真有意思，”马林搔搔他的淡黄色的头发，“真有意思。”

尼克尔斯基说：“那么，李同志，我想再提个问题，这次代表会议，我们能见到北京的李大钊同志吗？”

李大钊躺在医院里。北京顺治门首善医院。

他满额头缠裹纱布，纱布上依稀可见丝丝血迹。张国焘和刘仁静守候在他床头，神情明显地焦虑着。

李大钊说：“我是想去上海的，很想去，想见见各地的同志。可是，徐世昌用刺刀挽留了我。今日新华门前的惨状，你们是亲眼所见的。天理何在？教员们是活不下去，才上新华门请愿的，可是请来的却依旧是警棍、刺刀！”

上午的请愿惨状，李大钊一闭眼，就活生生地浮现在眼前。前面的墙很厚，但是他不能退却，非但不能退，甚至要不惜以额撞墙。他作为公推的八校教工代表联席会议的代理主席，不能不坚定地站在上百名北京高校教职员工队列的最前面。他要为同事们谋饭吃，谋饭是百姓最基本的要求，也是反抗暴政最朴素的呐喊。他个头很高，他被两个教工抬在肩膀上冲着戒备森严的新华门厉声疾呼：“从二月份到今天，政府没有给各大学的教职员工发过一分钱的薪金！你们可以不要教育，可是我们拿什么养家？我们怎么面对学生？我们怎么养活老人和孩子？你们也有父母！你们应当帮着我们一起抗议政府！”然后，就是教职员工的齐声怒吼：“抗议政府残害教育！”“不准克扣工薪！”然后，就是刺刀的寒光，然后就是血，衣服上，旗帜上，一朵，一朵，如撕碎的花。

李大钊一闭上眼睛，就是血花。自己的血花和别人的血花。

张国焘俯脸说：“李先生，别太激动，你伤口还在流血。”

“你们去上海吧。八校教工代表联席会议之斗争，正值关键，我实在是无法离开北京了。”

赵纫兰走进来，对李大钊耳语：“院方说，不能赊账。”

张国焘听清楚了，迅即取出腰间荷包，哗啦啦倒出所有铜板。刘仁静掏了半天，掏出一枚贴肉珍藏的银圆。

“这是干什么？”李大钊瞪眼，“都收回去，收回去！”

刘仁静泪眼迷蒙了，说：“先生您一向待我如骨肉，我每次交不上学费，都是你垫的，这一回，您无论如何让学生我尽一份心意！”

赵纫兰毅然捋下左腕上的银手镯，说：“守常，我们有了！”

李大钊指着手镯，让妻子赶快去办手续。他又继续对两个学生说：“你们，一定要谦虚，要尊重各地共产党支部的同志，要尊重共产国际的同志。代我问同志们好。还有，我今日受伤之事，千万不要告诉仲甫。”

张国焘说：“知道了，我们不告诉他。共产国际的同志，我们也是百分之一百要尊重的。”

在张国焘乘火车南下上海的途中，湖南的毛泽东却为去上海的船票钱犯了愁。黄昏时分，他走进了长沙“和记”典当行。一年之前李大钊在北京送他的那只打璜金表，他不能不忍痛割爱了。

毛泽东跨过高高的石砌门槛，边走边撩起青布长衫，在腰间摸索。他摸着了那只带有体温的打璜金表，连同表链子。他在柜台上放下金表的时候，又犹疑了一会儿，最后，手一伸，五指分开，噗的一声，金表就沉甸甸地置于柜案上了。

当铺的判子是个胖胖的中年人，他那双黑色瓜皮帽下的细眼，从一开始就打量着这位高个子顾客的一举一动。

面对这只光闪闪的金表，判子无动于衷：“本号不收。”

毛泽东惊异了：“为何不收？”

“这不是东西。”

“怎么不是东西？打璜金表，英国产，判爷你取起来仔细看看。”

“我不取也知道这是洋东西。这年头的行情，就数洋东西不是东西。”

“这是什么道理？”

判子的细眼里放出光来：“去年抵制洋货，长沙死了多少人？伤了多少人？本典当行虽小，也算是爱国店家，本号东家有规矩，凡洋东西一律不收！”

毛泽东叹口气：“听判爷这番话，倒也是见了骨气。”

“收回去吧，莫看它金灿灿一件物事，还不如先生你身上一件旧长衫值钱。”

“若是这身旧长衫可以典当三十大洋，我马上脱了它。”

“莫脱，莫脱，这件旧布衫子，脱下来也是一钱不值，穿在你们读书人身上，还见着了一身斯文。”

毛泽东收回腰表:“斯文?我毛润之早就视斯文为粪土了。”

判子听了这话,忽地瞪圆小眼睛。“你说什么?”他问,“先生你回来,你刚才说毛润之,你,你就是毛润之?”

毛泽东回身:“敝人毛润之。”

“《湘江评论》主编毛润之毛先生?”

“英雄也有气短之时。”

“我的一个堂弟,就是去年为抵制日货,被张敬尧用站笼站死的。全仰仗毛先生主持公道,专门上北京呼吁驱逐张毒,四面游说,八方奔走,只为湘民申冤,在下今日给毛先生行个礼了!”

判子站起来,冲柜台外的主顾鞠了一躬,肥脑袋差点磕在铁栅上。

毛泽东放回腰表:“那就烦劳判爷把这件洋东西也当成一件东西吧。”

“毛先生,按理说洋东西也是东西,典在本号暂为保管也无大碍。只是此只腰表,我看毛先生也是舍不得典当,端进端出,难舍难分,依在下推想,此表一定也是有来历的。既然毛先生今有急用,在下就先垫支若干吧?”

“不,”毛泽东态度明确,“我今日进的是当铺,不是钱庄,不留抵押之物,如何取得银圆?这只打璜金表,还是留在判爷处,两月之内我必来赎,如今只求判爷妥为保管,勿与他人。”

判子想了一想,同意了:“就依先生所言,敝人妥善保管便是。”

毛泽东与何叔衡是6月29日在长沙小西门轮船码头上的船,从湘江拐入长江,去上海就顺风顺水了。

毛泽东以为何叔衡不知道船票钱的来历,然而何胡子接过船票上船之时,却说:“嘻嘻,我知道这船票是怎么来的。”

“你知道什么？”

“上船吧，”何叔衡拉拉毛泽东，“到时候我把谜底揭给你。”

毛泽东笑笑：“算了吧，何胡子，秀才不出门，能知船票事？你猜到天边也不会猜着。你以为俄苏朋友真的给盘缠了？”

何叔衡想，应该给的吧？李达信上讲得清清楚楚的嘛。

“反正现在还没拿到。”毛泽东扶着何叔衡走过跳板，“洋钱倒是无所谓，洋主义适合中国百姓，就是上上大吉了。”

他们刚踏上黑乎乎的船舷，小火轮就哇一声鸣叫起来，像是一只被突然踩伤的动物。

第 7 章

上海七月，已是暑热难当。行人不消说，在街角转来转去的安南巡捕，肩膀也都是湿的。

长着一张国字脸的张国焘走路总是风快，他是外地代表中第一个到达上海的。当日下午，他就在李达的陪同下，叩开了李汉俊住宅。

这是望志路一〇六号，一幢青砖石库门房子，黑漆大门上装饰着红色浮雕。李汉俊一见张国焘，就显得开心："说到曹操，曹操就到。我昨天还同鹤鸣讲，头一个到的肯定是你！坐，坐！"

"鹤鸣告诉我，会址就选在你家。"

"这是我哥哥李书城的房子。他住那头楼上，我住这头楼上。他去湖南办事了，人不在，不在好啊，正好用来开会。"

张国焘听说过李书城。此人也算得是同盟会元老，夫人三年前去世后，刚娶了一个十五岁的卖唱女孩为妻，乃奇话一段。张国焘楼上楼下走了一遭，觉得房子不错，二楼二底，素雅整洁，而且外面的望志路与贝勒路均不显繁华，尤其值得称道的是，这个"李公馆"与博文女校相距很近，而博文女校正是各地代表报到的住宿之地。

上茶之后，张国焘马上询问了一个他极为关心的问题："听鹤鸣说，跟共产国际的洋代表，关系处得不是很好？"

李汉俊说："正要跟你商量这个事。本来想写信同你说的，怕信上又说不清楚。你先期到沪，正好当面商量。"

“他们说话很冲？”

李达说：“那个洋鬼子，叫马林的，傲气十足。我同汉俊已经很难跟他说话。他知道你要来上海，急于跟你会面。”

李汉俊说：“既然仲甫来不了上海，守常也来不了上海，你就赶快先跟他们见见面吧，以期求得谅解。”

没想到僵得还是挺厉害的。

张国焘走了一圈，说：“别急，我明日就去拜会他们。”而他心里却在想，人家冒着风险千里迢迢赶来中国，图的也是革命，干吗要闹别扭呢？上海这地方看来不能待长久，长久了，人也会莫名其妙地傲起来，什么都难以商量。

第二天，在南京路大东旅社屋顶花园里，他就与马林和尼克尔斯基喝上了咖啡。咖啡很好喝，沁人心脾。张国焘西装革履，吹着一阵阵来自海上的风，满肚子舒畅。这种优雅的环境比之长辛店的那种北风呼呼，真是恍若隔世。

他向两位洋代表介绍了北京共产党支部的情况，介绍了长辛店，并以更多的篇幅介绍了自己如何成为马克思主义信徒的经过。张国焘的坦率、通达以及热情，给马林和尼克尔斯基留下了很深刻的印象。

这个同志没有狭隘的学究气，善于沟通，并且情绪饱满，马林一边搅动咖啡一边想，若是此次会议由这样的同志来主持，更易达成圆满。他对张国焘充满了好感，只是在谈话的最后，含蓄地提醒了他一个问题，因为张国焘讲到马克思主义一词的时候，嗓音太响。

“这是你们国家人口最多的城市，”他对张国焘说，“因此，根据常识，这也是一个眼睛最多和耳朵最多的城市。”

热浪滚动于上海的整个七月中旬，间或下几场短促的暴雨。

“北大暑期旅行团”的九位寓客，便先后踏着这热浪住进了博文女校。

走进女校，神气就爽。整洁的楼院里皆是盆花，白色的麝香百合尤其香气扑鼻，而红色的牵牛花则攀着细细的竹竿，一直伸头到二楼窗口。

女校校长黄绍兰是北大文学系黄侃教授之夫人，曾在黄兴手下当过差，生性爽快，听得李达夫人王会悟介绍有来自北大的旅行团，自是一口答应。王会悟是浙江嘉兴人，当过一阵子黄兴夫人徐宗汉的秘书，而这个徐宗汉，也正是博文女校的董事长。借着这重重关系，位于法租界白尔路上的这幢青红砖二层楼房，便悄悄地热闹了起来。

李达在代表们报到的当天晚上曾由衷地对妻子说：“真要谢谢你的帮忙。”这时候李达还不知道，他妻子在一个礼拜后还会帮他一个更大的忙，她将赶去她家乡联系一条漂亮的船，而那条船的窄小的船舱将催生出一个政党的政治局。

王会悟领着湖南的代表走上博文女校楼梯的时候，神情显得特别抱歉。

“怠慢了，房间太简陋。”她说。

何叔衡一路摇着芭蕉扇，闻言便说：“子曰：君子居之，何陋之有？再说，都还是红漆地板芦席铺地哩！一人一席，直睡于地，闻花香而眠，周身焉能不生习习凉意？”

朝西的有一小间，支着一张木板床，光线特别暗。王会悟说：“这里可以睡一人。”

“板铺，我住吧！”毛泽东喜欢住单人房，他摸摸硬邦邦的床板，特别满意，“我就喜欢硬床板。嫂夫人，这学校，很清静嘛。”

王会悟说：“学生都放暑假了，我以北京大学暑期旅行团的名义定的房间，没人会注意到这里！”

李达持着一把大蒲扇笑嘻嘻地走上楼梯。毛泽东一见他就说:“鹤鸣，嫂夫人有南阳孔明之才啊!”

“她哪里来南阳之风!浙江嘉兴人氏，小桥流水人家，无非心眼细一点罢了!去，见见汉俊去，他在隔壁，正招呼他老家湖北的代表呢。”

湖北来的两位是董必武与陈潭秋。鄂秀才董必武见到湘秀才何叔衡，自是一番欣喜，想不到当年夹着四书晃着辫子的中榜秀才，如今都成了马克思主义信徒。但是长衫还是依旧，董必武灰色，何叔衡黑色。董必武说:“我知道你中得秀才之后不愿到县衙门管钱粮，宁可在乡下办私塾哩;我还知道你讲课讲到文天祥，讲到鸦片战争，每一回都叭叭掉眼泪哩。”两人大笑相拥，知道彼此心近。

毛泽东则向李汉俊报喜:“汉俊兄，你那本《马格斯资本论入门》，在我的长沙文化书社，一次就卖出两百本!”

李汉俊大笑:“一定是润之亲自上柜推荐的吧?”

拎着一网兜菠萝的包惠僧匆匆上楼，董必武见着就乐:“啊，我们的书记来了!你现在怎么算是广东代表了?”

包惠僧一边动作很快地给大家分菠萝，一边对李达说:“我带来了仲甫一封信。”

李达展信，知道另一代表是陈公博，便问:“他人呢?”

“他自己找旅馆住下了。他说这里不方便。”

“不方便?”王会悟委屈起来，“怎么不方便呢?”

包惠僧低声说:“他是带新婚妻子李励庄一起来的，蜜月!”

李达对妻子说:“度蜜月，总不能叫人家睡地板吧!”

王会悟笑起来，这倒也是。

南京路大东旅社四楼的客房，面积不大，但是干净，一出旅社尽是商铺，买东西也方便，陈公博对住在这里很满意。他为自己泡上一杯乌龙之后，便细心地剥好一小盘鲜荔枝，递给娇妻。

李励庄优雅地拿起一个，手却于半空转了个弯，水汪汪的荔枝送入陈公博口中。

陈公博大口嚼着，一脸幸福感，他对妻子说：“你也应该算是代表，会外代表。”

妻子说：“可别吓着我。”

“你吓什么？我才吓呢！我参加的是秘密会议，按旧话说，这就叫作密谋造反，一旦东窗事发，少不得株连九族。你呢，逛逛外滩，逛逛商铺，优哉游哉，一点心事都不用担。”

李励庄的脸色却变了：“公博，我们离开上海吧！”

“什么话？刚住下，就走？”

“你以为我真的不害怕嫁给一个株连九族的人？”

“没有事，没有事，”陈公博拥住娇妻，“那是当今皇上的事啦，眼下也没有九族一说啦。你别害怕，我们行事那么秘密，这乱哄哄的十里洋场，哪条狗会嗅到我们？”

妻子看看窗外，窗外映着红绿彩灯，安静而吉祥，于是紧张的神情也渐渐松弛下来。

陈公博在吃第二颗荔枝的时候又说：“无所谓风险，也就无所谓成功。男人嘛，风险总是要冒冒的，不然何谓男人？再说，就开几天会，忽而风聚，忽而风散，哪里来什么风险？”

风险自然是有的。7 月 21 日黄昏时分的一辆马车就是从风险中驶出来的。马儿在法租界工部巡捕房门口收蹄急停，热乎乎的马背上有一群苍蝇打旋。跳下马车的是两个黑衣人，汗水渗湿了他们的黑色府绸短衫。

安南巡捕将这两个身材魁梧的便衣带到奇琼巡长面前，说：

“淞沪警察厅长徐国梁派来两位先生，要见巡长。”

黑衣人递上一份公函，木无表情。奇琼展开公函，仔细浏览。函是徐国梁亲署的，为了说清问题，函后还特意附了一份荷兰公使馆的通电：

“荷兰驻华公使馆根据荷兰中央情报所业已查明的资料，并根据本馆掌握的情况，已及时通知了中国政府：斯内夫利特系受莫斯科第三国际执行委员会指派，专门前往远东地区进行革命煽动。此人在途经科伦坡、巴东、新加坡、中国香港之后，到达上海，并在上海频频与中国人联系。中国政府答称，他们将知报上海租界当局，共同监视斯内夫利特的行踪，谨防过激党密谋举事，以图不轨。”

奇琼放下公函，皱眉说：“荷兰人斯内夫利特？过激党可能集会？两位请回，告诉贵厅徐厅长，这类集会，巡捕房会管。”

两位黑衣人依旧站得笔直，没有走的意思。

奇琼指指脚下，提高音量：“两位，这里是法国地界！”

两位黑衣人只好离去，离前还深鞠一躬。

奇琼想，过激不过激，因时因地而已。即使过激，也是思想过激。光凭思想过激，也不可轻言缉拿。这些中国人就是敏感，要管到人家脑髓最深处去。这时候，安南巡捕又向他悄声报告：“还有个消息，那个荷兰人，不见了。”

“什么？”奇琼一愣，“他最后一次露面在哪里？”

“麦根路。”

“再早一次呢？”

“大东旅社屋顶花园。”

奇琼的笔尖在墙上的地图中画了圈：“好吧，严密控制这两个区域！”

“是！”

奇琼巡长走几步，叹口气："有些事，查得太严，有违于法兰西的思想自由精神。若不去管理，酿成事故，又会扰乱了公共秩序。这就好比握一条鱼，握得松，滑了；握得太紧，也滑了。"

时任巡捕房华人探长的黄金荣，便常在背后嘲笑这位自命不凡的法国巡长。鱼要握着做啥？暗地里开着赌馆和戏馆的黄金荣说，用钩子一戳鱼嘴，提上来就是了，还用握？洋人做事就是这么文绉绉的，只有我们才从骨子里晓得中国人怎么对付。黄金荣的说法是有道理的。六年后蒋介石要对付在上海的一大批中国人的时候，全仗黄金荣杜月笙的短衫部队打头阵，他们的戏演得无可挑剔，铁钩子一扎就扎准了鱼嘴。

而奇琼巡长，却有自己的思路。他在这个炎热的夏季里不动声色，只是慢慢地嗅着。他相信，马林走过的街路，总是会留下一些荷兰气味或者爪哇气味的。

1921 年 7 月 23 日晚上八时，马林出现在法租界望志路一○六号。

在中国现代史上，这是个相当重要的时刻。虽然这一重要时刻在当时仅仅被一盏柔和的电灯照耀着，以及被十五把有靠背的椅子固定着。

十五把大椅子。十五个人。

李达、李汉俊、毛泽东、何叔衡、董必武、陈潭秋、王烬美、邓恩铭、包惠僧、陈公博、张国焘、刘仁静、周佛海。共产国际代表马林和尼克尔斯基。

十五双眼睛互相扫视着，深邃而又智慧。一个全国性的革命就在这样的目光之中，渐渐显露出了雏形。

"这是一个极为庄重的时刻。"李汉俊说了开场白，"为将代表会议顺利开好，首务之项，是推定一位会议主持人。原先，诸位都是推仲甫来主持会议的，这自然最合适。但仲甫事务缠身，无法来沪，而我们上海共产党支部，作为发起组，无非是先起一个四方联络的作用。目前，任务已经完成。在会议上再担任主持，并不合适，还是另外慎选一位同志为好。”

周佛海响应：“唔，这是一个民主的开端。我从鹿儿岛来上海的船途中，晕得不知东南西北，今日一听汉俊之言，便如饮警醒之药，振奋，振奋，这个提议真是民主得很！”

刘仁静熟谙英语，凑在马林和尼克尔斯基耳边，低声作现场翻译。董必武说：“还是上海同志主持吧。鹤鸣，汉俊，你们为这个会议已操劳数月，就不必谦逊啦。”

周佛海忽然看定张国焘，发现张国焘的大眼睛也正在看着他，于是他说：“国焘怎么样？你同国际代表很说得来，主持起来更方便。”

马林闻言，倒是赞成：“张同志可以主持。北京共产党支部开展工人运动，很使人兴奋。”

大家觉得亦有道理，于是把目光纷纷移到张国焘身上。

张国焘也爽快，说：“好，既然有各地同志的推举，有国际代表的同意，我就勉为其难，当个主持吧。本次聚会，是中国历史进程中极为重要的一幕。希望诸位协助本人主持好此次会议。现在，是不是推举两位担任会议记录的同志？”

一番推举和谦让之后，毛泽东和周佛海担任了记录。

李达伸出两个手指，在光滑的餐桌上推一推，把一册记录簿推在毛泽东和周佛海面前：“润之，记录重要的历史，还得仗你这一手漂亮的字！”

毛泽东笑一笑，说：“历史历来比文字本身更漂亮！”

张国焘说：“诸位同志，我简要提一下本次会议的议题。首要的，就是制定中国共产党的纲领和实际工作计划，还有，就是选举党的中央机构。”

张国焘的主持还是相当干练的，说话有条不紊。在提出会议的议题之后，他又将陈独秀委托陈公博带到会议上的信，念了一下。陈独秀在信中谈了四个方面的意见，一是党员的发展与教育，二是党的民主集中制的运用，三是党的纪律，四是群众路线。

李汉俊听得陈独秀大谈集中，心里便有些隐忧，他害怕陈独秀的党会类同孙中山的党，凡事只听一个人的。他认为陈独秀一定会被缺席选为党的领袖，事实上确也非他莫属，那以后怎么办呢？他一声咳嗽就是一道金牌？

接下来的马林致辞，李汉俊也没有听清楚，他在走神。马林一致辞便是几个钟头，越讲越激动。听着听着，李汉俊也渐渐听懂了。他是不须听刘仁静翻译的，从英语演讲中他就直接听懂了马林的意思。他一边听心里一边打鼓。他看李达，李达也是一脸凝重。

因为马林用很大的篇幅讲到了共产国际与各国共产党的关系，马林认为这一关系是必须从一开头就讲透彻的。

“我须强调指出，共产国际不仅仅是世界各国共产党的联盟，而且，与各国共产党之间，保持着领导与被领导的高度统一的上下级关系。共产国际以世界共产党的形式，统一指挥各国无产阶级的战斗行动。各国共产党，则是共产国际的支部。我相信，我在中国共产党成立的时刻，指明这一点，是十分必要的。同志们，列宁同志在莫斯科会见过我，列宁同志对中国充满了希望，他期望着在中国建立共产党，期望着在世界之东方，建立起工农当家做主的社会主义制度！我本人，马林，可以说，就是列宁这一理想的一个勇敢的实践者。如果你们不反对的话，我想列举我在爪哇工作的经历。”

于是他谈起了他在爪哇的作用，据他说，印尼共产党就是在他的有效的工作之中得以建立的。

代表们陆续走出李公馆时，夜已凉了，在路口竹榻上摇着蒲扇的老人们均已缩回了各自的石库门。马林讲了四个钟头。记录员毛泽东的手腕明显地发胀。

但是毛泽东很兴奋，回到博文女校之后他还无一丝睡意，他觉得这个洋代表的发言虽有天马行空之感，但在理论上还是浑然天成的。他对何叔衡说，他很想连夜给在法兰西的蔡和森写一封信，想告诉蔡和森，他盼望着的统一的中国共产党，已经在上海的法兰西地界诞生了，而且已经被来自苏俄的代表们纳入世界共产党组织里头去了。

毛泽东这么叙说着的时候，何叔衡的呼噜已经起来了。

7月24日，中国共产党第一次全国代表大会举行第二次会议。各地代表向大会报告了本地区党团组织成立的经过、开展的主要活动，以及进行工作的方法和经验。

经过25、26日的两天休会，《中国共产党纲领》《中国共产党决议》等会议文件已起草完毕。27、28、29日三天，大会举行了三次会议，集中讨论了起草小组提出的文件草案，代表们照例各抒己见，气氛渐趋激烈。

刘仁静年纪小，发言却尤为尖锐：“共产党人绝不能去做资产阶级的官！当然，我这么说，并不是针对陈独秀同志的。我只是说，我们不能同情和采纳国会制这样的形式！”

对刘仁静的慷慨之言，大家一般都不去作正面交锋，都知道他读过三遍《资本论》，雅号“小马克思”，那就让他自傲理论去吧。而李汉俊轻易不激动，激动之时也是站起来发言的：“如果我们不相信在二十四小时内可以把国家消灭掉，不相信总罢工会被资本家镇压下去，那么，政治活动就是必要的！”

陈公博听着听着就不满意了。他认为对陈独秀的行为不能作这样武断的攻击。虽然刘仁静满腹经纶，但他毕竟不是大马克思。于是包惠僧用手指敲敲桌面说："诸位，我能不能插一句话？"接着他就这样说，"我要申明这样一个立场：刚才有的代表谈到广州的军政府和北京的北洋军阀政府是一丘之貉，孙中山是孙大炮，一味依靠军阀。本人以为，这种观点，错了！大错！因为这种观点抹杀了根本的界限。"

这几次会议，两位洋代表均未参加。他们知道，他们不能老是出现在望志路。但是每天会议的情况，他们都了解，大会主持者张国焘的事后汇报非常详尽。他们赞赏中国同志的互相争辩，争辩体现着会议的正常秩序。但是他们又对代表们赞同李汉俊的某个意见相当有看法。李汉俊的意见很明确：关于共产国际与中国共产党的关系，可以是一种理论指导的关系，可以是一种采取一致行动的关系，但并非是严格的上下级关系，不必非得在组织上明确中国共产党是共产国际的一个支部。因此，在党纲上，可以写上"联合共产国际"。马林踱着步说："什么叫联合？联合，不就是肩并肩吗？"张国焘在马林怒火上脸的时候，总是不吭声，或者小心地说："肚子饿了吗？茶叶蛋要吃吗？"他进一步解释说："茶叶蛋就是把鸡蛋搞成满脸皱纹，再请鸡蛋喝茶。茶就是东方的咖啡。东方与西方，有些东西确实不是完全一样的。"

7 月 30 日晚上，中国共产党第一次代表大会举行第六次会议，原定主要议题是通过中国共产党的纲领和决议。然而这个晚上太不寻常了，马林确实没想到，他冒险来参加的这次最要紧的会议，果然以出现险情而告中止。他原先准备要作慷慨激昂的发言的，以纠正某些中国同志的片面想法，然而这一纠正却被另一种力量无情地纠正，他根本没有来得及发言。

"在审议中国共产党的纲领和决议之前，我们先请共产国际代表马林同志发表意见。”张国焘当时刚说完这句话，门就被推开了，突如其来的吱呀一声。

所有的视线都集中了过来。门口出现了一个陌生人。

此人獐头鼠目，小眼睛迅速横扫全场。

李汉俊跳起来：“你找谁？”

“我找社联王主席。”

“这里不是社联！”

“啊，啊，对不起！”陌生人缩回头，退了出去。

李汉俊迅速跑到门口，探头张望一阵。他回进屋，发现每一个代表都神色严峻。

毛泽东轻声问他：“这附近，确有个社联吧？”

李汉俊想一想，说：“数过去第三家，是有个叫社联的组织。但是那个社联没有姓王的人，而且，也没有设主席。”

马林闻此言，迅速起立，以他那只多毛而骨节粗大的手，猛击一桌：“一定是包打听！我建议，会议立即停止，大家分别离开！”

这一厉言反映出他多年从事地下工作的直觉，这句话也是共产国际代表在中国共产党首次代表会议上所说的最后一句话。此话一经刘仁静翻译，代表们顿时脸色大变。许多人站了起来，靠背椅子一阵阵响。

李汉俊说：“诸位注意，分批走，后门走几个，前门走几个。”

毛泽东一边收拾记录簿一边提醒大家：“各自携带好文件！”

一直坐着的陈公博在众人纷纷离去之时，忽觉腿脚有些软，几次站都没能站起来。

李汉俊问他：“怎么了？”

陈公博说：“没什么，也许是虚惊一场。那个荷兰人的神经很可能在爪哇绷得太紧，来上海之后一直不见放松。”陈公博嘴上这么说，心里却想着大东旅社的新娘子。他想，怪不得李励庄早上对他说，她听见一声鸟叫，像是乌鸦。陈公博早上不信，晚上却信了。

“也好，”李汉俊拍拍他的肩说，“也许确实没什么事情的，我们聊聊天。”

陈公博就说：“也好，也好！”

“那我们先看看，有没有文件散落，未雨绸缪。”李汉俊站起来，到处巡视一番。他发现一张靠背椅上还留着一页共产党纲领草案，于是赶紧拾起，塞进桌子抽屉里。他原先是想放到楼上卧室中去的，但是来不及了，可疑而杂乱的响动已经从大门外传进来。他刚合上桌子抽屉，门就突然被推开了。一伙铁青着脸的洋人和华人冲了进来。奇琼巡长走在头里，两个法国侦探和两个华人侦探紧紧跟上，三个翻译走在最后，更有一个全副武装的法国大兵堵在门口，不准人进出。

法租界奇琼巡长出言凌厉：“我们是租界巡捕房的。你们不要动——搜！”

一帮人马立即开始楼上楼下搜索起来。一会儿，楼板上传来书柜移动的声音。

娘的，李汉俊心中骂了一声。平日里，他最讨厌人家骂娘。

陈公博不作声，始终为抽屉里的文件提心吊胆，两只眼睛老往屋角瞟。李汉俊发现陈公博的慌张，搡了他一下，他的眼睛于是立即转向天花板。

万幸的是，搜索桌子的法国侦探竟没有把那页共产党纲领草案当作一回事儿，也许那页纸字迹太草，看不出名堂。

半个钟头之后，楼上楼下的搜索均告结束，毫无结果。

奇琼巡长嗵嗵嗵走下楼梯，看看李汉俊，又看看陈公博：“谁是主人？”

“我。”

“什么名字？”

“李汉俊。”

“干什么的？”

“学校教员，兼商务印书馆编辑。”

“你们开什么会？”

“没有开什么会呀！”李汉俊显出几分惊讶，“不过是我请北京大学的几位教授和学生，一起来谈谈编辑新时代丛刊的问题。”

奇琼巡长突然眉毛一挑：“那两个外国人是什么人？”

“啊，那两位都是北大教授。暑假期间，特地请他们来沪谈谈。”

奇琼巡长眯起蓝眼睛，紧紧逼住对方：“是哪国人？”

李汉俊明白了对方的意图，对方一定是在嗅某种荷兰味或是俄国味，于是他毫不含糊地回答：“英国人。”

“荷兰人吧？”奇琼巡长厉声说。

李汉俊不慌不忙：“英国人。”

“为什么藏书之中，有社会主义书籍？”

“我兼任商务印书馆的编辑，自然是什么书都要看呀！”

奇琼巡长把目光转向陈公博。

“你又是谁？哪里来？”

“我是广东法专的教授，趁暑假，来上海玩玩。”

“住什么地方？”

“就住这里。”陈公博指指李汉俊，“朋友待我很好。”奇琼巡长走了一圈，扶扶这张靠背椅子，又扶扶那张靠背椅子。他忽然笑了一下。

“你们两位先生听着，”他平平静静地说，“从屋里的藏书中可以确认，你们是一伙社会主义者。今日，本来也可以封房子，捕你们。但看来你们还是有知识、有身份的人，所以，通融办理，不抓你们了！注意，今后，在法租界，不准有聚众滋事行为，不准从事非法政治活动，听见没有？”

李汉俊点头：“听见。”

奇琼巡长带着一伙人走了，走得像来的时候一样干脆。

陈公博脸色发白：“哎哟，那页党纲，天保佑，没露馅儿！”

李汉俊急忙拉开桌子抽屉，掏出那页纸，折叠了，藏于贴身衬衣中。

陈公博想走，但仍旧觉得腿肚子无力，于是干脆又坐下。

李汉俊劝他再待一会儿，兴许那伙警探又杀个回马枪呢？有时候，保持一份镇定，比什么都重要。

刚窃窃私语几句，忽然吱呀一声，又有一张脸悄悄探进门来。两人吓一跳，一看，却是包惠僧。

“汉俊，怎么样？”包惠僧压着嗓音问。

“果然有警察来搜查过了。”李汉俊说。

“没查出什么吧？”包惠僧蹑手蹑脚走进餐厅。

陈公博叹口气，说：“也亏得汉俊机警，搪塞过去了。”

“看来此地是不能再继续开会了。”

陈公博说：“还开什么会呢？会议要紧，性命也要紧呀！”

“惠僧，”李汉俊简洁地说，“你赶快去告诉鹤鸣，再在我家开会，已经不可能了。而且，我也难以再离开这里，我一动，就有眼睛盯着。”

包惠僧点点头，他答应赶紧去老渔阳里。李达一家其时正与陈独秀一家合住着，一起住在老渔阳里二号。

陈公博在包惠僧走后一刻钟，也辞离了李公馆。他觉得自己的腿脚现在有些力量了。他一边贴着墙走，一边想，李励庄早上听见的那一声呱，必是乌鸦无疑，他这么想的时候，忽然就觉得身后有两只乌鸦跟着，回头一望，果然是两个黑衣人，不紧不慢地黏着他。

陈公博顿觉咽喉发干，于是见着一辆黄包车就赶快招呼："黄包车！"

陈公博坐在车上不停地朝后打量。路灯下，似乎也有一辆黄包车在后面不紧不慢地跟着。他仔细看，还是那两只乌鸦。陈公博便吩咐车夫直奔兰维蔼路上的"大世界"游乐场，黄包车一停下，他就赶紧混在人群里往"大世界"钻。

大世界人多，笙歌声和浪笑声此起彼伏，香脂气和汗酸气弥漫于各个场子。陈公博走进书场，悄悄坐下，听说书人把一块惊堂木拍得梆梆响。他屁股还没坐稳，又悄悄站起，像个影子似的从侧门溜出。几分钟之后，他坐上了第二辆黄包车直奔南京路。看看身后，身后已没有黑乌鸦，他想他总算不会再让新婚妻子听到呱呱之声了。

陈公博在大东旅社四楼四十一号客房的痰盂里燃起一小堆火，开始焚毁文件、信笺和小册子。他这时候还没有告诉妻子被跟踪的事，他只说会议场所遭到了警察的注意。他不想让妻子太害怕。

但是妻子的眼泪仍然顺着小巧的鼻翼流下来，她说："叫你别去造反别去造反，你又不是没吃没穿。"

陈公博注视着火光说："别刺我心里了，求你了，太太！"

李励庄抱住丈夫，发觉丈夫的躯体也在轻微打战。她问他再开不开会了？他皱着眉头说："按理说，还应该再去一趟老渔阳里，走散的代表们大概都已经聚集在李达那儿了。"

但是他又说，他不想去了。

陈公博没有说错，炎热的7月30日深夜，走散的会议代表不约而同都汇聚到老渔阳里二号了。

李达推推眼镜，文文气气说："好了，除了汉俊和公博，人都齐了，惠僧刚刚回到李公馆看了一下，果然有巡捕房来搜查过，也幸亏马林机警，大家逃得一劫。下一步，怎么办，大家商量个法子吧。"

大家都说，会议总是要开完的。

"关键是会议地点问题，"张国焘说，"李公馆目标大，只能改地方再开。国际代表招人注意，也就不一定请他们到会。"

董必武说："有始必得有终。不论洋代表来不来，我们总得把纲领通过了，总得把中央机关选出来。我看，地点，就放在女校行不行？"

"不行不行，"许多人摇头，"那里怕是早几天就有人注意了。"

何叔衡说："在上海开，怕是不行了。既是十里洋场，亦有十里洋枪。"

这话有趣。刘仁静掩嘴笑。

王烬美问："不在上海开，又去哪里开呢？"

周佛海忽然提议："杭州西湖如何？"

邓恩铭一听就赞成："上有天堂，下有苏杭。去杭州好！"

周佛海说："我为什么提杭州呢？去年，我在西湖智果寺住过三个多礼拜，那里真个是安静。"

包惠僧反对："杭州好是好，只是火车一坐六个钟头，太远了一点。"

"刚才，我内人倒给我提了个建议。"李达说，"她家乡嘉兴，是个县城，民风淳厚，环境幽雅，距上海，仅两个钟头火车。"

王会悟说："我提嘉兴，是因为嘉兴有个南湖，这湖连通运河，环境也幽静。这季节游船很多，可以租一条大船。你们一边游湖一边开会，这样非常安全。”

董必武说：“啊呀，南湖烟雨楼，有名得很，我几次想去都没去成哩！”

王会悟又笑着说：“乾隆皇帝六次下江南，船经烟雨楼，先后八次登楼玩呢！”

董必武乐：“皇帝老儿去得，我们当然也去得！”

张国焘觉得不错，于是说：“大家看呢？”

何叔衡说：“大丈夫以断为先！”

张国焘一拍掌，意思是定了。

“会悟，”李达立即布置妻子，“你现在就去打听一下往嘉兴的火车车次，我们明天一早就走，分批出发。”

张国焘忽然想起：“李汉俊与陈公博呢？”

李达说：“汉俊恐怕是不能动了，他的背脊上，都是眼睛了。公博住在大东旅社，还是我走一趟吧，我去通知他。”

李达赶到陈公博住处时，痰盂里的余烬刚刚熄灭，而新婚夫妻眼中的惧色依然在烁烁打闪。

“公博，”李励庄说，“我们明天去杭州吧。上海这地方人太多，人多的地方没有不出事的。”

李达的敲门声就是这时候响起的。

坏了，陈公博像只皮球一样蹦起来，乌鸦！

“是我，鹤鸣。”门外的人似乎知道门内的紧张，立即通报了姓名。

陈公博拉开门，顿时松了神经。

“啊，祝贺新婚哪！”李达用轻松的口吻说，“嫂夫人漂亮若天仙哪！公博，会议明日，不不，今日，你看，天都要亮了，今日早上，我们大家都到浙江嘉兴去开会，清早的火车，今天晚上就可以回上海。”

正在倒茶的李励庄闻得此言，茶水有一半洒在茶杯外面。

陈公博搓搓手，语气坚决地说：“我不去了。我和太太也是今天的火车去杭州。鹤鸣，我太太心情很紧张。我要陪她。你们开你们的，以后，会议情况向我传达就是了。”

李励庄端上一杯热茶，声音柔柔地说：“先生，你就原谅公博吧。一个人的一生，只有一个月的心情会特别的好，这就是蜜月。先生，我们是在度蜜月。”

李达沉默，沉默之后，是笑。他不知道自己说什么才好。陈公博的眼睛则一直注视着痰盂，那里，一些主义和一些纲领已如灰蝴蝶的翅膀一样在飘动。

还没等李达再说什么，忽然就传来一声枪响，响声震耳，似乎近在咫尺。

陈公博吓一跳，李励庄也惊叫一声，两人一下子抱在了一起。

李达也吓一跳，站起来，说：“不要紧张。我去看看。”

李达刚出门，李励庄就哭出声来：“我受不了了……”

“别慌，别慌。”

“你就别革命了，革命就是玩命，公博，命玩不得呀！”

过了好一会儿，李达回来了。

“还好，不碍事。”李达反手锁上门，“是隔壁，四十二号房。”

陈公博松开妻子，问：“四十二号房怎么了？”

“好像是自杀殉情什么的。茶房在这么说。警察已经到了。”

李达说的大致没有错，第二天的《申报》和《新闻报》都披露了这场殉情惨剧，男的枪杀了女的，自己却又下不了决心死去，开溜了。起先相约同死，后来却演变成了他杀。

“鹤鸣，我去杭州，不去嘉兴。这是我最后的决定。”陈公博这样说。

李达平静地注视着陈公博。

陈公博注视着自己的脚尖。

“公博，你出门一下，我跟你说句话。”

“我还能出门吗？”陈公博激动起来，“鹤鸣，你想想，我就住在出事房子的隔壁，我一出门，警察就会要我当证人，我不是就自己戳到枪口上去了吗？鹤鸣，你走吧，祝你们开会顺利。你走的时候千万小心，天已经亮了，不要叫人看清你。你快走吧。”

李励庄忍不住，又一次呜呜哭泣起来。紧张的丈夫捂住妻子的嘴，但他自己也有些眼泪汪汪。

李达出门的时候忽然想起了戴季陶。戴季陶也曾经眼泪汪汪，也是在一个会议的关键时刻退了场，且理由充足。也好，让该退场的人都趁早退场吧，李达想，趁早退场比戏演到一半退场要好，否则救场更苦。

党纲是在船舱里呱呱坠地的。通过这个文件的时候，所有的手都举了起来。两个洋代表不在也好，省却了中国共产党到底应不应该是共产国际的一个支部的争论，否则，小小船舱不免有一番风浪之中的晃荡。

船走得相当平稳，船尾长橹咿呀不停。划船的船娘柔和地扭动着腰肢，舞蹈得单调而从容。因为漫无目的，自十点多钟客人上船起，船就一直自由自在地在湖中心兜圈子。

王会悟则一直坐在船头。一只纳了一半的鞋底作为她的道具，始终握在她的汗涔涔的手心里。她静观着四周水面，目光相当机警。

航道上，不时有农家小船晃晃悠悠摇过。

阴云弥漫之处，有时会露出窄窄的缝隙，一线阳光就会从缝隙里及时扑下来，在湖面上映出奇光异彩。王会悟对能租到这只游船是满意的，大号船虽没有了，但中号的也够用了，连租费带一顿午餐费共花了七块大洋，并不贵。这种游船当地叫画舫，也叫灯船，早就改了起初捕鱼的性质，设了楹梁、檐柱，布置了炕榻、八仙桌，专供有钱人水上游乐之需，或作嫁娶之用。一批着洋装者或穿长衫者，于夏日泛舟湖上，应是极自然之事，不会引起疑心的。

王会悟听着从船舱里传来的隐隐约约的声音，有时候听得清，有时候听不清。而张国焘的京腔是清楚的，这时候她听见张国焘在这么说："现在，请记录员毛泽东同志宣读中国共产党党纲。"然后就是毛泽东的声音。毛泽东湘腔甚重，但也是听得清楚的："《中国共产党纲领》全文是：一、我党定名为中国共产党。二、我党纲领如下：第一，以无产阶级革命军队推翻资产阶级，由劳动阶级重建国家，直至消灭阶级差别。第二，采用无产阶级专政，以达到阶级斗争的目的——消灭阶级。第三，废除资本私有制，没收一切生产资料，如机器、土地、厂房、半成品等，归社会所有。第四，联合第三国际。"

毛泽东念到这里，好像停顿了一下，接着，便响起了掌声。掌声也是隐隐约约的。王会悟事先关照过，不是不让拍掌，拍掌时须用轻力。

过了半个钟头，王会悟站起来，向船娘打了信号，该用午餐了。船娘笑着说："大小姐看见了划子没有？"

一艘小划子拖着长长的水线，在正午时分，准时靠拢了画舫。

一只又一只的竹编大笼屉被递上画舫。这是从城里鸳湖旅馆送来的定做的饭菜。

船舱内，那张八仙桌成了热热闹闹的餐桌。

菜色还是丰盛的：虾、鲜藕、鲢鱼、新鲜蔬菜。

李达吮着鱼骨说:“啧,啧,这么鲜美的鱼,只是可惜了汉俊和公博。”

董必武说:“也可惜了马林和尼克尔斯基。”

张国焘夹起一片藕,说:“藕断丝连!洋代表虽然没能来南湖,彼此的心还是连在一起的!”

众人点头,一片啧啧之声。

何叔衡挨近毛泽东说:“润之,连吃三碗,还没吃饱?”

“饱了,饱了。”毛泽东有些不好意思,“你看这饭碗,比长沙的要小一半。”

“既已肚饱,便来个饭后神聊如何?走,船首坐坐。”

毛泽东跟何叔衡走至船首。四望湖面,碧波荡漾,真不能不叫人心旷神怡。要不是会议这般秘密,毛泽东真想脱了衫裤,在南湖里做一个钟头的鱼。

毛泽东随后就听见何叔衡发出了这样的感叹:“咳,今日所见,天也年轻,水也年轻,船也年轻,人也年轻,就我老了。”

毛泽东讶异了:“何胡子,此话怎讲?”

“我都四十有五了!国内代表里,我最大,比湖北来的董必武整整大十岁。比比两个国际代表,我也最大,我比那个荷兰人马林大七岁!你看看北京来的刘仁静,这个小马克思,娘哟,才十九!”

毛泽东笑:“大又何妨?识途者,老马也!”

船首的舱板很光滑,何叔衡一个盘腿坐下来:“我前几日算过一笔年龄账,十三个国内代表,外加两个国际代表,平均年龄二十八岁!”

“二十八岁?嘛,正巧是敝人年龄!”毛泽东也盘了腿坐下来。

“对,你二十八了!”

“是啊,倏忽之间,也二十八了。人生能有几个二十八啊!”

“你说，润之老弟，”何叔衡远眺湖面，“经过我们这番聚义奋斗，再过二十八年，中国将会是一个什么样子了呢？”

“再过二十八年，那就是公元1949年了。”

“是啊，1949年。那个时候，恐怕工农阶级已经在中国坐了天下了吧？”

“那是一定的！”毛泽东斩钉截铁，“那个时候，凡中国之工人，都有工做！中国之农民，都有地种！中国四万万同胞，一个个皆是国家之主人，谁也不会在正午时分喊肚子饿！”

二十八岁的毛泽东虽然大胆断言二十八年之后的中国，已是工农坐了天下，但他怎么也不会想到，二十八年之后，正是他本人率领着中国共产党的领袖们登上天安门城楼，面对人群和鲜花的海洋，向世界昭告中华人民共和国的成立。

何叔衡从腰间摸出一块金表：“润之老弟，你既有如此大胆的推断，何不让时间来做证，看看眼下是几点钟。”

毛泽东忽觉对方手中的这块怀表眼熟。

“眼熟是不是？”何叔衡得意地笑，“现在该是我揭开两张船票钱的秘密了吧？”

毛泽东一时有些发傻。

“老弟几点几刻进的当铺，几时几分出的当铺，何胡子我全明白！”

毛泽东还是没有回过神来。

“我告诉你，”何叔衡笑眯眯地说，“和记当铺的那位赵判爷，是我读蒙馆的同桌。他焉能不把《湘江评论》主编的逸事告之于我？我焉能不把李大钊先生一年半之前赠予你的金表赶紧给赎回来？”

毛泽东终于恍然。

何叔衡说：“一表周游七国，今当物归原主！”

他大笑着把那只打璜金表重重地拍在毛泽东掌心，谁知拍得过急，毛泽东一时没接稳，腰表从掌心滑落，跌到船舷上，接着又扑通一声跌入湖中。

一朵小小的水花冒出湖面。何叔衡与毛泽东面面相觑。

打璜金表拖着一条细细的金链，在暗绿色的湖水中缓慢下落，闪着奇异的光。

一根柔软的水草拂过它。

又一根水草拂过它。

腰表闪烁的金色光芒越来越暗淡。

金表若是有耳，它应能听到湖面上传来的毛泽东的笑声："哈哈哈，何胡子，这是天意啊！"

"什么天意？"

"嘉兴的南湖，把我毛泽东关于二十八年之后的断言，当作承诺，留在这儿了！"

金表在缓慢下落，一条黑红两色的鱼游过它身边。

淤泥。金表的一半已经轻轻地陷在淤泥里。水底寂静无声，唯有嚓嚓嚓的表声仍然清晰。时间是无情的，时间也是有情的，时间是经常愿意在人类的阶梯上作出各种各样的证明的。

午后时分，虽无太阳，湖面温度还是升高了，湿热的风不断地掀开中舱的那几块绿色窗帘，停留在代表们汗涔涔的油脸上。王会悟后悔没从嘉兴的鸳湖旅馆多带几把蒲扇上船，她原以为湖上还是凉爽的。正在这么想的时候，她忽然惊愕地看见了警察。

警察是贴着水面而来的。那是一艘汽艇，开得飞快。鞋底从王会悟的膝盖上掉了下来，她当时惊得张大了嘴。而此刻她听见船舱里的隐约的声音还在不断传出来，那是张国焘的嗓音，相当厚实的京腔。张国焘在说："我们现在通过第二个文件，即《中国共产党第一个决议》。此决议分为六个部分，即：第一，工人组织；第二，宣传；第三，工人学校；第四，工会组织的研究机构；第五，对现有政党的态度；第六，党与第三国际的关系。”

话犹未了，王会悟跌进船舱，手一抖，哗的一声，将一副麻将牌甩在八仙桌上。

众代表惊得站了起来，船舱一阵晃动。

“怎么？”李达瞪圆眼睛问妻子。

妻子的胸脯激烈地起伏。

“警察！”王会悟说。

这么一说之后，麻将牌就响了，李达和包惠僧迅速伸手叉动。

舱外果然有突突突的汽艇声，马达越来越响。于是更多的手开始叉动，骨牌发出海浪般的响声。

王会悟回到船头。她捡起鞋底，竭力使自己呼吸平稳。

现在汽艇很近了，前甲板上晃动着好几个黑制服警察，并且传来持续不断的嚷嚷声和笑声。

汽艇很近地擦过画舫，马达声盖过了麻将声。只一刹那间，汽艇便突突突远去了，留下两条水浪以及警察的笑声。其中一个警察还向王会悟笑喊一声“嘿”，招招手。

王会悟抬起脸，松了一口气。她把头伸进船舱，小声说：“警察局的汽艇，也是来游湖的，没事了！”

麻将声立时停止。

中央局的班子是在黄昏时分选定的，没有太大的分歧。大家请张国焘最后宣布一下，张国焘便清清嗓子说：“中国共产党的中央领导机构为中央局。中央局负责领导党的工作。本次代表会议一致选举陈独秀为中央局书记。陈独秀不在上海期间，书记一职由周佛海代理。”

众人鼓掌，声音轻轻的。

“选举李达为宣传主任。选举张国焘为组织主任。”

再度响起掌声，也是轻轻的。

李达起立，抱抱拳，说：“李达深知肩上之重任，誓不辜负诸位重托！”

张国焘马上补充：“我也是！”

掌声又响。

董必武在掌声里建议：“诸位，我们，呼几句口号吧？”

何叔衡说：“要得！”

邓恩铭说：“我同意！”

张国焘手扶桌子站起来：“请代表们起立！”

李达有点担心：“万请诸位小声一点。”

张国焘领呼口号：“共产主义——人类的解放者万岁！”

“共产主义——人类的解放者万岁！”众人齐呼，低沉而有力。代表全国五十余位共产党员的这些年轻人和中年人，此时都感觉到了一种空前未有的神圣感。

毛泽东把手举得很高，同时感到鼻孔有些发酸。他突然想起了破败的福佑寺，又想起了森严的大成殿，他在那些殿堂里都没有见到真经。

他随着张国焘轻声呼喊：“马克思主义万岁！”

“第三国际万岁！”

这是第三句口号。毛泽东看见所有的代表都动了感情。这是1921年7月31日黄昏，阴天，厚厚的云层之隙偶有阳光闪动。他们脚下的木质的土地，也在随着口号声一起晃动。

由于战争年代档案资料难以寻觅，人们长期无法查证中国共产党第一次代表大会召开的确切日期，1938年5月，毛泽东与董必武在延安商定，就用七月的头一天作为中国共产党的诞辰纪念日。

第 8 章

从嘉兴回到上海的半个月之后，张国焘为一件事心烦意乱。他短裤短褂，匆匆寻找在热辣辣的卡德路上。他必须尽快找到周佛海，并且把他揪回来。马林为此都快急死了。

他先是撞到报童身上。汗淋淋的报童从他肋下钻了过去，边跑边喊：“请看湘鄂大战最新消息，直军占领岳州，大败湘军！”紧接着他又撞到一个大个子龟奴身上。龟奴纹丝不动，只朝他笑笑。龟奴肩头是一块大毛巾，出局妓女妖艳地骑着这肩，一路吐着瓜子壳儿，不断地向洋人和华人抛媚眼，现在又把瓜子壳儿轻巧地吐在张国焘脸面上。

“晦气！”张国焘骂了一声。他把瓜子壳儿拂下脸面的时候，便已经到了卡德路祥富里一〇六号的门口。他看看门牌号，没错。

打门半天，门开了，探出一颗乱蓬蓬的脑袋。

果然是周佛海，面孔蜡黄，眼睛肿得像两节豆荚。

“要不是有人指点，我还真不知道你躲在这儿。”张国焘没有好声气，“五天了都找不到你，你一直睡在这个杨女士家里？”

“天坍了？”

“你湖南老家不是有老婆的吗？还有一子一女！”

“不必问题像连珠炮嘛，”周佛海揉揉眼睛，“我也问你一个问题，我是中央局代理书记，你是中央局组织主任，有你这么审问书记的吗？”

“走走走，”张国焘往外拖他，一边拖一边扬手，拦下一辆黄包车，“你失踪五天，马林他们都快急死了！”

马林确实是个急性子人。他弄不懂中国人做事何以这么慢慢吞吞。依他看来，一个新兴政党成立之后应当是一天一个气象。在这一点上张国焘倒是有点理解马林，他知道马林是在为中国着急，因此他几乎是硬拽着才把周佛海请到永安公司楼上的屋顶花园的。

马林脸色不好看，周佛海一瞥就知。虽说这张咖啡桌摆在花园的角落，一个冷僻暗黑之处，但是马林和尼克尔斯基的那两张阴脸还是一目了然的。周佛海心一横，想，什么大不了的，我千里海路从日本赶回国内，也不是为的来看一个荷兰人的脸的。

马林这么对他说：“我并不关心那位女子是你的太太还是你的情人，我深信坠入情网是一种令人羡慕的经历。但是我想指出一个事实，新选出的中国共产党中央局代理书记扔下他的同志们失踪将近一个星期，这不能不令人惊愕。”

周佛海仰脸看星星，似乎在回忆：“没那么多天吧？”

围桌而坐的张国焘、李达与包惠僧均沉默不语。

马林又说：“八月是贵国的火炉，但是就在这样炎热的日子里，张国焘同志在上海建立了中国劳动组合书记部，毛泽东同志在湖南创办了一所自修大学，开设了马克思主义课程。这些同志，非常努力。而中国共产党中央局的通盘工作，由于代理书记的经常缺席，就像沙子一样不能捏拢。据说这是一句贵国的成语。”

他从近旁栏杆边沿上的一只花盆中抓起一撮干燥的泥土，让其沙沙地流下。

李达说：“一盘散沙。”

马林说：“对，一盘散沙。”

周佛海笑一笑，说：“马林同志，既然你已认定这些都是沙子，那么，恕我直言，我也没有本事捏拢了。另外，我须指出的是，我即便想捏拢这盘散沙，捏的时间也没有了。我的暑假即将结束，我必须返回日本，以便完成我在京都帝国大学经济系的学业。现在，尊敬的马林同志，尊敬的尼克尔斯基同志，还有几位尊敬的本党同志，对不起了，请允许我继续失踪吧！”

他站起来，客气地鞠个躬，大步绕过桌子，离开了屋顶花园。

他知道他的背脊上落满了惊愕的目光，但是他不后悔。主义的美妙不等于主义的强制，他受不了咄咄逼人。

周佛海不久就返回日本京都帝国大学继续读书了，三年后毕业回国，同年脱离中国共产党。1938 年追随汪精卫叛国投日，十年后病死于南京监狱。

马林的目光从周佛海的背脊上收回来之后，就问了这样的一个问题：“那么，我们尊敬的陈独秀书记什么时候才能回上海呢？”

李达知道马林的火气正在越来越旺，但是也只好老老实实回答说：“说不准。”

“天下哪有这样的事情，被选为中央局书记却不肯到任！还没有哪一个国家的共产党书记独自一个人在资产阶级政府里做官的。他的官瘾真有那么大吗？”

张国焘轻声说：“跑到军阀那里做官，我历来反对。据我所知，李达同志和李汉俊同志也是历来反对的。真不明白陈独秀同志是怎么了，这官儿是越做越来滋味了。”

马林转向包惠僧：“亲爱的包惠僧同志，你能回广东一趟，劝劝他吗？”

浪花溅上甲板，湿了陈独秀的白皮鞋。

舷边风很大，海鸥的叫声听上去有些凄惨。

陈独秀用手拍拍舷栏，问:“马林这个人，到底好不好合作?”

陈独秀虽不同意马林指责他喜欢在资产阶级政府里做官的说法，但为了党的工作的全局，仍然接受了包惠僧的劝说，与他一起前往上海。临行前，陈炯明再三挽留，不准陈独秀辞职。陈独秀仍以去上海治疗胃病为由，于9月12日这一天，随包惠僧登上了赴沪的海轮。

陈独秀的提问带有一种海浪般的咸味，包惠僧支支吾吾说不出个所以然。

陈独秀又说:“他在党代表大会上声称，中国共产党是第三国际的一个东方支部，一听这话，我就烦。他到底说过这句话没有?”

“说过。”包惠僧觉得这个问题好回答，“第一次开会，他致辞的时候，就说了。”

“现在中国共产党算是支部不是?”

“没有作出这样明确的决定。只是在党的决议的第六部分中说：党中央委员会每月向第三国际报告工作。”

“不是人家的一个支部，却每月要报告工作，你说正常不正常，而且烦不烦?”

包惠僧不作声。

陈独秀又敲敲白色的铁栏杆，说:“我这个人，最恼恨的，就是听见别人对我吆喝。会吆喝的是谁呢？以前，衙门里头，那些拍惊堂木的人会吆喝，两旁打板子的衙役会吆喝。革命之后，衙门没有了，还有谁吆喝？也有吆喝的，那是我两个儿子，我的儿子就这么对我吆喝：独秀！独秀！他们信奉无政府主义，政府都不信了，还信什么爹娘?！所以敢吆喝。眼下，我在法兰西的两个儿子，统统信奉了马克思主义，也不再对我吆喝了，可是却有人借马克思主义之名，又想来对我吆喝，要汇报这个，汇报那个，惠僧，你说，中国人自己的事情，凭什么要向洋人汇报？”

“陈先生！”

“怎么？”

“人家是代表共产国际的，我们说话，无论如何，须得音量适中，不能太低，也不能太高。”

陈独秀闻言，长吁一口气，注视着起起伏伏的海面，说：“你呀，砸了半天孔家店，还是孔夫子的中庸之道！当然，话也得往回说，凡中庸之言，均非常中听。”

陈独秀回到上海的第二天，马林就找上门来了。在伊尔库茨克的共产国际远东书记处工作了一段的张太雷回到上海不久，正好给马林做翻译。其实陈独秀完全可以用英语与马林对谈，但是他不愿意，他要说中国话。

高君曼一直提心吊胆地关心着客厅里的谈话，她知道丈夫与这个洋客人都是炸药脾气。

谈话的气氛开始还算是好的。马林一见陈独秀就握手：“啊，你就是陈独秀！我是马林！”

“我不是陈独秀。”

马林颇觉意外：“是吗？”

“我只是那个喜欢在资产阶级政府里做官的人。”

马林哈哈大笑。

“你也不是马林，你是牛林。”

张太雷觉得不好翻译，就对马林说：“陈独秀同志说你像一头牛。”

陈独秀比画着解释：“你头上有两只角，所以你叫牛林。我头上也有角，不过，只有一只角，故名独秀。”

张太雷对马林说：“他称赞你的身体健壮得像头牛，性格也像头牛。”

陈独秀不满意了：“太雷啊，你就不肯如实翻译，你怕得罪这个洋人是不是？”

张太雷小声说：“陈先生，我也只能这么翻译。”

马林说：“我若是一条荷兰奶牛就好了，可能会有更多的人喜欢，可惜，一条公牛而已。有咖啡吗，陈同志？现煮的？”

在高君曼为他们冲泡了第二杯咖啡之后，两个人已是一句顶一句，争吵得相当厉害了。

马林铁着脸说：“请注意，全世界的共产主义运动，都是在共产国际领导之下！”

陈独秀点起一根雪茄，回敬说：“没有听说过。”

“正因为陈同志没有听说过，所以我要告诉你！而且我还要强调，这种领导是直接的，中国共产党不能例外。”

陈独秀突然站起，大声说：“我也要强调一点……”

张太雷心里一紧，笑嘻嘻地打断他：“陈先生！”

一旁的包惠僧也马上说：“陈先生，再来点咖啡吧？”

陈独秀不理会他们，继续按自己的思路说话：“马林同志，我也要再三强调一点：我虽然没有出席中国共产党的全国代表会议，但是我也没有听说会议上通过了任何一项有关的决议，指明中国共产党是共产国际的一个支部！接受指导，是可以的，是不是接受领导，再说吧！”

“你是中国共产党的书记，对于这个非常重要的问题，我不能不跟你继续协调。”

“我们换个题目协调协调吧！或者，改天再协调吧！对不起，我刚回上海，跟我儿子、女儿都没有协调好呢！改天吧，改天吧！君曼，送客！听见没有？送客！”

一晃就起秋风了。

放眼五马路，一片铺天盖地的黄绿色梧桐树叶。在阵阵秋风之中，这些树叶一齐摇曳成一片枯黄的色彩。而远远传来的警车的鸣叫声，更平添一种寒冷之感。

若是从楼顶看下去，弯曲的马路，便似长蛇一样伏在树叶下面隐约伸展。来自淞沪警察厅的两辆褐黑色警车，就如同两粒斑点，在蛇皮上蜿蜒爬动。

警笛尖声鸣叫，路人纷纷闪避。站在警车踏脚板上的警察向行人一路挥舞枪械。

陈独秀夹在路人之间，闷头沿墙而行，看上去心事重重。

警车的呼啸声越来越响。陈独秀怎么也没料到，两辆狂叫的警车竟会在他身边戛然刹住，并且闪电般跳下十来个黑制服警察。

陈独秀转身想跑，已经晚了点。挥动手枪的警察厉声喊："靠墙！靠墙！"

警察们一边喊，一边如乌鸦般飞进一家绸布庄。

看来目标并不是自己，这一情况使得陈独秀略略定了心。他同七八位路人一起面壁而立，双手按墙。

良久，他忽然觉得应该动一动。

一个警察喊："别动！谁在那儿探头探脑？"

陈独秀默立不动。一会儿，他趁门口守望的那个警察不留神，竟然顾自掸掸手上的泥灰，悠然转身，扬长而去。

这一大胆的行动让那些仍在面壁的路人吃了一惊，纷纷转了眼珠，偷瞥着这位穿浅灰西装的勇敢者，但是没一个人吭声。

警察转过脸来："别动！你们谁敢动？找死？"

陈独秀慢吞吞走过亚东图书馆大门，忽然一个反身，又走回来，悄悄推开玻璃门。

与年长八岁的乡兄汪孟邹相对而坐，陈独秀才感觉到了一种自在。

他很久没有这样的感觉了。

汪孟邹见陈独秀久坐无语，便说：“《尝试集》快出版了。”

陈独秀啊啊地应着。胡适的白话诗集《尝试集》由亚东图书馆出版，陈独秀早已听说，他一听说就是支持的。几千年的诗国，也该老枝新葩，推出自己的白话诗集了。

汪孟邹又告诉他，侄儿汪原放已标点完毕《水浒传》和《儒林外史》，古典之作一经新式标点，想必一定畅销。陈独秀继续啊啊着。汪孟邹又说，《红楼梦》和《西游记》也在作标点了，不是今年就是明年，也要出版。至于《独秀文存》，亦在编辑之中，准备尽早出版。陈独秀盯着哗哗转动的电扇叶子，一直不吭声。

汪孟邹忽然悟出了对方来意，便站起来说：“拿点钱吧？知道你从广州回来，手头紧了。你这个清官啊，也太清了！”

“说来惭愧，连给孩子买糖的钱都没有。”陈独秀不好意思了。

汪孟邹拉开抽屉，取出十元钱。陈独秀一见，摇摇手。汪孟邹说：“拿着拿着，算是预支《独秀文存》版费，这还不能拿？”

陈独秀还是有些犹豫。

“花自家钱，有啥呢？踏实！往后，手头紧了，电话吩咐一声就行。”

陈独秀收了钱。

汪孟邹坐下来，不无担忧：“仲甫，你脸色不好，很不好。恕我直说，你是心中有瘀，七窍不畅。”

“我在会一个洋客人。”

“会客何难？你经常对我说：有朋自远方来，不亦乐乎。我办这书店，也全仗朋友。”

“小时候你挨过父亲打吧？我记得你是挨过打的。”

汪孟邹拍拍自己屁股：“难忘。”

“若是客人手里老举着一块板子，你能不能做到不亦乐乎？”

“你可以不去约会嘛！”汪孟邹笑起来，“小时候，一见父亲拿板子，我的办法就是逃！”

“我逃不掉！”

汪孟邹沉默了一会儿，轻声说：“仲甫，我有难处之时，你劝说过我多次，我都是记着的。八年前，你与柏文蔚劝我闯上海滩办书店，我带着原放就来上海了，艰险几度，也算是站稳了脚跟。五年前，你建议亚东与群益书社合并，主持发行《新青年》，我也听了，从此亚东一路顺境。这些，我都要谢你。今日，你我对坐，我也想劝你一句，不知你听不听得进。”

“说吧。”

“一句话，别办党了。”

“什么？”

“当个编辑算了。日月如梭年寿渐增，一介书生还能求什么呢？举义反清，也奋斗过了。新青年大旗，也举过了。北京大学学长，也当过了。广东教育厅长，也做过了。神农遍尝百草，算是功德圆满了。仲甫，再下去，办党举事，那是险棋一着，其险不亚于你当年搞暗杀。这着棋，若是走得顺当，众人一齐来为你拾柴，倒也是一说，但是看你近期之相，心气尤为不顺。我前几日还同郑超麟他们谈起过你，说你这个人向来是秃子打伞无发（法）无天的，若受人制约，那还不翻江倒海？仲甫，真的，眼下既如此受制，又何必冒险举事？你虽小我八载，今岁也届四十有二，再过八载便是知天命之年。你今日好歹听我一句劝，明智之选择，还是在文化界寻一份可靠的工作，或著书，或编辑，或翻译，一则研习学问，二则颐养余生，这样做，岂不快哉？说句大实话，有了稳定的收入，好好养家糊口，也是一个男人应尽之责。”

“男人应尽之责，不光是养家糊口。孟邹，你今日这番话，多言了。我记得一年半之前，也是在这里，你劝我别革命了，腔调是一样的。孟邹，我不会听你的。”

“当然当然，”汪孟邹说，“我的话你可以不听，为党是重要的。可是养家糊口，也不是不重要啊。你知道你夫人好几回去洗烫店做工挣钱吗？”

去洗烫店做工？陈独秀闻所未闻。

傍晚回家之后，他就对妻子瞪起了眼。

“我在广州不是每个月都给你寄钱的吗？我在上海不是还有几笔稿费吗？再怎么着也不至于饿死嘛，何必扔下孩子偷偷给人家洗衣服？”

高君曼的眼眶湿了：“凭你那点稿费，能过什么日子啊？想买只鸡给你给孩子补补身子，都得算计来算计去，你倒还来瞪我的眼珠子！”

陈独秀一时无言。“爸爸！”黑子在门外喊，“有客人！是洋人！”

黑子高兴这时候来客人，他知道，爸爸的火气只有在泡茶的时候才能浇灭。但是孩子这一回错了，这位洋客人所带的礼物也是火气，一杯龙井茶根本无济于事。

马林说：“请允许我再说一遍，陈独秀同志，我迫切地想了解中国共产党在这一周的活动情况。”

陈独秀从桌子抽屉里取出一册《共产党》月刊，模样极不情愿：“李达仍然在编《共产党》月刊，这是本月号；张国焘忙于在全国建立劳动组合书记部的分部。就这样。”

这几句话，两人都直接用英语交谈了，担任翻译的张太雷便显得无所事事。张太雷冲黑子做怪相，先鼓腮，装猪八戒，再捏鼻托腮，装狐狸。

马林说：“没有了？”

陈独秀说：“没有了。”

“建立分部，扩大党的工人阶级基础，非常重要。请谈谈详细情况。”

“哪能每周都有情况！”陈独秀终于忍耐不住，几句中文声色俱厉，“哪有那么多的情况！我这客厅又不是字纸篓！真是笑话！”

张太雷吓一跳，不敢翻译。马林无法听懂中文，但是明显看出了陈独秀的不悦，于是便说：“请耐心，陈独秀同志。我听说国民党很注意在各地招收党员，因此，对目前只有几十名党员的中国共产党，我不能不表示更多的关切。”

陈独秀又说英语：“请问，共产国际总部在哪里？”

马林不无惊异，说：“莫斯科呀！”

“莫斯科离上海多少路？”

马林瞪圆眼睛。陈独秀说：“你从荷兰赶到中国来，路上走了几天几夜？”

马林还是不明白对方什么意思。

陈独秀说：“中国有句俗话，叫天高皇帝远！皇帝远了，你再汇报，他也听不见。凭什么要我一礼拜就汇报一次？累不累？你不累我累！”

马林总算听明白了，并且无可避免地发怒了：“请注意，陈同志，我马林不是代表我马林，我马林代表共产国际！”

陈独秀突然一拍桌子，茶水晃了出来。

“我再一次告诉你，马林同志！”陈独秀用中文大声说，“各国革命有各国的情况。我们中国，是个生产事业落后的国家，我们的革命，有自己的特点！我们要保留独立自主的权利，我们要有独立自主的做法！我们人少，人会慢慢多起来，你再要我汇报，我张嘴也吐不出人来！我告诉你，我们有多大的能力，我们就干多大的事，我们决不让任何人牵着鼻子走！”

翻译张太雷愣呆了。

陈独秀指指马林，大声对张太雷说：“你把我的原话翻译给这个洋人听！”

张太雷不敢翻译。

陈独秀怒：“太雷，你太不会打雷！你现在给我打雷！”

马林问张太雷：“陈同志说什么？”

“他对我生气了，他嫌我的翻译错误百出。”

陈独秀听了，对张太雷说：“对自己的名字，我是对得住的，你对不住！”

晚上，黑灯以后，陈独秀一直辗转反侧，睡不稳。大钢床叫得吱吱嘎嘎响。

高君曼劝丈夫：“洋人有洋脾气，你总是要客气一点。”

陈独秀按亮了灯，起身靠在大钢床的床档上，点起一根雪茄，说：“上回来的那个维经斯基，倒是和颜悦色，秀才脾气，你不把话说完他决不插嘴。这个马林，不是马，比牛还牛。”

“你也够牛的。”

“我牛，是因为我牛得起来，我懂我的国家，我也懂我的党。我们什么都在做，《新青年》被封了，但是我们还在出版。李达的《共产党》月刊也出得很好。张国焘的劳动组合书记部的工作也特别卖力，毛润之在长沙已经办起了劳动组合书记部的分部，正在酝酿罢工。我们还要办一家人民出版社，再出他十几本共产主义小册子。我觉得我也够牛了。他呢，他凭什么牛？他牛，说明他实在不知天高地厚。他连我们国家有几个省都数不过来，他能牛什么？”

听丈夫这么说，高君曼也不能说什么，便叹口气，抬手熄了灯。

窗外路灯把树叶的影子花花地照进来，满了半堵墙。不知哪儿有自鸣钟响，叮叮当当，如秋虫子叫。

陈独秀烟头一亮，黑暗里又说：“我这人，先前，听得钟声，心里便急，血都会涌起来，江浪似的。现在，听得钟声，眼面前晃动的不是一口钟，而是打钟的人。打钟的人牵着长绳，一扭，一扭，钟就响起来。这很危险。”

危险什么呢，妻子不明白。

“这很危险，”陈独秀说，“危险在于一个血性汉子的血，在这种鼓动之下，并不容易涨起来。对于有献身精神的男人来说，这是最险最悲之事。”

妻子听了，没有吱声，过了一会儿，忽然抽抽噎噎起来。陈独秀奇怪，问她是不是还在担那个洋人的心。高君曼说：“不是担心他，是担心你。你刚才说献身，你到底献身献给谁了？你好几个晚上都不回老渔阳里睡觉了。”

“又担心我在外头有女人了？”陈独秀冷笑，灭了烟头。

他在黑暗中告诫她，不必再说有关女人的事。把陈独秀与女人扯在一起的花边新闻，北京和上海的报纸上从没有断过。既做了陈独秀的女人，就别再提陈独秀与女人的事。他在外边过夜的根本原因不是女人而是地下斗争的需要。这一点，作为陈独秀的女人，尤其要心明如镜。

絮叨半天，他才让高君曼的那颗受伤的心扎上绷带。可是此后没过一个月，这颗心又流泪了，且是大泪滂沱。1921 年 10 月 4 日下午两点多钟，是一个不幸的时刻，一群法探和华探冲进老渔阳里二号，以窝藏查禁刊物为名，逮捕了陈独秀。同时被捕的有陈独秀夫人高君曼、杨明斋、包惠僧、柯庆施四人。

这次突如其来的磨难，在其后的发展中，倒是带来了一个意想不到的副产品，它奇迹般地消弭了陈独秀与马林之间的几乎是剑拔弩张的对立。

案子其实不复杂，巡捕房这回的逮人，并非冲陈独秀而来，而是冲查禁之刊《新青年》来的。陈独秀在巡捕房化名王坦甫，蒙了对方好长时候，最后才露的馅儿。陈独秀在暴露身份之后，对巡捕房说："我太太是家庭妇女，另外的人，都是跟她叉麻将的，我的事，与他们无关。"巡捕房后来就相信了这样的解释。陈独秀的这种好汉做事好汉当的结果，最后就造成了他独自一人的羁绊。

对此，马林急坏了，到处找人保释他。马林花了一大笔钱，力求法国著名大律师巴和出面相助。巴和此人，要么不开金口，一开金口，齿缝间便有风暴，这种风暴常能收摧枯拉朽之效。马林坚信巴和的能耐，因此愿意打通种种关节请动巴和。

陈独秀本人这一回却做好了长期坐牢的准备。他不知道马林在为他挥汗奔波。他在被捕当天就对难友包惠僧说："你会马上释放的，他们没有证据。"

"我陪你一起坐牢。"包惠僧当时这样说。

陈独秀脸一沉，说："傻话！我告诉你，家里有马林给我的信。如果他们搜出来，可能要判我七八年刑。这一回，我是没指望了，打算坐长牢了。你们呢，出去之后，继续干。不愿干，也不必勉强。"

包惠僧大声叫屈："你也太小看我了，陈先生！"

陈独秀说："我已经第三次受铁窗之苦了。一次在安徽，一次在北京，这一次在上海。我觉得这一次，受难要受长了。唉，真有出师未捷身先亡之感叹啊！”

“陈先生，”包惠僧眼泪汪汪起来，“你别叹气了。你这么一叹，做学生的，心都要碎。”

狱内人心碎，狱外人的焦虑不亚于狱内之人。上海的共产党人无不忧心万分。李达已连续两夜未眠，李达问张太雷：“联系褚辅成出面保释有没有可能？褚辅成是浙江名流，在上海滩颇有影响，人也热心。”

张太雷说：“我已经联系过了，恐怕力道不足。”

李达说：“我直接打电报给孙中山，请他出面试试！”

张国焘不相信孙中山有什么力量，说：“孙大炮？有用？”

李达说：“试试总比不试好！”

电报飞入广州观音山南麓的大总统府之后，孙中山立即把他的政府财政部次长召来了。

“上海李达驰电，呼吁我出面营救陈独秀先生，这个，我是一定要出这个面的。”已经就任非常大总统五个月的孙中山这样说，态度非常坚决。

廖仲恺说：“先生此意甚好！”

“那么，仲恺兄，以我的名义，马上打电报给法国驻沪领事，吁请他们立即释放陈独秀！”

“仲恺马上去办。还有，张继不是正在上海吗？”

“你的意思是？”

孙夫人宋庆龄微笑着说：“仲恺的意思是，请张继出面，先行保释陈先生。仲恺，是这样吧？”

“你猜对了。”廖仲恺非常钦佩孙夫人的洞察力。

孙中山说：“那么，就打电报给张继！马上就打！”

国民党中央宣传部长张继一接到广州来电，当天就设法去疏通关节，并且设法进入了巡捕房监狱，直接探访陈独秀。

陈独秀被带入探视室，一见访客，有点吃惊：“溥泉先生？”

他知道又是孙中山在出面活动了，心里自是感激，但是他知道北洋军阀政府并不把孙中山和他的国民党当作一回事，孙中山的呐喊总是音量有限。

张继对他说：“放心，仲甫，没天大的事。”

“他们搜出了《新青年》。”陈独秀灰着脸说。他的面容与他身上的囚衣同为灰色。囚衣宽大，衣号为“9323”，很醒目。

“想法子大事化小，小事化了。”

“难就难在化解不了。”

“广州孙先生已经给法国领事拍了电报，还吩咐我出面保释你。”

“能成吗？”陈独秀相当怀疑。

张继摇摇头，实话实说：“孙先生是广州的非常大总统，不是北京的非常大总统，也不是上海的非常大总统。”

“也难为他了。”

“我还在托人，想法子。”

陈独秀叹口气：“没用了。”

“不，孙先生的面子，北京政府可以不买，而法国领事，对这张面子多少还是要买一点的。我同褚辅成出面，使你假释，还是有一点把握的。但是要结案了断，难。我听说法国大律师巴和很厉害，到他手里的案子，没有翻不过来的。我已经去请过了，吃了个闭门羹。唉，若能请到他，事情就成大一半了。”

陈独秀说：“溥泉兄，算了吧。注定有牢狱之灾，绕也绕不过去。”

这时候陈独秀根本不知道马林已经坐在法租界的巴和律师楼里，正以英语与对方细细磋商。

“我很高兴我终于能够说动您，使您接受我的委托。”马林从黑皮包中取出一大包钱款，放于桌上，“法国总巡捕房的各个关节，委托巴和律师疏通一下。”

巴和推回钱款，褐色的眼珠子里一片和蔼之光。

马林微笑着说：“我明白这与律师的准则不符，但在租界之中，这已是惯例。况且，我知道，疏通一事，也不用您本人出面，您自有妥当的办法。”

“我佩服你的聪明和善良。”

“只因为我和陈独秀先生是生死之交。”

巴和点点头，收下了那包鼓鼓的钱款。

10 月 26 日，法庭果然结案，称：查《新青年》已被封闭禁止出售，被告明知故犯，罚洋一千元，销毁查抄书籍，释放陈独秀。

陈独秀从日式澡盆里爬出，还没刮胡子，便闻门声响，马林来了。

一身浴衣的陈独秀急走几步，与马林紧紧拥抱在一起。陈独秀大声说：“我知道是你请的法国巴和大律师，花了很多钱，打通了会审公堂的各个环节。”

马林高兴地说：“说这些干什么？不说了，不说了，我们荷兰是航海之国，习惯看前面的水，不习惯看后面的水。”

“你说荷兰的话，我还是想说中国的话。我告诉你，尊敬的马林同志，患难朋友这四个字，在我们中国语言里，地位非常高。”

“这个词，在我们荷兰语言里，地位也同样高。”

两人哈哈大乐，再次拥抱。

马林松开对方，又说：“陈同志，人在兴头上的时候，是不适合当头浇一盆凉水的。可是，我这脾气，又想让我立刻说出我非常想说的话。”

“说吧，马林同志。现在你无论说什么，我都不会拍桌子。”

“我对中国共产党目前的工作状况很不满意，党员人数太少，工作效率很低，我甚至有一种中国共产党是早产儿的感觉。”

陈独秀的笑容凝固了，他自尊心受到重挫：“你怎么能这样说？”

马林微笑：“那边有桌子，你去拍一下吧。”

陈独秀走过去，但是没有拍桌子。

高君曼端来一盆热水，取出一块洋皂，要给丈夫刮胡子。

陈独秀一屁股坐上方凳，仰脸，肥皂沫将他的下巴弄得白花花一片。他不理会马林，管自己刮胡子。早产儿，他想，说出这个词的人才是早产儿。

马林踱步在陈独秀旁边，用英语说：“我这话，也许说重了。可是我这半个月以来，一直在思考这样的问题：中国共产党，也该是一粒很明亮的革命火种了，可是为什么中国这个大干柴堆，就是燃烧不起来？”

陈独秀含含混混说：“中国有句俗话，叫作欲速则不达。”

他说话的时候，嘴唇上的白花花的皂沫不时地鼓出气泡。

“别说话！”高君曼瞪眼，“你知道我手艺不熟！”

“可是，我告诉你，时不我待！”马林走来走去，“中国的工人和农民都在深渊之中苦苦挣扎，军阀和暴政照旧横行。我希望中国的共产党人在年内至少能达到两万人，可是到目前为止，连一百个都没有。亲爱的陈同志，我不知道你心里急不急。”

“我怎么不急？”陈独秀来气了，“我在监狱里每天想的也都是这件事。可是早产儿这个字眼，我希望你扔到荷兰的海水里去。”

“独秀，”高君曼啼笑皆非，“你别跟这个洋人啰唆了好不好？你自己看看！”

胡须刀上的皂沫里，出现了淡淡的红色。

陈独秀对妻子说：“这不是你的错，是我的错。道理是明摆着的，一心急，就有血的代价。”

“我想走一趟广东。”马林忽然说，“我想去考察一下。听说那里的革命形势相当高涨。我想跟孙中山见面。”

“我也很尊敬孙中山。但是，我必须提醒你，马林同志，他的党依本质而言，并不代表工人阶级。”

“就为的这个原因，我想实地考察。张继先生已经为我安排了。张继说，孙中山准备北伐，攻打吴佩孚。而且，张继说，孙中山的这种准备，是非常认真的。”

“我出来了，你倒要走了。”陈独秀叹口气，“你走吧，去孙中山那里看看也好。我是看过那里的，并且是从那里逃出来的。不过，你走之前，我愿意重申一句，中国共产党人，人虽然少，可都是一个顶十，十个顶百的！他们非常优秀啊！眼面前张国焘、李达，你都是最熟悉的。北京的李大钊那就更不用说了。还有湖南的毛泽东，都是实干家呀！”

矿道很黑。陈独秀心目中的实干家毛泽东，在江西安源煤矿的深深的矿井里爬动，矿壁撕磨着他的短衫。他的两个手肘的皮都擦破了，火辣辣的痛。

巷道一片漆黑，像年岁一样。这是1921年的12月。毛泽东在这个月的18日那天来到安源煤矿。他是受中国劳动组合书记部的派遣，来湘赣交界的这个大矿区的。安源虽属江西，但由于有铁路直通长沙，所以这个大矿还是由湖南党组织联系。

毛泽东随几个工人在黑暗中爬动，由于动作慢，落在后面了。他一年前来过这个矿一次，知道这里有工人足足一万七千名。所以前几天，马林与张太雷南下广东路过长沙的时候，他就对马林说到过这个矿区。马林很感兴趣，说一万七千名矿工，那是绝对小看不得的地方。马林也鼓励他去矿区，尽快发动工人。毛泽东没有下过矿洞，这次来安源，他想，一定要去掌子面看看。工人的苦难与资本家的乐趣，都是由那里的一镐一镐奏响的。

现在他听见了镐头声，知道掌子面近了。

这时候他又听见一个清晰的带稚气的声音，声音就在耳旁："先生，我给你点上灯。"

隐隐的，便亮起了一盏点油的矿灯。光影里晃动着一个孩子的黑脸，孩子露出白色的牙齿说："你就用嘴咬着，爬过去。"

"谢谢你了，"毛泽东试了试牙齿，"你叫什么？"

"都叫我小油灯。"孩子说。

"小油灯，几岁了？"

"十四岁。"

"十四岁，读书的年龄，不该下井的哟！"

小油灯笑起来，暗黑之中又露出一排白牙。

"你爸爸带你下井的？"

孩子又笑笑。

有人远远喊："小油灯，给我点灯了！"

"黑筐叔叔叫我了。"小油灯说。一个灵巧的转身，他就爬进了另一个巷道，像只敏捷的小黑猫。

毛泽东用嘴衔起油灯，双手摸索着前行。

小油灯爬过另一条巷道，为一位脸型方方正正的年轻矿工点灯。小油灯说："那位先生说，我十四岁，不该下井。"

"不下井，干什么？"黑筐说。

"读书。"

黑筐点他鼻子："小油灯呀小油灯，你是读书的命吗？你是拉煤点灯的命！"

黑筐一说话，矿洞里就响起嗡嗡嗡的回音，像沉重的鼻音。

“命苦知道不？你，我，所有的井下人，命里都是黄连，命里不该有的，就是没有。知道不？”黑筐又这样说。

“我不说要读书了。”孩子说。

“真懂事！”

“那个先生是谁呢？”孩子又问。黑筐摇摇头，说：“不知道，反正是个先生，下矿井的先生偶尔也是有的，那是来看个稀罕。那个先生是宋黑脸带下来的，估计也是图个稀罕。”

其实宋黑脸也不知道毛先生是来干什么的。毛先生现在坐着，请他唱歌。这是一个稍微宽敞一点的巷道，毛先生从掌子面上下来，就坐在这里，现在他执意要请宋师傅唱歌。

“李立三哟，”毛泽东分别冲着两侧的黑巷道喊，“过来哟，爬到这里来，听宋黑脸宋师傅唱歌子啰！”

李立三嘴衔矿灯，猫腰爬来，脸上也如毛泽东一样，灰一块，黑一块。

毛泽东笑着说：“我的老同学哟，你上个月还在法兰西喝咖啡，这一回国，就要爬矿洞子，从天上，钻进地下，不习惯了吧？”

李立三闻言也笑，白牙一闪一闪。

李立三是与蔡和森、陈毅一道，被法国政府强行遣送回国的，一共一百〇四号人。这些中国留学生在法国就是不安分，闹事，9 月 21 日这一天甚至为抗议“被剥夺入学权利”而闹到了强行占领里昂中法大学的地步，于是法国警察上起雪亮的刺刀动了真格。刺刀当天就戳散了“争取教育平等”的呼声，一百一十三名学生被扣押，接着，其中的一百〇四名，被强行押上了开往中国的轮船。李立三很悲愤，在海轮上呕吐了好几夜。他在上海见到陈独秀的时候，面黄肌瘦。陈独秀对他说，有什么好悲愤的？中国警察一身黑，法国警察也是一身黑。在法国是斗，回中国也是斗，一个样。陈独秀当即派他回湖南，叫他跟毛润之做工人运动去。李立三此刻猫腰于矿洞，膝盖上的皮磨去一大块，也是又疼痛又兴奋的。他不觉得有什么不习惯。

李立三回答毛泽东说："依我看，全世界工人的生活状况，都无质的不同。"

"啊，你这话说得好！现在再让我们来听听宋黑脸的歌子唱得好不好！宋黑脸，唱吧，喂，工人师傅，大家都过来听听！"

掌子面上的"煤黑子"都聚过来。他们一个个浑身漆黑，几乎一丝不挂，唯有眼睛闪着白光。

在矿灯的光亮里，这位叫宋黑脸的年过半百的工人哑哑地唱起来：

不见日头起，
不见日头落，
从来就做鬼的活。
碗里盛不满，
娃娃衫子破，
娶了老婆也逃脱。
比牛还辛苦，
比驴还难过，
爹娘生我是为什么？

唱到这里，忽然哽咽，黑脸上蜿蜒流下两行亮晶晶的东西。

毛泽东说："师傅们，这歌子唱得好啊，唱出了你们的苦处，听着这歌，鼻子就酸。你们想过好日子，就要团结起来，团结起来干什么？斗争！理直气壮地站到大老板面前去，叫大老板加工钱，自己的利益要自己争取！"

黑筐发言了，黑筐忍不住："没用，先生。一说加工钱，就挨打。我这边耳朵就是叫工头打聋的。现在还听不清楚，嗡嗡嗡响。”

毛泽东问：“你叫什么？”

“黑筐。十岁以前，叫小黑筐。十岁之后，小字丢了，叫黑筐。”

“宋黑脸、黑筐，名字里怎么都带一个‘黑’字？”

黑筐说：“有什么法子呢，天这么黑。”

毛泽东拍腿：“这话说对了，天黑！黑筐你是一针见血啊，天黑！不仅天黑，这煤巷子也黑。可是这些黑，都比不过人心黑。你们想想，那些军阀、矿局老板、工头的心，是不是比煤还黑？”

“当然黑，”黑筐说，“他们还能白了？他们只有脸蛋子白！可是他们有枪，有棍子，有鞭子，我们有什么？我们赤膊，还赤卵！我们啥都没有，我们只有煤筐子、煤绳子。”

毛泽东说：“我打个比喻，你们要不要听？路上有个小石子，大老板抬脚一踢，就踢开了。要是把许多小石子掺上沙子，掺上石灰，和成团，大老板还踢得开吗？”

宋黑脸说：“苦就苦在我们没文化。”

毛泽东拍拍身旁的李立三，说：“这位李先生，有个想法，要到安源来给大家办工人补习学校，学文化，学道理，大家看好不好？”

工人们一齐露出白牙说：“敢情好！”

这句话还没落地，远处忽然就传来几声沉闷的声音，以及一声隐约的惨叫。

宋黑脸喊：“不好！”

黑筐喊：“坏了！”

远处有嘶哑而伤心的喊声隐隐约约传过来：“小油灯！小油灯！小油灯！”

顶棚坍方了。宋黑脸与黑筐蹦起来，发疯般地朝黑暗的巷道爬过去，一边爬一边嘶声大喊：“小油灯！小油灯！”

果然是小油灯出事。顶棚落下来好几块大石头，他整个后脑勺都砸糊了。

当日傍晚时分，细雨霏霏之中，一个新坟头垒起来了。

许多脸上黑乎乎的工人站立着，毛泽东与李立三也站立着。这里离矿工们住的棚户区不远，好几排新坟如馒头般散落于山坡，每个坟前的粗竹片上都写着歪歪扭扭的姓名。

毛泽东上前一步，弯腰，将手中的一柄暗红色的油纸雨伞撑在新坟上。

毛泽东轻声说：“小油灯，你才十四岁，我说过，你是不该下井的！”

红色油纸伞护着新坟，毛泽东则淋在细雨中。黑筐看了，心里感动，不由得一声呜咽：“这苦孩子，活着的时候，从来就没打过一次伞。”

李立三举过自己的一柄破伞，走到毛泽东身边，护着他。毛泽东环顾工人，问：“小油灯的父母呢？没有来？”

宋黑脸指着新坟后头的两座矮矮的土丘，说：“这个是小油灯的爹，这个是小油灯的娘。”

毛泽东轻轻叫了一声“啊呀”，他与李立三均感愕然。

宋黑脸此时就冲着两座旧坟哭出声来：“老哥呀，老嫂子呀，我宋黑脸对不住你们哪！我这么快就把小油灯送到你们这儿来了，我没照顾好他呀！他每天为我们大伙儿点灯，他自己的灯油却干了呀！他像爹娘一样命苦呀！”

毛泽东觉得有必要说说命苦的问题。人的反抗意识总是从宿命论破茧而出的。回到宋黑脸的棚屋的时候，毛泽东在一只

破矮凳上坐了下来，环视一张张永远洗不白的黑脸，谈起了命的话题。

“依我说，谁的命，都不苦，只有认命，才是苦。朱元璋原来就是种田的，他的命里只有土豆和红薯，他不认命，后来他就做了开国皇帝。你们的命，也不是生来就做牛做马的。你们若是认牛认马，认命了，你们就只能做牛做马，而且累及你们的孩子也是牛马之命。你们若不认呢？你们的鼻孔里就不会被人穿了绳子！你们想过没有，矿井的支架为什么长年不修？通风为什么经常坏？瓦斯为什么常常爆炸？工人的尸体为什么年年月月都会从矿洞里抬出来？你们还没说几句响亮的话为什么脊骨都要被打断？你们不要把苦难算在命上，要算在不团结不吭声不斗争上！”

众人听得屏住声息。

“毛先生说得对！”李立三说，“工人补习学校办起来之后，我们可以天天给大家讲毛先生刚才讲的这些道理！当务之急，是办学！”

忽然有一个细细的声音说：“我也要上学。”众人一起回脸。千疮百孔的破帐幔后面，躲着一个孩子。

“这是谁？”毛泽东招手，“过来！”

宋黑脸却拼命挥手，像赶什么：“去去去！”

黑筐告诉毛泽东：“毛先生，那是宋黑脸的儿子，小小油灯。”

毛泽东一愣：“小小油灯？小油灯十四岁下井，所以叫小油灯。你叫小小油灯，那就说明你也下井？宋黑脸啊，他是不是下井？”

宋黑脸没回答，模样很有些尴尬。

“来，你过来。”毛泽东说。于是，小小油灯走过来。

“我也要上学。”他又说，怯生生的。

“你几岁？”毛泽东搂住他。他看上去只有七八岁。

“九岁。”

“你真的下井？给叔叔伯伯点油灯？你告诉我。”

小小油灯看看父亲，不敢吭声。

“来，给我看看鼻子。”毛泽东仔细看鼻子，两鼻孔里分明都是黑的。

“才九岁！宋黑脸，你孩子才九岁，这就是你的不对了，你怎么就忍心让他下井呢？孩子是你亲生的吧？”

宋黑脸垂了头，手指关节按得咯咯响。

“他也没法子，”黑筐悄悄对毛泽东说，“宋黑脸为他老婆赎身，现在还欠着大洋呢。”

“他老婆呢？”

“死了。肺病。死两年了。”

宋黑脸泪水晶莹，脚尖抖抖地蹭着泥地。门外有人喊：“毛先生，李先生，火车要开了！”

毛泽东慢慢起身，拉过孩子，说：“我下次来矿上，再也不听到人家叫你小小油灯，好吗？”

小小油灯看看父亲，又看看毛泽东，不敢吭声。宋黑脸最后才勉勉强强说：“好吧，我就代孩子应一声吧。”

毛泽东走出棚屋之后，看见天还在下雨。他一时觉得自己的心情很有些闷。

宋黑脸赶出棚屋，硬是要将自己的一柄补过的破纸伞塞在毛泽东手里。

毛泽东不接，说：“你自己用。”

“毛先生，你一定要收下。这把伞跟你的那把伞一样，也是红纸伞。你的伞遮着小油灯了，这把伞你无论如何带上。”

他为毛泽东打开伞，毛泽东还是不肯要。

宋黑脸低声说：“毛先生，你放心，我再说一句，我不让孩子

下矿井点灯背煤了。我知道这道理了，我们工人，也是人。”

“有你这句话，黑脸，我就借了你这把伞了。不过，你要保证！”

宋黑脸哽咽地说：“我保证，我再不让孩子下井了！”

毛泽东的背影就是在他的一片泪光之中消失的。

在毛泽东和李立三到安源的一个月之后，安源工人补习学校就成立了，紧接着又成立了以李立三为主任的安源路矿工人俱乐部。安源的煤，从此开始发出一种异样的光彩。而马不停蹄一路赶到中国南方的马林，却惊异地发现在南部中国，早已是一片烈焰奔腾的景象了。12 月 23 日，他与张太雷一到广西桂林，放下行囊，就兴高采烈地参加了城市里的大游行。他真的没有想到在孙中山设立了北伐大本营的这个山水城市，会卷动起一种山呼水啸的气势。

满街都是红红绿绿的旗帜和标语。由工人、市民和零星粤军将士组成的民众游行队伍浩浩荡荡。“北伐必定成功！”“打倒军阀，统一中国！”“孙文万岁！”滚雷从这条街道涌到那条街道，从早到晚撼动着人心。

爪哇有段时间也是这样的状况，这是火山的喷发，马林这样对张太雷说。于是他们两人都不由自主地夹进了队伍，被游行的人群挤着，夹着，推拥着前行，他们又挥手，又跺脚。

马林大声问一个工人模样的年轻人：“你是国民党员吗？”

张太雷翻译说：“这位洋人问你是不是国民党员？”

青年工人大喊：“我这个月刚参加！我们都是国民党员！我们效忠孙大总统！”

马林又问：“你相信孙中山的北伐能成功吗？”

“这还有什么怀疑？”那人瞪眼说，“俄国不是成功了吗？”

马林击掌大喊：“说得太好了！”

青年工人忽然逼上来：“你们英国佬是支持吴佩孚的！”

马林急忙说：“不不！我不是英国人！我跟你们站在一起！”

青年工人紧逼不放：“你也要效忠孙中山！”

马林看见许多目光包围了自己，忽然就用中文振臂高呼：“北伐成功！孙文万岁！”

“孙文万岁！孙文万岁！”众人欢呼，旗帜摇动。

马林左右挽起了两个青年游行者的手臂，大踏步前进，他觉得自来中国之后，周身的血第一次有沸腾的感觉。

回到下榻的广西银行客房，吃罢晚饭之后，他还是兴奋着，手举小纸旗，在窗前走来走去，用生硬的中国话一遍一遍呼喊：“北伐成功！”“孙文万岁！”

张太雷端进木盆，准备洗脚。马林告诉他，中国话其实也不是太难学，只是对舌尖的要求高一点。

“张太雷同志，”马林又告诉他，“我想重申一下我的感觉，唯有在中国南方，我才真正地感觉到了热度。请注意，我不是指气温，也不是指你的这盆水。”

张太雷把双脚浸在滚烫的水里，边龇牙边说：“同感，同感，我也同感。”

“国民党这个党，不可小看。在上海，我甚至感觉不到它的存在，可是在贵国的南方……哎哟！”马林忽然惊呼一声，推窗而望，窗外的夜街一片亮，竟然涌流着一条灯笼之河，“你快来看！张太雷同志，你快来看。”

张太雷赤着脚扑到窗口，仔细一看：“啊，提灯大游行！”

他们同时又听到了滚雷般的口号声：“打倒军阀！”“北伐胜利！”

果然是提灯大游行。这样的灯河在桂林已经接连流淌过好几个夜晚了。

油纸糊的各式灯笼在整条街上起起伏伏，像是一条遍身鳞片的火龙。火龙呐喊着，吼声在夜空中震耳欲聋:“民主万岁！”“打倒军阀统治！”

马林和张太雷各提着一盏油纸大灯笼，夹在人群中欢呼雀跃。对马林而言，不流入这样的灯河当夜是无法安寝的。红灯笼是两个学生模样的人送的，他们很高兴看见洋人加入游行队伍。

马林很激动，又学着喊中文口号:“誓师北伐！”“统一中国！”

由于他的灯笼舞动得太厉害，纸壳烧了起来。马林退到马路边的草坪上，依旧舞着火球，兴奋地用中文狂喊:“北伐成功！”“孙文万岁！”

火球舔着了马林的衣角，衣服也同时着了火。急慌了的张太雷猛推马林，用英语大喊:“打滚！打滚！”

马林连打了好几个滚，衣服上才没有了可怕的火苗。

“哈哈哈哈！”他坐在地上狂笑。

张太雷也忍不住笑:“哈哈哈哈！”

马林搂住对方肩膀猛摇:“张太雷同志，我着火了，你看见了没有，我着火了！”

“是的，你着火了。”

“在中国南方，我着火了！”

“你衣服都烧破了！”

“我愿意着火，张太雷同志，你懂吗？我希望贵国的火焰越大越好，你懂吗？”

“我懂！马林同志，我也这样希望！”

“我们能让国民党和共产党一起燃烧起来吗，张太雷同志？”

张太雷听不明白:“你说什么？”

“一盏灯笼不是火，一街灯笼才是火！你明白我的意思吗？”马林的声音激动得打战。

张太雷在夜色之中努力想看清马林的脸。

马林握着自己的拳头说："我明天见孙中山的时候，我一定要跟他说这个道理！我希望中国所有的灯火都聚到一起，烧成大火！"

张太雷想，马林这个人，脑筋确实快。

黑夜中有人颠颠地跑过来："你们是住在广西银行的客人吗？"

张太雷说："是啊！"

"孙大总统要见你们，请你们马上就去！"

马林急了，说："我能换件衣服吗？"

马林及时换了一件衣服，赶到桂林独秀峰下王城之内。桂林王城是广西前咨议局所在地，现为非常大总统孙中山驻节的北伐大本营。虽为黑夜，仍可见树木花草，亭台阁轩，精巧而气派。

"哈哈哈，"孙中山在厅堂里与马林会面，一听说提灯游行之事就乐，"我应当赔你一件衣服和一条裤子。"

马林也乐："没想到南方的火势这么猛烈。"

宋庆龄说："应该再赠送一双鞋子。鞋子虽然没有烧破，可是马林先生从莫斯科一路走到上海，又从上海一路走到桂林，太辛苦了！"

马林闻言很开心，他觉得孙夫人既漂亮又优秀，从中也可以看出孙中山的不俗的眼光。于是，马林坐正姿势，极为认真地说："我要坦白地谈谈我的观感。我在这里看到的革命形势，近似于俄国 1917 年的形势，我深为孙先生的北伐意志和南方人民的革命热情所鼓舞！"

孙中山用英语作答："我们中国有句古话，叫作得道多助。孙文得了道，民众自然相助，不仅民众相助，军队也助孙文。我已经在桂林集中了五万大军，全力准备明春北伐！马林先生感受到的桂林气温，应当说是准确的。"

孙中山也非常优秀，马林想。

于是，马林又说："孙先生！"

"请讲。"

"关于苏俄政府正式承认孙先生的中华民国政府问题，甚至两国结盟问题，只要孙先生有意愿，我可以立即向列宁同志报告。"

孙中山思索了一会儿，未作回答。

马林用深邃的目光盯着对方："孙先生！"

孙中山慢慢呷一口茶，双唇微动，轻轻吐出一片茶叶。宋庆龄见状，也有些发急了，轻声催促："先生！"

孙中山缓缓说："两国联盟，兹事体大，容再商议。对于苏俄政府的极为友好的态度，我非常感谢。"

孙中山有顾忌，马林觉察出来了。宋庆龄赶紧说："马林先生，你不要介意。"

"这没有什么，"马林笑一笑，"我对孙先生刚才所说的得道多助这句话十分赞赏。我以为，你如果有中国共产党的帮助，那就有如老虎添上了翅膀一样。据说这也是一句贵国的成语，我不知引用得对不对。"

孙中山说："我想，你是指的陈独秀先生吧？这人每一次被抓，我都呼吁释放他。他是一个很有见地的人物，但不一定是老虎之翼。"

"不，"马林说，"我不是指一个人，我是指一个党。虽然这个党成立还不到半年，但是它倡导社会主义，它在中国的工人和农民当中，具有很大的号召力。"

孙中山忽然站起来。灯光将他的半边脸庞映得通红。

"真正有号召力的是谁，知道吗？"他大声发问。

"谁？"

“在中国，真正有号召力的不可能是别人，只能是我孙文，以及我孙文所创建的国民党，知道吗？”

马林沉默。孙中山这样自信地说话，他没有想到。

孙中山又语音铿锵地说：“国民党是全体民众的政党，自然也包括全中国的工友。我告诉你，马林先生，光是在广州，与国民党有联系的工人，就有五万多人！”

张太雷小心翼翼地说：“孙先生，对于这一点，其实，马林先生是有同感的。”

孙中山继续说：“国民党在年轻军人中的吸引力，也如磁铁一般。你愿意听听我是怎么发展一批青年军官入党的吗？”

“我非常愿意听。”马林沉着地说。

“我认定那是一批很有前途的军人。我向他们讲课。一共八天，每天八个钟头。我向他们再三解释，我，孙文，是中国从孔夫子一直到现代的伟大的中国改革家的嫡传。我将领导他们进行天翻地覆的革命，拯中国同胞于水火之中。如果在我生前，中国不发生伟大的变化，那么，这个古老的国家必将再等六百年，才能得到进一步的发展。”

这段话，倒叫马林听得非常有兴趣。他于是问：“后来，他们都加入了国民党？”

孙中山斩钉截铁：“他们是流着眼泪宣誓的！”

“啊，”马林点头，“非常生动。”

“至于马林先生刚才说到的社会主义，”孙中山踱了几步，“国民党也是竭诚拥护的。我对列宁同志领导下的俄国革命，敬佩尤加。”

“如果国民党能与共产党真诚合作……”

“不，不，”孙中山连连摇手，“现在谈不上合作，说句实话，我甚至还不了解陈独秀先生手里到底有几个党徒！”

孙中山的副官带着一位中年妇女匆匆走来。这位气宇轩昂的女人是廖仲恺夫人、出征军人慰劳会总干事何香凝。

何香凝用很响亮的声音向孙中山报告："仲恺要我赶来桂林，向先生面禀。"

孙中山问："什么事？"

何香凝说："香港的中华海员工会联合总会派人来联络，他们准备罢工，要财政援助，仲恺请先生决断。"

孙中山说："我们当然义不容辞。来，香凝，这边谈。"

借孙中山暂离之机，马林对宋庆龄说："在两党合作事宜上，能不能请孙夫人做点促进工作？"

他觉得他能够说这样的话，因为他发现孙夫人明显地对苏俄友好，而且有过人的智慧。

"我与我丈夫结合六年来，自以为一直是他的伟大事业的促进者。"孙夫人这样回答，脸上是笑盈盈的。

"啊，我不是这个意思，"马林赶紧解释，"我知道夫人最近组织了一个出征军人慰劳会，亲任会长，四处奔波劳军，深受官兵爱戴。我的意思是，在促进国民党与共产党的两党合作方面，夫人能不能多给以帮助？"

宋庆龄把一只剥开的水果递给客人，含笑不答。

"夫人，你知道，我曾长期在爪哇从事革命活动。"

"听说过。也听说过你是荷兰人。"

"完全正确，夫人。现在我想说的是，我记起了在爪哇的一段经历。我曾经动员印尼的两个革命团体进行了联合，不是外部联合，而是内部联合。夫人，假如中国共产党员都加入中国国民党，你丈夫会同意吗？"

张太雷专注地盯着宋庆龄，看来宋庆龄是完全听懂了马林的意思的。

宋庆龄说："如果这样做，我丈夫，也许会同意的。你要知道，他是个自尊心很强的人。"

马林说："自尊心强并不坏。你们的国家需要自尊心。"

宋庆龄莞尔一笑："你这句话说得很好，我听着很顺耳，马林先生。"

孙夫人的回答平添了马林的信心。他回到下榻之地，躺到床上之后，也对自己的大胆设想感到了某种吃惊。但是直觉告诉他，他的设想是合乎道理的。幼小的中国共产党，必得要靠一种契机，才能迅速壮大，以实践自己神圣的政治使命。

张太雷也觉得新鲜，思前想后地睡不着。他侧过身子，问马林："共产党与国民党真的进行党内合作？"

"是的。"

"共产党员都加入国民党？"

"唯有如此，中国的干柴，才有足够的火种去点燃！我不后悔我刚才的建议。要是我衣服不着火，我兴许还不会提出这种类似着了火的建议。我发现孙总统都像被火烤着了。"

"共产国际能同意这种方案吗？"

"共产国际是应该能加以批准的。"

"孙中山能同意吗？"

"问题的症结就在这里。多说几遍，我想，我能说服他！"

"陈独秀同志能同意吗？"

马林皱眉，半天，说："我有一个感觉，一件事，要说服陈独秀，比说服孙中山困难。"

"孙中山也不是说说就能同意的。他如今是非常大总统，我相信没有非常的必要，他不会做出非常的举动。"

马林大摇其头："张太雷同志，你的绕口令，不一定正确。"

孙中山夫妇此刻在一盏铜杆灯下对坐，一时也都没有睡意。

窗外，树叶抖动，夜已经很深了。

“达令，”孙中山吹一吹手中茶盅，若有所思，“说实在话，我内心，很敬佩列宁先生和他的事业，但是，难，有些难。”

“难在哪里，先生？”

“我必须回避俄国对广州政府的承认。”

“为什么？”

“你看今天马林先生生气了吧？”

“好像不至于。”

“如果我与俄国联盟，美国、英国将更加忌恨我，必然千方百计帮助直系军阀压制我，我的北伐就没希望了。所以，今天，我只能与苏俄作一些道义上的联络。将来北伐成功，我们到了北京，中俄建交，也不迟。”

“先生，我很担心你。”宋庆龄的手轻轻按在丈夫的手背上。这双手背，微微鼓凸着弯曲的青筋。

“怎么？”

“你在走钢丝。”妻子说。

“我这五十多年，一直都在走钢丝。”

“走钢丝之人，手中总有一柄伞，或是一支竿，外加十分的小心，才能保持他的不偏不倚。达令，你手中既无伞，又无竿，唯有一份小心，你怎么才能做到不偏不倚呢？”

孙中山想说什么，嘴张了张，没说出口。

床边的电话机丁零零作响。宋庆龄拎起听筒：“喂，孙先生在！达令，伍廷芳打来的。”

打来电话的是在广州代行总统职务的七十九岁的外交总长，他气得浑身打战。

“他们仍然拒绝承认我们！美国不承认，英法意葡便都不承认，华盛顿会议的中国代表席位，他们仍然邀请直系军阀！”

孙中山忽然缓慢地开口，一字一顿：“我，不愿意与孙中山直接通信，纵然我有时同情他们所宣称的主张和目的。”

伍廷芳在电话里大声说：“我听出来了，这是三年前美国总统威尔逊对你电报的批示。”

“我永远不会忘记威尔逊这句话。这些西方列强，惯于亵渎公理而不知羞耻！”

孙中山搁下电话很长时间，脸色都不好看。

宋庆龄直截了当地对丈夫说：“先生，普天下，你的朋友很多，笑容也很多，可是，恕我直言，大多数是戴着面具的。”

“也有不戴面具的。”

宋庆龄说：“列宁先生。”

孙中山嘘口长气。夫人总是能说到他心里去。他站起来，走了几步，说：“今天，马林有条建议，倒是非常合我心意。”

“哪条建议？”

“他建议我创办军官学校，作为建立革命武装的基础。马林这个人很有头脑。我倒想请他为军队作个报告，介绍苏俄情况。”

孙中山提出的这个建议，马林非常愿意配合。几天之后，他就应邀前往原清朝藩台衙门八桂厅作报告。八桂厅现为粤军第二军总参谋长蒋介石居住，厅内山石叠翠，林木扶疏，别有一番雅趣。

院内长桌上，茶盅和军帽横列两行。身穿灰布军装的粤军军官们正襟危坐，倾听马林介绍苏俄形势。马林足足讲了两个钟头，粤军军官们听得很入神，其中蒋介石尤为专注，他的眉间一时紧，一时松。

张太雷最后说：“马林同志的意思是，关于苏俄革命情况和苏俄军队情况，他就介绍到这里。他欢迎诸位指教。”

二十六岁的粤军工兵营营长邓演达当即起立：“作为革命军人，演达深为苏俄社会主义革命所鼓舞！为中国百姓也能过上没有军阀没有剥削的好日子，演达愿誓死拼战！”

蒋介石皱皱眉。这种空洞的表态，他很不以为然。但是随后一位军官的讲话，倒引起了他的注意。

“苏俄革命固然令人振奋，但依照中国国情，我看，布尔什维主义的实行难乎其难！”

“此言过分！”蒋介石猛然击桌，众军官一惊，一齐看定这位总参谋长，“依我看，苏俄的今日，就是中国的明日！”

蒋介石这句话说得语音铿锵，毫不含糊。蒋介石觉得应该这样表态，而且要及时。孙先生叫马林来给军官讲课的一番深意，他已明白，他认为万不能辜负孙先生的意思。

果然，马林高兴了：“我很欣赏蒋中正先生这句话。”

蒋介石很恳切地说：“我所欣赏的，是苏俄军队之中设立党代表一举。军队由党所握，实为至要。如蒙大总统允许，我真想去苏俄实地考察一番。”

马林听完张太雷翻译，喜形于色，独自站起来，冲蒋介石噼噼啪啪鼓掌。

“应该这样，”他说，“参谋长先生的这个决心下得好！”

不仅对南方的民众，对南方的总统，甚至对南方的军队，马林都充满好感。这种好感像一只填得很充足的软枕头，马林许多日子以来一直枕着它，并且深陷其中。

第 9 章

一根没吸完的雪茄扔到地上，被鞋底狠狠碾磨着。烟丝散了，像一团细细的小虫子趴在地板上。

马林装着不在意陈独秀的窝火，继续表达自己的意见。他的声音坚定而清晰。必须说服陈独秀，马林这样对自己说。

马林说："孙文万岁！北伐成功！这毕竟是整个中国南方的一致的声音！工人这样喊，农人这样喊，商人这样喊，市民这样喊，你们中国共产党应当听到这种声音！"

陈独秀想解释什么，但被马林用手势制止住。

"先请听我说。我想着重指出的是，孙中山有巨大的威望，但是他的党的组织，却极为松懈，就像你们中国人所形容的，叫一盘散沙。共产党人应当加入国民党，到国民党当中去活动，去宣传，去改变国民党的策略。"

"你刚才说什么？——加入？"

陈独秀不相信自己的耳朵。

"我认为，共产党人不妨加入到国民党之中去……"

"我简直不敢相信，这句话，会从一个共产党人的嘴里说出来！"陈独秀愤怒了，站起来走来走去，高君曼在楼梯上大声咳嗽，他也没去理会，"马林同志，你是共产国际的代表，你完全应当知道，共产党与资本阶级的党派，有本质区别！"

"我难道不知道有这种区别？陈同志你把我马林当傻瓜？"

"我没这么说，你是自称！"陈独秀觉得自己的头发都竖起来了，“君曼，怎么还不开灯，没见天都黑下来了吗？”

“第一，”马林尽量耐住自己的性子，“我不认为国民党仅仅代表资产阶级的利益。我必须提请你注意，国民党与工人之间的联系是非常紧密的，光是在广州、香港、汕头这三个地方，就有一万两千名海员加入了国民党！我认为，中国国民党是一个多阶级的联盟，甚至可以说是一个革命的政党！”

陈独秀吐了一口痰。他盖上痰盂盖的时候，动作重得要命。

“第二，国民党是一个在中国各界具有很大影响的大政党，而中国共产党呢，我重申一遍，到目前为止，党员不足一百人。”

陈独秀取出一支雪茄，大声说：“不对，已经超过一百人了！”

马林直视陈独秀，说：“你作为书记，难道你没有看到你所领导的如此弱小的党，对中国的政治生活没有什么价值吗？”

陈独秀大怒，抓过一只茶杯，厉声说：“要不是看在你救过我命的分上，我不把这只茶杯砸在你脚下我不姓陈！”

马林针锋相对：“我倒愿意重述一遍我曾经说过的话：依我的看法，中国共产党诞生得太早了！说得确切一点，勉强撮合得太早了！”

陈独秀高高举起茶杯，半天，没砸到地上，却重重地砸到了自己的脚背上。

茶杯碎裂的声音。一种发钝的碎裂。

楼梯上出现了高君曼的惊慌的脸：“独秀，怎么了？”

她看见鲜血渗出了陈独秀脚上的白袜子。

“陈独秀同志，也许，我得请你原谅了。”马林也看见了血。

陈独秀说：“不管你提出什么设想，我们都可以商量，甚至争吵。但是，你小看我们中国的党，这一点，无论如何，不能原谅！”

“痛不痛？”高君曼小声问，“快把袜子脱下来，上点红药水。独秀，我求求你，别跟这个洋人吵。”

马林沉默了一会儿，轻声说：“我愿意为我刚才的这句话，向你，中国共产党的中央局书记，正式道歉。”

“没关系。”陈独秀说。他现在才感觉到了脚背上的痛。

“陈同志，痛吗？”

“我这只脚，两年里，已经是三次受伤了，伤得都习惯了。好吧，马林同志，你现在跟我走。”

陈独秀不说话，伸手取下门背后挂着的呢帽，扣在马林头上，又取下一条大围巾，将莫明其妙的马林围得只露出一双蓝莹莹的眼睛。

“怎么了，陈同志？”

陈独秀看看怀表，语气是明显的命令式：“跟我走！”

“上哪儿？”

“中国奇事很多，我请你开开眼界！”陈独秀微微瘸着推开门。

“红药水不搽了？”高君曼追在后面问。

一辆黄包车把陈独秀和马林拉到了上海商务印书馆。

捂得严严实实的马林被陈独秀领着，于夜色之中，一前一后弯进商务印书馆大门。

门房迎出来：“哟，是陈先生！”

陈独秀问：“张继先生来了没有？”

“来了！来了！在上头。”

职员都已下班，商务印书馆楼内很安静。楼梯顶端，有灯光透出。陈独秀领着马林上楼之后，便叫他不发出声响，只悄悄站在窗外观看。

马林透过玻璃看着窗内，窗内大屋里一盏灯高高吊着。灯光下，映着一幅孙中山画像和一面国民党党旗。孙中山看来画得不像，但从方方的脸型上估计这就是孙中山。马林又看见两位穿长衫的青年人先后伸出手指，蘸上红印油，在一份表格上认认真真捺下指印。

他又看见了张继，张继郑重点首，说："可以。"

两位青年于是一齐倒退两步，面对孙中山画像，依照口令，规规矩矩三鞠躬。张继说："现在宣誓。"

两位青年立即举拳，开始随介绍人朗读效忠誓言。显然，这是一场正在进行中的国民党入党宣誓仪式。马林悄悄问陈独秀："他们说些什么？"

陈独秀不答话，将迷惑不解的马林带下楼，带出商务印书馆，一直带到寒风呼呼的街口。

"他们在宣誓效忠孙中山！"陈独秀气呼呼地说，"还要打手模！就是按手印子！要加入国民党，就得这么做！请问，这是在加入封建行帮，还是在加入革命政党？"

夜街已阒无人迹，路灯昏黄着。枯萎的树叶在两个人的脚旁打旋，把地皮刮得嚓嚓响。

马林说："这当然不妥当。"

"照你的意见，我们共产党人，无产革命的先驱者，一个个都得这样打手模吗？"

"但是请你注意，中国国民党的性质毕竟是民族主义的，它反对封建军阀，反对外国统治，它在争取民主，争取一个公民应该享有的人的生活！"

"请你把好字眼多留一点给共产党！"

"冷静一点，陈同志！"

"不要压我！"陈独秀咬牙切齿，他的姿势似乎要打架，但他还是尽量压下了心中的愤懑，用一种勉强磨去棱角的声音对马林说话，"马林同志，我请求你不要压我。你救我，我感谢你。你压我，我不能服你。”

“不服从我，自然可以。但你必须服从真理。事关中国共产主义运动的重大问题，我要立即向共产国际报告。”

“请注意，中国共产党并不是共产国际的下属支部。”

“我愿意再一次提醒你，共产国际始终担负着领导全世界无产阶级革命运动的重大责任。”

“共产国际的同志，并不个个都有你马林一样的脾气，起码维经斯基就不是这样。我要给他写信！——喂，黄包车！”陈独秀大声喊住一辆黄包车，“送这位洋先生到大东旅社！”

马林喊：“喂！……陈！”

陈独秀转身就走，十来步路之后，又忽然转脸，偏不对马林说话，而只对黄包车夫喊：“钱我付！在这儿！”

他蹲下身子，把一张钞票压在一块路石下，然后起身就走。他的脚看上去一点也不瘸了。

自来水笔在信笺上簌簌移动。陈独秀心里恼，所以笔触很重。维经斯基已担任共产国际远东书记处的书记，所以陈独秀有一种倾吐的感觉，他觉得维经斯基能够站出来制止马林。

陈独秀在书桌前写字的时候，张国焘一直在他椅子后走来走去。在这个问题上，他是赞同陈独秀的。

陈独秀放下笔，有点不放心：“列宁同志没有马林的这种意思吧？”

“绝对没有！”张国焘斩钉截铁，“列宁同志只问我，共产党与国民党能不能合作？他对中国革命很关心，他是在病榻上接见我的，他只是问一问可能性。”

三个月前，张国焘见罢列宁回国，曾详细向陈独秀汇报过莫斯科之行的情况。这次共产国际召开远东各国共产党及民族革命团体第一次代表大会，张国焘当了中国代表团的团长，率团员三十八人，浩浩荡荡。代表中的中共党员有十四人，瞿秋白、王烬美、邓恩铭、任弼时、柯庆施、萧劲光都去了。张国焘在会上作了发言，很引人注目，所以患病中的列宁见了他，也见了国民党的代表张秋白。列宁先问张秋白，国共两党能否合作？后来又以同样的问题问张国焘。张国焘的表态也是斩钉截铁的，他说：在中国民族和民主的革命中，国共两党应当密切合作，而且可以合作。又说：在两党合作进程中可能发生若干困难，不过这些困难相信是可以克服的，中国共产党成立不久，正在学习着进行各项工作，当努力促进各反帝国主义的革命势力的团结。张国焘的话说得是如此明晰，所以列宁也就没有再问下去。张国焘后来对陈独秀说，列宁只是表达了一个原则，即两党可以合作，但并没有说共产党人可以一齐投入国民党里头去。张国焘说："那样做，还叫什么共产党！"

"列宁确实没有说，共产党员要统统参加国民党吧？"

"确实没有。我相信自己的耳朵。"

"这样就好。国民党，实在是毛病太多啊，"陈独秀摇摇头，"注重上层，勾结土匪，投机取巧，易于妥协，内部分子复杂，明争暗斗，不一而足！马林怎么会把那么多的好字眼都丢给这个党的呢？"

"在重大问题上，我怎么都与仲甫同感？"

"国焘，你听听！"陈独秀搁下笔，推椅站立，大声念读刚刚拟好的信件，"马林君建议中国共产党及社会主义青年团均加入国民党，余等则持反对之理如左：第一，共产党与国民党革命之宗旨及所据之基础不同。第二，国民党联美国，联张作霖、段祺瑞等政策，和共产主义太不相容！第三，国民党未曾发表党纲，在广东以外之各省视之，仍是争权夺利之政党，共产党倘加入该党，则在社会上信仰全失，永无发展之机会。”

“好！仲甫，你这一条是高瞻远瞩！”张国焘拍腿。

“第四，”毛泽东坐在一张矮凳上，持章而念，“广东实力派之陈炯明，名为国民党，实则反对孙逸仙派甚烈，我们倘加入国民党，立即受陈派之敌视，即在广东不能活动。”

妻子杨开慧递上茶水。毛泽东呷一口茶，环视一下神情专注的与会者。毛泽东是半年前搬到长沙小吴门外清水塘居住的，二十二号是一处平房，围墙环绕，僻静不为人注目。湖南共产党支部也设在这里，党员们常来毛泽东书记这儿商研问题。

何叔衡表示了疑问：“这种说法，好像把陈炯明的力量估计得太高了吧？”

毛泽东说：“我同意何胡子的看法。我们是干革命，不是请客吃饭，要看某一个将军或者大元帅的脸色。现在我再念下去。第五，国民党孙逸仙派向来对于新加入之分子，绝对不能容纳其意见，及假以权柄。——喔，仲甫这一条，倒又贬低孙中山了嘛！”

好几个人笑起来。

“第六，”李大钊坐于北大图书馆主任室，认真念读，“广东、北京、上海、长沙、武昌各区同志对于加入国民党一事，均已开会议决，绝对不赞成，在事实上亦已无加入之可能。第三国际倘议及此事，请先生代陈上列六条意见为荷。”

李大钊放下信函抄件，看看桌前端坐的刘仁静，思索了一阵，说：“各地的同志，其实，也不是绝对的不赞成。长沙毛润之给我复信，就写了这么九个字，你看。”

李大钊拉开抽屉，取出一张信笺，上面龙飞凤舞写着九个毛笔字：“穷则变，变则通，通则久。”

刘仁静感到意外:“湖南的同志倒是求变!”

“是啊,”李大钊关拢抽屉,“中国革命怎么个革法,也不一定只是华山一条路。”

刘仁静说:“我倒觉得,陈独秀先生信上讲的六条,条条在理。李先生,你怎么想?”

李大钊走到窗前。北方早来的春风使他的黑发微微飘起来。刘仁静在他身后说:“李先生,这关系到中国共产党的一个最重大的战略决策。依我看,共产党与国民党不能合作!我赞成陈先生这封信!”

春风把李大钊的头发吹得很乱。

一种崭新的迅速壮大自身的战略方案,其是否可行,在幼年期的中国共产党人的脑海中,不能不引起苦苦的思考。

“我很想听到李先生的意见。”刘仁静说。

“马林就要来北京了。我想亲耳听听他怎么说,然后我再说。”李大钊离开窗子。

“李先生总是这么稳健。”

“这你就猜度错了。我的心,与你一样,也如同这季节,四月飞花,纷乱得很哪!”

马林一到北京,李大钊就请他吃饭,这回是在自己家里请的,赵纫兰包的羊肉水饺。

这位荷兰大汉胃口大开,陪客刘仁静和邓中夏也是胃口大开,一脸盆热气腾腾的饺子一下子就被几只大碗瓜分完了。

马林抹抹油嘴,继续吃,一边吃一边大谈其爪哇经验。他在爪哇催生的两党合作,一直是他津津乐道的成就。

“当时,”他这样说,“我在爪哇领导着东印度社会民主联盟,也就是共产党的组织,我们人不多,但是有战斗力。当时,另一个组织叫爪哇伊斯兰教联盟，群众基础非常广泛，影响很大，也反帝，也反对本国的反动政府……”

邓中夏边嚼边说：“很显然，马林同志是将这个组织类比为中国的国民党。”

“为什么不呢？伊斯兰教联盟虽然有个宗教名称，但却有强烈的阶级性，是个革命团体。但是，它的组织形式却非常松散。我再打个不确切的比喻，它就好比这碗饺子汤。”

马林指指面前的一只大碗，又将另一碗中的水饺夹起来，一个接一个地投入到这碗饺子汤中去。

李大钊颇有兴趣地看着他的动作。

马林说：“请同志们看，完全可以这样投进去，投进去，投进去！请再看一看，这个碗的实力是不是就极大地增强了？我当时就是这么干的，我坚决要求这么干！社会民主联盟的成员都以个人名义参加了伊斯兰教联盟。”

李大钊通过刘仁静的低声翻译，完全明白了马林的饺子比喻，于是便问：“效果呢，马林同志？”

“效果非常明显，双方合作得很好。一个联盟的实力大大增强，另一个联盟也得到了发展。我在共产国际的第二次代表大会上，专门介绍过这个经验！”

邓中夏说：“不过，你看，马林同志，汤都溅上桌面了！”马林说：“啊呀，这就是效果呀！桌面代表整个中国，你看，中国立刻受影响了！”

李大钊和刘仁静都笑起来，笑得前俯后仰。

赵纫兰赶快从桌下抽出抹布，擦拭汤水。

邓中夏说：“啊呀，师母，这是革命效果呀，你这么胡乱一擦，你就代表了徐世昌大总统啦！”

大家笑过一阵之后，李大钊极诚恳地对马林说：“我以为，国共两党，不是不能合作。在一个深受帝国主义欺侮的封建国家里，无产阶级的革命运动是必须与民族解放运动相结合的。再说，孙中山先生是反帝反封建的革命先行者，在中国人民当中也有很大的号召力。”

“对极了！”马林像是受到了很大的鼓舞，“希望李同志能多做做陈同志的工作。据我所知，陈同志是很敬重李同志的。”

李大钊摇摇手说：“不对，这话应当反过来说。陈独秀是中国共产党的中央局书记，我们都敬重他，也都很尊重他的意见。”

马林感到了某种失望，耸耸肩，又摊摊手。

李大钊说：“不过，马林同志的关于这碗饺子的比喻，我觉得也很新鲜，我们愿意研究。我认为，革命的拳路并非一成不变，一切都可以试验。”

马林重燃希望：“我同意李同志的意见！”

李大钊说：“总而言之，中国的情况不同于俄国，也不同于爪哇，经验并不一定能照搬。但我深信一条，只要真正对中国革命有利的经验，中国共产党最终都会借鉴并加以运用。”

马林嘘口长气：“我非常钦佩李同志！”

李大钊说：“你必须先钦佩我妻子和我儿子做的饺子！”

马林立即埋下头，冲着那碗已经“力量充实”的饺子，大咬大嚼起来。

陈独秀连续几天心情不好，施芝英很明白。她从床上坐起来，扣上衣服，动员他去看戏。

她建议，要么去天仙茶园看新剧，一出《家庭恩怨记》这两天演得红火，要么去街口的大戏院听戏，一出《水漫金山》，这几天锣鼓也很热。“听听戏，心情会好一点。”她说。

陈独秀穿上皮鞋看着施芝英。女医生换上了一件紫色碎花旗袍，更显出了身段。陈独秀笑一笑，叹口气说："我也不是心情不好，人之心情，何必要不好呢？既然那个洋人一定要两党联合，北京的李守常也来信说赞成，湖南的毛润之也说可以试一试，我又何必固执呢？我三天之后就要去广东，我可以去见孙中山，表明诚意，可是他孙中山肯跟我联合吗？"

施芝英拉他的手："去听戏吧，你心情还是不好。"

出家门，转过街口就是大戏院。他们进门时戏已经开演了，锣鼓暴响，震得耳膜痛。

施芝英坐下之后，手就一直抓住陈独秀没有放。当戏台上开始"水漫金山"，各式人物搅得花团锦簇之时，她忍不住又说话了。

"陈先生，"她在他耳边悄声说，"看见法海和尚旁边的那个瘦和尚吗？他是我前夫。"

陈独秀一愣："是吗？"

"他抛弃我的时候，说过一句话。他说你这个女人，这辈子，永远不会找到一个好男人。我想，我怎么会找不到呢。我今天就是要你陪着我，到这里来。"

陈独秀叹口气说："他在台上，也看不见我们。"

台上，白蛇青蛇与法海和尚厮杀得厉害。锣鼓越敲越急。

施芝英说："可是我看见我自己了。我看见我们两个人了。陈先生，有你坐在我身边，我就满足了，我什么也不怕了。"

陈独秀一遍遍摩挲着对方的手。他知道这女人已经是满目泪水了，虽然光线不亮，他看不清她的面容。

"我很怕失去你。"她在锣鼓声中又这样说。

"怕什么？"陈独秀附耳说，"你是医生，你医我。我呢，也是医生，我医国家。在行医方面，你我志向一致。我看，我们是不会走散的。"

“陈先生，你做事，一定要随缘。不要事事刚硬。若是太硬，就容易断裂，像我们打针的针头一样。”

这句规劝之言，陈独秀听着，心里有些触动。

走出戏院之后，陈独秀还在想着施芝英的这句话。他没有问她法海旁边的那个瘦和尚姓甚名谁，也没问她那男人是正儿八经的戏子还是客串角色，他只为这个瘦和尚弃了施芝英可惜。此人无眼也无福，半个法海。

陈独秀对施芝英说：“若说女人都是水做的，我看，高君曼这个人就是浊水做的，你呢，是清水做的。跟你在一起，我心境就好。”

“你能多陪陪我吗？能不去广州吗？”

“不，”陈独秀说，“你不要拦我，男人都拦不住我，何况女人呢。广州我是要去的。我代表的是一个党，我一定要去说服孙中山。”

看起来孙中山并不买他的账。

孙中山英气勃勃，一身戎装，步子一路迈得很大。他今天视察杀声阵阵的新兵集训营。新兵营设在韶关，每日龙腾虎跃。

孙中山边走边对廖仲恺说：“什么叫两党党外合作？太不知深浅了吧？我们国民党是什么党？他们共产党是什么党？”

“先生，人既来了，也不妨谈一谈吧？”

“不谈不谈。要谈，待北伐军打下武汉，攻破北京，我们在颐和园里谈！”

一番话，说得格外踌躇满志。

“先生，北伐大业，能否顺利实行，仲恺心里，一直忐忑。”

孙中山不悦，说：“仲恺，你要有信心！孟夫子有言：求则得之！革命成功，首先在于信念！”

“光有信念没有用！”

“你说什么？”

“若是后院起火，先生就无法前瞻！依我观察，国民党里有魏延！”

“谁是魏延？”

“先生知道。”

“你指陈炯明？”

“应该立即将他逮捕，以谋反论处。”

“你这是要我的命！”

“我这是保你的命！”

“你太过激！我还是要争取他！他反对北伐，我已经撤了他的总司令。但他还不至于反对我！毕竟是我亲手把二十个营交给他，让他建立粤军的！没有我，就没有他陈炯明！”

“现在是相反，没有你，才有他陈炯明！”

“仲恺，你胡说！”孙中山停了步子，怒形于色了。

廖仲恺坚持：“先生，我没有胡说！”

孙中山强压火气，说：“仲恺，疑人不用，用人不疑。你要记住，陈炯明毕竟是1909年的同盟会员，他是有战功的。我打算重新请他以陆军总长身份办理两广事务，统率两广军队，你看怎么样？我以为，如此安排，我与他之间，可能会相安无事。”

“先生，我真想哭！”

“仲恺兄，我劝你适可而止。过分怀疑，草木皆兵，至为不智！”

廖仲恺再不能说什么，缄了口。

有军官前来报告，俩脚后跟咔一声相碰：“报告大总统，新兵集合完毕，请大总统训示！”

孙中山点点头，示意对方退下，又对廖仲恺说：“你今天就回广州去，告诉陈独秀，本大总统目前一心北伐，天大的事，也日后再议！”

廖仲恺心里一沉。

他很想再说什么，但是孙中山又拦住了他：“仲恺，眼下已是中国革命的紧要关头，一切当以北伐为重，你不必杂念太多。我已经派孙科和兆铭去奉天了，奉粤联手，南北夹击，吴佩孚必败无疑！”

“立——正！”一声威武的口令。

礼兵们将枪刺举成崭齐的两行。

奉天的五月，街树叶子已经发绿了。来自南方政府的两位代表走过长长的甬道，踏上奉天张作霖元帅府的台阶。

矮矮胖胖的一位是孙中山的儿子孙科，时年三十一岁。另一位是美男子汪精卫，时任广东教育会会长，三十九岁。

枪刺之下，两人均步履稳重，力图保持一种使者的风度和威仪。奉粤联手，夹击直系，是一种合纵连横之大战略，两人都充分地感觉到了肩头那种苏秦、张仪的分量。但他们没想到，在东北王张作霖的心目中，南方政府并不是一个什么非常了不得的筹码。

刚被北京政府免去东三省巡阅使职务的张作霖忙着抽大烟，烟瘾未足之时，似乎不想见客。公子张学良不便进屋，一直恭谨地站在走廊上。

烟榻上，烟灯如豆。纯银的打烟泡的杆子不停地在烟灯上晃动，手法熟练。这是一位穿紫色旗袍的女人，手势如游龙戏凤，一会儿便打出了奇巧的花样。

她把打好的鸦片泡递给斜卧烟榻的四十七岁的东北王，声音千娇百媚：“大帅，这烟泡子有个好名称哩，唤作狮子滚球。”

张作霖深深吸一口，鼻孔里渐渐滚出两条长长的烟龙，他的深思的目光一直伴随着烟龙游动。

他开腔了，冲着雕花窗户喊："妈拉个巴子，来的真是孙大炮的亲生儿子？"

张学良在窗外答："是，父亲。"

"还有一个呢？"

"当年炸摄政王的汪精卫。都已经在厅堂恭候。"

张作霖把一口长长的烟分成几段呼出，说："我想，我还是不去见，小六子你去见。"

"父亲！"张学良为难了。

"妈拉个巴子，不就是求援吗？给钱给枪好啦！日本人在海参崴的那个军械库，我们不是买下来了吗？"

"是，父亲。"

"那里有两万支步枪，拨一批给孙中山就是了。奉天兵工厂出的野炮、一三式步枪，妈拉个巴子也给一点。"

"给多少，父亲？"张学良的耳朵贴近窗缝。

张作霖吸一口烟，眨眨小眼睛，说："先嘴巴上给。"

儿子一愣："什么？"

"到底给不给，还得看他们争气不争气！那帮广东人，人嘛人没几个，枪嘛枪没几支，只会唱三民主义高调，我可不想把银圆白白扔进珠江里！"

张学良真正地犯难了，说："父亲！是不是……"

张作霖冲窗户喊："六子，你应付一下就是了！你告诉他们，这个月，直系已经把我赶出北京了，徐世昌妈拉个巴子免去了我张作霖所有的职务，我不跟南方孙大炮联合，还能联合谁？告诉他们，打垮了曹锟、吴佩孚，我张作霖一定选他孙中山做正儿八经的中华民国大总统，听见没有？叫他孙中山做大总统，我张作霖决不食言，妈拉个巴子行不行？”

广州中华民国总统府的会客厅宽敞而冷清，唯听一只大自鸣钟的钟摆嘀嗒作响。总统府位于观音山下，五月的潮湿的风从窗外一忽一忽吹进来，夹着花香，沁人心脾。但是陈独秀没有好心情。他与张国焘以及时任中共广东支部组织部长的陈公博三人，均按捺着性子，端坐于宽大的扶手椅上，耐心等待回话。

门外传来脚步声，客人们抬起脸。

是廖仲恺，脚步很快，满脸歉疚的笑。

“大总统原在桂林设立了北伐军大本营，”廖仲恺说，“由于陈炯明将军的不合作，被迫班师。现在，又重在韶关设立了大本营。大总统已于四天之前亲赴韶关督师，军情紧张，实在无暇与仲甫会商两党大事了，特托本人转告，抱歉之至！”

陈独秀重重地将茶杯一放：“我只是觉得可惜！”

张国焘跷起二郎腿：“其实，也不足惜！”

廖仲恺知道会有这么一种局面，这种局面很叫人尴尬。廖仲恺硬着头皮说：“贵党的诚意，仲恺心里是很明白的，只是，眼下军情紧迫……”

陈公博说：“我以为，陈炯明将军一向拥护社会主义，不至于对孙大总统离心离德，现在被迫下野，政府方面是不是误解他了？”

廖仲恺对这种说法倒很不以为然，他说：“对此，大总统自是明察秋毫。”

陈独秀起身：“人家忙，我们就走吧。”

“仲甫！”廖仲恺举手，陈独秀止了步。

廖仲恺很恳切地说：“本月1日，仲甫在第一次全国劳动大会上发表的演讲《劳动节的由来与意义》，讲得实在是好。四天前，仲甫在社会主义青年团第一次代表大会上的演讲，将马克思的学理阐发得十分精辟，我听说了，敬佩非常！”

陈独秀道一声“谢谢”，口气淡然。他继续偕张国焘、陈公博往外走。廖仲恺又追上几步：“仲甫！”

陈独秀再次回脸。

廖仲恺说：“仲甫，你不要怨孙先生。他呢，可能也有他的道理。现在两党差异太大，平行合作，恐怕条件尚不够。”

陈独秀毫无表情，也不答话，只是伸出手，与廖仲恺握一下，然后甩腿又走。

廖仲恺追到大门外：“仲甫，贵党党员若是能加入国民党，孙先生当是万分欢迎的！”

陈独秀头也不回，而张国焘却大声回敬一句：“若是国民党员统统加入共产党，共产党也是万分欢迎的，不过，十个里要开除九个半！”

陈独秀一愣，斥责一句：“什么话，国焘？！”

张国焘说：“就这话！”

陈独秀说：“别瞎说！”

张国焘说：“太气人！”

廖仲恺怔怔地目送客人们的汽车开走，半晌，长叹一声。他是很为孙先生惋惜的。在他眼里，这些共产党人，都是中国的极为难得的精英，孙中山要图伟业之成功，哪能离了这些精英人物。陈炯明面皮上贴着社会主义将军之标签，五个月前还连续会见到南方考察的马林，长谈三次，表示坚决拥护俄式革命，而骨子里，他绝对是个见利忘义的新军阀。对此人，廖仲恺心里早就有数，只是孙先生还蒙在鼓里，蒙成一幅“醉卧枪丛”之画，再三唤也唤不醒。

整个一个月，廖仲恺心里都很难受。

卡车吼叫着前行，穿过一重又一重的铁丝网障碍物和露出枪管的沙袋掩体。

这是一辆满载军粮的货卡。陈独秀和陈公博摇摇晃晃坐在驾驶室内，他们搭乘这辆卡车驶往惠州的陈炯明司令部。

陈炯明下野在惠州，陈公博对陈炯明一直抱有好感，再三请陈独秀去惠州会会他，说陈炯明本人也已一再相邀，很是恳切。反正孙中山爱理不理，又何不去看看陈炯明？陈独秀蹲京师警察厅大狱之时，陈炯明不是在福建漳州还发表过营救通电吗？陈独秀托病扔下广东教育委员会委员长的头衔擅回上海，爱才如命的陈省长不是几次顿足大叹吗？

陈独秀一路看着粤军的备战之势，心弦吃紧，他对陈公博说："满鼻子的火药味啊。陈炯明看起来真要打。"

陈公博摇头："不会，顶多是一种防范举措。"

陈炯明是在遍挂作战地图的办公室里见客的，他也是一脸无辜的模样。

"仲甫啊仲甫，我哪里想开仗呢？"仅保留陆军部长一职的陈炯明大念苦经，"我一生追随孙总理投身国民革命，信奉自由、民主、科学，拥护社会主义。这世上，唯有他人负我，我从不负他人。唯有他人革掉我各项职务，我从不对他人道半个不字。天地良心，我哪里想与大总统为敌呢？喝茶！喝茶！"

陈公博啜一口苦丁茶，说："将军光明磊落，战功卓著，拯粤人于水火之中，世人有目共睹，我是素来钦佩陈将军的！"

陈炯明笑："公博先生乃提督之后，文武双通，我也素来钦佩公博先生。仲甫呢，我更是敬仰。去年，仲甫坚辞广东教育委员长，我再三挽留也没能挽留住。今日巧了，三人同姓，肝胆相映，你陈独秀，你陈公博，我陈炯明，三百年前全是一家！来来来，今日以茶代酒，干一杯如何？"

陈独秀稳坐于椅，不思举杯。

“陈将军！”他说，“我有一句忠告。”

陈炯明放下茶杯：“仲甫对我总是有忠告，有告且忠，我哪一回能不洗耳恭听呢？”

“你与孙先生之间，纵有天大之事，也可以商议解决，不需要拔刀相向。火并，实为世人所不齿。岂不闻‘恃德者昌，恃力者亡’？”

“那是当然，那是当然。”

“中国一团漆黑，唯见南方光明。革命任重道远，自家人万万不能自相残杀，以免曹锟、吴佩孚之流坐收渔翁之利。”

陈炯明微露不耐烦的神色：“对！对！”

“孙先生一向倚重陈将军，依靠将军之力他才得以重任大总统。望陈将军一定与孙先生精诚团结，共图国民革命大业！”

“唉，”陈炯明叹息，“孙大总统一味鼓吹北伐，未免性急。我以为，敌我力量悬殊，当前仍以保境安民为要！……”

“报告！”一位副官大踏步进门，“电报！”

陈炯明阅完电报，双眉一挑，道声失陪，便匆匆离开办公室。陈独秀隔窗凝望司令部外面一派紧张的备战情况，心神大为不宁。他推开门，沿走廊走了几步，左察右看，发现每个房间都挂有作战地图。军事参谋人员进进出出，一个个神情紧张。

陈独秀对身后的陈公博说：“你今天鼻子塞住了？这么重的火药味竟未闻出一丝一毫？陈炯明磨刀霍霍，居心叵测。”

陈公博说：“即便要起冲突，也是孙中山欺人太甚。要说军阀，孙中山也是军阀，其军阀名声很响，孙大炮是也！而陈炯明，倒是真心信仰社会主义，在广东甚得民心。”

“胡扯！”陈独秀剑眉扬起，“孙先生为中国革命呕心沥血，何来军阀之说？我们共产党人一向尊重孙先生！”

陈公博头一扬，神态倔强:“我不认为陈炯明将军有什么过错！我虽为中共之一分子，但我坚持我的立场！”

“那你可以退党。”陈独秀回答得非常干脆，同时扬起手，拦住迎面走来的一位军官，“我想走了。现在就走。这位先生是陈将军最好的朋友，他不走，他愿意继续留下来做客。有车没有?”

副官答:“门外有辆汽车，可以带陈先生出门。”

“很好。”陈独秀表情阴冷，“我有两句话，请你转禀陈将军。”

副官动作熟练地打开公文包，做记录状。

“第一句话：未能面辞，请陈将军多多包涵。第二句话，若不识时务，执意与孙中山火并，决计没有好下场！”

副官一时愣了。陈独秀昂首走出司令部。

陈公博没有送陈独秀，楼也未出，这位党首如此倨傲，他是没有想到的。他从窗子里看见陈独秀钻进一辆小汽车的时候，咬牙切齿地嘟哝:“你以为我陈公博就不敢退你这个小党?”

时隔一月，陈炯明便在孙中山的北伐军攻下赣州之时，彻底撕下伪装，公然叛乱。两个月后，一贯为陈炯明辩护的陈公博也果然宣布退出中国共产党。

1922 年 6 月 15 日之夜，注定是一个染黑历史版面的夜晚。这个夜晚，广州大总统府越秀楼客厅依旧灯火通明。

宋庆龄与何香凝正在兴趣盎然地探讨一件男式上衣的款式。上衣是何香凝带来的，一件灰色半成品，半似马褂，半似西服。

“他说衣领最好有个褶子，这么翻过来。”宋庆龄转达孙先生的意思。

何香凝看来看去看不懂:“反领？这像什么?”

“我这位先生就这么固执！”

“那干脆像西服，硬领子，敞开！”

“不能敞开，他还非得扣紧，说门禁森严才是华夏气派！——嘿，先生，是不是？”宋庆龄提高了音量。

孙中山在写字间阅文，闻言答：“是的，夫人。”

宋庆龄说：“你看！”

何香凝忍不住掩嘴笑。宋庆龄又说：“两个口袋也不够，他说要四个。”

“下面再添两个口袋？”何香凝更不懂了，“这像什么？先生做的究竟是衣服还是布褡子？”

“他说衣袋多了办事方便，文本书报随身可取。”

“毕竟是中华民国大总统，又不是驮书的骡子！”何香凝说，说毕，舌头一伸，自己也感到玩笑开过头了。

“香凝，就顺遂他的心吧。你手巧，弄个样子看看！”

孙中山搁了笔，走到客厅里来，说：“而且，四个口袋最好都加上软盖，这样，骡子驮的书报就不容易跌落出来。”

何香凝叫：“哎呀先生，我这张嘴太没遮拦！”

“才女嘛，总是出语惊人！”

“先生才惊人啊，连衣服都要剪裁得那么奇怪，不中不西！”

孙中山笑：“不中不西才是好，既打倒封建，又打倒列强！”

宋庆龄说：“达令，那你穿的就不叫衣裳，叫宣言喽！”

孙中山说：“对，就是一种宣言。见孙文之衣，便如见孙文之人！这种服装，若要命名，可称之‘孙文装’！或者‘中山装’！”

“中山装？这名号别致！”何香凝抿嘴笑，“日后，这种不中不西的‘中山装’在全中国大流传，也说不定呢！先生，请坐下，容我再量一量领子！”

何香凝用软布尺仔细量一下孙中山的脖子和双肩，一边量着，一边小声对孙中山说：“先生，你别把仲恺的话放在心上。他是一时气话。”

孙中山说：“仲恺这人呀，用心良苦。过于良苦，又容易弄巧成拙。他不该老是往外推陈炯明。”

宋庆龄说：“先生，仲恺的预言，也不是空穴来风。”

孙中山皱眉：“哎呀，你们呀，你们呀，陈炯明和我确有隔阂，有误会，我也给了他一些惩戒。可是，人家毕竟跟我出生入死二十余年，没有他反攻广州，也就没有我大总统府的建立。他即便对我再有不满，我孙文，也不诛功臣！”

他站起来，目光炯炯。

“归根结底，他不会负我！也不敢负我！”他又这样说。

他看何香凝，何香凝低头不语。

孙中山又说：“北伐军节节胜利，前天已拿下赣州。此时此刻，内部团结，至为紧要。不利团结之言，大家要再三缄口。”

何香凝收起衣服：“先生，我告辞。你的话，我都听明白了。中山装，我再回去试试。”

宋庆龄出门，一直将何香凝送上小汽车。孙中山在满城谣传甚嚣尘上之时，还如此评价陈炯明，宋庆龄也觉得不对劲。

何香凝进了汽车，又弯腰出来，说：“孙夫人，惠州情况异常，我真的很担心。仲恺昨日应陈炯明之邀去惠州，至今一无消息，我心里七上八下的。”

“这几天，我也有点提心吊胆。不过，先生的脾气，你也是知道的。”

“不是我说孙先生，先生太相信陈炯明了！”

宋庆龄看看满天星光，叹息一声，说：“脑后长没长反骨，有时候，眼睛还真看不出来。那个陈炯明将军，也许，真还不至于谋反呢？”

“孙夫人，你们自己千万小心，总统府卫队一共才五十几个人，我看今天晚上就不要睡觉了，不是我怕，是广州天气阴阳脸，实在拿不准。”何香凝见孙夫人点了头，才钻入汽车。

汽车离开观音山，还没转上两个弯，便在一个路口被挡住了。一大群荷枪实弹的士兵阴沉沉地站在路口，如黑暗中一团凝固的蜂群。

何香凝心里一惊，急忙下车，她想看个究竟。

“不准过去。”一个军官举起手。

“为什么？”

“戒严了！”

何香凝头皮一紧：“谁叫你们戒严的？你们听谁的？总统府没有发布戒严令！”

“听谁的？还能听谁？听陈总司令的！”

何香凝一听这话，迅速钻回汽车，命令司机：“快回总统府！快去报信！快！”

刚倒完车，车灯前便又出现了几个晃动的士兵。

“不准开回去！”

何香凝把头伸出车窗：“既不准往前走，又不能往后退，你们到底要我们往哪儿走？”

“就让你们窝在这儿！”

士兵们冲轮胎就是一刺刀，轮胎砰的一声爆了，像枪响。

何香凝觉得自己在打寒战。她推开车门，下车，忽然劲一鼓，爬上车头。

她挺直身子。她现在是站在小汽车顶棚上了。她在黑夜里冲着黑压压的士兵们大喊：“粤军士兵兄弟们！你们是当兵的，当兵的听司令的，这没错！可是，如果陈总司令命令你们把枪口对准你们的父亲母亲，你们听不听呢？孙中山大总统毕生致力于打倒清王朝，打倒帝国主义，打倒军阀统治，他就是你们的父亲母亲，你们能把枪口对准他吗？”

士兵们一片沉默。

“你这婆娘瞎说什么？下来！”一个军官舞着手，手上有手枪。

何香凝厉声喊：“士兵兄弟们，你们有谁是国民党员？”

士兵们嘤嘤嗡嗡说：“我们都是国民党员。”

何香凝火气大了：“你们都是国民党员，党员怎么能把枪口对准党的总理呢？你们入党的时候，不是都打了手模的吗？不是都表示效忠的吗？士兵兄弟们，你们万万不能用刺刀捅你们的父亲母亲啊！”

军官怒了，伸出手，狠狠一拨拉，何香凝的脚就歪了，接着整个人就摔下了汽车，乒乒乓乓一阵响。摔在地上的何香凝痛得叫唤：“哎哟！哎哟！”

军官说：“把这婆娘塞回汽车去！”

士兵们七手八脚一阵忙。何香凝一边挣扎一边喊：“孙夫人啊，广州变天了啊！你快叫孙先生离开总统府啊！”

她的嘶哑的尖喊声就像夜空在断裂。广州城在这个诡谲的夜晚，落满了黑色的碎片。

在何香凝被塞进汽车三分钟之后，广州的夜空突然颤动起来，火龙一道道划过夜空，观音山方向传来震耳欲聋的爆炸声以及炮弹的尖啸声。

就在这天深夜，或者说，是在1922年6月16日凌晨二时，蓄意谋反的陈炯明终于发动了叛乱。他悍然下令炮轰总统府，毫不犹豫地将广州置于血泊和火光之中。孙中山被迫戴上墨镜，穿上长衫，在卫士们的簇拥下，冒着连天炮火，趁夜紧急避乱于珠江江面的永丰舰，在那里指挥平叛。孙夫人宋庆龄也历经磨难，直至化装成村姑才得以逃脱广州城。两天后她登上永丰舰与孙中山会面，孙中山即令她离舰，先行去上海，呼吁全国民众支持南方政府的平叛斗争。

孙中山在白天还是精神抖擞，眼角眉梢方寸不乱，虽然属于他的土地只是脚下的这块甲板，但是他明白，一个统帅的威仪与镇定，在历史紧急时刻是首要之务。而在深夜，在密闭的亮着圆形舱灯的卧舱里，他却忍不住地怒火中烧了。他的一双近乎痉挛的手一遍遍地拳击着铁制的床档。

“陈炯明！……你这个叛逆贼子！”

铁床档子被撕揪得哗哗直响，像金属的碎雨。

就在孙中山于珠江江面悲愤地揪着床档的这一夜，远在上海的一家法国医院里，一位来自中国云南省的中年汉子，也在痛苦地敲击着床档。这两个人内心受煎熬的剧烈程度，看来是相同的。

中年汉子的双手摇晃床档，这种摇晃是如此猛烈，以致整个铁床都哗哗地响起来。护士出现了，是奔跑着赶过来的。

“怎么了？”她弯腰凝视着这个大汗淋漓的病人。她不知道这个病人是原滇军少将旅长，还当过云南省省会警察厅的厅长。

朱德呻吟着：“没事，你，你给我出去。”

“要不要喝水？”

朱德突如狮吼：“出去！我没事！”

护士赶紧退出病房，拉上门。她从门缝里看见病人在继续挣扎。她真的是不忍心，便对着门缝大声说：“你要挺住，先生，戒鸦片烟，真的像过刀山下火海一样。”

豆大的冷汗流在朱德的下巴上。朱德觉得有一大群麻麻辣辣的虫子蠕动在他的肚子里和血液中，他的五脏六腑在此刻似乎都是虫子的食物。

护士说：“有事，请叫我。”

朱德痉挛的手继续拗住床档，像是要折断它。

另一个护士一路小跑而来：“病人怎么了？”

门边的护士说：“这人，不是病人。一个真正的男人。”

这个三十六岁的真正的男人在圣公医院治愈了由戒鸦片引起的后遗症之后，到处找共产党。他觉得唯有这个政党，才能治愈国家的顽症，就如他发狠心治愈了自己的顽症一样。上海找不到，他又去北京找，京城找了一圈谁也不知道哪里有共产党，他又返回上海。七月中旬之时，他终于打听到了陈独秀先生在霞飞路老渔阳里的住址。

陈独秀不在家，高君曼见这位仰慕者的谈吐特别朴实，便起了好心，给了一个临时地址，那地址是李达的新家。她不知道这一天中国共产党第二次代表大会的开幕式就是在李达寓所举行，若是如此，她也不会随意介绍一个热血青壮年去那里见陈独秀了。

朱德拿了地址，立正，向高君曼行举手礼，标准的军人姿势。

这一天毛泽东也在找这个开会的地方，同样是寻找，区别在于朱德是有地址的，而到达上海的毛泽东摸遍口袋，也找不着他曾经记下来的这个会址。而陈独秀寓所在何处，他也忘了，他在7月16日的太阳底下转来转去，就是无法找到会场。毛泽东其时的懊丧之情，是不言而喻的。

衣衫褴褛的报童大声叫喊着，叫得街路震颤：“《申报》！看《申报》啦！孙中山坚守永丰舰，北伐军回师讨伐陈炯明！”

毛泽东疲乏地停下步子，撩起灰布长衫掏摸零钱。买了报纸之后，他靠在一家古董铺门边浏览标题。古董老板横眉竖眼冲他挥手，示意他走开。

毛泽东只好又走。

在英租界南成都路的一个里弄口，毛泽东靠近一家卖洋皂洋线的杂货店。“来碗凉茶。”他掏出一枚银毫。

老板娘用细嘴茶壶倒出一碗凉茶，还示意客人可以坐在门边的一张条凳上。

疲乏的毛泽东刚坐下，便见一个脸廓方方正正的中年汉子迈着大步朝他走过来。

朱德问他：“先生，这里是南成都路辅德里吧？”

毛泽东摇摇头：“对不住，我也不知。”

朱德又问了老板娘。老板娘指指里弄，点点头。

朱德忙说：“谢谢诸位！”

老板娘说：“不客气。”

毛泽东端着茶碗摇头：“没事，没事。”

朱德进弄而去，甩着双臂，仍旧是他的军人步伐。

丢了地址的毛泽东并不知道，离他现在靠着的这面砖墙不远的地方，就是中国共产党第二次全国代表大会开幕式的会场，南成都路辅德里六二五号，也就是李达的寓所。他同时也不知道，刚才以浓重的四川口音向他问路的那位中年汉子，就是六年之后将要与他在井冈山胜利会师的朱德军长。如果这一天他们握手相识的话，朱毛会面的时刻将在中国近代史上整整往前推移六年。

此时，在李达寓所内，客堂已经布置成会议厅模样。

与会的是十二位代表，他们代表的是全国一百九十五名共产党员。引人注目的代表是从法国归来才半年的蔡和森。

陈独秀的发言总是很犀利。

他以弯曲的手指敲着会议桌说：“第一，中国共产党要与革命叛徒陈炯明划清全部界限，发表谴责陈炯明的声明。凡中共党员，谁再为陈炯明帮腔，便给谁以公开警告！第二，我们坚决支持孙中山，但是坚决不加入国民党。要合作，党外合作！”

“这两点，我都投赞成票。”坐在门边的张国焘表态干脆，“不过，现在，独秀同志，有个人等着见你，在隔壁小房间。”

“毛润之来了？叫他进来！”

“不是毛润之。”

“毛润之怎么回事？他应该来的呀！”

蔡和森插言说：“他是说过要来上海的！”

李达也表示了奇怪：“我写信告诉他地址的呀，写得明明白白的呀，莫非他丢了信？”

张国焘催促：“独秀同志，你先到隔壁见见那个客人！”

“什么客人？”

“他口口声声要参加共产党。”

觉着了奇怪的陈独秀走到隔壁，与这位冒昧求见的浓眉汉子会晤了几分钟。但是，他们的谈话似乎不甚投机。

“中国共产党欢迎一切革命者，但是你的情况特殊。”陈独秀说话直截了当，“你刚才说，你当过云南陆军宪兵司令部司令官，是不是？”

朱德点首：“是的。”

“少将？”

“是的。”

“还当过云南省警务处长兼省会警察厅长，是不是？”

“是的。”

“还抽过鸦片？”

“戒了！”

陈独秀走了几步，说：“朱先生，恕我直言，像你这样出身的人，投身工人阶级的解放事业，并且准备为之牺牲，是不容易的。你需要长时间的学习，需要真诚的申请。突然摇身一变，恐怕不行。”

朱德急了："陈先生，我很崇敬你。《新青年》上，我拜读过你的文章。先生立论，犹如灯塔。我认定解救中国者，唯中国共产党。我确实是个旧军人，正因为如此，我殷切盼望新生！我反复研读过《史记》《汉书》《三国志》，但从历史身上我找不到中国的出路！而独在中国共产党身上，我看到了光明！陈先生，请你准许我加入贵党，我是铁了心的！陈先生，我千里迢迢来上海，就是想把我的心掏给你……"

陈独秀从椅子上站了起来："我今天很忙。"

朱德说："我想去欧洲一趟，访问马克思的故乡。我愿意为中国人民……"

"很好，"陈独秀点头，不冷不热的模样，"参加共产党，必须要以工人阶级的事业为自己的事业，以工人阶级的宇宙观为自己的宇宙观，对你这样的行伍出身的老军人来说，恐怕真的需要一个脱胎换骨的思想转变。我看这件事，是不是以后再说？"

朱德沉默良久，立正，行个举手礼，然后僵硬地后转身，退了出去。

张国焘追上几步，说："先生，这边请。"

朱德发现走错了，立即换个方向，走出大门。

陈独秀对张国焘说："我们要及时注意转移会场。每天开会，都要换一个地方。"

"不过，这个人，"张国焘说，"像是真心实意的。"

"革命潮涨，鱼龙混杂，难说。"陈独秀的结论很简洁。这类人，他见得多了。

朱德没有也不会听见陈独秀的这句评论，他依旧迈着他的军人的步伐，他的步伐与他的心情一样沉重。

朱德走出南成都路的时候，明白了这样一个事实，自己刚刚治愈的失眠症又得犯了，起码今夜将是一个烦躁而痛苦的通宵。

但是，他的探求真理的决心就如他的彻底戒除鸦片烟的决断一样，是异常坚定的。他认为，这也是事实。他找的是政党，而不是党首。尽管政党与党首密不可分，但是这毕竟还是两个概念。政党是主义的化身，他还是要找下去的。两个月之后，他便登上法国的邮轮，离开上海赴欧洲留学去了。

月光下的黄浦江，炎热而冷清。

冷僻的船码头旁边，陈独秀与李达席地而坐。他们是存心坐在这里谈一番话的。

“鹤鸣，我不知道你怎么看这些决议案。昨日会议是闭幕了，可我的眼皮子，一整夜开着。”陈独秀这样说，一边注意着李达的表情。李达则久久瞧着月光下粼动的江水。

开了一个礼拜的中共第二次代表大会，从中国国情的实际出发，制定出了中国革命的最低纲领和最高纲领。代表们有了这样的一致认识：在现阶段，中国人民的迫切需要还不是进行社会主义革命，而是首先要推翻帝国主义和封建主义这样两座大山，当然，党的最高纲领，仍然是在中国实现共产主义社会。中共二大还通过了《中国共产党加入第三国际决议案》《关于“民主的联合战线”的决议案》等九个决议案。会议选举陈独秀、邓中夏、张国焘、蔡和森、高君宇为中央执行委员会委员，中央执委会选举陈独秀为委员长。

陈独秀约李达出门走走，目的之一是解解李达的心结。李达对国共合作一直持有异议，此次也未被选入中央领导机构，他的宣传一职由湖南代表蔡和森接替。李达在闭幕那天晚上，一人喝了半斤白干，他以往是不这么喝酒的。对李达，陈独秀觉得应当好好抚慰一下。陈独秀推心置腹地对他说：“鹤鸣啊，这几个决议案中，我心里最存疙瘩的，是加入第三国际决议案。全世界的共产党五指握拢，共同打帝国主义一拳头，这是对的。可是一定要我们中国共产党成为第三国际的一个支部，咸咸淡淡都要听人家吆喝，这总归是一个问题。”

李达叹口气：“太上皇体制，殊为不智。”

“是啊，于情于理，皆为不通！”

“仲甫，说实话，这几个决议案中，我心里最存疙瘩的，是那个《关于“民主的联合战线”的决议案》。虽说，这个决议案也提出要保持共产党的独立性，‘决不是投降附属与合并’，但是，我们党小，他们党大，一旦合作，往往小者为大者所吞并，工人阶级政党就可能毁于一旦，想来，心里就怕。”

“我知道鹤鸣心存芥蒂。”陈独秀叹口气。

李达忽然就激动起来：“你是党首，我们是党羽，首脑转弯，羽尾不得不转。可是身子转了，这里偏偏难转！”李达指指自己的脑壳。

“你这个湖南人，”陈独秀说，“说话辣味重。蔡和森也是湖南人，他对两党合作，也有一些看法。你们湖南人，总是辣手辣脚。辣一点，好，辣是一种志气。马林每次见着我，也像是见着一根辣椒，龇牙咧嘴的。鹤鸣，对两党合作，我原先是反对的，现在收回意见了。但是我仍旧坚持必须党外合作，也就是两党平行合作。马林说我们共产党人应当向国民党党旗宣誓，戴上国民党的帽子，我听着这就不是一句话，而是一个屁！鹤鸣，这一点，你能接受吗？哟，又有一个湖南人走过来了！”

一个年轻的瘦高个子领着陈独秀的两个孩子，从江边的玩耍之地回来了。黑子蹦跳着告诉爸爸，他捡了一条死鱼。

这个高个子年轻人便是从莫斯科东方大学毕业回国的刘少奇，刚来上海，暂时在中国劳动组合书记部工作。

刘少奇说：“独秀同志，你的两个孩子也真有些顽皮呢！”

陈独秀大声说：“黑子，喜子，该回家了！”

黑子说：“爸爸，我还要玩！”

陈独秀说：“少奇同志，你这个湖南人，是不是也该回家工作了？”

刘少奇规规矩矩蹲下来，说：“我？”

“你回到湖南去工作。毛泽东同志认识吗？”

“听说过毛泽东大名！”

“他是湘区的书记，也是中国劳动组合书记部湖南分部的主任，你去他那儿，做工运工作，同时，也参加湘区党委。”

刘少奇说：“我马上动身。”

“你带一套二大的文件去，交给毛泽东。你要问他，为什么不来上海开会！这几天，说实话，关于两党合作问题，我特别想听听他这个湖南人的看法，可就是不见他人影儿。”

李达说：“润之一直是有独立见解的！”

陈独秀说：“毛润之这个人，骨子里硬，硬度像我，说话的那根舌头，却特别软，会打弯，有迂回战术，不至于像我这样常会惹得第三国际发怒。少奇同志，你回家乡，跟毛润之一块儿工作，你很快就会有长进的。”

杨开慧腆着已有七月身孕的肚子，一路引导前来报到的刘少奇往屋子东侧的水塘方向走。三湘八月，旱情持续，酷暑难当，杨开慧走几十步路，就觉得气喘了。

树间一片蝉鸣之声。刘少奇说：“慢些走吧，我不急。”

杨开慧指着远处，那是一架正在踏动的水车，杨开慧笑着说：“看见了吗？润之正在起劲呢！”

刘少奇一愣：“他在踩水车？”

“天旱，农田都裂了。润之从上海回来之后，这几天都在帮农民踩水车。”

刘少奇又一愣：“什么，他去过上海了？”

杨开慧笑：“走了个空，地址丢了！”

毛泽东踩的是一架狭长的龙骨水车，水车努力汲取着水量已经不多的水塘。毛泽东见着了来报到的刘少奇，十分高兴，一打听，发现彼此的家乡相距不怎么远，于是更加高兴。毛泽东当即邀请刘少奇踩水车。刘少奇说不会踩。你会走路吧？毛泽东说，你不是从湖南走到上海又走到莫斯科，又从莫斯科走到上海又走回长沙的吗？你会走路就会踩水车。毛泽东这么说着的时候，几个在沟渠边不断导引水流的菜农则一直偷偷地笑。

刘少奇一试，就会踩了。毛泽东说：“你看，你很会走路嘛。”

毛泽东边踩边对刘少奇说：“你要去安源。安源那里有一万三千工人，一万三千人起来了，湘东就红了。你要去学做工人运动。何谓运动？运动，就是踩水车。你看，水怎么提上来？靠腿，腿一上一下，水就哗哗哗出来了。这就是运动得法。运动二字，学问大了，你要到实际当中去学。”

刘少奇说：“我有这个信心。”

“你年轻，才二十四嘛，一定学得快，前两脚踩不准，后两脚就踩准了！”

“陈独秀委员长本来很想在会上听你谈谈两党合作问题。对这个问题，他有点儿犯难。”

“这个会，到底在哪儿开的？”

“南成都路。”

“南成都路？哎呀呀！”毛泽东想起来了，“我硬是走过这条南成都路的哟！我还买过一碗凉茶喝呢！”

刘少奇也笑：“这就叫失之交臂。”

毛泽东说：“两党合作，仲甫犯什么难啊？合作就是了！比如我现在踩水车，我就在想，我这两条腿可就是有名有姓的，不叫左腿，也不叫右腿，一条姓陈，叫陈独秀，一条姓孙，叫孙中山，两条腿轮流走，一前一后，一前一后，水就大了。大不大？”

刘小奇笑：“大了！”

“若光是一条腿走呢，少奇你下去，看着！”

刘少奇下了水车，看毛泽东使劲趴在横杆上，用一只脚踩水车。

毛泽东踩着，踩着，水流小了，水车也随之卡了壳。

刘少奇点头，说：“我明白了，缺了孙中山大总统不行，缺了陈独秀委员长也不行！”

毛泽东下了水车。好几个菜农喊：“谢谢你了，毛先生！”

毛泽东挥挥手，又回脸对刘少奇说：“我要是不丢了地址，一定在会议上好好发个言，给仲甫打打气。我知道张国焘有想法，蔡和森也有意见，李达也想不通。其实七嘴八舌，本是好事，大家只要把分歧摊在桌面上就是了嘛！”

刘少奇点头称是。

毛泽东说：“我是非常赞成共产党与国民党紧密合作的！先前，只怕是国民党以大凌小，不肯收我们这个小弟弟。从眼下来看，事情倒会有转机了。”

刘少奇不明白：“什么转机？”

“孙中山大总统现在何处？”

“报纸上说，他在一条军舰上反抗陈炯明。”

“军舰，只能浮在水上。水不是土地，站不住人，也支撑不住一个政府，孙中山已经是没有根基的大总统了。没有了根基，他就要找根基，中国的根基是什么？中国的根基不是军阀，是工农，是代表工农的共产党，孙中山现在是应当明白这个道理的了。”

刘少奇一声大叫："毛泽东同志！"

"怎么？"

刘少奇跌足："哎呀，毛泽东同志，你真是不该丢了地址！"

"对，"毛泽东说，"我应该在这次会议上，用我的脚说话，好好踩它一通水车！"

火车内的李大钊靠窗而坐，一边擦着脖子上的汗，一边看着窗外变幻无穷的水乡夏景。

这是1922年8月初，江南的盛夏。沪杭铁路两侧，皆是大片大片的绿色。亮晶晶的水塘里，静静地露着黑色水牛的鼻子。

被叛将陈炯明驱赶出广州的孙中山在1922年夏天的苦苦反攻的困境，已经使李大钊看见了国共两党紧密合作的光明前景。这一年夏季，李大钊一直逗留在上海、杭州一带，参加各种革命活动。他预计反攻无望的孙中山最终会来上海，上海必将是筹划国共合作的主要舞台。车厢闷热而嘈杂。坐在李大钊斜对面的一位摇黑色折扇的老者，正在大发时局评论，这种评论吸引着好几个年轻人的耳朵。

"孙大炮这回是没指望了！"折扇老者说，"他有几门大炮？他光是嘴上的大炮，他那条永丰舰，能有几门大炮？"

一位壮年插嘴说："听说那永丰舰了不得，是大清海军统制萨镇冰专门向日本订购的，排水量有七百八十吨哩！"

折扇老者脱了圆口黑布鞋，指着说："兵舰火炮，再怎么说，也是无根之炮，怎敌得过岸上火炮群起攻之？"

老者撮起一堆瓜子壳，分批丢向布鞋，丢完了，又把几块香蕉皮也扔过去。

布鞋"满载"了。

老者折扇收拢，啪一声敲在掌心："孙中山还不完？"

众人点头：“有理有理。”

李大钊忍不住插言说：“听似有理者，并非一定有理。岂不闻有句古话，叫作置于死地而后生？”

折扇老者闻言转脸，看定李大钊，说：“先生是国民党员吗？”

李大钊摇头：“不见得。”

折扇老者说：“敝人倒曾是国民党员，也曾打手模效忠孙总理，不过已在三日前退党了。”

李大钊说：“这又为何？”

折扇老者：“既为悬崖之党，何苦松缰放马？孙中山这一回是玩不转了，他的几个左膀右臂也都折了，他最得力的那个廖仲恺，现在也被陈炯明关在牢里，生死未卜，广州政府算是兜底儿完了！人间沧桑，可叹可泣哪！”

李大钊暗中点头，这位老者说的话，确也入木三分。但是他的入木，也仅仅三分，中国这棵大树的底气，他并不明白。凡千年挺立之大树，都自有除旧布新的能力，凡眼难窥就是了。

而老者所提到的廖仲恺，倒确是很叫李大钊担心的。国民党若是失散了这些坚定的左派，那就不光是国民党的损失，也不光是共产党的损失，而是民族的损失。

廖仲恺的囚禁地是在广州城以西的石井兵工厂里，而且在这座兵工厂的地下室。何香凝是费了好大劲，才打听到丈夫被囚的确切地点。她花力气打通了关节，才被准许与丈夫见一面。

她上百次想象着丈夫的面黄肌瘦，头发与胡子都该长了，但是一旦相见，囚室内的惨象，还是叫何香凝惊呆了。

廖仲恺胡子拉碴，身上被三道铁链子锁着，手上、脚上、腰间各一道，锁死在一张铁床上。一身单夹衣被汗水污得不成样子。

“仲恺！”何香凝扑过去，悲恸至极。

廖仲恺倒是态度沉静：“不要难过，要想一想，我们的革命，怎么革到了今天这一步！”

他的思路还是非常清楚的。妻子压住啜泣，说：“怨孙先生，太相信陈炯明。”

廖仲恺说：“不怨先生，我也太相信这个叛逆了。不然，我也不至于自投罗网。唉，何人为友，何人为敌，孙先生不甚明白，我也是进言不够哟！香凝，别哭，你一向是坚强的。”

“我是买通了一个军官，才来看你的。”何香凝抹去泪，打开随身带的包袱，取出干净衣服，扭脸问卫兵，“喂，能开锁吧？只开一会儿，换件衣服？”

卫兵的脸犹如铁铸：“不行！”

何香凝大怒：“良心叫狗啃了？！”

卫兵漠然。何香凝迸足劲儿，果断地撕开丈夫衣服，吃力地将新衣服替他换上。三道铁链，换衣之难，可以想见。廖仲恺一边挣扎着配合，一边问：“这是什么衣服？”

“这叫中山装，孙先生亲自设计的。”

“我很想念孙先生，无时无刻不想。”

“你会见到他的！我一定想法子救你出去！我想过了，我要直接找到陈炯明！我会闯到他司令部去！”

“我对他不抱幻想。我准备就义。我作了一首诀别诗，你记下来。”

何香凝说：“不，我不能叫陈炯明枪毙你！你不会死！”

廖仲恺大声说：“备笔！”

妻子取出随身所带的纸、笔。她明显地感觉到自己手指的哆嗦。廖仲恺望着妻子，缓声念：

后事凭君独任劳，莫教辜负女中豪。

我身虽去灵明在，胜似屠门握杀刀。

两滴泪水落在纸上。何香凝热泪涟涟。

“还有一首写给孩子的，取题《诀醒女、承儿》，你记下来：女勿悲，儿勿啼，阿爹去矣不言归。欲要阿爹喜，阿女阿儿惜身体！欲要阿爹乐，阿女阿儿勤苦学。阿爹苦乐与前同，只欠从前一躯壳。躯壳本是臭皮囊，百岁会当委沟壑。人生最重是精神，精神日新德日新。尚有一言须记取：留汝哀思事母亲。”

何香凝扔了笔，呜呜大恸。

廖仲恺说：“别哭，让卫兵看笑话！”

何香凝顿时止声，用衣袖揩干泪，冲卫兵大骂：“我不是哭自己，也不是哭仲恺，我是哭你们！你们这帮反动分子，末日不远了！”

卫兵反骂：“谁末日不远？孙大炮才末日到了！几只破兵舰，能撑到什么时候？”

李大钊与陈独秀并肩走进老渔阳里。

“孙中山在海上，看来是撑不了多久了。既然难回广州，他必来上海。仲甫，你应加紧与之磋商，两党联合之推动，其为时也！”李大钊说。

陈独秀推开房门：“你是这么判断的？”

“孙中山很难有第二个地方可去。”

“他的北伐部队回师攻打陈炯明，也连连失挫。你说得对，孙中山只有来沪一途。”

“我的第二个判断是：孙中山遭此磨难之后，必对我党采取更加诚恳的态度。两党合作，将会开创新局。”

“有此可能。”陈独秀拉开楼下大客厅的一张椅子，示意对方坐下。

李大钊坐下，说：“孙中山这个人，应该说，是中国最有胆气的人。他此次遭难，可以用五内俱焚来形容。但是五内经此焚烧，就像太上老君开了炼丹炉一样，晶莹剔透了。他那颗燃烧过的心，将会更加明白谁是仇家，谁是朋友。他的燃烧过的胆，将会更加胆魄过人，励志图新。我前几日听人评说，说孙大炮从此完了，国民党从此完了，我认为说这话的人，根本不明白孙中山长着一副什么骨头，根本不明白中国民心所向！”

“守常，”陈独秀寻出一双草拖鞋，“那我们就在上海恭候这位非常大总统，你须在上海多住些日子，你我多商量商量。夫人不会有意见吧？”

李大钊笑：“哪里话！”

高君曼走出来，把一柄大蒲扇递给李大钊，悄声说：“李先生，你无论如何要多住几天。你好好劝劝他，这个独秀，真的是越来越不像话！”

正在换鞋的陈独秀似乎听见了什么，恼了：“君曼，又嚼什么舌头？”

高君曼委屈地说：“李先生，你看，他对孙中山的态度是一天比一天好，对我的态度却是一天比一天坏！”

陈独秀怒：“有你这么比喻的吗？”

李大钊笑出声来，还没打出一个哈哈，忽然敛了笑容。他听见了门外传来的报童的叫喊声。

“看报！看报！”报童嗓门又亮又尖，“看孙中山寡不敌众，撤离永丰舰！看孙中山前来上海！”

“啊呀！”陈独秀大叫，“说到曹操，曹操就到！”

两人相视而笑。

第 10 章

俄国皇后号邮船自南海进入东海。

海水呈灰蓝色，浪涛哗哗，水珠溅上甲板。在 1922 年 8 月 13 日这一天上午，蒋介石迈着军人的步伐走到孙中山舱室前。

“孙先生！”他对着紧闭的舱室门立正，“先生！先生！”

无人应答。

奇怪，蒋介石又喊：“大总统！大总统！”

还是没有声音。

在永丰舰上坚持平叛斗争五十五天的孙中山，终因寡不敌众，孤军无援，于 8 月 9 日离开广州，转道香港，乘皇后号赴上海。中国的第二次护法战争遂宣告失败。孙中山心情之恶劣，是可以想见的。但是他没有紧闭舱室不睬他人的习惯。

蒋介石是接到孙中山的急电，特意从老家浙江奉化赶到中山舰上来帮助孙中山操持军事的。共同蒙难一个多月，彼此都觉得心更近了，而今叫唤半天不见孙先生开门，倒是大觉奇怪。他狠劲一推，舱门竟开了，一看，舱内却无人。

门口走进小个子勤务兵，气咻咻拎来一壶热水。

蒋介石急问：“大总统呢？”

“在呀。”

“人呢？”

勤务兵探头一瞧，也觉奇怪，跟着说：“对，人呢？”

蒋介石厉声：“你是怎么照看大总统的？大总统这几天胸口发

闷，叫你寸步不离，你长耳朵没有？”

勤兵务傻了眼。

蒋介石回身就走，嗵嗵嗵走到汪精卫舱室，推门就问：“兆铭兄，见大总统没有？”

“没有啊，”汪精卫一骨碌翻身下床，“他不在自己舱室吗？”

蒋介石忽然意识到了什么，叫一声：“糟糕！”

汪精卫也慌了：“我陪你去找！”

蒋介石首先就往船尾跑，军靴踏在甲板上，一路敲响“铁皮鼓”。

船尾水花翻腾，如蛟龙喷水，雪茫茫一片。蒋介石与汪精卫趴在舷栏上，不顾水雾扑面，一直察看着船尾。

汪精卫喃声说：“不至于吧？不至于吧？”

蒋介石大声问一名站在船尾的俄籍水手：“你有没有见到我们的孙大总统上这里来？”

水手闹不明白：“孙……中……山？”

“是啊，孙中山先生！”

俄籍水手摊摊手，又耸耸肩，表示没有见到这个人。

孙中山款步走入皇后号邮轮炊事舱。

砧板上在剖鱼，几位俄籍炊事员和华人炊事员满手都是鱼鳞与鱼血。炊事员听见响动，一回头，便看见了这个面熟的人。

“你是，你是，你是，孙中山大总统！”炊事员顿然识人，表情惊喜。

“孙总理，我是中国国民党员，”另一位华人胖厨师立即摘下白帽子，奔几步，鞠一躬，“向孙总理问好！向大总统问好！”

孙中山说：“先生们好！晚餐吃鱼？”

胖厨师说：“吃鱼。”

“什么鱼？”

“鲢鱼。不是海水鱼，是淡水鱼。”

孙中山弯腰观看，手指砧板：“这是鱼肠？”

炊事员说：“鱼肠，大总统。”

“这颗绿的，就是鱼胆喽？”

“鱼胆，大总统。”

孙中山伸手，挖起一颗鱼胆，凝神而视。所有的人都看着孙中山，不知大总统要干什么。

舱门外，只听小个子勤务兵一声欢叫“大总统在这儿”，嗓音如释重负，紧接着便见着了气喘吁吁的蒋介石和汪精卫。

孙中山并不回头看蒋介石与汪精卫，他双目炯炯，只盯着手中这粒小小的鱼胆，一时似有千言万语要说。

炊事员说：“大总统，鱼胆腥气！”

孙中山言语掷地有声：“遥想当年，越王勾践，为图复仇，卧薪尝胆。今我孙文，漂泊海上近两月，有意卧薪，也无薪可卧。幸亏还有一粒苦胆可尝，孙文今日就以胆励志，尝了它吧！”

炊事员大为失惊：“不能吃，大总统！”

蒋介石急忙喊：“孙先生，生食不可咽！”

孙中山已将鱼胆放入嘴中，一口吞下。

汪精卫蹦上一步，举起双手做成碗状，紧急地放于孙中山嘴前，苦起脸说：“请先生一定吐出来！”

“既已食下，何言吐出？”孙中山拍拍自己的肚皮，大声说，“本大总统腹中，已有胆了！”

汪精卫一愣：“先生是说，先生有胆了？”

“对，”孙中山说，“有胆了！你们听清楚没有，我孙文，今日有胆了！”

这句话，他连说了三遍。一刻钟之后，在他自己的舱室里，他召集了一个部属会议，这句话，他又重复说了三遍。

然后，他厉声说："孙文昔日也不是没有胆，只是有许多话，想说的，一时不敢说！有许多事，看准的，一时不敢做！看看左面，左面有无狼？看看右面，右面有无虎？英雄气短，豪杰生怯，何其悲也！"

部属们鸦雀无声。

蒋介石专注地看着孙中山，脑子动得飞快。汪精卫也在思索，脑子同样转得飞快。孙中山又说："孙文率领同志为民国而奋斗，先后三十年。这中间真可谓出生入死，艰辛备尝。失败的次数，也是不可胜数。但失败得最惨、最烈、最叫人痛彻心肺的，莫过于这一回了。而且，最叫人寒心的，是我们这一次的敌人，不是曹锟、吴佩孚，不是黎元洪，竟是追随我二十年的党徒陈炯明！"

"先生！"蒋介石厉声请求，"别再提陈贼姓名！可恨贼子，廖仲恺现在还被他关押，生死未卜！"

汪精卫说："先生，围攻总统府的四千名叛军官兵，大多数是中国国民党党员！"

孙中山说："所以我今日壮胆，也是逼出来的！我早知国民党积弊甚深，但是难以展刀除腐！我早知北方邻邦友我真诚，但是不敢公开友俄而怕西方列强不悦！我早知陈独秀之共产党真意助我，但是怕党内有疑而不敢接纳！我孙文还是无胆啊！但是今日，大海做证，我孙文有胆了！"

汪精卫大声说："作为国民党员，精卫也要鼓起胆气，以精卫衔泥填海之毅力，跟随总理改造本党，改造国家！"

"好！"孙中山十分满意，"兆铭刚才要我从速吐胆，此刻要不要我吐胆了？"

汪精卫立正："不要了！兆铭唯总理马首是瞻！"

“很好。”孙中山说，“我到上海之后，将立即整顿党务，革新政策，壮大阵线，力图自强，还望诸位同志继续襄助于我，勿起背离之念，勿生颓废之心。”

汪精卫说：“先生，精卫还想斗胆问一句。”孙中山点首，同意他发问。

“先生是否确已萌生联俄友共之意？”汪精卫一问，就问得尖锐。

蒋介石听得汪精卫这句问话，便抬起眼，细细观察孙中山的脸色。

孙中山想了想，说：“国民党是我的孩子，现在眼看着就要淹死！我向英美呼救，它们站在岸上，嘲笑我孙文！这时漂来一根俄国稻草，我在快要灭顶之时，想抓住它。英国和美国在岸上向我大喊：千万不要抓那根稻草！但是，不抓稻草，他们就打算帮助我了吗？没有！”

所有的人都凝神屏息。这是一个有趣的比喻。

“我也知道这是一根稻草，可是总比什么也没有好！或许，这还不是一根稻草呢？是一根草绳呢？或许，这还是一根很坚实很诚恳的绳子呢？我孙文拉着这根绳子，或许就上岸了呢？”

汪精卫一声叹：“是啊，这也说不定。”

孙中山说：“俄罗斯人，共产党人，在我最困难的时候谴责了陈炯明。敌友之泾渭，此时此刻，孙文应说是有所判明的了！”

从孙中山舱室出来的时候，天已黑了，大海在夜色中泛着依稀的白光。汪精卫与蒋介石都没有回舱室，他们站在邮轮的舷栏边，听着水声。白天听水声，很单调。晚上再听，水声复杂起来。

“介石老弟，”汪精卫说，“情形很明白了，大总统所言之胆，就是联俄联共。”

蒋介石不语。舷边有水珠溅到他的嘴边。他舔一舔，发咸。

“国民党这条船，眼看就要有新的航向了。”汪精卫又说。

蒋介石说:“船长还是老船长。”

“这话对。”汪精卫说，忽又觉得还没有听明白蒋介石的真意，“你这话，究竟是什么意思?”

蒋介石笑一下，语调冰凉:“中正从来没有别的意思，中正唯以孙先生的意思为意思。”

夜海茫茫。海与天的交界处有航标灯闪烁。汪精卫不知道蒋介石心中闪烁着什么。

他于是说:“介石老弟，你的城府总是比我深哟!”

蒋介石手扶舷栏，用他的宁波官话，缓缓说:“抬头看天，天高不可测。低头看海，水深不可测。两耳听风，风长不可测。天地自然均如此，何况人乎?”

汪精卫默然半晌，说:“城府深不可测，源于前途险不可测也。我这句话对不对，介石老弟?”

蒋介石依旧咧嘴干笑一声，没有回答。

八月游杭州西湖倒是一大赏心乐事。湖四周一片深绿，一片蝉鸣。一艘精致的西湖游船在湖心的三个小石潭之间缓缓荡漾，湖水波动，木桨咿呀，船娘含笑。

西湖十景之一的三潭印月美景，使木船上的七个人都觉得神清气舒，尽管船中话题依然沉重。七个人是这样七个人：陈独秀、李大钊、张国焘、高君宇、蔡和森、马林及其翻译张太雷。这样的七个人所扛起的话题，不可能不沉重。

孙中山于 8 月 14 日抵达上海之后，李大钊多次会见了孙中山，表示愿促进两党合作，共同进行国民革命。这一年的下半年，孙中山进行了一生中最有历史意义的伟大转变，由走旧的民主革命道路转变为走联俄、容共、扶助工农的新的民主革命道路。他开始了彻底改组国民党的工作。但是，对于共产党与国民党的合作，他仍然反对平行的两党党外合作，而赞成共产党员以个人名义加入国民党的两党党内合作。对这个问题，中国共产党党内的立场，一时还无法统一。于是，在马林的紧急建议下，中共中央在杭州西湖举行了为时两天的特别会议，马林在会上传达了共产国际执委会主席团关于中国问题的指示和决定，力促国共两党党内合作。党内合作与党外合作，虽一字之差，却有天壤之别。起码陈独秀就是这么认为的。

马林此人，实在太牛，他坐在船中恨恨地想。

翻译张太雷说："马林同志刚才宣读的，是共产国际八月指示的第二条，全文是：共产国际执委会认为国民党是一个革命的政党，这个政党坚持辛亥革命的使命，并渴望建立一个独立的中华民国。"

"什么叫革命的政党？资产阶级的革命还是无产阶级的革命？"陈独秀耐不住了，手拍船舷，拍得梆梆梆响。

马林严肃地说："请允许我把共产国际的指示宣读完。"

李大钊打圆场："我提议，还是先听完。听完之后，细细品味，然后各人再发表各人见解，如何？"

马林一时倒没有心思念下去了，在游船慢慢擦过小石潭的时候，他忽然伸出多毛的手臂，搂住了石潭的底部，直叫船只猛一阵摇晃。坐在船尾的船娘一阵吓，继而又觉得好笑。

马林说："同志们，石头的坚定性和船只的机动性，都是革命党人应当具备的品质！"

张国焘说："马林同志，小心翻船！"

蔡和森也附和："如此，非翻不可！"

"不，不，"马林大笑，"船儿已经靠岸了！"

陈独秀手指小石潭，大声说："你的依靠对象，根底并不深！你不要自以为是！"

马林问张太雷："陈同志说什么？"

张太雷说："他说你这个姿势很好，可惜没有照相机。"

马林呵呵大笑起来，金丝框眼镜在阳光下闪闪烁烁。

他猛一推小石潭，船儿便晃悠着退开了。

但是随着他这一用力的手势，一道淡淡的金光离了他的手腕，直落湖中，溅起扑通一声响。

"我的表！"马林失惊。

一只在当时的中国还比较稀罕的戴在手腕上的小金表，就这样落入了湖水之中。

在厚重的湖水里，手表缓缓下落，带着它的越来越暗淡的金黄的光芒。

一条黑鱼的鱼尾轻轻扫了一下表带。

这只无奈的金表现在听见了湖面上传来的马林的声音："还是一个瑞士商人送给我的，新表，才戴了一年！"

这声音很沮丧，但是金表不能不继续以优美的姿态下落，一直落入软和的淤泥之中。

半个表面露在外面，嚓嚓嚓的机械声依旧非常清脆。马林似乎还能听清湖底的走表之声，顿足说："那个瑞士商人告诉我，这只表，起码能走三十年！能捞得起来吗？"

摇船的船娘笑了。

张国焘说："问过船娘了，她说捞不起来的！"

李大钊说："马林同志，就让这只表留在西湖里吧，让它在碧波之中做证，你马林同志当年是如何努力推动中国革命政党之间的合作的！"

马林听罢张太雷的翻译，挥挥手，也笑了。

“好吧，”马林说，“让我的表在湖水里走三十年吧！”

“噢，三十年！”蔡和森掰掰手指头，“今岁是 1922，过三十年，就是 1952 了。哈哈，这只表要记录 1952 年的中国！”

“啊！”马林激情澎湃，“中国同志们，如果我们现在就毫不犹豫地推进两党合作，我的这只躺在中国西湖里的手表就能够做证，三十年后，也就是 1952 年，中国共产党和中国国民党的合作将如磐石般的紧密！”

“马林说些什么？”陈独秀大皱眉头，“这个荷兰人，根本不懂中国！”

陈独秀这句话，看来是极有道理的。马林的关于三十年之后中国情况的断言并不确切，说明这个外国人当时还并未很透彻地理解中国。但是李大钊越来越认为，马林的这项得到共产国际支持的提议，是有其科学性的。他很为陈独秀的固执担心，也觉得要安慰一下马林。要中国人接受一种新观念，正面交锋往往不行。

在游船靠拢岳坟，众人上岸休息之时，李大钊特意走在马林身边。在岳飞的圆形大墓前，他们并肩站了好些时候。

“如果我的脾性如铁，”马林叹口气说，“陈独秀同志的脾性就如钢，他总是比我要硬一些。”

李大钊听了张太雷的翻译，含笑不语。

马林手指岳飞之坟，说：“中国人不是历来就有听话的传统吗？皇帝多发几道金牌，岳飞元帅阁下不也就回心转意，接受皇帝之命返回首都了吗？”

李大钊笑嘻嘻说：“愿意听我的想法吗，马林同志？”

“李同志，”马林说，“我希望你能勇敢地说出我在你家里吃饺子之时你所发表的那些意见。”

“不，我不会说。”李大钊微笑，“起码我今天不会说出这样的意见。马林同志，你不必着急，也不必将共产国际比作发金牌的封建皇帝。谁说得有理，我们中国共产党人最终就会听谁的！”

“李同志这样的立场，我是同意的。”

“晚上，我打算找陈独秀同志好好谈谈。”

马林听懂了对方的意思，于是大声感叹了一句：“李同志的和风细雨，总是比我的急风暴雨水量更大。”

晚上，陈独秀歪在旅馆床上生闷气，张国焘为他放下蚊帐，再拿起一把扇子，哗哗地驱赶蚊子。边赶，张国焘边说：“我就觉得马林的意见不对，还搬来共产国际的指示，像十二道金牌一样，太气人了！”

“你怎么老是屁股后面扇扇子？”陈独秀一个翻身坐起，“你会上怎么不吭声？”

“我……我本来是想发言的。”

“仗义执言，光明磊落，才是大丈夫！”

“好，好，我明白了。陈委员长此言，也是大丈夫之言！”

李大钊推门进来，嘻嘻一笑：“仲甫，窝在蚊帐里养痱子，可不是大丈夫之举。白居易诗言：最爱湖东行不足，绿杨阴里白沙堤。还是去白堤吹吹西湖夜风吧？”

陈独秀跟着李大钊，出了昭庆寺，走过断桥。两人任夜风吹拂一直无言，直到闻到白堤上的一个油炸臭豆腐摊子的浓烈的气味，陈独秀才来了兴趣。

“请你吃臭豆腐！”他拍腿。

“太臭！不惯！不惯！”

“闻闻臭，吃吃香。”陈独秀拉着他蹲下来，“这是华东口味，知道你河北人不习惯。但只须咬一口，你就知道滋味。”

李大钊从陈独秀手中接过一串，闻一闻，咬一口，口腔里慢慢一运，说：“果然！”

“嘿嘿，”陈独秀得意了，“怎么样？”

“你说得在理，”李大钊边嚼边点头，“闻闻臭，吃吃香。这真是一个深奥的道理。鼻子反对的，口舌不一定跟着走。嘴巴接受的，鼻子也并不一定要顺着跑。仲甫，许多事情，真的不能观念先行，须得实践起来再说。”

陈独秀一愣，脸一沉：“你指什么？指马林的观点？”

李大钊急忙转向，另起话题：“延年、乔年在法国都好吧？”

陈独秀嚼着臭豆腐，走到湖边，凝望黑黝黝的湖水。

“犬子两个，大有长进，都开始信奉苏俄革命了。”

李大钊说：“你看，他们两个啊，过去只信无政府主义，你我都担心他们弯不过来。如今起变化了吧？看来法兰西也有臭豆腐卖。”

“我每回去信，都嘱他们不要墨守成规。他们还是听了话的。”

“墨守成规，一定坏事。”

“当然。”

“仲甫，你是不是也该给自己发这么一封信呢？”

陈独秀心里想，这个李守常啊，真能拐，一拐、两拐，又拐上这个话题了：“守常，你尽是话中有话啊！”

“仲甫，”李大钊说，“我现在吃完了臭豆腐，你或许会认为我说的话满嘴臭气，这是你鼻子的观点，你的鼻子可能是对的。但是仲甫，我请你以你的心来倾听我的话，你的心或许会认为我的话并无异味。我认为，今日马林传达的共产国际的意见，并非瞎说一气。我们耐下心来，换个角度，细细想想，兴许也会有柳暗花明的感觉。依这一种理想走下去或许真能踩出一条中国革命的新路来！你看，爪哇共产党加入了爪哇伊斯兰同盟，英国共产党加入了英国工党，中国当然不是爪哇，中国当然也不是英国，但是爪哇和英国既然都出了经验，中国共产党人，是不是也可以认认真真研究它一番呢？”

陈独秀说：“对于你的话，我还是相信我的鼻子！”

李大钊笑，笑得很宽容。他相信，现在，陈独秀全身的器官中，并非只有一个鼻子在工作。所以他后来独自一个人慢悠悠地逛回了旅馆，他让陈独秀多留在湖边坐一会儿。多坐一会儿好，湖边空气湿润，还夹着荷花的清香，这种湿润的香气能透过鼻孔，慢慢挤走胸间的焦躁。后来当着急的张国焘提出要去湖边找陈独秀时，他拦住了张国焘，他说：“国焘，莫着急。有时候，一湖静水，是一罐最好的汤药。”

第二天下雨。杭州的夏雨本来很短促，这次却下得无休无止。中共特别会议第二天的会址选在保俶塔一侧的山亭里。由于雨水，整个宝石山顶无一游人。

会议的争论也有些无休无止。陈独秀听着，只吐烟雾不说话。李大钊也暂且保持沉默，他知道陈独秀最后是会说几句话的。

张国焘说得比较多。他觉得今天应该发发话了，今天再不开口，不能不挨陈委员长的训，而且，也不能不挨自己的训。对于共产党员统统加入国民党，他一向疙瘩。所以他口齿清晰地说：“作为一名共产党人，我觉得应该公开地负责地说明我的立场。我很抱歉昨日我没有吭声。我现在愿意声明，我坚决反对共产党员以个人名义加入国民党！——再道一声抱歉，马林同志！——如果说，中共全体党员都加入了国民党，而且都在国民党内担任实际工作，那就是说，陈独秀委员长也要在国民党内担任实际工作，接受国民党的指导而忙得不可开交，那么，还有什么中共的独立呢？”

马林脸色阴沉地听完张太雷的翻译，腮帮像蛙似的鼓了鼓，不吱声。

蔡和森说：“国焘同志的意见，是有道理的。党与党的这种方式的联手，我在欧洲没有听说过。当然，共产国际的指示，也是来自欧洲的。总之，此事，需要特别慎重。”

马林忍不住了，站起来说：“中国国内的独立的工人运动并不强大，中国共产党还相当年轻，我愿意再次重申这一点：共产国际已经正式决议，中国共产党党员参加中国国民党是适宜的！”

天打个闪，紧接一声炸雷。从山顶看下去，整个雾蒙蒙的西湖都在抖颤。

陈独秀咳嗽了一声，说：“我说。”

大家都静下来。雨声越来越响，啪啪打在亭瓦上，发出一种类似铜铃般的响声。

“我，”陈独秀说，“可以同意中共党员以个人身份加入国民党。”

“陈先生，你说什么？”张国焘简直不相信自己的耳朵。

“对，对，”马林说，“我听明白陈同志的意思了。陈同志说得对，请继续说下去。”

张国焘走到陈独秀面前，说：“你说错了吧，委员长同志？”

“我可能没有说错。”陈独秀嘴中的青烟，喷在张国焘的黑色衬衫的第三粒纽扣上。

“陈同志说得很对。他说出了正确的意见。”马林说，“请他继续说下去。”

陈独秀说：“我说下去。现在我要说一句丑话，丑话应当说在前头，我们服从共产国际的决议，是有条件的服从。请注意，我说的是有条件！国民党，虽说是一个各阶级的革命联盟，但是，封建色彩很重！共产党人，难道能向个人宣誓效忠吗？我们能打手模吗？而这些场面，都是马林同志亲眼见过的！”

马林点点头。他是见过。他也觉得这不好。

陈独秀说：“只有孙中山取消打手模，取消宣誓服从他个人的入党办法，我们才可以考虑加入！”

“而且，”李大钊站起来，他觉得他应该说话了，这是一个政党的十字路口，也是一个历史的十字路口，共产党人再不能犹豫了，“而且，我补充一句，国民党必须根据民主的原则进行改组！再而且，共产党员以个人身份加入国民党之后，中国共产党必须仍然保持自己的完全独立地位！在这样的条件下，中国共产党和中国国民党是可以精诚合作的。”

张国焘一屁股坐下，他深感失望。他声音不轻不重地说：“我做梦也没想到，我张国焘这辈子会是一个国民党员！而且，我也没有想到，本党委员长昨天一个腔调，今天又完全是另一个腔调！”

张国焘说完这句话的时候，山亭外，雨停了。

两辆黑色小汽车在黑暗中徐徐弯进了张继的视线。

候在国民党本部门口的张继几步上前，拉开车门。

先后走出汽车的是陈独秀、李大钊、张国焘、蔡和森和张太雷。这是1922年8月的最后一天，上海滩又闷又热，五个下车人的脸上都蒙着一层油汗。

“欢迎欢迎！”张继说。他今天是这五位共产党主要人物加入中国国民党的介绍人，心里一直忐忑。孙中山的困境，他心里很明白，但孙中山一口答应立即取消向个人宣誓效忠以及打手模的入党办法，马上欢迎共产党头面人物入党，并且亲自来主盟入党仪式，这种快速变脸，他是没有想到的。

当李大钊跟这位早稻田大学的同窗热烈握手，连称“老同学专门迎候，不好意思”的时候，他也只咧嘴笑笑，显得不冷不热。

内厅的墙上，一面崭新的国民党党旗早已高高悬挂好了。孙中山长袍马褂，兴致很高。他吩咐，宣誓之前，先上香茶。孙中山端着茶盅笑嘻嘻说：“我们国民党内啊，成分过于复杂，人格不齐，大多数党员都把加入本党，当作做官的终南捷径，这实在令外人看不起。此次陈炯明反叛，便是一例，诸位都是看到的，竟有那么多国民党员开枪开炮来打我这个国民党总理。”

陈独秀说：“孙先生幸免于难，也是国人之福。”

“教训实在惨酷啊！”孙中山摇头，“可以这么说，国民党正在堕落中死亡，要救活它，不能没有新鲜血液！你们的建议是对的，本党必须彻底改组，去恶留良，把那些不良分子设法淘汰。不如此，国民党无望！”

张继越听心里疙瘩越大，于是提议：“总理，开始吧？”

孙中山高兴：“好，开始，开始！”

张继说：“请诸位起立，站于本党党旗下。”

五个中共领袖人物面对国民党党旗，站成一行。李大钊忽而一笑：“溥泉兄，你又带我宣誓一次了。”

“是吗？”

“学兄忘了？”李大钊说，“当年同窗早稻田，我们中国学生登山宣誓，为中华革命，不惜捐躯。领誓人，也是溥泉兄！”

孙中山说：“对了，你们是早稻田的同窗！我以为，你们当年宣誓，今日宣誓，均乃秉承同一理念，皆为复兴中华民国！”

李大钊说：“请领誓！”

张继说：“谢谢！”

他取出一份新拟的入党誓词，说：“我念一句，请诸位跟念一句。”

张国焘举起右拳，忽然又放下，说："我可以先看一看吗？"

"请便。"孙中山很宽容。张国焘从张继手中接过誓言，认真阅读了一遍，然后递向陈独秀，说："独秀同志看看。"

李大钊问："国焘，你认为如何？"

张国焘迟迟疑疑回答："可以。"

李大钊果断地说："你认为可以，就可以了，仲甫亦不必再看。"

陈独秀完全放心："我不看了，我不看了，请入党介绍人张继同志领誓。"

他们的宣誓声音并不很大，但是这些嗓音传到正厅隔壁的一个侧室里的时候，还是十分清晰的。

许多耳膜聚在这里默默地消受着这种宣誓声。这里光线昏暗，人脸上的颜色更加昏暗。在这里坐着或者站着的是五六位国民党的重要骨干，他们清楚地听见张继在说："本人自愿加入中国国民党。"接着又听见五个中共党员在说："本人自愿加入中国国民党。"这些倾听者脸上的铁一般的颜色越来越沉重，重得像要一块块掉下来。

在这些人物中有戴季陶，有时年五十又五的原护法国会参议院议长林森，有五十三岁的国民党广州支部长邓泽如，有国民党元老方瑞麟。他们是冒着一种显而易见的风险集中到这里来的，他们知道他们无法阻止这五个中共分子在国民党旗下宣誓，但是他们又无法阻止自己在危急时刻不向党首进言。他们认为，孙中山在冷过头之后，现在肯定是热过头了。

孙中山确实心热。他在五位新党员宣誓过后，依次与新党员们紧紧握手。他连声说："谢谢你！……谢谢你！……"

握到一半时，孙中山停了手，重新返回，到队列的头上。他用湿热的目光望着五位新党员，说："我，能再重来一次吗？"

还没等陈独秀作出反应，他已上前一步，激动地张开双臂，与陈独秀紧紧拥抱在一起。

陈独秀心一热。这个孙大炮，真是一门热乎乎的大炮呢。

孙中山又与李大钊紧紧拥抱，他说：“我太高兴了！……”

李大钊说：“我也如此。”

孙中山说：“我为有像李先生这样的优秀国民党员而荣耀！”

李大钊说：“孙先生，我同时也是第三国际中国支部的成员，我不能脱去共产党的党籍。”

陈独秀听见了这句话。这句话说得及时，陈想。

“不打紧，不打紧，”孙中山再一次紧紧拥抱李大钊，“你尽管一面做第三国际党员，一面加入本党帮助我！”

接着，孙中山又与张国焘、蔡和森、张太雷紧紧拥抱。他高声说：“诸位，三天之后，我就将召开改革党务座谈会。明日，请陈仲甫同志、李守常同志，到莫利哀路敝寓所细细会商。”

孙中山送客，一直送出大门。两辆小汽车驶远之后，他的高挥的手臂才落下来。这时候，他才发现张继神色有异。张继一直没有吭声，也没有高高招手。他问张继怎么了。

张继说：“先生，还有几位本党党员想见你，就在此刻。”

孙中山不明白，张继说：“请先生跟我来。”

他将孙中山引入内厅隔壁的侧室，一进门，孙中山就吃了一惊。

沉默之中，五六位党内元老站成整齐的一行，一齐面对他低首肃立，一个个皆面有戚色。

孙中山愕然说：“你们这是干什么？”又问张继，“他们这是怎么了？”

张继忧郁地看看孙中山，竟也举步走入孙中山面前的这一行奇怪的队列，以同样的姿态向国民党总理低头肃立。

孙中山大声说："诸位到底想干什么？干什么做如丧考妣之状？"

林森抬起目光，开口了，浓重的福建官话："一年零四个月之前，先生在广州就任非常大总统，林森其时为国会议长，代表国会和国民授予先生大总统印绶，此情此景，先生还记得吗？"

"当然记得！"

"我在致辞中说：民国前途，唯公是赖，毋负国民重托！——先生还记得吗？"

"能不记得？"

林森厉声说："恐怕先生是不记得了。"

孙中山同样厉声说："何以见得？"

他觉得有一股热血冲上了脑顶。这个林子超，真是越来越不像话了。

他听见不像话的林森继续说："那些彻底不相信三民主义的人，现在被先生彻底相信了！"

"请子超兄把话说清楚了！"

"先生，允诺共产党之党魁加入本党，究竟吉凶如何，你想过没有？于国于民，是利是害，你想过没有？"

"自然是吉！自然是利！"

"请问先生，难道本党党员中，便真的没有人才了吗？"

方瑞麟也上前一步，说："务请总理三思！"

邓泽如亦上前一步："国民党是国民党员的国民党，不是共产党员的国民党，万求先生实行本党主义！"

张继也说话了，语音沉重："我虽奉先生之命，担任中共首领之入党介绍人，然五焦之内，惶恐之极！"

孙中山听罢几人之诉求，愕然半天，才慢慢回过头来。

他说："本党党员确为人才者，毫无疑义，自然信任，自然重用，自然实行本党主义！若本党党员中贤才不足，自然求借党外！这有什么好担心的，啊？——你们说啊？”

一直没有吭声的戴季陶开了口：“先生所言，当然正确。然而，CP（指共产党）毕竟信奉共产主义，与三民主义不符。我们这些同志，心里不踏实。”

孙中山皱眉想，这个戴季陶，前年差一点还成了 CP 的元老呢，今日也来摆苦相。但是这些国民党元老之大集合，也是一个警讯，说明要联合新兴的共产党，改组芜杂的国民党，也绝非举党一致之事，只怕今后举步维艰，关山重重。往好的地方想，这些元老恐怕也是一时紧张，恐怕坏了本家祠堂，时间长了，这些人也可能不会再心悸。此时此刻，还是以安抚为好。于是孙中山和缓了口气，说：“诸位同志，大家不必杞人忧天。本党为求新生，以今日计，唯有添加新血液一途。此乃上策，并非祸党之计，更不是亡党之策。诸位今日不必多言，都回去休息吧，好好想想，自然就通达了。若再有什么话，也日后再说。”

见孙中山这样说，一帮人也就不再说话了，摇头的摇头，叹息的叹息，垂眉垂眼，鱼贯而出。

孙中山这一夜久未成眠，宋庆龄让他服了两粒安眠药他也没有睡意。他既为陈独秀、李大钊的加盟而欣慰，又为林子超、张溥泉的进言而烦心。凌晨之时他刚有点迷糊，忽然又被电话铃声刺醒。宋庆龄接了电话，好像很高兴的样子。他闭着眼睛问是谁打来的，宋庆龄不告诉他，他硬要问，宋庆龄只好捂着电话筒说，电话是何香凝打来的，何香凝说，她冒死直闯陈炯明司令部大骂了一通人，陈炯明被逼得无法，只好把廖仲恺释放了。

孙中山睁眼大叫：“快叫仲恺来上海！”

第 11 章

亮晶晶的铁轨爬过九月的草坡，直往矿区蜿蜒而去。

满坡都是野花，虽说空气中总是有煤粉的味道，但是所有的白花、黄花都依旧开得清清爽爽。

毛泽东跳下运煤机车的司机室，客气地挥挥手。他一袭青衫，一把红伞，大踏步走在去矿区的路上。

风把他头发吹得蓬蓬松松的，这已是他第三次赶赴安源。他这次是去指导路矿工人正在酝酿的罢工斗争的。一个礼拜之前，陈独秀、李大钊等五位中共党员在国民党旗帜下举起拳头，毛泽东及时知道了这个消息。毛泽东认为，不管国共两党合作的前景如何，中国共产党人必须尽力推动工人运动，为改善中国劳苦大众的生存境遇而斗争，这是工人政党的使命。

毛泽东赶到路矿工人俱乐部门口时，发现大门口正围着一大帮人，嘈杂一片，还有争争打打之声，他站了一会儿，马上明白了事情的原委：几个警察要封俱乐部的门，被闻讯赶来的工人制止了。毛泽东看见黑筐站在头里，双手叉腰，像个黑色金刚似的。黑筐不干不净地骂人："娘的，谁敢封工人俱乐部？他敢封这门，老子封他娘的门！"

"胆敢聚众闹事？你们这些黑花子都不要命啦？"手持封条的警察气急败坏。

黑筐脱了褂子："老子豁出去了！"

眼见要斗殴，毛泽东赶紧分开众人，急走几步，挤到一脸凶相的警察面前。

“来封门的是哪一家？”毛泽东问。

警察说：“娘的，县政府！”

毛泽东接过封条，仔细一看，果然有萍乡县政府的官印。

“这就不对了！”毛泽东抬起眼说。

警察瞪出眼珠：“怎么不对？”

“萍乡县的知事大人是姓范吧？”

“姓范。”

“是叫范子宣吧？”

“范子宣范大人。”

“这工人俱乐部是今年四月由范子宣范大人亲自批准成立的，开张才五个月，怎么就封了呢？”

“这个俱乐部办消费合作社，拉拢工人，横敛钱财，对抗矿上，不封还了得？”

毛泽东说：“办消费合作社是为穷苦工人效力呀，买东西便宜呀，大伙儿没几个工钱，买东西是不是要图个实惠呀？”

工人们一齐喊：“是！”

毛泽东说：“警官先生，听见大家的声音了吧？凡民众赞成的东西，我相信，范知事是绝对不会来查封的。范知事爱民如子，你们不知道吗？你们一定弄错了！”

警察听得这话，也有些疑惑了，说：“是我们局长叫我们来封的呀。”

毛泽东说：“你们快回去，叫你们局长再问问范知事，封的究竟是哪扇门户，是封街上的鸦片馆，还是封工人的俱乐部，问清楚了，再来封门不迟！”

“走！”为首的警察改了主意，一挥手，三个警察便一齐跟着走了，走得没精打采。

警察走远了之后，毛泽东对工人说："我已经听说了，这两个月，你们提出要增加工资，矿上不理睬。你们要改善劳动条件，工头要打人。现在，工人俱乐部千方百计为大家办好事，警察又要来封门。这种苦日子，还怎么过？！老话说：官逼民反，民不得不反。民一反，官也得怕民。刚才大家几声吼，不也把警察吓走了吗？只要我们横下一条心，抱成一团，拉汽笛罢工，矿上也不敢再凶到哪里去。工人师傅们，人的活路，就是从脚下踩出来的，若是不去踩，我们面前就什么路都没有！"

"毛先生说得对！"黑筐说，"我们早就想拉汽笛了！"

毛泽东刚要继续说话，忽然觉得有人在扯自己裤腿，低脸一看，是张孩子脸，满脸灰黑。

毛泽东认出来了："小小油灯？"

已经十岁的小小油灯仰着脸，眼睛里都是泪水。

"你看，你两鼻孔还是黑的！这么说，小小油灯，你还在下井？你那个不心疼你的爸爸呢？"毛泽东记起了宋黑脸，"借了你爸爸一把伞，我还要还他伞呢！"

小小油灯脸颊上的泪水如断了线。

毛泽东愣了。小小油灯抱住毛泽东的腿，像一片抖动的小草叶子。

黑筐对毛泽东解释："有条煤坑道要坍，唰唰地下石头，宋黑脸不肯爬进去，结果叫工头一脚踢了进去。没过两个钟头，坑道就坍了。一共死了三个，只拉出宋黑脸的一个头和一只手。"

毛泽东心里一阵堵，说："你们为他喊冤了吗？"

"喊冤了，"许多工人说，"一喊就挨打！工头打得凶哟，黑筐挨了三个嘴巴子。"

"爸爸呀！"小小油灯仰脸大哭起来。

毛泽东赶快抱起哭泣的孩子，他说，他要去坟场见见宋黑脸，有把伞，他要还。

数月不来，坟场上又添一大批土坟，黄土都是新的。几根高高低低的布幡在夕阳底下凄凉飘动，像几张白色的鸟翅。毛泽东站在坟前，心里阵阵发紧，中国工人受打挨宰的悲苦命运，何日才能有个了断呢？他对宋黑脸之坟深鞠一躬，说：“去年，我的纸伞插在小油灯坟上。今年，我来归还你宋黑脸的这把伞，却又还到同一个地方。”

小竹牌上，“宋黑脸之墓”五字，已经被雨水弄得模糊一片。

毛泽东大声叹息：“宋黑脸啊宋黑脸，此地并非打伞之处啊！”

小小油灯跪在地上，呜呜哭。黄昏的风吹着他的单薄的身子和脑门上几根稀稀拉拉的头发。毛泽东弯腰伸手，又把浑身打战的孩子抱了起来。

当夜，毛泽东就睡在宋黑脸家。他为小小油灯洗了脚，并且与他睡在同一张木床上，盖着死人宋黑脸盖过的薄被子，被头一股煤味。小小油灯一直钩着这个叔叔的脖子，睡得很踏实。毛泽东想，下个月，开慧就生孩子了，中国的孩子，千万不能有小小油灯的命运。这盏小灯，亮得太惨。

在上床睡觉之前，毛泽东已约安源中共支部的蒋先云和宋少连研究了工作，准备立即发动工人罢工。策略定为“哀兵必胜”。毛泽东写了一封信，叫人带给正在醴陵的李立三，要他立即赶回安源，组织罢工。

还有刘少奇，毛泽东说，我明天回长沙，马上把刘少奇也派过来。安源的汽笛，不能不拉响了。

汽笛没拉，枪声先响。

安源拉响大罢工汽笛之前五日，粤汉铁路武汉、长沙段三千多工人先行罢工，岳州段工人奋斗最烈，“驱逐工贼”旗帜一打，便在徐家棚卧了轨，绝了交道。安源路矿俱乐部的黑筐带了一大帮工人赶赴岳州段支援，谁知道一到就遭逢了枪声。

军阀派兵是从不犹豫的，兵丁开枪也是不犹豫的。镇压令箭由鄂督萧耀南亲自扔下，令箭一下，枪声立时就交杂成一片了。

工人死伤七十余人，铁轨和枕木上都是血。消息传出，全路惊骇，黑筐捂着血臂指挥：“伤员抬上车厢，送长沙救治！牺牲的，也要抬尸游行！赶快都送长沙！”

被阻的列车上拥下一大群善良的乘客，纷纷扶伤员上车。刚才对卧轨者的血腥射击，他们都是亲眼看见的。

“死人怎么抬？”有人喊，“抬上煤车吧？”

“不，”几个年长的旅客说，“他们不是煤，他们是人，他们不能像煤一样拉走，他们苦了一辈子了，要把他们放在人的位子上！”

“那我们就腾出一节车厢来，”有人提议，“专门安放死难工人！”

几十具血迹斑斑的尸体就这样被抬进车厢，安放在乘客座位上。

僵直的手臂耷拉着，随着轰隆声不停地摇晃手臂。手臂上爬满血迹，一条一条，如紫色的蚯蚓。

这列特殊的火车开到长沙车站时，已暮色四合。毛泽东早就等候在车站了。作为这次粤汉铁路罢工的指挥者之一，毛泽东悲愤之极。火车一到站台，便被惊讶和愤怒的长沙市民团团围住了。伤员立即被抬下来，送往医院，竹木担架一副接着一副。

毛泽东走近那节满载尸体的车厢。血迹斑斑的尸体正在被运出来。

“毛先生！”黑筐一见毛泽东的面，就忍不住泪水长流。

毛泽东问：“一共牺牲了多少兄弟？”

黑筐说：“二十八个。铁路上的二十四个，矿上的四个。”

“有妇女吗？”

“女工有两名。”

“年纪最大的几岁？”

黑筐指一指正在被抬下车厢的一副担架：“就是他，七十二岁老矿工，拉了整整五十八年的煤！”

“叫什么？”

“叫秦顺土。背脊像弓，弯了三十年了，可毛先生你瞧，死了才直起来。”

“年纪最轻的呢？”

“十岁。”

“十岁？”毛泽东大惊，“在哪里？”

刚刚被抬出车厢的这具瘦筋筋的尸体是个十岁男童。毛泽东走近几步，一看，失声大喊：“小小油灯？”

泪水顿时模糊了毛泽东的双眼：“他……他也卧轨？”

黑筐哭了，说：“他说，要给爸爸报仇……”

毛泽东拉住担架，不让走。人群一时都沉静下来，注视着这悲惨的一幕。毛泽东一遍遍抚摸着孩子的手，抚摸着他的膝盖，抚摸着他的脚掌。

晶莹的泪珠从毛泽东的脸颊上一颗一颗流落下来。

“先生们！同胞们！”毛泽东抬起泪眼，大声说，“你们看看这孩子的手肘，他的手肘厚得像钉了两块皮掌！你们看看这孩子的膝盖，他的膝盖也厚得像两块皮掌！你们有谁见过一个十岁的孩子会长出这么厚的茧？他的名字我知道，他叫小小油灯，他才十岁，他已经在伸手不见五指的煤矿里爬了整整三年！他拉煤，他点矿灯，他身上没有几斤肉，他只有眼睛和牙齿是白的！他的父亲是被工头害死的，而他自己，一个孩子，今天也被军阀枪杀了！他只活了十个年头，同胞们！一个中国的孩子，像条狗一样活着，也只活了十个年头！”

毛泽东说不下去了，哽咽起来。

人群像火山一样沉默。所有的人心里，都有东西翻滚着。

毛泽东扬起脸，用更大的声音说：“为了救救我们的七十二岁的祖父，为了救救我们的十岁的孩子，我们长沙工人和长沙市民再无法沉默，我们一定要向吴佩孚和萧耀南讨回公道！”

“讨回公道！”长沙民众怒吼不息，“讨还血债！”

毛泽东迅即发动支援。他将长沙工人召集在新河车站工人俱乐部开大会，他宣读了这样四项决议：第一，通电交通部，历数粤汉路局长王世育罪状，请速撤惩。第二，电徐家棚站联合会，务必坚持到底。第三，派代表赴徐家棚助理一切。第四，无论如何非达目的不止。

毛泽东提出的决议获得了雷鸣般的掌声和回应。罢工二十天之后，吴佩孚和萧耀南瘪了，脸色灰灰地答应了罢工工人的全部七项条件。

就在毛泽东向交通部发出通电的第二天，李立三和刘少奇准时在安源拉响了急骤的汽笛。一万七千名安源路矿工人自 9 月 14 日凌晨开始，自己做了自己的主人，他们大声吼出了“从前是牛马，现在要做人”的口号。毛泽东事后很肯定这句简练之言，说是完全符合他的“要提出哀而动人的口号”的要求。

安源的人“活”了之后，矿“死”了。机车、绞车、煤车一齐停了轱辘，神气活现的是那些红布箍箍，罢工纠察队的工人们套着它，有力地晃动着左臂。

两天之后，路矿当局派人向工人俱乐部送来一封信，请罢工工人代表到戒严司令部谈判。

守门工人怒喝一声：“干什么的？”

“嘿嘿，两军交战，不斩来使。”肥头大耳的送信者双手递出信函，手上的戒指在阳光下烁烁闪闪。

“谁斩你了？”工人说，一边搜了他的身。

“嘿嘿，这辈子做梦也没想到，会被炭古佬搜身。”

“你说什么？”

肥人赶紧鞠躬：“如今的安源已是工人做了皇上，小的还敢说什么？小的活脱脱像个送乞降书的。”

刘少奇看了守门工人递进来的信，心里不快，递给李立三，李立三看了，一扔，心里也不快。

刘少奇说：“什么乞降书？不是乞降书，是战书！你看看当局口气，还那么骄横！”

李立三觉得，谈判还是要去的。既然人家摆下了阵势，总得过他一招。他说：“我是罢工总指挥，我去吧！我去谈判！”

俱乐部里一片反对之声，都说现在不是谈判的时候。

黑筐说得尤其激动：“李主任，你不能轻易露面！总监工王鸿卿悬赏六百大洋要你的人头，死的活的都要，情形很危险！这个情况你不是不知道！你不急，我们急！”

刘少奇拉拉衣服，扣紧衣领纽扣，说：“立三同志不要去，还是我先打个头阵。人家既然来探虚实，我们也不能置之不理，还是我去。”

“你也不能去，”俱乐部里照旧一片反对声浪，“明摆的鸿门宴！屏风后面都是刀！”

刘少奇下定决心去一趟，李立三是总指挥，不宜冲在头里，自己则可以一试，大不了碗口大一个疤。一万七千人的利益系在裤腰上，值。刘少奇说：“大家别急，要得虎子，必入虎穴。屏风后面，可能有刀。我就是冲着刀才去的！我倒要看看他们举的是钢刀还是木刀！”

刘少奇首先看见的是钢刀。他从刺刀底下昂首走过。两边架起的一长排刺刀阵，每一个单元都作一个“人”字形，而真正的人就从它们底下走过。刘少奇自其间慢吞吞走过的时候，刹那间有一种自己是古人的感觉，表现古人的戏曲里常有这种可笑的造型。

这个刺刀阵布置在矿局办公大楼前头，一共有四十多把刺刀。刘少奇在走入刺刀阵之前，黑筐还在后头拉了他一把，劝他别钻进去了。黑筐在他耳边低声说：“刘同志，他们今天调来的兵多，也许真会下手。”

刘少奇说不必害怕，他说：“萍乡的李鸿程旅只发来一营兵，三百把刺刀。我们呢，有一万七千罢工工人。我倒要看看，这三百把刀怎么杀一万七千工人！黑筐，你回吧，不必拦我。”

于是刘少奇就走进了刺刀阵，他钻出刀阵的时候，就踏上了矿局大楼的台阶。他看见一块新制的木牌挂在大楼门口，牌上的几个字读上去像是读绕口令：安源特别戒严区戒严司令部。

戒严司令姓李，在大楼的二楼会议厅等着他。四十二岁的李司令没想到今天的对手是一个二十四岁的人物。

这个二十四岁的人物推门而入，把邀请函往他面前一扔，顺手拖过一把椅子，安然坐下。一连串的动作非常熟练，像在自己家里似的。

木椅子与褪了漆的木地板之间的一声吱吱的摩擦，使得李司令牙根发酸。李司令咬咬牙根，狠着劲儿说：“犯上作乱，历朝历代都是诛杀之罪！你们工人俱乐部为什么鼓动炭古佬犯上作乱？”

路矿局的几个头一迭声说：“为什么犯上作乱？”

这些参差不齐的声音像是李司令的回声，在会议厅嗡嗡作响，这又使得刘少奇想起衙役们在七品知县拍了惊堂木之后发出的那种虎威之声。于是刘少奇把手交叉在胸前，不紧不慢地说：“司令大人，你搞错了吧？”

“我搞错什么？”

“我看你是搞错了，全然错了，你把谈判厅错当成审判厅了。司令大人，我与你今天是谈判，不是审判。若是审判，那就是这样一种审判：一万七千名安源路矿工人严厉审判无法无天的路矿当局！”

刘少奇说到这里，突然起立，双手叉腰，以一种发凶的目光狠狠瞪住戒严司令。

“当局一连几个月不发工资，”刘少奇狠声说，“工人饥饿至极，难道连要口饭吃的权利都没有吗？工贼以棍棒说话，惨无人道，工人鲜血淋漓、牛马不如，难道连喊一声救命的权利都没有吗？当局面对罢工，轻则悬赏工人领袖之人头，重则调兵弹压，开枪肆无忌惮，难道你们在扣扳机的时候就没想过是在射杀自己的衣食父母吗？”

“放肆！”李司令一拍桌子，“我今天就可以将你这个炭古佬代表就地正法，以明纲纪！”

这个李司令若是知道此刻黑筐正奉李立三之命，率两百名矿工冲破了戒严士兵的刺刀，已以水漫之势涌往矿务局大楼的话，他也许不会如此轻率地拍桌子了。

刘少奇在他拍桌之后，整整灰布衣衫，微笑着说：“司令大人善于正法，想必已杀人无数了。我今日两掌空空，手无寸铁，皮囊之中只有一颗心，还有一腔血，司令大人欲用枪挑，还是想用刀割，悉由尊便！”

话犹未了，会议厅外的木楼梯上已经轰鸣起了战鼓之声，紧接着，一大群黑压压的衣衫褴褛的工人像黑色的潮头一样扑打入室。

李司令和矿局头头们惊吓得一齐站了起来。

黑筐张开双手，拼命拦住身后的汹涌，他冲戒严司令厉声说：“听着，今天，谁敢动刘代表一根毫毛，我们就砸了这局子！”“砸！砸！砸！”他身后满是潮水的吼声。

李司令急喊：“来人啊！来人啊！”但没有一名士兵进屋。

黑筐说：“楼梯太窄，你的瘟鸡一样的兵没一个能挤得上来。”

李司令张大了嘴。

“你看，”黑筐把一柄折成两截的刺刀扔在地上，当啷一声响。“连刺刀都挤断了，真是没法子。”

李司令颓然落座，心想：娘的，只一营兵戒什么屌严。

刘少奇回脸，对工人们说：“你们上来人太多，恐怕这楼要坍。还是到楼外等着吧，我们双方尚在谈判。”

“对，对，双方尚在谈判。”李司令顺势接口，并且对在场的矿局头头们使个眼色，希望他们响应此言，但是没一个发出声响。

黑筐带着工人们下楼了，一齐聚在门外，与那些耷拉了刺刀的戒严士兵混杂在一起。他们知道胜利距刘代表不会太远了。

果然，他们只等待了两天。两天之后，路矿当局被迫让步，共签订协议十三条，同意增加工薪，同意禁止工头殴打工人。安源路矿工人的这次大获全胜的罢工，如惊蛰之雷，声震南北。

孙中山在卫士们的护持下，走向会议厅。这是一次国民党在沪骨干会议，近百名各省在沪的国民党骨干聚集一堂。

这一年的九月，既是中国共产党人努力开展工人运动的重要月份，也是中国国民党加强自身改造的关键时刻。

孙中山今天气色很好。他特意穿上了他亲自参与设计的缝有四个口袋的灰色“中山装”，自己都感到精神很多。他大步走进会议厅时，掌声顿起。孙中山向掌声频频招手，他知道他的党是拥护他的。尽管不少党徒存有疑虑，但是从总体看，他的全体追随者在入党之时所按下的效忠手模，还是不见褪色的。

他对此充满信心。两天前，他顺利召开了研究改进国民党计划的首次会议，会议一致赞成孙中山改组国民党的主张。今天，他要郑重宣布陈独秀等九人为国民党党务改进案起草委员会委员，负责起草中国国民党党纲和中国国民党总章。这是一步很大胆的棋。他知道也会有人反对，但是他也知道会有更多的掌声支持他。他没有退路。退路是有的，但是上面布满了陈炯明的弹片。

于是他在这次会议上概述了改组国民党的要义之后，便毫不犹豫地开始推出他必须要推的人物。他说：“现在，我特意要向诸位同志介绍一下陈独秀委员。请陈委员来这里就座。”

掌声响起，噼噼啪啪。陈独秀西装革履，踌躇满志地走上主桌，在孙中山身旁落座，一点也没有谦虚。

孙中山说：“陈君多年来一贯呼吁民主科学精神，论著颇丰，深得国人信赖。去年又进而建党创业，成为中国共产党的领袖。七日以前，由张继同志介绍，由我主盟，又以个人身份加入了本党。孙文以为，本党因有陈君的加入，在改进和革新党务方面，必能获大的推动！”

掌声如估计那样响起来了，甚至比估计的还要再热烈一些。陈独秀冲着掌声起立，笑容满面，点头致意。他此时清晰地听见会场后排有人在喊：“欢迎陈先生！”“国民党有希望了！”

他同时也看见有一个与会者——他后来知道是邓泽如——恼怒起立，狠瞪后排，喝令制止：“一片嘈杂，成何体统！”

张继维持秩序：“安静！安静！”

孙中山再次宣布：“本总理委任陈独秀为本党党务改进案起草

委员会委员，同时担任党务改进计划起草委员！”

掌声再度响起，陈独秀也再次起立。也有不鼓掌的，譬如：坐在第一排的张继的鼓掌就很特别，他的双手几乎合不拢。林森坐着，纹丝不动，木无表情。邓泽如两手抱胸，脸色比哭还难看。

马林与陈独秀手扶桥栏，临风眺望黄浦江。上海外白渡桥一带是他们两人经常喜欢走走的地方。

“好的开头是成功的一半，”马林说，“我又看见了一个成功的爪哇。我认为，只要孙中山能够接受反对帝国主义的口号，什么东西都可以归国民党。中共应当订出这样的方针：一切工作归国民党！”

陈独秀打了个哆嗦。使他打哆嗦的不是黄浦江上的略带凉意的秋风，而是马林口中的寒流，起码陈独秀认为这是寒流。“你说什么，马林同志？”他惊疑地问，“一切工作……归国民党？”

马林十分肯定：“一切工作归国民党！”

陈独秀怎么也没想到马林会提出一项如此极端的方针。但是这一回他不想顶撞马林了。他现在有点怀疑自己。自从国共两党党内合作的方针确立，尤其是眼看孙中山如此倚仗共产党的骨干改造国民党，使得陈独秀越来越质疑自己以往的某种固执，独秀之独，看来也不是处处都能独成功的。有时候，马林的眼光真的会比自己瞄得更远一点。他觉得马林是匹中午的猫，眼睛眯得很细，而自己逢着正午的阳光，看什么都是白花花一片。

马林不但是牛林，而且是猫林。

从外白渡桥上缓步走下的时候，陈独秀徐徐叹口气：“我自光绪二十八年在安徽组织励志学社起，就从来没有怀疑过自己。不因一事，不长一智。这两个月，我想得很多。我想，我应当更加客观地来看待周遭事物了。我这个人，向来恃才傲物，总是站在高处往底下看人。”

马林说：“人啊，确实要经常责备自己。”

“我想努力跟上你。”陈独秀这句话说得很诚恳。

“你说这句话，很不容易。”马林忽然觉得自己喜欢上陈独秀了。

陈独秀笑一笑。

马林指指脚下的黄浦江：“其实，我跟你一样，都是居高临下的脾气。”

“是啊，是啊，”陈独秀说，“前两个月，有位旧军人找我谈，请求加入共产党，我啊，唉，也是拒人千里之外。”

“什么旧军人？”

“不提他了，”陈独秀叹口气，“我只是有些后悔。”

朱德身着浅灰色的西装，走在通往旅馆的小径上。他的步姿，总是有一种军人气度。

这位偶然被陈独秀记起的旧军人，于1922年的深秋出现在德国柏林。朱德已经知道周恩来是中国共产党旅欧支部的负责人，因此一旦打听到周恩来其时正在德国，便专程从法国赶到德国。他觉得自己必须面见周恩来，不仅要面见，而且要在面见时让对方见到自己的心。

因此当他坐到周恩来面前的橡木椅子上的时候，他的叙述是极其诚恳的：“周先生，我是乘法国邮轮离开上海到巴黎的，听说你在柏林办事情，我马上赶来了。来欧洲的这一路上，我经过西贡、新加坡、印度、埃及，亲眼看见了殖民地国家老百姓的惨痛生活。这世界处处是苦难。我坚信马克思主义能够救天下百姓。周先生，我曾经是个旧军人，对此，我深感抱愧。我现在完全脱离了旧军队，彻底戒了鸦片烟。周先生，请你相信我的真诚，我恳切地申请加入贵党。”

一份申请书，他双手递出，端端正正递在周恩来面前。然后朱德又讲到了陈独秀先生，讲到陈独秀先生曾经在上海审视过他的曲折的一生，最后将这种审视变为谢绝。朱德所有的叙述都显得客观和真诚。

周恩来读完了申请书，注视着朱德，心里感慨万千。

陈独秀同志啊，他想，在热血上浇冷水的事情我们应当尽量少做啊！

周恩来还没来得及开口说话，一位脸容方方正正的十八岁青年，忽然就推门进屋了。

“啊，我们的油印博士赶来了！”周恩来笑。

邓小平果然是风尘仆仆。他身穿一件蓝工装，背着一只鼓鼓的旅行袋，额上满是细细的汗滴。

“刚从巴黎赶来吧？”周恩来请邓小平坐，“来，兄弟，坐下，先喝茶！哟，茶叶没了，泡杯咖啡吧？”

朱德说：“我带着云南茶砖哩。一路行船，全靠它！”

邓小平咧嘴笑：“云南来的？半个老乡！”

朱德也听出了邓小平话中的川味儿。

邓小平说：“我是四川广安人哩！我姓邓，邓希贤。”

朱德说：“我也长期在四川扛枪呢，咳，羞死人，不提这一段了。我姓朱，朱德。”

周恩来兴致勃勃地从小茶砖上掰下一撮，冲入开水。

“家乡茶，香啊！”邓小平端过茶杯，啜了一口，满意地咂咂嘴，然后从旅行袋里取出一大沓油印刊物《少年》，递给周恩来，“第二期出刊了，发表的是张申府写的《中国共产党与其目前政策》。这一些，就在德国散发。”

“太及时了！”周恩来浏览了一下目录，“国民党、共产党为什么要精诚合作，这个道理，当前，一定要向旅欧中国学生讲明白！嗯，没有提一切工作归国民党，这很好。”

邓小平问：“下期稿子呢？”

“我已经准备了，你先过过目。”周恩来取出一沓文稿交给邓小平，随即又与朱德说话，目光十分和蔼，“朱德先生，我考虑好了，我愿意做你的入党介绍人。”

“是吗？”火苗在朱德的瞳仁深处燃了起来。他有些不相信。他在中国找不到中国共产党，好不容易找到了，人家不要他；他在中国以外的地方一找，却马上找到了中国共产党，人家要他。

周恩来说：“古人有言，人不贵于无过，而贵于能改过。我们党应当大大欢迎像你这样的勇敢的同志！这样吧，我与张申府同志联系一下，由我们两人介绍你入党。”

“贵党领袖陈独秀先生是谢绝我加入的。”

“这我知道，你刚才已经讲过了。”

“我不能不再讲一遍，他对我不放心。”

“那是以前的事了，我会马上把你的申请书捎回国内。”

“陈独秀先生他……他会不会再一次对我说，你是一个旧军人……”

“他不会再这么说的，我深信这一点。他若是知道你为了求取真理而不惜漂洋过海，并且在欧洲找到了中国共产党，他一定会为你举杯的。”周恩来站起来，为客人续水，“为了中华民族的根本利益，国共两党都能亲密合作，我们党还能拒绝一位迫切要求投身无产阶级解放事业的勇敢战士吗？”

邓小平忽然惊讶地问：“你怎么了，朱先生？”

周恩来转过脸，发现朱德的脸颊上出现两行亮晶晶的泪水。朱德大步走上阳台。十月的太阳很亮，他在阳光下拼命控制着自己的情绪。马克思是德国人，他在尊敬的马克思先生的家乡，听到了人世间最为温暖的话。

肤色红红的男婴被毛泽东捧在胸口，捧得十分小心。婴儿睡着，没有哭。在周恩来收下朱德的入党申请书的前一天，二十九岁的中共湘区执委会书记毛泽东做了父亲。他在长沙湘雅医院里接过婴儿的时候，心头有一种异样的感觉。

他俯脸告诉躺在床上的杨开慧，他现在接过的是一种责任，这种责任与国家的命运几乎一样重要。

杨开慧听了这话，心里踏实。两个钟头之前，由于疼痛，她的嘴唇咬破了，但是她现在哪儿也没有痛的感觉。她觉得丈夫刚才的这句话，特别入耳。

毛泽东又仔细端详婴儿："啊，眼睛像我，虽然还没有张开，张开了一定更像。鼻子嘛，像你。头发呢？既不像我，也不像你，稀稀拉拉没几根！"

杨开慧疲倦地笑："好性急，总会长齐的嘛。润之，你想一想，起个名。"

毛泽东说："何胡子，你站在窗外干啥呀？你进来，进来！何胡子呀，你正宗秀才出身，取名大事，一定得给谋划谋划。"

何叔衡仔细看看婴孩面相，倒背起手，踱了几步，用一种深思熟虑的语调说："毛家族谱上，怎么定的？"

毛泽东说："老祖宗倒是定过二十代子孙的族牒，这二十个字是这样排列的：立显荣朝士，文旋云际祥，祖思贻泽远，世代永承昌。——泽字辈后面，应该是远字辈。何胡子，我看，孩子的字，就叫远仁吧。"

何叔衡点首："远仁，好！有底气！"

杨开慧说："名呢？"

毛泽东说："何胡子，你看，我的名字是泽东，泽之东，何处也？”

“泽之东，岸也！”

“岸，何胡子，你说好不好？”

“怎么不好？大泽之东，便是大岸，有泽才有岸，有岸才有泽，你们父子俩这就相通了。”

“那就叫岸英怎么样？毛岸英！”

“好极好极，岸上之英杰！”

婴儿忽然哇哇啼哭起来。

毛泽东皱眉：“啊，啊，啊，他该不是抗议吧，何胡子？”

“怎么？”

“他不想上岸，想做东海蛟龙呢！”

“润之啊，他不会抗议你名字取得不好，他是抗议肚子饿！你总不能把名字当奶喂他吧！”

“啊！”毛泽东赶紧把啼哭不止的婴儿递给妻子，“喂奶喂奶，何胡子，我们到外面去。”

走到医院门外，毛泽东又对何叔衡说：“你还得给参谋一个意见。我有个想法，想把鹤鸣聘来湖南，做我们湖南自修大学的学长，你看如何？”

“那敢情好，问题是，鹤鸣肯来不肯来。”

“亲不亲，家乡人嘛！”

“听说他一直对陈独秀有意见？”

“鹤鸣反对两党合作。”

“也是一个倔脾气。”

“反正我们这个自修大学里，也不开‘两党合作’课，是不是？”

一句话说得何胡子呵呵大笑。

年底，脾气倔强的李达，应毛泽东之邀到达长沙，就任毛泽东和何叔衡创办的湖南自修大学学长。他到达的当天，就对毛泽东讲述了他的激烈的意见，他说："我一向是研究理论的，我不相信分别代表两个对立阶级的政党能为同一个理想并肩作战！"

毛泽东有一天抱着三个月的婴孩专门到自修大学去看李达夫妇。毛泽东坐在炉子边，对王会悟说："你看，你是教会学校的学生出身，传统女工却做得那么好，你给岸英做的小丝绵棉袄这么漂亮这么贴身，开慧可夸死你了。"又说，"你看看这孩子的前脑门，这么宽；后脑勺呢，这么厚。一代胜过一代的道理绝对是不错的。他这一代大起来，一定比我们想得多，想得深。我们有时候自以为聪明，自以为人间至理尽在心中，咬文嚼字，牛气十足。到他们这一代大起来，再来看我们这些人，保不定就会哈哈一笑，说真亏得你们这些人，还做了我们的父辈，你们这种种的背时想法，闹糟了多少事！"

岸英哇哇哭起来，小拳头一颠一颠。毛泽东说："哎呀呀，他现在就提意见了！年轻一代真是性子急！"

毛泽东说着这些话的时候，李达正用一根细木棍通炉子，没有插一句话。关于他对陈独秀、李大钊加入国民党的意见，再也没有同毛泽东提起。

陈独秀刷牙，满口白沫。他的刷牙一向节奏很快，他没有想到一辆有着同样节奏的马车，此刻正载着李大钊急驶而来。

这里是北京中国劳动组合书记部的办公处，青砖地面，房高窗宽。已任中共中央机关刊物《新青年》主编的瞿秋白也很早起身，他正弯着腰，一边咳嗽一边往炉子上搁茶壶。

窗外传来嘚嘚的马蹄声，蹄声越来越响。一会儿，如一阵风似的，李大钊推门进屋了。李大钊的脸色相当可怕，一阵青，一阵白，两撇黑胡子也抖得厉害。

“怎么了，守常？”陈独秀问。

李大钊说：“吴佩孚，昨天……开杀戒了！”

陈独秀洗脸洗了一半，愣住了。

李大钊说：“昨天，湖北督军萧耀南奉吴佩孚命令，包围京汉铁路总工会，悍然开枪，罢工工人死伤惨重！”

陈独秀的毛巾跌落在脸盆里，水花飞起，湿了他的衣襟。

在中国共产党党内对国共合作方式还有不同意见的情况下，震惊全国的“二七惨案”在1923年发生了。直系军阀吴佩孚下令镇压工人罢工，向京汉铁路总工会江岸分会数万名赤手空拳的工人和纠察队员开枪射击，当场打死三十二人，伤两百余人。京汉路沿线各站罢工工人也遭到武力镇压，共有五十余人死亡，三百余人受伤。

李大钊痛心疾首：“罢工领袖林祥谦被活活砍死，绑在电线杆上，一刀一刀地砍！武汉工团联合会律师施洋也被杀害！昨天郑州有人连夜赶来北京，带来了血衣！”

说到这里，李大钊一下子拉开了自己的棉袍纽扣。他身上穿着一件沾满鲜血的衣褂。

瞿秋白推推眼镜，细细看这血衣。血似乎还没有干，一块一块凝结在衣服的肩部、腰部和胸部。

瞿秋白张口结舌。他刚与陈独秀从莫斯科开罢共产国际第四次代表大会归来，回北京还不满一个月，谁知就风雨突来，京汉铁路遍地血水。他一屁股跌坐在凳子上，说：“这个吴佩孚，前几日还在叫保护罢工，伪君子！禽兽不如！”

李大钊指着陈独秀说：“仲甫，你也被通缉了！马林也被通缉了！你马上跟我走。秋白，你也一齐走。快收拾一下文件，这里不能待了。马车就在外面。”

“啊,”陈独秀叫起来,“你又想赶车把我送到天津?”

“不,换个安全的地方。我联系妥当了。仲甫啊仲甫,军阀又给我们上了一堂大课啊!”

瞿秋白说:“国共两党合作,必须加快步子!”

“对,”李大钊说,“很明显的道理,没有强有力的同盟军,没有自己的武装,工人阶级就只能挨屠刀!这回,算是看清吴佩孚的真面目了!我的同学白坚武总是说他同情工农大众,我还一直对他抱有幻想!这回,算看透了!”

他手抚血衣,几滴眼泪落了下来。

瞿秋白说:“守常,别难过!……”

李大钊说:“我难过的是,面对反革命的屠刀,我们党内还有不少同志依旧反对革命的联合!仲甫,为了中国革命,两党合作的步伐,一定要加快!”

陈独秀拍拍桌上的报纸,示意李大钊看。这是一份元旦的报纸,上载有《中国国民党宣言》。陈独秀说:“孙中山看来是完全有诚意的,看看他的《宣言》就可以明白!守常的意思,我懂。我也再三说过,要加快两党合作步伐。一个国焘,一个和森,总是唱双簧拖后腿!秋白,你是《新青年》主编,你记住,宣传一切工作归国民党的方针,不能动摇。”

瞿秋白心里咯噔了一下。这种提法,他总觉得不妥,太缺自信。

李大钊也有不同看法:“仲甫,我倒是想跟你商议,一切工作归国民党,这提法,是不是妥帖?”

陈独秀眼一瞪:“今天别讨论这个了,没时间了,既然守常要赶我们上马车,我们就赶快躲进帘子后面去吧。只是,守常,把血衣脱下来,我穿!”

“不安全!”

“你就安全了？”

“还是先走吧！”

“不！”陈独秀咬牙切齿，“脱下血衣，我穿！守常，我心里难受！若再不跟国民党紧密配合，尽早打倒军阀统治，将是我们中国共产党人的严重失职！”

几分钟后，陈独秀穿上血衣，浑身上下成了个血人。

“让我闻几天血腥气吧，”他跺地说，“娘的，这就是中国！”

坐进马车的时候，他又说：“据闻，孙中山在海上平叛之时要卧薪尝胆，薪没找着卧，胆倒尝了一颗。他有胆了。我陈独秀虽未上沙场，今日却也一身是血，我见血了。一个肚中有胆，一个浑身见血，血胆集于一体，何愁大业不成？”

会议要开始，委员长却迟迟不进厅堂，闹得张国焘心里发急，一会儿看看怀表，一会儿又仔细听听隔壁的声音。

隔壁的声音若是仔细听，隐约也能听见，陈独秀本来就是大嗓门，这会儿又在气头上，更是出言凌厉，所以张国焘听清了，听得心烦意乱。

张国焘对大家说：“诸位，今天的日程是本党委员长作工作报告。他在隔壁有点事，请诸位稍候！”

此次会议很要紧，是中共第三次全国代表会议，专门选在重新设立了孙中山革命政权的广州召开，着重讨论国共合作问题。穿过“二七”大罢工死难者血衣的陈独秀很看重这次会议，他已坚信了这样一条：要赢得中国民主革命的胜利，不能由工人阶级孤军奋战，而必须同民族资产阶级、小资产阶级、农民，结成广泛的反帝反封建的革命统一战线。

这是他在夜深人静时听见的钟声，声音很清晰。他听见的不是“夜半钟声到客船”的寒山寺之响，也不是西子湖南侧的那口悠静超然的南屏晚钟之音，他听见有一大排钟在一起敲响，类似于莫斯科远郊的苏兹达里教堂的那编连在一起的二十几口铜钟。众多的铜钟一起翻滚而鸣，那活脱脱就是一种军阵气势。陈独秀听到的就是这种钟声。他好几次半夜三更坐起来，盯着半明半黑的窗户看，他能听见这种钟声就在不远不近的地方滚动，那个地方不是别的地方，是他灵魂的边缘。

会议已经开过一天。会址选在广州东山的恤孤院后街三十一号。广州六月，天气奇热，太阳把一口透明的大锅热辣辣地倒扣在这个灰白色的城市上，代表们一边摇扇一边发言，态度都是出奇地冷静，连张国焘都不再持反对的意见，蔡和森的立场也大大缓和。蔡和森的变化，估计是毛泽东做了工作。李大钊、张太雷等人就更不用说了，都同意中共正式确定实行国共合作之方针，建议全体共产党员都以个人名义加入国民党。而陈独秀此时却在辣辣地流汗，一半从皮肤流出来，一半从心情流出来。他怎么也没想到，吃辣椒吃过头的李达会专门从湖南急急忙忙赶来广州，再一次来同他较真，要他放弃国共两党党内联合的方针。

陈独秀没有按时进入会场，他一直走动在厅堂东侧的偏房砖地上，并且拍了桌子。他的厚实的手掌打在一张满是裂缝的红漆方桌上，生生地痛。而李达闻见桌响也处变不惊，一点不买账，他的圆眼镜后面的那两道目光始终顽固而深邃。

他说："独秀同志，你不用拍桌。我并不想有意得罪你。我是为了党的原则，才特地赶到广州来与你讨论的。我认为一切工作归国民党的提法绝对错误，我认为共产党员绝对不能通通加入国民党！"

"共产党员必须全部参加国民党！这是共产国际的决议！"陈独秀一下子就搬来了莫斯科，以前他是最反对这种搬运的。

"共产党员都成了国民党员，还叫什么共产党？！"

陈独秀又击桌:“你别以为只有你才懂无产理论!”

李达忍受不住，一时热血上涌，对着红漆方桌，像陈独秀一样举起了拳头。

“你也想拍桌子?”陈独秀瞪出眼珠。

“我为什么不能拍?”李达立时下手，也是嘭的一声，“对于无产理论，我不比你多懂，可也不比你少懂……”

话犹未了，桌上那只瓷花茶碗已被陈独秀抓起，并被狠狠摔在地上。砰!瓷花碎片在青砖地上优美地溅舞，像单薄的友情一样刹那间裂成了东南西北。

陈独秀尖厉的声音同瓷片一样清脆:“共产党和无产阶级的独立性，此时此刻对中国而言，都是鬼话!你李达违反党的主张，我有权开除你!”

李达踢了一脚瓷碗碎片，把一块最大的碎瓷片踢到墙角，他的圆圆的头颅随之昂起:“开除不要紧!原则性决不让步!陈独秀，我实话告诉你，我李达也并不重视你这个草莽英雄!”

陈独秀气得直打哆嗦。

“你……你想干什么?!”他吼，吼得山响。

李达除下眼镜，擦一擦，平静地戴上:“我不想干什么，刚才动动嘴，现在想动动腿。”

“你当然可以走!”

“我当然走!”

“走了就别回头!”

“回头不是李达!”李达摔门就走。

神色紧张的毛泽东忽然出现在门口，他迎头拦住李达:“鹤鸣兄!”

李达一把推开对方的手。他知道碎裂的茶碗已经深深地戳痛了许多同志的心，毛泽东就是一个。毛泽东在隔壁可能一直竖着耳朵。自己赶来广州找陈独秀，毛泽东一直是反对的，但是脚长在自己身上，他缚不住。

“鹤鸣兄，”毛泽东低声耳语，“我们好好谈谈。”

陈独秀吼：“谈什么！让他走！”

毛泽东垂了手，他两只手的手心都是汗。

李达昂首跨过两道门槛，推开大门。毛泽东默默盯着他的背影。他脊背笔直，灰布长衫上，白花花的，皆是南国亮晃晃的阳光。

毛泽东走进屋里，屋里温度很高。他看着陈独秀，一时说不出话。

“让他去！中国共产党不少他一个！”陈独秀仍旧大声呼叫，恨声不绝。

“仲甫，鹤鸣反对国共合作，我也绝对不赞成他的立场。”

“这就对了！”

“我支持你的两党合作构想，赞成全体共产党员加入国民党。孙中山有很高的威望，国民党在北洋军阀统治区有合法地位，诸葛亮都知道要借东风，共产党为什么不借呢？再说，众人拾柴火焰高，只有很高的火焰才能照亮中国。这也是很明白的道理。”

陈独秀的情绪渐渐平复。他长长地呼出一口气。

“有理，润之，你的见解有理。”他说，“你湘区工作就做得很出色，你一向注意阶级的联合和民众的联合。润之，此次会议，你可以谈谈湖南。不，润之，你必须谈谈湖南！”

“话说回来，鹤鸣的想法，也有他几分理。”

陈独秀一愣，瞪眼说：“无理！”

毛泽东微微一笑，伸出拳头，动动拳头上的大拇指：“仲甫，共产党、国民党即使在捏成拳头之后，也总须有一根指头居于中心位置。我想，中国共产党，应该是这只大拇指。鹤鸣的出发点，其实，就是这个大拇指的意思。”

陈独秀鼻子哼一声，说：“都说润之说话好比喻，果然如此。”

“我提议，本次代表会议的决议案，应当明确写上一段话。”

陈独秀注意地看着他，认真起来。

毛泽东思索了一下，说：“是不是能这样写：我们加入国民党，但仍旧保存我们的组织，并须努力从各工人团体中，从国民党左派中，吸收具有阶级觉悟的革命分子，渐渐扩大我们的组织，谨严我们的纪律，以立强大的群众共产党之基础！”

陈独秀眼睛一圆，手指对方，说：“润之，本次大会后，你就留在中央工作，别回湖南了。”

毛泽东一愣：“什么？”

“你担任党中央秘书，处理中央日常工作。”

“仲甫，我怕是不能胜任。”

“我需要你的协助，润之。”

陈独秀的这句话说得很轻，说完之后，他就注意地盯着毛泽东的眼睛。他希望这双眼睛里能迅速闪现出一些火花来。然而他看到的只是一双温和的眼睛，带着一些深思，带着一些智慧。

走了一个湖南人，这个湖南人呢，又不肯来，一个微妙的感觉像一根火柴棍一样迅速划过陈独秀心底，但是还不等这根火柴闪出火来，张国焘便挟着一股风推开了门。

“独秀同志，大家在等你，都等急了。哦，润之陪在这儿！”

毛泽东说：“仲甫，我先去会场。”

陈独秀沉着脸，脸上缺少表情。毛泽东跨出门槛之后，又回过了头。毛泽东清清晰晰地对他说了一句话。

“仲甫，”毛泽东说，“我赞成你最后表示的那个意见。”

他带上门，走了。

陈独秀松了一口气。他问张国焘："都等急了吗？我还想抽根烟。"

他摸出一根粗粗的雪茄，点上。

张国焘说："我见李达走了，脾气好大。"

"他下船了！前年上的船，如今下了！"

张国焘听不明白。

陈独秀喷出一口浓烟："他脱党了！"

"怎么？"张国焘呆了。

陈独秀狠狠说："他观点同你一样，比你还凶。"

"独秀同志，我的观点是公开的。我不像有些人那样，骑墙！再说，我的观点，起初也是跟着你的观点来的。无非是你后来步子走快了，我想赶，一时赶不上而已。你说，是不是这个情况？至于李达，李达今天确实凶，他要不凶，你也不会摔茶杯。我知道茶杯是你摔的，他惹得你很生气。我有一个疑问，这个李鹤鸣，怎么会那么凶？本党二次代表会议之后，他一直被毛泽东拉在湖南，做自修大学的学长，他的一而再再而三的对抗，有可能不是孤立的吧？"

陈独秀一愣，这话是什么意思呢？他问："你是说润之？"

"我就是说他。"张国焘的表情又诚恳又贴己，"独秀同志，你要小心被他牵着鼻子走。"

陈独秀突然把点燃不久的雪茄揿在桌沿上，揿灭了。他的那股刚刚散去的焦躁的情绪，顷刻间又回来了。他举起手，直指张国焘的鼻子说："湖南共产党的工作是跑在全国前面的，如果湖南能牵动本党的鼻子，我以为再好不过！"

他推开门，大踏步走了出去。张国焘讨了个没趣，紧步跟上。

陈独秀在中共三大上多次作了发言，他的口气时而激烈，时而舒缓，他对国共两党合作的前景和果实均充满了希望。他认为北伐在国民党改组之后必定能迅速发动，中国的反帝反封建的革命运动随之将会空前高涨。他的饱满而激昂的情绪感染了每一个同志。他的手臂挥动如重锤，以至于代表们顺着他的肘部关节的运动，已经清晰听见了北洋军政府的统治大厦行将崩坍的叽叽嘎嘎的声音。

这次代表会议正式确定了实行国共合作的方针，决定全体共产党员以个人名义加入国民党，同时也反对一切工作归国民党的右倾观点，认为必须坚持中国共产党在政治上、组织上的独立性。会议选举陈独秀、李大钊、毛泽东、蔡和森等九人为中央委员，继续推选陈独秀为委员长，推选毛泽东任秘书，负责中央的日常工作。

当晚，毛泽东与李达依依话别。

珠江之夜，时近子时，风仍未转凉。挂着桅灯的小货轮不断拉响汽笛，短促而沉闷。

“回长沙去是对的，鹤鸣兄。”毛泽东说，“你是知道的，湖南的同志不会对你有成见，今后，湘区各项工作，还是要请鹤鸣兄鼎力相助。”

“我已经不是共产党了。”

“你还是布尔什维分子。”

“苦痛也在于此，润之。”李达慢慢地掏出一块手绢，按按眼角。毛泽东知道李达的心在沉淀之后，格外痛苦。

毛泽东同时知道，杯盏落地，瓷片远溅，这些倔强而尖利的碎片就再难聚合成杯了。世界上有许多悲剧都是这样造成的。友谊炽热得忽然蒸发，性格一放纵就转化成了历史。

李达又说：“宣传社会主义的小册子，我还是要一本一本译下去的。我不是为他陈独秀，我是为真理，为中国百姓！”

“鹤鸣兄，我一向敬佩于你的，一是学识，二是骨气。虽然，有些观点，我也不赞同你。”

风逐渐大起来，高高的椰树开始摇晃。李达一时走不动了，斜着身子靠在树干上。他用指甲轻轻地划着树皮。他听毛泽东继续在说：“仲甫把茶碗打碎是不对的，不过，你把两党党内合作这个战略打碎也是不对的。敌人那么凶恶，革命阵线除了加强联合，还能怎么办呢？”

李达冷笑一声，说：“我即便有所悟，也来不及了。我还来得及吗？我已经下了共产党的船了。”

“能不能再上船呢？”

“只要他继续当船长，我就不上船！润之，你是知道的，我李达这副皮囊，包的都是骨头！”

毛泽东当然知道。毛泽东的担心也就在这里。李达又对毛泽东说，他对留在中央的毛泽东也有几句忠告。

“我的忠告是丑话。”

“不是丑话的忠告那就不叫忠告。”毛泽东轻声说。他在夜色中努力地看着李达的脸。

“陈独秀很赏识你，把你留在中央，润之，你不要受宠若惊。”李达离开椰子树，继续往前走。

“鹤鸣小看润之了。”

“该说的，还是要说。我一向以为，你也是一个有独立见解的人。”

“我不装哑巴。”

“敢于表达独立见解者，常为君主所不容，也为世人所不容。但是不为此而表达呢，又为自己所不容。我这一回，是彻底地表达了，而且还是特意赶来南国表达的。结果，我撞到了南墙上，撞碎了一只茶碗。而你呢，润之，你话要说，但是，别像我那样说。话须硬，舌头须软。软舌头说硬话，尽见一个人的智慧。我没有这种智慧，你有。为革命大局计，我希望你留在他身边能时间长一点。该说话处，大胆进言；该小心处，也要务必小心。他是暴君，不折不扣的暴君。他治党，若严父教子，手里不是板子就是尺子。他的目的是想叫中国民主，他自己呢，头一个不民主。这就是我们中国共产党的现实，不，我口误了，这就是你们中国共产党的现实。总之，记住我这句话，润之，伴君如伴虎。”

毛泽东思索了好长一阵子，说：“鹤鸣，我不把他当君看。他不是唐宗宋祖，即便唐宗宋祖，革命者眼里，也不过尔尔。我也不把他当虎看，虎者，威虽威矣，也常有粗笨愚顽之时。我伴他，不是伴君也不是伴虎，我在中央工作，是伴全党同志，伴真理，伴中国百姓！”

李达认为毛泽东说得在理，大点其头。毛泽东又说：“不过，你的软舌说硬话的忠告，我记住了。我不会像鹤鸣兄这般拍案而起。”

“我早知道，你比我高明。”

“我相信我会影响他。有理不在言高，他有理，我自然服他。我有理，我自会慢慢说服他。我相信水滴石穿。说真的，鹤鸣，我之所以同意担任中央秘书，也无非是想在这个位置上，努力发挥我的影响。”

“润之，不愧是润之！湘江，依旧是湘江！如此，我也放心了。罢，罢，我回长沙去，我也要在自修大学里好好自修一下。润之，你在中央，好自为之！”

江中货轮数声长鸣，最后一次鸣叫之后，毛泽东发现李达已经在夜色中消失了。他走得很快，一次也没有回头。毛泽东知道他是一个彻底的社会主义理论信奉者，这辈子看来也不会改了。他人虽下船，心还会照旧航行。

毛泽东的感觉没有错，李达在脱离了共产党之后，继续发愤译著社会主义理论。三年后，他发表了《现代社会学》，系统地论述了唯物史观和科学社会主义。十二年后，又发表了专著《社会学大纲》，再次阐述辩证唯物主义和历史唯物主义。1949 年 12 月，李达重新加入中国共产党。李达的倔强的呼吸是在 1966 年 8 月 24 日停止的，冤死于“文革”。1980 年他被彻底平反昭雪。

李达的眼镜，一辈子闪烁着学术之光。

第 12 章

一块洗手巾被拧干，递给正埋首于案前的邓小平。

在巴黎艾德鲁瓦街十七号《少年》编辑部，铁笔和钢板从早到晚一直在叽叽作响，如巴黎六月夜的一只不知疲倦的夏虫。

“我有个预感。”周恩来递了湿毛巾之后，这样说。

“什么预感呢？”

周恩来说：“先洗个脸吧。你已经刻了整整八个小时的蜡纸了。”

“你记错了，”邓小平说，“七个半小时。”

周恩来看着他的小伙伴洗脸：“我有预感，国内的革命形势就要起大变化了。敌人的刺刀将会很快促成革命者的同盟。我昨天已经听说了，刚刚在广州举行的中共第三次全国代表会议，讨论的就是这个问题。”

“就凭恩来书记的这句大革命预言，你也要请我到楼下咖啡店喝一杯。”

周恩来说：“下楼，下楼！想不到我们的油印博士还是一位敲竹杠博士！”

周恩来下楼时觉得有些凉意，便又回房在衬衣外套上那件绣着六个小字的毛衣。

邓小平笑嘻嘻拉住毛衣。周恩来说：“哎呀，小兄弟，你不是看过又看了吗？”

“问题是你一遍也没有解释过！‘给你温暖，小超。’小超是谁？一定是个姑娘！”

在楼下的小咖啡店里，银勺子搅着浓浓的咖啡时，周恩来承认了，小超是个姑娘。咖啡店此时几乎没有什么顾客，只有一个瘦削的琴师在角落里拉一把小提琴。

“漂亮吗？”

“记不准什么模样了，”周恩来望着白墙上的铜杆壁灯，做很深的回忆状，“真的有点记不得了，只记得她的活跃胜过她的漂亮。她为了救我，冲过天津警察厅。她是一个非常勇敢的姑娘。”

“你对她说过那句著名的话吗？”

“什么话？”

邓小平用法语说：“我爱你。”

周恩来笑了：“没有。”

“为什么不说？”

周恩来搅动咖啡，说：“是啊，这句话，也该说了。我原先认为彻底革命者必须独身，现在觉得，革命伴侣的存在并不对革命有碍，真的，我这几天，好几次想到马克思与燕妮。”

邓小平从怀间摸出一张明信片：“给你。”

“什么？”

“明信片，昨天买的，原先是想给四川老家发去的，后来想想，也没什么好写。先给你用。”

“你的意思是，那句著名的话，能用明信片的方式公开表示？”

邓小平嘻嘻笑了，像个大人似的开导对方：“这你就不懂了，恩来书记，如果一句最秘密的意思，能用一种最公开的形式加以表达，那就是说明……”

“说明什么了？”

“板上钉钉了。姑娘将会受宠若惊。”

“你这个小鬼灵精！”周恩来哈哈大笑，银勺子里的咖啡抖到了裤腿上。

一个半月之后，盖着法兰西邮戳的这张明信片抵达了中国天津，以至于杨振德拎着破菜篮子回到家，就听见了抑制不住的哭声。母亲扔了篮子就到女儿床前，她看见女儿脸上都是水，分不清是汗是泪。

“谁欺侮你了？”

“我是高兴。”

“高兴，哭什么？”

“明信片！”

“什么明信片？”

邓颖超呜呜哭：“在桌子上！他写的！他说我们两个是人生伴侣！”

母亲取过明信片看，一看就笑，待到第二遍看时，又觉得鼻子发酸，泪水朦胧了双眼。女儿翻身坐起，走到妈妈身边：“妈，你又怎么了？”

“我也是高兴。”

“他会是一个天下最好的女婿。”

“可是我也有点伤心。”

“为什么，妈？”

“他是共产党员了，是不是？”

女儿点头。

“还是个头儿，是不是？”

女儿又点头。

母亲说：“小超，你自小就没了父亲，你看着妈苦了大半辈子，你自己的命，可千万不要像妈一样苦啊！”

妈妈的担心是一种爱，邓颖超非常理解，但是她不能没有恩来。晚上，她挤睡到了妈妈的床上，一夜都搂着妈妈。她盯着窗外的静默的星星，思绪翻腾。她想，自己的人生道路，其实早已选定，即便没有恩来，这条路也已是荆棘遍布充满艰险了。人生之路只要是自己选的，愿意走的，怎么凶险都是幸福。何况还有恩来可伴随呢，这更有什么可担忧的？邓颖超的眼睛半睁半眯直到天亮，天亮之时她才发觉母亲也是一夜无鼾。她轻轻抽回自己的手臂，感觉到自己的手臂和母亲的脖子都是汗淋淋的。她从黑柜上拿起一柄小扇子轻轻地为母亲打扇，母亲在凉风习习之下依旧没有动弹。邓颖超知道，母亲的心也是一夜都在颠簸，现在才慢慢平复。母亲认了自己的命，也认了女儿的命。

模样英武的蒋介石一身戎装，从元帅府内厅走出。尽管脊背上的汗水已经渗出军装，但是蒋介石仍然衣领扣紧，纹丝不乱。他在大元帅府的进出，一直是很注意仪表的。

他的军靴如匀称的鼓点一样敲下楼梯，又敲出门厅。

位于广州河南士敏土厂的海陆军大元帅府是清代建筑。西班牙式的大楼沐浴在六月黄昏的余晖之中。蒋介石看见邓泽如踱步在大楼门口。

“我在此守候介石老弟多时了。有句话要说。”

蒋介石脚下的鼓点停止了。蒋介石不作声，点点头，似乎猜到对方要说什么话。

“中国共产党的第三次代表会议已经收锣，介石老弟知道了吧？”

蒋介石没有表情。邓泽如说：“所有中共党员都将蜂拥而入本党，即将大谈劳工斗争，大搞俄式运动，这样的可怕情形，能使介石老弟联想到齐天大圣钻入铁扇公主肚皮里的故事吗？”

蒋介石手扶指挥刀，眼睛看着很远的地方。他看来并不想作这样的联想。西边最后一缕阳光将蒋介石的英俊的脸廓勾勒得很分明。

邓泽如见他不作声，又说：“还有，两个月前，孙先生以大元帅名义，任命中共领袖陈独秀为大本营宣传委员会委员，这个混账的委员会又推举陈独秀为委员长。陈独秀已在本月 1 日启印视事，广州政府的宣传大权已由共产党独揽，此事，亦能使介石老弟高枕无忧吗？”

蒋介石双眼微闭。太阳在坠落，他的脸很快地阴暗下来。

邓泽如没有得到预期的反应，感到了某种失望。他忽然想到了一件事情，于是又说：“介石老弟两月之前荣领大元帅府参谋长衔，我没有及时表达贺意，介石老弟不是生我气吧？”

蒋介石忽然睁亮眼睛，朗声道：“国共两党合作，是本党孙总理亲自决策，吾辈党徒，均应唯孙先生之命是从！再说，您是本党前辈，依我看，更须身体力行，以为表率！”

言罢，手扶指挥刀，转身便下台阶。

邓泽如默然，他没想到平日对党派政治言语不多的蒋介石会对两党合作如此拥护，这与他对蒋介石的多年观察情况不符。他正欲在蒋介石背后再喊一声什么，蒋介石却已在台阶下回过身来。

“宝珊兄！”他说。

邓泽如快步赶下台阶。

蒋介石注视着这位本党元老，叹一声：“小弟我，我实有难处啊！”言毕，又转身而去，军靴打着轻快的鼓点。

邓泽如不想再喊住他。蒋介石心底琢磨着什么，他似乎已经把握住一些了，但又觉得没有太大的把握。他只觉得这位年轻参谋长日后在本党内的影响力将举足轻重，这是一种预感。

蒋介石这一回晋见孙中山，是想请求去苏俄考察。蒋介石认为，苏俄共产党得以迅速掌控政权，必有其独到之经验，不能不察，上次听马林介绍，他就心有所动。另外，去苏俄考察本身，就是一种宣言。这一类宣言在国民党的改组气氛中，是能有很大的响声的。

孙中山拗不过蒋介石的一再请求，批准他率领“孙逸仙博士代表团”一行四人访问苏联，考察政治、军事和党务。代表团成员是沈玄庐、王登云和共产党员张太雷。1923 年 9 月 16 日，蒋介石就已经坐在苏联莫斯科军区第 144 步兵团所在军营的一个大树墩上了。他观看的是军事操练，满耳都是苏军士兵的喊杀声。这种喊杀声他从来没有听见过，声震耳膜，近乎疯狂。一把又一把三棱刺刀戳在草靶上的那种凶狠劲，他也是没有料到的。他想起他曾经带过的粤军士兵，那种士兵简直就不叫兵了，有时候不以光洋悬赏，他们还真迈不开步子。蒋介石忽然站起，走近一位陪同军官，说：“你们的军装很神气，我能穿一下吗？”

那军官听罢张太雷的翻译，马上脱下军装：“请蒋同志试穿，并请蒋同志参加二营一连二排的党小组会。”

几分钟之后，蒋介石就已经穿上笔挺的苏军军装，坐在兵营内的板凳上倾听党小组会了。这个党小组由八位布尔什维克士兵组成。蒋介石在小小的会议上又听见刺刀戳进草靶子的那种狠劲儿，那是一种思想的刺刀。他听见一位士兵出言凌厉地批评自己的战友：“你今天的冲锋，算什么冲锋？你不勇敢！你见到敌靶为什么不扑上去？你要记住，你不是为你自己，你是代表一个阶级在冲锋！”

一经张太雷翻译完毕，蒋介石便起立鼓掌。他说：“好，太好了，这句话说得太漂亮了，跟你们的军服一样漂亮！”

陪同军官说：“蒋同志如果真的喜欢，这件军服就赠送给你了。我看尺寸也正合适。”

蒋介石说:“谢谢,谢谢!本人真的很喜欢。”

沈玄庐瞅着这位代表团长,摇摇腿,心里想,这位老弟还是蛮会演戏的。又想,演戏不是坏事,谁都在演,要看演的什么戏。这位介石老弟真是个好戏子,脸面上演的是一码子武生戏,心里头,肯定在演另外的一码子文戏。

沈玄庐的判断没有错。晚饭前,他去蒋团长房间招呼赴餐,果然看见蒋介石一个人如佛陀一样端坐打愣,身上还是那套笔挺的苏军军装。

“走呀,介石兄!”沈玄庐咋咋呼呼拉他,“发什么呆呀?他们在喊吃晚饭了,走呀。其实什么晚饭呀,干面包片儿,倒霉的鱼子酱,呕都呕死!介石兄脑门上怎么都是汗,怎么了?”

“这句话太厉害了!”

“什么话?”

“你想想,你是代表一个阶级冲锋!——每个人都是这样想着去冲锋,还能怕死吗?”

“这倒也是。”

“比这句话更厉害的是制度。制度,知道吗?——共产党在每个排都建立党小组!”

“共产党的制度,国民党也可以拿来用嘛!”沈玄庐一边说一边想,这老兄,果然有一出大戏在肚子里走着呢,“就像我沈玄庐,也穿过两年的共产党衣裳,哈哈哈!如今我提出退党,人家还不准呢。哈哈哈!”

“你别大嗓门,小心张太雷!”蒋介石起身,一拍对方的肩,“吃饭去吧,玄庐兄。真叫耳听为虚,眼见为实。到苏俄走一趟,才发现苏俄对中国的行动方针,就是千方百计扶持中国共产党,这太可怕了!”

“有那么严重?不见得吧?”

蒋介石指指自己头上的军帽:“这颗红五星一贴近脑门，我就什么都明白了!”

一辆黑色小汽车蜿蜒于山路，方向盘忽而左打，忽而右打，躲避着爆炸的气浪。

呼啸而至的一颗炮弹忽又在正前方爆炸，削飞了一根粗大的树干。

汽车被迫停住，一位体格健壮的俄国人跳下车，仔细观察前方。随行人员慌了，用英语喊:“鲍罗廷先生，过不去了!”

“继续往前开!”鲍罗廷跳回汽车，手势果断，“孙中山元帅在哪儿，就往哪儿开!”

就在蒋介石率代表团仔细考察苏联期间，苏联政府也应孙中山的请求，向中国国民党派驻一位首席政治顾问。1923 年 10 月 6 日，这位曾经被共产国际先后派往美洲、欧洲的革命经验极为丰富的共产党人，来到了中国广东省。他知道孙中山正在惠州城外视察与陈炯明叛军的战事，于是直接挥车钻入了硝烟。他觉得孙中山是会喜欢他的这种风格的，而他也很喜欢一个大元帅亲临战壕的风格。

他的小汽车在山道上转了第八个弯的时候，翻了，前轮翘在半空中像风车一样转动。

孙中山是得到报告之后，才匆匆沿着山沟走向鲍罗廷所在的那座白色帐篷的。他快速地挥动手杖，“中山装”上明显有泥土和火硝的痕迹。

“他在哪里?”他着急地问。

医官奔过来，指指树丛后面的白色帐篷。帐篷前面，飘扬着一面红十字小旗。

山背后传来时紧时疏的枪声，夹杂着滑膛炮的轰鸣。叛将陈炯明盘踞惠州城，负隅顽抗。

孙中山钻进帐篷，看见俄国人躺在担架上，破了一大块皮的那只白皙而粗壮的小手臂上，搽满了红药水。

由于惊吓和疲累不堪，这位洋顾问竟睡着了，脑袋歪斜，鼾声如雷。

医官向大元帅报告：“他睡着了。”

“他就是鲍罗廷？”

医官说：“这里有份东西，好像是他的介绍书。”

孙中山一看，笑颜大展：“啊，苏俄大使加拉罕亲笔写的介绍书！”

医官说：“他急着要见大总统。路上，小汽车被炮弹炸翻了。”

孙中山点点头，走到帐篷门口，细看加拉罕的介绍信。加拉罕是这样写的：“鲍罗廷为我布尔什维克党元老同志之一，曾长久致力于俄国革命运动，请你不仅把他当作官方代表，也视他为我的私人代表。你同他谈话就如同我谈话一样。”

这封介绍书是写得如此诚恳和直截了当，以至这位鲍罗廷还没有睁开眼睛，就博得了孙中山极大的好感和信任。医官搬过一只空炮弹箱，请大元帅坐下，并且建议叫醒鲍罗廷。这位洋人只是皮伤，未伤着骨头，叫醒无妨。

“不必。”孙中山说，“我当过医生。你出去好了。”

孙中山坐下来，听着这位洋人的阵阵鼾声，心里也一阵阵高兴。他想，中共方面，来了个陈独秀；共产国际，又来了个鲍罗廷。什么叫天助，这就叫天助。天既开眼助我，国民党新生大业，该是指日可待了。

一发炮弹在山坡上爆炸，帐篷在气浪中猛烈地摇晃了一下，这一晃动，就叫鲍罗廷跳了起来。

孙中山用英语说：“别动别动！”

“我这是在哪儿？”鲍罗廷看看周遭，“快放我出去，我要到前线！”

“这里已经是前线了！”

“不，还在前面，我要去的是前沿，都说你们的大元帅在最前沿！”

“不必急，你首先要休息好。”

“我是大元帅的首席顾问，你知道吗？！”

“知道。加拉罕郑重推荐的。”

“你知道就好，”鲍罗廷急急穿鞋，“所以我必须立即见到你们的大元帅！他需要我！他的党需要我！他的伟大的事业需要我！他是个伟人，而我将全心全意帮助他！请你马上带我去见他！——听见没有？我米哈伊尔·马尔科维奇·鲍罗廷，必须尽快向你们的大元帅报到！”

孙中山伸出手，将对方扶起来。孙中山说：“鲍罗廷同志，我是一位中国人，可是我懂得使用你们欧洲的礼节！”

鲍罗廷还不明白是怎么回事，激动万分的孙中山已经紧紧地与他拥抱在一起。

鲍罗廷挣扎：“快带我去，中国同志！”

三个医官慌慌忙忙冲进帐篷，紧接着就瞅着元帅和洋人同时大笑，这种笑声发出的气浪与炮弹的气浪一样，都能使篷布颤抖，抖下许多沙尘来。

“你已经到家了，鲍罗廷同志！”孙中山喊。

“什么？”

孙中山大声喊：“我就是孙中山大元帅！你到家了，鲍罗廷同志！”

孙中山动作很快，仅隔三天，就在悬着镀金枝形吊灯的大元帅府议事厅里，向国民党的众多骨干们介绍了这位英姿勃发的洋人。他先这样宣布："中国国民党改组，必须加快步伐。此一改组计划，共产党方面，已决定倾全力相助。现在，孙文郑重宣布，正式成立中国国民党改组委员会，改组委员会由下列在座的五位同志担任，也就是：廖仲恺、汪精卫、张继、戴季陶、李大钊。国民党本部的改组，孙文就拜托五位同志负责办理了！诸位有什么意见没有？"

"诸位"都不想表达什么意见，所有国民党的重要骨干皆端坐不动，心里掂量着孙总理所说的这五个人的各自的分量。

孙中山要廖仲恺表态，廖仲恺就说："先生如此重托，当倾全力。"

孙中山问其他四位改组委员："你们呢？"

李大钊说："中国国民党本部的改组，系全党改组的核心，非常重要，守常全力以赴！"

张继则瓮声瓮气说："没有什么意见，唯诚惶诚恐罢了。"

"好！"孙中山转脸，吩咐副官，"立即将此委任电告本党上海事务所，并见诸报端！"

接着，孙中山开始介绍洋人。其实在他没介绍之前，国民党要员们就早以各种复杂的目光在鲍罗廷脸上扫来扫去了。孙总理要用此人是毋庸置疑的，但是怎么用，要看一看。传说是顾问，但"顾问"二字，大有讲究，可以是花瓶，可以是脊骨，也可以花瓶其外、脊骨其中，也可以表为脊骨、实为花瓶。

孙中山说："鲍罗廷同志，是苏俄政府应我再三邀请，专门派来担任我的首席顾问的。我同他已长谈十余次，深感鲍君是一位无与伦比的同志。"

鲍罗廷听罢侧旁宋庆龄的翻译，连连摇手："孙总理过奖了。"

张继心里想，此人还有点自知之明。

孙中山继续说:“孙文以为,以党治国,须效法俄人。整顿党务,亦须借重俄人。我今正式宣布,中国国民党现在已经有了一位组织教练员!”

张继一愣:全党的组织教练员?这算什么衔?若欲借重此衔,此头衔可以压死党内任何人。他竖起耳朵听,又听孙中山这么说:“孙文今任命鲍君为组织教练员,就是为了借重鲍君之组织经验,训练国民党员,使本党改组得以顺利完成。诸位还有什么见解?”

全场鸦雀无声。半晌,美男子汪精卫起立说:“能向鲍君提个问题吗?”

孙中山低声与鲍罗廷交换了几句意见,抬脸回答:“可以。”

汪精卫知道此刻会有许多目光很有兴趣地看着自己,所以更显得不慌不忙。他问:“据说鲍君很有组织才能,我请问鲍罗廷,你此次来华,是第一次出使外国吗?”

鲍罗廷说:“我来中国之前,先后被共产国际派到美国、墨西哥、英国、柏林等地工作过。”

“美国不是中国,墨西哥不是中国,德国也不是中国,你鲍罗廷充分意识到这一区别吗?”

这句发问有点呛人,孙中山皱了皱眉。

鲍罗廷的回答针锋相对:“我充分意识到,民族解放斗争和人民革命,在全世界都有相同的趋势和相同的特征。”

张继有点忍耐不住,站起来,说:“我想问个问题。鲍君今年几岁?”

鲍罗廷说:“我1884年生于俄国威斯帖布斯克省,今年应是三十九岁。”

张继说:“按中国说法,人生四十而不惑,你才三十几岁,便担任中国国民党的组织教练员,自己感觉能胜任吗?”

孙中山一击茶盖，神情极为不悦："如此相问，张溥泉难道不觉得过分吗？有朋自远方来，你如此不悦，何故也？溥泉，你坐下。"

张继神态固执："请先生原谅。"

戴季陶忽然大声请求："如无诸多不便，还是请先生准许鲍君回答溥泉兄的问题。"

孙中山厉声说："都不要多说了！你们几个还能说出什么有益的话来呢？对这类有失风度的提问，诸位竟不觉得害羞吗？鲍君乃苏俄政府所推荐，此人办党极有经验，我已经郑重请他起草国民党组织法，起草国民党党纲和党章！"

张继闻言失色。戴季陶愕然。林森紧闭眼睛。汪精卫也神情一怔。中国国民党的党纲党章及组织法，均由一个外国毛子操持办定，这叫什么中国国民党呢？张继耳语林森："我怕是听错了吧？总理是在说中国国民党还是在说俄国国民党？"林森眼皮很重，像是睡着了。

孙中山对全场说："我希望各位同志牺牲自己的成见，诚意去学他的方法。"

李大钊站起来，欠欠身，说："孙先生，我倒有个建议。"

"请讲。"

"既然有些委员有疑虑，倒不妨请鲍罗廷同志谈谈他关于整顿党务的初步见解。"

廖仲恺一听，觉得此议妥帖，马上附议："这个意见很好。我也极想听听鲍君想法。"

孙中山征询地看着鲍罗廷："那么……"

"我可以谈一谈。"鲍罗廷很大度地笑一笑，"诸位同志，本顾问认为，孙总理改组中国国民党的决策，是英明而适时的，至于如何改组，我建议如下：第一，在国民党改组之前，修改党纲，并且在人民群众中广泛宣传党纲，力求取得必须按照党纲改组国民党的一致意见；第二，迅速制定国民党党章；第三，在广州，在第二中心上海，组织起党的坚强团结的核心，然后在全国建立国民党的地方组织；第四，尽快召开国民党全国代表大会，以便讨论和通过党纲党章，选举新的执行委员会，必须派出最优秀最积极的国民党员在广州进行国民党的改组工作；第五，在召集全国代表大会时，必须使每一个代表都懂得，他今后要做的事情是什么，以及怎样按照新的方式建立基层组织。”

不消说，鲍罗廷以其自信，以其深思熟虑的思路，在国民党的高层亮了个漂亮的相。这一出场出得很好，起码是稳稳地压住了阵脚。在上海的陈独秀从李大钊口中闻知鲍罗廷的风采，深有感触。他说，鲍罗廷一点不逊于马林。马林是牛林，牛气得很，这个鲍君看起来亦绝非鲍鱼，同样牛得很，可以叫牛罗廷。

但是鲍罗廷的牛气在日后并未冲天，国民党右派对他处处设防和处处抵制，他是明显感觉到的。鲍罗廷曾经有一回跟孙中山谈到半夜，他表示了某种纳闷：一个革命政党内怎么会有那么多的元老敌视共产党及其背后的工农大众。孙中山跟着他一起气愤，然后又在鸡鸣时分非常感叹地告诉他，这些人，对封建王朝的进攻都是很坚决的，他们不怕死，若剥开衣裳看看，身上都有伤疤。

在鲍罗廷将党纲党章起草完毕之后，这些身上有伤疤的元老不约而同齐集林森家，一个个都有祸之将至之感。11 月的南国，风已带凉，林森的客人们都端着茶杯坐在后院的葡萄架下。他们身后的花架上，是好几盆金黄色的鹰爪菊。林森时任大本营建设部长，他手里拿着党纲草案与党章草案，仰卧在白藤躺椅上，脸色与鹰爪菊相同。

邓泽如这几天都是他的座上宾，说话态度最为激烈。邓泽如说：“俄国毛子起草的党纲，看看，诸位都看看，什么混账东西！鼓吹容共，开门揖盗，可以说是猖狂之极！”

林森放下党纲草案，从白藤躺椅上坐起来，大叹一口气：“我1905年入的同盟会，1913年入的中华革命党，一生追随孙先生，疲于奔命。吾爱吾党，胜过性命。我真心祈望国民党高举国民革命大旗，早日完成复国大业，谁料想，苏俄赤党竟趁吾党改造之际，借孙先生威望，唆使中共全体潜入，美其名曰国共合作，实是借吾党躯壳，行他党之私，狼子野心，昭然若揭。眼见得党中有党，党将不党，怎不令人寒心之至！”

方瑞麟说：“我以为，最可虑者，是孙先生公然宣布，他缺席之时，可由鲍罗廷主持国民党临时中央执委会。这一宣示，诸位也是亲耳听见的。党务大权如此拱手让给一个毛子，实在太危险，太危险！我已经两个晚上彻夜未眠了，我真的不明白，孙先生为何非得这样做？”

戴季陶不安地扭动了一下身躯，扭得白藤躺椅咯吱咯吱响。他觉得矛头不能针对总理，这种情绪绝对有害，也于事无补，反有弄巧成拙之虑。于是他坚决地说：“我们不能怪罪孙先生，先生有先生之思虑。但我们，起码可以提醒孙先生，北边的俄人，身边的中共，都是最最可怕的敌人。季陶早就看出共党之野心了。记得当初陈独秀成立上海共产党的时候，我就是深明大义，当众退场的！”

林森的鼻子哧一声响，说：“听许多人说，你当时流泪不止？”

戴季陶急了：“流给陈独秀看的，诸位应当知道，流泪也是一种学问。男儿有泪不轻弹，既有泪花弹出，必有深意焉。总而言之，我警告诸位，中共是无孔不入的！”

林森觉得，光是这样表示义愤不是个办法。挽狂澜于既倒，挽字是动词，从手，而非从口，吐吐口水于事毫无补益。他想，应当即请廖仲恺来做一回客人。仲恺这个人一直围着俄国毛子转，他是这份容共党纲的译者，也是头号吹鼓手。第一步，应当把他叫来当众问个明白，刹他威风。第二步，大家再作上书孙先生的打算。

林森一说这个想法，葡萄架下便是一片赞成之声。

廖宅电话响起来的时候，廖仲恺正在自家客厅里接待李大钊。他的位于广州百子路的这座宅邸算不得宽敞，但是收拾得整齐且有趣味，客厅四周挂满了何香凝画的水墨画，有山之猛虎，也有水之游鱼。廖仲恺此刻正指着画案上的一幅并蒂莲告诉李大钊，这是香凝特意为即将召开的国民党首次全国代表大会而作，此会一开，党纲一获通过，国共两党就算正式联手了，并蒂之莲便是取两党本为兄弟之意。

李大钊在画案前连连拍掌，称赞这幅泼墨并蒂泼出了神韵，他说："早听闻香凝女士毕业于日本本乡女子美术学校，但也想不到画功竟然如此厚重！"

何香凝大笑："过奖！过奖！"

李大钊说："并蒂之莲，意境高远，愿我们两党为中国革命，生生死死，始终联手，永远并蒂！"

林森的电话就是这个时候来的。何香凝一边走向茶几摘电话，一边说："守常先生真会说话！"听罢电话，她就告诉丈夫，林森有请。

廖仲恺本不想去，思虑再三，还是决定赴约。他知道一批党内元老在候着他并且准备咬他。他笑着对夫人说："总不会是铁链子绑三道吧？"他出门时又说："我该说什么就说什么。联俄联共是孙先生的最后出路。我不会退让的！守常，抱歉，改日我们细谈。”

廖仲恺走下小汽车，走进林森寓所后院的时候，正好听见坐于葡萄架下的张继在说话。张继这样说：“陈独秀、李大钊加入国民党，是我做的介绍。每每回想此事，都不免心情沉重。我原以为是共产党几位头面人物协助本党改组，哪里想到，整个共产党倾巢而入。这就叫一失足，千古恨！”

方瑞麟眼一翻：“谁叫你做介绍的？”

张继怒：“不要明知故问！”

然后廖仲恺就看见邓泽如站了起来，弹着一根葡萄藤大声说：“一定要上书孙先生，不上书不行，要务请孙先生当机立断，釜底抽薪！谁敢跟我一起签名？”

林森说：“上书，我不反对。签名，你们签。我，诸位当然明白，地位毕竟特殊！……啊，仲恺到了！”

林森看见了脸色很不好看的廖仲恺。

廖仲恺努力堆出一些笑容，朝大家拱拱手：“诸位老兄都在此聚首啊！”

邓泽如拍拍党纲党章，似笑非笑：“仲恺兄的翻译，真可谓妙笔生花！”

“宝珊兄过奖，我只是照直译来。”

方瑞麟单刀直入：“廖仲恺同志，你个人赞同不赞同这种纲领这种章程？”

于是众人的目光一齐罩住廖仲恺，唯有主人林森眯眼仰在藤椅上，又像睡着了一样。

廖仲恺见着这么多咄咄逼人的眼睛，也不打算落座了，双手又抱于胸前，清清朗朗说：“仲恺与诸位一样，一生追求真理。这份党纲党章，是本党组织教练员起草，条条款款理正辞严，理直气壮，我廖仲恺有何不赞同之理？”

邓泽如一拍茶桌：“此份党章公开鼓吹容共，在我看来，句句鬼话！也只有毛子才写得出这样的鬼话！”

“宝珊兄过于偏激了吧？”

“偏激的，不是我！”

廖仲恺耐住性子说：“容共，还是拒共，其取舍，要看共产党是真朋友还是假朋友！孙先生决心联共，是他经历了惨痛之后得出的教训。孙先生过去认为日本是他反清的朋友，结果呢？1900年，日本人下令禁止孙先生在台湾组织义军。1907年，日本政府禁止孙先生在日本居住。这种状况，林子超先生也是有切肤之痛的。”

闭眼的林森若有若无地点点头。

“那么，法国是不是真朋友呢？”廖仲恺继续说，“大家知道1908年，法国政府在它的南洋殖民地，公然驱逐了孙先生！美国呢？孙先生几次担任大总统，美国一不予承认二不给贷款。陈炯明这个‘社会主义将军’呢？却悬赏二十万大洋要孙先生的人头！他们是真朋友吗？他们都不是真朋友。本党敌友之教训，痛若切肤。诸位，烈火见真金，日久见人心。依我看，唯有苏俄，不压迫，不欺弱，真心待我！唯有中共，弃前嫌，弃成见，诚意助我！”

林森继续闭目。其余诸人均不置一词。年轻的女佣来续水，茶杯盖子轮流响。

廖仲恺又说：“眼下，就中国而言，无论是本党，还是中共，都已无力靠一党之力量来完成反帝反封建的国民革命。为了救中华于水火，为了民族之前途，国共两党亟须真诚合作！”在廖仲恺慷慨陈词之时，不断有人起身弃座而走，先是邓泽如，然后是方瑞麟，再后是戴季陶。

皮鞋踩着石地，咔咔响。主人继续闭眼，无动于衷，不留客，也不送客。

廖仲恺说：“我知道有人骂我叛徒。我廖仲恺自 1905 年入了同盟会，从来没有想过要叛变革命。要说叛变，也只是叛变党内的反俄反共立场。这种叛变，也是逼的，谁逼的？西方列强逼的，军阀逼的！”

他激动地挽起衣袖，手臂上有一条条无法褪去的鞭痕。

“是帝国主义，是军阀，是陈炯明之流逼着我要鼓吹联合共产党，是天下大势要求国共两党同舟共济相濡以沫！我认为我的立场没有什么不妥帖。我在译鲍罗廷起草的党纲与党章时，两眼甚至涌出了泪水。这是本党历史上了不得的党纲党章啊，中国国民党新生有期壮大有望了啊！”

廖仲恺这番话尚未说尽，人已走光，唯剩主人一人在座。

林森仰于躺椅，一动不动，死了一样。

廖仲恺沉静下来，面对空寂的庭院，静默良久。他想，所有的牙齿都没有咬自己，这使自己得以完身，但是所有的牙齿仍然都尖利着，它们还会在某些要害地方留下自己的齿印。上书孙先生可能就是一途，而在全国代表大会上竭力阻挠党纲党章的通过，也是极有可能的一幕。共产党与国民党的合作，也不是一号召合作就能合作的。据说共产党内，对两党合作也曾有很大歧见，而国民党内，于今看来，更是利牙游动，保不定什么地方就狠狠地下口了。

这时候廖仲恺就听见林森有响动了，林森在叫他。

“仲恺兄。”

廖仲恺回脸。林森没有开眼，依旧如睡。

“我有一句忠言相劝。”林森用叹息的口吻说。

廖仲恺说：“仲恺洗耳恭听。”

“木秀于林，风必摧之。仲恺兄若能向先生告一年病假，当是明智之举。”

廖仲恺一愣：“一年病假？”

“两年也可。”

“子超兄差矣！”廖仲恺不温不火地回答，“仲恺若有病，当向先生告假，岂止一年两年？自此归隐亦无妨，采菊东篱，当是人生一乐。可惜的是，仲恺自陈炯明用铁链子裹过三道之后，犹如历太上老君之炉，自觉身轻气舒，脑健目明，身体非常之好！依这般健康之躯，实在无法向先生告假，也无法向本党同志告假！”

廖仲恺走的时候，林森没有起身送他。林森心里寻思：这个廖仲恺，其实身子骨很单薄，但却也日以继夜，拼着命，以其理念襄助总理，精神殊为难得。只怕是跋涉歧途，越是前行越陷得深，党内同志难以饶放他。到时候，他就不仅仅是三道铁链子的问题了，怕是六道也说不定。

林森睡着一般，嘴角却是冷笑。

国民党内拥护联俄联共的左派，没有想到右派势力的反扑会是如此激烈。连孙中山也没有想到，一份有十一人联署的请求弹劾共产党的报告，又会在1923年的11月份正式呈送到他的案头。

孙中山坐在圈椅上，以手支额，目光凝重。这份报告呈题吓人，叫作《呈总理检举共产党文》。宋庆龄看看呈文，也为文句的偏激而吃惊。

“本党改组，党章党纲之草案，全为陈独秀之共产党所议定，是其牵线之结果。”

“共产党加入本党是别有怀抱，是借国民党之躯壳，注入共产党之灵魂，实为陈独秀共产党对于我党阴谋之纲领。”

宋庆龄扔下报告，在灯光下注视着丈夫脸上的皱纹：“达令，你准备怎么答复？”

孙中山皱眉。他一皱眉，脸上纹路更多。

宋庆龄说：“我先问你一句，你能离开苏俄，离开共产党吗？”

“我不能离俄，不能离共，我也不愿离俄，不愿离共。”

“那么，很简单，达令，”宋庆龄说，“那就狠加驳斥！”

“驳斥，自然是要驳斥的，狠呢，还是不能狠。达令，你要记住，厚将得众。我需要这些同志，党也需要团结。我想这样批示，达令，请你记下来：本党组织法，党纲，党章，并非陈独秀指示牵线，均是我亲自委托鲍君起草的，由廖仲恺负责翻译的，你们不要……不要……不要……疑神疑鬼！对，不要疑神疑鬼！——就定这么个调门，行不行？”

孙科忽然来了电话，说他就在门外，想见见父亲，不知行不行。孙中山刚答应儿子的请求，这位矮矮胖胖的广州市长就推门而进了。

孙中山觉得意外：“广州出了什么事？”“没出什么事。”儿子笑眯眯地说。

“深更半夜什么事那么要紧？”

“父亲，我很想跟您聊聊。我半个月没见父亲了。”

宋庆龄得体地笑一笑：“你们父子俩就好好聊聊吧。”

孙科看看比他小两岁的后母，说：“母亲，你在也无妨。”

宋庆龄还是离开了房间，步子轻盈。

孙中山让儿子坐，儿子坐下说：“父亲的胃痛，这几天没发过吗？看气色，倒是好多了。”

孙中山直截了当：“这两天我倒是想找你，张作霖那边怎么回事？他再三答应给的枪呢？给的军费呢？怎么到今天为止，一子儿不见？”

“父亲，在奉天那阵子，张少帅可是亲口答应我和汪精卫的，张作霖后来也见了我……”

“我算知道张作霖的肚肠子打的什么结了！嘴上说得好，什么结成孙中山、张作霖、段祺瑞反直三角同盟，其实，没一天把我孙文放在眼里！”

“张作霖亲口说，推倒直系之后，一定恢复法统，选举你当总统，选举段祺瑞当副总统。”

“屁话！”孙中山恨声说，“我活到五十七岁，还常常辨不清真朋友假朋友！天下竟有我这样的傻元帅！”

“父亲，我再走一趟奉天？”

“不是朋友，再去也白搭！见落水能抛绳的，天下有几个？想来想去，还是共产党。”

儿子沉默了，过了一会儿，说：“党内元老们现在流传着一句话，不知父亲听说没有。”

“什么话？”

“宁可与一支军队联姻，也不要与一个政党联姻。”

“谁在说？”孙中山皱眉。他其实知道谁在说。

“都在说！——张继！林森！邓泽如！”

孙中山突然双眼如炬：“你有没有说？”

“父亲！”孙科脸有悲切，“孩儿是为您考虑，为国民党考虑！”

“这就是说，你也说了。”孙中山站起来，踱了一圈，拈拈胡须，“你知道邓泽如的弹劾案？”

“不知道。”

“没找你商量过？”

儿子否认，否认得很坚决。

孙中山说：“我也是形势所迫，无路可走。我不是不知道，一个党的党员，以个人身份，参加另一个党，这种做法，说起来，不甚顺嘴，听起来，也不甚顺耳，党内老同志反对，也是事出有因，他们怕时候一到，大权旁落，国民党徒有虚名。”

儿子忽觉泪眼迷蒙了。他掏出手绢，拭拭双目。他知道父亲处事之难。

父亲又说：“本来，我总想，凭我孙文的威望，国民党的号召力，军队的效忠，朋友的支持，何愁建国大业不成？何必国共两党联姻？现在，你也看见的，孙文威望有限，国民党号召力不强，军队忽而效忠忽而倒戈，朋友顺境时握手逆境时翻脸，你说是不是这样呢？你记住，为了中国的前途，为了力量的壮大，两个革命政党，必须精诚合作！”

儿子坚持说：“父亲，党与党的合作，兹事体大，正式决断之前，务请慎重再三！”

“你今夜就是为这个事来的？”

“父亲！”

“不用多说了，回去吧。共产党那帮朋友，我细细观察过，这些人思想敏锐，心境豁达，救国心切，建业有才，信奉社会主义，也拥护三民主义，不像张作霖，不像吴佩孚，更不像陈炯明，若是这样的人我都不敢招贤，我孙大炮也只能在嘴巴上放放炮了！”

儿子叹息一声：“是啊，我们党内，也实在良莠不齐，想想也心寒，可是，父亲……”

孙中山忽然双目一瞪：“你自己是不是莠草？”

儿子一愣：“什么？”

“我两次催你给滇军桂军送军饷，你为什么迟迟不拨款？”

“我不是有意违抗，实在是筹款艰难……”

“你要逼滇军桂军造反？”

“孩儿不敢。”

“你真是缺钱？”

“天爷做证！我……”

“有人检举，你身为广州市长，在政府维艰之时，竟动用公款建造私人别墅，日日摆酒席，夜夜推牌九！”

孙科心里发紧，此类生活琐事，竟也有人检举，可见人心之不测，但他嘴上仍不示弱，他说：“冤啊！父亲，这分明是有人造谣中伤。你想，父亲，孩儿再胆大妄为，也不敢在革命时期建造私宅呀！”

“如果实有此事，我毙了你！”

“父亲，孩儿除了你，这世上，还有什么好维护的？父亲，你务必明察秋毫！”

宋庆龄款步进屋，说：“先生，并无实据，不要冤枉阿科。这位孙市长，依我看，日里夜里，都还是挺操劳的。”

孙科暗中冲后母点点头，心想：不错，说得挺得体。

孙中山略略平静了一下，说：“去吧。”

儿子告退：“是，父亲。”

宋庆龄说：“阿科，请你妈妈再来广州玩玩。要不，我陪先生再去澳门看她。”

孙中山的原配夫人长期居于澳门。宋庆龄对这位相伴丈夫三十年并且主动提出离异的卢慕贞，一直深怀敬意。她去看过卢慕贞几次，两人以姐妹相称，每一回相见时都眼泪汪汪。

“好的，我请妈妈来广州走走。”孙科连连拱手，“谢谢母亲。”

他退了出去，脚步很快。他要赶快去处置那套别墅。但是他怎么也没有想到，父亲竟会在第二天就出现在别墅现场。

他当时正在这幢新建别墅里奔进奔出，指挥下人抢运家具箱笼和细软。

“快点！别磨磨蹭蹭！”孙科一边督工，一边对身边垂泪的夫人细声劝说，“哎呀，怎么这么想不开，不是我不要新房子，是不让我要！——喂！快点，先把这块牌子挂起来！”

一块临时写就的“广州灾民救济公署”的木牌于是被急急忙忙地钉上漂亮的小别墅门沿，但这样的机构与这样的房屋相配，给人的感觉完全是不伦不类。

孙中山的一句冷冷的评论就是在钉子的锤击声中发出的。孙中山说：“挂偏了，为什么挂偏了，因为太慌张！”

孙科闻声，回头一看，忽觉腿脚软了。

“父……父亲！”

孙中山突地对儿子举起手杖，颤着声音说：“我打……打死你！”

宋庆龄与卫士死死拉住气得打抖的大元帅。

“父亲……孩儿不敢了……”孙科抱头喊。

宋庆龄一个劲劝解丈夫：“先生，你息怒！阿科犯错，改了就是了，他已经在改了！”

孙中山高举手杖骂道：“银圆不拨到前线将士身上，拨给自己造安乐窝！你还算1920年的同盟会员？！你老子是瞎了眼，给你当什么广州市长！”

儿媳妇眼泪汪汪说：“父亲，阿科他认错了……阿科你跪下！快跪呀！”

孙科扑通一声跪倒。宋庆龄便说：“好了，先生，你看，阿科都跪下了！”

她从丈夫手中夺下手杖。孙中山余怒未息：“怪不得中国的好人、贤人、能人，一个个都往共产党里跑！国民党败就败在你们这帮不肖子孙手里！你还反对两党合作，反对我接纳共产党，我孙文要是依靠你，革命还有出头之日？！”

孙科跪行几步，忽地从宋庆龄手中接过手杖，自己杖击自己屁股。“父亲息怒，”他说，“孩儿从今之后再也不敢贪赃枉法，一定把广州管好……”

“我不要你管广州了！”

“父亲，孩儿发誓，一定当好广州市长，为前方将士效力，为劳苦百姓谋利！”

孙中山仰脸，长叹一声。宋庆龄劝他：“回去吧，先生。”

“回去？回到哪里去？回到依靠军阀的老路上去？”孙中山睁圆眼睛，“张作霖答应出资，一个子儿不给！吴佩孚同意合作，背后使刀子！奉系、直系、皖系、陈炯明，一丘之貉！有人还要弹劾共产党，这不逼我孙文走死路吗？！”

孙科从地上爬起来，垂了脸面。孙中山说：“国民党首次全国代表大会，不能再拖了！至多再过两个月，必得召开！我要在会上重新解释三民主义，郑重宣布联俄联共政策，全国民众，将会看见一个力量非常强大的全新的国民党！”

陈独秀在冬风中行走，围巾围得严严实实，连下巴也裹上了。过了1924年元旦，大上海奇寒，陈独秀心里却越来越热。他刚从鲍罗廷那儿出来，两人细细磋商了如何协助国民党开好全国代表大会的事项。鲍罗廷是年底时分特意赶赴上海专会陈独秀的，两人相见甚欢。鲍罗廷告诉他，孙中山未予理会弹劾案，改组国民党的步伐不仅未见动摇，且大大加快，他还接受鲍罗廷的种种建议，组建了国民党改组委员会，指派了国民党临时中央执行委员，召集了二十余次会议，议决了四百余件议案，同时作出决策，中国国民党第一次全国代表大会于1924年1月20日在广州召开。鲍罗廷建议陈独秀不参加此次大会，也不做国民党中央的候选人。鲍罗廷说，不管从哪个方面看，这样做，都有好处。陈独秀想一想，立马同意，说：“有道理。”

他从鲍罗廷那儿出来，便去了五马路亚东图书馆。老友汪孟邹这几天一直在找他，说有要事。陈独秀在汪孟邹房里烤了好一会儿炭火才觉身子骨暖了，脸色也大见红润。他告诉汪孟邹，月底，他不去广州了。原先考虑去的，现在不去了。

“你是老朋友，了解我。我陈仲甫并不是个喜好出头露面的人物。我向鲍罗廷提议，让李守常去，让他做国民党中央候选人。我这个人目标大，肚肠又不转弯，容易招怨坏事。”

汪孟邹说：“李守常倒确是比你沉稳。”

“你说得对，此次会上要表决通过联共案，估计会有一场风波，他去，能审时度势，把事情办妥帖。毛润之也去，他脑瓜子灵，他能配合守常。”

“是不是那些俄国人不放心你？”

“瞎说！他们像你一样信任我。”

“我信任你吗，仲甫？”老朋友用铁钳拨拨炭火，“大多数时候是这样，有时候，也难说。”

陈独秀听得话中有话，觉得奇怪，皱眉问其故。

“莫问我，仲甫，你心里，早有数。”汪孟邹抬起脸，“虽说江山易改，禀性难移，该移处，还得移。你与君曼，毕竟患难夫妻……”

“别提此事！”陈独秀明白是怎么回事了。

“她找过我六次，都是哭着来的。”

“别提此事！”陈独秀不高兴了，“此事不是你该提的。”

“这么多年的朋友，我为何提不得此事？”汪孟邹很有些着恼，“你是一党之主，不能正其身，又如何正人？”

陈独秀怔住了，他知道这位老乡是难得恼火的。

“如果我没有猜错的话，”陈独秀缓缓说，“她现在还在你这里哭。”

“不然，我为什么请你来？”汪孟邹站起，推开门，吩咐一位伙计，“把那位女客扶到这里来。”

不一会儿，眼皮肿肿的高君曼便被扶了进来。汪孟邹让她坐稳椅子，然后，关上门。

“好了，嫂夫人，”汪孟邹说，“我呢，已经把你失踪三天的夫君找回来了。你呢，也不必再哭哭啼啼了。”

高君曼拭拭眼角，怒视陈独秀，狠声道：“你这个没良心的，嫌我四十了，没颜色了是不是？我起码还没人老珠黄嘛！就算人老珠黄了，也是救过你命的人嘛，你怎么不想想？”

陈独秀不示弱，硬声硬气回答：“救过我命的，多着呢！要是没人相助，我一天都活不了！”

“你还有没有夫妻情分了？我不顾亲姐姐的颜面，跟着你跑出来，容易吗？我背脊上被人戳满窟窿，你是最知道不过的，你还来添一个窟窿！在北京你拈花惹草，我虽嘴唇咬破但也忍着了，谁知跑来上海，你又风流，几天几天不回家，我颜面没有倒也罢了，孩子的颜面你还顾不顾？”

“好了好了，”汪孟邹打圆场，“嫂夫人也别多说了，仲甫今天不是回来了吗？仲甫如今是一个党的委员长，每天忙若陀螺，有时候顾不上家里，也难免。好了好了，现在，我送你们两个一起回家，我也有好长时候没见黑子、喜子了，我给他们带了几本小画书，走走，回家回家！”

蒋介石也回家了，从苏联归来。他精神抖擞地跨上广州大元帅府台阶，锃亮的黑皮靴在石级上敲出橐橐的快节奏。他在苏联整整考察了三个半月，于1月16日回到广州。在国共两党即将实行党内合作之时，蒋介石的苏联考察，备受国民党各派关注。蒋介石本人也非常明白这一点。

他一见孙中山便咔一声立正，极恳切地说："听闻陈炯明两个月前又反扑广州，先生亲率军队迎击，中正却远在苏俄，未能与先生共患忧难，内心实在抱愧！"

孙中山拉住蒋介石的手，喜不自胜："介石为振兴本党考察苏俄，劳苦功高，何愧之有？仲恺，你说是不是？来，我们听介石说说考察感受。"

蒋介石神情松弛下来，除去白手套，一屁股坐在太师椅上，说："这一趟，累坏我了。"

孙中山笑："知道，知道。先喝茶。"

"列宁先生生病，没见着。苏俄的军事人民委员托洛茨基接见了我。"

"怎么说？"

"态度非常友好。岂止友好，非常亲热！他说，苏俄对中国革命的援助，除了不能派军队直接援助，凡武器、经费，均当给予力所能及的援助！"

廖仲恺在一旁连连点头："真朋友，真朋友。"

蒋介石说："小弟以为，苏俄有许多经验非常之妙，妙不可言。尤其是红军的管理，共产党在军队中均设有党代表，这一条就很好，彻底使军队听命于政党而不听命于军阀……"

孙中山高兴地截断对方："介石啊，我建议你先去给张继、邓泽如他们讲一讲，上他们一堂课。四天以后，本党全国代表大会就要召开，我要正式发布联共政策，党内有的同志惶恐不安，上书进言不断。今日我要学学诸葛亮，借一借介石这股东风！"

蒋介石有些踌躇："我去讲？"

孙中山说："你去讲，介石，你一定要去讲！东风化雨，你就是我要借的东风！"

蒋介石辞别元帅府时，廖仲恺急步跟出来。廖仲恺对他说：

“介石兄，现在时局很微妙，党内不少同志反对孙先生决策，竭力排斥共产党。你作演讲，务必消除本党有些同志对苏俄的疑虑。”

“仲恺兄，”蒋介石沉沉稳稳地说，“既要我说，我就说。但是我不会在太阳底下说今日下雨，也不会打着雨伞说今日晴天。”

廖仲恺连说当然当然，蒋介石一向是有风骨的，但是事后一想，也不知蒋介石这句话到底是什么意思。

当日，假座大元帅府小会议厅，一帮党内元老奉命来听蒋介石的访苏观感。众人默然齐坐，茶盅里的头遍茶喝了一半了，还不见报告人登场，林森、张继、邓泽如、戴季陶、方瑞麟等人，不由面面相觑。

张继着急：“介石老弟怎么就姗姗来迟？”

戴季陶表现得胸有成竹：“再等等吧，诸位先喝茶，喝茶！”

有人忽然尖叫：“他来了！”

这声尖叫显得怪异，待众人一起抬头看时，就觉得这声奇怪的尖叫是有理由的，只见蒋介石穿着一身苏军所赠之军装，闪出屏风，大踏步行进，做战士之勇武状。

蒋介石咔咔咔走到桌前，忽然脸一板，厉声说：“你今天的冲锋，太不勇敢了！”

众人皆吓一跳，不知什么意思。

蒋介石声色俱厉：“你要知道，你不是为你自己，你是代表着一个阶级在冲锋！”

突然有人醒悟，啪啪啪鼓掌，说：“介石老弟只用一句话，就把苏俄红军的魂给摄来了！”

说话者是张继，大做顿悟状。

戴季陶哈哈笑，拍了三下桌子：“一鸣惊人！一语中的！一针见血！”

蒋介石拉下头上戴的红五星帽，扔于桌上，环视众人，说："诸位党内元老，三个半月之考察，一时不知从何说起。孙先生要我说说，我就先说个比喻，好不好？"

林森说："我是最喜欢听比喻的，请讲。"

蒋介石清清嗓子，说："共产党，好比是一把利斧，太锋利了，往哪儿砍，都能伤人。但是，这把斧头，也可以握在我们手中。不过，斧柄，须握得很紧很紧。"

林森说："掉于脚背，就见自家血了。"

蒋介石说："对。"

林森连说："这个比喻好，这个比喻好。"

蒋介石正待讲下去，忽听见门口屏风后面有人轻唤："介石兄！"

蒋介石回脸，见是廖仲恺在悄悄招手。

廖仲恺待蒋介石走近，一把拉他到屏风后，脸一板，低声说："介石兄，你怎么能这么说？"

蒋介石平平静静说："不能这么说，又叫我怎么说？我是直说！我自信这三个半月，我的眼睛一天也没有背叛过我。"

张继离座，几个跨步走到门口，一把拉开蒋介石，冲廖仲恺说："仲恺兄，小弟有一句忠告。"

廖仲恺说："洗耳恭听。"

张继说："我劝你不要太过分。党内有许多同志都在怀疑你是不是中共秘密党员！"

廖仲恺的怒气上了脸："岂有此理！我从未听说本党同志有如此谬见！溥泉兄，我劝你也不要太过分！"

张继说："本人光明磊落，想说什么就说什么！晚上孙先生召集开会，我仍旧要仗义执言！"

廖仲恺说："溥泉兄要思虑后果！"

张继举拳猛击屏风："我只思虑党的后果，不计个人后果！"

哗啦，屏风竹架坍塌了，他们看见了会议厅内所有的与会者，所有的与会者均目瞪口呆。

张继直挺挺地站着，双手叉腰。他想：豁出去了！今天晚上就是豁出去了！豁出去又有什么呢？历史上抬棺死谏者也不乏其人，孙先生真能把我杀了？

张继在当晚的会议上，果然大发作。张继深知，党内许多老同志都是站在他一边的，他不是一个人。晚上的会议是孙中山亲自召集的，在大元帅府举行，商议召集国民党首届代表大会事项。张继是故意迟到的。不仅迟到，脚步还很重。正在讲话的孙中山果然抬起眼睛，注意到了他，说："溥泉同志，你迟到了。"

张继重重地拉开椅子落座："我本来不想来了。"

孙中山一愣："为什么？"

张继大声说："先生，我不是对你不满，我是对这一份《中国国民党章程》不满。"

孙中山不悦："你可以提嘛。"

张继扫视了一下正襟危坐的廖仲恺、汪精卫、胡汉民等人，忽然以弯曲的手指笃笃笃敲击桌面，热血上涌了："先生，你还记得不记得我为你起草第一个国民党章程的情形？真是此一时彼一时也！我张溥泉郑重声明，我绝对反对本党章程以苏俄布尔什维克的党章为蓝本！诸位同志，大家冷静想一想，我们为什么要效法俄人？……"

"错了！"孙中山厉声说，"我们为什么不能效法俄人？苏俄革命卓有成效，万民仰止，中国革命不以俄为师，还以何人为师？"

廖仲恺说："溥泉兄，坐下，有话慢慢说。"

"先生！"张继依旧是大嗓子，"苏俄，信不得！向他们要军火，给了没有？我到北京跟苏俄使者越飞谈的，还拿了先生亲笔信！嘴巴上给，实际上，一颗子弹也没有！俄国人跟张作霖有什么两样？！”

孙中山忍住火气，说：“这一回蒋中正去了苏俄，托洛茨基亲口说了，他们给！”

“先生信，我不信！共产党倡导阶级斗争之说，若全体混入本党，必将把我们的三民主义改变成共产主义！”

“这个问题嘛，是要注意。”戴季陶帮腔了，他觉得火候到了，此时应该说几句相援之言，张继扮演燕赵之士，如此慷慨悲歌，实属难得，“我的意思，即便共产党参加进来，也只能把他们作为酱油或者醋，决不能作为正菜。”

孙中山听不明白：“你说什么？”

戴季陶说：“我只是打个比喻。”

孙中山皱眉：“这算什么比喻？”

戴季陶说：“就这比喻：酱油、醋。”

有人窃笑。

孙中山听得笑声，火气上来了：“你们反对国共合作，不赞成国民党改组，那好，那就解散国民党！”

全场皆一愣，这话太重了！

孙中山拍桌：“至于我个人，可以加入共产党！”

此言一出，众人更为震惊。孙中山把话说得这么决绝，这么狠，没一个人能想得到。

廖仲恺赶紧用很和缓的口气说：“溥泉兄，你的意见确实不对。本党经总理亲自决策，容纳共产党员，实属国民革命之需要，应是光明磊落之行为，你说对不对？”

张继狠瞪廖仲恺，怒不可遏，拎起茶杯盖，砰一声拍在桌上，瓷盖四分五裂。“你胡说，”他大喊，“你廖仲恺一直蛊惑人心，胡说八道，欺瞒总理，断送本党！”

孙中山猛拍桌面：“太放肆了！”

张继喊：“先生，千人之诺诺，不如一士之谔谔！你要亲君子远小人啊！”

孙中山气得打战：“卫士长！”

卫士长说：“到！”

孙中山直指张继：“你无理取闹，咆哮会场，扰乱秩序！——拉出去，关他一个晚上！”

张继大喊：“忠言逆耳，先生你千万不要偏听偏信！”

张继被两名卫士强行架往大元帅府的卫队值勤室，一路走，一路还喊，下楼梯时竟把鞋也踢掉了。

半夜时分，张继还枯坐卫队值勤室，没有人理他。天凉下来，他打了好几个寒噤。门外亮着灯，两名脸色平板的卫兵荷枪实弹站着，也不拿正眼瞧他。张继忽觉委屈，今夜闹出这么个结果，他真是没有想到的。火气平息下来之后，怨气就上升了。一怨自己不识时机，二怨总理不辨黑白，三怨同人同室操戈。尤其是这廖仲恺，二毛子一个，特别可恶。

他这么想的时候，门忽然拧开了，进来了卫队长，手里是个托盘，一杯牛奶，一盘小笼虾包。

冒着热气的食品被小心翼翼地置放在张继面前的木桌上。

卫士长轻声说：“张部长，这是先生特意省下来给你的。”

张继盯着牛奶，泪水夺眶而出，继而呜呜声大作。

卫士长说：“不要哭，不要哭，今后不要与先生为难就是了。”

张继号啕：“我是怕先生上当呀，赤化势力包围了他呀，我张继忠心可鉴呀……”

清晨时分，张继才被放出大元帅府。谁知半个钟头还不到，一肚皮懊恼的张继又在街上被一伙士兵绑了起来，他压根儿也没想到厄运会连着来。

当时在回龙桥街头，他看见有七八个粤军士兵在贴标语，长柄糨糊刷子在墙上涂抹着，鲜红鲜绿的标语一幅连一幅上墙：

联俄联共，铲除军阀！

拥护孙总理三大政策！

他当时无非是心有怨愤，就骂了一句："共产党笑里藏刀！当兵的就是没有头脑！"

然后就有好几个士兵一齐回头，怒视着他，说："你胡说！"

"我胡说什么？"他当时只觉胃部发酸，哇的一下，倒呕了一口牛奶，"你们当兵的才胡干！我就是说你们胡干！你们为他人张目，自己倒瞎了眼！"

于是他听见一位排长模样的人怒不可遏地命令："把这个反动分子捆起来！"

张继像只猪一样被捆在板车上，嘴里塞着一块擦枪布。他与糨糊桶一起摇晃着，被慢吞吞地拉往广州市郊的粤军一师三团团部。板车进院子的时候，团长邓演达正在召集营连长会议。邓演达嗓门很响地宣布："昨天，军部来电话，大元帅很关心军队，近几天要下部队视察，也可能来我们一师三团……"

正说到这里，他听见了营房门口的嘈杂声，透窗一望，便看见了胶轮平板车、糨糊木桶，以及一个被捆绑得像猪一样的人。

邓演达吃一惊，急忙推门而出，问怎么回事。排长愤愤然向他报告："报告团长，我们在回龙桥贴标语的时候，有人捣乱，就是这个反动分子，弟兄们把他捆来了！"

邓演达注目一看，大吃一惊："张继先生？快松绑，松绑，啊呀，恕罪恕罪！"

张继被七手八脚扶下板车，他的西装衣襟上沾满了黏糊糊的糨糊。张继跳脚:“娘的，这不反……反……反了!”

邓演达对士兵大发其火:“你们发昏啦?啊?张继先生是国民党中央宣传部长!还不快给张部长赔礼道歉!”

“他……他……”急傻了眼的排长赶忙凑到团长身边，叽咕了几句。

“胡说!”邓演达脸一沉，“张部长亲自介绍共产党领袖陈独秀加入本党，能反对国共合作?张部长是国共合作的鼓吹者和实践者，我们全体国民党员和革命军人，都要向张部长致敬!张部长，你光临本团，机会实属难得，务请部长给本团军官训话，讲解阐发孙总理联俄联共政策之精要!”

张继连连摇手。

邓演达说:“当然，对目无纲纪的军人，本团是要严肃查办的!不过，张部长，有时候也难怪他们，他们入伍不久，跟诸位官长不熟，请张部长抬抬手饶了他们这一回。”

张继鼻子哼一声，擦擦手肘上的一块糨糊。

邓演达吩咐备酒压惊，张继阻止了，说肚子不饿，昨夜一杯牛奶，今天见什么都倒胃。若有床，倒是想闷头睡一觉，站不住，犯困了。

邓演达立即命令门口那位排长:“把张部长扶到我房间去!”

一位参谋嗵嗵嗵急奔而来:“军部来电!大元帅马上就到!”

邓演达下令:“全团紧急集合!”

张继一听，急了:“快!快!”

邓演达说:“张部长，你正好陪陪大元帅!”

张继说:“不，不，快到你房间去!我不见大元帅!我脸色不好!我要睡觉!我太困了!”

张继躺到邓演达的那张行军床上不到半个钟头，就听见了操场上传来风暴般的“向大元帅致敬”的吼声，然后他听见了孙中山的声音。声音穿过一排凤尾竹传过来，隐隐约约，但是竖起耳朵听，也能听清楚。

他听见孙中山在问邓演达："你们团，支持不支持联俄联共政策呀？"

邓演达的回答听来十分自信："本团官兵立场高度统一。大元帅可以随意点本团官兵询问！"

"好吧，本大元帅就学学韩信点兵了。"孙中山举起了手，随便点了一点，"这边数过去，第二排第三名。"

邓演达立即发令："陈诚出列！"

张继若在现场，便会看见一位二十五岁的英俊军人应声而出，向大元帅行军礼，动作刚健有力。

孙中山问："你哪里人？"

"浙江青田。"

"青田，不就是大明军师刘伯温的隐居之地嘛。你什么军职？"

"连长！"

"国民党员吗？"

"是！"

"你对本党实行联俄联共新政策，有何想法？"

陈诚斩钉截铁："友俄联共，壮大阵营，总理决策，革命急需，北伐前提，胜利泉源，革命军人莫不拥护！"

孙中山至为满意："很好，很好。你同你家乡的青田石头一样有骨气！"

邓演达喊："入列！"

陈诚退回队列之后，孙中山登上一个木制的检阅台，开始讲演："孙文知道，真正的革命军人，是拥戴我的！是拥戴革命的！是拥戴中华民国的！国民党过去的奋斗，多是依靠兵力的奋斗，所以，胜败无常。若长此以往，国民党一定没有成功的希望。本总理决心改组国民党，决心依靠党本身的力量，人民的心力，去争取北伐成功和国民革命的成功！”孙中山的演讲词像重锤一样句句击在张继心中，张继知道孙先生已是铁石心肠了。这时候他又听见了官兵们的犹如滚雷般的吼叫：“誓师北伐！革命成功！孙文万岁！中华民国万岁！”

然后他又听见孙中山高声宣布：“我要郑重告诉大家，三天之后，本党的全国代表大会，就要在广州召开了！”

张继想象着孙先生此时脸上的阳光，阳光一定使他的脸容更为明亮，这一想象与张继心间的阴郁恰成对比，于是张继更加难过起来，身上掸擦不尽的糨糊味也更重了。

门是什么时候推开的他不知道。他恍惚中只知道口号声和演讲声早就停止了，待到他睁眼一瞧，已经瞧见了孙先生，还有脸上笑眯眯的邓演达团长。

他赶紧跳下床，双脚乱伸，一时却又找不见鞋子。

“先生！……”他慌乱地说。

孙中山弯腰，帮他捡回了一只鞋：“昨天晚上，我对溥泉兄失礼了。”

张继忽然哽咽：“先生，我追随你二十多年……”

“你现在仍然追随我嘛。孙文追求民主的新中国，张溥泉哪有理由不追随孙文？穿上鞋吧，跟我的车走……怎么不穿鞋？”

张继忽然以拳击床，说：“先生，我穿上鞋也没有用，我已经不知道怎么走路了！”

“先不必忙于走路，坐下来，读点书，知书而后达礼嘛。你可以读读你老同学李大钊近来写的几篇文章，那不是文章，那是剑，一把把剑，入木可达九分。溥泉同志，你还是本党的好党员，在三天后召开的本党代表大会上，我还要提议选你担任国民党中央监察委员！”

李大钊和毛泽东一个凝坐床头，一个默立窗前，均夜不能寐。这是1月19日的夜间，客栈灯火难熄。这家旅社离广州高等师范学校不远，出入方便。定于次日召开的大会，就在高师礼堂举行。

毛泽东盯着横过窗棂的水墨似的芭蕉叶子，轻声说：“还有九个钟头，会议开幕。”

李大钊摸出一只新怀表，瞧瞧，嘿然一笑：“润之，你神算子呀！”

“只是算不准风浪到底会有多少高。”

“孙中山深明大义，他会稳坐钓鱼台的。”

“我信。”

“张太雷刚才带给你一封信，长沙捎来的，你见着没有？”

“见着儿子了。”

“什么？”李大钊听不明白。

毛泽东从枕头底下掏出信封，从中取出用红丝线捆住的一小绺黑头发。

李大钊明白了：“你儿子的？”

“对，”毛泽东又闻闻头发，头发有奶香味，“毛岸英的！”

“啊，杨开慧真聪明！”

“我本来就嫌儿子头发稀拉，这个开慧，真是的，又偏偏再剪一绺。”

“这是有讲究的。这叫青丝一绺慰人心。岸英，有十五个月了吧？”

毛泽东点点头。李大钊忽然兴奋起来：“润之，你说，到这头发长得又黑又浓又硬的时候，咱们中国，什么样儿了？”

毛泽东摇摇孩子的头发，说:“国家，该是统一了。孙中山在北京做大总统。共产党国民党一齐大发展。租界嘛，肯定是全部收回了。洋人的炮舰嘛，一艘一艘都离开吴淞口，一律滚到太平洋上去了。”

李大钊陷入了遐想:“我想呀，等到这绺头发也白了的时候，就是说，再过七八十年，咱们中国，一定该是东方最强大的国家了。”

“再过七八十年，那是什么年头？”

“哟，公元2000年之后了。”

“对了，21世纪了，那时候嘛，”毛泽东眯起眼，又仔细想了想，“那时候，我们为之奋斗过的中国，一定是人间仙境了！共产主义社会建设得非常繁荣！每一位工友农友都能使上电灯和电话。每一个市镇都会有铁路通过，坐车不用买车票，因为不要钱。为什么不要钱呢？因为那时候没有钱币了。没有钱币是个什么样子呢？你想吃鸡，政府就给鸡，你想吃鱼，政府就给鱼。守常，你信不信？你肯定不信，你肯定认为我瞎想。我这人就好瞎想，其实世界上所有事情都是在晚上瞎想之后才在白天做成的，守常，你不信，反正我信！”

“我怎么不信呢，润之？就是为了这样的日子，我们才活着的！”

孙中山出现的时候，掌声突如暴风骤雨。

坐在礼堂中间的毛泽东盯着孙中山看，觉得孙中山那件“中山装”果然如传闻一样很是气派。反褶的半领，四个口袋，七粒纽扣，简洁而又丰富，代表了他本人也代表了一个国家的风度。毛泽东想：这个人日后当大总统，很好。

会议是20日上午九点钟开始的，孙中山画像和国民党党旗悬于主席台正中。“中国国民党全国代表大会”的巨幅会标非常醒目。

各省选出的代表以及由孙中山指派的代表共计二百〇八名。其中共产党代表有陈独秀、李大钊、毛泽东、林伯渠、谭平山、瞿秋白、王烬美、李立三、李维汉等二十三名，占代表总数百分之十一。陈独秀因事请假。

毛泽东听孙中山致辞，觉得孙中山讲话依旧如常，底气很足。于中国而言，这个孙中山百折而不挠，的确算得上是个伟人。这一回的底气之足，他相信，那是由于孙中山下定决心走友俄联共之路，孙中山已经明显地感觉到自己觅到了一条真正的民族复兴之路。孙中山在大会上这样说：“革命党推翻清廷，第一次成功，是在武昌。那天的日期，是双十日。今天，是民国十三年的一月双十日，所以这个会期同武昌起义的日期，都是民国很大的纪念！”

掌声如暴风骤雨般响起。

孙中山扫视鼓掌的“海洋”，双目有些湿润。他掏出手绢，拭拭眼角。

掌声更其热烈。

孙中山又说：“今天，在此召开中国国民党全国大会，这是本党自有民国以来的第一次，也是自有革命党以来的第一次。”

全场手臂林立：“中国国民党万岁！中国国民党万岁！中国国民党万岁！”

毛泽东挥动手臂。他看看李大钊，李大钊也在有力地挥动手臂，神态跟他一样激动。

孙中山继续说：“我们革命党，用了三十年工夫，流了许多鲜热的心血，牺牲了无数的聪明才力，才推翻清廷，变更国体。但在这三十年中，我们在国内从没有机会开全国国民党大会，所以今天这个盛会，是本党开大会的第一次，也是中华民国的新纪元！”

全场再次爆发掌声。毛泽东一次又一次为这些掌声激动。他想，两党联手，果然气势不凡。又想，国民党内的那些右翼人士在山呼海啸的掌声面前该作何感慨呢？会就此罢手吗？再想，若是本党委员长陈独秀也来会场感受一下这种万马奔腾之势，一定大有裨益。

毛泽东不知道陈独秀此刻正在上海家中生闷气，这气生得还真不小。老乡汪孟邹苦口婆心地劝陈独秀。汪孟邹是这样说的：“仲甫，看在君曼咯血病的份上，你也不能夜夜外宿不归呀！”而陈独秀则这样干脆地回答他：“家庭之谓，绊马索而已！”这些话都叫门外哭泣着的高君曼所听见。高君曼于是脱下高跟鞋，狠狠地向门砸去，仿佛是砸夫君的脑门。当然她也知道，陈独秀脑瓜里的那种古怪的男女观念，是十双高跟鞋也砸不破的。

陈独秀后来就离开了家。汪孟邹调解无效，也走了。他走的时候轻声告诉高君曼，说仲甫在气头上，一时犯糊涂，总会想明白的，须慢慢来。但是高君曼性子烈，她说她已经打定主意了。客人走后，她就把两个孩子叫到卧房里，问他们愿意跟妈妈走，还是跟爸爸走。

黑子和喜子都没有办法马上回答。大柜上的座钟滴答作响，孩子们心里的发条却越上越紧。

女儿的眼泪首先流下来，说：“妈妈，我要你，也要爸爸。”

黑子也说：“妈妈，我要跟你跟爸爸一起走。”

高君曼说：“不是妈妈不肯跟爸爸走，是爸爸不要妈妈跟他走。”

她停了一会儿，又说：“我现在总算明白了，跟你爸爸这样的人，只能随着走几步，不能跟着走长路。”

她说这句话的时候，鼻翼就一汪一汪地翕动着，泪珠不停地从旁滚落下来。

这一天的下午，在广州高师礼堂，国民党全国代表大会继续召开。孙中山上台作《中国之现状及国民党改组问题》的报告。

邓泽如与方瑞麟一起站在会场外侧的小便处。他们小便完了还站着，都觉得腹部胀胀的，事情看来没有完。

他们听着从会场传来的本党总理的慷慨的声音："现在的问题，是国民党改组问题。此次改组，就是从今天起，重新做过。古人有言：'从前种种譬如昨日死，以后种种譬如今日生。'由今日起，将十三年前种种可宝贵、最难得的教训和经验，来办以后的事！此次改组，各种办法已由临时中央执行委员会筹备许久，今提出《中国国民党宣言》草案，请秘书长将原文朗读。"

"坐以待毙，是下下策。"邓泽如坚决地对方瑞麟说。

"宝珊兄高见？"

"明日大会就要通过国民党宣言草案，救人须救急，救党也须救急。"

方瑞麟当然同意这样的观点，问题是如何救。厕所里有人进来了，邓泽如一看，是个戴眼镜的，认识，共产党代表瞿秋白，于是马上耳语方瑞麟，晚上，去广州市党部，再细细会商。

当晚，在国民党广州市党部的小会议室里，两人喝了苦丁茶。邓泽如的意思是，能不能由方瑞麟委屈一下，当一只出头鸟，在最后关头提出提案，坚决要求党员不得跨党，只要拒共党分子于国民党门外，这两党合作就成了一个空架子了。邓泽如拉着对方的手，一遍遍摇着说："为本党前途计，也只有靠你老兄挺身而出了！"

方瑞麟说："我方某人不是不肯发难，你宝珊兄怎么就不能仗义执言？本人建议，本人跟你联合发言！”

“我还能言？孙先生批了我四个字：疑神疑鬼。我还能再言？”

“那么，张继！”

“张继？”邓泽如狠摇对方的手，“他还能行？他在大元帅府关了整整一晚上！孙先生还能听他的？”

邓泽如所言，也有道理。方瑞麟想了半天，又想到一个人。这个人也是代表，进会场的时候，他听见这个代表大骂了半天共产党。

“那个从加拿大来的代表，叫黄季陆的，我看那个人要立场有立场，要冲劲有冲劲！”

邓泽如说：“那个代表我当然认识，人是不错的，只是年方二十五，太嫩，压不住台面。”

方瑞麟大叹一声，说：“我这个人呢，也不是胆儿小，但是独要我做孤胆英雄，我也发怵。宝珊兄你是知道的，孙先生的脾气是很难碰得的。”

“脾气？脾气这东西，再硬，也只一股气而已。气场是会变的，之所以今日东风，明日西风，就缘于气场如蝇乱飞乱舞之故。依我看，只要你老兄的提案获一半以上的掌声，孙先生脾气再倔也会改变！你将是本党的第一大功臣，全党同志都将感谢你，孙先生日后也会感谢你的！”

“别用芭蕉扇扇我屁股了，方某人临危受命就是。日后我被孙先生毙了，宝珊兄莫忘了为我戴个孝！”

“哪里话！哪里话！”

方瑞麟于是就站起来，拉开门，准备回住地起草提案，谁知刚拉开门，他就怔住了。他看见七八位本党要人均默默地站在门外。这些人物中有林森，有谢持，有张继。

他们一个个伸出手，与出门的方瑞麟紧紧相握，情状十分悲怆。

“拜托了！”“拜托了！”“拜托了！”

方瑞麟一个个握将过去，忽然一阵感动，五脏六腑仿佛都换了位置。

方瑞麟发难，是在1月25日上午，他选准了历史的节骨眼。国民党章程草案，要在这个上午进行大会表决。所以端坐于会场的方瑞麟一直盯着汪精卫，一直盯到这位国民党章程审查委员会的头头说：“关于中国国民党章程草案，就说明到这里。”这时候，方瑞麟气血上涌，他觉得救党的关键时刻已到，于是一咬牙关，迅即起立，大声喊：“广州特别区代表方瑞麟对章程草案有紧急提议！”

全场的目光此时都集中到他身上。大家都知道交战的时刻来临了，尤其是中国共产党方面的代表，个个目光如炬。毛泽东向李大钊使了个眼色，李大钊点点头，不慌不忙的样子。李大钊是准备当场反击的，他昨夜与陈独秀通了电话，并且拟了一夜的腹稿，他要以理以情晓之于全体代表，说明中国共产党人对于两党合作的诚意和决心，他对国民党容共党章之通过，还是充满信心的。

方瑞麟就是身披中共方面的最警惕的目光之网，大步走上主席台的。他在听到“请方代表上台发言”之后就起身离席了，在挤出座位的途中他连握了好几双手，这一握手使他的情绪安定不少。他甚至听见了自己的脚步声，叭、叭、叭，皮鞋的硬掌一声声击着水门汀，沉重犹如锤击。他这才知道全场是多么安静，这种安静使他顿感肩头之分量。一个精疲力竭的跋涉者在走到一个没有路标的岔路口时是会非常安静的，一个精疲力竭的政党亦是如此。

正当方瑞麟通过主席台左边的踏步登上主席台时，会场的大门忽然洞开，并且传来卫兵的吆喝之声：“向大元帅致敬！”

所有的目光齐刷刷投向大门，缺会一天的孙中山出现了，而且大家在刹那间惊愕地注意到，孙中山的脸容如铸了铁一般的沉重，其左臂还套了一块醒目的黑色袖章。这块黑色袖章使得所有目光的惊愕之状一直保留着，直到他登台发言为止。

大会主持人拦了一下方瑞麟，方瑞麟便像一截木头般的僵直在主席台边沿了。

孙中山走上讲台。他说：“同志们！”

话一出口，他眼眶就湿了。

孙中山顿了一顿，说：“本总理刚刚获悉噩耗：世界革命的卓越首领、共产国际的卓越首领、苏俄政府的卓越首领、中国国民党的伟大朋友弗拉基米尔·伊里奇·列宁，他……逝世了。”

泪水模糊了孙中山的双眼。最感震惊的是代表中的中共党员，一种突如其来的哀痛犹如鹰爪一般攫住了他们的心。许多国民党员代表也目瞪口呆。

廖仲恺取出一块手帕，按按发湿的眼角。

邓泽如取出一块手帕，按按发凉的额角。

孙中山哀伤的声音在大厅里回荡：“列宁先生去世了，于俄国和国际上会生出什么影响来，我相信是绝没有的，因为，列宁先生之思想魄力，奋斗精神，一生的功夫，全结晶在党中。他的身体虽不在，他的精神却仍在！此即为我们最大之教训。”

会场中，有代表啜泣出声。邓泽如看过去，好像是中共代表瞿秋白。他在拭眼镜，双肩颤动。邓泽如闭起眼，对自己嘟哝了一句：“孙先生怕是再……再也听不进任何话了……”

此言一出，忽然便听得耳边有个轻轻的声音在说：“我们华侨的话，他或许能听。”邓泽如睁开眼，看见了海外代表黄季陆的

圆脸。

“这个年轻人，”邓泽如心里一动，“行吗？”黄季陆低声说：“我可以找他。我愿意这样做。”

邓泽如默不作声。他听着情绪激动的大会在通过三项决议：第一，电唁苏联致哀；第二，休会三日，以志哀悼；第三，广泛宣传列宁的生平和事业，广州各机关下半旗三日。

散会的时候，邓泽如拍了拍黄季陆的肩，说：“年轻同志，我钦佩你。”

黄季陆是在国民党顾问鲍罗廷的寓所外截住孙总理的。他一直守在孙中山的汽车前面。

鲍寓内设了一个列宁灵堂。昨夜邓泽如便向黄季陆透露了总理的行踪，说总理夫妇都要去灵堂吊唁那个共产国际的头头。

列宁遗像安置在鲜花丛中。孙中山和宋庆龄向遗像三鞠躬，然后他们紧紧握住了鲍罗廷的手。鲍罗廷看上去老了不少。眼睛发青，脸上有明显的泪痕。在他们握手的时候，廖仲恺、何香凝、李大钊、毛泽东、张国焘等人分批走向遗像。

孙中山没有多说话，他知道自己的悲伤程度，也担心情绪失控。他于是就早早地退出了鲍宅，夫人在他下台阶之时小心地扶着他。

在上小汽车之前，他耳边响起了一句语音清晰的话。

“对不起，孙总理，季陆有一句话面禀。”

孙中山猛然回头，注视对方，思绪一时回不过来。

黄季陆一笑，说：“季陆在加拿大，曾看到过美国《大西洋月刊》上的一则报道，极有意思。”

孙中山无力地点点头，示意对方可以说话。黄季陆说：“美国有个农民党，这个党曾经被共产党员渗透，结果被把持了。”

孙中山夫妇一下子明白了这位海外代表的意思，于是脸上都显出不高兴来。这都是什么时候了，还来说这种话，亏得这个黄季陆的左臂上还缠着黑纱。

“本党人多，共产党人少，何言把持？”孙中山不想多说话，一边在宋庆龄的扶持下跨进车门，一边冲黄季陆摆摆手。

黄季陆急了：“孙总理，老子有言：祸莫大于轻敌！”

孙中山从车窗探出脸，认认真真地说：“共产主义并非吾敌。你们海外同志处于帝国主义政府管辖之下，很受帝国主义国家宣传的影响，恐俄惧共。其实，共产主义与我主张的民生主义并无冲突。”

“总理，有冲突的！”

孙中山厉声：“没有冲突！无非是范围大小而已！开车！”

黄季陆垂落双手，眼睁睁看着小汽车呼呼地启动。

孙中山忽然又说：“停车！”

宋庆龄问：“怎么了？”

孙中山探出车窗：“季陆，你过来。”

黄季陆喜不自胜，急奔过去。他以为孙中山要说一句什么特别的话，谁知孙中山说：“我建议你也进灵堂去，向列宁先生鞠一躬。”

黄季陆垂落眼帘说：“是，我去鞠一躬。”

一个钟头后，黄季陆就把进言孙总理一事从头至尾汇报给了邓泽如。邓泽如想，牛犊固然不畏虎，然毕竟初生，腿脚不硬。拒共一事，还是由方瑞麟轰炮为好。虽然为列宁而悲戚的孙中山再也难听拒共建议，但大会在审议党章之时聚众抗议，讲究斗争方式，把握分寸火候，还是有可能勒马于悬崖的。所以他好言抚慰了几句黄季陆，不再对他的会外进言抱有希望。

方瑞麟的提案还是提了出来。那是在三天举哀期已过，国民党全国代表大会复会的当天上午。尽管大气候对国民党右翼不利，而且共产党方面也已经研商数次，拟订了应对方案，方瑞麟还是知难而进，代表着一种极端的坚决的意见，大步登上主席台，慷慨激昂地开腔了。

他说："本代表紧急提议，在国民党章程总章第一章第二条之后，务必增加一条条文，内容为'本党党员不得加入他党'。为什么？理由很简单，一个党员，只应有一个党籍！"

说到这里，他听见了台下的掌声，先是稀疏的几下，然后噼里啪啦一阵，再后来更加势众，像是燃放了一串百子炮。

方瑞麟说得更加来劲："如果有了一个以上党籍的人，那么，他就必须脱离一个！鱼和熊掌岂可兼得？天下没这般好事。他的选择很简单，要么，加入这个党，要么，加入那个党，不得骑墙！不得跨党！"

会场又是一片掌声。有人大声叫好。

林森从主席台的座位上站了起来，走了几步，走到当日大会主席胡汉民身边，郑重提醒："此提案，若有十人以上附和，应予成立！我看可以成立了，胡汉民主席想必也听见了如此密集的鼓掌之声了。"

胡汉民于是宣布："广州特别区代表方瑞麟之本党党员不得加入他党提案，附和者已达十人，宣布成立，可予以辩论！"

一听大会主席这般宣布，会场顿时一片喧杂。张继、邓泽如、戴季陶均做鼓动之状，其中尤以黄季陆的声音最响。

黄季陆尖声说："共产党有了党，为什么还要混入本党？跨党之害，就是亡党之源！这个提案提得好，必须通过！"

张国焘低声骂了一句："浑小子！……"

毛泽东凑过去，对他耳语："沉住气。"

“我本来就沉得住气。他们不要我们，我们当场就离开！对这种党，我本来就不感兴趣。”

“不，我们要据理力争！”

“争吧，争吧，”张国焘轻叹一声，“李先生该发言了。”

李大钊的发言是早就准备好的。李大钊不慌不忙地举手，说：“胡汉民主席，我要求发言。”

然后他就走到了主席台的中央。他和蔼地扫视了一下全场。他很明白现在是非常时刻。他的两撇很有特色的浓浓黑黑的胡子，现在已经挂上了中国最主要的两个革命政党的目光，这些目光将会随着他的胡子一起震动。

“主席同志，各位代表同志，”他清清嗓子，举起手，会场渐渐安静下来，“本人原为共产国际共产党员，此次，偕诸同志加入本党，是为服从本党主义，遵守本党党章，参加国民革命事业，绝对不是想把国民党化为共产党，乃是以个人的共产国际共产党员资格加入国民革命事业，望诸前辈同志指示一切。”

李大钊停顿了一下。会场鸦雀无声。李大钊知道自己恳切的态度已经发生了影响。这不是他个人的恳切，是一个政党的恳切。

李大钊继续说：“我们加入本党的时候，自己先从理论上、事实上作过详密的研究。本党总理孙先生亦曾允许我们仍跨第三国际在中国的组织。所以，我们来参加本党而兼跨固有的党籍，是光明正大的行为，不是阴谋鬼祟的举动！”

听到这里，林森闭上了眼睛，而张继则瞪圆双目，邓泽如攥紧了拳头。

中共代表的神情则都有所松弛，他们从整个场子聚精会神的状态中捕捉到了一种正在起变化的情绪。瞿秋白开始微笑，李立三显得自信，而毛泽东则自始至终细察全场，等待着自己的出击时间。

一定要选准时机，要沉住气，毛泽东叮嘱自己。

李大钊继续发言，语气更加恳切："同志们！我们加入本党，是几经研究、再四审慎，而始加入的，不是糊里糊涂混进来的，是想为国民革命运动而有所贡献于国民党的！绝不是为个人的私利与团体的取巧而有所攘窃于国民党的！"

李大钊发言完毕走回自己座位时，会场还一片安静，继而才掌声轰起。很明显，代表们普遍被打动了。不少座位都在交头接耳："在情在理，在情在理。""容共也没什么不好，不积小流，无以成江海嘛。"

廖仲恺紧接着发言，他由于深受李大钊讲话的感染，所以情绪也格外激动："本人第一要问，我们的党是什么党？是不是国民党？第二要问：我们的党是否有主义的？是否要革命的？如果对于我们的主义能拥护，革命能彻底，则一切皆可不生问题。此次，共产党员的加入，是本党的一个新生命！在座诸君如果不以为然，请先闭目静思：他们的用意究竟是什么？很显然，共产党不是来拖累我们的！是来与我们国民党同做革命工作的！请大家思之！再思之！"

全场响起掌声，这次的掌声又热烈了许多。

大会主席胡汉民说话了："我看，也没什么太大的争执。主要是有的代表怕违反本党党义。这种顾虑嘛，也有道理，不过，只要申明纪律就可以了，似不必在党章上增加条文。诸位代表还有什么意见？"

邓泽如走到方瑞麟身边，两人紧急会商，黄季陆见状，也起身赶过去参加。

是时候了，毛泽东眼一亮，此时不抽出快刀以斩乱麻，更待何时？毛泽东迅速起立，大声冲台上喊："主席！主席！三十九号发言！"

胡汉民身体前倾，注视台下：“三十九号请说！”

毛泽东大声说：“本席坚决主张：本案观点已清楚，停止讨论，立即付于表决！”

大会执行主席思考了一下。“好吧，”胡汉民说，“现在付诸表决。赞成中国国民党党章不再加入其他条文者，请举手。”

顿然间，手臂林立。绝大多数国民党代表坚定地表达了拥护国共合作的原则立场。历史的三岔路口，虽然没有路标，但是两个政党毅然于 1924 年 1 月挽上了手，选择了同一个方向。

“中国国民党党章，表决通过！”胡汉民这样说。他说的时候声音很大，他知道他说的是一句雷霆万钧之言，这句话孙先生是非常爱听的，虽然孙先生此刻并不在主席台上。当然，从内心说，胡汉民对国民党容共也是有顾虑的。他很怕共产国际，知道这是个威力无比的王国，他甚至想向孙中山建议成立一个“民族国际”，由中华民国牵头，拉菲律宾这样的国家一起参加，在国际上靠拢英美，以与共产国际造成鼎足之势。这些念头像闪电一样从他心间掠过，但是他脸面上仍保持微笑，他与全场代表一起鼓掌，甚至还转过身去，伸出手，迎向李大钊，表示祝贺之意。

胡汉民与李大钊紧紧握手，廖仲恺也来加盟了，好几双手握在一起。这是公元 1924 年 1 月 28 日上午。共产党的掌心贴着了国民党的掌心，两党掌中均有热汗而无利器。毛泽东后来在一篇文章中写了这样一段话，非常简练地点明了国共两党第一次合作的意义所在：“由于两党在一定纲领上的合作，发动了 1924 年至 1927 年的革命。孙中山先生致力国民革命凡四十年未能完成的革命事业，在仅仅两三年之内，获得了巨大成就，这就是广东革命根据地的创立和北伐战争的胜利。这是两党结成了统一战线的结果。”

在上海的陈独秀后来也细细地了解了大会的全过程。他对李大钊的入情入理的发言和毛泽东的审时度势的提议特别赞许。他后来对瞿秋白说："润之这个人一定读过许多兵书，他特别精通出击的时机。不被人打倒其实很简单，只需懂得何时出拳何时收拳即可，但做好这条也是最难的。我这个人就是容易被人打倒。鲁莽之徒和迟钝之徒总是要倒在地上的。"

瞿秋白兴冲冲穿过旅馆走廊，推开毛泽东寝房的门，见毛泽东正在收拾衣裤毛巾，不由一愣："润之要去澡堂子？"

毛泽东抬脸说："国民党这个代表大会开得酣畅淋漓，冷汗三身，热汗三身，晚上哪有不洗澡之理！"

瞿秋白来了兴致："我也跟你去澡堂子！"

"我选的澡堂子，不是你去得的。"

"润之去得，我怎么就去不得？我今天出的汗也不比你少！"

毛泽东见他态度坚决，便将他领到了珠江岸畔。瞿秋白吹着阵阵凉风才明白过来，毛泽东的澡堂子是什么地方。

扑通，一声水响，毛泽东跳下去了。

毛泽东在水中哈哈大笑："你既名秋白，为何不做个浪里白条？"

瞿秋白伸手试水，打个哆嗦："彻骨之寒！"

"珠江可是中国最热的一条江喽！广东再不热，中国哪里还热？"

瞿秋白听出来了，毛泽东还是在为中国南方的革命形势所激动。两党一联手，南中国眼看就要空前猛烈地燃烧起来了。

哗，哗，入水者的击水之声富有节奏。瞿秋白犹犹豫豫脱了鞋，试着站到水中，只一忽儿便抽脚回到岸上。

"润之啊，"瞿秋白说，"我的汗出得再多，也不想洗这种天下最冷的澡堂子！"

毛泽东在水里笑，笑几声之后，扎一个猛子，不见了。

瞿秋白等着等着，忽然恐慌起来。他好几回推推眼镜冲江里看，黑色的江水都平静无波。

“润之！润之！哎呦，这可怎么好呢！润之——！”

他围起手喊，喊了好几声，才见暗黑的江面上，有颗脑袋露了出来。

“痛快也！一下去就见到龙王爷了！”

“还龙王呢！”瞿秋白的眼镜反射着清冷的月光，“龙王怎么没留你啊！”

毛泽东一步步走上岸来，在寒风中抖落一身水珠：“都什么时候了，龙王爷能留我吗？龙王爷说大海之深，乃天下之水汇聚也！如今，天下之水均已汇聚珠江，中国马上要掀革命巨浪，你们国共两彪人马不赶快携手行动，还等什么？”

“是啊是啊，”瞿秋白说，“国共合作，大地春回，眼见中国的地气就动了，我也是激情难抑啊。润之，我还写了首诗呢！”

毛泽东用毛巾擦身：“说来听听！”

“万郊怒绿斗寒潮，检点新泥筑旧巢。我是江南第一燕，为衔春色上云梢！”

“好个江南第一燕，壮士才情，皆在燕翼之中！咦，我的衣服呢？”

“在这儿！”瞿秋白解开衣襟，将毛泽东的内衣从自己怀中取出。原来瞿秋白一直在用自己的体温捂着游泳者的内衣。

“快穿上，”瞿秋白说，“其实我知道，你是冷的。”

毛泽东感动了，一边披上带着瞿秋白体温的衣服，一边晃着头说：“知我冷暖者，大有人在，长沙有开慧，广州有秋白啊！”

“我还知道一件事。”

“什么事？”

“刚才龙王爷的话，句句都不是龙王爷说的，是你毛润之说的！”

毛泽东哈哈笑，笑过一阵，说：“真的，秋白，作为共产党员，我们要趁国共合作之势，赶快让中国的工人运动和农民运动都掀起排浪来！我这两天一直在考虑这个问题！你想做江南第一燕，我也想做江南第一燕啊！燕子多了，中国就回春了！”

蒋介石嫌冷。

“太冷！”蒋介石皱着眉头喊，“再加！再加！”

蒋介石躺在黄埔军校办公楼大卫生间的白瓷浴缸里，头枕一块毛巾，不住地喊冷。

副官把一只热水瓶里的热水加入浴缸。副官倒得很小心，让热水由边沿淌入浴缸，以免烫伤入浴者。

蒋介石感到热了不少，但嘴里仍嘟嘟哝哝：“真是寒入肌骨！”

他不能不寒心。国共两党合作之后，中国共产党人帮助国民党整顿和发展组织，动员大批工人、农民、学生加入国民党，使国民党在短时期内，从分布于南方小块地区的资产阶级、小资产阶级政党，改造发展成为遍布全国各主要地区的具有各革命阶级联盟成分的新型资产阶级政党，同时，也广泛地发展了工农运动，壮大了中国共产党自身。

蒋介石看在眼里，凉在心里。这几天，他老是做着访苏的梦，梦中所溢，并非友谊之酒，而是练兵场上的那种可怕的杀声。

浴缸里的水又凉起来，但是蒋介石不再吩咐加热水，他觉得身体凉一点有助于思考。他在思考辞职的事项。有些事情不舒服，不舒服的差事是做不下去的，辞职是改变现状的一种有效的手段，他知道孙中山最终还是会要他回来操办军校的。两党合作创建陆军军官学校、组编革命军以北伐统一中国，毕竟是孙中山夙愿，而他在永丰舰上救驾蒙难的孙中山，早已使孙中山对他的忠诚与军事天才深信不疑。

他喊：“来人。”

他躺在浴缸里，闭着眼，拉着嗓音面授辞函，由外间的副官录写成文。

“前蒙总理委办陆军军官学校，自维愚陋，不克胜任，请另选贤能接替，所有该校筹备处，已交廖仲恺同志代为交卸，以免贻误党事。……写完了吗？”

“写毕。”副官应。

“明日的轮船票买好没有？”

“买好了。”

蒋介石从浴缸爬出，擦身。他的身板瘦削而挺拔。

“准备行装。我明日就动身去上海。你把辞呈送到大元帅府，我的行踪，哪个都不要告诉！筹备处的人，发遣散费。邓演达、叶剑英什么的，通通叫他们回去！”

“是！”副官说。副官于第二天把蒋介石的辞呈准时递到大元帅府。

孙中山看过辞呈，喝了一半的桂圆汤就喝不下去了。“达令，”他对宋庆龄说，“《西游记》里那个沙和尚，论本事，比齐天大圣差多了，但是沙和尚有一大优点，就是从来不撂挑子，也没有个水帘洞可以三番五次逃回去。”

宋庆龄劝他不必心焦。

“他怎么说撂挑子就撂挑子了？”孙中山还是很大声地说。被临时召来的廖仲恺从宋庆龄手中接过一杯热茶，端坐着，不吱声。

孙中山说：“广州蒙难之时，他倒一呼就到。如今百事待举，他倒是不辞而别！”

宋庆龄说："有句老话，死了张屠夫，不吃混毛猪。蒋中正同志不肯挑，别人也不一定担不起来。仲恺，你是军校党代表，你说是不是？"

事情牵涉到自己，廖仲恺自然不便开口。廖仲恺在离开大元帅之前，只听见大元帅敲着乌檀木桌子这样说："党军，我是一定要建的！军官，我是一定要培养的！我不能再依靠小军阀打大军阀！仲恺，你马上去开会，给我维持住！遣散费，不准发！教官，不准散伙！"

于是廖仲恺当即就赶去广州南堤二号的黄埔军校筹备处，召集起一个紧急会议，将十余位已经报到的教官叫在一起。这些教官中，有不再带兵一心想搞教育的邓演达，也有二十六岁的原粤军二师参谋长叶剑英。

廖仲恺说："蒋先生虽然走了，但是你们大家要了解，黄埔军校，不是某个人想办的，是党要办的，而且是一定要办成的！"

邓演达说："党代表同志，你讲到点子上了！"

廖仲恺说："你们中间不少人，是蒋先生请来的，你们应该以君子爱人以德的态度，帮助蒋先生。如果党要办，蒋先生说不要办，或者因此办不成，那么，蒋先生要开罪于党。将来，他如果想回来参加革命，怕也很困难了。所以，在座诸位都不要走，筹备处一切工作，照常进行！"

邓演达递出一只信封，扔于桌上："我交还遣散费！"

叶剑英也递出一只："我也交还！"

十几只信封啪啪啪先后扔在会议桌上，扔的力量都很重。廖仲恺摸摸这只信封，摸摸那只信封，一时间很有些感动。他沉默了片刻，轻声说："请允许我代表孙先生，在这样的困难时刻，谢谢诸位同志！"

第 13 章

泪流满面的石花带着垂头丧气的弟弟，一路啜泣着，直奔清水塘毛泽东住宅而来。

长沙三月，早已是池塘生春草，姐弟俩走得跌跌撞撞，杂花乱草踩了一路。在走近这幢瓦房的时候，姐弟俩一齐缓了脚步。黄埔军校在各省区招募学员，是非常保密的，这一条，他们知道。

何叔衡探头出房，把哭泣着的石花及其弟弟拉进房内，复又探头，警觉地看看周围有无动静。毛泽东虽已去上海中央机关工作，但杨开慧所居之清水塘仍是中共湘区执委会的联络场所。这个场所，湖南的同志是十分精心地维护着的。

何叔衡坐下来，看看长相英俊的石头，又看看红肿了眼睛的石花，说："有事慢慢说嘛，眼泪鼻涕一大把的，也不怕人家起疑心。"

石花连说对不起，然后用无牙之嘴含含混混说："何大叔，求求你了，让我弟弟扛枪吧！石头，怎么木头似的，快向大叔鞠躬呀！"

石头向何叔衡深鞠一躬。何叔衡一边像个长辈似的接受着年轻人鞠躬，一边心里打鼓：难，真难。毛润之派的名额太少，湖南青年性情又特别刚烈，争着当革命军扛枪打军阀，这情势又喜人又急人。何叔衡把住在对门的杨开慧叫过来，让她暂时安顿一下石花姐弟，以便他喘口气。石花姐弟跟着杨开慧走了之后，何叔衡便走入了里屋，屋里早已候着十余位青年人，这些穿着长衫和短衫的小伙子都是经过何叔衡眼睛的初选合格者。

何叔衡郑重地在桌上排开一沓船票，对青年说："你们到上海之后，找着环龙路四十四号，那里是国民党的上海执行部。你们直接找毛润之先生。江南各省的复试由他负责。复试通过者，再去广州考试。"

"比考状元还难哩。"有人叹气。

"你们考的就是状元，武状元！"何叔衡开始分发船票，"比我当年考大清国秀才，那是要难上十倍。考上军校，当上革命军的官员，那是天底下最光彩的事情！都给我认认真真考，听见没有？黄埔军校若能取更多的三湘子弟，你们长脸，我何某人也长脸！若考不取呢，你们也不必顾我这张老脸，也别懊恼，为什么呢？因为哪儿都能革命！"

何叔衡说的这些话，石头耳朵尖，在隔壁都听见了。听着听着，便觉丧气，痛感自己读的书少，这个月请轿店隔壁的魏老师突击教授数学，也往往是十题错四题，难以长进。

杨开慧抱着一岁半的毛岸英，再三安慰石头说："别慌，石头，我三年前坐过你抬的轿子，你帮我往毛润之那里抬，你说，我今天能不帮你往毛润之那里抬吗？"

石花一听这话，看见了希望，连忙对弟弟说："就是，就是。"

何叔衡掀帘进屋，笑呵呵说："你在我表侄的花轿店里做了两年工，你姐姐又是当年驱张请愿团的同志，你说，我这个胡子大叔还能不帮你吗？"

石花一听这话，高兴得又想哭。

何叔衡坐下来，细细为石头分析利弊。他认为石头文化底子尚可，为花轿店写的几副楹联都能见其底气；数学功夫也过得去，心算尤其好，去年还改进了轿杠子，用的就是杠杆原理，这杠杆原理可小觑不得，属于几何学理，世上很尖端的东西。只是石头有一种毛病，为当兵之大忌。何胡子叹息着说：“石头啊石头，你打呼噜地动山摇，我虽未吃过一天兵粮，可是也知道这呼噜对于军营是大忌讳。呼噜者入了兵帐，还不把军营给震坍了？你就是过了我胡子这一关，又怎么过润之这一关？润之这人一向不徇私情，一是一，二是二，连洞房花烛夜都不肯给新娘子一个承诺，开慧是最晓得的，开慧你说是不是？”

杨开慧说：“是，润之不好对付，他是一定要对黄埔军官学校负责的，可是看看石头和他的姐姐，报仇无门也可怜。”

石花一听到报仇二字，眼泪就断了线，她口舌不清地对何叔衡说：“何大叔，你知道我爹我妈是怎么死的，你知道我满口牙齿是谁打掉的？我弟弟这辈子若不能扛枪报仇，我也死不瞑目，他也死不瞑目呀！”

杨开慧忽然想出一个主意：“复试的时候，硬是撑着晚上不闭眼行不行？不闭眼，就没呼噜。”

石头急忙说：“那成，那成，我一定不闭眼！”

何叔衡说：“到时候只怕你眼皮重如泰山。瞌睡虫这东西，小虽则小，可就是不能上眼帘，一上眼帘，那帘儿就得掉，一掉，硬是没得法子。”

他说着，便摸出最后一张船票，晃摇着，盯视着，半天不给人。“这一回，军校招生要求高。我只怕润之说：何胡子啊，长沙这个月吹什么风啊，你胡子怎么乱长了，往上长了，长得把眼睛都遮瞎了？”

听得这话，石花双手捂脸，肩膀又抽搐起来。杨开慧看得难受，忙对石花说：“你别哭，我看出来了，何大叔这最后一张船票绝不是留给他自已的，大叔心善，他会成全石头的。”

何叔衡站起来，走到门外，从屋檐下拔落一根红辣椒，连同船票，一起交给石头。何叔衡说："石头，记住，考试之夜，你整夜都嘴里含辣椒，辣得流一夜眼泪你也别给我闭眼！"

石花跳起来，打一拳弟弟："还不谢何大叔！"

石头赶紧鞠躬："谢何大叔！"

石头当晚就试了这法子，还果然灵，三根辣椒含在嘴里，口腔如火灼似的，第二天嘴角边就起了个疖子。姐姐心疼，弟弟说："姐，你想想地下的爹娘，心就不疼了。"

石头到了上海，复试都还顺利，有不少人陆续被淘汰回籍，就没轮到他。石头几次想去拜见考官毛泽东，但是不敢，一则是见长官忙，二则也是怕自己弄巧成拙，给长官落个不好的印象。但是复试的第三天晚上，毛泽东却认出这个考生来了。

那是后半夜了，毛泽东与邓演达巡游考生宿舍。办公楼里几间宽大的屋子都临时腾空了，铺起草席，安排长江流域各省推荐来参加复试的考生住宿。身为黄埔军校筹备处教练部临时主任的邓演达，是专程来上海担任主考官的。负责学生复试的国民党上海执行部组织部秘书毛泽东，这几日一直都陪着他。邓演达退走了几个纨绔子弟，下手毫不犹豫，但他对长江流域各省考生的整体质量还比较满意。

"择生，这个房间住的是浙江、安徽考生。那边，是我老家湖南的考生。"毛泽东边走边为他指点。

"湖南好像人数不少。"

"三湘子弟，报国心切，来了十八名哩！"

邓演达停了步："什么声音？"

鼾声。

毛泽东也听见了。

鼾声如风、如石、如雷，每一个回合都是相同的节奏，听得人心惊肉跳，而且，这鼾声就出自湖南考生的寝房。

邓演达入房，伸手，按亮了灯。光线和响动使许多考生都睡眼惺忪地坐起来，唯有屋角的一个考生，依旧仰天安睡，嘴巴半开，将阵阵滚雷从喉中送出。

邓演达与毛泽东走到他跟前，慢慢蹲下。这名考生无动于衷，还在呼呼大睡。

邓演达看出了名堂："这是什么？"

毛泽东顺着邓演达的目光，从石头半开的嘴边一拉，便拉出了一根咬裂的干红辣椒。

"呵！"他失惊了，"我算是会吃辣椒了，谁知天下还有这等口含一夜辣椒之人！"

石头惊醒，跃起，忽然心生恐惧。怎么能不恐惧呢，他眼前晃动着邓考官和毛考官两张大脸。"你叫什么？"邓考官这样问他。

"回邓考官，我叫石头。"

"石头，对了，卷面成绩勉强及格的，就是你？"

"回邓考官，是。"

"把辣椒吐净了，漱漱口，然后再睡，睡醒了，回湖南去。"

石头呆了，半晌，呜咽起来："邓考官，我要当兵杀敌啊！"

邓演达起身就走，仿佛没听见。石头在他身后跪倒，号啕起来："邓考官！……"

邓演达早已消失于门外。

毛泽东说："莫要哭。一哭，大家都睡不好。"

石头拼命止住自己的悲伤，他记起了何叔衡的关于瞌睡虫的话，他恨虫子也恨自己，归根结底还是自己不争气。他看见房间里所有的考生都在呆呆地望着他，所有的目光都是惋惜和愕然。

石头呜咽着告诉毛泽东，大家其实都睡得很好，并没有受他影响。毛泽东叹口大气，惋惜地拍拍他的肩说："到我房里坐一坐吧，我看你今晚也睡不安生了。”

毛泽东回到他在上海执行部的临时住房后，吩咐工友煮两碗面条。

“吃吧。”毛泽东亲手把葱花面端到这位不走运的考生面前，“小兄弟，这是我第一次吩咐煮面条不加辣。你的舌头整个都是一根红辣椒了，再不能辣了。”

石头捧碗吃面，眼泪扑簌簌流到碗里。

“不要难过，回到家乡，也能革命嘛。”

“毛团长！……”

“怎么叫我毛团长？”毛泽东觉得奇了，“我不是团长。”

“你是团长，我姐姐一直叫你毛团长。”

“你姐姐是……”

“石花。她跟你去北京驱逐张敬尧的，她说她是团员，你是团长。”

“没了牙齿的石花？她是你姐姐？”毛泽东一下子明白了。

“毛团长，你知道我爹妈是怎么死的吗？都是张敬尧的兵害死的。我爸爸死在他们车轮底下，我妈死在他们枪口前面。我原先睡觉哪有呼噜，自从我在爹妈的坟上哭了整两天，喉咙就沙了哑了，夜里睡觉，喉咙也像卡着什么，一直呼噜呼噜。”

毛泽东默然望着这个小伙子。

“毛团长，我知道我不能参军，我会害大家睡不着觉。可是我不甘心呀，毛团长，我只想扛枪杀敌呀！我不是想吃兵粮，想做官，想出人头地，我只想复仇啊！为天下穷人复仇啊！毛团长，我会迎着敌人的子弹冲锋，我一丁点儿都不怕死！”

“含辣椒，不睡觉，何叔衡教的法子？”毛泽东猜出来了。

石头点点头，石头说：“我偏不争气，眼皮只撑了两晚。”

毛泽东说：“毛团长再教你一个法子。”

石头抬脸，诧异地看着毛泽东。

“先把眼泪擦了。”毛泽东说，“以后到了军队，别睡营房，跟长官求求情，睡走廊上去，这样呼噜就减一大半了。或者，等弟兄们都睡着了，你再合眼。”

石头惊喜了：“我还有希望参军，毛团长？”

“也说不定，我去跟邓考官说说看，邓考官可是个黑脸老包哩！”

石头就是这样通过的上海复试。湖南籍考生一共只取了三名。之后，在广州的总复试中，石头也勉强过关了，过夜这一关，还是用何大叔教的法子，尽管舌头的左侧和右侧都起了大泡。

石头穿黑靴子，戴白手套，规规整整站在黄埔军校校旗下的这一天，是1924年6月16日。这一天，石头的身份是军校开学典礼的护旗兵。

在铜管鼓号队昂扬的军乐声中，石头看见了他仰慕已久的孙中山。

孙中山走过石头面前的时候，还似乎向他点了点头。孙中山满脸春色。这个6月16日，不仅对石头，对全体国民党员而言，甚至对全体共产党员而言，都是一个极其振奋的日子。孙中山之所以选定6月16日，是因为他记起了两年前的这一天，正是陈炯明炮轰总统府的日子。

黄埔军校共录取学生三百五十名，备取学生一百二十名。孙中山兼任黄埔军校总理。蒋介石在闹了一通情绪之后，仍然回到军校担任校长。军校的国民党党代表仍旧是廖仲恺，政治部主任为戴季陶，政治部副主任为共产党员张申府，邓演达则为教练部副主任，叶剑英为教授部副主任。

孙中山看着面前一个又一个威武的方阵，心情特别畅快。他今天演讲的题目是《革命军的基础在高深的学问》。

他说话的时候，身穿崭新军服的蒋介石、戴季陶、张申府、邓演达、叶剑英始终站在他身后，一律气宇轩昂。

唯有两位未穿军服：一位是廖仲恺，依旧一身白色西服；一位是站在孙中山左侧的宋庆龄，上穿素花中式大襟女衫，下着黑色长裙，朴素而大方。宋庆龄听着丈夫讲话的时候，也一直想着两年前的那个晚上，她是怎么装扮成农妇在炮火底下逃来逃去的。她想，枪与炮，对一个革命的政党来说，可能是必备的东西。

“我们今天要开这个学校，是什么希望呢？就是要从今天起，把革命的事业重新来创造，要用这个学校内的学生做根本，成立革命军。诸位学生就是将来革命军的骨干。有了这种好骨干，成了革命军，我们的革命事业便可以成功。如果没有好革命军，中国的革命永远还是要失败。所以，今天在这里开这个军官学校，独一无二的希望，就是创造革命军，来挽救中国的危亡！”

当晚，宋庆龄对丈夫说：“你有了一个共产国际来支持你，又有了一个军官学校来撑住你，你的两只手就全了。我看，你能完完整整当个中华民国总统了。”孙中山说：“我甚至想好中华民国首都定在哪里了，我不想在北京，我想在武汉，武汉为九州通衢，国之中心，在那里吆喝一声，东南西北都能听见，你说是不是？”

宋庆龄把脸埋在丈夫胸前。她听见了咚咚跳动的声音。她笑着说：“达令，我听见首都了。”

6 月 16 日，是孙中山夫妇特别伤心的日子，也是孙中山夫妇特别开心的日子。

毛泽东一家人此时也在顶着六月的太阳，往一条窄窄的里弄走。

杨开慧一手抱着出世才半年的次子毛岸青，一手挽着老母亲，东张西望，对大上海充满新奇。是毛泽东坚持要她来上海住的，毛泽东时任中共中央委员兼中央局秘书、中央组织部长，忙得不可开交，一忙，他就不愿意他的开慧老是待在长沙城小吴门外了。再说，他也特别想念他的两个儿子。

他现在落在杨开慧后面十来步，满头大汗。他的落后有着明显原因：一手牵着近两岁的蹒跚行走的毛岸英，一手提着两只箱笼，腋下还夹一只大花布包袱，他整个人都歪了。

毛泽东喊："就这里！就这里！用那只铜钥匙开门！"

杨开慧放开母亲，取出丈夫给她的铜钥匙开门。

这里是英租界，慕尔鸣路甲秀里，毛泽东选了个闹中取静的住所。

"妈妈住这一间。岸英可以跟外婆住。"毛泽东进门之后，连续打开房间，"这是大卧房，我们带岸青住。"

杨开慧发现了一个问题："这是什么？"

门边，并排三个红色木桶。

"马桶。"

"怎么那么多？"

毛泽东呵呵笑："我毛泽东从今天开始，可是大家庭的家长啦，我原先还打算买六只哩！"

杨开慧也笑："上海的马桶就是比长沙的小。"

"大城市的人，讲究进去，不讲究出来。"

听着丈夫这种不伦不类的解释，开慧直乐。

母亲却在一边急叫："岸青出来了！"

原来是岸青的尿布湿了，小家伙不哭，手脚直动弹。

“哎哟，说到出来就出来！”杨开慧急忙解开包袱取尿布。

“什么出来不出来！”门外忽然响起陈独秀的大嗓门，“是润之在享天伦之乐了吧？哦，好香好香！”

陈独秀闻到了尿布的味道，用手在鼻前挥挥。

毛泽东一见陈独秀就叫：“仲甫，你这一礼拜又到哪儿去了？怎么打听也打听不到你，真是急死人！”

陈独秀乐呵呵说：“既名独秀，独往独来，便是其中应有之义，何足奇哉？哎哟哟，开慧胖了！听说你在长沙讲课讲得好，上海纺纱女工多，你也给大家启蒙启蒙。”

杨开慧说：“只怕是进了大城市，轮不到我们讲哟！”

陈独秀又对毛泽东说：“润之，我今天要学学你的岳父给你改字了，你今后可以不叫润之，改叫润子：两年就是两个大胖儿子！”

这句话，杨开慧听得脸红。毛泽东则无所谓，他抱起乖乖的岸英，双腮亲一亲，心里甜滋滋的。

陈独秀说：“不过，还赶不上我，我已经四个儿子了，延年、乔年、松年、和年，外加一个女儿。四子一女。女儿偏也有男子气，起个大名叫作‘子美’，也带一个‘子’字，真可谓实实在在的五子登科！开慧，你呀，还须努力哟！”

杨开慧脸更红了，陈独秀见状，忙说：“不说了不说了。”

毛泽东说：“仲甫，我倒有话说。我有几件急事汇报。”

他把陈独秀引入侧室，紧闭房门，脸色也随之沉重起来。

“仲甫，我要紧急汇报五件事，也算个五子登科吧。头一件，对张国焘的营救，尚无眉目。”

一说起张国焘在北京被捕之事，陈独秀心里就痛。张国焘是跟他的女友杨子烈会面时被捕的，两人一起落入了京师警察厅侦缉队之手，时间是上个月的21日。据说是遭受了严刑拷打，情况很不好。毛泽东告诉陈独秀，他已经两次去电北京，请北京同志千方百计营救，目前正在进行之中。

陈独秀连抽两口雪茄，心间略有宽慰。这时候毛泽东开始汇报第二件事。毛泽东有个怀疑，这第二件事是不是与第一件事有所瓜葛。这第二件事，就是京师警察厅已明令通缉李大钊，警察赶去铜幌胡同李大钊的新宅抓人，但是没有逮着，李大钊已及时避往河北乐亭老家。

毛泽东小声对陈独秀说："北京党内有同志猜测，是不是张国焘在狱中有所交代，致使李大钊遭受通缉。"

"无依据之猜测，不足为信。"

陈独秀对张国焘是信任的。直至后来张国焘出狱，他也没有对张国焘在鞭刑之下的慌乱有丝毫的猜想。

毛泽东后来也不提这一茬了。他认为陈独秀的这一制止是对的，无端的猜测历来不好。一直到 1949 年北平和平解放之后，有人报告毛泽东一些敌伪档案的情况，毛泽东才明白张国焘在 1924 年确实由于拷打而供出了李大钊。那是一份纸页发黄的公文，题为《京畿卫戍总司令部咨请转令严拿共产党李大钊等归案讯办文》，内容是这样的：

> 案据京师警察厅解送拿获共产党人张国焘等一案，业将审讯情形函达在案。兹经派员将张国焘提讯明确，据称：伊等以私组工党为名，实行共产主义。陈独秀为南方首领，有谭铭三（谭平山）等辅助进行；北方则李大钊为首领，伊与张昆弟等辅助进行。北方党员甚多，大半皆系教员学生之类，一时记忆不清。时常商量党务，男党员有黄日葵、范体仁、李骏、高静宇、刘仁静、方洪杰等，女党员有陈佩兰、缪佩英等。查李大钊充膺北京大学教员，风范所关，宜如何

束身自爱，乃竟提倡共产主义，意图紊乱国宪，殊属胆玩不法。除张国焘等先行呈明大总统分别依法判决外，其逸犯李大钊等相应咨行贵部查照，转令严速查拿，务获归案讯办，以维治案，而遏乱萌。

历史在掀开自己面纱的时候，于细节部位，总是撩得慢一些的，有时就要慢几十年。

1924年6月毛泽东向陈独秀汇报的第三件事，就是共产国际第五次代表大会的代表问题，他已按陈独秀的意见，设法通知李大钊作为中国共产党首席代表，赴莫斯科开会。这样做，也正好让李大钊躲避一下风头。

“守常接到通知没有？”

“接到通知了。他将扮作一个商人，从哈尔滨、满洲里秘密入境苏联。”

“这就好，这就好！”陈独秀宽了心。国焘已身陷囹圄，守常再也不能有丝毫的闪失了。

“第四件事，国民党内之右派势力，恐惧两党合作之后的革命局面，又取反扑之势。据我们所获消息，在这股势力之中，张继一个，邓泽如一个，最为起劲，本月18日，他们又上了书。”

陈独秀问他们上书给谁？难道孙中山还能听他们的？毛泽东告诉他，这一回他们上的书与先前不同，竟是血书，上送孙中山和国民党中央执委，内容是再次弹劾共产党，声称“绝对不宜党内有党”。问题是这次孙中山看了血书之后，不置一言，罕见地保持了沉默。

陈独秀还是判定，孙中山不会受这股逆流左右，而毛泽东则建议，廖仲恺传来的这一消息务必要引起中央足够重视。

“好了好了，”陈独秀胸有成竹，不慌熄雪茄，“你要说的第五件，是什么事？”

“这第五件事，与前四件事，性质迥异。”

“快说吧，我还有要事。”

“作为中央局秘书，我也许多嘴。然而作为你的学生与同志，我还是想说。”

“说吧，说吧。”陈独秀不知他卖什么关子。

“仲甫，你又是一个礼拜没回家了，我看嫂夫人眼睛都哭肿了。”

“润之，你烦不烦？”

“嫂夫人找不到你，我是你秘书也找不到你，你住哪儿了？你一个礼拜不来中央局看文件了，我不烦心谁烦心？”

“我比你还烦心。我实话对你说，润之，我陈独秀降生于世，是为主义为事业而来，欣赏我陈独秀，就须欣赏我之事业。君曼不欣赏我的事业，我也无法再欣赏君曼。潮起潮落，月圆月缺，虽令人感叹，终也是合理之事！”

杨开慧忽然推门进来说：“陈先生，你叫我去讲课，若是要讲你的这套理论，我是讲不来的。”

陈独秀忽觉有些尴尬，愣了一会儿，哈哈冲天一笑，说：“哎呀呀，真叫是女承父业！你父亲一上讲台就是伦理，你跟我一见面也来论理，我陈独秀一张嘴巴，怎会有敌得杨家将两代之理？哈哈哈哈！”

毛泽东使使眼色，示意妻子退走。

陈独秀笑毕，用手搭着毛泽东的肩膀，认认真真地说：“润之，别说了。无论是对中国女人，还是对中国政治，我都比你懂七倍。”

陈独秀话已至此，毛泽东也只好沉默。

又一个礼拜之后，毛泽东发火了。起因是陈独秀又失踪了一个礼拜。

在发火的前三天，毛泽东耐住性子，千方百计去找了一次陈独秀。作为中央局秘书，他知道自己的职责所在。国共两党合作之后，全国工农运动高涨，各地报告雪片般飞来中央。而北洋军阀政府的镇压与国民党右派的聒噪也不容轻视，许多情况需要及时应对，在这种局面之下，陈独秀的经常性失踪实在是不能容忍的。毛泽东去找陈独秀，拖了一个向导，这向导便是陈独秀的老乡汪孟邹。高君曼透露给毛泽东说，汪孟邹不可能不知道陈独秀的隐秘住处。

汪孟邹同意做毛泽东的向导。他答应得很勉强。他戴着一顶铜盒帽，慢吞吞走在法租界七月的烈日下。毛泽东步步紧跟他走，脸上也有豆大的汗珠。报童从他们两人之间的缝隙里鱼一样穿过，尖声喊叫："请看国民党元老反对共产党！"

"请看广州沙面工人罢工！"

报童飞走之后，又有一个尖嘴猴腮之人神秘地拦住他们："先生，阿要领你们到东洋堂子和罗宋堂子白相白相？"

摆脱这个猴腮之后，再前行二三十步，走到一处里弄口，汪孟邹便止步不走了，嘿嘿笑，脸上显露难色。

"毛先生，"汪孟邹不无歉疚，"不是敝人一定不肯带你去寻，仲甫这个人的脾性，你是知道的。"

"汪先生，若不是火烧眉毛，我也不会请你出山。"

"毛先生，你的心境我知道，只是我实在不便做这种事情。俗话说，得饶人处且饶人，毛先生你还是抬抬手饶了我吧。"汪孟邹一边说，一边就抬手叫黄包车。

毛泽东见他执意如此，也不再勉强，只是心头又添了一重恼。

三天之后，一辆黄包车在三曾里的里弄口停下。闸北区三曾里是中共中央局机关。

陈独秀一边从黄包车上跳下，一边还朝车上招招手。车上有一女子坐着。

所有的这一切，都叫站在二楼窗口的毛泽东瞧见了。毛泽东心里一紧：这个委员长啊！

所以当陈独秀走上楼梯时，就看见毛泽东倒背着手，站在楼梯的顶端候着他。陈独秀注意到这位中央局秘书脸上阴云重重。

“我带来了两个香瓜，你吃。”陈独秀说。

毛泽东说：“我可以不知道中共中央委员长的住地在哪儿，可是中共中央委员长也不能让外人知道中央局的驻地在哪儿！”

陈独秀将香瓜往桌上猛地一拍，强词夺理：“谁知道了？”

“起码黄包车里还有一个人知道。”

陈独秀看着汁液从裂开的香瓜里黏黏地流淌出来。他压住满肚子火气，说：“除了马林，满天下，没一个人可以在我陈独秀面前大声嚷嚷的，看来，我还得允许我的秘书对我发火。”

“独秀同志，我不想发火，我宁可你发火。说实话，这段时间，面对国民党右派的挑衅，我最为担心的，是中国共产党的委员长不敢发火！”

陈独秀伸手蘸蘸桌上的瓜汁，像个孩子似的吮吮手指。

他说：“你发那么大火，我还哪敢发火？润之，你吃香瓜，真的甜呢。好好，我以后常来就是了。今天你是委员长，我是你秘书，行不行？”

陈独秀这么说话，还是很罕见的，毛泽东不由笑出声来。毛泽东开始吃香瓜。

“好吧，”陈独秀说，“关于国民党右派的情况，你说吧，润之。”

毛泽东说：“对于国共两党合作之现状，我认为，本党实有统一立场之必要。一方面，我们要像爱护眼睛一样爱护国共合作的成果。现在国民党大发展，共产党大发展，组织工会、农会已形成全国风潮，黄埔军校也办得很顺利，北伐之基础正在形成，我们党没有任何理由不维护两党合作。第二方面，我以为，本党与国民党之合作，绝对不应是消极合作，而应是积极合作。什么叫积极合作呢？也就是把主动权抓在自己手里的合作。共产党一定要把组织工人、农民、学生的实权抓在手里，这一条，共产党谦虚不得，也义不容辞。道理很明白，只有自己壮大，才能有效合作。我在家乡踩过水车，只有两只脚一样强大，一样有力，一上一下，一下一上，水车才能哗哗出水。”

“别多说了，”陈独秀说，“我们也一起来踩个水车。”

“怎么说？”

“一只脚是我，一只脚是你，我们两个联署，发一个中央通知，统一全党的立场！”

毛泽东忽然又觉得，陈独秀在处理大事方面，又是不糊涂的，他心里可能始终有个谱。毛泽东把香瓜吃完了，也像陈独秀一样吮吮手指。陈独秀看了很高兴。对于毛泽东今日的发急，陈独秀其实也是颇为欣赏的，把他调来中央真没有错。但是有时候，陈独秀也觉得这股湘江之水奔流得太急了一点。处于舵手之位，是不能过急的。看来毛泽东还毛躁一些，还须用黄浦江的水好好打磨打磨。

7月15日，中共中央以陈独秀和毛泽东联合署名的方式，发布了中共中央第十五号通告。通告虽声称：“我们为图革命的势力联合计，决不愿分离的言论与事实出于我方，须尽我们的力量忍耐与之合作。”但还是鲜明地指出，“须努力获得或维持指挥工人农民学生市民各团体的实权在我们手里，以巩固我们在国民党左翼之力量，尽力排除右派势力侵入这些团体。”陈独秀在关键时刻并未放松舵柄并且同意采用毛泽东提出的策略，终使毛泽东松了一口大气。

就在中共中央于上海发出第十五号通告的这一天，远在法国巴黎的旅欧中国共青团结束了第五次代表大会。在这次会议上邓小平当选为执委会委员。也就是说，从这一天起，邓小平自然成为中国共产党党员。这一天晚上，邓小平在小咖啡馆举起杯子，说："请允许我以咖啡作酒，为我的兄长恩来同志饯行。"

周恩来环视一齐举起咖啡杯的诸位同志，说："谢谢希贤，谢谢诸位！广东革命形势大发展，北伐就要开始了，中国就要新生了，现在急需骨干回国，我过几日就动身上船。希望诸位同志，坚持学习与斗争，学成之后，也立即回国投身革命。希贤，咖啡毕竟不是酒，我不干完可以吗？"

"那就喝两口。"

"为什么要喝两口。"

"一口代表你，一口代表国内另外一位同志。"

"谁？"

邓小平咬他耳朵："一位天津的同志。"

周恩来放下咖啡，举手把邓小平的鼻子揿扁了："好哇，你倒有本事来调侃兄长了！"

其实邓小平没有说错。周恩来内心的激荡，除了国内的革命形势这一主因，天津的那位同志，也常使他浮想联翩。五年过去了，他不知道她出落成什么模样了，只知道她没有布尔乔亚情结，她像一团火，敢哭敢笑敢说，她身上有一种他祖籍绍兴的那位巾帼英烈秋瑾的泼辣劲儿。

周恩来于九月回到广州，不久就担任了中共广东区委委员长兼宣传部长，后来又到黄埔军校接任政治部主任一职。他很注意在军校中发展中共组织。在军校的首期学员中，共产党员和共青团员占了十分之一。这个数目在秘密状态中不断地扩大。国民党左派人士对共产党组织的发展，是抱有善意的。他们知道共产党的壮大对中国革命运动的发展没有坏处。因为这是一个年轻的党，年轻的党需要成长。邓演达对此尤其是睁一只眼闭一只眼。

邓演达巡夜如一只猫，虽有军靴在脚，却不闻步声。作为黄埔军校教练部副主任，他经常在校区巡夜。军校学生中，酗酒狎妓者发现了好几个，一经发现他便报经学校予以除名。军校应为开封府，不留情面。

乌云遮月。一切都影影绰绰。邓演达站住了。在这影影绰绰之中，有隐约的脚步声传来。

邓演达突然大喝一声："站住！"

黑影不动了。

邓演达急走几步，看清了对方。对方昂首立正着，丝毫不动。邓演达认识此人，这是一个训练中很能吃苦的学员，其实早在上海时邓演达便认识他了。

石头憨厚地说："邓主任，晚上好！"

邓演达看看树影后面亮着一盏灯的教室，心里便有数了。他知道石头是往那个小教室去。这些天，教室常在晚上开灯，有人活动，而且话音很低。眼下，仔细望那教室，也可以看见那里有人影晃动。

"石头同学，现在，应当是你打呼噜的时候。我知道你还有这毛病，只是不再口含辣椒了。"

石头不好意思地笑笑。

邓演达又说："不是为了怕呼噜吓着同学，才来当夜游神的吧？"

“不是。”

“那为了什么呢？”

“邓主任，因为……”石头支支吾吾了。

“好了，别编什么理由了，看你这个老实头，也编不出什么理由。我知道你们是在开会。”

石头一声大气都不敢出。

“我知道你参加了共产党。依你的经历，石头同学，你也该参加。说句实话，贵党集中了一批忠勇之士，我本人也是非常敬仰贵党的。”

石头抬脸，直望邓主任。邓演达的脸廓在昏暗的夜色里显得模糊，但是这张脸上，有一种很生动的东西。

石头又听见邓主任这样告诫：“只是，你们开会要小心。学校里耳朵多。开会时间也不要太长，别影响第二天上课。还有，碰到什么人问话，你呢，最好还是事先准备一个理由。”

石头立正：“我懂了，邓主任。”

“快去吧，别迟到。”

“是！”石头敬礼，转身走了。

邓演达继续前行，没走十几步，便碰上了军校教授部副主任叶剑英。

“择生兄，感谢你对本党的理解。”叶剑英这样对他说。刚才的话，叶剑英全入耳了。

“剑英兄，我不是从一党之角度观察问题，而是从一国之角度思考问题。”

“哦？”

“我经常想着北京城，想着怎么叫那儿的军阀政府尽快垮台。我希望国民党壮大，贵党也壮大，我们两党的拳头都要早日粗大起来，把直系、皖系、奉系统统打倒，让全国民众过上好日子！”

叶剑英说：“听君一番话，我忽然就明白了一个道理：怪不得择生打仗打得这么好！”

两个月之后，邓演达所时刻关注的北京局势突然有了戏剧性的变化。第二次直奉战争于1924年夏天爆发后，直系将领冯玉祥乘北京防务空虚，毅然回师京城，于10月23日凌晨发动北京政变，包围总统府，软禁上台不久的大总统曹锟。时局急转，由直系军阀控制的北京政府宣告结束。

北京街头冷无人迹，不时有西北军士兵一队一队跑过，几百双靴子打得街道啪啪啪响。

有一个胡同口，已经摆出了一摊子小锣小鼓，穿着大棉袍的市民开始敲打，以示庆祝。

胡同口钻出来两个人，一男一女。男的很虚弱，头发蓬乱，像个鸟窝。女的搀扶着他，无微不至的样子，一点也不嫌他身上那股难闻的酸臭之气。真亏得这次北京政变，被囚禁了五个月的张国焘才迎来了命运的转机。

“站不住了。”他说。

杨子烈蹲下来，在街边砖石上铺了块手绢，让气喘吁吁的张国焘坐下。

咚锵，咚锵，老百姓手里的锣槌鼓槌不知疲倦，震得他们耳膜痛，但是张国焘并不觉得难受，牢里太寂寞，闻着声音，他高兴。

杨子烈擦尽男友额上的虚汗，说：“对面铺子里有切糕卖，我去买一块。”

“吃不下。”

“打得你很厉害吧？我扶你哪儿，你就说哪儿痛。”

“天下最惨无人道的地方，就是监狱了。陈独秀说监狱是研究室，胡说一气。警察打，狱吏打，同牢犯人打，喊痛都来不及，还研究什么呢？”

“李大钊被通缉得四处逃，家也被抄了，我当时就想，是不是你吃不消皮肉之苦了。”

张国焘忽然大惊失色，嘴唇也青紫起来，他急忙按住女友的嘴：“别说，别说，你说这个干什么？”

杨子烈说：“怎么啦？看你慌的！”

“他们都还不知道吧？”

“没人知道。连我也不知道。我只是心里知道。”

张国焘大叹一口气，簌簌地抖着身子说：“人在矮檐下，没法不低头。钢丝鞭子每天指着你，你总得吐一两个名字吧？子烈，鸟儿被抓住翅膀，没一只不喳喳叫的。”

“我只是心疼你。”

“但是，子烈，我告诉你，至今，我张国焘的人生信仰不变。我还是要在共产党里干下去的，共产主义是个好主义，我还是要勤勤恳恳为全国工农群众的利益服务的，我无他路可走。我的招供，若是让李先生知道了，让党组织知道了，你说，我这张脸往哪儿摆？”

“国焘，你想，我怎么能忍心你这张漂亮的国字脸‘国将不国’呢？你放一百个心，就是钢丝鞭子每天指着我，我也不会说出你的这段经历。”

张国焘慢慢抓起女友的手，抖抖颤颤握着，说：“我要娶你。我们好好过日子吧。我下决心了，我就跟你过一辈子，直到老，直到死。关于今后的日子，我这么想，共产党如今在南方很红火，我是共产党一大、二大的组织部长，算是老资格了，我要将功补过，我要更加努力地工作。陈独秀很信任我，我会在党内发挥很大的作用的，这一点你要相信我。子烈，你跟着我吧，我们做一对患难夫妻，我这辈子都不会抛开你的！”

“杀！杀！杀！”又一队西北军士兵奔跑于街，喊杀声突兀而来。

杨子烈突然抱住张国焘，她觉得张国焘身上满是香味。张国焘也紧紧抱住了她。他在军人的喊杀声中一阵又一阵哆嗦，他感觉到有许多热辣辣的眼泪落在自己的脖子里。

瞿秋白手持一份报纸，兴冲冲地跑上楼梯。

在发生北京政变的这个鼓舞人心的月份里，中国南方的面貌也在起着大变化。以黄埔军校学生军为主力的武装力量歼灭了盘踞于广州的反革命商团武装，之后又两次兴兵东征叛匪陈炯明，使广东革命根据地得以稳固。中国革命形势所发生的深刻变化，撼动全国。

上海大学是国共合作之后，由两党协力创办的一所大学。时任上海大学社会学系主任的瞿秋白，一直关注着南方革命形势的每一个进展。他今天又显得特别开心，上楼脚步轻快如兔。

他大步走入一个教室，问：“咦，同学们呢？”

他看见唯有一个女同学坐在自己座位上。他当然知道，她可能就是在等他的，他早有这个感觉，只是他有时候不敢想。他轻轻地走近她，并且看着她。她是共青团员杨之华，沈玄庐的儿媳妇。杨之华当年在萧山衙前农民小学教书，现在又专门来上海大学社会学系读书。

“怎么就你一个人？”他又轻声问她。

“瞿老师，你也是知道就我一个人在这里，才跑上来的。”杨之华毫不回避他的目光。

瞿秋白的脸一下子红到了脖子根。

"杨之华，"他指指报纸，"黄埔军校的学生军真能啊，一个顶十个，以后的北伐，我断定能打过长江！"

"瞿老师，不说黄埔军校行不行？"

瞿秋白的脸又红了。

杨之华慢慢站起来，说："我就是那天到苏联顾问鲍罗廷那儿去谈上海妇女运动，遇见你，才知道你的妻子因病去世了。我知道你很爱她，常给她写诗。"

瞿秋白说："我现在也知道了，你是明白我会来找你，你才一个人留在教室里的。"

"我留在这儿，是想得到你的诗。"

"我没有资格赠诗给你。"

杨之华的泪无声地流出来："瞿老师，我的男人，是一个许多女人共有的男人，我的婚姻是不幸的。不是你没有资格赠诗给我，是我没有资格接受你的诗。"

瞿秋白有点小小的紧张，他四下里望望，轻声说："你不能哭，之华，你现在兼着国民党上海执行部青年妇女部的工作，你是女中豪杰。男儿有泪不轻弹，女儿有泪也不能轻弹。"

"我是为天下女儿哭。"

瞿秋白搓搓手，又推推眼镜。

"之华，"他忽然说，"我想去你老家找你丈夫谈谈。""什么？"杨之华睁大了泪眼。她一时不相信瞿秋白会说出这样的话。这个文静的老师，能有这么大的胆量吗？但是三天之后，瞿秋白就成行了，他是与杨之华一起出发的。

现在他们看见的是满坡黄叶。坡底下，一只只清涟涟的湖塘，在阳光下像镜子一样闪闪烁烁。

瞿秋白与杨之华快步走在坡间小道上，一前一后，保持着两三步的距离。

杨之华经常停步，等瞿秋白赶上来。她问："累了？"

"不累。"瞿秋白笑笑，"我没想到你的家乡萧山会这么美，美得就像一首诗，使人想起陶渊明。"

当天晚上，瞿秋白便没有了陶渊明的心情。他以最严肃和最书生气的态度，约杨之华的丈夫到坎山镇杨家晤谈。沈剑龙也果然如约而至。沈剑龙梳了一个很水滑的头，穿着新衫，一副很洒脱的样子。他对瞿秋白笑嘻嘻说："我知道迟早有这一谈，之华一定会领来一个男人，但没想到出现在我面前的竟然是一个老男人，是之华的老师。"

秋夜很凉。杨之华在屋里特意燃了一盆炭火。两男一女，和和平平一直谈到天亮。隔壁鸡棚里雄鸡叫响的时候，沈剑龙用刻薄的语言笑着对瞿秋白说："你是个带流氓气的书生，我是个带书生气的流氓，所以我们吵不起来。"

杨之华说："瞎说！"

听着这话，杨之华心里难过。这两个男人，无论从哪个方面说，都不是一个天平上的人。

鸡啼三遍之后，两扇雕刻着精美图案的木门还是紧闭着。

杨之华的妹妹杨之英蹑手蹑脚走到木门前，想推，不敢推；想敲，不敢敲。半天，喊一声："姐，早饭要不要送来？"

杨之华说："不用。"

妹妹说："鸡叫三遍了你们有没有听到？你们谈了一夜了，到底怎么样了？你们没打起来吧？"

杨之华打开门，对妹妹说："没打起来！也不饿！"

妹妹探头向里望，果然没有血淋淋的模样和气氛，只见姐夫沈剑龙拱着手，坐在瞿老师对面，用长长的指甲捋捋头发，模样潇洒而诚恳。

“说我坏，我这人，也真叫坏，”沈剑龙在门重新关上之后又瓮声瓮气说，“没有女人，不逛窑子，我活不下去。我也不信天下男人有不沾腥的，也许你瞿先生是个怪胎。其实嘛，沾了腥的男人也不是坏男人。吃条小鱼还沾腥呢，更不用说吃虾吃蟹吃泥鳅了。既然之华认为我坏，那我就坏吧。不过我看你瞿先生也坏，之华还是我老婆，你怎么就跟她成双成对地跑到乡下来了？好吧，就这样吧，我是不想离的，但是不离，看来也过不了之华这一关。”

瞿秋白舒一口气，说：“你算是开通的，我要谢你。”

杨之华说：“什么好，什么坏，我也不想多说了，我只有一个条件，独伊，我要。”

沈剑龙翻起白眼，想了一想：“我倒无所谓，爸爸可是喜欢独伊的。”

“我是独伊的亲妈，我不能没有独伊。”

门突然被推开，推得很猛。沈玄庐出人意外地站在门口：“哈哈哈，鸿门宴竟然化作彻夜长谈，一地干戈尽为玉帛也！”

瞿秋白吃一惊，赶紧站起来，招呼道：“沈先生！”

杨之华也被沈玄庐特意赶来坎山镇的举动吓一跳：“爸爸！”

沈玄庐盯着儿媳妇呵呵笑：“现在我倒不要求你直呼我沈玄庐之名了，叫我爸爸吧，多叫叫，看来以后也不会叫了，更不用说一块儿戏水了。戏水之乐，何其乐也！”

沈玄庐的笑声听起来有些毛骨悚然，杨之华不敢接口。

沈玄庐收笑之后，突然转身，眉毛倒竖，伸手直指儿子：“我老早就知道你是个不争气的东西！人家之华是仙女在九天，你剑龙依我观察，早就是十八层地狱里的货！一天一地，这等婚姻，还能有法子维持？拢不到一块儿就散伙！散伙散伙，我是赞成散伙的，革命的就该跟不革命的散伙！”

杨之华低声说：“谢谢爸爸。”

沈玄庐又说：“我去年考察苏俄，那儿的女人才叫女人！之华若有俄罗斯女人的半颗胆儿，早就在没生独伊之前就扔掉你这个孽种了！”

沈剑龙低头，抽抽鼻子，不敢接什么话。他这人怪，一进堂子就打情骂俏鲜龙活跳，而在父亲面前却没一回不笨嘴笨舌的。他知道今天的结局，也是自己找的，世上确有报应这东西。

“不过，”沈玄庐又回过脸，双目看定儿媳妇，“沈独伊是沈家的孙女，你杨之华既愿随他瞿某人而去，就不许再见沈独伊之面！我这句话，也应该是合乎道理的！”

杨之华急了：“爸爸！”

“我想，我的话你是听见了！”沈玄庐不再理会眼泪夺眶而出的儿媳妇，只是堆起笑脸，重重地拍拍瞿秋白的肩。“我虽在去年八月份就提出退党，但一直未见除名，因而如今也还算是共产党员。既为共产党员，便也应当推崇共产道理。对今日媳妇之婚变，玄庐如此大度如此慷慨，亦符合共产之要义吧？哈哈哈哈！”

他仰天大笑起来，声若洪钟。瞿秋白虽心里不自在，但也保持镇定，面带微笑，自始至终显得不卑不亢。他心里想，我没有什么做错的，我只不过是促使一段早已死亡的婚姻加速腐烂罢了。因而他眼镜后面的那道目光，始终平静无波，就像他昨日一路看见的那些闪闪发光的江南水塘。

回上海之后，他就选了个吉日，办了婚事。

两盏红灯笼是从闸北小商铺买来的，屋中一挂，就算是新房了。

前来贺喜的人不少，红灯笼底下，济济一堂。毛泽东夫妇也在其中。毛泽东原来是想准备贺礼的，后来决定不带了，他对开慧说:“我跟秋白在珠江下过水，都是赤条条同泳之人，不在乎身外之物，就不备礼物了吧。”

杨开慧久久看着红灯笼底下笑不掩口的杨之华，觉得这个同姓姑娘真的是很漂亮。瞿秋白拥着她，文文静静说:“今天是11月7日，苏联十月革命胜利七周年，我与之华商量了，就选这个日子，结成终身伴侣，以示我们对十月革命理想的终生信仰。”

毛泽东忽然做跌足状:“唉呀秋白，这就是你的不对了!”

瞿秋白一愣:“润之，怎么讲?”

“这么好的主意，也不在我们大家结婚之前告诉一声。你看，我同杨开慧的婚礼办在12月，只须提前一个月，那就是十月革命三周年纪念日!你看，平白无故的就失了一个双喜临门的机会，真是可惜呀可惜!”

毛泽东演得越认真，大家乐得越厉害。

新娘子见新郎一时憋不出话，便大大方方站出来解围:“毛润之同志看来是没法补救了，还没办喜事的同志，可以借鉴我们的经验!”

“听见了!”有人笑着响应。

瞿秋白又说:“今日婚礼，我也不备酒了。同志相聚，就算同喜。我想以一首歌代酒，敬敬同志们。什么歌呢?就是我配译的中文国际歌。”

毛泽东说:“别说敬我们，就说教我们，行不行?这支歌，我和开慧都一直想学呢。”

大家都说想学，于是瞿秋白取出一架紫红色俄制手风琴，试了一下音，说:“先说明一下，法文‘国际’一词，音为‘英特纳雄耐尔’。为了与八拍的音节相配，我就不翻译成国际两字，决定采用原文，便是，英特纳雄耐尔就一定要实现。现在，我唱一句，同志们跟唱一句。”

他开始拉乐曲的过门，然后，国际歌歌声就响起来了。

毛泽东学得特别认真，后来他甚至站到一张方凳上，主动为大家打起了节拍。他觉得这场婚礼确实办得别开生面。比比四年前他的婚礼，他甚至还同意为杨开慧备一顶花轿，那真的还是瞿秋白的“革命”更彻底了。

婚礼结束的时候，毛泽东已经把国际歌唱得很熟了。走出瞿宅，天下雨了，毛泽东撑起一把伞，搂着妻子的腰，一步一步走回家去。

“这只歌好听，”毛泽东说，“唱了，长志气。”

杨开慧说：“我怎么就很少听你唱歌？我只听你读诗吟词。润之，你吟词之情，一点不逊于唱歌。一年前你离长沙时吟赠给我的《贺新郎》，我至今还句句记得。‘热泪欲零还住’，‘人有病，天知否’，你忘了？”

毛泽东当然没有忘。那首《贺新郎》是他苦思一夜的拈须之作，句句深情。“挥手从兹去。更那堪凄然相向，苦情重诉。眼角眉梢都恨，热泪欲零还住。知误会前番书语。过眼滔滔云共雾，算人间知己吾和汝。人有病，天知否？今朝雾重东门路，照横塘半天残月，凄清如许。汽笛一声肠已断，从此天涯孤旅。凭割断愁丝恨缕。要似昆仑崩绝壁，又恰像台风扫寰宇。重比翼，和云翥。”毛泽东当时吟罢不写，写罢不赠，直教开慧满眼含泪。但是比起今日反复吟唱的国际歌来，毛泽东又觉得自己的离别诗过于纤弱了。

他对妻子说：“诗与歌毕竟不同。前者吟来，虽是深情，终归凄清。而秋白所译之歌，一唱，胸腔便涌血。‘这是最后的斗争，团结起来，到明天，英特纳雄耐尔，就一定要实现。’呵呵，开慧，我一唱，伞柄上都是热汗了。”

杨开慧轻轻笑。毛泽东的这种私情，她喜欢；毛泽东的看轻私情，她也喜欢。一个男人，该是如此。

她又听丈夫这么说："开慧，我曾经为真理之求索，钻天入地，彷徨半生。现在，国际歌一唱，就觉得全身的血都有了方向。为英特纳雄耐尔奋斗终生，是我们一辈子的幸福。"

"怪不得你要把儿子取名岸英。"

这句话，毛泽东听不明白。

"岸英的英，不就是英特纳雄耐尔的英吗？你的意思是：岸上全实现英特纳雄耐尔了，你就幸福了！"

"你什么时候变得这么聪明的？"毛泽东呵呵笑，伞抖个不停，"真是开慧，智慧洞开哟！"

客人走净了，瞿秋白抹桌扫地，忽然发现新娘子在床头呜咽。

瞿秋白大惊，急忙赶过去，搂住妻子双肩："又想起什么了？"

"想起一个同志了。"

"谁？"

"一个小同志。"

瞿秋白明白了："你的三岁女儿独伊？"

"应当说是我们两个的女儿独伊。"

"对，对。"瞿秋白推眼镜。

"不知怎么的，特别想她。瞿老师，我真受不了，心里刀绞似的。"

"叫我秋白。"

"秋白，我心里有刀在绞。"

瞿秋白慢慢松开妻子，起身走了一圈。红灯笼使他白皙的脸如同火炭。"之华，你说得对。你的女儿就是我的女儿。我不能让你心如刀绞，我们就是抢也要把独伊抢到上海来。"

"抢？"妻子抬起泪脸，"你说抢？你在苏联学过军事？"

“既然你认为我不懂军事，不宜言抢，那就改抢为偷好不好？之华，我保证，我一定要把独伊偷到上海来！这些天，我要好好学学鼓上蚤时迁，设计一个偷窃之策！”

杨之华走到丈夫身边紧紧抱住了他。丈夫标标准准一介书生，但是作出的决定，往往又是天下最勇者之策。六年前他参与过火烧赵家楼，六天前他又敢直面沈剑龙，六秒钟之前他又敢说出抢或偷的字眼，这个秀才，心里燃烧着一盆什么样的火哟！她真的很佩服他的眼镜后面埋伏着的胆魄。三年之后，当杨之华得知瞿秋白忽然取代了陈独秀，被历史推举到中国共产党的舵手之位时，也没有表现出太大的吃惊。

瞿秋白的新婚之夜没有睡稳。他的脖子感受着妻子后半夜的均匀的呼吸，而脑海里却开始浮现萧山沈宅的争抢之行。三个月之后，在瞿秋白设计完毕了一个去浙江萧山偷窃三岁女儿的计划之时，北京突然传来令人震惊的消息，中国民主革命的先行者孙中山，已走到了生命的最后关头。

宋庆龄拖着沉重的步子，走到庭院里，软软地倚靠在一堵白墙上。京城三月，风很凉，举目一片枯色。这里是铁狮子胡同顾维钧的私宅，孙中山在京的临时行辕。

她慢慢抬起脸，苍白的双颊上，两行泪水悄然流落。她实在没有想到变化会这么快。孙中山是在冯玉祥发动北京政变之后，应冯玉祥及皖系、奉系首领之再三邀请，毅然北上商谈国事的。他意欲借此推进国民会议，制定宪法，建立中国的新政府。这是大事。大事当头，万难不辞。他尽管身体已相当不适，但还是谢绝医嘱，毅然成行。孙中山于十一月底到达北京后，便病情日重，经住院手术，确诊为肝癌晚期，生命垂危。

多灾多难的民族突然又迎来了一个不幸。消息如冬日之雷，震惊了大江南北。

宋庆龄看见了何香凝走到回廊上，便轻声唤她："香凝！"

何香凝双眼已肿若核桃，宋庆龄很为这个真性情女子感动。宋庆龄对她说："你的观察是对的，瞳孔正在放大。已经到了不能不立遗嘱的时候了。"

何香凝咬紧嘴唇，但是泪水还是夺眶而出。

宋庆龄把自己的一块绸手绢递给对方，说："天下最沉重的两个字，就是遗嘱。可是事到如今，也应理性视之。我不但不愿意阻挠你们，我还要帮助你们。叫宋子文、孙科、戴季陶他们都进去罢，再念一遍遗嘱给先生听，待先生签名之时，由我把着他的手腕来签。"

说到这里，她自己也泪如雨下。宋庆龄所言之阻挠，是指她前几日不忍心看见夫君立遗嘱，而在侧房里抽泣起来。这一抽泣，便让孙中山止笔了。孙中山听见了夫人的声音，心里就抽紧了。他说："你们暂且收起来吧，我总还有几天生命的。"当时，他的病榻旁站着儿子孙科及宋子文、孔祥熙、汪精卫，他们是拟罢了遗嘱，一起到榻边请示孙先生的。孙先生出言之时，他们均饱含热泪。其实请先生立嘱也是无奈之举，肝癌晚期扩散，不可能用刀割治，给以大剂量的镭锭放射治疗，也无收效。为了党与国家，这些人商量到通宵，觉得不能不这样做。何香凝对立嘱一事也是支持的，她连续呜咽了三个通宵。

三份遗嘱宋庆龄都看过。她认为都写得不错，当属孙先生肺腑之言。国事遗嘱这样写：

> 余致力国民革命，凡四十年，其目的在求中国之自由平等。积四十年之经验，深知欲达到此目的，必须唤起民众，及联合世界上以平等待我的民族，共同奋斗。

家事遗嘱则这样写：

余因尽瘁国事，不治家产，其所遗之书籍、衣物、住宅等，一切均付吾妻宋庆龄，以为纪念。

致苏联遗书则说：

我在此身患不治之症，我的心念此时转向你们，转向于我党及我国之将来。

又说：

当此与你们诀别之际，我愿表示我热烈的希望，希望不久即将破晓，斯时苏联以良友及盟国而欢迎强盛独立之中国，两国在争世界被压迫民族自由之大战中，携手并进以取得胜利。

这份致苏联遗书写得充满感情，前几日孙科一句句念时，孙中山也甚为动容。其实这份遗书他并未叫人代拟，而是他亲自以英文口授，请鲍罗廷、孙科、陈友仁、宋子文记录的。宋庆龄知道丈夫在最后的时刻满意这三份文件，但更知道他在最后的时候特别不愿夫人伤心。其实，奇迹是不太可能会出现了，孙中山每一次从昏迷中醒来，都从心底里知道这一点，但是他还是不愿签字，他拖延着。宋庆龄知道这一份拖延实际上是一份刻骨铭心的感情。

她记起十年前，他如何当着自己的面，何其洒脱地签下大名。那是在东京，在一个日本著名律师家中。他签下名之后朝她笑了笑，然后把笔恭恭敬敬递到她手中。他签署的是一份誓约书，她至今还能全文背诵：

> 此次孙文与宋庆龄之间缔结婚约，并订立以下誓约：一、尽速办理符合中国法律的正式婚姻手续。二、将来永远保持夫妇关系，共同努力增进相互间之幸福。三、万一发生违反本誓约之行为，即使受到法律上、社会上的任何制裁，亦不得有任何异议；而且为了保持各自之名声，即使任何一方之亲属采取何等措施，亦不得有任何怨言。

泪水从宋庆龄的眼眶中流出，整整十年后，泪水跌碎在北京铁狮子胡同顾家庭院的青石地面上。

不能再拖了，该让他签下这个名了。

“你扶着我。”她轻声地对何香凝说。于是何香凝扶着她慢慢进房，又由她慢慢扶起孙中山的手腕。十年前，他们分别签了两个名字，面前站着的是一个日本律师。十年后，他们合力签了一个名字，面前站着的是一个即将佩上黑纱的政党。

当院摆开大桌，李大钊黑着脸面，在铜幌胡同家中书写挽联，笔锋凝重，字迹酣畅淋漓。

写毕，他用一种打战的声音，敞喉而念：

> ……丧失我建国山斗，云凄海咽，地黯天愁，问继起何人，毅然重整旗鼓，亿兆有众，惟工与农，须本三民五权，群策群力，遵依牺牲奋斗诸遗训，厥成大业慰英灵！

念毕，他扔笔于地，踉跄几步，一屁股坐在了厚重的门槛上。他写的是一副长联，长达244个字，准备亲自送去孙中山灵堂。孙中山是3月12日上午辞世的，李大钊闻得噩耗，当时就踉跄了好几步。今日也是如此，他只觉得头晕目眩，长时间没有气力。

赵纫兰扔下锅铲，去门边扶丈夫。她弯腰问怎么了。其实这句话不问也罢。

李大钊举手，重重地拍几下门槛，一声长叹："门下有坎（槛），倒也作罢；路上有坎，车马难行了。"

妻子问："什么路？"

丈夫不语。

"两党合作的路？"

李大钊慢慢抬起脸。这张脸真个是铁的颜色。

妻子说："你不要拍门槛。胡同口的王先生说过：有力拍栏杆，无力拍门槛。你拍门槛，就是无力了。"

李大钊看妻子。他没想到妻子会说出这种有筋有骨的话来。

"你从来都是有力气的。"妻子又说。

李大钊盯着妻子，说："纫兰，你这不是送了我一句话，你是送了我一双鞋啊！真的，路再难行，只要有腿有鞋，就什么都不怕啊！"

他当夜就给已经离沪回湘养病的毛泽东写了一封信。他知道毛泽东也在特别担忧两党合作的前景。北伐尚未开始，国民党右派就寻衅不断，想方设法排挤共产党。毛泽东在上海操持国民党上海执行部的事实，令国民党右派叶楚伧坐卧不宁，"想尽办法，把毛赶走"成了上海国民党右派的行动方针。在这种情况下，陈独秀也同意毛泽东携妻带子回湖南养病。李大钊在这封信中告诉毛泽东，病体要善于调养，一个政党亦是如此，国民党由于失了卓越的领袖人物，肌体亦受大损，也应及时调养。中国共产党人此刻务须沉下心来，注意冷暖阴晴，善于调养这个庞然大物。

"走路长了，是需要坐一坐，"毛泽东读信后这样对杨开慧说，"但是坐一坐的目的是扎紧鞋带，农人是扣紧草鞋带，军人是打紧绑腿，路还是要一步一步走下去的。要走通中国革命之路，就是要不断地寻路标，不断地紧鞋带的。”杨开慧知道毛泽东的病是不会好好养的，他只想着一个党的病，他的心始终煎着。果然，半年之后，经汪精卫推荐，毛泽东又离开湖南赶赴广州，职务是国民党中央的代理宣传部长。

在孙中山逝世的这个三月份，瞿秋白携妻悄悄离沪，并且精心选择了一个日子，悄悄埋伏在浙江萧山衙前村外的一个小山坡上。他们闻着早春青草的气息，按住怦怦乱跳的心，以一种世上最警觉的目光，朝村庄方向打量。抢女儿独伊或者叫偷女儿独伊的行动计划就这样开始了实施。他们没有雇请人，也无钱雇请人，他们自己直接行动，没什么的，君子动口也动手。为这次大胆的卷袖之举，杨之华在以后的几年里都非常感激她的这位书生气十足的夫君。

当时，她只感到他的紧张，他的下巴戳着了灌木丛。其实她当时也紧张，一颗心贴着湿润的土壤，咚咚咚响，像要跳出胸腔。

“我不是为偷独伊紧张！”丈夫这样对妻子嘟哝，“我只是想着，往后，还有哪个领袖人物再能来如此积极地推动两党合作。”

“苏联的鲍罗廷不还是国民党的总顾问吗？”

“顾问只是顾问，要有人去他那里顾才行。”

“来了，来了！”杨之华忽然抓住他的手，眼珠子滚圆。顺着妻子的目光，瞿秋白也发现了村口小道上的异常。他们盼望已久的那个长辫子小丫鬟终于出现了。她怀抱独伊，慌慌张张直向小山坡跑。

“快！”瞿秋白跃起，他与杨之华不约而同奔下小山坡。买通小丫鬟是瞿秋白与坎山镇杨家共同策划多时的成果，很不容易。

“快！”瞿秋白又说。他跌跌撞撞地朝小丫鬟冲去，途中眼镜掉了一次，幸亏没摔碎。

这时候他听见身后的妻子又惊叫了一声“坏了”，他抬眼朝前看，果然看见村口又追出两个黑衣大汉，脚步飞快。

瞿秋白撒腿向小丫鬟冲去。一路上泥浆溅起。

两股力量几乎是同时搅在一起的。这是一场白刃战般的争夺。汗流浃背的瞿秋白夫妇要从小丫鬟手中抱过三岁的女儿，而自沈宅追来的两位黑衣大汉又蛮横地进行厮夺，双方动作均很激烈，但又都不敢对孩子过分用力。

独伊大哭：“妈妈！妈妈！”

小丫鬟吓得号啕：“呜，呜……”

这种格斗结局是不言而喻的，呼喊不已的独伊被一个黑衣大汉抱着奔回去了，而长辫子小丫鬟则被另一个黑衣大汉拖着往回走。

杨之华追了几步，突然无力地坐在泥地上，痛哭失声。

瞿秋白只抢到一只花布鞋。

喷水壶在浇花，弯弯的细水流像笑容一样柔软。沈玄庐的动作始终慢悠悠的。他放下水壶，又举起小剪刀修剪花枝。沈宅的庭院在江南三月间已经呈现出完整的春天情状。

沈玄庐也是满面春风，村口外的那场闹剧的最终结局，早在他意料之中。

所以他对于求情之声毫不留意。求情的是在沈宅帮佣多年的老保姆。老保姆颤着声说：“三老爷不是一向反封建的吗？人都快打死了，求三老爷发个话，饶了这丫头吧！”

仔细听听，除了花圃上的扑蝶之声外，还有一种若有若无的拷打声和惨叫声，从柴房里隐隐传来。

沈玄庐慢吞吞说：“叫沈玄庐！”

老保姆说:“沈玄庐，求求你饶了这丫头吧。”

沈玄庐停了小剪刀，抚抚枝头的几颗花骨朵，极诚恳地说:“家贼，还是要做规矩的。反封建与打盗贼，并非水火不容。”

杨之华醒来，发现丈夫一夜没睡，在床头的灯光下静静坐着。

“你在干什么?”她吃惊地问，“补鞋?”

自鸣钟响了五下。瞿秋白在钟声里笨拙地放下针线。他手中的那只小花鞋，已经缝上了一块粗糙的补丁。

“你在为独伊补鞋?”

丈夫告诉她，小花鞋上有个小洞。妻子接过小花鞋，抚摸着补丁，很感动:“她已经不穿了，你还补。”

“我是不忍心。”

“你非常爱独伊?”

“是的,”瞿秋白说，“因为我非常爱独伊的母亲。”

杨之华把头移在丈夫怀中，睁着大眼说:“会补鞋的人，也会补天下。整个世界，在你心里，就是一个孩子。真的，秋白，我能遇上你，是我的幸运。”

“你记住，之华，中国共产党人的力量现在正在壮大着，中国的工人和农民正在组织起来，帝国主义和封建恶势力已经是兔子尾巴长不了了，我把独伊的小花鞋补好，是深信独伊会回来的，你也要相信这一点。不用多久，她会回来的!”

杨之华点点头。她当然相信丈夫说的话。

瞿秋白对于中国工农群众运动的估计没有错。这一运动在中国共产党的领导下，日渐强劲，这就使帝国主义的在华势力如坐针毡了。

1925年5月28日，上海日商悍然枪杀罢工工人、共产党员顾正红。面对上海学生的群起抗议，英国巡捕悍然开枪射击，死伤学生数十人。由此，“五卅惨案”震惊全国。愤慨万分的陈独秀适时发出了一系列的指示，中共各地党组织纷纷响应，指挥全国各大城市和几百个城镇的人民，游行示威，罢工罢课罢市，这一声势浩大的斗争揭开了中国大革命高涨的序幕。其时还在湖南韶山养病和做社会调查的的毛泽东，立即以“打倒列强，洗雪国耻”为口号，以秘密农协为核心，在家乡韶山一带组建了二十多个雪耻会。

毛泽东在7月10日走进韶山地区郭家亭郭氏祠堂之时，情绪非常饱满。

噼噼啪啪，一串百子鞭炮像条红蛇似的，在他脚边炸响。他参加的是湘潭西二区上七都雪耻会成立大会。

毛泽东的青布长衫，是昨天洗的，很干净。他的胡子是当日清早刮的，脸上也很精神。他就这么精精神神对围坐在祠堂的几十名农民代表说：“今日成立雪耻会，雪的什么耻？雪的是帝国主义强加给我们中华民族之耻！雪的是上海工人顾正红惨遭杀戮之耻！我看，不但我们雪耻会的会名取得好，而且雪耻会的宣言也写得好！”

一个叫福顺大叔的中年农民笑呵呵地说：“毛先生改过的宣言，每个字还不都像鲜虾一样跳？”

毛泽东说：“好吧，我现在就把宣言念一念。”

于是他就这样念：

不好不好真不好，洋人杀到眼前了。
讲起此事真伤心，大家听我说分明。
东方有个日本国，想必人人都晓得。

自从乙丑四月底，青岛纱厂罢工起。
日本鬼子真凶横，杀死工人顾正红。
上海同胞都不服，游街讲演个个哭。
英国巡捕没良心，拿起枪炮就打人。
死死伤伤有几百，这样横蛮还了得。
内中有的是商人，多的工农和学生。
英日美法四国人，道理不讲专逞凶。
此事交涉未解决，汉口英人又猖獗。
复杀同胞百余人，你看伤心不伤心。
大马路上血如海，好比牛马遭屠宰。
青岛上海和广东，处处杀死中国人。
同胞被杀心里痛，各省各县各乡镇。
报仇雪恨一条心，工农商人与学生。
……

正念到半途，忽听祠堂外一片嘈杂声。毛泽东侧耳听听，他听见有人在喊：“揍你这个卖国贼！”又听见有人喊：“打倒洋婆娘！”

众人皆惊，一齐回首向祠堂外看。毛泽东放下手中的宣言，也是一脸惊讶。其后，他就走出了祠堂。在七月的阳光底下，他看见了一群粗衣破衫的农民正押着一对面容斯文的年轻男女，推推搡搡地向祠堂走来。

年轻男人是个中国人，大热天还穿着西装，而那个穿高跟鞋的女人金发碧眼，分明是个洋人。

毛泽东奇了，喝问一声：“怎么回事？”

于是他就听得一个年轻农民激愤地报告：“这个该死的陈少爷，竟敢说洋人不是坏人！你看，他娶的老婆也是英国鬼子！他还说洋油灯就是比中国的灯草亮！还说洋烟比中国的旱烟香！”

话犹未了，福顺大叔便从毛泽东身后钻出来，劈胸抓住陈姓少爷，气歪了脸说：“放你娘的臭屁！”

洋女人用变了调门的中国话说：“放开他！”

她声音很尖，尖得刺耳。这女人鼻子很高，眼睛深凹，看模样三十岁不到。

福顺大叔一弯腰，取下自己的布鞋，高高举起鞋底子：“放开他？我还要打倒你这个女帝国主义！”

毛泽东不高兴了，说：“福顺大叔！”

福顺大叔说：“毛先生，刚才念宣言，是动嘴皮子，眼下见洋人，该动鞋底子！”

对帝国主义的愤恨当然是对的，但是福顺大叔的这句话，毛泽东听了不高兴。如果对每一个鼻梁高的人都摆出架势来，那就只能是义和拳的架势，不是共产党领导下的雪耻会的架势。所以毛泽东用重重的声音说：“放开他！”

福顺大叔有些愕然：“放开卖国贼，毛先生？”

“是不是卖国贼，得弄清楚。你放开他。”

福顺大叔愤愤撒手。毛泽东问：“你是哪家的陈少爷？”

乡人纷纷说：“他就是上七都团防局长陈济生的三少爷！上海教书的！”

“哦，教书的。”毛泽东点点头，“陈三少爷怎么回乡下来了？”

“上海学生均已罢课，无书可教，只得回乡省亲。”

又有乡人喊：“他是省他老子，他老子是土豪劣绅！”

毛泽东又问：“把夫人也带来了？”

陈三说：“玛丽亚是我英国房东的女儿。”

玛丽亚对毛泽东笑一下，用结结巴巴的中国话说：“我同陈，上个月，拜天地。”

毛泽东点点头又问：“陈三少爷，你怎么就惹怒了农民兄弟了？”

“我说了真话。”

农民们纷纷检举：“屁个真话！说洋货比国货好，这还不是卖国贼说的话？”

陈三面对众多的激愤之口，也横下一条心了，说：“话既然出口，我也不收回。”

毛泽东笑：“你倒不怕孤立。”

陈三说：“依我说，洋货，有坏的，也有好的！洋人，有坏的，也有好的！毛先生，你看看我的玛丽亚，玛丽亚可以什么都不是，她的眼睛长坏了，绿的，是狼眼睛！她的头发长坏了，是烧过的，焦了！她的鼻子长坏了，太高，是马鼻子！但是她的脚，你们看看她的脚，她的脚起码是人脚！她的脚起码比中国女人长得好，比我妈长得好！她没有缠过，大脚一双，能走天下路！”

“娘的！”福顺大叔跳脚，“给她缠脚！”

有人尖喊：“祠堂里就有裹脚布！”

福顺大叔嚷着说：“去拿来！”

好几个农民把玛丽亚按坐于地，黑色高跟鞋立时扒了下来。

裹脚布被风风火火地取来了，好几个农民一齐动手裹，高兴得手舞足蹈，而玛丽亚则始终沉默。

陈三被农民们架出很远，声嘶力竭地跳脚：“玛丽亚！我后悔把你从伦敦带出来呀！”

玛丽亚用中国话说：“让他们裹吧！就让我做第一个裹小脚的洋女人吧！我可以告诉这个世界，中国女人要吃多大的苦！”

洋女人的话还没说完，缠了一半的裹脚布便被一个人死死拽紧了，这一拽，顿使裹脚的男人们全都无法动弹。

福顺大叔叹口气，说："算了。"因为他这时候看见了脸色很不好的毛泽东。

毛泽东拉住裹脚布，说："农民兄弟们，你们这是做什么游戏呢？帝国主义不是靠一条裹脚布能裹住的，再说，她玛丽亚也不是帝国主义！"

农民们有的挤眼，有的跺脚，有的扁扁嘴巴，谁也不说话。

毛泽东厉声说："福顺大叔！"

福顺大叔马上说："饶了这女帝国主义！"

于是大家都散开了。玛丽亚站了起来。陈三从两个方向找回来两只高跟鞋，帮妻子穿上。

毛泽东说："陈三少爷，依我看，你太太的红头发，是革命的头发。马鼻子，那是说明能像马一样吃苦耐劳。眼睛的绿，绿得好啊，那是秧田的颜色，庄稼的颜色。依这个道理说，你太太很革命哪！当然，我这些话，是玩笑之言，但是，我要说一句公道话，一个不知裹脚布为何物的女人，是个健康的女人！如果我们把正义的'五卅运动'歪曲成一个裹小脚的运动，那就不是一场好运动！福顺大叔，你赞成我的话吗？"

福顺大叔搔搔头，不吭声。

毛泽东大声问："乡亲们赞成我的话吗？"

"赞成。"许多人说，声音参差不齐。

毛泽东点点头，表示对这回答满意，然后又转脸，对陈三说："陈三少爷，我赞同你的话，洋人并不是个个坏的，只有那些用枪顶着我们中国人胸脯的洋人，才是坏洋人！"

陈三说："谢谢毛先生指教。"

玛丽亚说："毛先生，看得出来，你是个教授。"

毛泽东说："我想问一句，你爸爸是做什么的？"

“我爸爸是农业机械师，但是我爸爸的爸爸，也耕过田，用马耕过田。”

“啊，”毛泽东点头，“看来，你爸爸，比你爸爸的爸爸，更见光荣。因为你爸爸的爸爸用的是马，而你爸爸，就用机器了。机器比马比牛，力量大许多，机器是洋人发明的，这就说明，洋货也有好的。我看，我们中国的农业，以后，也不能只靠牛，也要靠机器。”

玛丽亚说：“我可以送给先生书，我爸爸写的。”

毛泽东说：“不用了。我已经送许多朋友去欧洲留学了，他们回国的时候，会带回来。”

“先生，我也想带一样东西到英国去，不知你肯不肯？”

毛泽东问是什么东西。

玛丽亚就指一指福顺大叔手里的黑布带子，说：“裹脚布。”

福顺大叔恼了：“你是笑我们？我告诉你，裹脚布，是中国女人的辫子，是土货，不是可以给你带到英国去的！”

毛泽东摆摆手，制止了福顺大叔，说：“玛丽亚小姐，中国有句俗话，叫作家丑不可外扬。国家也是家，国家也有家丑，这根裹脚布就是家丑。我们中国眼下也革命了，这种侮辱妇女的方式，许多地方都不用了。但既为家丑，我说，也就不要外扬了吧，好不好？”

陈三说：“我赞成毛先生的说法。”

玛丽亚说：“我很遗憾。我是专修妇女史的，这块布，是教材。”

毛泽东说：“玛丽亚小姐，你给我们留点面子吧。中国人是最重脸面的。一个中国人犯了死罪，要砍他的头，他会不忘对刽子手说：你要好好干活，别坏了我这张脸。这说明中国人特别讲究脸面。脸面其实就是骨气，一个讲究脸面的人，是能够干大事的人！我为什么把长衫穿在破衬衣的外头？是因为我这件衬衣有八块补丁。你看，我毛先生也讲脸面。所以，这块裹脚布，也就别当你的教材了。福顺大叔，叫他们拿回去，以后别再拿出来了，最好一把火烧掉！”

福顺大叔说：“烧了吧！毛先生，我三个女儿都不缠脚了！”

毛泽东说：“你看，我们的人也都在告别家丑呢！福顺大叔，是不是让人家回家呀？他们好像不是帝国主义分子，也不是卖国贼呢！”

福顺大叔朝农友们挥挥手，挺有权威似的。团团围着的乡民们立即让开了一个口子。

陈三走之前规规矩矩鞠个躬：“谢毛先生！”陈三对这个毛先生，很是折服。尤其是当他后来知道这个毛先生曾主持过中国国民党上海执行部，于是对毛先生更加钦佩。因此当二十天之后，毛泽东通过秘密农会和雪耻会，领导韶山地区农民开展了一次强有力的“平粜”斗争时，他站到了饥苦的农民一边。韶山地区八月大旱，土地龟裂，庄稼枯焦，农民饱受饥荒之苦，而地主土豪包括他的父亲陈济生在内，却乘机屯积谷物，不肯平价卖给农民，只图高价出售，牟取暴利。

陈三这一天起身不久，就听见了陈家大宅外面的农民的阵阵喊声。几百个农民铁桶似的围着陈宅，带着空箩筐以及空拳头。他们要求平粜。他们的脸如同八月的太阳一样发黑发焦。而这些心情焦虑的农民也看见团防局长陈济生的宅院墙头露出了好几支枪的枪口以及团丁们的像枪口一样的黑脸。

团丁喊：“告诉你们，陈老爷家没谷子！谁再闹事，枪子儿不认人！”

乡民喊：“我们要吃饭！”

“谁喊？老子毙了谁！”

福顺大叔审时度势，在两个钟头之后，让农民撤了包围。毛泽东对福顺大叔这一成熟的做法，评价很高。毛泽东说，硬攻不如智取，看来福顺大叔还是很懂章法的。

农民撤围之后，陈济生便被几个儿子搀扶着，从谷仓里战战兢兢地爬出来了。他的头发上和眉毛上都挂着黄澄澄的谷粒，像停着一群金色的虫子。

“暴民真的都走了？”他问，声音也轻如虫子。

“回老爷，都走了。”一个团丁回答。

陈济生还是不踏实：“再看看。”

陈三说：“爸爸，不用看了，真的都走了。”

一只托盘举在陈济生面前，几个儿子一齐动手，把沾在陈济生身上脸上的谷粒取净。

陈济生指指托盘，说：“都送回谷仓去！”

大儿子心里好笑，嘴上说：“是，爸爸。”

陈济生又说：“慢。”

大儿子站住。

陈济生说：“我这里还有一粒！”

他侧过脸，让三儿子仔细看他的左耳朵。

陈三看不清，笑着叫妻子玛丽亚来看：“你是狼眼睛，你来看。”

玛丽亚仔细地伸出小拇指，轻轻掏。果然，又捡出一粒。

陈济生接过这粒稻谷，小心翼翼地放入托盘，像是放入一粒贵重的珍珠。

“畜生！”他忽然把脸拉得像马脸一样长，杀气腾腾，“这帮畜生！我陈家的谷子哪怕烂了臭了，也不会给这帮饿鬼一颗一粒！也不看看自己是什么脸面，一个个都想做陈胜吴广了！”

玛丽亚说：“爸爸，什么叫陈胜吴广？”

陈三代父亲回答说:“陈胜吴广，就是中国秦代造反的农民首领。”

玛丽亚问:“爸爸，你卖给他们一点稻谷，他们还做陈胜吴广吗?”

陈济生怒喝:“小三子!”

“我在，爸爸。”

“叫你的洋老婆闭嘴!”

陈二愣住。陈济生又喝:“小二子!”

二儿子应声:“我在，爸爸。”

陈济生厉声吩咐:“所有谷子，连夜装船，运往银田镇米行，通通给我藏起来!风声过了之后，再转运湘潭，卖好价钱去!”

父亲的这种凶蛮态度不能不使得在上海做教书先生的陈三大受刺激。他想起了农民以及农民的头毛泽东。于是他悄悄雇了一顶轻轿，于天黑时分赶到韶山冲。他的洋老婆玛丽亚坚决鼓励他去做举报，玛丽亚说:“我的祖父用马耕过田，我不忍心看着用牛耕田的人挨饿。每一粒谷子，包括从你父亲耳朵里掏出来的那一粒，都是用牛耕出来的。”

杨开慧在韶山冲家门外的莲塘旁边，发现了探头探脑的陈三，盘问了好一番，才把这位穿西装的年轻人带进门。

陈三在油灯底下，看见了毛泽东，也看见了福顺大叔。他说:“我爸爸已经把谷子偷运到银田镇了，两大船，连夜运的。我们全家人，明天都要逃到银田镇去。”又说:“是我妻子一定要叫我来报信的。她说，她家里祖祖辈辈也是英格兰农民。”

福顺大叔说:“陈三少爷，求你告诉你老婆，我福顺再不骂她女帝国主义了，我向她赔礼了。”

毛泽东说:“陈三少爷，谢谢你的报信。我看，明天一早，乡民就会采取行动的。你父亲不关心农民的肚子，你与你父亲不一样，你是关心农民肚子的。一切关心农民肚子的城里人，农民肚子里都会永远记住他的，包括记住你，也包括记住我。”

毛先生的话，陈三觉得很受用。他想，这位毛先生，实在是位大人物，将来，在中国有大出息。所以当他第二天在银田镇，看见毛先生指挥两百余个农民将银田米行团团围住时，他心里充满了激动和敬意。

米行后面的空地上，堆成小山般的稻谷麻袋，尽陷于农民的锄头与扁担之中。脸色黝黑的农民们，耸动锄头也耸动声带，气势如大海之潮：“开仓平粜！”“农民也是人！”在这样排山倒海的气势面前，几个团丁是根本无济于事的。

陈济生只有自己豁出去了，稻谷是他的性命。他张开双臂，声嘶力竭地护在成堆的麻袋前面，一副意欲殉死之状：“敢抢？光天化日，你们敢抢？这里的谷子都姓陈！是我陈济生的谷子！我陈济生今天拼了，我死也死在这里了！”

陈家二少爷也跳脚喊：“你们若是把我爸爸逼死了，你们逃脱不了人命干系！”

毛泽东使劲分开人群，走到陈济生面前。

陈济生发红的眼睛突地亮起来：“我知道你，毛泽东！暴民抢粮，就是你在捣鬼！你就是当年编《湘江评论》的！你煽动暴民！你的湘江，是一江祸水！”

毛泽东说：“陈老先生此言差矣！他们是农民，不是暴民。他们想粜谷，不是想抢粮。我毛泽东也并未上梁山，不是第一百零九将，打劫的事，我是不做的。”

陈济生狼一样嗥：“你不做强盗又做什么？！”

毛泽东转过脸，吩咐说：“把米仓里那杆秤取来！”

一杆黑杆子大秤立马抬来了，秤杆有小孩的胳膊那么粗。

毛泽东抚抚秤杆，又掂掂硕大的秤砣，说：“我毛泽东今天什么也不想做，只想看看你陈老先生是怎么把秤杆子的，怎么把谷子平价卖给农民！哪户农家没有老婆孩子？他们一家一家都断了炊，眼看就要饿死了，哪个知书达理的人能见死不救？我就想看看陈济生老爷今天能不能济生救人！”

“你这就是强盗！”陈济生急了眼。

“陈先生，强盗是拿刀不拿秤的！”

农民们紧着声喊：“平价粜谷！”“开仓救人！”

毛泽东进逼一步，说：“陈老先生，接秤吧？”

陈济生后退一步。站在陈三后面的玛丽亚忽然举手说：“三，我要给爸爸讲一句话。”于是陈三说：“爸爸，玛丽亚有一句话要说。”玛丽亚手指秤砣：“爸爸，这叫什么？”陈济生瞪圆眼睛不说话。福顺大叔代为回答：“这叫秤砣，称秤用的。”

玛丽亚说：“爸爸，为什么你们中国的称砣，像一颗人心？我想，你们的祖先，造出这种秤来，就是希望你们，用秤的时候，凭良心！”

“说得好！”毛泽东说，“这话说得好！”

陈三突然跪在父亲面前：“我跪下了，爸爸！我求你粜谷了，爸爸！玛丽亚，你也来跪下！”

“不，”玛丽亚昂头说，“我不跪。我虽然不是中国人，我也讲究脸面！”

福顺大叔说：“啊呀，说得好！说得好！”

“好啦！”陈济生突然之间疯了一样，手舞足蹈，泼天大喊，“那我跪下好不好？我给你们大家跪下好不好？我陈济生今天下跪啦，我屈服啦，来人呀，开仓平粜，我豁出去啦！”

米行四周顿时沸腾，铁锄与扁担举满半空。“开仓啦！”“平粜啦！”“胜利啦！”

陈济生就是在这种欢呼声中软瘫下去的。半个月之后，他抖抖地下了病榻，当桌摆开笔墨，挥毫书写函件。他满脸的愤懑之情。

他直接向省长告状。他不能不告。农民翻天，事情很严重。

事情确实很严重。在毛泽东成功地组织了银田镇的平粜斗争之后，韶山永义亭、瓦子坪、如意亭等地在1925年8月都开展了平粜斗争，且均获胜利。湖南韶山地区的农民运动，明显地动摇了当地的反动统治，而土豪劣绅向湖南军阀赵恒惕的紧急呼救，就成了顺理成章的事情。

二儿子探头进屋，使陈济生吓一跳。

“小三子没跟进来吧？”

“没有。怎么了，爸爸？”

“我写信请求赵省长派兵抓毛泽东，这等大事，能让小三子瞄着吗？小三子，还有他的洋老婆，都是家贼！”

告状信奏了效。省长赵恒惕对各地爆发的平粜斗争本来就恼火至极，一发现有人举报肇事头目，马上就摔了令箭。福顺大叔急急来到毛泽东家里告知情况。据福顺大叔说，赵恒惕是这样拍桌子的：“电令湘潭县团防局，速往韶山逮捕共产党首要分子毛泽东，就地正法。”

福顺大叔还带来一顶青布轿子，催促毛泽东立即上轿离开韶山。

毛泽东磨磨蹭蹭，说：“书还是要带上吧？”

杨开慧说：“别带了，带什么呀！若遇路上盘查，不是不打自招吗？”

毛泽东舍不得：“还是带几本吧？”

福顺大叔说：“毛先生，省长密电是怎么写的？”

毛泽东说：“你不是说了吗，立即逮捕毛泽东，就地正法。”

福顺大叔恼了："那还磨蹭个啥？树伢子，水根，马上抬走毛先生！"

两分钟后，钻进轿子的毛泽东忽又掀帘，笑嘻嘻钻了出来。"路上遇着盘查，我应当是谁？"

一个抬轿人说："东家。"

另一个说："掌柜。"

福顺大叔又恼："跟你们说过，是郎中！毛先生衣服上都有补丁，能是东家吗？"

杨开慧听闻此言，心里不好受："润之，你看，一身上下，也没一件好衣服。"

毛泽东说："就是郎中吧，郎中好，郎中好。一个穷郎中，不骄不奢，医遍人间，志气得很嘛！记住了，我是郎中！"

两个年轻的轿工一声应喏，都说记住了。

毛泽东掀帘进轿，又回头问："岸英岸青呢！"

"都睡着了。"妻子说。

"代我亲亲他们，"毛泽东小声说，"我到了长沙，就来接你们。"

"你倒是快一点呀！"杨开慧再不由分说，把毛泽东推进轿子。

轿子在八月的村道上走得飞快。路上缺风，太阳大，这种天气下抬轿不能停，一收步，满脸通红的抬轿人就顿时会浑身湿淋淋，如同水里钻出一样。

毛泽东在轿内也热，他把轿帘卷高了，才仿佛感觉到有些微风。发白的土路在太阳的炙烤下，远远望去，好像有水汽蒸腾，晃晃悠悠的。毛泽东在晃晃悠悠中一路思考，思考着这几个月之中在这块土地上发生的所有事情。他没有想到湘潭团防局的十几个兵丁正在前方两里地的地方摇摇晃晃地走着，直奔韶山而来。他只思索着中国革命的动力问题，思索着韶山的农民、湖南的农民和全国的农民。他想，中国农民如汪洋大海，中国的情况与俄国的情况大不一样。在那个工人众多的国家，产业工人拿起枪走上街头就可能解决问题；在中国，相当大的革命原动力存在于乡村，若是全国的锄头都举在半空了，则中国的风云立马就能搅成另外一个模样。关键的问题可能就是启发、教育和组织农民，因此，需要培训一批善于发动农民运动的行家里手。他在这么考虑的时候，那个患着哮喘的湘潭团防局的汤排长，业已把十几个兵丁带到离他至少五百米的地方了。这是一个危险的距离，思考着中国农民的毛泽东其时还根本不知道这一危险。

汤排长哑着嗓音骂人。

他的心情不好并不在于这些天的哮喘，而是他的部下的那种蔫不拉叽的德性。十几个兵丁横挎着枪，走得像小脚女人一样歪歪扭扭。

汤排长不能不喘着气骂人："还不提点气？要蔫也蔫在窑子里别蔫在这里！若是跑了毛泽东，老子怎么交差？老子干脆把你们一个个阉了！"

骂过三巡之后，走在最前头的一个士兵手搭凉棚喊起来："报告排长，来了一顶轿子。"

汤排长大喘几口气，问："空轿满轿？"

"满轿，里头有人。"

"男人女人？"

"遮着帘儿，看不见。"

待轿子吭哧吭哧抬近，汤排长便看见了两个呼呼直喘的年轻轿夫，轿夫的破背心都叫汗湿透了。

汤排长心中起疑，哑着嗓音喝问："抬……抬的什么人？"

轿夫不停脚："回长官话，郎中。"

汤排长从腰间拔出一柄短枪来："郎中不是新娘子，干啥闷着帘儿不吹风，不怕闷死？"

"回长官话，郎中说，这个月的风是邪风，不能吹。"

"这倒是，这倒是，"汤排长猛然醒悟，倒抽一口凉气，"风有正风邪风。我爹的嘴当年就是给邪风吹歪的。我看这郎中神，我从小最敬的就是郎中。"

轿子吱吱扭扭地擦过队伍，一刻不停地走了。

汤排长瞅着轿子走远，忽然又想起什么，直着脖子大喝一声："站住！"

嗓子太哑，喊不响。

汤排长踢一个士兵："你喊。"

那兵丁声若洪钟："站住！给我站住！"

轿子不走了。

兵丁喊："停下！"

轿子稳稳地停下。两个轿夫身上的汗水也顿如瀑布一样流下来。

汤排长摇摇摆摆走了过去，兵丁们呼啦啦一齐围上半个圈。两个轿夫一时都显出了紧张，流淌不停的汗水里已有一半是冷汗。

青布轿子则纹丝不动，如死了一样。

"既是郎中，我就要看看郎中了。"汤排长喘着急气说，"我这喉咙拉风箱，足足拉了八个年头，灌的汤药少说也有三百帖，外加两炉香灰。今儿天上掉下个郎中，八成是观音娘娘看不过眼，特意给我汤某人送来的！——卷起帘儿看病了，郎中！"

两个轿工吓得面面相觑。

汤排长问怎么不掀帘儿，两个轿工于是更显局促不知说什么好。恰在此时，便有浑厚的声音自轿帘内传出："病家若要看病，便将手伸进来！”

汤排长闻声一愣，忽然跌足：“啊呀，碰到好郎中了！”

打头的兵丁问：“怎么，排长？”

“啊哟哟，你要知道，好菩萨从来都是闭脸闭眼的！”

轿内继续传出平稳之声：“贫医虽无刀圭圣药，也无上池神水，但于今云游八载，却也视病无数，自有手到病除之功，尽收枯木回春之效。”

汤排长听得双眼滚圆。

打头的兵丁骂人了，说：“娘的，排长，这郎中的牛吹得比踩猪尿泡还响，拉他出来，看看是什么脸面！”

汤排长听得拍手：“有门了！”

士兵说：“怎么？”

“有门儿了，有门儿了！我这辈子碰上的十八个郎中，没一个像他这样敢说满话的！你们要知道，好和尚念的都是大经！”

轿内人说：“将手伸进来！”

汤排长伸出右手，想想不妥，赶紧先问一句：“左手还是右手？”

轿内的回话声气很重：“将那只不拿枪的手伸进来！”

汤排长立时抽回右手，赔着小心问：“郎中先生，为什么要伸左手？”

“拿枪之手，杀气太重！”

“对，对，”汤排长哑着嗓音感叹，“真菩萨都是大慈大悲的！”

他的左手如蛇一样悄悄移动，小心翼翼伸进轿帘儿。

轿内之声：“这才像人手。”

汤排长一抖，说：“喔，搭上了。”

那个满脸疑惑的兵丁轻声问：“搭脉？”

汤排长说：“自然是搭脉。”

“搭得对头不对头？”

“对头，对头，五指撮药，三指搭脉，郎中先生用的正是三指。”

那兵丁凑前一步，咬他耳朵说：“排长，弟兄们总以为……”

汤排长瞪眼说：“你想胡说什么？你他娘的还疑心人家？立正——！向后——转！齐步——走！——稍息！”

他把所有的兵丁都赶得远远的。

“你这病家，痼疾在喉，用药不灵。”轿内人又这样说。

汤排长吓一跳：“为什么用药不灵？”

“骑人脖颈者，是为人上人。人上之人，高高在上，既身高于上，必难接地气。接不上地气，服药怎么会灵！”

“服香灰灵不灵？”

“因你并非佛门弟子，所以口服香灰也难以灵验。”

“我老母初一十五都吃素！”

“那是度她自己，不是度你。”

汤排长心里一急，说话的气就更喘了：“那，郎中先生，那我喝什么汤药呢？”

“你要积善。善行便是天下好药。当初十八罗汉在修成罗汉果之前，至少有八个是犯哮喘病的。”

汤排长失声：“是吗？”

两位轿工互相看一眼，心里都发笑。

轿内人又说：“行善可成正果，无药便是有药，听见没有？”

“听见！”

“退手！”

汤排长赶紧缩回了手。

“起轿！”轿内人不急不慢地喝令。

两位轿工定了心，毛巾一搭，立马抬起了轿，甩开脚板。

汤排长喘着气向队伍喝令:“敬礼!——娘的听见没有?都给我敬礼!”

众兵丁敬礼。

汤排长一边走回他的队伍里去,一边感叹:“活菩萨啊,阿弥陀佛啊,啊嚏,啊嚏!咦,真的是好多了!”

几位兵丁见着发愣:“排长真的不喘气了?”

“果然不喘了!快走!娘的,还不快走?人犯若是跑了,老子找你们算账!”

两天之后,毛泽东安然避入长沙城。韶山之老宅,由于杨开慧及时凑了点钱,打点了一下垂头丧气的汤排长及其兵丁们,也避免了一次查抄。

第 14 章

长沙郊外，湘江之中的橘子洲是个迎江眺望的好去处。

四下里十分安静，秋山秋水之间，唯几声鸟雀啁啾。

毛泽东步出亭阁，遥望远山近水，忽有一番热热的感慨涌上心头。这份感慨是他即将去广州出席国民党二大并就任国民党中央代理宣传部长之前一个礼拜生出的。他早上向中共湘区委员会报告了韶山地区农民运动状况，讲得热气腾腾，下午便来到橘子洲头拜会湘江。他先是游了一回水，然后便来了诗兴。在他预感到两党合作将要推动起中国革命的新一轮高潮之时，便不能不抒发一下胸中豪情。

他吟的是词。词名《沁园春·长沙》。他此刻迎着江面上湿润的风，吟得抑扬顿挫：

> 独立寒秋，湘江北去，橘子洲头。看万山红遍，层林尽染；漫江碧透，百舸争流。鹰击长空，鱼翔浅底，万类霜天竞自由。怅寥廓，问苍茫大地，谁主沉浮？

身后亭阁之中，隐约传出一声沙哑的赞叹：“好！”

毛泽东没有在意，也没有回身，继续昂首而吟：

> 携来百侣曾游，忆往昔峥嵘岁月稠。恰同学少年，风华正茂；书生意气，挥斥方遒。指点江山，激扬文字，粪土当年万户侯。曾记否，到中流击水，浪遏飞舟？

“好！好词！”背后亭阁中，有人拍栏杆。“好词啊，峰回路转而又直泻无余，好词啊，书生策马，畅快淋漓！”

毛泽东回身，发现一个老头。这是一个草帽罩头破衣缠身的精瘦老头，一根稀稀拉拉的细辫子戳出草帽，如一根小蛇一样盘在草帽的尖顶子上。

“你是谁？”

辫子老头倚亭而坐，又拍拍亭栏：“久不闻如此慷慨之词了，好词，好词呀！”

“请问你是谁？”

辫子老头摘下草帽，又撮起三根指甲很长的手指，将细细的灰白辫子捏住轻巧地向后一甩，说：“老朽虽不才，形如废履，当年也曾是三榜状元，经过殿试的。”

见毛泽东露出好奇之色，辫子老头更其得意了，说：“天下者，早已不是我辈的天下了，老朽我，原本是应该一头投在江里的。中国为什么有那么多江？中国的江河就是为志士仁人留着的。屈原大夫不就投了汨罗江吗？啊，啊，我为什么不死，看来上苍是要我再见到一个奇人。今日，果不其然，让我见着你了！能吟如此奇词之人，还不是奇人吗？照我看来，能唱出‘粪土’二字之人，就已了然全部人间历史了！”

毛泽东点头：“对，我的心境，你一半懂了！”

“不瞒先生说，自老夫中了状元之后，也曾蒙圣恩封为监考官，官阶至从二品。上苍既让我做监考官，总要让我见几个真秀才吧？果不其然，今日见了你。见了你，也不枉苍天一番心意了！”

听老者这一番啰唆之后，毛泽东还是觉着疑惑，“那你为什么不问问我姓甚名谁呢？”

“老夫不但不问先生贵姓，也不问先生贵庚。”

“这又为什么？”

辫子老头翻眼望天，说：“苍天已知，何必老夫赘问！”

毛泽东哈哈哈笑，笑毕，说：“你也是个奇人，起码你头上这根辫子就奇。你这根辫子说明你不懂政治，不明现实，不知百姓，不晓寒暑，其实呀，你并不明白粪土当年万户侯之吟！”

“懂是懂的，先生，寒暑彻骨，何人不明？只是情感难以割舍罢了！”

亭阁之外忽然匆匆走来一个人。来人是何叔衡，一见毛泽东，两眼就亮。

“润之，总算找着你了，估计你在江中之洲，果不其然！”何叔衡挥动手中的一本小册子，“快看，天下又出奇人了！”

“奇人是谁？”

何叔衡没有回答，表情却是愤愤然：“真是岂有此理！”

“谁呀？”

“你读读这篇奇文，就知道奇人是谁了！”

毛泽东接过小册子：“戴季陶？”

何叔衡带给毛泽东看的，正是戴季陶刚刚出版的小册子《国民革命与中国国民党》。中国共产党在“五卅运动”中卓有成效的领导作用使国民党新老右派大为震惊。戴季陶以三民主义忠实信徒自居，公开谴责中共，反对国共合作。他的观点与理论，一时在全国形成了颇有影响的戴季陶主义。

毛泽东放下小册子，皱眉说：“山雨欲来，风儿满楼！”

何叔衡也同时见着了乞丐模样的辫子老头，仔细一端详，不由大惊：“这不是我的远房三叔公吗？润之，这个老东西一肚子坏水，他就是张敬尧当年的头号门客！”

毛泽东说：“是吗？”

“张敬尧若有十个坏点子，起码有八个是他出的！我以为他早就投江了，谁知还活着！”

辫子老头以手遮脸，似显示无地自容之状。毛泽东心里不忍，便说：“何胡子啊，你就别苛求这根辫子了。”

“怎么？”

“知粪土者，必知天下。”

何叔衡还是不明白。

毛泽东说：“他对我说，他已知晓了粪土当年万户侯的道理。此人虽当年作恶，但如今既已明了事理，你也就别再苛求，让他走吧。”

辫子老头重新戴上草帽，掩面做哭状，恓惶而走。

毛泽东盯着他的背影，对何叔衡说：“在中国，这一类人，是没有什么市场了，他们的货，明眼人一看就知是破烂，少有人问津。可是，戴季陶叫卖的东西，还是很有人要买的。”

“你是说，山雨肯定要来？”

毛泽东点点头，脸色严峻：“中国共产党人，现在比任何时候都要提个心眼儿了。既要盯着北面的军阀，又要防着身边的同盟者。”

他有一个强烈的预感。两党合作的车轮，又要面临一个大大的坎儿了。

身边的同盟者倒戈颇多。国民党右翼自不消说，一闻戴季陶之锣，便手舞足蹈起来。而像沈玄庐这样的一向以红色著称的人物，也按照新的节拍跳起舞来。

沈玄庐手中的道具是一袋萝卜干。

他知道国民党全党响应戴季陶主义者甚众。戴季陶言之凿凿，其损及中共之言论，他觉得非常动听。于是他再三恭请，把中央委员戴季陶请来了萧山衙前村，他的老家，同时邀请的有浙江省四十余名国民党代表。他的打算是以新近成立的国民党萧山县党部的名义，邀集全省各地党部代表汇集他的家中，举行国民党衙前会议，使浙江的国民党员齐集于孙中山的三民主义思想旗帜之下，这面旗帜的图案则是戴季陶新绘的。

沈玄庐带着这袋萝卜干出现在客厅里。

各位委员见沈玄庐到，一齐起立。

“坐下坐下。”沈玄庐笑容满面，在请戴季陶坐于圆桌上首之后，他便开始说话，一边说一边举起手中的纸袋，“开会之前，先请诸位代表尝尝我家乡的特产，萧山萝卜干，来，一人取一根。”

众人均乐，纷纷伸出手指，取萝卜干品尝。

“有滋味吗？”

“有味，”来自浙南的代表称赞，“醇郁柔韧，口舌生香，有味，有味！”问戴季陶，戴季陶也点头，说很有滋味。

沈玄庐说：“萝卜这东西，就一个字：贱！你怎么烧都没味。可是，萝卜一旦晒干，其味便显，既香又醇，赛过野参。所以说，所有学问，都在一个晒字里。我看孙先生的三民主义，先前就是萝卜，怎么嚼都没味，现在就是给这位戴季陶先生一晒、两晒、三晒，晒好了，晒出真味儿来了！”

戴季陶闻言，抿嘴而笑，觉得沈玄庐此人相当有趣。

沈玄庐又说：“本人热烈拥护戴季陶先生重新解释三民主义！共产党连我的儿媳妇都要抢，连我的孙女儿都要偷，还能做什么真朋友？”

忽有一位代表起立说：“今日之萝卜干，没有白嚼，本人提议，以国民党浙江临时省党部的名义，立即发表一份拥护戴季陶先生的宣言！”

沈玄庐哈哈大笑：“你老兄的这个提议也是一晒，此次衙前会议，就给你老兄晒成一根萝卜干了！”

陈独秀约张国焘与瞿秋白到上海四马路上的春来面馆吃面。由于辣油的缘故，三人都吃得脸上冒汗。

“干脆，共产党员一齐退出国民党！”陈独秀在闷热的小包间里这样说，他心底里始终存在着对两党党内合作的某种根深蒂固的怀疑。爪哇是爪哇，中华是中华，何必马林来强扭瓜。“国焘，当初，你也是不赞成的，后来怎么赞成了呢？都是我，强扭了你的瓜！”

提起两年前的事，张国焘只笑笑。他一直认为国民党不是一个好党，后来陈独秀牛头一转，他也只好跟着摇牛尾巴了。

陈独秀见两人只管吃面不吱声，便从自己的一双竹筷中抽出一根，又伸手从张国焘手里也拔出一根筷子，再从瞿秋白手里拔出一根。

“何必用两根筷子呢？”陈独秀说，“依我看，一根就够了。你们看，一根筷子照样吃面！”

他低头吃了几口。张国焘看样，也用独根筷子扒了几口，然后评论说：“老实说，用一根筷子扒，比两根筷子挑着吃还快！”

陈独秀与他相视而笑。在某些方面，张国焘率直的性情，很合陈独秀胃口。

瞿秋白则一直不吱声，后来，伸出手，默默地从陈独秀手中取回属于自己的那根筷子。

陈独秀用手绢抹抹自己油晃晃的嘴，饶有兴趣地看着瞿秋白。瞿秋白低首低眉，依旧用他的一双筷子吃面，从容不迫。

“秋白虽未吭声，却已经用他的筷子表态了，他还是坚持两党紧密合作。”陈独秀看出了名堂。

瞿秋白继续吃面，哧哧有声。

陈独秀又感喟道：“唉，我这人，就是没有秋白这等好性子。我往往是遇上锅子烫，还想撒把盐，一急，就容易把事情急炸。

国共合作，来之不易，我们还是得冷静，不能让戴季陶这颗老鼠屎坏了一锅汤。”说罢，摇摇头，又重握起自己的一双筷子，把从张国焘手里取来的一根筷子也递还给对方。谁知张国焘接过那根筷子，瞧也不瞧，随手就朝窗外一扔。

啊，此人也表明态度了，陈独秀想。陈独秀知道，张国焘之不悦，与其说是恼火戴季陶，还不如说是冲着自己来的。但是陈独秀对此不反感。张国焘是很不喜欢自己的领袖摇摇晃晃的，这应该是他的优点。同样，瞿秋白的斯文也是他的优点，特别斯文又特别执着，真个不错。想想也是，两党合作毕竟已带来了两党的组织大发展，陈炯明之叛业已扫平，广东革命根据地也已经统一，全国的工农运动日渐高涨，这些毕竟都是事实。瞿秋白坚持用两根筷子挑面条吃，实是一种合理的进食之姿。

于是陈独秀起身，掀开油腻腻的花布门帘，喝一声，来人，取一根干净筷子来！

邓颖超坐在火车的三等车厢里，随着车轮的节奏，左右摇晃。她一身灰布衣裤，头上梳着一个横S髻，一副家庭妇女模样。

她乘津浦线火车秘密南下，经上海去广州，与周恩来团聚。

在中国共产党人严重关切着国共两党合作前景的这一年的夏天，邓颖超由于在五卅反帝爱国斗争中担任天津各界联合会的主席，遭到当局通缉。因此她不得不辞别母亲，辞别生活了十三年的天津，化装成家庭妇女，连夜南下。周恩来信中说：你来广州工作吧。广州的空气闻着就心热，我们分别时间也长了，我等你。

邓颖超踏着1925年8月7日的南国阳光，满头大汗地找到了周恩来寓所，是水淋淋的人力车夫把她一路拖着来的。广州的空气闻着心里就热，邓颖超可是真真切切地感觉到了，怎么会热成蒸笼呢！

她拎着手提箱，以手作扇，汗淋淋地站在门房前。没有钥匙，她无法进屋。周恩来既没有来码头接，也没有在家等候。当然他是忙，她想。除了忙之外，他可能也有一些其他的理由。他在信上对她说：人生伴侣的选择自然是需要慎重的。她想：这句话是作为他对待感情问题的一般的指导原则呢，还是对他与她之间的关系的特指，从而别具深意？她在前往上海的火车上左右摇晃的时候，激动人心的憧憬和某种不祥的念头总是交替出现。

陈赓向她奔过来。他还没跳下小汽车就看见了候在寓所大门口的这位姑娘。陈赓是周恩来的副官，黄埔军校一期毕业，年方二十二，办事特别干练。

“啊呀，你就是邓颖超同志吧？我叫陈赓，是周主任的副官，周主任太忙，叫我来码头接你，可是我没找到你，我猜你就会到这儿来。”

“没关系没关系，他忙，革命工作总是大事。”

“先进屋休息一下。”副官摸钥匙。

邓颖超犹疑了一阵。

“你有什么想法，尽管跟我说。”

邓颖超大胆地说出口：“我想马上见他，马上，越快越好。”

“也好，我这就带你去。他这会儿，在总工会谈工作呢！”

邓颖超冷静地想，不管怎么样，风也好，雨也好，见面再说。她又想，他兴许真是忙得无法分身呢。

半个钟头之后，她就在一间大房子的门口看见了他。他穿着军服，剑眉大眼，一脸英气。他的模样跟她无数次的想象一样，无甚出入。这间大房间看来是一个会议室，在广东省总工会的楼房里面，门口贴着“省港罢工委员会”字样。她看见一批人围着一张大桌子在商量工作，许多人进进出出，褪了漆的地板老是在震颤。整个房间的气氛，类似战斗开始时的作战指挥部。

她看见邓中夏、陈延年、苏兆征在紧张地向他叙说着什么，当然邓颖超那时候都叫不出这些人的名字，这些人对她而言全是陌生人。她只站在门口盯着周恩来看，她看见他正在埋头写着什么字。她希望他在这时候就抬起脸来，看见她。

陈赓说："进去吧。"

"我就站在这里，他会看见我的。"

于是陈赓就走过去了，她看见陈赓俯身向他的主任悄声汇报了几句，然后——她就看见了周恩来抬起来的双眼了。

他们对视。邓颖超有一阵轻微的颤栗。但是她的心很快就平静下来。她从对视的目光中霎时间发现了很多，又像是什么也没发现。对视就是对视，一对昔日战友的对视。天津的白刺刀和巴黎的白鸽子同时从他们的视线之间无声地掠过。

周恩来站起来了，挺拔的个子。

邓颖超盯视着他。但这只是单方面的视线。视线中断了。她希望他朝她走过来，将视线重新接上。她希望他的步子很快。

周恩来的步子确实很快，但是他消失了。他与陈延年、苏兆征分别说了几句话，一个转身，便从会议室的另一扇门里消失了。

邓颖超笑了一笑。她没有在脸上笑，而是在心里笑。她对自己笑了一笑。因为她有心理准备，所以她在面对陈赓的充满歉意的解释之时，表情是轻松的。

陈赓说："周主任实在太忙！他要同陈延年委员长赶去广东区委开会。"

邓颖超说："我知道。你也去忙吧。待会儿我雇辆车，自己回去。"

陈赓说："不不，我送你回去，你先坐一会儿，我马上送你。"

当晚，邓颖超在周恩来寓所安顿下来之时，周恩来正坐在广东区委办公楼内陈延年的房间里。这是一个相当闷热的深夜。窗户洞开，地板上铺着草席，没有风。他们对坐。沉默的时间比说话的时间多。

两把扇子不停地响。扇空气，扇蚊子，扇心情的烦躁。

“吃回头草的，不一定都是劣马，也有好马。”陈延年摇着扇子，慢条斯理地说，“我就吃过回头草。你是知道的，我一直信奉无政府主义，为了这个主义问题，我挨了独秀同志多少回的骂，不听，后来，还是吃了回头草，改信马克思主义。变了信仰，好不好呢？我认为是好的，向真理投降是天下最光荣的事情。我始终不认为自己是一匹劣马。”

“那么，我是一匹什么马呢？好马还是劣马？”

“恩来，看得出你很矛盾。想喝点酒吗？我这里还有半瓶白酒。”

周恩来打了一下自己的脖子，然后从肩胛骨处捻下一只花脚蚊子。“我不想喝酒。”他说。

陈延年说：“她入党了，你知道吗？”

周恩来摇摇头。

陈延年说：“她还是中共天津地委的妇女部长，这次来广东区委工作，我考虑了，也还是叫她做妇女部长。”

周恩来觉得这样的工作安排是妥当的。

“我不鼓励你吃回头草，也不鼓励你勇往直前。婚姻是终身大事，主意，得牛郎织女自己拿。真不好意思，你我同岁，我却像长辈一样在这里唠叨。”

“一个人于苦恼之时，只愿碰到的人都如长辈。延年，你再说吧，很入耳呢。”

珠江里，船笛几声，低沉如牛吼。

“那我就再多说几句。恩来，你现在是站在门槛上，跨一步，进房了，你想想，不甘心。退一步，出屋了，你想想，又不情愿。”

周恩来暗想，确实如此。什么叫进退两难，这就叫进退两难。

“女大十八变。你们分别时，她才十六岁，如今过了五年，她已经二十一岁。你可能一直在想，这个小姑娘如今变得怎么样了？在你的睡梦里，她像一朵花。一旦见面，看她又不是一朵最美的花，你心里头就大大地犹豫起来，是不是？”

周恩来摇着扇子，越摇越慢。

“第二种可能是，你先前一直抱独身主义，后来，破了禁忌，愿意找个革命伴侣。然而一见面，只见一个活泼泼的女子就站在眼前等着你去娶她，等着你承担她一辈子的幸福，你就怕了。因为你的生活太动荡，枪林弹雨是你的一日三餐，你觉得你这辈子只能对自己负责，你害怕承担他人的责任。”

“你还有第三种可能吗？”

“我可以说出十种可能。”

“不用讲了，”周恩来轻声说，“延年同志，我很感谢你，打心底里感谢你。你讲的每一句话，都能像子弹一样打中我。是我先向她表明爱情的，我应该承担责任，我没有理由后退，在这个问题上，我若吃回头草，当是劣马无疑！”

听周恩来这么说，陈延年的心轻松下来。他起身，拿起周恩来的茶缸续凉水。

“明天就回家吧！”

“明天回家。你跟我一起回家。”

陈延年眉毛一跳，这是什么意思？

周恩来说：“主持我的婚礼。我明天就结婚。”

陈延年忽然觉得很感动：“恩来。”

“怎么了？”

“我很羡慕你。”

这句话，周恩来不明白。陈延年说：“你的动摇和你的选择，都是很美丽的。”

周恩来听了这句话，侧脸想一想，也为自己感动起来。当然，感动之中，还夹有许多歉疚之意。

第二天早上，他一漱洗完就回家了。他看见邓颖超在阳台上收拾花盆，系着一幅围裙。同时他听见陈赓在兴高采烈地提醒她：“邓颖超同志，主任回来了！”

邓颖超猛然回头。他看见她有了眼圈，淡淡的。她也看见了他。周恩来就抱着手站在门口，满脸阳光，笑容如盛开的花朵。

邓颖超没有挪步，也没有招呼，一时不知怎么办才好。她确实很意外。

周恩来说：“小超！”

邓颖超微笑，笑容也如一朵花了，但还是没有挪步。

周恩来扭头说：“陈赓，暂时没你的事了。”

陈赓应一声“是”，赶紧转身走了。

周恩来又招呼一声：“小超！”

邓颖超突然跳起来，一阵风似的扑向周恩来，一下子把头埋在了周恩来胸前。周恩来除下军帽，紧紧拥住恋人。他的脸颊贴住了又黑又柔的头发。屋内没有风，但是他感觉到她的头发在飘动。

“我工作太忙。”他嘟嘟哝哝说。

“什么都别说。”

“我昨天就应当回来。”

邓颖超伸手，坚决地捂住了周恩来的嘴巴。

“什么都别说。”她真的不希望他再说什么。他若再说什么，她反而难受。

大片的阳光扑进窗户，包裹着这对恋人。阳光使他们的温度又升高了一些。周恩来说：“把妈妈接来广州，我们在广州安家吧。”邓颖超点点头。

周恩来接下来的一个建议，就使邓颖超吃惊不小了。周恩来建议当晚就举行婚礼，不是明天，也不是后天，就是当晚。邓颖超慌忙解下围裙，说：那怎么来得及呀？

周恩来雷厉风行，立即就吩咐副官去置办新被褥和买酒。邓颖超则去衣铺买了一件紫红色碎花短衫。婚礼于当晚准时举行，中共广东区委书记陈延年亲自在洞房门口，为新人燃放了一串百子鞭炮。鞭炮噼噼啪啪顺利炸完，陈延年就说：“记住，你们要生两个孩子！”

1925 年 8 月的广州街头，声响很多，有鞭炮，也有类似鞭炮的刺耳的冷枪。8 月 20 日，一位著名的国民党党员倒下了，由于一颗冷冷的子弹。

廖仲恺被人暗杀于国民党中央党部门前，终年四十八岁。枪声很刺耳，枪口的硝烟染黑了第二天全国的报纸。

这当然是国民党右派打击左派、破坏国共合作的一大阴谋。

一个月之后，一支被查获的手枪被重重地拍在国民党中央党部的会议桌上。

蒋介石站起来，指着枪，声色俱厉：“现在查明，这支枪，就是暴徒陈顺所用手枪，其执照号码，为粤军南路司令梅光培签发！军事部长许崇智，难辞其咎，我命令，立即包围许崇智公馆！”

蒋介石说这些话的时候，义正词严。没有人反对他，也没有人对调查的广度与深度提出有力的质疑。蒋介石与一个历史的契机相逢了，这种机遇不是能容易遇到的。蒋宅彻夜灯火通明。在接下来的时间之内，蒋介石连出重拳，他借廖案先后赶走国民党中央常委、前广东省长胡汉民和他的拜把子兄弟、军事部长、粤军总司令许崇智，如愿并吞了许崇智的粤军，并当上了广州卫戍司令，取得全部广东军政大权，一跃而为国民党的中心人物。

陈独秀沿江行走，神情显得焦虑。他的周遭是此起彼伏的轮笛声和江鸥的白色翅膀。

蒋介石在国民党内的迅速崛起，使陈独秀颇费思量。他的烟量明显大了起来，眼袋也常见松弛。国共合作的前景，一时充满变数。如何准确地分析和把握中国时局，对于正在不断壮大队伍的中国共产党来说，始终是个严峻的课题。在 1925 年的这个多事之秋，陈独秀的苦苦的思虑，还牵涉到自己的家事。家事常是烦恼之源，尤其是对于陈独秀这样的人来说。

陈独秀走来走去，心神不宁。他的前额在夕阳的映照下，泛着暗淡的光。

他终于从码头边看到了出差返回上海的老朋友汪孟邹。

陈独秀边招呼边挥手，非常高兴。汪孟邹拎着皮箱快步奔向他，问他怎么知道老朋友今天的归程。

陈独秀告诉他，是他侄子汪原放告诉的行程。陈独秀又告诉他，他家里的矛盾已经到了白热化的时刻，他目前急需他的直接插手。

陈独秀夫妇终于在这个月正式分居。汪孟邹从中穿针引线，费了很多心思。分手协议最终还是由眼泪浇成了，高君曼带着两个孩子去南京东厂街草屋生活，那儿由于房子是自己的，生活开销可以很低，陈独秀则承诺每月邮寄生活费。

送家小到北火车站的时候，陈独秀的心难得地抽搐了一下。

他把行李一件一件递进车厢，由汪孟邹接着。

准备上车的黑子忽然哽咽地大喊一声“爸爸”，并且一下子扑上去，勾紧了他的脖颈。喜子也喊一声“爸爸”，泪流满面地抱住了父亲。

陈独秀抱抱儿子，又抱抱女儿。他没有更多的话好说，他只说了一句“听妈妈的话，要多认字”。

一听得这话，高君曼的眼泪又扑簌簌地下来了。陈独秀见不得眼泪，便大叫汪孟邹下车帮忙。“孟邹，孩子要上车了！”

汪孟邹连哄带劝，将两个孩子送上了车。陈独秀走近妻子，说：“君曼。”

“还有什么话可说？我真恨你。”高君曼擦泪。

“难为你了，君曼。”

“我恨你。恨死你。”

“我也很恨我自己。但是，没有办法，爱情袭来时，任何男人都会束手无策。当年我偷偷带你离开安庆老家，不也是这样？真要请你原谅，你我分手之时，我还会再提这件事。”

“你这人如此没良心，世上少有。”

“这你说错了，君曼。我这人，一生反对假道学，表里如一，心口一致。我喜欢女人，就说我喜欢女人。我离不开女人，就说我离不开女人。其实，我这副心肠，你是每一寸都有数的。”

“所以我说你这人没良心，一点没错。”

陈独秀叹口气：“上车了，君曼。”

高君曼上车之前，对陈独秀说了最后一段话。她说：“我真想抽你两个嘴巴子，一来看在你共产党委员长的分上，二来看在孩子和汪先生的分上，不抽你了。你晚上自己抽自己两个嘴巴子吧，抽完之后，再扪心想一想，你对不对！”

晚上，陈独秀确实想到了这句话。他是在施芝英家中想到这句话的。电不足，灯光发黄。他在黄黄的灯光里很阴郁地说："君曼要我晚上自己抽自己两个嘴巴子。"

火车启动时的鸣叫声和孩子的哭喊声一直炙着他的心。他以前感觉不到这种炙，这一刻却觉得有些痛。于是他说："我现在抽了。"

"你要抽？"

"要抽。"他说，接着就轻轻打了自己一嘴巴。

施芝英按住他的手。她说："另一个，留给我。"

她打了自己一嘴巴，打得比陈独秀重。

"你真好。"陈独秀捧着她的白皙的圆脸庞。

"两嘴巴就结束了一段姻缘，值。"她说。

陈独秀躺到床上之后，叹一声，说："我跟高君曼，说分手就分手了，可是共产党跟国民党，是不能说分手就分手的。"

"你每天想的，都是党。"

"现在出了一个戴季陶主义，想赶我们。戴季陶就是那个笔名天仇的人，你或许看过他的文章。他过去视袁世凯为仇，现在视共产党为仇了。他想赶我们，他是在做白日梦。孙中山的容共联共政策，体现了中国的民意，这不是一个戴传贤能改得了的！"

"戴季陶这个人，说了算吗？"

"拿笔杆子的，说了不算。"

"谁说了算呢？拿枪杆子的？"

"拿枪杆子的是蒋介石，他赶走了许崇智，把粤军全收编在自己手里了。这人肚子里很有文章，腕力也很大。他究竟是一个什么样的人呢？说老实话，雾里看花，我还看不透这个人。"

受拜把子兄弟蒋介石委托，瘸子张静江滚着轮椅去看望宋庆龄。

他的轮椅有些年头了，转起来叽嘎叽嘎响。年近半百的瘸子张静江由一名士兵推着，张静江徐徐前行的时候心里想，该在轴子里上点油了。

他的轮椅推进广州南堤的一幢欧式洋楼，并且被直接推在花廊里。这幢楼临时安排给孙夫人居住，孙夫人是为出席国民党第二次代表大会来广州的，要住一段时间，所以张静江有了机会。有些重要的事情，须赶快出口。

张静江是国民党元老，同盟会时期就给孙中山以巨额资金，中华革命时期又任孙中山的财政部长，一张沧桑老脸摆在那里，总理遗孀多少是要买上一账的。孙夫人果然客气，一迭声吩咐上茶，又详询了足疾状况，然后再客客气气说："静老，既然蒋中正有话托你来说，你就说，不必顾虑。"

张静江说："那我就斗胆了。"

"说吧。"宋庆龄低头啜茶，心里似已猜着了二三分。

张静江斟字酌句了一番，缓缓说："孙先生乘鹤西去，算来也有一年了。全党节哀之余，也特别盼望夫人生活安定，精神有所寄托。"

"听静老这话，有弦外之音。静老不是来做媒的吧？"

"孙夫人所言，一针见血。我这人，月下饮酒，恐怕也有百回了，但是没有热到要做一回月下老人。孙夫人，静江此次上门，正是来做大媒的。"

宋庆龄合上茶盅，茶杯盖落下时不轻不重："真是受蒋中正校长之托？"

"正是受中正之托。蒋中正一向仰慕夫人，谓夫人日为高山流云，夜为皓月当空，实可望而不可及。然仰慕已久，情真意切，也就不能不托我这个瘸腿前来冒昧相求，由我代言，愿结秦晋之好，执行总理遗训，共赴国难，拯我中华。此情绵绵，此意切切，不知夫人肯垂怜否？”

宋庆龄含笑望着这位瘸子元老，说：“说完了？”

“此事过于敏感，静江实在不敢多言一句，唯听夫人教诲。”

“静老可以去转告蒋中正，”宋庆龄端端庄庄说，“他的这一举动，不是爱情，而是政治。”

张静江急了：“孙夫人，允我斗胆说一句，眼下时局混沌，国民党一举一动皆为全国瞩目，爱情与政治，本身就难以分割。”

“静老，你两只鞋，为什么一只鞋干净，一只鞋脏？”

张静江低脸看看鞋，噗哧笑了，说：“孙夫人，我腿瘸，偶尔下轮椅走走，走偏了的那只鞋，不免沾泥。”

“我不是取笑静老的腿，我只是想告诉静老，爱情，或许也会掺几分政治，但这个政治，像你的鞋一样，有干净的政治，有肮脏的政治。蒋中正托你捎来的政治，是你的这一只鞋！是肮脏的政治！”

张静江告辞孙夫人一路回府，心里一直愤愤。第二天他去广州东山蒋宅，将此话告蒋介石，蒋介石也愤愤了。

“什么叫肮脏的政治？”蒋介石冷笑一声，“政治本来就是合纵连横，干净得了吗？”

纱窗半开着，一位脸庞如满月的二十一岁女子倚窗而站，偷偷谛听廊檐下传来的对话。她是蒋介石在广州的同居夫人陈洁如，对丈夫今天的敏感话题，她不能不表关切。其实张静江的轮椅一进门，是她先跑出去迎接的。当年她就是在上海张静江家中结识蒋介石的，那时她才十三岁，后来又是张静江夫妇做大媒，在她十六岁的时候，撮合她同蒋介石成了眷属。而这一回蒋介石在与瘸子对话之前，硬是把她支开了，那个瘸子呢，对她笑起来态度也很暧昧，她一眼就觉得味道不对了。

她现在听着他们的悄悄话，心里也是一阵阵发紧。

张静江看起来很有些懊丧，不停地抚摸着轮椅扶手。

“唉，本来，倒是一步绝妙好棋。”他长长叹息一声，“说实在话，谁驾驭了孙夫人，谁就驾驭了国民党。谁驾驭了国民党，谁就驾驭了国家大局。可以预计，国民革命成功之时，便是你老弟登基之日。”

窗后的陈洁如听得脸色黯然。一些她日夜担心的事，偏偏会无情地浮出水面。而接下去蒋介石说的一番话，更使她心如沉铅。她听见蒋介石拍了一下轮椅的扶手，轻声轻语说：“静老，其实依我看，宋美龄比她二姐宋庆龄要漂亮得多。说起来，也是四年前了，我在孙先生家一见她，就舍不得移眼睛。我看她对我也是蛮有意思的。我同她后来还通过电话，各写了几封信，虽然彼此间没有把纸捅破，但那种意思，静老，真的是很有一点的。我想，我应当向宋美龄求婚。我蒋某人做不成孙科的父亲，兴许倒可以做成孙总理的连襟呢？”

张静江听得呵呵而笑。蒋介石的有些绝妙的构思，他是想也没有想过的。他越来越琢磨着蒋中正这个人，将来必有特别的出息。而悄悄伫立在窗后的陈洁如，此刻则除下了她的精致的金丝眼镜，开始揉眼。她满眼都是泪。

蒋介石如愿与宋美龄成婚，是在两年之后。而在他正式成婚的两年之前的这个诡谲的1926年早春，他却在广州为实现他的宏阔的政治抱负进行了一次极为大胆的预演。这就是后来震惊全国的中山舰事件。他的舞台是由水面和陆地两部分搭成的，气势极为不凡。

3月20日零时，蒋介石借口海军局代局长、共产党员李之龙擅自调动中山舰进黄埔港，突然宣布广州紧急戒严，下令立即缴工人纠察队枪支，扣押第一军和黄埔军校学生中的共产党员，严密包围苏联顾问团驻地。凌晨3时，在广州文德路海军局大院文德楼内的一处住所里，响起了惨叫声，海军局代理局长、共产党员李之龙在家中遭到逮捕，逮捕时被士兵施以毒打。

李之龙在黑暗中连打几个滚，避蜷于房间角落，床头柜子倒翻的药瓶子和军衣落在他头上。李之龙以薄薄的军衣遮脸，举手抵挡着黑暗中不断袭来的皮靴，尖声喊："别打了！你们太不讲道理！"

他的新婚妻子则被一杆枪逼在阳台上，蓬头散发，呜咽不止。

参与执行逮捕的秘密共产党员石头心里发急，好几回喊："算了算了，别打了，押走他算了！"

打得性起的士兵还不肯歇手。石头使劲挤向屋角，试图以身掩护，黑暗中自己也挨了好几拳。

"你们打谁了？长不长眼睛？"石头捂住右脸，发火了。这一发火，倒十分奏效，几个士兵气咻咻地说："好了，拉这小子起来，下楼吧！"

鼻青脸肿的李之龙被拉起来，几乎站立不住。士兵们前后夹着他，推推搡搡下楼。在楼梯转弯处，走在李之龙后面的石头突然一手拉住李之龙，一手猛推前面的士兵，直叫士兵在黑暗的楼梯上滚作一团。

在这一阵混乱的闷雷中，石头飞起一脚，旁边的玻璃窗便整个儿倒了下来。楼梯上烟尘弥漫。

"快逃！跳下去！"石头对李之龙耳语，"地势不高！"

李之龙弯腰呻吟："我，不逃。"

楼梯下传来摔伤者的惨叫声和咒骂声。

"什么？"石头不相信自己的耳朵。

李之龙说："我要讨还清白。我没有做任何亏心事。"

石头叹口气，猛然大喝一声，一把拎起李之龙的后领子："你小子想逃？没门！”

一辆小汽车卷着阳光和烟尘，疾风似的开到广东造币厂大门口。周恩来曾经到这里来过，他知道造币厂是国民革命军第一军的惠东升团团部所在地。他看见门口警卫比往日森严。

周恩来跳下车，一脸怒容。他昨夜也是被零乱的枪声惊醒的，他起身才知道全城戒严了。接着就是蜂拥而来的大逮捕和大缴械的消息。他坐在床头惊得张大了嘴。邓颖超急忙给他递水压惊，他也没有接杯子。他刚从东江平叛前线回来没几天，征尘还未洗净，就遭遇上了毫没来由的风暴。天亮之后，他打听到蒋介石的行踪，知道他正在惠东升团坐镇指挥，造币厂已成为蛛网中心，他便直扑造币厂而来，纵然被蜘网粘住他也在所不惜。

“我有要事见蒋校长！我知道他在你们团部！”被大门口的卫兵拦住之后，周恩来怒不可遏。

“有特许通行证吗？”

“我是陆军军官学校政治部主任周恩来！”周恩来大喝一声，一把推开横栏似的手臂，强行闯进大门。

卫兵手足无措了，好一会儿，才抓起一只铜哨子拼命吹起来。

蒋介石听见了铜哨子，也听见了副官紧急报告。他平静地说：“见见他吧，人家既然闯营了，我不见也不好。”所以他见周恩来的时候，心境波平浪静。

“校长，这难道是正常的吗？一军和军校学生中的所有共产党员都被扣押了！”周恩来见他就嚷。

蒋介石请他坐下，吩咐上茶，然后说：“事出有因啊，情形如一团乱麻呢。共产党员并非逮捕，是集中保护，恩来你不必着急。”

“我们在东江前线与陈炯明残部浴血奋战，可是后方呢，我们的同志却被五花大绑！我今天就要向校长讨问个明白！”

“告诉过你了，事情很复杂。有人要谋害我，要谋害国民革命！”

“我们共产党人视两党合作为生命，校长你打人板子不能没有证据！校长不放人，我不走了！”

蒋介石脸色一板，不高兴了，说：“不走，也好，留在我这里吃饭！来人，送周主任休息！”

一下子就扑上来四个士兵，扭住周恩来的手脚，卸了手枪。

周恩来想挣扎，但是手脚已被制住，围着他的所有的手臂都如铁钳。

“校长！”周恩来的身子歪倒了，但依旧双目喷火，“历史会证明，你是破坏两党合作的罪人！”

周恩来的咒骂声渐渐远去之后，蒋介石转了个圈，生气地喊：“来人！”

一个连长应声而进。

“你们这个团部是怎么回事？几十个兵，三层岗哨，就挡不住一个周恩来？”

连长说：“弟兄们不敢挡。”

蒋介石说：“难道士兵里还有共产党分子？”

连长嗫嚅着不敢作声了，最后才说：“校长放心，从现在起，哪怕一只鸟，我也不叫它飞进来！”

话犹未了，又是一阵令人吃惊的踏踏踏的脚步声，还夹着一个女性的喊叫声。冲进门的真个是一位泼辣的女性，被突然推开的木门像一个耳光一样打在连长脸上。

蒋介石一看，吃一惊。女人是何香凝。这个多事的女人竟然也知道他坐镇于造币厂了。

何香凝一见蒋介石就气得眼睛出血：“好你个蒋中正，你是无

法无天啊！”

蒋介石心里直叫苦，面容还是平静无波：“请不要动怒，廖夫人！”

何香凝几乎要扑过去：“孙先生和仲恺尸骨未寒，你蒋中正就敢公然背叛三大政策！你抓共产党，你缴工人的枪，你包围苏联顾问团，你说你对得起谁？”

蒋介石慢慢坐到椅子上。何香凝抓住椅子背就要掀翻它：“你像什么校长！我刚才见周恩来了，也被关押了！军校的政治部主任你也说抓就抓，你发昏啦？”

椅子摔倒了，蒋介石及时蹿了起来，没有同时倒下去。“廖夫人，”他跺着脚说，“这打打闹闹的，成何体统？”

连长带了两个士兵，跃跃欲试，意欲制住何香凝，但是没有蒋介石的明确命令他们不敢动。他们认得这女人是廖仲恺遗孀。天下尚有“忌讳”两字，忌讳往往是连一根毫毛都不能碰的。

对于连长的虚张声势，蒋介石忽然不满意了，他击桌而骂连长：“长不长眼睛？她是廖夫人！你们想怎么样？你们都给我滚出去！”

士兵们退走之后，蒋介石又召进副官，脸色阴沉地对副官说：“既然苏联顾问团已有三次抗议……”

副官说：“四次了。”

蒋介石说：“那么，就撤岗吧。我蒋中正是对人不对俄。还有，那个周恩来，请他一顿饭，要有压惊之酒，要有鱼。吃饱了，就请他走路。”

副官应声走了之后，蒋介石对何香凝说：“廖夫人，中正这么做，你消气了吧？”

何香凝满眼泪水，一时不知从何说起。蒋介石马上喊：“来人，送廖夫人回府休息！用我的车送！不准再有闲人打扰廖夫人休息！”

当天夜里，毛泽东与被拘押了半天的周恩来不约而同赶到了李富春家中。李富春是中共党员，其时任国民革命军第二军副党代表。客人一进门他就拉拢了所有的窗帘子。在前一天刚刚就职广东农民运动讲习所第六任所长的毛泽东，一坐下就对李富春说：“这里已经有三只茶杯盖了，你再取三只来。”

李富春不明所以，拉开方柜抽屉，又找出三只杯盖。

毛泽东迅速将茶杯盖分成两堆，摆成五比一模样。毛泽东说：“蒋介石这块石头，并不是一块怎么了不得的大石头。他能抓住的，只有第一军。恩来你看，富春的二军、还有三军、四军、五军、六军，这五个军的军长都跟蒋介石有矛盾，不是一般的矛盾，而是明显的矛盾，因此，都可以争取他们反蒋！”

李富春听得有理，说：“起码我们二军是有把握的！”

周恩来突然跳起来，抓过那只孤零零的茶杯盖，也一同归入了五只茶杯盖的阵营。

“润之，”他说，“你也没有摆对！”

毛泽东请他解释。

周恩来说：“就是蒋介石直接指挥的一军，大部分政治骨干，也是共产党员！因此，不是五比一，可以说是六比零！”

门推开了，陈延年出现在门口：“润之这笔账我听到了，算得是对的，五比一！恩来的意见我也听见了，很好，六比零！不管是五比一，还是六比零，都说明一个明显的道理，那就是革命者占绝对优势！我们要立即反击，事不宜迟，动作要快！”

周恩来说：“应当立即通电讨蒋，削其兵权，除其党籍，公布事实真相，办他一个违反党纪国法！”

毛泽东说：“同时鼓动工人罢工，以民众之力量呼应！”

“哎呀！”陈延年忽然叹一声，站起来又坐下去，“我现在千怕万怕都不怕，就有一怕！”

大家不知道他怕什么。他说：“我怕一个人。此人不是国民党的蒋介石，而恰恰是共产党的委员长。”

一说到陈独秀，大家都沉默起来。总决策，当然应该是陈独秀作的。陈独秀远在上海滩，他于黄浦江畔想象珠江风浪，这份想象将很可能是夹生的，更何况情况又是瞬息万变，不在广州实施紧急指挥，事情很难奏效。

陈延年又说：“真的，我真的是怕，我真的怕独秀同志！我怕他前怕狼后怕虎！我有个明显的感觉，自从孙中山去世，他整个情绪都是担惊受怕！”

写字桌上散落着好几个茶杯盖，陈独秀当着张国焘的面，气呼呼拎出其中两个，摆在一边。他瞪着这两个茶杯盖说：“我能怕什么？我千怕万怕都不怕，就怕我们党内出一两个冒失鬼！”张国焘双手抱臂，坐在上海北四川路安慎坊中共中央宣传部的办公室里，瞧着陈独秀发火，觉得有点有趣。

陈独秀说：“一个是周恩来！一个是毛泽东！”

张国焘心想，还好，没有把我列入其中，脸上却笑嘻嘻地说：“仲甫经常把我也看作是第三个冒失鬼吧？”

“你现在不是了。”陈独秀说，“过去，你也算一个。其实我告诉你，最大的冒失鬼，是我。我同你一样，常以血气代替志气，闻及一星半点即拍案而起，逞一时痛快。现在，你与我，都能学点孙猴子了，眼观六路，耳听八方，什么都要先抬眼望一望，或者拿在手心里掂一掂。”

陈独秀昨夜掂量了一夜。他觉得实在不宜与国民党新贵蒋介石对决，对决就是引爆，国共合作的架构将会在瞬间崩裂。更何况蒋介石的莽举可能真的是起因于一场误会呢？他说的那番话，比如：中山舰无端“落械走火，经一昼夜”，比如“中正防其扰乱政府之举，为党国计不得不施行迅速之处置”，也许真的是有几分道理呢？某些共产党人的冒冒失失的言论和行动也是大量存在的，这些都是摩擦的火星子，有时候也真怪不得人家，起码不能百分之百地怪人家。

他在起初几天内都不了解广州事变的真相，中共中央没有电台，无法及时捕捉广州详情，只有从沪上各报中关注事件的发展。陈独秀起初还以为周恩来被捕了，震惊和伤心了好一阵。直到三月底，从广州回国的苏联布勃诺夫使团路经上海，陈独秀才知道一些详情。

布勃诺夫也是个对蒋介石很宽厚的人。他的使团虽然在事变中也被黑黑瘦瘦的国民革命军士兵软禁了好一阵子，但他还是认定蒋介石这匹勇夫是情有可原的。他关起门窗对苏联使团的全体人员作报告说：“这次事件，是由于军事工作和总的政治领导方面的严重错误而引起的。”他还作了这样一个比喻：中国将军脖子上戴着五个套，这就是参谋部、军需部、政治部、党代表和顾问。他说，这种情况，与中国军队历来的习惯是毫无共同处的。因此，他请求苏联顾问们，要特别注意到中国军阀们的过敏的民族主义，外国军事专家的任何一个压力都会引起他们的强烈不满。他到了上海之后，也握着陈独秀的手说：“我以为，你们中国共产党人，必须十分审慎地行事，决不能突出自己作为助手和领导者的地位。”

听得这话，陈独秀当然就冷静下来了。他过去看不得高鼻子蓝眼睛的人指手画脚，现在听听这些高鼻子的言论，还真个寅是寅，卯是卯，皆成道理。他为了心里更踏实，还一再追问布勃诺夫：“我党对国民党的政策是否照旧？”这位高鼻子对此提问沉吟再三，说：“不久的将来，莫斯科会作出决策的。”布勃诺夫虽然没有明确作答，但他对中共最高领袖的这种谦逊态度是颇为满意的。

陈独秀事后对张国焘说起这番请示时，也觉得自己的话挺窝囊。但是自从党的二大确定了共产国际的领导地位之后，陈独秀也慢慢地习惯了接受，他知道从自己鼻孔喷出来的浓浓的雪茄雾里，有一大半是人家吸的。但是从另外一个方面说，稳健行事确实还是必要的。对蒋介石要斗争，但这种斗争应是适当的，不能撕破脸面。国民党毕竟是个有四十万党员的大党，共产党在与它的紧密合作中也获得了空前的发展，这种使得帝国主义和直奉军阀惊惶不安的局面，决计不能轻易断送，若断送这种局面，正好中了国民党右派的计。这些国民党右派分子的能量还不可小觑，他们从处理廖案的打击中遭受惨败之后，已于去年 11 月聚在北京西山碧云寺孙中山灵前，召开了一个所谓的“国民党一届四中全会”，之后又在上海成立中央党部，与广州的中央党部唱起了对台戏。林森、邹鲁、张继、谢持这些“西山会议派”，从骨子里恨透了共产党，他们时刻准备着看共产党的笑话，也准备着看广州国民党的笑话。两党的笑话都是不能让他们看的，一个重要的前提是两党都不能有笑话。

陈独秀想，形势如此微妙，共产党人做事实在应当“如履薄冰”，这不是右倾，是稳妥。所以陈独秀对广州共产党人的激愤是大不以为然的。他再三对张国焘说：“此蒋介石，绝不是一块小石头，不是一块寻常石头，虽然此石拦路了，但这只是眼前，是暂时的，对于整个中国革命运动而言，这是一块柱石。”

柱石？张国焘吓一跳，这也太高看这块不大不小的蒋介石了吧？但是陈独秀坚持说：“该争取者，定要争取！”

张国焘说：“仲甫之意思，让这块石头抓在人民手里，去砸军阀？”

“就是这个意思。”陈独秀说，“所以派你去一趟广州，你马上动身。你去，任务有二，一是查明真相，第二，也是更重要的，是与那块拦路之石协商妥协之路。我总觉得，蒋中正不应归属国民党右派，此人立场，与此人之名可能相仿。”

“仲甫什么意思？”

“他的名字不是叫中正吗？”

“是啊，蒋中正。”

“他的政治立场可能也是中正的，他既非左派，亦非右派。”

“仲甫，你怎么成测字先生了？”

“测字，那是迷信。我不测字，我是测心。我是从他的种种行动和种种宣言中，测他的心。”

在陈独秀议论着蒋介石之名的那些日子里，蒋介石也没有少议论自己的名字。他曾专门走了一趟广州大东路的苏联顾问团驻地，并且是带夫人陈洁如一起去的，他要给他们细细讲解几个中国字。

陈洁如学过俄语，可以将他的意思译给这些北方洋人听。蒋介石未开口之前，先指使副官将一张大纸抖开，临时覆盖了墙上的一张中国地图。他笑嘻嘻地对这些表情严肃的俄国人说：“苏联同志在事变中受惊了！今日，中正特来教几个中国字，给同志们压压惊。”

纸上写有硕大的四个名字：吴佩孚、张作霖、孙传芳、蒋介石。

蒋介石说：“同志们千万不要以为，我蒋介石，跟这些中国反动军阀是一丘之貉。我告诉同志们，他们是邪人，我是正人！何以见得？请看这些中国字。中国字奥妙啊，千古是非曲直皆在其中啊！首先请同志们看吴佩孚之‘佩’字：就隐藏着一个邪人！”

他从副官手中接过一支红笔，勾出了佩字的单人偏旁。

“同志们看，明明是一个站得正坐得稳的人字，融在这个佩字里头，就写斜了，写偏了，写歪了。能不能把这人字写正呢？不行，写正了，这佩字也就不是佩字了。这说明什么呢，只能说明吴佩孚是个不折不扣的邪人！”

蒋介石看着这些蓝眼睛。他从蓝眼睛里看出了迷惑与好奇，这种迷惑正是他所需要的。他已经用一艘军舰迷惑了两个政党，现在是让这艘军舰尽快地隐藏于烟雾之中的时候了。事情做过头，必弄巧成拙，适可而止乃是胜途。他现在就是做适可而止的文章。他羽毛尚未丰厚，他不能让苏联人和中国共产党人把他看作是一个标准的反革命。于是，他又自信地说下去：“诸位同志请看，张作霖也是邪人，请看这个‘作’字！人，很斜啊！孙传芳也是邪人，请看这个‘传’字！人，也很斜啊！他们这三个军阀，人全做斜了。而我蒋介石呢？我绝不是一个像他们一样的军阀，我蒋介石，乃是堂堂正正一个正人！我的名字里也有一个人，什么样的人呢？请同志们看这个‘介’字。‘介’字，就是两竖支撑着一个正人君子。是什么样的两根支柱把我这个人支撑住了呢？一根支柱是国民党，一根支柱是共产党！同志们啊，没有这两根支柱，我这个正人，还能做人吗？就坍了！绝对就做不成人了！”

苏联顾问们闻言吃惊，吃惊之后又是兴奋，原来复杂的中国方块字里面果然隐藏着复杂的道理。

蒋介石的神情愈益慷慨：“我是正人，是革命者；他们是邪人，是反革命者。我有了两党的鼎力支持，就能一正压三邪！”

洋顾问们忽然不约而同地鼓起掌来。布勃诺夫后来在上海之所以再三嘱陈独秀不要把蒋介石看成反革命，看来就同这一回的掌声有关。

陈延年的估计没有错。尽管他紧急地向上海方面写了报告，提出了立场鲜明的建议，但是他的父亲仍然于3月29日发出了措辞明确的中央指令，指令称:“从党和军队的观点来看，蒋介石的行动是极其错误的，但是，事情不能用简单的惩罚蒋的办法来解决，不能让蒋介石和汪精卫之间的关系破裂，更不能让第二军、第三军和蒋介石军队之间发生冲突。”几天之后，陈独秀又在《向导周报》上发表了公开文章，题目就叫《中国革命势力统一政策与广州事变》，他在文章里坚决否认国民党右派的攻击言论，那种言论指称中共要在广州建立工农政府。陈独秀说，中国共产党不是“疯子的党，当然不会就要在广州建设工农政府”。又说:“蒋介石是中国民族革命运动中的一个柱石，共产党若不是帝国主义者的工具，决不会采用这种破坏中国革命势力统一的政策。”

党内许多同志不满意了，都说“老头子”怎么能这样赞扬蒋介石？这蒋介石抓了那么多共产党员，还差一点把周恩来给杀了，能夸他是“柱石”吗?“老头子”是不是雪茄抽过量了？陈独秀听到这种言论，好长时间不作声。他在北四川路的中共中央宣传部办公室里走来走去，手里摆弄着一块镇纸石。

这是一块圆形的带凹的青石头，黄浦江边捡来的。

“诸位，”陈独秀把镇纸石重重放于桌面，对宣传部机关的同志说，“一块石头，放在写字桌上，可以镇纸。它若是掉下来，横在路上，才成为绊脚石。”

机关的同志，郑超麟、彭述之，还有两个二十才出头的小同志，一齐瞪大眼睛，默默地望着他。

陈独秀点着了雪茄，又说:“我提请大家注意，蒋介石这块石头，现在还在桌面上，尽管已经在边沿上了，但是它还没有掉下来。不掉下来，就不成其为拦路石，诸位同志听明白我的意思了吗？”

“明白了。”大家一齐说。

“明白了就好。我们共产党的每一个决策错误，都会被帝国主义和军阀利用，都会授国民党右派以柄。我们现在是秉烛走路，大家务要战战兢兢，如履薄冰。这不是胆怯，这是智慧。延年他们年少气盛，剑还没有开锋就想刺人。我们不能这样做。做孤胆英雄是冒失的。中国共产党人没有本钱犯致命的错误。”

见陈独秀说得这么诚恳，大家也就一齐点头了。

第 15 章

两只手反复摆弄着一只木制的罗盘，罗盘上指针不停晃动，像真有神灵附着一样。这是一双看上去很可怕的、瘦骨嶙峋的手。蒋介石一直凝视着这双手。蒋介石在广州东校场慢慢地走，跟在这个仙风道骨般的黑衣风水师身后，走着一个又一个圆圈。他一边走圈子，一边在心里琢磨一个日子。

出征之日是一个极重要的日子，这个日子若是犯了什么，无论犯三神六煞还是朱雀白虎，都为不智，将来若遭将士血肉之躯乃至党国命运之无端损失，那是极不划算的事。“天地革而四时成，汤武革命，顺乎天而应乎人，革之时大矣哉。”

即便是革卦，讲究变革的，也须得顺，顺则胜，

顺是第一个要紧的事。四个月前处理中山舰一案，他就找人卜过一卦，说是下雷上风，雷上有风，风雷并至，雷厉风行。雷属阳，风属阴，阴阳交错，吉卦。果然，四处出击雷厉风行了一番，处处无碍，呈现吉相，既削弱了苏联顾问的控制，又打击了共产党，同时也逼走了他在国民党内的最大政敌汪精卫，巩固了自己的地位。两个月前，他乘胜追击，又在国民党二届二中全会上提出“整理党务案”，规定共产党员在国民党中央到省市党部的执行委员不得超过总数的三分之一，共产党员不得担任国民党中央机关之部长。此议又获顺利通过。为此，国民党组织部长谭平山、代理宣传部长毛泽东、农业部长林伯渠均被迫辞去了职务。

蒋介石一时对自己充满了信心。尤其是由于他的一再进逼，竟然造成苏联顾问连连退却，这更是他的得意之笔。从莫斯科回到广州的苏联顾问鲍罗廷面对他的咄咄逼人的“整理党务案”，竟明确表态说：“不管蒋介石的三月政变的后果多么严重，国共合作的政策应保持不变。中共应接受三月政变所造成的局势，承认蒋的军事独裁，接受他的‘整理党务案’，同时协助他领导北伐。”于是蒋介石看着无奈的张国焘指挥中共党团的成员一起上桌签字，心如灌蜜。

他想，他的顺势业已成形，应当再接再厉有更为雷厉风行的扩展。此番发展，非北伐莫属。北伐乃两党一致呼声，体现全国民意，也是先生毕生奋斗之愿望。北伐义旗一举，全国自会沸腾。蒋介石于是开口闭口北伐，国民党中央执委会也通过了“迅行出师北伐”议案，国民政府又接着任命蒋介石为国民革命军总司令。诸事发展，皆为顺畅。实际上已集国民党党权、军权、政权于一身的蒋介石，要登上广州东校场的检阅台，用他高高举起的白手套舞动全国风云了。这是一个重要的时刻，为了这个重要的时刻，他必须琢磨一个日子。

日子，很重要，中国人讲究的就是日子。一个日子好了，所有日子都跟着好了。

风水先生现在已从万般思虑中抬起脸来，蒋介石也跟着抬起脸来。蒋介石面对的是一个已经竣工的检阅台。“北伐誓师大会暨国民革命军总司令就职仪式”的横幅已经挂毕，几十个工人爬上爬下，在做最后的装饰。

蒋介石恭恭敬敬地问：“先生有何指教？”

风水先生凝视半晌，忽然一个跌足，干瘪的唇间吐出一个词：“狼烟！”

蒋介石一怔：“什么？”

“狼烟，”风水先生说，“一股狼烟。”

蒋介石心里顿时就打开了鼓。他知道风水先生手中那只罗盘的分量，罗盘上经天，下纬地，包罗万象，至精至微，苟能消息阴阳，辨别吉凶，福祸不右，鬼神莫逃。

于是，蒋介石态度更为谦逊，他甚至微微弯下腰来，凑近风水先生的那几根稀疏的山羊胡子，用柔和的嗓音说：“愿闻其详！”

风水先生抽口冷气：“啊呀呀，堂堂总司令，怎么会是一股狼烟呢？”

蒋介石心里更急：“恭请先生指教！”

在国民革命军总司令部的膳堂里，新任革命军总司令部政治部主任的邓演达正在吃饭，他边嚼边听汇报，一听便大吃一惊。

“什么？”他停止了咀嚼，“拆掉重建？不是说后天就要开誓师大会了吗，重建怎么来得及？”

汇报的军官说：“蒋总司令亲自下的令。”

“为什么要拆检阅台？”

“不知道。”

邓演达扔下碗，抓起军帽，大喊一声：“备车！”

他赶到东山蒋介石私邸时，蒋介石正在二楼卧房里慷慨挥拳，试演就职演说。陈洁如告诉他说，邓演达在门外紧急求见，蒋介石心里知道是怎么回事，就是不搭理。

他后来说：“回复他，就说我不在。”陈洁如还想说什么，蒋介石恼了，提高嗓门说：“我不在，听见没有？这个邓演达，他还有脸来见我？”

陈洁如下楼之时，心情不佳。她觉得很难回复邓演达。邓演达乃忠勇正直之士，她心里是明白的，但蒋介石给他调了如此稠的一份闭门羹，她觉得太腻嘴。

陈洁如细步走近坐在门房里的邓演达，她的金丝眼镜在阳光里一闪一闪。

“对不起，校长不在家。”她说。

邓演达说：“我好像听见校长的嗓音了。他是在练习演说吧？”

陈洁如笑一笑，说：“他说他不在家。”

邓演达从这句有趣的话里听出了苗头，于是说：“好吧，我知道校长不在。可是我闹不明白，校长到底为什么要重建检阅台？钱款要大大浪费，时间也实在不够。”

陈洁如说：“再见吧，邓主任。”

“慢！”邓演达表现出了倔劲儿，“你转告校长，我邓演达坚决请求他收回成命！”

陈洁如淡然笑笑，慢慢伸出皮鞋尖，在门房边的泥地上划了三道，勾出一个“丁”字。

邓演达念出了这个字：“丁？”

他不明白。

“什么丁？”他问。

陈洁如说：“丁先生。一个风水先生。”

没费多少时间，邓演达便摸清这个可恶而著名的丁先生藏匿于何处了。两个钟头之后，他的小汽车开进了窄长的高第街。在小街顶端的一个残破门垣之内，他一把扭住了那个满脸阴谲的精瘦老头。

他是扭住对方耳朵的。

“哎哟哟，哎哟哟，”丁先生弯腰成虾米，“邓长官且听老朽吐露端详！”

“说！”

“老朽不敢说。”

怒火中烧的邓演达不仅重又揪住他的耳朵，而且又狠揪了一把他的山羊胡子。

“老朽说！老朽说！”丁先生惨叫一声，满脸悲苦，“老朽这就禀告邓长官。自纣王搭雀台起，自古搭台，都是有讲究的。依老朽看，邓长官此番所搭，不是检阅台，不是司令台，而是烽火台。”

“胡说！”

风水先生弯着腰，黑衣拖地，但他仍然坚持说：“若建的是烽火台，那登台之人，就不是三军司令，只能是一蓬狼烟而已。”

“我操你八辈子祖宗！我建的明明是检阅台，你为什么说是烽火台？”

“邓长官息怒。检阅台也罢，司令台也罢，皆寓揭竿举事之意。揭竿举事，不为其他，只为取天下耳！”

“混蛋，说下去！”

“邓长官所建检阅台，若是南向而设，便存金殿之意，紫禁之势，顿显取天下之吉兆，就看那登台之人，他脚下所穿之鞋，也绝非军靴了。”

“不是军靴是什么？”

丁先生回答说：“那乌黑的军靴，顿时将化作明黄缎面龙靴。登台之将，必定所向披靡，今日登检阅台检阅三军，明日即可登祈年台祈全国丰年。若是这检阅台不是南向而设呢，那就只能是一个烽火台，三军司令登台口号一呼，嘴中所吐，只能是一蓬狼烟！”

邓演达瞪眼：“我这检阅台朝向哪里？”

“回邓长官，朝西。”

“朝西？”邓演达并没有想到这一点。

风水先生的声音得意起来：“朝西之台，不是烽火台又是什么台？”

邓演达大怒：“真的要我拆掉重建？”

“邓长官一定知道‘南面称孤’这四个字吧？检阅之台，若不改为南向而设，依老朽看，邓长官是过不了蒋总司令的关的。”

“操你娘，我叫你先过不了我的关！来人！”

两位副官和建检阅台的工程负责人应声而上，七八个士兵也从旁虎视眈眈。

“传我两条命令！第一条，检阅台立即重建！由西向改为南向！”

工程负责人惊得连连摇手，说：“实在来不及，邓主任！”

“来不及你就搬架天梯上天，把太阳给我绑住！我告诉你，龙贵师傅，你必须给我连夜动手！人不准下来，饭桶、菜桶和便桶统统给我抬到工地上去！”

龙贵师傅只好应诺。

“第二条命令，把这个胡说八道的老东西给我捆起来！”

兵士一拥而上。

“邓长官饶命！”风水先生这下子真的害怕了。

“放心，不打你脑袋，打你屁股！听着，给我把这老东西的瘦屁股打得像检阅台一样肿！”

丁先生狂喊：“救命啊！”

军用皮带清脆地揍在他无肉的屁股上。他的杀鸡般的惨叫只响了七八声就哑了。

工程队的加班加点还是奏效的。检阅台的临时改建没有延误1926年7月9日的盛大典礼。

蒋介石沿着一条窄窄的地毯踏上检阅台时，神情格外满意。两夜没合眼的邓演达在鼓乐声中一直盯着蒋介石。他想，这位北伐总司令现在的每一个脚步总算都能踩在“南面称孤”的感觉上了。他看见蒋介石今天的穿戴特别神气，一身草绿色毛呢军服，又佩短剑，又佩长指挥刀，邓演达想，这种特殊的打扮必有特殊的感觉。

面对站得如海洋一般广阔的北伐将士，轻易不动感情的蒋介石也动了感情，他把洁白的细纱手套庄严地举在帽檐上，手套在微微颤抖。共有五万北伐将士集聚在此，举拳宣誓北伐，蒋介石心里明白，此日此时此地，恐怕就是全世界舆论的焦点了。

他始终站得笔直，用他的南方官话大声发表了就职宣言，之后，又高声领呼北伐誓言。

蒋介石喊：“国民痛苦，火热水深！”

众将士吼声如雷：“国民痛苦，火热水深！”

“土匪军阀，为虎作伥；帝国主义，以枭以张！”

众将士跟呼，声若排浪。

“本军兴师，救国救民！”

石头作为一名副连长，跟着总司令振臂高呼，也突觉热泪盈眶。爸爸，报仇了！他心里喊。妈妈，报仇了！他心里又喊。姐姐，你没牙齿不要紧，我要代你咬人了！他心里又这样喊。

蒋介石又呼：“总理遗命，炳若日星！”

东校场声浪翻卷，开了锅一样。第二天，全世界各大报纸的热气腾腾的大标题，果然都是这只沸腾的大锅煮出来的。

石头在三个月之后丢了一条手臂。石头的左手臂是 1926 年 10 月 10 日，也就是武昌辛亥革命十五周年那天，在武昌城头丢掉的。那一天砖城上枪弹如织，刀光飞舞。石头的胳膊断裂处，动脉血管如一只喷口，鲜红的血喷溅不息。

在这之前，石头一直随大军挺进，一路钻枪林弹雨不计其数，却奇迹般地没有负过伤。他是神枪手，他击毙的最高长官是吴佩孚手下的一位参谋长。他是随着全国民众的欢呼声一起北上的。他所在的军队挺进到哪里，京沪穗各大报的大字标题就像只行军锅似的颠到哪里。北伐军确实不负众望，自 1926 年 7 月开始北伐，八个军，十万人，以叶挺独立团为先锋，克湖南，攻汉阳，激战汀泗桥，勇夺贺胜桥，连续作战，节节胜利，不到十个月，就收复了湖南、湖北、江西、福建、浙江、安徽六省和河南的一部分，把国民革命从广东地区迅速推进到长江流域，这就震撼了帝国主义及封建军阀在中国的统治，全国形势顿时转为北伐军与奉系军阀南北对峙的局面。

石头的手臂就是在全国民众欣喜若狂之时断裂的。当时武昌城头有挺机关枪扫射甚烈，击倒了好几个国民革命军的弟兄。已升任为连长的石头钻过硝烟冲了上去，一个飞扑，勇敢地托起了正在喷射火舌的机枪管，他的掌心火辣辣钻心般的痛，但是他似乎已不觉得，他只觉得敌人的子弹现在只能一串串地射往深不可测的天空。同时他也没有看见一个长得像屠夫一样的敌人从城垛后头钻出来，并且举起了一把雪亮马刀。

他没有感觉到自己的左手臂有什么异常，只看见发烫的机枪管从空中轰然坠落下来，并且听到了身后战友的喊声，这是一种惊恐的尖声大喊:“石连长！！”

这一年年底的时候，石花终于打听到负了重伤的弟弟住在武汉野战医院，便跌跌撞撞地从长沙赶来了。她抱着弟弟的空袖管，泪水扑簌簌地掉。

“痛不？”她问。

“早不痛了。姐，知道不，我一只手，换了狗娘养的军阀三十多个兵！””

“当上连长了？”

“进步还不快。”

“别进步了，才当上连长就剩一只手了。”

“姐姐，你七年前丢一口牙，我七年后丢一条胳膊，我想，为了打倒军阀，打倒帝国主义，你我都不会后悔，是不是？”生锈的铁床底下有一只扁圆形的陶坛子，石头用独臂将之拖了出来。“姐姐，这只石灰坛，里面有我的一只手。”

石花吓了一大跳。

“我之所以保留这只手，就是想托你带回长沙，埋在爸爸妈妈的坟边上。”

姐姐一直打愣，她不知道弟弟为什么这样想。

石头说：“我这只手，虽是左边的，但力气也大，就让它在阴间帮爸爸妈妈干点儿粗活吧，也算是我石头的一份孝心。求你了，姐。”

姐姐瞧着弟弟，半晌，说：“你心里，还有话。”

石头真是还有话，他说：“是的，姐姐，我还有话。你既然问，我也就说到底了。我想，我的另外一只手，另外两只脚，另外一颗脑袋，大概都不会埋在长沙了。埋在哪儿，不知道，反正在中国吧。因为我还想打仗，我是神枪手，右手还能百发百中，打短枪也行，打长枪也行。姐姐，我的报仇没有完，我杀红眼了，我还得跟队伍走。我这辈子跟定共产党革命到底了。姐姐，我若真的埋在外面了，你告诉爸爸妈妈，我石头就委托这只左手尽儿子的孝心了。”

弟弟这番话是言之成理的，但石花听了还是忍不住呜咽：“我不忍心你再丢手。”

“姐姐，还记得吗，当初你送我上船，去上海找毛团长参军，你不也是准备我一去不复返的？你抱住我哭了一场。”

姐姐点头。是这样。她记得送别时分。

“姐姐，这些天，我好几回做梦都梦见毛团长。”

姐姐告诉他，她昨日碰到毛团长了。毛团长在武汉开一个党的会议，也知道了石头负伤的事情。他还把半罐子英国产的饼干带给石花，一定要他送到医院来。末了，石花还告诉弟弟，毛团长在跟另外的官长说话的时候，好像很不高兴。他们在争论什么事情。

“是吗？”弟弟说，“谁能惹毛团长生气呢？”

姐姐肯定地说：“一定是比他大的人。”

石花不认识陈独秀，但她说到的比毛泽东大的人，就是陈独秀。

陈独秀在正午时分，拉着毛泽东，走了一趟黄鹤楼。

黄鹤楼耸于长江边的蛇山，相传三国时所建，与湖南岳阳楼、江西滕王阁并称“江南三大名楼”，楼层五重，飞檐五舒，一步步登上去，也要花不少脚力。

冬风拂过江面和檐铃之后，就开始往骨头缝里钻。陈独秀上了二层，打了两回哆嗦，上了三层，打了三回哆嗦。毛泽东问他怎么了，他说他西装里面穿了两件毛衣，还嫌冷，而毛泽东一点不觉冷，他在贴身布褂外面只套着一件薄薄的灰棉袄，还觉得燥热。

他燥热的原因，可能跟他受到指责有关。他是在会议上受到指责的。12月中旬，中共中央在汉口召开特别会议，会议争论激烈，毛泽东被指责为有“包办农民运动”的倾向，这就使得特别重视中国农民运动的毛泽东感到了不安。在这次会议上，陈独秀作政治报告，明确提出要反对党内存在的“左稚病”，指出中国革命的性质是资产阶级民主革命，要由资产阶级领导，只有民主革命胜利了，才能进行社会主义革命。这就使得毛泽东更不痛快了。午饭后，他硬扯着陈独秀聊天，他觉得现在北伐形势很好，全国民众都在呼啸而起，中国共产党人绝不能像小脚婆娘那样走路。

陈独秀则为这位前中共中央秘书的激进感到惋惜。他所言的“左稚病”，毛泽东明显是一个患者。只是陈独秀嘴下留情，没有直截了当地点他的名罢了。毛泽东要聊天，陈独秀便说：“上黄鹤楼去聊吧。三国的道士以橘皮在楼壁上画下了一只黄鹤，说：‘酒客拍拍手，鹤下即飞舞。’我们今日虽不喝酒，但黄鹤或许认为我们是饮江之人，也喜欢飞下墙壁来伴我们舞蹈一番呢。”毛泽东阴郁地说：“据我所知，那只黄鹤，早已在三国时期就随那道士飞走了，再没回来。”话虽如此，他还是钻进了陈独秀的小汽车。

他们终于走到了第五层。陈独秀深深呼吸，遇风不再打抖，摸摸前额，竟微微有汗了。

“润之，”陈独秀深深呼吸，手指长江之水，“你看看长江。江上写着字，你看出来没有？”

毛泽东扶栏眺望，觉得长江之水确实气势不凡，他已登楼三回，每回登楼都会有一种心壑洞开之感。他想，等到家眷迁来武汉之后，他一定要带开慧来登此楼，从高处看看这条不同于湘江的大江。

“看见没有？”陈独秀还在指点江面，“密密麻麻的，都是字。每一排浪，都写着字。”

“我的眼睛几乎能看清江对面的树叶子，可是我看不出江上有什么字。”

“我告诉你，润之，写在水上的字，我们中国，大概只有一个人能看得出来。此人名字叫孔丘。孔夫子说：逝者如斯夫。他在江面上看到了时间和恒久。”

“今天你也看出来了，仲甫？”

“我看见的字，不是孔夫子看到的字。我看见满江写着两个字：阶段。”

“阶段？”毛泽东皱眉。

“或者说，秩序。”

“秩序？”毛泽东顿悟，明白了陈独秀想说什么。

“润之，我觉得你我在许多时候都是彼此心通的。你有不快之处，我也理解。今日我特意约你登楼，就是想让你从高处看看长江。从高处看长江，与你喜欢浸到江水感觉江河，那是境界各异的。你感觉到了没有？”

“是啊，是啊，”毛泽东拍拍栏杆，“仲甫看见了阶段，也看见了秩序。”

“浩浩长江，就如浩浩历史，也就如浩浩荡荡的中国革命。你仔细看，一浪接着一浪，一浪咬着一浪，满江秩序井然。有没有这一排波浪忽然跃起，跃过了三四排，直接跳到前面去的呢？没有的。大自然的铁律，证明这种情况是没有的。它们永远是排着队伍，浪浪相挽，浪浪相扣，井然有序，直泻沧海。这就是河流的逻辑，河流的逻辑也是历史的逻辑。”

“我明白仲甫指的是什么了。你昨日的会议上，也讲的这个道理。眼下的中国，只能进行资产阶级民主革命，这就是你的逻辑。你把你的逻辑，称作是历史的逻辑。今日还特地拉一只黄鹤来做证，不巧的是，那黄鹤在一千七百年之前就载着老道士飞走了。”

正午的太阳底下，陈独秀黄褐色的眼球放出奇异的光。他没有听出毛泽东话中之音，或许是根本不愿意听这种话中之话，他依旧顺着自己的思路开导毛泽东。

“我过去也没有想通这个道理，”他说，“现在是豁然通达。

我们完全不必要去同资产阶级争夺革命领导权，让人家好好去搞他们的民主革命吧。等到将来，中国的生产不落后了，工业强大了，我们再来领导社会主义的革命吧。看着浩浩长江，应该是什么都想通的啊！这真是一条好江啊，满江的历史，满江的哲学啊！”

“也有白浪滔天山呼海啸之时，仲甫！”

“白浪即便滔天，也是后浪推动前浪！海洋即便啸叫，也是啸声节律有序。润之，我们没有办法超越阶段，即便神仙皇帝，对此也无灵丹妙药。所以，润之，当前的工农运动，尤其是农民运动，千万不要过火，要节制，不然就会不必要地刺激蒋介石，就会危害资产阶级民主革命。不必要，懂吗？”

毛泽东摇摇头说不懂。又一股江风从对岸过来，檐铃一阵乱响。毛泽东在叮咚作响的铃声里说：“长江之水，浩荡东去，大小强弱自如，谁在节制？农民运动，好与不好，都须用事实说话。我想回湖南做一次农民运动的实地考察，考察之后，我自会以事实说话。仲甫，站在高处看长江是一码子事，到江水里游一游，又是一码子事。”

陈独秀问：“这话怎么讲？”

毛泽东说：“我在水里游泳的时候，一蹬腿，一抬手，就会把身边的浪花推出好远，连连跃过前面三四排波浪，我每一个动作，都会见这种效果。仲甫，这说明什么道理？为什么我劈水了，蹬腿了，水波之秩序就会打破了呢？水，当然有水的逻辑，人，也有人的逻辑，人的逻辑，有时候，就是会制约水的逻辑。”

为毛泽东这番话，陈独秀想了好些时候。他举起手，手搭凉棚，极目凝视江水中央的过帆，也仔细看看江边的那些小划子的船桨。他最后对毛泽东说：“看来，我是在江面上看字，你是在江水里写字。”

毛泽东笑笑，说：“是不是既要看字，又要写字，这江河之逻辑就识全了？”

陈独秀说：“下楼吧，下楼吧。江风一大起来，这楼角翘檐之外的铜钟就叮叮当当响。润之，你是没有听到钟声的，我却声声都听到了。这江水，这江风，这江钟，都是同一个声音。你即便听到这声音，也是耳朵听见的。而我，我是用我的心听见的。我每一根血管里的血都与这钟声一个节拍。有些感觉，润之，你是知之不深的。润之啊润之，你我之间，这些日子，总是有芥蒂，一江大水都难冲尽啊！”

登楼归来，毛泽东的忧郁一点也没有散去。听陈独秀在会议上的发言，依然固执己见。毛泽东认为，这种固执，既描述了陈独秀的思想现状，也体现了共产国际的指挥因素。是莫斯科的一些蓝眼睛，通过黄鹤楼上的陈独秀，在观察着中国的长江之浪。无论如何，陈独秀的两次革命论的判断，他是不能同意的。“左稚病”的帽子，他拒绝戴上。已经强烈地意识到中国农民在中国革命进程中将扮演举足轻重的历史角色的毛泽东，于1927年的1月4日至2月5日，以国民党中央执委会候补委员的身份，一口气考察了湖南省湘潭、湘乡等五县的农民运动。

毛泽东用一身灰色棉袄，一把油纸雨伞，一双黑面布鞋，外加一双极锐利的眼睛，在凛冽的冬风之中，细细地观察了一回肤色发红的中国乡村和中国农民。

毛泽东的那把红纸伞，老远就能见着。

湘潭这几日连续冷雨，然而毛泽东走过的七八个村村乡乡，每寸土地都热得发烫。扁担、木棍、梭标、红色袖章，体现着大革命时期中国土地的最初的觉醒。

韶山地区的农协负责人福顺大叔欢天喜地奔出村口，迎接毛泽东。“快，快，毛先生，请你看戏！”

“什么戏啊？”毛泽东其实不用问也知道是什么戏。他这几天看到的都是戏剧性场面。泥腿子成群结队地到土豪家中吃大户，敢于对抗的老财被戴上高高的纸帽子敲锣游乡，活像个白无常。毛泽东认为这不是农民在演戏而是历史在演戏。启幕的时辰到了，历史不能不演这种戏。

“你要是再迟点来，这出大戏就演完了！毛先生啊，韩老爷家里闹翻天了！”

毛泽东笑着跟福顺大叔走。石桥对面的一座黑瓦高墙宅院，就是大土豪韩思贵家宅。门外的旗杆上早已是光秃秃的了，大门两侧唯见两只无所事事的石狮子。

门外冷清，门内却热闹。在毛泽东和福顺大叔还没有进门之前，戏已开演。一个叫铁锁的年轻农民是唱戏的主角。在这些非同寻常的日子里，这一类激动人心的戏一般都在乡村的高墙大院里上演。

蜂拥在这里的农民们高兴得大喊大叫，厅堂卧房到处走闯，毫无顾忌。现在他们赞叹地看着和抚摸着雕梁画栋以及小姐闺房中的精美陈设，大土豪韩思贵夫妇及其子女们则面无人色地畏缩于一角。

铁锁拍打着小姐的精致的牙床，竭力鼓动他的瞎眼姐姐到床上坐坐。他说：“来来来，姐姐，你做了半辈子丫头，小姐的牙床上，如今你也坐坐！”

瞎眼姑娘双手摸索着软绵绵的枕头和棉被，说：“鸭子绒毛一样哩！”

铁锁推她：“你坐！你坐！”

瞎眼姐姐想坐，忽然想想不对，脸上显出害怕的神色来，她说："不是我坐得的。"

听得姐姐这么说，铁锁便恼，恼得喊："如今天地颠倒了，谁家床上不能坐？"

他一蹦就蹦上小姐的牙床，一个歪歪的前滚翻，又一个夸张的后滚翻。翻得男女农民哄哄哄笑。

韩思贵的千金小姐像哭一样说："爸爸，他脚上有牛屎呀！"

韩思贵急忙捂住女儿的嘴，他知道现在绝对不是可以开口指责什么的时候。他甚至挨到铁锁身边，壮起胆子，鞠一躬，殷勤万分地说："铁锁大哥，小弟还有上好的云烟，大哥若肯赏光，就是小弟的面子了。"

"呸！"铁锁跳下床，"你以为我在你女儿床上打个滚，就是你女婿了？"

韩思贵在众人的哄笑声中赔笑脸说："小弟哪敢呢？"

"云烟旱烟的，都留着熏你自己的肚肠子去！倒是你这身光鲜衣服，我看中了！"

土豪看看自己的茄紫色的缎面暗花衣服，听不明白："大哥说什么？"

铁锁说："革命了，我们农友是上人，你土豪是下人！"

"是，是，我是下人。我韩家不是下人，谁是下人哩！"

"做了上人，得有上人衣！你是下人，该穿下人装！来，脱衣服，我们换着穿！"

众人听了这个新鲜倡议，大为振奋，一起唤："换衣！换衣！"

土豪的一大帮儿子女儿以及管家，闻此言皆如闻惊雷，一个个都往韩思贵身后躲。

铁锁睁圆大眼说："到底是换不换？"

韩思贵说："换！换！怎么不换哩？"

他心里想，损几套衣服，才划算哩。前村后乡的几个人物，所有家产都像切瓜一样切了，几套绸布衣服算个啥呀！所以韩思贵立马对老婆孩子吹胡子说："快脱快脱，磨蹭什么！"

铁锁对瞎眼姐姐说："姐呀，你也换上一身好衣服，今日不光鲜，什么年月光鲜？喂，荷花，你把少奶奶衣服扒下来，给我姐穿上！"

毛泽东就是在农民们闹哄哄换衣服的当儿，翻下石桥，走到韩宅大门口的。

他进门前还顺手摸了摸石狮子。狮子的牙齿又冷又尖。狮子背后的墙上，花花绿绿贴了许多小标语。

"打倒土豪劣绅！""社会换乾坤，农民做主人！"

还没等毛泽东和福顺大叔跨上门院石阶，打斜里忽然窜出一声热情而小心的招呼。

"嘿嘿，这不是福顺大叔吗？"

福顺大叔停步，瞧瞧这个不知从哪旮旯里蹦出来的头戴暗绿色瓜皮帽的小乡绅。

小乡绅摸出几块光洋，赔笑说："福顺大叔，我也想参加你们农会哩，想了三天哩，你们收吗？"

福顺大叔瞪眼说："不收！你也没少干坏事！"

小乡绅委屈了，指着宅门说："我再怎么个排，也排不上他们那种土豪劣绅。福顺大叔，我这辈子拢共只打过农民一次嘴巴子，也没打出血来，这你是有数的。"

毛泽东在一旁听得咧嘴笑。

小乡绅又说："福顺大叔，你们农协不会把我打入另册吧？"

"你还想入正册？"福顺大叔瞪眼，"门口撒泡尿，照照自家脸！"他朝小乡绅挥挥手，像挥掸一只绿头苍蝇。

都穿上了亮晃晃的缎子袍服，男女农人们你看我笑，我看你笑，谁都觉得不像谁。而土豪韩思贵及其老婆子女和管家，十余号男女，则一律换上了灰灰黑黑破烂不堪的农人之衣，互相瞅着，也不忍看。

哈哈哈哈，农民们互相打闹着乐。韩思贵在农民的乐子里灰着脸想，天地是颠倒了咧。

毛泽东见着这台农民的大戏也悄悄地乐。他看见破衣烂衫的下面，都是一双双哆哆嗦嗦的绣花裤腿、镶金珠鞋。而在那些闪亮的缎子棉袍下面，则一律是破旧的裤腿、黑褐色的脚梗、露出一团团破棉絮的烂鞋。

毛泽东看见那个叫铁锁的年轻农民倒背起手，学着老爷派头，走几步，问众人："是不是铁锁老爷？"

众人一齐摇头，说："不是，不是。"

铁锁问为什么不是，大家说是不像。

铁锁叹一声，说："其实呀，老哥们，狼有狼皮，虎有虎皮，什么肉配什么皮。我们做羊的，就是披上狼皮也没本事吃羊！"

"是啊，花花绿绿，浑身起鸡皮疙瘩。"众人说。

铁锁于是说："我们下人，还是披下人的皮吧！下人有什么不好？下人下田，下人下地，下田下地是人间正途，谁人能说他离开田地能活？"

"好！"毛泽东喝彩，"这话说得有底气！"

铁锁听得喝彩，高兴了，大喝一声："换回来！"

众人连喊"换回来""换回来"，纷纷解衣扣。

韩思贵慌忙摇手，说："不用换，不用换，我今生能穿铁锁大哥的衣服，是我祖上积有阴德，实乃三生有幸！"

"你有幸，我恶心！"铁锁说，三下五除二就从韩思贵身上扒回了自己的那件补丁破衣。

众人纷纷换回衣服。

“大家听着！”铁锁扎紧自己的灰布破衣，拍拍手，指一指人群中的毛泽东，“刚才这位先生叫好，说我说了一句有底气的话，我这会儿，就想再说一句更有底气的话！”

然后铁锁就说了，说得有板有眼：“天下的衣服，都是认人的。若不是你的，你纽扣儿扣死，也不是你的！天下的土地呢，都是不认人的，没有说哪块土地今天姓张，那就年年月月姓张，今天姓赵，那就世世代代姓赵！衣服和土地，长的是不同的眼睛，父老乡亲们，你们听懂我铁锁的话了吗？”

大家听不懂。毛泽东听懂了。毛泽东心里称赞，这个铁锁，话又说到锁眼里去了。另一个听懂的是韩思贵，他一张脸霎时惨白得像身后的墙。

铁锁高声说：“我铁锁的意思，很明白，那就是，我们今天打土豪，进韩家，不图衣服，图土地！”

“对了！”毛泽东啪啪啪鼓掌，“这话又说到点子上了！”

铁锁说话的声音更响：“我们要叫韩思贵把以前霸占去的土地，通通还给我们！”

“还土地！还土地！”众人手臂如林。手这一举，这出大戏就上了高潮了。

韩思贵双手作揖，嘴唇发白且打哆嗦：“铁，铁锁大哥，你，你没说错吧？”

他知道大祸临头了。

“没错！”铁锁说，“一点没错，就是要你韩思贵交出地契来！”

众人一起喊：“地契！地契！地契！”

铁锁指着韩思贵的鼻子说：“你们尽管做你们的上人，上殿也好，上天也好，我们既是下人，下人就要下个决心，争他一个下田下地的权利！”

韩思贵苦起一张脸：“大哥们，大叔们……”

福顺大叔一把揪住土豪的肩膀，手心里的丝绸感觉如泥鳅一样滑溜：“你说说，今天我们为什么上门？你是真傻还是装傻？我们上门，一不图你饭吃，二不图你衣穿，就图你韩思贵交出地契，一把火烧了！”

韩思贵差点背过气去。

福顺大叔继续说：“你姓韩的睁眼看看，今天进门来的都是什么人？他赵进德认识不认识？他的一亩半水田，你当年是怎么逼着他画押抵高利贷的？她水珍大嫂认识不？她拢共只有半亩地，你前年是怎么叫人把她丈夫的腿打断的？还有这个铁锁，你今天口口声声叫他大哥，四年前，你是怎么把他爹娘一根绳索捆到乡公所的？他爹娘后来是怎么死的？铁锁他姐姐是怎么哭瞎了眼睛的？”

瞎眼姑娘顿时哇一声哭了出来，哭声听上去特别凄凉。铁锁伸手扶住姐姐，眼圈子也红起来。

福顺大叔斩钉截铁地说：“不烧地契，天理难容！不分土地，天道不公！”

韩思贵不言不语，兀自就软瘫了下去，慌得几个子女一起喊：“爸爸，爸爸！”

毛泽东分开众人，走到戴黑色绒线帽子的管家身边，说：“你是管家先生吧？”

“是，是。”管家弯腰成虾米。

毛泽东说：“既是管家先生便应当知道今日如何管家了。”

管家听出了这话的分量，急忙说：“是，是，敝人知道钥匙在哪儿，敝人这就去拿地契。”

当日下午，拥出韩家的人们手里都有了土地。

铁锁就是把地契烧在田头的。许多农人围在田埂边看着他怎么向土地磕头。铁锁磕头磕得满额角都是泥，像戏台子上的花脸。铁锁说：“爹，妈，今天烧给你们的这只元宝，是用地契折的。两亩地再不姓韩了，回家了！”

他的瞎眼姐姐在一旁嘤嘤直哭。

福顺大叔一声喊：“铁锁，牛给你牵来了！”

一头褚黑色的水牛，驮着犁，出现在田头。

铁锁接过犁，扶着，喊一声“驾”，便在长满紫色苜蓿的不软不硬的土地上犁开了一道口子。

黑色的土地像糕团一样被掰开了。

铁锁把烧剩的“元宝”捧入深沟，说：“爹，你就看看地契吧！”

毛泽东一时兴起，撩起长衫，也下了田。他扶起犁，说：“许久不摸犁了，我也来推一圈。”

铁锁一愣：“先生也会犁田？”

福顺大叔说：“铁锁啊，你别看毛先生是国民党中央候补执行委员，天大的官儿了，他也是犁田出身啊，他老家就在我们湘潭县的韶山冲呢！”

毛泽东说：“驾！”

田埂上几十个农民笑嘻嘻一齐说：“驾！”

毛泽东推着犁，走了几步，只觉别别扭扭，不对劲。

“吁！”他喊，牛停了。“我也是从小犁田的把式啊，这土地真的不认我毛润之了？”

毛泽东干脆脱下长衫，卷起衣袖，好端端地扶起犁来。

他犁了一圈，徐徐翻起的赭黑色的泥块又厚又直。

毛泽东满意了，喝停了牛，说：“土地，看来还是认我毛润之的。”

田埂上，大家都笑。

毛泽东走上田埂，穿回长衫，问：“这里有多少人参加了农民协会？举个手我看看。”

大约三十位男女农民举起了手。

“没参加的呢？”

剩下的八位农民举手，大多是老者。

“准备参加吗？”

八位农民一起说：“今天就参加！”

毛泽东说：“对啊，该参加啊，农协为大家撑腰，分田分地，减租减息，大家为什么不入会呢？连小土豪都想当会员呢！”

“毛先生，”福顺大叔笑着说，“我们发展会员够彻底了，这里除了你毛先生，除了这头牛，都是农民协会会员！”

“你这话有两个不对，”毛泽东说，“第一，我毛润之是农民运动讲习所所长，所长都当得，该不该算得农民协会会员？”

众人一齐说：“算得！算得！”

毛泽东又说：“第二，这头牛，天性勤劳，我看，也该算是农协会员。你看它两只弯角，耿得很呢，这也像我们会员的脾气。乡亲们，我们就是要用牛，用牛的精神，用牛的毅力，一步一步地，把全中国的土地都犁好！诸位听听，我这话，有没有道理？”

农民们用掌声回答他，田埂上噼噼啪啪声一片。农民们认为这个毛先生说话很有趣，也很在理。尤其是农民们觉得，他们今天分到土地，同这个会犁田的大官的出现有直接的关系。所以他们信任这样的官，以及这样的官所代表的政府。

这样的政府才能叫作革命政府。

反过来说，毛泽东回到武汉之后研着砚墨想，这样的农民，才是革命政府赖以生存的基石。没有中国的农民，革命就不能出政府。

中国农民们的思想感情以及他们所演的戏，他们的向往以及他们的潜力，都被组织在一篇颇有兴味的文章里。

1927 年 3 月，在汉口英租界辅义里二十七号的一幢二层楼房里，这篇有趣的文章正在灯下被瞿秋白细细看着。看着看着，这位新任中共中央宣传部长就发笑，笑声震得带纸罩的白炽灯都微微摇晃起来。这篇文章叫作《湖南农民运动考察报告》。毛泽东在文章中以大锣大鼓为农民运动叫好，他说湖南农民运动好得很，他的论点是直接针对某些人所作出的“糟得很”和“痞子运动”的结论的。

妻子杨之华在洗脚，问:“真的这么好笑?”

“太生动了！”坐在床头的瞿秋白拍拍棉被，“毛润之这个人，真可谓是中国农民运动的王！他调查得很深入呀！他看见土豪劣绅家里那些小姐、少奶奶的牙床，农民也可以踏上去打滚。”

杨之华擦脚，笑。

“大土豪和小土豪的态度，也是全然不一样。润之举了两个例子：大土豪，逃到长沙避乱，到处攻击农民运动，说:‘那些一字不识的黑脚杆子，翻开脚板皮有牛屎臭，也当了区农民协会的委员长，弄得乡里不安宁！’而小劣绅呢，还没有到逃的地步，依旧留在乡里，但是日夜提心吊胆，怕打入另册，所以，愿意出十块钱要求参加农民协会。”

“准确极了！”杨之华说。

“妇女也解放了！她们原先是不得进祠堂的，如今也成群结队地拥入祠堂，一屁股坐下，坐下便吃酒席，族长老爷没法子，也只好听便。”

“秋白，毛润之写的，不是湖南农民。”

丈夫一愣，不知道妻子这话什么意思。

杨之华说:“是我们浙江农民。”

“不对，润之并没有去浙江农村考察。”

“你是知道的，我在萧山衙前教过书，我了解浙江农村。毛润之写的，就是我们那里的情况。”

“你的意思是说，毛润之写的农民，不光是湖南五个县的农民，而是全中国的农民，他那支笔，把中国的农村和中国的农民，全都画了像了！”

“我觉得在我们党的领导人里面，还没有一个能像毛润之这样，真正懂得中国农民的。”

“是啊，这不容易。”瞿秋白感叹说，“我一定要为润之的考察报告写个序言。我要呼吁中国的革命者，个个都来读一读毛泽东的这本书！”

国民革命军总司令蒋介石在一帮军官的簇拥下，缓步登上江南初春的山坡。这里是安徽战区。在相隔两个山头的地方，隐约响着零星的枪炮声。

蒋介石踩着野花和露水，边走边说:“毛泽东写的文章，我是没有工夫去读的。毛泽东说中国乡村里没有痞子，那是毛泽东瞎了眼。还有一个可能，那就是毛泽东这个人，本人就是痞子。痞子的眼里，是不会有痞子的。他是湖南哪里人啊?”

随从中有人说:“听说是湘潭。”

蒋介石又走，黑靴子上沾满草茎和花瓣:“痞子，就是痞子。中国的革命，假如都依靠痞子去做，将来的社会，一定是个痞子社会。他毛某人可以做痞子的头，我蒋某人，就是杀了头也是不愿意做痞子的。人各有志，不能强求。他毛某人，可以在湖南乡下打他的旗子，我蒋某人呢，就是要到中国最大的城市里去打我的旗子！”

山顶是一片稀稀拉拉的马尾松。蒋介石接过副官递上的望远镜，瞭望云遮雾罩的东方。

副官打开文件夹报告：“陈独秀和周恩来，已经在上海策动第三次工人武装起义。今日中午十二点整举事，各奉军据点都受到工人攻击。中共此举，是为配合我北伐军解放上海。”

蒋介石放下望远镜：“这分明又是痞子举动了。”

副官听不懂总司令的话。

蒋介石说：“陈独秀比毛泽东还要痞子！毛泽东在湖南给地主戴高帽子，脸上是不笑的。陈独秀今日在上海给我戴高帽子，脸上还要装笑。配合？他哪里是配合？他是赶在我进上海之前，先把上海抢到手！”

看副官的表情，还是没有听得很明白。

蒋介石说：“上海是个袋子，钱袋子。哪个抢到了上海，哪个就是抢到了中国。”

“听明白了。”

“东路军白崇禧已到哪里？”

“龙华。上海南郊。”

“传我命令，东路军立即停止进攻。”

3月21日下午二时，身穿蓝工装、头戴鸭舌帽的年轻共产党员陈云奔入上海龙华北伐东路军前沿指挥所。他气喘如牛，满脸黑烟和血污。

陈云摇晃着一位北伐军官的双手，像是遇上了救星。

“我奉上海总工会命令，前来接洽求助！”这位上海商务印书馆的工会委员长喘着粗气说，“上海北站的奉鲁联军很顽强，我们轮番冲击好几次了，久攻不克！我们盼望北伐军老大哥赶快出兵上海，不远了，就是前头！”

军官低头看军事地图：“我们知道，不远。”

“求你们赶快出兵！我们机关枪太少！你们一到，敌人就顶不住了！”

“我们白总指挥已经说了，我们在龙华待命！”

“你们白总指挥不会这样说的！我们工人现在在流血啊！”

军官英俊的脸上露出微笑，摊摊手：“我们白总指挥就是这样说的！他也只能这样说，因为他是奉命这样说的！哟，你是怎么过来的？你很悬啊，兄弟，你帽檐上有三个弹洞！”

工人武装起义总指挥部就设在上海商务印书馆俱乐部内，战斗打响之后，这里的人都如同长了翅膀似的飞进飞出，里里外外一片紧张气氛。

周恩来蹲在窗边打电话。窗外，枪声如炒豆般爆响。

他是接着了陈云的电话。某个意思，陈云讲了三遍，他终于听明白了。他心里是恼火的，嗓门也明显地沙哑：“你不要掉眼泪，陈云同志！白崇禧不打，我们打！我们可以不依靠北伐军拿下北站！你告诉他们：上海工人，完全可以依靠自己的力量消灭军阀残余部队！”

他搁下电话就冲出了指挥所。

就在周恩来日夜沐浴着上海滩的硝烟之时，他的妻子却在广州整天闻着医院里那股特有的药水味儿。

医院是德国人开的，是德国教会所属妇产院，位于广州长寿西路，一应设施齐全，然而这里也有叫人担心的地方，那就是那个姓王的主治医生总是对邓颖超那个特大的肚子皱眉头。他一皱眉头，整个产房的空气就顿时绷紧。4 月 4 日，临盆那一天，产房气氛绷得更紧，胎头果然久久未下，王大夫额上的汗珠却一直在滚滚而落。

汗水流得最多的还是邓颖超。她的脸苍白如身上的薄被单。她疼痛，但始终紧咬嘴唇，她不想发出呻吟，哪怕一丁点。母亲杨振德被破例地叫进了产房陪伴女儿。杨振德自离津赴粤与女儿团聚之后，心中最大的惦念就是女儿腹中的那团骨肉。现在她的心也紧张得缩成了一团，她把自己日渐粗糙的脸面紧贴在女儿的滑腻腻的额头上，她感受到两张脸都在打战。

她说："小超，叫吧，别忍，叫唤出来，好受一点。"

"妈，再给我念念报纸。"女儿只是这样要求，声音无力。

"哪一段？"

"还是那一段。"

于是杨振德再念一遍："暴动之上海工人，历经三十小时激战，歼灭奉鲁联军官兵三千余名、警察两千余名，缴枪四千余支，占领了上海全部华界地区。据上海共产党方面陈独秀、周恩来、赵世炎称，上海已经召开市民代表会议，民主选举出上海特别市临时市政府，由各界人士十九名组成。"

邓颖超说："妈妈。"

"什么，小超？"母亲放下报纸。

"我会给恩来生个儿子的。"

母亲点头。

"生女儿，他也喜欢。他说过。"女儿又这么说。

母亲点点头。

王大夫忽然说："用力！再用力！"他说完话之后，产房里就只有器械的声音。

再后来，就是邓颖超的一声撕心裂肺的尖喊："妈！生出来了！"

生出来的是一个死胎。灰头灰脸的王大夫在值班室对杨振德悄声说:“很对不起，胎儿太大，只能动用产钳。由于婴儿头颅钳伤，产下就夭折了。”

杨振德盯着大夫的那双从手臂剥下来的浸满了血的胶皮手套，没有说一句话。最后，她请求大夫帮她一齐疏通女儿的思想。她告诉大夫，孕妇是周恩来的夫人。王大夫说，周夫人一进医院，他就知道了，他这么说的时候，眼眶先红了起来。王大夫在坐到邓颖超床边之前，就先控制好了自己的情绪。他对眼神发滞的邓颖超说:“周夫人，你年轻，才二十二，以后一定还会有孩子。对今天的分娩，我很抱歉，但是你无论如何不要太伤心，这样的情况在我们医院是常有的事。”

邓颖超脸上慢慢有了活气。她看看大夫，又看看妈妈，甚至还笑了一下。她知道大家心里都一样难过。她说:“妈，你再帮我擦一把脸。”擦过脸之后，她对大夫说，“我不怪你，王医生，真的是我自己不好，我过分保胎，把胎儿弄大了。我只问你一句话，是男的，还是女的?”

王大夫说是个公子。

“我想看看他。”邓颖超说。

“别看了吧?”

“小超，别看了,”母亲也急了，她担心看后对女儿产生更大的刺激，“还是回病房休息吧?”

但是女儿说:“我想看看他。”她的声音没有加重，但是平静里透出极大的固执。

主治医生只好吩咐护士端过产盆来。产盆是白色的，里面静静蜷卧着嫩红皮肤的婴儿。邓颖超注视良久，然后从枕下吃力地取出一块自己的手绢，轻轻覆盖于产盆之上。

“妈妈对不起你。”她喃声说，“你爸爸在打仗，也顾不上你。这是你爸爸从法国带回来的一块手绢，就当了你的被子吧。”

杨振德紧紧捂住自己的泪眼，她根本不敢看。她只听见女儿平静地说：“再见，我的宝贝儿子。”

这一天的傍晚时分，周恩来的小汽车驶过上海北四川路。他走进安慎坊那幢房子的时候，面如堆铅。陈独秀在洗脸，扭头望望，说：“你也洗把脸吧，恩来？你的脸像昨天一样黑，肯定没有好消息。”

“有两个孩子死了！”

两个孩子？陈独秀绞着手巾，双眉一皱。

“一个孩子是我儿子。我刚才得到消息，我妻子在广州分娩，婴儿夭折了。”

“果然不是好消息。”陈独秀挂回毛巾，“对此问题，应对措施有二。第一，叫你女人多吃点鸡蛋红糖。第二，叫你女人再生。只要女人在，就不怕没孩子！还有个什么孩子死了？”

“第二个死的孩子，就是我们的上海临时政府！这个政府是上海工人的儿子，是上海各界民众的儿子！刚生下来，蒋介石就下命令说暂缓办公！蒋介石企图把我们的孩子掐死在摇篮里，这种狼子野心，独秀同志难道还看不出来吗？”

周恩来说这话的时候，神情是气愤的。陈独秀也听得出来，这种气愤之情，有相当一些是冲着自己来的。他欣赏周恩来的冲闯之志和务实之态，但不欣赏他的莽撞和不妥协。他知道周恩来对自己不满，这是水手对舵手的不满，海洋上经常发生的事，不足为怪。所以陈独秀在踱了一圈之后，这样说：“汪精卫已经从国外回到上海，他应该是代表整个国民党的，我同他会见了，他的态度还是诚恳的。”

“汪精卫的态度不是关键，眼下要害是蒋介石！蒋介石把薛岳的师调开，把刘峙的师调来闸北，不就是想向工人纠察队动刀子吗？独秀同志，我原先也对蒋介石抱有一定的希望。蒋介石进上海之后，我还动员黄埔同学办联欢会来欢迎他，使他不敢再说反革命之言。我还建议过你，派人去南京联络右路军总指挥，争取他革命，再派人去安徽联络左路军总指挥李宗仁，努力使之保持中立，这样，就能迫使蒋介石不敢轻易举刀子。但是现在看来，蒋介石有恃无恐，他的顾虑并没有我们想象的多。他代表的是中国大资产阶级的利益，这种代表性，我看，已经像秃子头上的虱子，清清楚楚了。我总记得他去年策动中山舰事件的可怕情形，一个晚上，说干就干了。他扣扳机是毫不犹豫的。独秀同志，我希望我们全党都保持高度警觉，现在上海滩火药味都已经很浓了，你哪怕紧闭门窗这股味儿也能钻进房间里来了。我们一定要作最坏的打算，紧急制订应急计划，我们再不能对蒋介石抱有任何希望了！”

“多虑了，恩来！”陈独秀觉得现在应该制止他了，年轻人过于激动就是暴躁，七分暴躁必坏事十分。“是不是你儿子死了，你特别容易冲动？”

周恩来愣呆了，久无言语。

陈独秀走到窗前。

夕阳很红，像一只熟透的苹果。

熟透的苹果挂在天上迟迟掉不下来。掉不下来也不能性急。任何事情都不能性急。所以陈独秀盯视着夕阳说：“不要冲动，不要冲动。武汉方面处处对抗蒋介石，视友为敌，军事上不予配合，这个政策，完全是不对的。而我们上海方面呢，工人纠察队有些话也是说过头的。对这些，蒋介石难免都不高兴。我曾经说过，蒋介石这块石头，还是能砸帝国主义的，还是能砸封建军阀的，他现在还不至于成为中国大革命的绊脚石。现在，我仍旧坚持这个观点。恩来，你不要冲动，你务必要记住我的这个判断！”

陈独秀在夕阳里一脸红光，显得强硬而自信。

“独秀同志，”周恩来走到他身后，尽量保持耐心，“在中国的千百条成语中，有一句成语，我始终以为是最可怕最无奈，也是最血淋淋的，那就是：一失足成千古恨。”

说到成语，陈独秀笑了。他轻蔑地挥挥手，对周恩来说：“至于成语，我比你懂二十倍。我也说一个最可笑最无奈，也是最没有意思的一条成语，那就是：疑人偷斧。”

话说到这种程度，周恩来只好不开口了。他只觉得心里有点堵，就像此刻窗外的西坠之日，沉夹在西面的高高的楼屋之间，渐渐失了圆形之状。

周恩来见着这残破之殷红，忽然又想到，小超的血不知流得多不多。

就在陈独秀与刚从法兰西回上海的汪精卫亲切会商的第二天，蒋介石登上了泊于上海黄浦江中的一艘铁甲小艇。小艇的后甲板上摆了一圈靠背藤椅，茶几上有瓜果。重要的会见安排在水上，有助于避人耳目。他今天的重要客人是上海滩极为有名的帮会老大，一个是黄金荣，一个是杜月笙。蒋介石想请他们演一出前台戏。

黄金荣其实也很乐意演这样的戏。他上艇之前，就已经猜度到了这位北伐军总司令的用心。蒋介石曾经给他递过帖子，他对这个已经飞黄腾达的前弟子，应当说一直是了然于心的。蒋介石进入上海之后不久，便指使召开国民党中央监察委员会常委会，通过了吴稚晖提出的《纠察共产党谋叛党国案》，决意公开反共。紧接着又发布命令，解散上海工人纠察队，收缴工人枪支。这几着棋，都曾使黄金荣拍案叫绝，连连称赞这位前弟子的果敢。因此他在落座之后，便立即开腔，说蒋介石的好话：“蒋总司令下令缴枪，这真正是釜底抽薪，绝妙之着！”

“只怕是——”头发梳得滑溜溜的杜月笙说，“人家不肯就范。”

蒋介石笑了，他请两位不必多虑，他说：“我已经准备了第二道命令了。来人，取旗！”

副官应声而来，将手中的一面红色缎面锦旗抖开。

锦旗是以国民革命军总司令部的名义，赠给上海市总工会、上海工人纠察队的，上书四字：共同奋斗。黄金荣读了一遍，明白了，杜月笙读了一遍，也明白了。

蒋介石继续笑眯眯地说：“中正过去是黄先生之学生，现在，当上了总司令。既当上司令，便要司令。所司之令，无外乎两种，一种是板着面孔的命令，一种是笑眯眯的命令。这面锦旗，就是笑眯眯的命令。”

黄金荣说：“笑眯眯的命令，有的辰光，就是比板着面孔的命令管用。你来硬的，他硬顶；你来软的，他的骨头就酥了。其实玩女人也是这种玩法。”

蒋介石说：“这就是黄先生当年的赐教。”

黄金荣起身拱手：“不敢当，不敢当！过去我当过你的先生，但那是过去，过时了。你的门生帖子，我还是要叫虞洽卿找出来还给你的。”

蒋介石说：“帖子，不用还我了。历史总是历史，先生总是先生嘛！来人，今天就把这面旗给工人送过去，让陈独秀周恩来他们高兴高兴。”

杜月笙文质彬彬地建议：“送旗之时，提请总司令派个军乐队去，吹吹打打。”

“杜先生高见！”蒋介石很重视这个建议，“就派军乐队去！吹吹打打是一门学问，要打必先吹，吹后才能打。凡事一吹一打，胜算便有八九。”

副官应一声“是”，收了旗，急急走了。

蒋介石的脸突然一拉，严厉地说：“若是他们不识抬举，不肯缴枪，那就强行收缴！民国十三年两党合作，共产党徒像孙猴子一样钻进了国民党这个铁扇公主的肚子里，他们无时无刻不闹得我们肚子痛。他们借合作之名趁势发展组织，滋事生非！他们一进工厂，工人就罢工。他们一到乡村，农民就变痞子。北伐军到了武汉，我们国民党中央的许多同志就受了他们的分化，把武汉跟南昌对立起来，情况之危急，令人寝食难安！”

江心有大货轮经过，船笛震得耳膜嗡嗡响。接着，硕长的波浪便像一把大扇子似的扫过来，直叫铁甲艇上下颠簸一阵子。

“所以，”蒋介石在颠颠簸簸之中说，“我现在如果不立志清党，不把共产党赶走，不把中央迁到南京，建都南京，国民党就要被共产党篡夺！国民革命就要毁于一旦！我蒋中正别的本事没有，护党救国的志向还是有的！”

杜月笙毕恭毕敬地说：“总司令中流砥柱，可敬可佩！总司令只管吩咐，要我们做什么？”

黄金荣插话说：“敝人已经明白蒋总司令要我们做什么了。”

蒋介石闻言，看定了这位先前的先生。蒋介石忽然觉得，自己与黄先生总是心气相通。他听见黄金荣进一步解释说：“打仗，要有中军，也要有先锋。缴上海工人的枪，我们青帮弟兄愿为先锋，北伐军只管做中军！”

一语破的！蒋介石除下军帽，点点光头，赞叹说：“先生毕竟是先生！先生之智，总叫学生佩服。今日，我邀两位来，就是商议这个事情的。”

黄金荣伸手入怀，取下身上的一块金表，双手捧上：“此表并不高档，只因它救过我一命，为我挡过一把尖刀，所以我一直带在身边，以为吉祥之物。值此国民革命危急之时，金荣愿将这块表赠送蒋总司令，让这块表见证，蒋总司令一定能安度艰难，领导革命成功！”

蒋介石站起，接过表，凝视片刻。表面上有一排精巧的罗马字母。

“蒙先生相赠，”蒋介石说，“这块吉祥之表，现在就是我的了？”

黄金荣说：“只要蒋总司令不嫌弃。”

蒋介石突然扬手，砰的一声，把表重重啪在茶几上。

所有的目光都为之一惊。黄金荣按住胸口，胸内怦怦急跳，他不知道自己做错了什么。

蒋介石剑眉扬起，大声说：“既为吉祥之物，历史见证之表，中正就让这块表停在今天，停在此刻！中正要让这个时间做证：中国，已经没有共产党了！”

黄金荣嘘出一口气，知道自己在昔日的学生面前并非做错什么。他伸出手，取起表，一看：“果然停了！”

随后他站了起来，高高举起表。说：“从这块表上，我已经看见蒋总司令的伟大决心了！就让黄浦江做证，蒋总司令马到成功！”

手一扬，金表划了个弧线，落入金光闪闪的江水。

扑通，一朵小小的水花溅起。

金表在水中悠然下沉。

江水越来越混浊，金表发出的光彩渐渐模糊。这是一块死表，或者说是块坚硬的石头。机芯摔凝固之后，历史的时刻便锁定了。

这是一块蒋介“石”。

这块石头下沉得很慢，于 1927 年 4 月 12 日才沉到江底。在接触江底的一刹那间，枪声像雨点一样洒遍了上海滩和黄浦江。上海总工会委员长汪寿华是赴青帮头头之邀而被装入麻袋沉入黄浦江的。这只江底的麻袋就睡在那只死亡的金表旁边，相距不过半尺，只是两者都已没有生气了。

蒋介石以青帮为先锋，军队作主力，公开发动的“四一二”反革命政变，刀锋极为凌厉。

三天里，共产党人被捕五百多人，失踪五千多人，上海一片白色恐怖。轰轰烈烈的中国大革命运动在 1927 年暮春遭到了严重挫败。黄昏时分，黄浦江上即便没有斜阳照射，也常是血红一片。

第 16 章

长江如练。逆流而上的江轮就如一只小小的黑色甲虫，在白练之上慢慢爬行。

陈独秀孤独地坐在船头甲板上，望着迎面而来的一江春水。江面阳光在细细碎碎闪烁，如无数小鱼儿的涌动。陈独秀此刻脑海之间，也有数不清的鱼儿在打堆跳跃。

陈独秀是在蒋介石发动“四一二”政变之前一个星期离开上海的，他前往武汉主持中共临时中央局的工作。同志们又是电话，又是电报，一定催他早一点去。在坐船逆江而上的途中，陈独秀确实想得很多。他根本没有预料到蒋介石会在一礼拜之后就挥起屠刀。他只想到了两天前，他与刚刚回国的汪精卫的友好的会谈。

他觉得汪精卫的手很绵，柔柔白白，可能是抹了半年多的法国护肤品的缘故。

会谈的气氛很融洽。他们发表的《汪陈联合宣言》也是软绵绵的。

这个宣言对蒋介石抱有很大的幻想，表示一切离间国共两党合作的说法都是谣言。由于签订了这项“宣言”，陈独秀离开上海的时候，心境并不见得特别烦躁。他只是觉得周恩来的脸色不甚好看，但是这也没啥，这个年轻同志就这个样，他想。

他只是特别揪心地思念着他的密友李大钊。就在《汪陈联合宣言》发表的第二天清晨，李大钊在北京被张作霖军队逮捕。

据陈独秀得到的不完整的消息，李大钊是在北京东交民巷苏联大使馆西院的一个旧兵营里被捕的。陈独秀起始很怀疑这条消息，因为他想象不出一大群穿灰制服、脚蹬长统皮靴的奉军宪兵，以及京师警察厅的穿黑制服的警察，怎么会如一股灰灰黑黑的污水般翻过大使馆围墙，将李大钊暂时避居的一幢破旧平房淹没了。李大钊此前由于风声吃紧而避入大使馆，陈独秀是知道的。然而大使馆的围墙高度竟然矮于张作霖的军靴，这就叫陈独秀愕然万分了。

穿一身灰布棉袍、青布马褂的李大钊是在七八双手臂的强行扭送下，跌跌撞撞离开大使馆的。不管苏方如何强烈抗议，奉系军阀还是这样强行查抄了设在苏联驻华大使馆内的国共两党北方领导机关。李大钊遭受致命打击，似乎是早晚的事。由于他踏踏实实地领导着中国北方的革命斗争，积极发展共产党组织，大力推动直隶、山西、热河、内蒙等地的农民运动，并且努力在军队中进行策反工作，他早已被军阀视为眼中之钉了。

李大钊的双手被死死地绑在木架子上，人成十字形。北京京师警察厅的刑室一向是这样对待人犯的。此时在长江上逆流航行的陈独秀，根本无法想象李大钊所遭受的痛苦。

一个奉军高官手持一只托盘，阴沉沉地俯向遍体鳞伤的李大钊。他强烈地闻到了从李大钊脖子里散发出来的血腥之气。

托盘内，是十根削得尖尖的竹签子。

“李先生请睁眼看，这里有十根竹签子，看见没有？每一根竹签，都有三公分长，头上削得尖尖的，李先生看见没有？”

李大钊并不言语。也不知道他眼睛睁开没有。

“我相信李先生是看清楚了的。但是，这十根竹签子究竟是什么东西，那全凭李先生自己决定了。有一种可能，它们是筹码。李先生可以用它换回自己的自由，也可以去换官职。我们张大帅还是很怜惜人才的，北京政府里还有许多官位找不到年轻才俊去填补。还有一种可能，这些竹签子，是刑具。它们可以钻到你的指甲缝里去，使你的手指延长一倍，手指长了一倍，那会像什么呢？那就像个十指尖尖的菩萨，可是其中滋味，却没有菩萨那么有趣了。李先生，是葱是蒜，全凭你一句话了！”

李大钊忽然嘿嘿一笑。他咧嘴笑的时候很吃力。

“对，你快说！我知道我这番话你全听懂了！”

“大丈夫生于世间，”李大钊抬起血迹斑斑的脸，眼神锐利，语句清晰，“宁可粗布以御寒，糙食以当肉，安步以当车，就是断头流血，也要保持民族的气节！绝不能为了锦衣玉食，就去向卖国军阀乞讨残羹剩饭，做无耻的帮凶和奴才！”

奉军军官将托盘一放，对刑卒说：“阿弥陀佛，就成全李先生做个十指尖尖的菩萨吧！”

军官缓步走出刑室，还没推开厚重的铁门，他就听见了身后钝钝的敲击声和受刑者突如其来的惨叫声。

军官浑身一抖，赶紧加快步子。

而真正在心底深处感到颤抖的，是共产党人和北方的工农。酷刑施于李大钊，他们不能不痛彻心扉。社会各界也是一片援救之声，抗议电和呼吁电从全国雪片般飞往北京。而北京的铁路工人则提出以劫狱营救李大钊，并为此组织了劫狱队。

工人劫狱队是见血成立的。按血手印，工人们这样说：“李先生是我们工人的恩人，我们要拼死相救。李先生劫不出来，我们二十四条汉子宁愿死在大牢里！”

“不，”有工人说，“我们即便死在地上，也要让李先生踩着我们的尸体走出大牢！”

接着，这位穿黑色布褂的工人便一口咬破手指，在一张写有

“以死救人”四字的白纸上按上了自己的血手印。

“此生不算白活了！”又一个工人按上血手印时这样说。

一共二十四个血手印，白纸上血乎乎一片。这张血乎乎的纸片，在三天之后，隐蔽在一只铁皮饭盒子底下，递进了李大钊的单人监房。

二十四个血手印，使李大钊非常吃惊。送饭的胡子老头把嘴巴伸进铁栅，悄声说：“给你过过目，让你放个心，劫狱队会冒死相救。”

“党组织知道劫狱吗？”

胡子老头四周看看，又将嘴伸进铁栅：“研究过了，同意劫狱。”

李大钊说：“请你转告那些按血手印的工人。”

“我听着。”

“你告诉他们，他们今天已经把我救出去了。我感谢他们。我就是死了，也是虽死犹生。若为了救我而牺牲了新的生命，那就是将我李大钊重新推入苦海，我就是活着，也是虽生犹死。”

胡子老头忽然泪眼迷蒙：“我不愿转告，李先生。”

李大钊说：“敌人的力量目前还很强大，冒险是不足取的。让同志们的血就流在这张纸上吧，绝对不要再流新的血了。”

“我不想说这些话，李先生。”老头哽咽起来。

“我以中共北方党组织的领导人身份，请你做这件事。务请你转告党组织，转告劫狱队！”

两天后，二十四名铁路工人被告知了上级党组织的一项决定。一位长着两根粗眉毛的党组织代表这样告诉他们：“李大钊同志说：你们今天已经把我救出去了。我就是死了，也是虽死犹生。若为了救我而牺牲了新的生命，那就是将我李大钊重新推入苦海，我就是活着，也是虽生犹死。”

二十四名工人泥塑木雕般站着。

“李大钊同志还说，让同志们的血就流在这张纸上吧，绝对不要再流新的血了。”

血书被置放在桌上。二十四位工人一齐热泪长流。

“党组织决定，取消劫狱计划，解散劫狱队。”

“李先生啊，”为首的那个穿黑色布褂的工人一屁股跌坐于地，双手掩面而泣，“你怎么能惜我们的命啊！”

陈独秀独坐长江江流。他并不知道北方的劫狱计划以及这份计划的流产。他只在吐着白沫的水流声中和轰响不停的轮机声中，想象着北京京师警察厅监狱那种可怕的寂静。他熟悉那种带臭味的寂静。他关在那里的时候，李大钊去看过他。如今守常身陷囹圄，他却只能从上海去武汉而无法去北京。

暮色渐浓，江轮悠悠远远地鸣叫了一声，如大猫鸣春。陈独秀纹丝不动地坐着，屁股上都是红色铁锈。他拍拍屁股的时候，就会红尘飞舞，而红尘之中就会浮现出一个肤色白皙的女子。这个人物也使逆流而上的陈独秀一想起就感心酸。

施芝英是在一个月之前把一扇门对他关上的。门轴发出的吱吱声使人的牙根和心一齐发酸。她对他说出那番冷寒入骨的话时，是在她的家中。她开门，把风尘仆仆的陈独秀迎进房中，然后她说出了一个女人的决定。

“陈先生，从明天起，你就不要来我这里过夜了。”

陈独秀刚脱下一只皮鞋就愣住了。这时候他才发现这个女人并没有像往常那样把一双软软的花布拖鞋放置在他椅边。

“陈先生，”他又听见那个嘴唇发白的女人说，“我不是不恋你，不是不敬你，我到现在还很愿意跟你在一起，这是我的心里话，甚至，这些话，我说出来，也不怕我的男人听见。”

“什么？”陈独秀大惊，“你有男人了？他在？”

施芝英指指里屋。陈独秀从椅子上侧身，歪头一瞧，果然瞧见了一个男人的肥肥的背影。

那个男人静静地坐在床沿上，垂着脸，始终没有抬头。陈独秀没有看见他的脸，甚至也不想看见他的脸。反正是个男人，中年男人，这就够了。反正这个中年男人也听见了施芝英刚才所说的所有的话，这就够了。

足够使一幕戏落幕了。

但是陈独秀总觉得还是快了一些，他有些猝不及防。他已经在两个人的共同生活中，看见了一些属于感情的东西，他是很难得看见这些无形的东西的。

施芝英为他泡了最后一杯茶，并且把茶盅轻轻地递到他手中。她说：“我恋着你，可是我仍旧要你走。你一定要走。你有一个党，你是总书记，你很忙，做的事也伟大，可是我呢，我只需要安全。我是一个寻常女人，我有孩子，我找的男人第一条就是要给我带来安全。真的，我此生还能再求什么呢？陈先生你走吧，我再舍不得你也要舍得你。”

陈独秀愣了好长时候，终于扎紧鞋带，站了起来。

“那么他是干什么的？”他问得很轻，但却是瞪出眼珠子问的。

女人说：“反正他不是共产党，更不是总书记。”

陈独秀知道自己已经没法子再说什么有意义的话了。他出门的时候，只回过头来嘟哝了一句：“芝英，你太怕牺牲了。”

“我自己不怕牺牲，我怕牺牲孩子。”女人说。待陈独秀出门之时，她又说，“你等等！”

她打开衣柜，捧出一叠陈独秀的烫得很平整的换洗衣服，一件一件地塞进他的提包里。她的眼泪滴在陈独秀手上。“你走吧。”她低声说。

陈独秀挟起鼓鼓的包，走了出去。这时候，他就听见了房内传出的猝然而起的哭声，哭声非常凄婉，其间还夹着一个男人细声细语的安慰声。

陈独秀凝视着长江。长长的眼泪流在施芝英脸上的形状，与这条长长的江流在中国脸上的形状，似乎有相似之处。但这是两个截然不同的概念。眼泪一个晚上就擦净了，长江几千年都淌不尽。

4 月 8 日江轮减速，靠泊南京，陈独秀突起一个念头，下了船。

他想起了在南京苦苦生活着的高君曼和他的两个孩子。

他在草厂街一住就是好几天。说说话，喝喝酒，抱抱儿子和女儿。他有一种疲惫一朝得到舒展的感觉。高君曼没有跟他大闹，也没有问及那个上海女人，只是提醒他每个月的五十元钱不要总是延期寄。陈独秀每天黄昏都把喜子和黑子轮流抱在腿上一次，这时候他黝黑的脸上就现出日轮般的暗红色，心里洋溢着久违的安详。孩子大了，屁股沉起来，陈独秀一点不觉得腿酸。

上海滩的剧变是陈独秀在 13 日吃中饭的时候听到的，他当时正匆匆从凳子上起身，对着木门上挂着的一面圆镜，在自己的牙床上拔一根鱼刺。鱼刺扎得很深。

他着恼地说：“什么鱼，腥味足，刺也小。”

高君曼不乐意了，扔了筷子，说“嫌鱼腥？嫌鱼小？一个月五十块，我们母子三人还能吃上大鱼？你来了我才买鱼，你不来，孩子们还闻不着鱼腥呢！”

她说着又咳了，咳得很凶，手绢上立时又见着了血。

“妈妈，你别说了。”黑子一边扒饭一边说。

“妈！”喜子也叫，“爸爸难得回家，你就骂人！”

陈独秀拔了刺，咂咂嘴，继续坐下，埋头吃饭。

黑子说："爸爸，这条鱼真是腥，你说得对，我也闻到了。"喜子也马上说："刺也太小，我的嘴巴也戳痛了，爸爸你看。"

陈独秀大口吃饭，一边吃一边点头。孩子真懂事，他想。这时候窗外就隐约传来报童的跑动声和叫卖声。

叫卖声之尖厉，也如鱼刺，一下子便惊起了陈独秀。

"号外！号外！请看上海清党！蒋介石与共产党决裂！"

"号外！号外！请看上海大镇压！血染宝山路！三百工人被杀！"

陈独秀的喉咙这一回真的被鱼刺卡了，他跳起来，蹲到屋角，吐出了满嘴的饭，大口大口地干呕。

高君曼慌了，拼命拍他的背，并且试图用手指去夹他咽喉深处的小鱼刺。

陈独秀一边干呕，一边手指窗外："报！……报！……"

高君曼慌着说："怎么了？怎么了？"

还是黑子懂得父亲的意思，兔子一样蹦起来，伸手从父亲衣袋里摸出几枚银毫子，奔出门去。

陈独秀看了买回来的报纸，只看了几眼，便一屁股坐在了沾满黑泥的门槛上，两只手捧住了头。他的手指深埋在黑黑的发根里。

高君曼愣愣地朝丈夫看。

黑子走到父亲身边，像个大人似的说："爸爸，你别生气。是不是坏人又想抓你了？"

喜子也走过来，一屁股坐上门槛，摇着爸爸的腿说："爸爸，别害怕，妈妈会把你藏起来的。"

一直到掌灯时分，陈独秀才开口说话。床头灯色昏黄，陈独秀和高君曼都无心睡觉，分别披衣坐着。孩子们在隔壁睡着了。

雪茄烟使房间烟雾弥漫。“我现在的感觉，就像下油锅似的。”他哑着嗓子对妻子说。

“你哪天不在油锅里！”

“君曼，我又一个人过了。”

“那个女人，她，她踢开你了？”高君曼一愣。其实，她在这几天，好几次想问这个问题，“我早知道她会踢开你！总有这一天的！”

“我后悔的是，是她踢开我，而不是我踢开她。”“什么意思？”高君曼回脸，瞪着这个她又爱又恨的男人，她不明白他表达的是什么意思。

陈独秀叹一声，说：“应当是我踢开她。所有指望着依靠我的女人，我都应当及早踢开她们。我不能害了她们。我是人吗？我是祸水。我后悔自己觉悟太晚。”

高君曼心里一沉，用鼻孔冷笑一声，说：“看得出，你还喜欢那个女妖精！”

“君曼，我马上会遭到蒋介石通缉。南京，也是住不下去的。你我缘分，已经尽了。”

“我知道，你我早成破镜，难以重圆了。你以为你在这里住几天，我就会生浪子回头的感觉吗？”

“你说得对，”陈独秀说，“镜子已经破了，就像你挂在木门上的那半块圆镜子一样。镜子既然已破，也就不必重圆。重圆的破镜，怕是会碎得更厉害。你是知道我的，我这人，一辈子缺不了女人。现在我真正悟出来了，革命才是唯一的一个能永远守在我身边的女人，而且也永远不会来问我讨安全。我要马上去武汉，我乘夜班轮船去，我再不能连累你了，何况还有黑子，还有喜子。”

高君曼平静地说：“你滚吧。”

陈独秀静默了片刻，掀被下床，慢慢穿齐衣服。

他走到桌边，把拎包里所有的银圆都倾倒在那张摇摇欲坠的木桌上。

然后他走到隔壁。

他在亲吻熟睡的儿子和女儿的时候，听见了高君曼的啜泣之声。

陈独秀夹着拎包，走出大门。

在他出门的一刹那，满脸泪水的高君曼蹦了出来，一下子就从背后抱住了他，把她的那张湿乎乎的脸庞贴在了他的后脖颈上。

然后她又一下子松开了他，在他屁股上踢了一脚，道一声："滚！"

她是咬牙切齿说出这个"滚"字的。这一脚也踢得很狠。

陈独秀走了出去，隐入黑暗。他的左边屁股一直到武汉还是很痛很痛的。高君曼不仅踢着了他的肉，还踢着了他的骨头。

陈独秀在武汉的日子经常很焦虑。4月28日这一天，他又相当焦虑。他早早就候在汉口黄陂会馆大门外，等着迎接一位重要人物的与会。这个贵宾的来与不来，对于中共而言，似乎至关重要。

中共假黄陂会馆召开第五次全国代表大会。在蒋介石坚决地捺大上海于血泊之中的时候，中共召集这次全国代表会议，其重要性不言而喻。

毛泽东从会馆内走出，到大门外，轻声招呼陈独秀："独秀同志，你是本党总书记，不必亲自迎候在门口吧？"

陈独秀翻他一眼，他觉得毛泽东不知轻重。

瞿秋白也走出来，扶扶眼镜，说："独秀同志，你还是进会场吧？我在门口接接就行了。"

陈独秀说："你们都快进去。不用啰嗦了。我必须在这里等。"

他一直眺望着街路的尽头，他的暮春的心情已煎如盛夏。

开会时间早已到了，应该及时赶到的那辆汽车还没有出现。陈独秀所焦急等待的重要人物，是武汉政府的国民党党首汪精卫。汪精卫答应到中共第五次全国代表大会上来致辞。这种答应，有一种雪中送炭的深意。陈独秀已觉得自己面临的选择很有限，在大革命的生死关头，他几乎把推进中国革命的全部希望都寄托在武汉政府身上了。

汪精卫坐在武汉国民党中央党部自己的写字桌后面，慢慢地啜饮咖啡。他在思考蒋介石，也在思考陈独秀。蒋介石手里有军队，陈独秀手里有工农，但是工农手里只有棍棒，而军队手里是火药。他知道，就是归属于武汉政府方面指挥的军队，骨子里也多是倾向蒋介石的。不能不考虑军队将领的动向，大革命以来，中共方面操持的工农运动搞得太过火。军人多有不满。

副官推门禀告说："汪主席，时间到了。"

汪精卫问："这么大一个汉口，怎么就没有好咖啡卖？"

"汪主席，是不是先去开会？"

"知道了。"

武汉国民政府的最后出路，他不能不再三再四地斟酌。

蒋介石在发动反革命政变之后第六天，就于南京另组了国民政府，悍然宣布三月份从广州迁至武汉的国民政府和国民党中央的一切均为非法，并且发布了南京国民政府秘字第一号命令，公然通缉一百九十三名共产党人士和国民党左派人士，陈独秀、毛泽东、周恩来、鲍罗廷均在其列，国民党左派人士邓演达、柳亚子等人也名列于上。武汉国民党中央虽然及时表态，对蒋介石的反共行径大加谴责，但是汪精卫此时此刻的所思所虑，显然是隐藏于公开谴责背后的种种事情。

汪精卫玩弄着咖啡。浓黑的汁液一滴滴顺着小调匙落入杯中。自打法国走了一遭，他对咖啡的喜好更加浓烈了。若是闹得好，汪精卫想，他的国民党和国民政府，在政治的沟沟壑壑之间，还能觅到一条生路。闹得不好，他可能又得被迫到法兰西喝咖啡，甚至身首异处也说不定。蒋介石出拳时的果断和利索，他是领教过的。

陈独秀不知道汪精卫此时还在玩弄咖啡，他仍然在会馆大门口引颈翘首，候着一份悲壮的诚恳。

远远望着焦急万分的陈独秀，毛泽东和瞿秋白均感到几分可笑，又感到几分悲哀。出席中共五大的许多代表，都强烈希望能在这次会议上纠正陈独秀的妥协退让路线；而陈独秀强烈希望的，则是汪精卫的武汉国民党中央能站稳立场，继续保持与共产党的合作，继续北伐，推进中国的资产阶级民主革命。

毛泽东对瞿秋白说："老头子的眼睛，此时根本不该盯着汪精卫，而是应该盯着汪洋大海！"

瞿秋白明白，毛泽东所说的汪洋大海指的什么，他也是赞同这个观点的。中国的工人和中国的农民，真的是能够掀动波浪的汪洋大海。所以瞿秋白叹息一声，说："此汪和彼汪，老头子真是分不清楚啊！"

毛泽东微微笑了。他很欣赏瞿秋白为《湖南农民运动考察报告》所写的序言，也知道两人在大政方针上总是彼此心意相通。毛泽东说："秋白呀，虽说你瞿秋白的秋字带火，我毛泽东的泽字有水，你我倒真是水火相容。"

瞿秋白看定毛泽东说："说句老实话，我是双手赞成你这个农民王的。润之，我不能忍了，我要说话，我要在这次会议上散发我写的那本小册子《中国革命中之争论问题》，我要明确反对老头子的投降主义！”

文质彬彬的瞿秋白总是会表现出一种特有的倔劲，毛泽东非常喜欢这种脾性。中共五大上将会有一场激烈的争执，两人都已经感觉到了。正在他们两人双手相握之时，大门外的陈独秀也握上了一双热乎乎的手。

陈独秀边握边说：“值此危难之时，兆铭兄亲临本党代表会讲话，独秀殊为感佩！”

“兄弟虽然来迟，可是汪兆铭对蒋介石反共清共的愤慨之情，始终是及时表达的。仲甫一定看见，十日之前，国民党中央已经发布明确命令：蒋中正屠民众，摧残党部，甘心反动，罪恶昭彰，已经中央执行委员会议决，开除党籍，免去本兼各职。着全体将士及革命民众团体拿解中央，按反革命罪条例惩治！”

陈独秀觉得自己的鼻腔有点热：“兆铭兄，中流砥柱啊！”

“砥柱有二，你我并肩！”

陈独秀抓过汪精卫的手，两手相携，一起走入会馆。

站在门内的瞿秋白、毛泽东等人一齐鼓掌，欢迎两位党魁入内，然而毛泽东的脸容一直是严峻的。他注意到汪精卫见任何人都笑，笑若艳花，但是收笑的速度却很快。毛泽东一年半之前供职于广州国民党中央时就熟悉这种笑容，他知道汪精卫绝对是个华而不实的人，虽然说起来，还是汪精卫本人提名毛泽东代理国民党中央宣传部长的职务的。

就在居心叵测的汪精卫慢吞吞地走入中共五大会场的这一天，在北京，一座令人震惊的绞刑架在一位著名的中国共产党领导人面前竖立了起来。

1927 年 4 月 28 日下午，在北京西交民巷京师看守所，白墙前的黑色绞架被刽子手的大手拍了三下，小轱辘开始转动，丑恶而粗粝的绳圈缓慢地挂下来。

身穿灰布棉袍的李大钊从容走上刑台。由于反复受刑，他已有点瘸。自从被捕的这一天起，李大钊就料到会有这一刻。他只有三十八岁，但是他已经感觉到此生活得漫长而充实。他一生做了很多事情。如果今天的绞圈是一个句号，他也认为相当合适。

他此刻一点也没有想到赵纫兰以及他钟爱的葆华和星华，他只想到他的生命即刻就将终止在政治之中。为信仰、理想、道路、政治而献身，应该是一个男人的光荣，何况是在这个充满着血腥、暴力、愚昧、黑暗、压榨、恐惧的国度里。就这个意义而言，绞架简直是个花环。

他抬起脸来，凝视着这个赭黑色的花环。他从这个花环中看见了春天。中国的四月，从南至北，春色都该是很浓了。

然后，李大钊转过了脸。他直视如临大敌的警察和刽子手，沉着地语音清晰地说：“不能因为你们今天绞死了我，就绞死了伟大的共产主义！我们已经培养了很多同志，如同红花的种子，撒遍各地！我们深信，共产主义在世界，在中国，必然要得到光荣的胜利！”

黑色的绞圈已经降到了李大钊的脸边。他已经感觉到绳子的粗粝。

李大钊扬起脸，他高呼：“中国共产党万岁！”

他热烈的呼声，通过一只不太好看的花环，直接进入了中国的春天。

汉口前花楼的陈独秀寓所，毛泽东不常来，但是今天他忍不住要嗵嗵嗵地上楼来，要见陈独秀，并且任凭泪水流遍脸。

“你听见李先生的呼喊声了吗，仲甫？”毛泽东揩揩眼睛，对坐在一张花梨木圈椅上的陈独秀说，“我记得，七年前，他送一车木炭到福佑寺来，那时候我在北京驱张，他对我说：你驱张，我赞成，可是你想把张敬尧驱到哪里去？可不要驱到我的家乡河北来，不然，我也要组织驱张请愿团了。那时候我多幼稚！我以为驱张之后，湖南就天下太平了！七年之后，中国依然那么黑暗，李先生又叫另一个姓张的军阀杀害了！仲甫，我们共产党人无论如何不能再把希望寄托在军阀身上了！”

“守常就义，我也悲痛。可是我，润之，我发现我越来越听不懂你的话，我寄希望于哪个军阀了？”

“我不是指老军阀，是指新军阀。”

“蒋介石？”

“当然是蒋介石！还有一个就是汪精卫，汪精卫也必须提防！他可疑得很啊！”

陈独秀站起来：“疯了，润之？你这叫为渊驱鱼，为丛驱雀！你把眼泪擦干净吧，我这个人见不得眼泪。”

“仲甫，中国大革命的命运，已是千钧一发！”

“这我知道！”

“北方，是张作霖的奉系军阀政府，东边，是蒋介石的刺刀。两广和四川的军阀，也是节制于南京的。所以武汉方面，实际上已是四面楚歌。”

“正由于四面楚歌，中国共产党人才尤须注意与汪精卫的合作！”

从逻辑上讲，陈独秀这个结论是可取的。但是毛泽东有另外的逻辑，毛泽东针锋相对地说：“正由于四面楚歌，中国共产党人才尤须警惕同盟者的可靠问题！”

毛泽东的这个结论，从逻辑上讲，也是正确的。

陈独秀想了半天，说了一句结论性的话，他一字一眼地说：

“我觉得汪精卫还是可靠的！”

陈延年推门进来，他一听父亲的话就来气。

“独秀同志！”陈延年狠声说，“汪精卫可靠什么呢？你是真不知道还是假不知道，他已经派人在跟蒋介石联络了！”

“这是他的兵不厌诈！”

“说句老实话，独秀同志，”儿子的大眼睛瞪着老子，“我自从法国回来之后，每遇一次危机就对你失望一次！”

陈独秀拍桌：“昏话！”

毛泽东赶紧打圆场，说：“仲甫，我总以为，我们现今的视线，还是应该顺着党旗上那柄弯弯的镰刀，弯出城市去，去看看中国的农民，我们务必要认真地看一看，中国的农民跟别国的农民不同，他们是汪洋大海，这种大海所掀之浪，具有意想不到的力量！”

陈独秀摸摸鼻子。

陈延年说：“独秀同志，请你仔细听一听泽东同志的话！”

毛泽东又说：“我拟订的那个重新分配土地的方案，请仲甫无论如何在这次代表大会上组织审议，这个农民决议案若是实行，中国农民将能立即成为推进中国革命的一个非常强大的力量！”

陈独秀还是没有言语。陈独秀后来说：“都几点钟了，我要睡觉了。”毛泽东心里一沉，他知道他与瞿秋白的提议在这次重要的会议上都得撞墙了。

陈独秀后来果然拒绝在中共五大上讨论毛泽东提出的重新分配土地的方案。陈独秀认为，只有在继续北伐、打倒军阀之后，才可进行土地革命。第二天，心情苍凉的毛泽东携妻去蛇山，再登黄鹤楼，面对茫茫中国，他吟了一首诗。

毛泽东登楼，走得很慢。杨开慧抱着出世才二十几天的毛岸龙，轻步跟在他身边。毛泽东问她累不累，因为毕竟月子还没有坐满。杨开慧说：“难得跟你出门，我开心得很。”毛泽东便从她手里接过他的第三个儿子，怀抱着登楼。

毛泽东登上第五层，站住了。

望远山近水，皆阴沉沉一片。没有太阳，没有风，整个江面都滞滞地走着陈独秀所说的“秩序”。毛泽东心里发闷，说：“我填一首词吧，开慧你要不要听？”

毛泽东又说：“吟诗有两种境况，一是喜极而唱，二是悲极而吟，我今天就属于后一种。”

妻子没有听明白丈夫话中的意思，只对丈夫怀中的婴儿说：“岸龙，睁开眼睛，你爸爸作诗了！”

毛泽东一边斟词酌句，一边慢悠悠吟：

> 茫茫九派流中国，沉沉一线穿南北，烟雨莽苍苍，龟蛇锁大江。黄鹤知何去？剩有游人处。把酒酹滔滔，心潮逐浪高！

妻子问：“黄鹤上哪儿去了？”毛泽东说：“不知道，叫道士骑走了，骑走一千七百年了。”

妻子说：“黄鹤的事情我不明白，但我明白你的心潮逐浪高，你是想起了李大钊李先生！”

“不光是李先生。”

“你在想中国。”

“能不想中国吗？”丈夫紧一紧怀中的婴儿，“中国革命如何拯救，如何深入，如何对付武汉政权以外的敌人，如何看待政权内的可疑的同盟者，我们共产党人，一时都很难有良策啊。”

“小岸龙呀，这几年来，我从没见你爸爸的心境如此苍凉过。”

“开慧，我知道你担心我。要不，你也不会月子没坐满，一定要陪我出来散心。”

“陈独秀总书记还那么固执吗?”

毛泽东弯腰，亲亲熟睡的岸龙，没有言语。

陈独秀当然是固执的。中共五大虽然接受了共产国际七大关于中国问题的决议，批评了陈独秀的右倾错误，但是对于如何争取革命领导权等重大问题，仍旧拿不出具体措施。新一届的中共中央执委会选举陈独秀、张国焘、蔡和森、瞿秋白为政治局常委，党的总书记依然由陈独秀担任。

老头子总是老头子，毛泽东在会议闭幕之后重重地叹息一声。

许多人也这么叹息一声。

毛泽东在汉口街头奔跑。他摆动双臂，跑得很快。他是赶去辅义里中共中央宣传部。有人告诉他，一批受伤很重的湖南民众从长沙赶来了汉口，他们身上都是血。

长沙情况紧急。5月21日，在汪精卫政权急剧右转的背景下，驻长沙的许克祥率所部第三十五军独三十三团发动武装叛乱，时称“马日事变”。军队查封了湖南省总工会、农协、左派国民党省党部，解除了工农武装。湖南的工农运动顿时血花四溅。

整个形势继续急剧恶化。6月6日，江西的朱培德又以“礼送出境”的口号大批驱逐共产党员和国民党左派人士。6月10日，汪精卫又去郑州与冯玉祥、唐生智密谈。九天后，冯玉祥又赴徐州同蒋介石会谈。幕后的交易传递出一个很明显的信息：蒋汪携手，宁汉合流，反共反苏，已是迟早的事。

毛泽东气喘吁吁地奔到辅义里，他看见中宣部机关办公楼门前，围着一大群武汉民众。这群民众果然看见了来自长沙的血。

长沙的一批工农代表，抬着七八副担架，正在愤怒地控诉许克祥的暴行。

石花的腹部扎着厚厚的满是血污的绷带。她躺在担架上，手中无力地举着一面“惩办许克祥”的小纸旗。

毛泽东分开人群，一见担架上的石花，就愣了。

“毛团长！”无牙的石花刚喊出一句，头一歪，便昏了过去，手中纸旗颓然落地。

毛泽东怒喝：“都伤成这样了，还抬到汉口来干什么？还不赶快送医院！”

黑筐慌了，赶紧下令：“抬医院去！”黑筐头上也扎着绷带，他其时已在湖南省总工会工作，他觉得毛先生的批评是对的，于是他马上指挥着大家赶紧就医。但还是迟了一步，石花被送进医院不到几分钟，两只大眼睛就永远闭上了。

毛泽东缓缓拉起白被单，亲自盖上了石花的遗体。毛泽东后来知道，是两把刺刀同时戳进了石花的腹部。石花当时在湖南省总工会办公楼前，张开双臂死死护住总工会的牌子。石花喊：“不准封门！工人运动万岁！……”她没有来得及喊出第三句，鲜血就从她的腹部喷了出来。

来自安源的“煤黑子”黑筐当时也与许克祥的兵搏斗了一场，前额挨了一枪托，血流满面。黑筐告诉毛泽东，何叔衡在长沙也被抓了，他一口咬定自己是私塾先生，没露破绽，才侥幸逃脱。这两天他每天托着鸟笼子，扮作算命先生，躲来躲去。长沙已经快被乌云压坍了。

毛泽东听了，沉默良久，最后，他轻轻抚摸了一下黑筐头上的白绷带，对围在石花遗体周围的众多湖南工农代表说：“对许克祥，如果不绳之以法，那是天理不存！我们要力争武汉方面有所动作！你们，都要尽快回到原来的岗位，恢复工作，拿起武器！

山区的，上山！濒湖的，上船！坚决与敌人作斗争，武装保卫革命！黑筐同志，听清楚没有？”

“听清楚了。”

“大家听清楚没有？”

大家一齐说：“听清楚了！”

“就是这样！”毛泽东斩钉截铁地说，“在中国共产党人面前，只有这一条路了！”

独臂军人石头忽然出现了，他跌跌撞撞扑进医院大门。

“姐姐？这是我的姐姐？”

他掀开白被单，突然后退两步，狼一样地嗥叫起来：“姐姐！！”

6月13日上午，毛泽东出席国民党中央军委会议，报告“马日事变”情形。他拉开黑色的靠背椅，故意坐在汪精卫的正对面。他要近距离掂量一下汪精卫。

“诸位委员，在报告之前，请允许本人先做两件事情。第一件事，我想展示一件衣服，一件女人的衣服。”

听毛泽东这么说，汪精卫打了一个愣。

毛泽东从脚边拿起一件蓝底白花布衫，摊在会议桌上。布衫上皆是大团大团的血迹，血腥气很重。汪精卫皱皱眉，赶紧端起茶盅喝茉莉花香茶。

“第二件事，我想展示一位军人。诸位，我们现在开会的地方，是一年前英雄的北伐军将士用生命和鲜血夺来的。他们当中，有不少人牺牲了，有不少人伤残了。今天我请来的这位年轻的连长，就为从军阀手中夺取这个城市，丢了一只胳膊。”

毛泽东拍了三下手。丢了左臂的石头在第三下掌声中默然走进会议室。

毛泽东说："诸位委员同志，这件血衣的主人，是个姑娘，牺牲之时才二十四岁。她就是这位北伐军连长的亲姐姐。这位北伐英雄用自己的手托起敌人的机枪，被敌人用大刀砍去了手臂，而他的亲姐姐，一个善良的总工会工作人员，却被许克祥的兵用刺刀戳穿了肚子！"

汪精卫闭起眼睛。整个会议室鸦雀无声。

毛泽东突然击桌："革命何罪之有？！许克祥无耻之尤！"

他爆发了。他实在控制不住自己的感情。湖南工友和农友的鲜血，他特别不忍看。

石头用独臂默默脱下自己的军衣，又从桌上取过姐姐的血衣，将之穿在身上，然后再套上自己的军衣。

独臂军人脚跟一碰，咔地一声立正，向全体与会者敬了一个无言的军礼，然后便转过身，踩着沉重的步伐走了出去。

汪精卫目送这位年轻的伤残军人，木无表情。他听说过许克祥这个名字，但是不认识这位团长。但他心里非常明白，许克祥不是许克祥一个人。

当天下午，在汪精卫宅邸的客厅方桌上，琳琳琅琅地摆满了来自长沙的印章、报表、文件。

汪精卫仔细察看。印章刻得很粗糙，图案有斧头，有镰刀。

汪精卫直起身，看看桌旁的军官们。这是许克祥专门派来向汪精卫密报情况的三个军官。他们在汪主席面前站得笔直。

"禀汪主席，这是湖南总工会的工人武装计划。"其中的一个国字脸军官报告说，"这是农民协会斗争地方绅士的计划。汪主席，湖南农民共产共妻，兵士六个月不回家，老婆便被农协共去。汪主席，不反击不行了。许克祥团长对汪主席，忠心可鉴。"

汪精卫沉默。

国字脸军官又啪地立正，音带哭腔："我的舅舅，两百亩地契，都给农民烧了！那些黑脚杆，还在我表姐的牙床上打滚！汪主席，我们全团对许团长的决断都是拥戴的！"

汪精卫说："来人。"

副官应声走进。汪精卫说："把桌子上的这些东西全都扔进灶膛，烧一顿饭，请请这几个长沙来的弟兄。吃了饭，就让他们回去。他们有些话，也是说过头了，我是不相信的。但是肚里有气，不放出来，怕也不行。就这样吧，别的，也不用多说了。"

三个军官似乎明白了一切，挺身立正，一齐说："谢汪主席！"

个把钟头之后，还没等这三个酒足饭饱的军官走下汪宅大门外的台阶，忽然就被一个旋风般的扫堂腿扫倒了两个，另一个还不明所以，又被一个像狼一样的独臂军人扑倒在地。

石头挥动独拳，痛打这个长着一张国字脸的军官，只可惜没打几下，便被一批守卫军警死死扭住了。

"你们这群狗日的！"石头拼命挣扎，"我要报仇！"

汪精卫走出门外，阴沉沉地盯着挣扎中的石头。大门口的这场突如其来的吵闹惊动了这位美男子。他看了半天，挥挥手，说："放了他吧，看在北伐的分上，放了他。他若再要生事，滋扰大局，就问问他：他剩下的那只手还想不想要了？"

汪精卫说这句话的声音极其轻柔，而扭着石头的那几双臂膀却如铁钳般硬。

长江灰灰白白，在六月的阳光下一直延续到天边。

陈独秀与蔡和森、毛泽东一起漫步江畔。有一项要紧的工作，他们要商议。

"和森，"陈独秀说，"你力主改组湖南省委，提议润之去担任省委书记，我也不是不能同意，只是时局微妙，我怕润之鲁莽行事。”

他现在总是这么想。他对毛润之越来越不放心。

毛泽东说：“仲甫，湖南的阵营打散了，必须尽快整理。我以为对付反革命的枪杆子，只能用革命的枪杆子！”

陈独秀说：“润之，你握过枪杆子没有？”

“没有。”

“我当年参加暗杀团，成天摸枪杆子，而今却非常慎言枪杆子。你毛润之没有摸过一天枪杆子，却满口枪杆子，我不能不担心你开枪走火！”

蔡和森婉转地说：“仲甫，润之坚持针锋相对，从战略上讲，没有错。”

陈独秀说：“就我不主张反抗？我怕针锋相对？你们两位知道吗，今天上海来了电报，说我儿子延年昨天被蒋介石抓了！你们以为我不想报仇？”

毛泽东与蔡和森闻言，一惊，面面相觑。

陈独秀说：“是昨天下午三点钟被抓的，在北四川路的江苏省委里面。我派延年去江苏省委工作时间还不长呢，省委内就出了叛徒。延年被捕之时，据说十分英勇，同警察大打出手，反抗到了最后一刻。我为有延年这样的儿子，很骄傲。我陈独秀生到这个世界上来，别的本事没有，一是会骂人，二是会反抗。我生来就是个反抗者。我为什么迟迟不叫大家同汪精卫对着干呢？那是因为汪精卫的脸皮还没有撕破！他同蒋介石的秘密接触还没有结果！他还有不做反革命的可能性！他还没到这个路上，我们为什么要逼他？连共产国际代表罗易同志都说汪精卫是可以争取的。我作为党的总书记，一定要顾大局！我必须把好这个舵！”

毛泽东和蔡和森都说不出话。江水拍岸，一阵一阵地呜咽。

陈独秀说：“我知道你们每天都睡不好觉。我作为领路人，这些天，也是常常睁眼到天明的。好吧，路走远了，回去开会吧！”

这一天深夜，邓演达的汽车开到汪精卫宅邸门口。卫兵认出了车，知道来者是国民党中央执委、中央军委总政治部主任，于是立即在车灯的光柱中立正，向下车者敬礼。

这些天，像中国共产党人一样对革命前景忧心忡忡的，还有坚定的国民党左派人士。邓演达深夜来找汪精卫，已不止一次了。

卫兵敬礼完毕，仍然试图挡驾：“邓主任，汪主席已经休息了。”

邓演达伸手，啪地一下打开卫兵的手，就走了进去。

上一回他也是这样的。他豁出去了。

汪精卫只好起身。他坐在藤椅上，默默地听邓演达慷慨陈词。

“兆铭，以我们之力，还是可以压倒蒋介石的，只要你能明确昭告，我们依照总理遗嘱，联合共产党，团结革命阵营，我想，我们一定能渡过难关！”

汪精卫打个哈欠：“已经分崩离析喽。”

“兆铭，现在就看你了！天下人都在看你！你竖起脊梁来，我们听你的！”

“择生，不要孩子气了，武汉的国民政府，大厦将倾，我晚上一闭眼睛，就能听到梁啊、柱啊，嘎叽嘎叽响。共产党，共产党能联合吗？他们只有嘴巴硬，什么一个幽灵，在欧洲徘徊。徘徊到中国来，还早着呢。他们根本靠不住，他们那几杆破枪，你说能顶什么用？”

“兆铭，共产党发动民众还是有本事的。万不能小看民众，涓水成海，海能覆舟！”

汪精卫又打一个哈欠：“民众？什么叫民众？对这个字眼，不必盲目崇拜。你若说是乌合之众，可能还更准确一点。择生啊，你若是想在武汉再待下去，就到我这里来，我们好好谈谈。你若另有远图，我汪精卫也没法子约束你的鸿鹄之志了。”

他们谈到鸡叫。汪精卫打了四十多个哈欠。来访者在鸡叫第三声时默然起身，敬礼，然后退出。

来访者想：完了。

6 月 29 日，一夜未眠的邓演达去寻找陈独秀。他坐在汽车里想，共产党人有一首《国际歌》，有句词儿叫“这是最后的斗争”，一听就是悲愤之词。我今天去找共产党的领袖，也可算作“最后的斗争”，除去悲愤之外，还有几分苍凉。他不知道陈独秀这个人愿意不愿意作“最后的斗争”，看来悬乎，陈独秀的骨头不如他想象中那么硬，许多共产党人也是这么说的。

他坐在汽车里，盯着窗外。

街道上三步一岗，五步一哨。

前一天晚上，武汉又发生事变。武汉卫戍司令部悍然派兵侵占全国总工会、湖北省总工会机关。苏兆征、李立三、刘少奇先后向第八军军长李品仙交涉，李品仙才勉强命令士兵撤离。风声是越来越紧，共产党的陈独秀总书记都看见了这些吧？如果皮肉都看见了，那么骨头有没有看见呢？汪精卫的骨头？

邓演达的汽车悄然停在陈独秀的临时住宅前。邓演达下车的脚步也是悄悄的。他只对司机说：“你等着我。”

陈独秀听见汽车声，从二楼窗口一望，见下车的竟是邓演达，不禁一呆。他知道这又是一个愣小子。形势越吃紧，愣小子就越多，事情也就越难办。

秘书黄文容外出采买东西了，不在，幸好乔年在家，于是陈独秀赶快吩咐乔年去应付客人。他打定主意不见客。

陈乔年勉为其难，步下楼梯。

邓演达迈入客厅，开门见山说："我要见陈先生。陈先生的住址，我是千辛万苦才问到的。"

"我父亲不在。"陈乔年搓搓手说。他说这句话，明显地底气不足。"邓主任，你请坐，我泡一杯茶。"

邓演达坐下，说："我等他！哪怕他半夜回来，我也等他！"陈乔年又说："他……有时候不在这里住。"话说完，脸就腾腾地红起来。

邓演达焦急地踱了一圈，看看陈乔年，又看看天花板。

陈乔年越来越觉得不好意思。邓演达之风骨，广州和武汉均有口皆碑，父亲今天为什么视其如敌呢？

邓演达走到门口，忽然又回过身来，抬脸，冲天花板大叫："陈先生！我是邓演达！我知道你在家！事到如今，你还不愿意见我，不愿意武装工农起来暴动，到时候你悔之晚矣！"

陈乔年目瞪口呆。

邓演达喘了几口气，又砰砰击桌："我还可以争取掌握第四军、第十一军的实力！我们还有一个新编二十军，军长是倾向贵党的贺龙！你还可以大规模武装工人和农民！这是最后的一步棋了！陈先生，唯有这步棋了！陈先生，演达恭请你下楼！"

楼上悄无声息。

"唉！"邓演达长叹一声，"前两天，汪精卫完了。今日，陈独秀完了。这两人都完了的话，陈公子，中国完了！"

说毕，他大步而出。接着就响起了汽车声。

陈乔年奔上楼梯。此时此刻，他简直恨死父亲了。他对呆呆坐在床上的父亲说："独秀同志，邓主任的话，我听着句句在理！再不反抗，全盘皆输！要是哥哥今天在这里，他会骂死你！"

父亲皱眉说："乔年，你懂什么！邓演达当然是个很有本事的军事家！但是眼下是什么时候？眼下不是商议军事的时候，是商议政治的时候！武装工人农民？暴动？他怎么跟毛润之想的一样？真是笑话！”

邓演达于这一天回到宅邸，就发现苗头不对了。窗外出现的异常情况还是他妻子指点给他看的。

郑立贞脸色苍白地说：“演达，我不能不告诉你了，你来看！”

邓演达放下饭碗，从饭桌前起身，盯视窗外。他看见了成群的鬼鬼祟祟的士兵。

他被监视了。

他没有料到对方动作这么快。早上，他还去出席国民党中央政治委员会会议，他在会议上怨愤地提出了《辞职宣言》。而仅在黄昏时分，驻武汉的第二十五军军长何键就发出了“反共训令”，要求武汉政府“明令与共产党分离”，同时派兵盯住了邓演达的住宅。幕后总导演，该是很明白的，就是汪精卫。

妻子突然抱住邓演达，颤抖不已。“演达，怎么办？”她说。

邓演达拍拍妻子，说：“我真没有想到，一向有风骨的陈独秀先生，如今也患上软骨病了。这年头，连共产党都不硬了，我还硬得起来吗？事情其实很简单，我们不动手，他们就动手了。蒋介石很知道先下手为强，汪精卫也很知道先下手为强。就是共产党不知道，他们只知道后发制人。须知道后发制人，是需要先期支付许多鲜血和生命的呀！”

“你的生命不要紧吧？”

“别慌。照样吃饭，照样睡觉，看几天再说，他们一时还不敢怎么样的。也许明天，或者后天，陈独秀的骨头突然硬起来了呢？我今天对他说了一番话，相信他是听见的。”

武汉工人纠察队的枪械库很大，推门便是浓烈的机油味。

刘少奇踱步在枪械和弹药之中，已经一个钟头了。他心里有点绞痛。

为维护国共合作之大局，陈独秀继续对汪精卫实行退让，由他主持的中共中央政治局常委会决定，公开宣布解散工人纠察队，所有枪支上缴武汉国民政府。全国总工会负责人刘少奇被强迫执行这道令人痛苦的命令。

门开了，阳光扑了进来。有人向他小声报告："刘少奇同志，贺军长来了！"

一位魁梧的军人大步而入。他进门就笑，说："这么多啊，这么多啊。"此人便是驻九江的国民党二十军军长贺龙。

"贺军长，全交给你啦！"

"照单全收，刘先生。"

"第一，枪给你！工人纠察队有好好孬孬三千条枪，凡是好的，你通通拿走！第二，人给你！工人纠察队中的共产党员，你都带走！"

贺龙真切地感觉到了这些话的分量。这不是刘少奇之托，而是共产党之托。

他久久注视着刘少奇，然后说："放心！贵党的血肉，就是我的血肉！我的血肉，也是贵党的血肉！"

"有你这句话，我们当然就放心了！"

"我感谢贵党相信我，我也相信只有共产党才能救中国！这句话，人家怕讲，我就敢讲！蒋介石这个王八蛋，我一定跟他拼到底！还有汪精卫，这个半王八蛋，我也时刻准备着跟他拼！"

贺军长的性格，一向直爽如剑。刘少奇心里舒口大气，觉得今天的此番托付，托对了。

刘少奇说："贺军长，你带走好枪之后，我就把破枪、童子团的木棍上缴给武汉政府，算是交差了。”

“刘先生，你们很聪明。可是，恕我老粗说一句，你们有时候，又不聪明。”

刘少奇一怔：“此话怎么讲？”

“三千支枪，让工人一人一支扛着，这是一支多大的队伍？我两把菜刀起家，也劈出个天地来了。你们随便一拉，就能拉出三千人。三千人呀，兵马数量我一向是最讲究的！”

刘少奇很觉得贺军长的话在理，于是便说：“我也说句实话。共产党有时候也会犯糊涂。眼下，天太黑，我们许多同志，一时间连自己有几根指头也数不清楚了。但是，我相信，贺军长，你也要相信，我们中国共产党人是会马上找到一条通向光明的道路的！”

“我相信，怎么不信？我要不相信，今天我也就不秘密来武汉了！”

“这几千支枪，一定还会响的！”

“而且握枪的手，还是共产党的手！”

刘少奇笑出声来，说：“你这话说得太好了！

贺军长怎么是老粗呢，刘少奇想，一个大战略家哩！

毛泽东走进大门，刚转过走廊，就差点被一个小个子青年撞上。

这个敦敦实实的小伙子笑起来很灿烂，他说：“哎哟，对不起，我踩了你脚了。”

毛泽东说：“你这小同志，眼生得很。”

毛泽东走路其实也走得风快，兴许是他撞上了这个小伙子，但却被小伙子抢先道了歉。毛泽东于是对这个老实小伙子顿生好感。毛泽东是急着来中共中央政治局办公处参加会议的。7月4

日，政治局常委会举行第三十四次会议。

小伙子说："我回国不久，我是来报到的。这是介绍信，我要向中央军委报到。"

"你走错了，军委办公室在楼上。你从哪一国回来？"

"苏联。"

"哟，苏联！"毛泽东来了兴趣，"你尊姓大名呀？"

"我姓邓，"小伙子说，"原先叫邓希贤，现在叫邓小平。"

"喔，邓希贤！听周恩来讲起过你。你能不能告诉我，苏联的农民组织得怎么样？"

"苏联也有农会，农民组织的程度相当广泛。富农，也就是地主，全都被驱逐了，很彻底。"

毛泽东高兴了："小同志，我从任何地方听到的，都是苏联的工人怎么样怎么样，就从你口中，听到了苏联的农民怎么样怎么样！"

毛泽东正要在这次会议上谈谈农民和农会。邓小平关于苏联农民的那几句简单的介绍，给他印象很深。毛泽东一直觉得中国的农民是关乎中国革命全局的大问题，哪怕陈独秀再不入耳，他也要说。他后来果然在这次会议上特别强调了农民和农协的问题。

他说："我还是要讲讲中国的农民，在目前情势下，我不能不讲农民。我认为，现在，农民协会的策略有两条，第一条，上山！枪支不交，上山去，上山打游击！第二条，投入到军队中去！同志们，我们一定要有自己的武装！若不保存武力，则将来一到事变，我们毫无办法！"

"这个，"陈独秀说，"枪，实在藏不了的，当然也可以上山。但是，同志们，上山毕竟不是正道。润之，你不必再说下去了。"

毛泽东显得特别刚强："意犹未尽，我还得说！我请你原谅，总书记同志！”

这次会议上，陈独秀又被这个毛泽东弄得心烦意乱。

当天夜里，陈独秀排除杂念，数数助睡。刚数过一千，有点迷迷糊糊，又忽闻楼下门响。陈独秀叹息一声，敲敲墙，叫隔壁的黄秘书去开门。

来者是蔡和森，从门外的黑夜里摸索着进来，一张脸竟然也如黑夜。陈独秀下楼，一边披衣一边对他嘟嘟哝哝说：“你睡不着，弄得我也不能睡。我知道你又是来进言的，说我不听毛润之的建议。和森啊，对汪精卫，我也不是没有警惕，你不是听见了吗？在今天的会议上，我提出了党的机关转入地下，要警惕国民党动刀子。可是，他毛泽东还是只想上山，当他的山大王。山大王，什么形象？土匪的形象还是共产党的形象？”

蔡和森一直没有吭声。

陈独秀奇怪了：“你怎么不说话？站着干啥，坐呀。”

蔡和森递出一封电报，说是刚刚收到，江苏省委拍来的。陈独秀接过，一看，眼睛就黑了。蔡和森抢上一步，急忙扶住他。7 月 4 日夜，中共中央委员陈延年在上海龙华赴难，被乱刀砍死。电报说的就是这个事。

“延年！……”陈独秀低声叫唤一声。

极为凄凉的声音叫人听得心酸。泪水同时流出陈独秀和蔡和森的眼眶。

陈延年的赴难极为壮烈。他的脾性之刚烈与其父相比，可说是有过之而无不及。

7 月 4 日夜里，上海龙华刑场有月亮。

监斩官在清冷的月光下喊：“跪下！”

陈延年虽被五花大绑，但那头是绝没有低下去的，他喊道：

“革命者光明磊落，视死如归，只有站着死，决不跪下！”

监斩官喝一声：“按他跪下！”

刽子手们号叫着将陈延年按在地上，然而等刽子手一松手，陈延年便蹦跳起来，每次都使屠刀落了空。

捆绑着双手的陈延年使劲用头撞刽子手，撞了不够还用脚踢。一个刽子手被踢中裆部，两手按着要害痛苦地倒了下去。

监斩官连连躲闪，大惊失色：“杀！杀！从没见过有这么凶的共产党！杀了之后，分他的尸！”

陈延年果然是被乱刀砍死的。砍死之后，又被分尸。刽子手知道他是共产党党魁之长子，恨之入骨。离陈延年的流血处仅半里之遥，便是龙华寺老和尚法印之墓塔。法印在十年前对陈延年的父亲说：尔命如钟。

十年后，法印收了陈独秀的长子之血。

龙华寺的钟声在当夜的响声，比风声更凄凉。

陈延年就义之后，蒋介石下令不准收尸。第二天，上海各大报纸欢呼铲共胜利，说是清党取得又一重大战果。

烈日当空，烧了好几日了。武汉七月，闷若蒸笼。陈独秀走得汗流浃背。失子之痛如尖利的猫爪子一下一下刨着他的心。延年在世时，没少顶撞他，但是一旦延年走了，陈独秀才知道自己是多么地喜欢这个孩子。

陈独秀走累了，靠着墙站了一会儿。他以前走路是从来不需在街上站一会儿的，这几天，他实在心力交瘁。今天，他是去看另一个儿子。

陈乔年生病了，老咳。由于发热，他一张脸总是红扑扑的，眼睛也特别水汪汪。陈独秀已经看过他好几次。这次，得了长子噩耗，他又特别想念次子了。二十五岁的乔年时任中共中央组织部副部长，工作勤勉，只是多病。

陈独秀推开黑漆木门，踏入天井就问：“乔年，病好一点吗？”

房内病榻上，陈乔年支起身子。“爸爸，”他虚弱地说，“妈妈来武汉了。”

“哪个妈妈？”陈独秀进屋，还没坐下，闻言就愣了。

儿子说：“我的亲妈妈。”

陈独秀当然更吃惊了。他回头一看，果然看见自己的结发妻子正迈动着小脚，从天井跨入堂屋。她身姿一如既往，颤颤巍巍。

陈独秀第一个直觉就是想避开。他不想见自己的发妻。

于是他匆匆对儿子乔年说了一句“我隔天再来”，就想隐遁。

刚到门口，便听儿子一声叫唤：“爸爸！”

陈独秀站住了。他看见了儿子的充满希冀的目光。这目光是从黑乎乎的病床上亮过来的。

乔年又说：“爸爸！”

陈独秀迟疑了一会儿，说：“好，我不走。”

高晓岚颤颤地走进堂屋，又颤颤地走入内屋。陈独秀坐着，不言不语，一直盯着比自己年长三岁的发妻。高晓岚虽眉目清秀，然年过半百，毕竟是个老太婆了。

陈独秀招呼一声：“晓岚。”

妻子一愣，揉揉眼，说：“是我。”

“怎么出远门了？”陈独秀站起来。

高晓岚凝神地朝自己的丈夫看，她发现也有一张细细密密的蛛网覆盖在丈夫黝黑的脸面上了，如同自己一样。岁月啊，岁月就是一只大蜘蛛呢。高晓岚咧了咧嘴，算是冲丈夫笑了笑。她说：“是啊，怎么出远门了，我也问自己，我一双小脚，怎么就出远门了！我是个从来不出家门的人啊！都五十一了，这还是第一次跨出陈家的门槛啊。若不是听说乔年病重，我哪里会出门、出省，从安徽跑到湖北来？”

“你受累了。”

妻子闻言一愣，泪落了下来：“这么多年，头一回听你说这么好听的话。”

乔年说：“爸爸，妈妈走了太多的路，脚痛，你让她坐！”

陈独秀二话不说，去天井取来一只木脚盆，兑上热水。他说：“晓岚，过来，我为你洗一洗脚。”

高晓岚不相信自己的耳朵：“乔年，你爸爸说什么？”

儿子倒受了感动，对妈妈说：“他说，他要给你洗脚。”

陈独秀扶妻子坐下，说：“夫妻名分一场，你今日既脚痛，我洗一洗又何妨？”

水声响起来，陈独秀为其洗脚。脚很小，一把就能握在掌心里。

高晓岚盯着哗哗有声的洗脚水，问丈夫：“我们拜天地至今，几年了？”

“二十八年了吧？不对，二十九年了。”陈独秀蹲着说。

“三十年了。”

“三十年了？”

“三十年缺四个月。”

陈独秀默然无语，取过毛巾，为妻子擦净脚。他在擦的时候，感觉到有好几滴热乎乎的东西溅在头顶上。他知道那是眼泪。

眼泪是眼泪，洗脚水是洗脚水，同为液体，自不可同日而语。所以陈独秀端起木盆时，沉沉静静地对妻子说：“世上很多事情，泼出去就泼出去了，也难收回来了。你呢，虽然受了委屈，也该知道覆水难收的道理。”

乔年在病榻上翻了个身。他听着父亲这话，心里难受，但是他想，这也是没法子的事。“穿破才是衣，到老才是妻”的感觉，陈独秀不会有。

高晓岚说：“你去泼水吧。这泼水的道理，三十年来，我是没有一年想不通的。”

可是当陈独秀的一脚盆水重重地泼在天井的青石板上时，高晓岚仍然是浑身一哆嗦。

陈独秀回房，对自己的结发妻子说：“我今天为你洗脚，也是在偿还一笔债。”

高晓岚听不明白丈夫的意思，抬眼看着他。

“有个噩耗要告诉你。若是我今天不说，你日后也会知道的，还不如今日说了吧。”陈独秀说。

噩耗？高晓岚吃惊了。她知道噩耗两字，是天下最不吉祥的字眼。陈独秀说：“延年他……”

高晓岚失声了：“延年怎么了？”

乔年霎时从床上坐起来，瞪圆了眼：“爸爸？”

陈独秀说：“延年遇难了。”

“天哪！”高晓岚头一晕。陈独秀冲了一步，急忙扶住了她。

乔年呜咽起来：“哥哥！……”

乔年早知道身陷囹圄的哥哥会凶多吉少，但是一旦闻知此噩耗，他的一颗心也无法抑制地剧痛起来。

高晓岚以手捂脸，泪如雨下：“延年呀，那么多年，妈妈都没有见你！你怎么说走就走，连妈都不见一面呀！”

她哭了一阵，站起来，从碗橱里拿出一瓶酒，递给陈独秀，说：“你给延年喝！”

陈独秀将酒洒于地上，说：“延年，爸爸一辈子都在磨炼你，叫你吃苦受苦，今日，你也算是走到头了。你做了你自己应该做的事情，爸爸也不说对不住你了，只盼你一路走好。”

高晓岚闻言又哭，哭几声，指着陈独秀说：“我现在一点都不恨君曼妹妹了，只恨你！要是没有你这样一个一辈子都在闯祸的父亲，儿子怎么会死在人家刀下！”

陈独秀以手扶额，不语。

“你还不说一声对不住，你心狠啊！是你害了延年！”高晓岚又这样说。

陈乔年呜咽着爬下床来，拥住母亲，说：“妈，我说一句实话，我和我哥，都不怪爸爸，而且，我和我哥，打心眼里，一辈子都感谢爸爸！”

母子俩抱头痛哭。陈独秀受不了这种哭声，起身就出了门。

踏出门外，他一时不知往哪里走了。他又一次感到了浑身无力，便一屁股坐在门槛上。一个鹤发童颜者慢吞吞走过来，手持“麻衣神相”四字之幡。“这位先生，天庭饱满，双目有神，只是眉心发青，双颊带乌，只恐近日有难，在下给先生算一卦如何？”

陈独秀挥挥手，不耐烦地说：“我这人，命硬。我生来就知道自己会有如何下场。请先生走开！”

麻衣相士走开了，觉得这人挺无趣。

但是陈独秀这句话没有说对。他自己的未来变数如何，他其实并不知晓。

仅隔一个礼拜，他就不是中国共产党的总书记了。

1927 年 7 月 12 日，在陈独秀右倾机会主义的危害日益加深的情况下，共产国际终于通过鲍罗廷传来了指示，陈独秀停职，由张国焘、李维汉、周恩来、李立三、张太雷五人组成临时中央常委会。

7 月 12 日，陈独秀事后多年还一直记着那一天。甚至在十五年之后的那个 5 月 27 日，他在四川江津的病榻上弥留之时，还记着这个 7 月 12 日，这是一个云层很厚的日子，他在这一天的晚上突然感到全身的骨骼关节都松了开来。

那一天，他的表情还算是平静的。起码，他在说话的时候，语气还算是平静的。他前一天刚搬家，搬到汉口前花楼的“宏源纸行”楼上。纸行的经理就是中共中央出版局长汪原放，老友汪孟邹的侄子。楼下堆满了各色纸张，楼上住人，倒也清静。他就这样平平静静地坐在自己的藤椅上，闻着不断从楼梯口飘上来的纸香。他哑着嗓音问：“就这样？”

鲍罗廷用英语说：“还有，请陈独秀同志、谭平山同志去莫斯科，向共产国际汇报工作。请瞿秋白同志、蔡和森同志去海参崴办党校。”

为了使陈独秀比较平稳地离开中国共产党的舵手之位，鲍罗廷所提出的这种安排，也不能不说是煞费苦心的。

陈独秀的藤椅子嘎叽嘎叽响了一阵。

“你要喝咖啡吗？”陈独秀问，“还是喝中国的茶？”

鲍罗廷说：“我想听陈同志的答复。”

陈独秀笑一笑，缓缓说：“中国有句名言：士可杀，不可辱。”

“陈同志，你怎么能说出个杀字来？没杀你呀！”

“怎么没杀？脑袋里有什么？不就是思想吗？思想杀了，脑袋不也杀了吗？”

鲍罗廷吃惊地看着对方。他知道陈独秀虽说话平静，但心海之中自是波涛万丈的。

陈独秀沉默了好一阵子，忽然说：“你看我这张脸，像什么？像一口钟吗？一口铜钟？”

“不像。”俄国人耸耸他的宽阔的肩膀。

“不像？”陈独秀又笑一笑，然后他点起雪茄，对鲍罗延讲了下面这些话：我觉得我这张黑面孔，也不像一口钟。可是有一个中国和尚说我面相如钟。那和尚的寺庙就在上海龙华，龙华那地方，就是三个月前，蒋介石冷眼看我领导上海的武装工人与奉鲁联军拼杀而故意勒马的地方，也就是八天之前，我的大儿子被五马分尸的地方。我后来明白了，龙华的和尚说我面相如钟，其实不是指我这张丑脸，是指我的命，指我的命运。我的命运是一口钟。我是依靠着钟声才能活着的。没有钟声的召唤，我的血就热不起来，就失了做人的味道。做人有什么味道呢？做人的本身就是在做一种信仰，人是靠信仰活着的，这就是人禽之别。鲍罗廷同志，我知道你也是非常赞同这一人生理念的。所以，你在按照莫斯科的节令打钟的时候，我是多么地心驰神往。因为我认定那是一口好钟。你们俄国有个叫苏兹达里的小城，那里一根钟绳一拉，能牵动二十四个钟铃，二十四口钟一齐响，那是多么惊心动魄的号召力！你们的号召力一向是很强的，我陈独秀也是闻钟起舞，不稍懈怠的。而且，我从主办《新青年》起已经感觉到，我本人也是一口钟。老和尚说得不错，我就是钟命。我的号召力也是很可观的，我曾经是德先生和赛先生的门铃。我请的客人，我们中国人都是举双手欢迎的。可是悲哀的是，由于帝国主义和新老军阀的屠刀，他们的双手只能举起一半。但是我这口钟一直没有懈怠，我在不停地发出声音。中国的雄鸡每天都啼三遍，你们俄国的鸡大概也是这样，我也是每天都在敲钟，勤快不亚于雄鸡。我觉得我不曾做错什么。而今天，鲍罗廷同志，你突然就伸来一只手，摘了我的钟铃了。你以为，我陈独秀的钟铃被摘了，陈独秀的钟声就哑了吗？我可以告诉你，我这人生就是钟命。我这口钟是被钟铃狠狠摇响过的，尽管失了钟铃，整口铜钟还在嗡嗡响着，他不会哑掉，他还是一口好钟。所以，一口好钟，是不在乎其中心有没有一根钟铃的。没有了钟铃反而好，那就是说，牵着钟铃的钟绳也没有了。凡一口好钟，风雨雷电都能叫它轰鸣。不信，你可以听听，我陈独秀以后还会不会发出声音！

陈独秀喷着这样的烟雾的时候，鲍罗廷一直沉默，沉默于浓烈的雪茄味里。他或许听懂了一些什么，但或许什么也没有听懂。关于钟的问题，他不感兴趣。那个叫作苏兹达里的小城，他也从来没有去过。他只知道，陈独秀在抒发一种强烈的感情。人在关键时刻的心潮澎湃，他能理解。

最后，陈独秀揿灭雪茄，冷笑一声，说："我去莫斯科干什么？我这个中国人，从来不懂俄语。"

鲍罗廷不言语。陈独秀十有八九是不肯北上的，他有预料。陈独秀又冷笑一声，说："这条船，舵手原来是一个，还能勉强开着。现在舵手变成了五个，再怎么开？"

鲍罗廷耐心地说："那五位同志，现在都等在楼下，专门想听听你的意见。"

"不用了吧，我一百句意见还不如你一句意见，别让他们为难了。我刚才说过了，今天，是我大儿子死于蒋介石刀下的第八天，八方来风，都是血腥气。我特别累，也不想见什么人，就让我闷头睡一觉吧。请鲍罗廷同志离开的时候，叫楼下黄秘书把门关死。"

鲍罗廷无奈地站起来，道一声再见，就下了楼梯。

他在楼下看见了等候着与陈独秀见面的张国焘、周恩来等五位临时中央常委。他朝他们笑一笑，做了个出门的手势。

五个人便都站了起来，一言不发，鱼贯而出，在黑暗中悄然离开宏源纸行。

走出门外之后，周恩来站住了。"我们应该立即行动！"他对他的同伴说，"再不能拖延了，我们要立即举行第一个没有陈独秀同志参加的中国共产党的最高层决策会议！"

他的同伴们一起点头。

在陈独秀悄然离开中共舵手之位的第二天，汉口邓演达宅邸内也在悄然发生一种戏剧性的变化。

这种变化在一面立式穿衣镜里上映。

邓演达在精心化装。

蓝工装。黄球鞋。鼓鼓凸凸的一只帆布工具包。一支铁壳手电筒。

穿衣镜里映出一个活脱脱的电路查线工人形象。

邓演达在几分钟内变了另外一个人。他不能不变。陈独秀停职的第二天，中共五位中央临时常委便一致通过对政局的宣言，公开揭露汪精卫所控制的武汉国民党中央和武汉政府的反革命活动，决定所有参加武汉国民政府的共产党员一律退出政府。两党合作的局面基本终结了，被监视多日的邓演达眼看白色恐怖日甚，决定化装出逃。逃往何处，他不知道，但是立即离开武汉，他是知道的。若是再迟一步，那些监视他的士兵们就会用枪托砸门了。

邓演达从穿衣镜前回过身来，发现妻子郑立贞在掉眼泪。郑立贞的旁边，呆然地坐着邓演达的一位表弟。

“子英，谢谢你给我准备了这身衣服。”邓演达对表弟说，“你必须再帮我一件事。我走了以后，你无论如何要护送立贞回广东去。她文化不高，想读助产学校。”

表弟应诺。

邓演达掀开窗帘的一角，仔细看看外面，说：“正门出不去了，我翻后面围墙走。现在每一分钟对我都很危险。”

妻子突然奔上去，紧紧抱住了他，颤抖如一片树叶。

邓演达抚着妻子的后背，轻声说：“别为我担心。中国革命，还会东山再起的。我们会有团聚的一天。”顿了一顿，他又说，“你以后当了助产士，要相信，你接生的每一个孩子，在中国，都会过上好日子！”

妻子突然伸出手，坚决地推了一把丈夫。她觉得丈夫实在不该再说这些书生之言了，在窗外都亮着狼眼睛的时候。

邓演达很快就消失了。

第二天晚上，国民党中央党部灯火通明。汪精卫主持国民党紧急会议，这个会议对于汪精卫及其武汉政府来说，委实是太紧要了。大吊灯底下，皆是一张张铁青的脸。

汪精卫把一张纸重重拍在会议桌上，阴着声音说：“共产国际派驻中国的代表罗易，把共产国际的一个‘五月指示’的副本给了我。依共产国际的想法，国民党只有变成共产党才有活路，而我汪兆铭，是正宗国民党员，我是绝对不愿意看到镰刀斧头绣到青天白日上去的！”

“请原谅，兆铭兄。”一个在炎热的季节里还穿西装打领带的人站了起来，“我不能不说几句！”

汪精卫皱起眉。此人乃国民政府外交部长、左派人士陈友仁，一贯难侍候，汪精卫知道他说不出顺耳的话。

孙科制止陈友仁：“兆铭还在讲话，你怎么就打断他？”

陈友仁强制着自己的情绪，坐下去。汪精卫继续说：“一条船，决不能有两个舵手！现在，很显然已经到了争船把舵的关头。若是我们还想把国民革命带往三民主义道路，那就只能采取两个办法，一个办法，把共产党变为国民党！另一个办法，消灭共产党！”

陈友仁拍案而起：“我现在一定要说话！不是我要说话，而是孙夫人要我代表她在这里说话！她知道今天要开什么会！她拒绝参加这样的秘密会议，但是她要我来，让我明确表达她的立场！”

孙科说：“哎呀呀，别说了。她的话，不说也知道！”

“不，我要说。”陈友仁说，“我们绝对不能分共！诸位必须要清楚，联俄、联共和扶助工农的三大政策是总理亲手定的！有了三大政策，革命才能发展到今天这个局面！抛弃三大政策，就必然要向帝国主义和蒋介石屈服！……”

孙科突然跳起来：“你陈友仁给我住嘴！你过去是我父亲的好朋友，这我们都知道，但是你动不动就搬我父亲的帽子吓唬人，你这就叫狐假虎威，你就是狐狸！”

陈友仁击桌：“你骂什么人？！”一时间会议室方寸大乱，嚷嚷声劝架声顿起，汪精卫砰砰砰击桌半天，还是不能压住阵势。

汪精卫后来也不拍桌了，他叉起双手，像看戏一样地看着这混乱的场面。他想，反正大局已定，这里大多数人都是拥护他的，蒋介石的南京政府也彻夜开着电报机在等候他的好消息，几个左派人士把桌子拍得山响，终也是杯水风波。

这一天夜间，在汉口中国银行大楼顶层的宋庆龄住所内，打字机的键盘一直在嚓嚓作响。

心情悲愤的宋庆龄知道陈友仁一定会在秘密会议上遭遇到被围攻的局面，她知道武汉的天已经很黑了。但是她不畏惧压力，她用打字机连夜写作了那篇震惊中外的《为抗议违反孙中山的革命原则和政策的声明》，以表明自己的严正立场：

> 我认为我现在必须以国民党中央执行委员的身份来说明我们目前有必要作明确的解释。本党若干执行委员对孙中山的原则和政策所作的解释，在我看来，是违背孙中山的意思和理想的。因此，对于本党新政策的执行，我将不再参加。
>
> ……
>
> 孙中山曾明确地说明，他的三大政策是实行三民主义

的唯一方法。但是现在有人说政策必须按照时代的需要而改变，这种说法虽然有一部分道理，但是政策决不应该改变到如此地步，以至成为相反的政策，使革命政党丧失了革命性，变为虽然扯起革命旗帜而实际上却是拥护旧社会制度的机关……

孙中山的政策是明明白白的。如果党内领袖不能贯彻他的政策，他们便不再是孙中山的真实信徒；党也就不再是革命的党，而不过是这个或那个军阀工具而已。……

我对于革命并没有灰心。使我失望的，只是有些领导过革命的人已经走上了歧途。

邓演达是两天之后从一份传单上听到孙夫人的悲愤之声的。那时候他正精疲力尽地接近郑州城。自出武汉城后，他日夜兼程，沿着京汉铁路直向北走，一走就是两百公里。他的化装角色的选择没有错，在广阔而炎热的江汉平原上，几乎没有人对这位孤独的忠心耿耿的查线工人发生怀疑。追逐着他的，只是一群顽固的蚊子。

当邓演达拖着两条近乎麻木的腿走近郑州城头的时候，发现暮色笼罩的城门口正在发生一场殴打。皮带声和惨叫声挤满了并不宽敞的门洞。殴打是单方面的，是士兵殴打工人。门洞里翻倒着一只糨糊桶，糨糊正在发出麦子的香味。邓演达知道这是工人张贴的传单惹怒了士兵。

“别打！打什么人？让我看看贴的什么！”邓演达喘着气说。他让自己的两条麻木的腿停下来，停下来的腿一直筛糠不止。两个士兵惊疑地瞧瞧这个疲惫不堪但说话口气很大的查线员。这查线员说话的口气百分之百像长官。

邓演达看墙上。他的目光首先接触到一张告示，那是汪精卫于7月15日签署公布的《统一本党政策案》。这个文件表明武汉的国民党中央正式宣布与共产党决裂，也表明了1925年至1927年的轰轰烈烈的中国大革命的最终失败。然后，邓演达的目光就停留在一张糨糊未干的传单上，他的耳边响起了宋庆龄的悲愤之声。他知道，这位张贴传单的工人，心情也是同样悲愤的。现在连悲愤之情的某种偷偷的表达，也要挨皮带了。

“你们不要打他，更不要撕这份东西！”他说。

士兵们脸上就挂不住了：“关你屁事！我们不仅要打，还要抓他呢！”皮带又夹头夹脑抽下去了。刚刚站直的工人又“哎哟”一声倒了下去。

邓演达的疲惫之感一扫而空。他自己也不知道是什么时候出手的，反正他的出手非常凌厉，两个士兵还在摸不着头脑的时候，就已经一起倒在了地上。

士兵们很快就爬了起来，一个上起刺刀，一个摸出铁哨子嚯嚯地吹。吓慌了的工人赶紧推邓演达：“好人，你快逃！”

又有三个士兵出现了，踢踏踢踏奔过来，并且很快就扭住了邓演达。

邓演达继续挥拳，左打右击，但渐渐有些力不能支，尤其是连续走了两百里路的两条腿，不再怎么听使唤。

突然一个班长模样的喊起来：“你不是邓主任吗？”

“你好眼力。”邓演达喘着气说。

“弟兄们，住手！他是我们的邓主任！”

士兵们全愣住了。

班长在浓重的暮色里说：“邓主任，我听过你的演讲。我知道你是反对汪主席的。你快走吧，现在太危险了！”

邓演达拉拉衣服，说：“我当然要走，我穿这身衣服就是为的走。但我想留一句话。吃兵粮的弟兄们，你们不要打工人。你们家庭里，也有兄弟姐妹当工人当农民的，他们日子很苦。你们这些扛枪吃兵粮的，也是辛苦人。苦人无论如何不要打苦人。”

士兵们垂了枪也垂了脸。那工人很快就被放走了。于是邓演达说：“我走了，谢谢你们！”

但他这时候又被墙头上的一份快报吸引住了。那份快报上有几行字还能依稀看出来：“鲍罗廷被武汉政府礼送出境……自武汉去陕西……取道西安回俄国……”

“老鲍。”他喃喃地说。

邓演达在郑州城的墙洞内念叨老鲍的第三天，蒋介石也在上海念叨上了鲍罗廷。

那一天，他正与几位南京政府的军政委员以及几位上海经济界大亨一起漫步走过外白渡桥。

“汪兆铭说过很多废话，”蒋介石在桥的中央站了下来，抬眼眺望黄浦江面，“‘礼送出境’这四个字，他倒用得恰如其分。鲍罗廷这个老毛子留在中国还能做什么事呢？除非每天参观共党分子被一批批抓起来，一批批枪毙。”

有人掩嘴笑。蒋介石又忽然想起：“我从苏俄带回来的红军制服，不是还在吗？”

副官说：“一直在汽车尾厢里。”

蒋介石兴致勃勃说：“给我拿过来！”

副官跑向桥头，从桥头停着的汽车尾厢里，仔仔细细捧出那套神气的苏军军装。蒋介石含笑接过军装，抖开，手心掂一掂，忽然间双手高高一扬。

军服飞了起来，飞过桥栏，像只黄褐色的大鸟一样，飞落江中。

蒋介石说："我也学学汪兆铭，礼送出境！"

众人大笑，都说"有趣有趣"。

蒋介石说："从今之后，俄国人是俄国人，中国人是中国人了！所谓布尔什维之路，我们中国人是不屑于踩的！什么马克思主义，什么共产党宣言，一律礼送出境！"

7月下旬，阳光如瀑布一样烈烈地泼着南北整个中国的时候，被"礼送"的鲍罗廷车队过境陕西。

车队一路颠簸，驶近西安临潼温家附近的公路时，鲍罗廷大喊一声"停车"，他的黄褐色的脑袋撞在了车顶棚上。他眼尖，看见了一个人，熟人。

一位蓝工装查线工人高高地摇晃手电筒，站在道路中央，拦下了这列由四辆道奇旅行车和一辆帆布顶别克小汽车所组成的车队。

鲍罗廷推开车门，走到明晃晃的阳光下。"邓演达！"他喊。

邓演达摇摇晃晃走了几步，说："老鲍！我守候整整一天了！"

"准备去哪儿？"

"还能去哪儿？去你们要去的地方！"

"这是正确的选择！"鲍罗廷大笑，手一挥，"上车！"

"上车之前，先给我一只面包吧，如果你们还有面包的话。"邓演达再也不掩饰自己的窘迫，"我已经一天半没有进食了。我这人，除了向朋友求助之外，实在不善于向任何陌生人乞讨。"

武汉下了一夜的雨，雨激如瀑，击瓦砰砰有声。

毛泽东还没有听见过这么大的雨声，如鼓，如雷，如锤击砧。毛泽东在黑暗中仔细听了听，自己的三个孩子幸好都没醒，要是醒来，肯定会吓着的。毛泽东想，瓦一定是击碎许多了，早上起身得补瓦。

黎明时分，雨停了。毛泽东吩咐杨开慧以两凳相叠，他自己爬了上去。眼睛探上屋檐一看，黑瓦却齐整整的，没一块碎。毛泽东摸一摸，摸了一手青苔。

早饭后，他离开武昌都府堤四十一号这个临时住所，去送一批农民运动讲习所的学员离开武汉。途中，他专门去宏源纸行弯了一下。他想把自己的一个强烈的感受告诉陈独秀。

他提到了昨夜击瓦很凶的暴雨。他对陈独秀说："我以为瓦会碎一批，结果，雨是雨，瓦是瓦，貌似轰轰烈烈，倾盆大雨，仔细看看，也没击碎什么。"

陈独秀也是一夜未睡稳，满眼眼屎。他一边擦脸，一边说："润之，你这话对一半，错一半。大革命是败了，中国还是军阀统治着，租界还是洋人把持着，好像什么也没变。但是共产党员人数多了，全国民众的觉悟比以前高了，一夜之雨，还是击破了一些东西的。"

陈独秀洗罢脸，又说："润之，你这话不是在说我吧？是不是怨我连任五届党魁，只是一场暴雨，一块瓦也没击碎？"

毛泽东连连否认，只说是看到大革命如此结果，心境悲凉罢了。

陈独秀说："大家都好好总结吧。"毛泽东说，"仲甫你是不是也得总结总结呢，你若是总结好了，再来率领我们走路，革命又可能会出新气象了。"

陈独秀听了这话，半天不言语，说："润之，在我这里吃早饭吧，我打两个鸡蛋。"

毛泽东说吃过了。陈独秀于是激烈地说："我总结什么？成也萧何，败也萧何，共产国际就是萧何，结果账都算到我一人头上。反正我现在也不管事了，张国焘周恩来他们也不来看我了。

毛润之你也跟着那五个舵手去做事吧，看那五个人怎么把柳弄暗了，怎么把花弄明了，弄个共产主义又一村出来。”

毛泽东离开宏源纸行的时候有些后悔，他其实不应该来。陈独秀没有一个领袖的样，也没有一个先生的样了。

身穿工装的毛泽东在码头送走一批学员后，慢慢走回家去。他一路上还在想着在大革命与大暴雨之间的某种关联，以及陈独秀死也改不脱的顽固。在走下武昌六渡桥的时候，他突然发现身后有异样。他弯下腰拔鞋跟，便发现有两个便衣盯上了他。毛泽东心里一紧，面上故意装作不知。这些日子，武汉的白色恐怖已是一日甚于一日，警察几天就查一次户口，大批共产党人和工农群众都遭到逮捕。毛泽东每次出门，杨开慧都告诫他小心再小心。今天，祸水果然找上来了。毛泽东看那两个便衣的模样，觉得他们要比两年前的那个患哮喘病的汤排长聪明。

毛泽东还没想定脱身之计，两个便衣疾走几步，突然一齐拦在毛泽东面前。

“你看见毛润之没有？他刚才同一群农民运动讲习所的学员在一起。”其中一个问，口中金牙一闪一闪。

毛泽东说：“毛润之？哪个毛润之，不就是那个毛所长吗？”

“对，中央农民运动讲习所所长，共产党头目，受通缉的！刚才有人见到他了！”

“我认识，我们湖南老乡哩！”

另一个便衣忽然眼睛一直：“我看你就是毛润之！”

毛泽东笑：“对，我就是毛润之，我也想当当所长哩！”金牙便衣说：“不，他不是毛润之，毛润之我见过，还要瘦，还要高。”

毛泽东解释说：“我今天穿的这双布鞋底子薄，我有双厚鞋底的皮鞋，那鞋一穿，我就成毛润之了。”

金牙便衣发怒了:“你别给我说笑话，我们在做正经事，搜捕毛润之！这个共党分子特别危险，一贯鼓吹工农暴动，我们非逮住他不可！你说，你刚才到底见过他没有？”

毛泽东显出了为难:“我要是对你们实说了，不就是卖朋友吗？我同他老乡，隔壁村子的！”

金牙便衣堆起笑，伸手摸口袋，摸出两块银圆:“你要说了，这个归你。”

毛泽东说:“君子一言，驷马难追。”

“我是卫戍司令部的高级特工，还能骗你？”金牙说。

“那我告诉你，”毛泽东盯着那两块银圆，“我看见毛润之刚才与八个年轻人在一起，鬼鬼祟祟的。”

金牙便衣的眼睛里放出金光来:“对！对！”

毛泽东手一指:“都往武汉关方向去了，去码头了！”

“追！”两便衣拔脚就追。

毛泽东急了，也追上几步:“喂，赏金呢？”

便衣边跑边回头喊:“快滚！你找死？”

有路人掩嘴笑，明显是笑讨赏金的毛泽东不识抬举。毛泽东见人跑远，也赶紧撒腿，闪身避入桥堍小巷。

一回到都府堤四十一号，毛泽东便行动起来。他在挨个儿亲过五岁的岸英、三岁的岸青、婴儿岸龙之后，就从厨房里招呼出了系围裙的杨开慧。

“开慧，”他说，“马上转移！”

杨开慧一时弄不懂:“什么转移？”

“就是换个地方住。敌人已经盯上我了。这个地方迟早会被他们嗅到的。”

“爸爸，”岸英听懂了一点名堂，“是不是躲猫猫？”

“对，就是躲猫猫。你爸爸，你妈妈，都是好人，坏人要抓好人，好人就要跟坏人躲猫猫，叫他们抓不着。”

“嘻嘻。”岸英感到好玩，笑个不停。

毛泽东对妻子说：“要很快。”

“饭也不做了？”

“顾不上了。”

杨开慧知道了问题的严重性，马上表现出了干练：“那我马上收拾东西！”

摇篮里婴儿啼哭起来。“先喂奶吧！让小岸龙先睡着！”毛泽东吩咐说，一边打开旧皮箱，把床边的书籍文件一股脑儿往里装。

门推开了，毛泽东吓一跳。进门的却是笑嘻嘻的周恩来和张国焘。张国焘除下草帽，说：“怎么了？”

岸英对这个常来的叔叔说：“爸爸要躲猫猫，让坏人抓不着好人。”

毛泽东为客人倒出两杯凉茶，说：“刚才在六渡桥，差点让两个便衣逮住。”

毛泽东说，他要马上换个地方。周恩来很赞成转移，他说共产党人也应当学学狡兔，没有三窟不行；又说可以让中央秘书处的邓小平出面安排，他这几天已经连续安排许多人遁入地下了，遁得都很成功，警察根本查不到户口。

“现在，应该说到正题了。”周恩来说，“临时中央已经开会研究了，觉得你的发动土地革命的意见是对的。中央准备马上发出关于《目前农民运动总策略》的文件，文件将这样提出：中国革命已经进到一个新阶段，就是土地革命阶段。要求每个省的农民运动，都把人力和财力集中在政治军事或交通重要的区域，树立起领导全省运动的中心基础，实行土地革命，必须夺取政权，必须建立农民的革命政权！”

毛泽东一边听着一边就兴奋起来，这样的提法是他梦寐以求的。他说："我提议，补入这样的内容：农民武装，可以三种形式存在。能补入吗？"

周恩来说："你说，润之！"

张国焘笑笑说："毛润之总是有新名堂。"

毛泽东走几步，说："第一，以合法的名义存在，比如挨户团、保卫团、联社之类。第二，平时分散，秘密训练，一遇战事，随时集中。第三，在这两种形式都不可能的情况下，则可以上山！"

张国焘说："哎哟哟，你又是上山！若是老头子还在，又要骂你山大王了！"

周恩来忽然提议："润之，你能不能去四川工作？"

"四川？"毛泽东没有想过。

张国焘说："四川人口多，但是党的工作基础非常薄弱。"

毛泽东略作思考，觉得入川不妥。他说："如果可能的话，我还是回湖南吧，毕竟我对湖南熟悉。"

周恩来说："也可以这么考虑。国焘，你看呢？"

张国焘叹一声，说："看来润之要当湖南的山大王是当定了。"

周恩来说："润之，临时中央常委会已经作出了南昌暴动的决定，争取拉出一支五万人的部队。我们还准备拟一个秋收暴动的计划。"

"农民暴动？"

周恩来重重地说："农民暴动！"

"太对了！"毛泽东击桌，"我可以参加秋收暴动计划的拟订！"

毛泽东这一天一直兴奋着。中央领导层的方针政策的显著改变，他觉得非常正确。当晚，与一家人挤睡在武昌一家铁工厂的潮湿的机器仓库里的时候，他还是圆睁着眼睛。

杨开慧在迷迷糊糊之中老觉得木板床叽嘎叽嘎响。五口人挤睡一张临时搭起的大木板床，谁动弹一下，都会牵动他人。

她发现丈夫一直醒着，没有睡意，于是她便也支起身，拿过小芭蕉扇为三个睡得汗涔涔的孩子打扇，一边摇扇一边轻声说："润之。"

"嗯？"

"你说起暴动这个字眼儿，说得特别顺溜。"

毛泽东转脸，看妻子。如水的月光透过窗户，湿了妻子白皙的脸庞。

"你经常在想暴动？"妻子问。

"我们的同志牺牲得太多了，工人死伤太多，农民死伤太多，共产党若不再组织暴动，就只有任人宰割的份了。你说是不是这个道理？"

妻子不作声。毛泽东从妻子手中接过扇子，为孩子们打扇："这个教训，也是用血换来的。陈独秀头仰得太高，看不到这个教训，但是，共产党里面，许多人都看到了。"

"你真的会拿枪？"

"我怎么不会拿枪？枪是天下最有用的东西之一。中国的'国'字怎么写？'国（國）'，就是一口人手持刀戈的戈，守护一方土地。过去叫戈，现在就是枪。"

"我看你不会拿枪。"

"你小看你丈夫了。"

"你打的子弹，都是你文章里的字。你只会打笔仗，你是秀才。"

"中国自古就有一句话，叫作投笔从戎。还有一句话，叫作逼上梁山。”

“这么说来，这杆枪，你是非拿不可了？”

“但是，开慧，我开过枪之后，还是会放下枪支，回到家里来看你和孩子的。”

杨开慧沉默半晌，说：“我爸爸曾经说你是个汹涌澎湃大江东去之人。”

毛泽东笑笑。他知道杨怀中老先生会这么说。

妻子又说：“我看也是。泽东的泽，有水。润之的润，有水。你办的《湘江评论》，更是一股大水。你这一辈子，注定是汹涌澎湃的命。过去，我总是想，为妻之责，就是推你向前。现在，为人之母了，我有时却想，你能不能经常回头看看。”

“回头是岸？”

“你说是不是？”

“是啊，回头当然是岸喽，”毛泽东数指头，“岸英，岸青，岸龙，都是岸。”

“我不叫你上岸。我也是共产党员，知道党的利益在哪儿。我只叫你经常回头看看，看看岸上。岸上有我，还有你三个儿子。”

毛泽东伸过汗湿的手臂，搂住妻子的脖颈，说：“开慧之言，尽开智慧，我毛润之今天字字句句都记住了。我这样打算，你带着孩子们先回长沙去，我不久也就回湖南来了。”

话还没说完，忽听仓库大门砰砰砰响。毛泽东一惊，跳起来。岸英也惊醒了，猛推爸爸：“快躲猫猫！”

毛泽东估计情况不妙，但也力图镇定：“你们别慌，照旧睡，我去看看。”

他披衣下床，走了十几步路，一直走到笨重的仓库大门背后，轻声问：“谁敲门？”

“是毛团长吗？”门外之人声音激动，“总算找到你了，我是石头啊！”

果然是独臂石头。石头站在仓库外的清朗的月光下，脸上眉上都是笑。“毛团长，你搬家了，我找你找不到，都急得哭了！”他不好意思地揉揉眼睛，“千打听万打听，我才摸到这里，真好，真好，又见到你了！毛团长，听说你要回湖南拉队伍，你可一定要带上我！”

他突地扯开自己军衣，裤腰上赫然别着七把手枪。

石头轮流挥动着手枪，说：“毛团长，我是有名的神枪手，我已经弄到了七把手枪，你一定要带我走！毛团长，别看我只剩一只手，我一只手能抵半个连！”

“好吧，石头，我若回湖南，一定带上你。”毛泽东确实是愿意带上石头的。

石头哽咽起来：“毛团长，我替我爸爸，替我妈妈，替我姐姐，谢你了！”

毛泽东说：“擦去眼泪！”

石头擦泪。仓库墙角边，夏虫在鸣叫，叽叽声一片。毛泽东感慨地说：“我们共产党，已经被人砍了一条膀子了，剩下的一只手若是还不拿起枪，我们就要成无臂之党了！石头，你今天带着七把手枪来半夜敲门，就是送我毛润之这条道理！”

周恩来推门，穿过黑黑的甬道，走入一个狭小的房间。

这是武昌的一个工人住家，他与邓颖超是前几日临时搬进这户工人家住的，他半个月已经换了三次地方，都是机警的邓小平帮助安排的。

杨振德一见女婿就说：“快吃饭！小超今天买了一条鱼。”

邓颖超抱歉地说：“鱼小了一点。”

周恩来端起饭碗说：“我明天要去九江，要化装去。”

“大热天干什么去？”岳母问。

周恩来笑笑，吃鱼。“去几天？”岳母又问。

周恩来又笑笑，吐出鱼刺。邓颖超说：“妈，别问了，恩来的保密观点你不是不知道，他除了吐鱼骨头，什么都不会吐。”

周恩来当然不会说什么。7月24日，已经将办公地点秘密移到武昌镇的中共中央召开常委会，周恩来向其他几位中央常委以及共产国际代表罗米那兹和加仑汇报了他去九江秘密召开“九江谈话会”的情况，坚决要求中央从速决定南昌起义的名义、政纲和策略。这次会议决定，以国民党革命委员会的名义在南昌举行武装起义，起义后部队南下，占领广东，取得出海口，以便获得国际援助，然后再举行第二次北伐。作为前敌委员会书记的周恩来决定第二天就赴九江，具体筹划起义。

“我也是，”见女婿老是笑笑，杨振德自己也便笑出声来，“我怎么就犯傻呢，恩来怎么会跟我说什么呢，他是在党的人嘛。”

周恩来嘴里没说任何话，肚子里却是翻江倒海。他一夜没睡踏实，脑海里一直盘旋着各路军队的实力和各位将领的情况。走武装反抗之路，是中国共产党人的重大战略选择。这一选择的实施，必须慎之又慎。

鸡叫时分，邓颖超睁开眼，发现丈夫盯着窗户打愣。

“一夜都没睡？”她问。

周恩来不吱声。邓颖超鼻孔一酸，忽地就哭了起来，哭得没有声音。

“别流泪，让妈见着，以为我欺侮你了呢。”

“我明白你的九江之行，意味着什么了。”

周恩来笑笑，说：“现在看来，当初成立觉悟社的代号还是有用的。如果发生特殊情况，我还是叫‘伍豪’，你还是叫‘逸豪’吧。”“伍豪”就是“五号”，“逸豪”就是“一号”，邓颖超懂得其中奥妙。

“恩来，不会真的是生离死别吧？”她轻声问。

周恩来说：“其实呀，革命的同志间、夫妇间，每一次的生离，就意味着死别，我们都不要太伤感。我们哪怕是到了马克思面前，在那里相见，也不要流眼泪，要笑，要快活。为什么快活呢？因为我们的一生，过得很有意义。”

他坐起身子，拉过床边的一只破皮箱，抽出一件毛衣。那衣上绣着的字，还是清晰可辨的：给你温暖，小超。

“给你。”他说。

“为什么？”

“你要收着。”

“什么道理？”

“一件衣服，贴在身上整整五年，也就有了人气，像个人了。我若是真的走远了，回不来了，小超，你就把它当个人吧。”

“我不能收！”邓颖超一把推开毛衣，推开后又说，“好吧，我收下。”她这么说的时候，眼泪又下来了。周恩来取过一块手帕，为妻子揩泪。

邓颖超说：“真是怨天下没有后悔药。”

丈夫有些奇怪：“你后悔什么？”

“能不后悔吗？前年，不跟你商量，就随便打了胎。以为工作忙，其实哪一年工作都忙，真的，那是我不懂，你还骂了我一顿。去年，又过分保胎，弄得胎儿很大。今年四月份生孩子的时候只能用产钳，结果，孩子也夭折了。想起来，真后悔，后悔死了。”

“小超，”周恩来又听得鸡叫了，便起身下床，“别难过，我们为天下的孩子谋幸福，也一样。我的马褂呢？”

邓颖超下床，为丈夫取来了长袍马褂，还有一只小药囊。

片刻之后，周恩来成了一位浓髯的郎中。他问妻子像不像。

“还像不像呢，”邓颖超说，“我都不敢认你了。”

“好吧，”周恩来说，“你把妈妈叫来，看她认不认得我。”

邓颖超去母亲房里，一会儿就叫来了母亲。“哟！”杨振德擦擦眼，“你以为我认不出你了？你就是恩来嘛！当年在天津，你演新剧化装成女人，大家还不照样认出你来！”

几句话说得直叫周恩来乐。周恩来笑过之后，说有几句话要跟妈妈单独说，让小超出门一会儿。

邓颖超嘟着嘴出门之后，周恩来就对岳母说：“妈，我提一个小小的要求。”

“说吧，郎中先生！”

“若是我真的发生了意外，小超一定要嫁人。她才二十三，路还长着。”

岳母的脸一下子阴了，但是周恩来仍旧说：“我只有这个要求，妈，我求你答应。”

杨振德的泪水流出眼眶：“恩来，我也想过了，我们母女俩，都是一样的黄连命。既然有你这句话，我也会劝女儿的，叫她千万不要走我的这条路。”

“好了，”周恩来笑了一下，“现在，了无牵挂了，在下云游四方行医去也。”

张国焘匆匆走进南昌江西大旅社，他的脚步很重。

他心里很有些恼怒。他觉得，他必须制止可能出现的盲动。周恩来生性慎重，这他知道，但失蹄的事，也会发生。他总觉得现在聚义举事，还过于草率。

周恩来的动作确实是快的。

他 7 月 26 日赶到九江，向李立三、邓中夏等传达了中共中央关于举行南昌起义的决定，又于27日赶到南昌，主持成立了由他本人、李立三、恽代英、彭湃组成的中共前敌委员会，决定于7月30日举行南昌起义。张国焘忽然发表了不同意见，他以中共中央代表身份，于29日接连给前委发出两封急电，称起义宜慎重，无论如何等他赶到南昌后再作决定。

周恩来在江西大旅社门口迎接他。

“国焘同志，”周恩来满面笑容，“大家都等得心焦死了！”

张国焘一点笑容也没有，他只问人到齐了没有。周恩来告诉他，全在楼上指挥室里等他，他这才有点放心。

他在楼上看见了朱德、叶挺，还有贺龙。

他说：“请大家坐，坐，坐。”然后说，“诸位，首先是问好。我代表中共中央，向前敌委员会诸同志，向在座诸位将领问好！其次是提问：起义时间定在什么时候？”

周恩来说：“今天，7月30日，深夜。”

“诸位，不要起义。”张国焘说，边说边咕嘟咕嘟喝凉茶，“起义，有两个前提：第一，如果有成功把握，则可举行起义，否则，不可动！第二，起义应征得张发奎的同意，否则，也不可动！”

指挥室一片寂静，忽然间，贺龙哈哈大笑。

张国焘盯着他。他想，这个贺龙什么意思？这种狂笑也过于夸张了嘛。

“张发奎？”贺龙大笑着对他说，“你还以为张发奎拥护共产党？他去庐山了！”

张国焘不明白：“去庐山干什么？”

“干什么？这还不是小葱拌豆腐一清二白的事？策划反共！不反共他去干吗？会议是汪精卫这狗日的主持的！汪精卫一声叫唤，张发奎就摇着尾巴去了，你还想让张发奎支持我们造反，老虎能借出皮来吗？哈哈哈哈！”

张国焘瞪眼说：“贺军长，你说话要有根据，你敢保证张发奎已经投向汪精卫了？”

张国焘对张发奎的革命言论一向是印象颇深的。这位国民革命军第四集团军第二方面军总指挥是北伐名将，历来表示对中共友好，也坚决地讨伐过蒋介石。张国焘绝不相信他会一头投到汪精卫那里去。

贺龙嘴上笑着，心里却在说：你这个中共中央代表，像个学生娃嘛，太书生气啰！

贺龙的情报没有错。张发奎此刻正架着腿，坐在庐山半山腰的一幢双层别墅的厅堂里。

庐山夏日阴凉，空气湿润，从窗外流进来的一丝丝白云能直接吸到鼻孔里去。

别墅是汪精卫订的。汪精卫还邀请了几位京剧名角上山，这会儿他正在笑嘻嘻地将几位角儿介绍给已聚于庐山的孙科、张发奎等人。

汪精卫说：“这位盛先生，大家知道，是演刘备的，这位刘先生演红脸关公，这位欧阳先生，不消说，演的是环眼虬髯的张翼德了！”

“演的什么曲啊？”孙科问。

汪精卫说：“一出折子戏：《桃园三结义》。”

“好戏！”张发奎哈哈一笑，“我已经明白兆铭兄何以要在时局诡谲之时大赞兄弟结义了！”

汪精卫吩咐副官：“电请贺龙军长、叶挺师长即刻前来庐山饮酒，兆铭特邀京戏名角助兴。”

副官说：“已急电两次，均未回电。”

汪精卫说:“打第三遍电报!”

屋角,几把京胡开始轻轻地试音。汪精卫坐在圈椅上听了一会儿,转脸对张发奎说:“向华老弟,你与贺军长、叶师长,同为北伐名将,值此时局危艰之时,当与兆铭同声相应,同气相求。我相信贺军长、叶师长也不会生异动之心,行箕豆相煎之举。只要把道理说透了,把共产党乱国扰民的恶行讲白了,把我汪兆铭的心捧给他们,那个贺龙军长,那个叶挺师长,想来也是会把我当兄弟看的,就如你向华老弟一样。”

听汪主席这么恳切地说,张发奎的心便热起来,他说:“兆铭兄言东,向华何敢言西?”

而在南昌的江西大旅社里,有关张发奎动向问题的争论仍然没个结论。

张国焘始终不相信张发奎有投汪之心,他说:“你说别人投汪,我信,但是你说到张发奎身上,我不信。你们也知道,他东征过蒋介石,疾恶如仇,他不是个朝三暮四之人!”

“国焘同志,”周恩来耐心地说,“张发奎的右倾,这几天是很明显的!”

“不管怎么说,无把握之仗,还是不可打。”

“国焘同志,时局千钧一发,共产党必须要有自己的武装。我以为,起义不能拖延,也不能停止!”周恩来再也忍不住,终于把自己的意见明确地亮了出来。

李立三补充说:“这是我们前敌委员会的一致意见!”

朱德也说:“当断不断,反受其乱!”

张国焘听得众人这么七嘴八舌,心里无名火起,把茶杯重重一放,站起来,大声说:“请注意,起义停下来,绝不是我张国焘个人的意见,而是共产国际代表罗米那兹同志的意见!”

砰！忽然有人一掌拍在桌子上。众人回脸，看定周恩来。

周恩来激愤得满脸通红，说：“对不起，诸位，这是我生平头一回拍桌子。”

张国焘想，喔哟，头一回拍桌子，就拍到我头上来了。他干脆坐了下去，啜一口凉茶。演戏吧，他想，你们演戏吧。

周恩来敞着嗓子说：“我本来不想拍桌子的，而且，在国焘同志面前，我也无权拍桌子。可是，我不能不拍！国际代表和中央给我周恩来的任务，就是叫我来主持这个运动，现在，给你的命令又是如此，这不是自己打自己嘴巴子吗？如此自相矛盾，我又如何执行？我不能负责了，对不起，我要即刻回汉口去了！”

“不要走，恩来同志！”谭平山跳起来，站到门口，挡住周恩来的去路，“我有个意见。”

周恩来说：“有意见你就说。”

谭平山说：“这里不说，门外说。”

他把周恩来拖到门外，咬牙切齿地说：“把那个家伙给绑起来！”

“绑谁？”周恩来听不明白。

“张国焘！”

“张国焘是党中央的代表，怎么能绑呢？”

门内所有的人都听到了门外语言清晰的对话。张国焘的脸一阵青，一阵白。他没想到南昌会给他这么难堪，他一下子感到胃隐隐痛起来。为了赶路，他早饭都没来得及吃。

周恩来回进会议室，看着脸色发青的张国焘，一声不吭。

张国焘决定退让。他想，这些人急红眼了，只想早日放枪。若是硬拦着，说不定自己真会给绑起来。绑起来的滋味，他两年前在京师警察厅已经尝够了。于是他缓了口气说：“其实，我也不是非要你们停止。如果张发奎确实参加反共会议去了，那也可以不用他同意。”

这句话，周恩来听得还算顺耳，周恩来便说：“起义，可以延迟一两天，但是，一个原则必须坚持，这就是，我们中国共产党，一定要把枪杆子牢牢地抓在自己手里！我们再不能拖下去了！”

南昌起义推迟了一天，于8月1日凌晨爆发。臂上缠着红布条的年轻的国民革命军军人，首次舞动着红旗奔跑在中国的大城市里。他们跃起、卧倒、呐喊、负伤或牺牲，最后他们举起枪支欢呼胜利。他们欢呼的声浪和鸣枪声是如此之大，以至于南昌四郊的雄鸡们都不敢再报晓，这个城市8月1日的黎明是由旗帜映红的。

暴动以贺龙率领的第二十军、叶挺率领的第十一军第二十四师、朱德原先领导的第三军军官教导团为主力，共三万余人。由中国共产党领导的武装反抗国民党反动派的第一枪，就这样打响了。

到清晨六时，南昌城内敌军便全部被肃清，共歼敌三千多人，缴枪五千多支。中国共产党第一次有了自己的军队。

满面硝烟的朱德见到周恩来的第一句话就是：“恩来同志，我今天高兴得像什么，你知道吗？”

他不等回答又说：“高兴得像在德国第一次见到你！”

在庐山的那座云雾缭绕的别墅里，气压特别低。

厅堂里，小型戏台前面，汪精卫默坐，双眼微闭，像是打瞌睡。刚才副官念的电报，每一个字，都如一粒子弹。

他身边，孙科以及张发奎等一批将领，均无言而坐。

汪精卫抬起脸来，朝厅堂角落的戏班子一挥手，大声说：“客，不来了。戏，还是照唱。”

戏台上便同时出现了英气满脸的刘关张，锣鼓强弱有致，唱腔豪放悠远。

今日里有个三大贤，
他兄弟结义在桃园。

“刘备”边唱边在香炉里插上了香。

汪精卫有气无力地冲台上招招手，说：“‘刘备’，你下来。”

“刘备”没听见，还在道白：“两位贤弟……”

副官一声吼：“‘刘备’下来！汪主席有话说！”

“刘备”急忙撩起袍子下台。

“汪主席有何指教？”“刘备”说。

台上，“关羽”“张飞”垂手瞪眼。他们不明白这位国民党首领想说什么重要的话。

汪精卫对“刘备”说的是：“若是关公、张飞背叛了你，偷了你的枪，卷走了你的兵，逃了，你会杀他们吗？”

“这个……”

“你会杀吗？说！会杀吗？”

“刘某人手无缚鸡之力，使不动刀，舞不动剑……”

“别废话，”汪精卫将一支精巧的手枪啪地拍在他手心，“你会朝他们开枪吗？”

“刘备”吓得赶紧推还手枪：“不会，不会，兄弟一场，情义尚在，刘某人至多只会踢翻香炉。”

“那好吧，”汪精卫说，“上去，踢翻香炉给我看。”

“刘备”走到台上，“关公”与“张飞”以袖遮脸，均作撤逃之状。

“香炉啊香炉……”“刘备”唱了一句，想飞脚去踢，却又踢不下脚，苦着脸唱，“汪主席啊，一个义字比天大，怎忍提脚踢翻它！”哈哈哈，汪精卫在台下大笑起来，笑得双腿直抖。他漂亮的国字脸由于笑得太厉害而扭曲成多边形。

台上的刘关张以为被这阵笑声解救了，于是便又抖起精神来一齐开腔。

桃园弟兄躬身拜，
乌牛白马祭苍天。
虽不同生愿同死，
扶保汉室锦江山。

还没等唱完，只见汪精卫突然起立，飞步上台，一把推开“刘备”，然后抬起一脚，踢倒香炉。

砰！刘关张吓得一齐倒在台上。汪精卫脸色铁青。

在座诸将领迅即全部起立。

“传我的命令：第一，通令各地，告知贺龙叶挺已经叛乱，着各地党政军民一体缉拿！第二，令朱培德，张发奎调集赣东、赣南各处驻军，速进南昌，肃清南昌共党军队！叛乱将领，就地枪决！”汪精卫咬牙切齿。

工人装束的毛泽东撑一把红色油纸伞，一脚深一脚浅地走在武昌的一个工人棚户区中。

薄暮中，雨声淅沥。

南昌起义后第七天，中共在武汉召开了中央紧急会议，也就是历史上著名的“八七会议”。在会议召开的前一天晚上，毛泽东又专门走了一趟宏源纸行，去看望他昔日的导师陈独秀。

陈独秀这几日身体欠佳，连楼也不下。他已经习惯于闻纸张的香味了。

已经病愈的陈乔年把药汁倒在碗里，递到父亲的病榻前，对他说:“爸爸，毛润之来看你了，见不见?”

陈独秀闻言，放下药碗，皱起眉。他已不能再参加明天即将举行的会议，但是他知道这个会，也关心着这个会，他知道这个会议将是一把大舵，将直接把握中国共产党未来的航向。他说:“请润之。”

毛泽东上楼后，陈乔年就退到了楼下，与黄秘书对坐。

“病好点没有，仲甫?”毛泽东这样问。

“别谈我的病，谈谈党的病吧。”毛泽东没料到陈独秀一开始就有这么大的火气。

陈独秀说:“我不是郎中，所以我治不好共产党的病，但是我也不相信你们都是再世华佗!”

“仲甫,”毛泽东轻声说,“你先别在意我们是不是华佗，党有病，病很重，这倒是真的。七天之前，南昌一声枪声，就好比党打出了一个大喷嚏，顿时来了精神。当然，仲甫，你是一直不赞成打出这个喷嚏的。”

陈独秀端碗喝药汤。

毛泽东说:“学生就要在明天的紧急会议上向先生全面开火了。你是我多年的先生，开火之前，我想，我还是要来求教于你。我这么做其实也是按你的教导行事的。你当年在《新青年》的发刊词上就这么号召年轻人,‘我有手足，自谋温饱;我有口舌，自陈好恶;我有心思，自崇所信;决不认他人之越俎，亦不应主我而奴他人;盖自认为独立自主之人格至上，一切操行，一切权利，一切信仰，唯有听命在有之智能，断无盲从来属他人之理。’仲甫，你这番话，我真是可以倒背如流的!”

“润之，你有什么话就说吧，开火吧!”陈独秀抹抹嘴巴,“你们都对我开火吧!其实，你们这些孩子，又懂得什么呢?你也想指责我投降主义?”

“有这一条。”

陈独秀闻言，气不打一处来：“我投降？我投降哪个？蒋介石把我的大儿子杀了，还分了尸，我投降他吗？说我看不清汪精卫的反革命肚肠子，你们就看清了？汪精卫到处喊‘革命的到左边来，不革命的滚开去！’你们不也都认为他是左派领袖吗？连斯大林都说他是左派，你们又怎么能指责我一个人是投降主义呢？”

陈乔年悄悄上楼，进屋坐在床沿上，眼眶里泪花闪闪。他听着这些话，心里很矛盾。他爱父亲，非常爱，但不爱父亲的那种过头的固执。

毛泽东说：“独秀同志，你说你不是郎中，你错了，你一直自认为是医生，你在医党。但是，恕我直言，你的医术这几年明显地不高明了。你的处方，多有错误，大约有这么四项：第一，国共两党合作以来，你一直不注意坚持政治上的独立性；第二，你总是抑制国民革命；第三，你主持的党中央总是不善于听取下级和群众意见；第四，你放弃军事领导权。”

这些话都是小小的锤子，能直接敲到心尖尖上的。小锤子一响，就不能不使陈独秀激动得敲大床档子了：“乔年，乔年，你把毛泽东带来的这四条东西都放进药罐里煮一煮，给我喝下去！”

“爸爸，”乔年说，“润之的话，起码有几条，你是得喝下去！你想想，那天邓演达要见你，你就躲在楼上不见人，我都气得要哭了！”

陈独秀说：“我现在看着你们，也都气得要哭。我好几次说过，中国生产落后，只能走两次革命的道路。先是国民革命，由资产阶级领导。然后才能再走一步，完成无产阶级革命。所以，目前阶段，工农运动无论如何不能过火。工农运动的过火，不是工农的光荣，只能是工农的悲哀。润之啊，你的评论，多少年了，还只在湘江阶段！”

毛泽东站起来：“陈先生，我永远尊重你，但是从今天起，我不做你的学生了。你允许我放学吧。”

他深深鞠了一躬。鞠躬的时候，毛泽东觉得自己肚肠里像打了个小小的结。

陈独秀的眼神很灰暗，脸也更黑了。他看着毛泽东，说：“润之啊润之，你今日出此言，我自然很难过。不过你我从此两路，也是人之常情，人大了嘛。但是，我还要告诉你最后一句话，润之，你还不懂得中国，你会绊在它身上的。”

毛泽东点点头，喃喃地说：“放学了，回家了，先生再见。”

他轻手轻脚地走了出去。他知道陈独秀的目光是一直在自己的脊背上的。这一趟也可以不来，但是来了，把话当面说清楚了，毛泽东觉得值。七年前陈独秀把陈望道译的《共产党宣言》交到他手里之情状，他历历在目。他觉得他现在也应当把自己的真实的感情交到这位老师手里，以示负责。道不同，不相为谋。但是不相为谋，情分还是在的。情分毕竟是由历史保管的，现实之手再长，也偷它不去。

“伞！”陈乔年追上来，把湿漉漉的伞交到毛泽东手里，“润之，你的话，若是我哥听到，他会很高兴的。”

“你呢？”

“我也高兴。”

毛泽东点点头，仔细摸衣袋，摸出三块银圆：“你父亲瘦多了，多买点鸡蛋补补。”

陈乔年迟疑了一会儿，还是伸出手，接过银圆。

中共“八七会议”是第二天在汉口三教街四十一号举行的。这是一幢英国人七年前修建的三层楼公寓，代表们分批悄然到达，悄然进门，悄然上楼。在鹰犬如云的武汉三镇，要召集这么大一个会，实属不易。

由于是李维汉主持会议，所以许多原先不能充分表达的党内意见，现在都得到了痛快淋漓的发挥。邓小平担任会议记录员，他快笔如飞。此刻的邓小平甚至有一种在巴黎刻钢板的感觉。他觉得这绝不是一般的会议记录，他有刻印一种道路的感觉、一种车辙的感觉、一种脚印的感觉、一种里程碑的感觉，他现在把所有的这些感觉都刻在历史的钢板上。

比如毛泽东这样说，毛泽东总是站起来说话的，并且辅以幅度很大的手势："在全面总结陈独秀同志的右倾错误之前，我想先说说军事运动。从前，我们骂孙中山专做军事运动，我们呢，则恰恰相反，不做军事运动专做民众运动。蒋介石唐生智都是拿枪杆子起家的，我们独不管！"

邓小平手快如飞，笔尖嗞嗞有声。

毛泽东继续打手势："继南昌暴动之后，我党已决定要组织秋收暴动。秋收暴动，则非有军事不可！我以为，党要非常注意军事，须知政权是由枪杆子中取得的！"

毛泽东这句斩钉截铁之言，突然引来了掌声。除了邓小平在刻印历史之外，整个会议室都在鼓掌，而且数瞿秋白鼓得最起劲。

历史证明，由二十几位中央委员参加的中国共产党的"八七会议"非常紧要也非常有效。在武汉最闷热的这一天召开的这次秘密会议，纠正了陈独秀的右倾机会主义，确立了实行土地革命和武装反抗国民党反动派的总方针。中国共产党历史上的一个重要篇章，就此掀开。

邓小平在放下钢笔的时候，挥了挥手腕，觉得很舒心。

这次会议选出了以瞿秋白为首的临时中央政治局，毛泽东当

选为政治局候补委员。在这次会议之后，中国共产党就开始独立领导中国革命了。

陈独秀没有让秘书黄文容去打听会议的任何情况。他只呆呆地躺在床上，嗅着从楼下一阵阵飘上来的纸张的香味。他知道那些有香味的纸张都是白纸，没有一个字的。

第 17 章

两个背影往山坡上走。一个撑着红色油纸伞，一个披着军用雨衣。长沙东郊的山坡，在整个 1927 年的 8 月中旬，一直都笼罩在阴雨之中。

毛泽东和石头走到坟前。草坡中有三座低矮的土坟。这是石头的父母以及姐姐之坟。毛泽东于 8 月 12 日以中央特派员身份回到湖南后，没过两天，就特地陪同石头来走东郊。

独臂军人用一只手灵巧地划亮火柴，分别点燃了三束线香。他一边点一边喃喃地说："爸爸，大贵人毛特派员来看你了。妈妈，大贵人毛特派员来看你了。姐姐，毛团长来看你了。"

毛泽东把伞撑低，为他挡着若有若无的雨丝。

"还有，我的左臂啊，我带着我的右臂来看你了！"石头又向一个似坟又不像坟的土堆鞠了一躬。半年多之前，他托姐姐把自己的左臂埋在父母坟前，姐姐照做了。

"用我的伞，护一护长眠之人吧！"毛泽东上前几步，又要向坟头插伞。在安源，毛泽东曾用雨伞护过一个点矿灯的孩子的坟，那孩子的名字毛泽东一直记得，叫小油灯。

"不用毛特派员送伞，让我给父母亲尽尽孝吧！"石头很快地脱下军用雨披，摊开，护在父母亲的坟头。

他说："爸爸，妈妈，姐姐，长沙的瓦房，早让军阀放火烧了，我没有家了，这里就是我的家。孩儿不孝，长年征战在外，我今天就用雨衣做个屋顶，给二老挡挡风寒吧。"

军用雨衣如大鸟的翅膀，静静护住了坟头。

毛泽东很有些感动，毛泽东说："石连长。"

石头转身。他的眉毛上都是细细的水珠。

毛泽东说："坟墓，对有些人而言，是人生结束的地方。对有些人而言，是人生开始的地方。石连长啊，你前一回上坟之后，成了北伐军的连长。这一回上坟之后，你就要成为共产党军队的官长喽！"

"毛特派员，你只管说。你指哪儿，我奔哪儿。"

"我今天跟你来上坟，就是想当着你父亲、你母亲、你姐姐的面，对你下一道命令。"

石头闻言，脚后跟一靠，啪一声就立正了。泥水溅了起来。

毛泽东说："你是神枪手，你懂军事训练。我今天任命你为军事教官，去湘赣边界的铜鼓报到。"

铜鼓？石头皱眉想了一想，他隐约知道铜鼓在哪个方位。

毛泽东从怀间取出一封信，交给石头："浏阳工农义勇队在那儿，起义枪声一响，那支队伍就将组建一个团。我相信，今天，你去那儿当教官，明天，那支部队射出的子弹，就能打在敌人的鼻梁正中！"

石头受命，一连行了五个礼，他说："毛特派员、爸爸、妈妈、姐姐、我的左臂，我接受命令了！"

毛泽东说："石大伯，石大妈，石花，我毛润之给石头下这样的命令，叫他参加共产党的暴动，你们该是安心的吧？"

军用雨衣无言。芳草无言。唯有树间鸟儿扑棱棱地飞出几只，溅落一片水。

"好了，"毛泽东说，"出发吧，带上我这把伞。"

石头一愣："我拿了你的伞，你不就淋着雨了？"

"你有一百里路要走。"

“我无论如何不能拿。”

“你若不当着你父母的面拿这把伞，你父母能安生吗？你父母会说：这个毛泽东啊，你怎么就让我儿子淋着雨跟你干革命呢？”

石头鼻腔一热。他伸出独手，接过伞。这把伞真重，他想。

石头向另一条山路走去，一直举着红伞。他带了八个旧属一起去铜鼓。这八个弟兄都是自愿提着枪跟他跑回湖南的。

毛泽东送走石头后，走下芳草蔓生的山坡。坡下凉亭里，杨开慧等着他，五岁的岸英等着他，一辆胶轮驴车则憩歇在凉亭对面的客栈里。

“他走了？”杨开慧问。

“对于这个神枪手来说，秋收暴动已经开始了。”

“一个下雨天，你把我带到这里来，一定是有理由的。”

“今天把你带来这里，确实是想托你一件事。”毛泽东在凉亭里坐下，揩揩湿了的黑发，“若是石头献出了生命，你要帮助一下，把他跟他的父母、姐姐葬在一起。让他的右臂与左臂葬在一起。”

妻子觉得难以理解：“我来帮助安葬？”

丈夫说：“是。”

“你的意思是……”杨开慧说，“他会牺牲？”

“暴动了，什么事都可能发生。他是军人，出事的可能性更大。”

“为什么要托我？你不能帮助他安葬吗？”

“也许，那个时候，我也没办法托你了。”

妻子松开孩子，吃惊地看看丈夫。

“是的，”毛泽东看着凉亭外密密的雨丝。随着风的强强弱弱，雨丝会织成各种各样的图案，“也许我真的会没有办法的。”

妻子明白了丈夫的意思，说：“你的话，我听懂了。”

“握枪之人，为枪所伤，是最容易发生的事情。”

“妈妈，饿了，”儿子说，“回家。”

杨开慧抱住孩子，突然轻声问丈夫：“能不暴动吗，润之？”

“我们共产党，要是现在还不下决心建立自己的武装，小岸英日后大起来，就不会有幸福日子过。”

“这个理，你说过好几遍，我懂。”

“只是还有点怕？”

妻子没有回答。半晌，她说：“怕失去你。”

毛泽东细想一下，说：“开慧，只要我们组织得好，秋收暴动是能够成功的！我们全家五口人，我想，不会少了哪一个，你就放心吧。岸英，你真饿了？爸爸也饿了，我们这就上驴车，好不好？”

武汉继续闷热。隐蔽在汉口的中共中央机关，准备分批撤往上海。周恩来已着手开始做这工作。邓小平所在的中央秘书处进入了有条不紊的忙碌。

主持着中央工作的瞿秋白在汉口深居简出，专注着全国的局势。但是这几日他的心境却被搅乱了，关于秋收暴动的一些筹备问题叫他心烦意乱。问题又是湖南的毛泽东从湖南提过来的，毛泽东这人总是有新见解。瞿秋白一直觉得他与毛泽东彼此心意相通，但是有些问题提得突兀，他也难以决断。别看舵手不划桨，坐在船尾，舵手是最难做的。上台不久的瞿秋白对此已深有感觉。

他听着许多议论。这种议论接连两日来都在船舵周围嗡嗡回响。

“暴动打什么旗帜，不是毛润之一个人说了算的，党是有明确决议的！”“秋白同志，你现在已经处于中国共产党舵手的位置，我们都是支持你的，原则问题你不能让步。领导秋收起义不是办一期《湘江评论》，信口开河怎么行？不能由着他毛泽东的性子来！”“你是临危受命，秋白同志。现在全党对你期望很高，你一定要坚持真理。你的形象，不是你个人的形象，是党的形象！”

瞿秋白坐在半开的窗户前面，解开衬衫扣子。杨之华及时递来一把扇子，他说一声谢谢，然后就摇扇，摇得很慢。瞿秋白原来是想请毛泽东去上海的，中央机关要搬到上海租界去，瞿秋白想与毛泽东一起在上海共事。但是毛泽东说不愿住高楼大厦，愿意到农村去，愿上山结交绿林朋友。毛泽东脾性倔，但倔得合理，湖南没他也真不行，瞿秋白也便同意让他去筹备秋收暴动，头衔是中央特派员。谁知这个特派员在一头扎到湖南农村开了一系列的调查会后，马上就土地革命问题和暴动问题，提出了一系列与中央口径不统一的见解。比如，他主张不能光没收大地主的土地，中小地主的地也要没收，也就是整个地主阶级的地都要没收，否则，据他说，就不能满足农民要求。比如，组织秋收暴动的名义问题，毛泽东不同意中央提出的“打国民党招牌”的做法，他认为民众早已唾弃了这块牌子。

据说他出席了 8 月 18 日在长沙市郊沈家大屋召开的湖南省委会，他会上的发言慷慨激昂。这位中央特派员当时是这样说的：“这次秋收暴动，为什么非得要像南昌暴动一样，打国民党的旗子呢？农民对之是不满意的。工人对之也是不满意的。国民党这三个字已经没有号召力了，青天白日之旗，几乎已成为军阀之旗了！同志们，我坚决认为，我们应当高高地打出共产党的旗子！”

据说大家闻言雀跃，掌声一片。

有些意见，瞿秋白想，可以赞同毛泽东和新改组的湖南省委的；有些意见，中央也不能一味听信下面的，比如说旗帜问题。所以他在中央局的一次碰头会议上说：“就暴动旗子而言，我坚持，仍然要以国民党名义赞助农工的民主政权，也就是说，秋收暴动的义旗，仍然应是青天白日旗。

一面肮脏破损的青天白日旗铺在桌面上。

毛泽东招呼："来来，福顺同志，你数数，旗帜上有几个鞋印子。你先别张罗着泡茶。"

福顺大叔刚调到湖南省委跑联络不久，见毛泽东招呼他，不知何故，也便站到旗帜面前，弯下腰，认认真真数起来。旗帜皱巴巴的，有些鞋印子还真不好认。

"毛特派员，"他说，"旗上有十八个鞋印子。可能还不止，许多鞋印子是叠在一起的。还有一个，是小孩的脚丫子印，可能他还撒了一泡尿，一泡童子尿。"

见福顺大叔说得有趣，许多眼睛都凑过来一起看。

毛泽东卷着一份《民国日报》当扇子摇，一边摇一边说："中国有句话，叫作摇旗呐喊。要呐喊必先摇旗，摇什么旗，至关重要。古人打仗，重旗而轻兵器。刘备出征，有刘字旗。关公上马，有关字旗。一个大字不识的张翼德，也有一杆张字旗。连宋江造反，杀下梁山来，也有一杆宋字旗。福顺同志是喜欢看京戏的，戏台上出个花脸将军，背脊上是不是都要插靠旗？"

"当然插靠旗啦，而且是插四面。"福顺大叔点点自己的后脖颈。

"这就说明旗帜的重要。旗帜就是军心，就是民心。如今共产党领导暴动，打什么旗？我们是工人的党，农民的党，我们打旗，就打镰刀斧头旗！我们把镰刀斧头高高举在旗帜上，全国的工人和农民就会把他们的镰刀斧头高高举在手上。"

福顺大叔说："没错，就这个理。"

有人叹口气："秋白同志的复信很明确啊，不是镰刀斧头，还是青天白日。"

毛泽东请福顺同志连夜搭车上武汉走一趟，他说："你马上走，连夜去武汉，把这面旗带上，去见瞿秋白同志。你送给他这面旗。你告诉他，这是你亲手从湘潭带来的国民党湘潭县党部的旗。汪精卫叛变革命当天，这面旗就被农民扯了下来，上面至少有十八个鞋印子。依你的说法，还有一泡童子尿。你把我毛泽东的这个问题带给瞿秋白同志：我号召农民揭竿而起，竿子上又要绑这面有十八个农民鞋印子和一泡童子尿的旗帜，能行吗？”

“那当然不行，”福顺大叔说，“这是面什么旗啊，青天不青，白日不白！”

毛泽东叹息一声，说：“这面旗帜，我在武汉还不觉得，一回长沙，看见唐生智的国民党省党部是那样不得人心，看见工人和农民朝这面旗帜吐口水，我就断定，我们再不能依靠国民党的旗帜号召群众了。福顺同志，你今天从湘潭县带来的这面旗帜，更加坚定了我的判断。好吧，请你马上就动身，辛苦一趟。”

瞿秋白在第二天就看到了这面带着尿臭味的旗帜。他在中央秘书处的办公室里。围绕着这面摊在桌子上的旗帜慢慢踱了一圈。闻着这面旗帜的气味，他不能不认为毛泽东的意见有可取之处。南昌起义是打的国民党旗号，应该说也没错。现在起义部队为避强敌，在主动撤出南昌以后，正南下广东，他们后有张发奎尾追，前有盘踞两广的国民革命军第八路总指挥李济深堵截，正在运动中争取保全和壮大。至于新发动的暴动，其名义，其号召力的强弱真须格外斟酌。

他又想到毛泽东三年前在珠江里的那次游泳。毛泽东这个人会扎猛子。他一扎下去就知江水深浅了。而自己擅长的，却只是在江边吟诗。诗歌讲究平仄，不测深浅。

这时候他听见有人在说：“秋白同志，哪有十八个鞋印子，我数过了，顶多十二个！”

瞿秋白踱到窗子前，在一抹阳光底下站定了，他说：“十八个也好，十二个也好，全是毛泽东的鞋印子！”

办公室里所有的人都愣了一下，唯有在屋角捆扎文件的邓小平无声地笑起来，他听懂了瞿秋白的意思。

瞿秋白说：“毛泽东在湖南走了很多地方，满湖南都是他的鞋印子，他的结论都是调查研究之后得来的，这种结论，应该是值得所有的同志尊重的。”

瞿秋白转身下楼。他决定马上给湖南复信同意换旗。是共产党就大声说共产党的话，真话就是号召力。走在楼梯上的瞿秋白对湖南秋收起义的成功，一瞬间充满了信心。

夕阳如一只独眼，醉醉地注视着炎热的长江。江面宽阔而平静。泳于江面者，大多是一些摇摇晃晃的铁壳船和小舢板。

英国江轮“公和”号背着夕阳，离了武汉，顺流东下。

三等客舱里的箱笼中间，蜷坐着几个默默无语的穿西装的旅客。其中一个中年人看上去是病人，额头缠布，肩上披一条褐色的粗夏布大围巾，原来就显得灰暗的脸色就显得更加灰暗。一路上，秘书黄文容和中央出版局长汪原放都没有与“病人”陈独秀多搭讪。船上不是谈话的地方，前甲板舷栏处贴着一张硕大的英文布告，写的是若遇国民政府在船上逮人，本船概不负责云云。除布告的原因之外还有一个原因，那就是陈独秀特别不想说话。

陈独秀不想说话的主要原因还是心情的惆怅。不是心情不好，他也不会决定东走上海。他这一趟赴沪，还是想住到亚东图书馆的汪孟邹那里去。汪孟邹通过侄子汪原放带话，也欢迎他去。武汉对于陈独秀来说，已无眷恋之处。“八七”中央紧急会议之后，瞿秋白与李维汉悄悄来到前花楼宏源纸行楼上来看望了他。他于是知道了南昌暴动之后的一些情况，也知道由于“八七会议”已经产生了新的中央领导机关，瞿秋白，李维汉、苏兆征三人已为政治局常委，他自己的总书记一职也就正式不复存在了。他当时很想问一问瞿秋白，你们这个“八七会议”只有二十来人参加，只二十来双手怎么就能把我扶下总书记职位了呢？三个月之前的中共五大不是选出了三十一个中央委员和十四个中央候补委员的吗？那加起来就有四十多个人呢。他当时只嘴唇动了动，并未吭声。他始终没有说出一句很大声的话，只喷着很长的烟，以至于在楼下望风的黄秘书一点也没听到楼上有什么动静。陈独秀这二十年中打碎过许多茶杯或者茶杯盖，但那个无风的晚上十分平静。

他现在坐在三等舱里也十分平静。顺流而下的江轮所发出的轮机声并不大，两岸隐约可见的树木与小房子移动得很滑润。但他知道现在的每一天，中国的日子都过得很不平静。撕破脸皮的蒋介石与汪精卫的刺刀每天都在滴着中国共产党党员和革命群众的极为新鲜的血，而愤怒的中国共产党人也正在全国各地掀起着大大小小的暴动，他们正在亮出洋枪土枪以及梭标大刀来对抗全副武装的国民党新军阀。

他突然想到了毛泽东。毛泽东现在会在什么地方说着什么话呢？他说话一定还是那么慷慨激昂的，并且他一定是跟武装的农民在一起。

陈独秀所猜，八九不离十。毛泽东在陈独秀辞离武汉的这一天，也就是 9 月 4 日，正身处安源张家湾的一处大瓦房，并且确实在大声说着话。这个大瓦房里开的是湘赣边界秋收起义军事会议，毛泽东是以湖南省委秋收起义前敌委员会书记身份说话的。陈独秀当然听不见他说的话，也想不到他究竟说些什么。

毛泽东身姿挺拔。他是站着说话的，手中拿着一张纸。他在用很大的声音宣布一件很重要的事项。

“现在我宣布，正式组建工农革命军第一军第一师！师长为余洒度，副师长余贲民，参谋长钟文璋。第一师下辖三个团。第一团驻在修水，以卢德铭警卫团为骨干，由平江工农义勇军和崇阳、通城农民自卫军组成，团长由钟文璋兼任。”

掌声之后，毛泽东继续宣布：“第二团，驻安源。由安源工人纠察队、安源矿警队和安福、永新、莲花、萍乡、醴陵部分农民自卫军组成。团长王兴亚、副团长黑筐。”

大家又鼓掌，有人小声喊万岁。来自安源的黑筐当上了副团长，自是满脸激动。

毛泽东又宣布：“第三团，驻铜鼓，以浏阳工农义勇队和警卫团一个营组成，团长苏先俊。”

除了单调的轮机声，陈独秀什么也没听到。他脖子里的褐色夏布围巾潮乎乎的，都是汗水。陈独秀这一天出了很多虚汗，他明显地感到自己的身体虚了许多。他扭脸，从舷窗看江面。这般看长江，与站在黄鹤楼第五层上面看长江，境界就迥异了。他现在既没有看到“阶段”，也没有看到“秩序”，只看到从舷边不断喷溅出来的乱七八糟的水花。对此，他也没有细想。他不想再分析什么、归纳什么、推演什么了，他不想再作结了，结论都已经叫人家作去了。

在江轮于暮色之中驶经他的老家安庆的时候，陈独秀站起来，悄悄离舱，走上凉风习习的甲板。

他闻到了久违的家乡的空气，一时百感交集。他在一只木板箱上坐了下来。

一位蓝眼睛高鼻梁的传教士走上甲板，转了一圈，在佝偻着身子的陈独秀面前站定了。“这是什么码头，先生？”洋人的中国话说得别别扭扭，但是能够听懂。

“天下最好的码头，安庆。”

“为什么，安庆，是天下最好的码头？”

“因为天下最好的人就是从这个码头走遍天下的。”

洋人显然听不懂这种绕口令。

“先生，你病了吗？”他弯下腰。

“病得很重。”

“哪儿不行？”

“浑身不行！”

“某个地方不舒服，可以求教大夫。浑身不舒服，只有求教上帝。”

“我早有上帝了。”

“啊，我的孩子，”传教士兴奋起来，眼睛像蓝宝石一样闪着光。“你已经入教了？”

江轮这时候就拉出一声悠长的汽笛，仿佛天国的回声。陈独秀看看对方的蓝眼睛，平静地说：“我自从出生起，就有我的上帝了。”

传教士听不明白：“你说什么？”

“我的上帝，姓陈。”

传教士更加不明白：“你说什么？我不懂。”

“我的上帝，就是我自己！”

“天哪，”传教士画个十字，“你应当这样说，上帝在我心中。”

“不，”陈独秀说，“我的上帝就是我本人。我走的每一步路，都秉承着自己的意志。如果说我以前也走错过几步路，那就是我秉承了人家的旨意，信了人家的上帝，所以我走错路了。我这场大病生好之后，每一步路，每半步路，都要秉承我自己这个上帝的旨意！我会继续走到底的，我不要什么人帮助，包括你这西洋神父。”

“可怜的孩子，你不能拒绝善意的帮助。你不是对我说，你浑身不舒服吗？”

“上帝也会有不舒服的时候。你的上帝钉在十字架上，他舒服吗？”

传教士愣了好长一会儿。暮色越来越沉。

传教士说：“这里风大，我的孩子，回船舱去吧。”

陈独秀双手支着膝盖，吃力地站起来，叹息一声：“你说了这么多话，就这句话还中听。”

他回舱去，皮鞋踩在甲板上，发出咚咚咚的空洞的声音。

毛泽东精心筹划的湘赣边秋收起义，于9月9日正式打响了。工农革命第一师第一团和师部率先在修水城宣布起义。

这一天，毛泽东本人是在赶路之中。他急着赶往江西铜鼓组织第三团的起义。毛泽东路过浏阳张家坊村的时候，突然又遭遇险情，他怎么也没有想到这一天竟然会发生他一生中唯一一次被捕的事件。

毛泽东一身白色绸褂子和长裤，凉帽遮脸，商人打扮。他当时正顶着白花花的烈日，走近张家坊的一家供应膳食的小客栈。客栈的屋檐诱人地悬着一个酒字招帖和一个鱼字招帖。

客栈主人闻着脚步，老远就挥手打招呼：“天热，歇歇脚啰，客人来碗姜盐黄豆芝麻茶？”

毛泽东说：“肚饥了，吃饭！”

“有鱼！好吃不过鲫鱼脑袋鲳鱼嘴，鳊鱼肚皮鲢鱼尾！凡鱼，本店应有尽有，客人任挑任点！”

毛泽东走进遮阳篷，拉开木凳刚坐下，便听见一片由远而近的嘈杂之声。回脸一看，不由一惊。那是一伙短衣短衫的团防局清乡队的团丁，挎着长枪短枪，一路喧喧嚷嚷而来。

“通通检查！”团丁队长冲着客栈喝令，“省政府唐主席有令，严防共产党中秋节暴动！共产党嫌疑分子，一律处死！这里有共产党嫌疑分子没有？”

“没有没有，”客栈老板忙说，“只有几个吃鱼的客人。”

“我看你就不像个吃鱼的！”团丁队长忽然看定毛泽东，两条眉毛一下子拧成了一条，“你是吃肉的！你是专吃我们国民党肉的共产党！”

毛泽东站起来，客气地点点头：“我不是，我是做生意的。”

“生意？卖枪还是卖刀？还是卖小娘子的？”

“敝人做棉布生意。”

“哈哈哈，”满脸络腮胡子的团丁队长冲天大笑，“好呀好呀，棉布生意！我们这支队伍不缺做烟土生意的，大烟天天能过瘾，我们也不缺做稻米生意的，肚里从不欠板油，我们这帮弟兄，就缺个做棉布生意的。天要凉了，弟兄们正愁少几套团服，这不，棉布老板说来就来了，我好福气啊，瞎猫就能撞上死老鼠，哈哈哈哈！”

团丁们跟着大乐。团丁队长说：“你姓什么？总不会姓鼠吧？”

毛泽东说：“敝人姓石。”

“石老板，隔壁就是布店，请！”团丁队长举手推毛泽东，一直把他推到村街上的小布店门口。

几匹黄褐色和黑色的布匹很快就被勒令搬到柜台上，嘭嘭地响。毛泽东镇静地面对布匹，尽管他对这一突发事件心中完全无数。

“怎么样？”团丁队长说，“请石老板写个银条，先从这家店号里赊几匹布？”

毛泽东沉吟一番，说：“这个，这个，是不是允敝人先回长沙，与本号老板磋商一二？”

团丁队长听罢，一阵冷笑，说：“你石先生既然不是石老板，那就是石伙计了。那么就请石伙计给量量布，看看我们一个弟兄制一件团服要扯多少布。给他尺子，聋了？”

布店老板赶紧递出一根布尺。

毛泽东接过尺，翻开布匹，开始丈量，无奈手势笨拙，片刻之后，尺子竟然咣当落地。

团丁队长伸过毛茸茸的手臂，一把揪住毛泽东的领子：“你做屁个棉布生意，分明是做军火生意的！你是共产党中秋暴动分子！给我抓起来！”

两个身背大刀的团丁虎狼般喝应一声，立即扭住毛泽东双臂。毛泽东痛得一时弯了腰，呻吟了好几声。

团丁队长一挥手，说：“押到团防局去，立即处死！”

毛泽东顿觉有一股热血往脑袋上涌，他开始挣扎：“我是生意人！我犯了什么法？快放了我！”

“放人？你少啰唆！”两团丁把毛泽东的双手又反扭得紧了一些，“有废话，一会儿见了阎王爷再说！”

团丁队长忽然说：“把他的鞋脱了！”

毛泽东抗议：“脱了，脚痛。”

“一定要脱，一定要脱，”团丁队长说，“你脱了鞋，枪毙你之后，你就没法子从阴间跑回来吊我们的命了！”

团丁们哈哈笑，一齐说：“脱鞋！脱鞋！”

毛泽东被迫脱了鞋。两只黑布鞋被团丁拎起，一东一西扔得老远。

松了手臂之后，毛泽东感到整个背部都热辣辣的。现在怎么办？他问自己，他一时没有答案。这个团丁队长看上去很野蛮，也很狡猾。比起湘潭团防局的那个患哮喘病的汤排长，比起武昌六渡桥的那个闪着金牙的便衣，这个团丁队长明显要难对付多了。

“磨蹭什么？走！”两个背大刀片的团丁对他一声吆喝。

这两个团丁紧紧地夹着毛泽东走，一前一后。他们料定光着脚丫子的毛泽东已经跑不掉了，看上去这也是个书生，脚脖子白白的。

二十来人的这一行队伍就这样慢吞吞地向团部走。他们逶逶迤迤出村，翻过石桥，绕过凉亭，沿着一条长满星星点点的野菊花的山道走路。

团丁队长走在最前头，仰着阔脸，高吼一支谁也听不懂的山歌。毛泽东则走在队伍最后，被两个大刀片一前一后小心翼翼地夹着。

毛泽东觉得脚底板越来越痛。更痛的，则是心。他想，一定要走，要快走。秋收暴动已经开始了，若今天这条命害在这支小小的团防队手里，实在太冤。他于是在山道转弯的地方，回过脸，悄悄朝身后说：“老总，行个方便。”

团丁眼一瞪：“少废话！”

毛泽东低声说：“你是湘潭人？”

团丁一愣：“你怎么知道？”

毛泽东见他口气有松动，便摸出两枚银圆，悄悄递在身后：“我见老乡，你见银圆。”

走在最后的这名团丁既不作声叫唤，也不敢接银圆，只是一遍又一遍瞧瞧前面的队伍。毛泽东又说：“我是知道的，团丁也都是受雇的，日子也苦。我好几个亲戚都是当团丁的。”

团丁悄声说：“你也要给前面的！”

毛泽东心里一喜，又拼命掏摸口袋，加递了两枚银圆。后面这个团丁接过四枚银圆，自己数下三枚藏好，便一个箭步上前，将剩下的一枚银圆塞在前面一个团丁的手里。那团丁眼睛一转，便明白了是怎么回事，也慌忙收起银圆。

毛泽东霎时心定了不少，真庆幸自己多带了几块银圆出门。

他现在还是赤着脚跟着队伍走，寻思着脱逃的机会。他紧张地望着队伍的最前面，团丁队长还在那里“山妹子情妹子”地吼着，走得摇摇晃晃。

毛泽东还在犹豫不决的当儿，忽然感到腰上被一个指头戳了一下，他触电般地一回头。

走在最后的团丁神经紧张地指着半里路开外的一幢白墙黑瓦平房，悄声说：“石老板，团防局！”

再不走不行了。生死之距，只有半里地。毛泽东再不管地形是不是有利，忽然就一猫腰，赤脚一蹿，蹿过路旁树丛，奔上了山坡。

眼看毛泽东跑得没影儿了，队伍最后的两个大刀片子互相眼神一使，同声大喊：“跑啦，跑啦，中秋暴动分子跑啦！”

队伍顿时大乱。团丁队长急忙冲过来：“往哪跑了？”

“那边！”大刀片乱指。

“怎么不追？笨蛋！快追！”团丁队长气歪了脸。他的这支队伍这么没用，他是没想到的。

毛泽东接连跑过三个山坡。他觉得脚踝子上起码已经有二十来根茎刺扎上了，但不觉得太痛，只觉得辣。他身后传来的号叫声一直很清晰，声音像狼一样追踪着他，使他根本没有时间去感觉鲜血和疼痛。

在他觉得渐渐有些跑不动的时候，他看见了一个黄昏中的水塘。水塘很大，满塘皆是浮萍。水塘四周的荒草丛，有一人多高。毛泽东停下来，气喘吁吁地向前走几步，又悄悄走几步，然后下水，整个身子都投入到水塘里。

他现在感觉到双脚钻心的疼痛了，整个脚底板仿佛都削去了皮。但他已顾不得这些，只把半个脑袋露出水面，让塘边的荒草做了他的长长的头发。巨大的危险正在逼近，他必须躲过这一劫。

他听见了脚步声，接着又听见了喘气声。团丁队长的沙哑的声音他是熟悉的，那声音现在更沙哑了："跑不了，就在这儿！他还能跑到哪儿去？快搜。搜草丛，给我仔细搜！"

毛泽东在自己的耳朵旁边，看见了胶鞋。

荒草丛中嘎叽嘎叽踏来踏去的，皆是团丁的胶鞋。鞋底把草茎的汁液都踩了出来。

"姓石的，出来！别以为老子没看见你！只要你出来，可以不枪毙你！你小子听见没有？"

砰！砰！砰！接连几枪打在水塘里，水花儿啸叫着跳起来。

这时候毛泽东忽然看见了塘里的一条鱼。这条鱼就在他面前三尺远的地方，浮着，一动不动与他对峙。毛泽东的记忆深处，仿佛游动过这条黑红两色之鱼。

毛泽东一直盯着水中的这条沉稳不动的鱼，他祈望它此刻千万不要打水花儿，以免无端勾起岸上追踪者的兴趣。那鱼始终不动，看上去沉静而又听话，圆圆的鱼眼睛非常凝重。毛泽东忽然想，人有时候，真的是要学学鱼的，要安心潜于水中。人在岸上走，风刀霜剑，常有不测。而在水中，周身都涌动着一种受依托之感，这种感觉是一个人一生中都不可少的。水是鱼的地方，也应该是人的地方。一个政党也是这样，一种政策也是这样，若无广大的有力的依托，必凋零无疑。

鱼还是不走，继续与他对峙。毛泽东举眼望天，天上浮着一团云，也是红肚皮黑边，浑如一条空中之鱼。毛泽东暗叹一声：这不是一条阴阳鱼吗？今日活着，上黑下红，明日死了，上红下黑，这红黑两道，不也就是乾坤运动之至理吗？就在屏心静气的毛泽东这么胡思乱想之际，岸上传来了这样的叫嚷：“报告队长，是不是顺这条坡滚下去了？队长你看，草像是压过的。”

然后毛泽东就听到一声吆喝：“快追！”再就是一阵噼噼啪啪的由近而远的脚步声。

毛泽东再看鱼，那鱼此时也没有了。毛泽东抬起手，重重推一下水波，塘水荡漾起来，但毛泽东也没见着那鱼再游上来，只见一群深绿色的浮萍上下波动。

毛泽东水淋淋地爬上岸，一直等到天黑，才敢赶路。他不敢走大路，只在月光下接连翻山。后半夜的时候，他才筋疲力尽地坐下来，靠着一棵大树，一面掸着蚊子一面揉着脚板，睡着了。奇怪的是他一夜无梦。没有枪声，也没有鱼。甚至也没有他的开慧和他的三个儿子。他实在太疲倦了。

早上他没有被林子里的晨鸟叫醒，而是被一阵伐木声惊醒的。他扒开半人高的荒草一看，看见了一位砍柴农民，这老农看上去已近花甲。

“老伯，我遭土匪抢了，脚也走烂了。”毛泽东衣衫褴褛地走出荒草，“这里是两个银圆，你帮我到前面村子买双布鞋，再买一把雨伞。用不完的，都归你。”

樵夫手中的柴刀当啷落地。他目瞪口呆地望着这个头发蓬乱的赤脚中年人，半天回不过神来。

太阳爬出一竿高的时候，毛泽东穿上了一双新鞋，还得到了一把油纸伞。

他试着走了几步，两脚掌依旧痛得钻心。他龇牙咧嘴，倒抽着冷气，但是心里非常快活。

两天之后，毛泽东昂首挺胸，亲率工农革命军第三团的大队人马向浏阳东门市进发。他走着走着忽然就来了诗兴，虽然脚板底下还一直隐隐作痛。

“石教官，”他挥手说，“你上来！”

石头甩着一只膀子，从队伍后头跑上来。

毛泽东说：“我吟一首词你听听，名唤《西江月·秋收起义》。这一回工农大起义，我不能不诗兴大发。”

石头说：“我不懂诗。”

“特别好懂，特别好懂，你听了就明白。”毛泽东边走边吟，“军叫工农革命，旗号镰刀斧头。匡庐一带不停留，要向潇湘直进。地主重重压迫，农民个个同仇。秋收时节暮云愁，霹雳一声暴动。”

石头听罢诗吟，直冲诗人笑。这是什么诗呀，还《西江月》呢，跟说话似的。这两天石头特别高兴。先是前一日午后，毛泽东如天神降落般的突然于中秋节出现在铜鼓县城萧家祠的浏阳工农义勇队队部，只是衣服脏了点，走路瘸了点。当晚，他在排以上干部参加的中秋聚餐会上，高高举起一只大酒碗，宣布说：“在中秋聚餐开始之前，我以秋收暴动前敌委员会书记身份，宣布命令：浏阳工农义勇队正式改编为工农革命军第一军第一师第三团！”

在众人欢呼万岁声中，毛泽东又说：“我要求第三团全体官兵坚决响应湖南省委号召，立即武装起义，根据省委的秋收暴动计划，明天就进攻浏阳，痛击国民党反动派！”

石头当时就泪流满面，手中的一只碗砰地摔在地上，号啕一声：“总算有报仇雪恨的一天了！”他记得当时有十多个人都跟他一样哭出声来。

又使石头兴奋不已的一件事是昨天，昨天第三团旗开得胜。三团的第一仗是打白沙镇，这个镇是铜鼓通往浏阳的要道。由石头精心调教的十个神枪手个个不凡，第一排枪，就撂倒了八个敌兵。

昨夜大队人马宿在白沙镇，毛泽东半夜起身，又专门敬了石头一杯酒。毛泽东说，石头啊，你父母，还有你姐，都听到白沙镇的这排枪声了。

毛泽东昨晚兴奋了一夜，却没作诗。今日在飞兵浏阳东门市途中，却大声吟诵，吟诵得就跟说话呼口号没什么两样，石头听了只觉开心，止不住大笑，笑了又笑。

“石教官，笑什么哟？”毛泽东只想听听诗的效果。

石头说：“这诗就像说话一样，我也能作。”

“你也作，你也作！”毛泽东拍手，“好，好，又出一个诗人了！”

石头挥着独臂，盯着前方的天空，大声念：“地主重重压迫，农民个个同仇，我们拿枪去打，敌人屁滚尿流！”

毛泽东起先一愣，继而哈哈大笑。走在前后的士兵都笑起来。毛泽东说：“啊呀，石教官，你的诗不比我的差，以屁入诗，以尿入诗，不是大诗人还没这个胆呢！”

正说到这里，便有个指挥官慌慌忙忙从队伍前面下来，冲毛泽东报告：“前面就是十二墩，发现敌人！”

队伍一下子紧张起来。毛泽东问：“多少人？”

“据先头部队侦察，大约三四十人。”

毛泽东说：“投入战斗！”

队伍一下子分散开来。东门市是个大市镇，敌人看来是要扼守的，麻痹不得。

一听楼梯响，脚步声快速而轻捷，瞿秋白就知道是邓小平来了。这几日，又有胜利的捷报，又有沉重的快递，瞿秋白从来没有遭遇过这么密集的消息，密集得像忽然而至的秋雨一样。而且这些消息又是与拿起枪杆子的中国共产党的命运息息相关的，这就不能不使瞿秋白的心一直悬在喉咙口了。杨之华说他整张脸都小了一圈。

精干的中央局秘书长邓小平还没等杨之华给他递上茶，就开始向瞿秋白报告。“秋白同志，秋收起义军第二团，已经攻下醴陵县城！据报，共俘敌一百余名，缴枪七八十支。第一团情况，在一团和师部越过修水、平江边界，并且占领平江县龙门厂之后，混入起义部队的邱国轩团突然叛变，致使第一团腹背受敌。”

瞿秋白问损失情况。

邓小平说：“很严重。损失大约两百多人。团长钟文璋已经失踪。卢德铭与余洒度已经率余部向第二团、第三团靠拢。第三团情况不错，在毛泽东同志率领下，继攻占了白沙镇之后，又在攻打浏阳东门市！”

瞿秋白想，湖南总体情况还算好，合围长沙应该是没有问题的。他又问南昌起义部队现在到了哪里。

“秋白同志，南昌起义部队在打下会昌以后，刚刚又打下汀州，但是伤亡很大。会昌一战，虽大破蒋介石嫡系钱大钧部，俘敌官兵九百余人，但起义军也有八百余人的伤亡。周恩来同志原先的秘书、第二十军三师六团一营营长陈赓也负了重伤，脚筋都打断了。现在南昌起义部队的前委正在讨论攻取东江计划，意见也有分歧。据情报，国民党第八路总指挥李济深正在调重兵围堵我起义部队，战事很紧。”

邓小平还告诉瞿秋白，贺龙军长已经加入中共了，还有郭沫若也加入了，都是在起义军的转战途中加入的。邓小平的情报搜集得这么细，瞿秋白没有想到。

在下一个钟点里，瞿秋白详细布置了中央机关分批从武汉撤往上海的计划。这是一种战略性的转移，十里洋场可以是一种眼花缭乱的保护色。瞿秋白说，各地起义军的战事情况和中央机关的秘密转移，皆为当前要务，疏漏不得。

邓小平是在天黑时分悄然离开汉口英租界的瞿秋白所租公寓的，他没有受邀留饭。他说他不饿。

他其实已经有两顿饭没有吃了，只恍惚记得早上在码头边啃过一只葱油烧饼。他这几天一直很担心他的兄长周恩来。从得到的各路情报看，蒋介石是视南昌起义部队如肉中之刺的，已下死命令在广东境内歼灭之。起义部队能否在强敌之下得以周旋，真是一门艺术。他觉得他的兄长周恩来是聪明的，必能驾驭得过来。他后来才知道南昌起义军就于这一刻在广东三河坝作了致命的分兵决定。周恩来、贺龙、叶挺率主力攻打潮汕，再取惠州，以取得出海口，寻获国际援助，而让朱德率第二十五师扼守三河坝，监视梅县之敌。

分兵，有时候是体现自信，不失为良策；有时候却是预兆自杀，乃湮败之举。弱者分兵，尤须慎之又慎。然而他们却分兵了，弱势队伍一分为二，各自打大仗了。

在这以后，邓小平一直难以得到周恩来的确切消息，一颗心一直悬着。所以，当一身小老板打扮的邓小平于两个月之后在上海法租界的一家杂货店门口，惊讶地看见了又黑又瘦的周恩来进店时，心情之激动是不言而喻的。这个年轻的中共中央秘书长兼杂货店掌柜一改往日之慎态，小孩子一样蹦了起来。

毛泽东是在 9 月 12 日这一天，高高兴兴率秋收起义军第三团进入浏阳东门市的。这一仗打得也还顺手，敌人丢下一批尸体，向浏阳县城逃跑了，逃得很快。

满脸阳光的革命军战士神气地走在狭长的镇街上，街边屋檐下，提壶捧碗的献茶市民，不在少数。

几个农民用木杠子抬来一只热气腾腾的大水缸，满缸皆是粥。一位农民大伯一勺勺地盛于蓝瓷花碗，强行拉住一个又一个的战士，一定要战士喝。

战士们不喝，农民大伯就急："你们为我们穷人谋翻身，一口稀饭也不喝，我们心里怎么过意得去！喂，这位官长，他们刚打过仗，不会不饿，你让他们喝一口吧！"

农民大伯拉着了毛泽东的衣袖，他认定这是一位官长。

毛泽东说："好，我带头喝一口！要喝的士兵弟兄，都来喝一口！石教官，你也来，你别忘了把银圆付给这位老伯！"

战士们一下子围聚过来，开始喝粥。可是农民大伯又急了："我怎么能收官长的钱？"

毛泽东说："老伯，你一片心意，我们领了。银圆，你还是要收的。你看，我们一会儿就已经喝了你半缸粥，还有半缸，我们也要全部买下来！"

农民大伯听不明白："抬到官长的队部去？"

毛泽东手一挥："抬到大狱门口去！我看见反动政府在东门市设有监狱，反动派逃跑了，受欺压的群众还不该马上放出来吗？义旗到处，开监放人！"

"对！"围聚的市民们一齐大喊，"开监放人！"

开监放人很顺利，狱卒点头哈腰，所有的监门都打开了。

衣衫褴褛的人们一伙一伙踉跄出狱。有的坐在门口砸镣，有的拥挤在粥缸边大碗喝粥，有的则与跌跌撞撞跑来的亲人抱头痛哭。

毛泽东走近粥缸。他看见有人狼吞虎咽，仔细一看，是一个瘦骨伶仃的小囚犯。"不可一下子吃得太多，看你小肚子都圆了！”毛泽东戳戳他的发黑的肚皮。

掌勺的农民大伯笑了：“他都喝了六碗喽！”

毛泽东蹲下来，问孩子：“多大了？”

“十五。”

“叫什么名字？”

“小扁担。”

“小扁担，这名字好记啊。是不是你瘦得像根小扁担呢？”

“不是，官长。”掌勺的农民大伯抢着说，“他十岁那年就拿起一根扁担做挑夫了。我认得他，他自小就没爹娘。”

小扁担放下碗，看着毛泽东的黑黑的长头发说：“你就是放我出来的官长？”

毛泽东应：“啊，是啊。”

孩子放下碗，忽然就跪下了。毛泽东急忙扶起孩子，说：“我们这支队伍不兴跪。皇帝老儿不跪，军阀洋人不跪，自己人也不跪。”

小扁担小着声音说：“官长，你什么都懂，我能问你一句话吗？”

“问吧。”毛泽东说。

“我为什么要坐牢？”孩子问，一双眼睛睁得好大。

这问题挺小，也挺大。毛泽东看着孩子，一时没有作声。

“我知道，”一个喝粥的囚犯回脸说，“狗咬他，他用扁担打狗，那条狗是县长的儿子养的。官长，他一坐就坐了两年大牢。”

毛泽东坐下来，拍拍孩子的肩，说：“现在我告诉你，小扁担，你为什么要坐牢。因为你是受苦人，是好人。在坏人当道的世界里，好人就是容易受委屈。好人坐牢是很平常的事。这是一个很简单的道理。随便什么理由，好人就被推到牢房里去了。小扁担，这个道理，现在你明白了吗？”

小扁担说:“我只用扁担打了一下狗屁股，我屁股上，挨了一百扁担。”

毛泽东说:“现在，太阳出来了，你可以举起扁担，打反动派一百屁股!”

石头走过来，报告说:“毛委员，共一百零二人放出大狱，其中四十八个要求参加革命军，都在那边集合了。”

正在喝粥的一个长胡子囚犯立即放下碗说:“有四十九个!官长，我算一个!”

另一个囚犯也急着嚷:“五十个!我也算一个!”

小扁担说:“五十一个!官长，带上我小扁担吧!”

毛泽东笑了，拍拍孩子肩膀:“你才十五岁，太小。我们是打仗的队伍，要打大仗，我们要打到长沙去呢!”

小扁担说:“官长，你打哪儿我能挑哪儿!我能为你们挑稀饭!别看我瘦，我肩膀硬!我能一路挑到长沙!官长，让我当兵吧，我当上了兵，就能每天吃上稀饭了。”

毛泽东有点犯难，说:“你问问这个石叔叔吧，他是管招兵的。”

孩子一下子跪在石头面前:“叔叔，你行行好带上小扁担吧!”

他忽然想到了不兴跪，赶紧一个鲤鱼打挺跳起来，规规矩矩朝石头行个举手礼，说:“报告长官，小扁担想吃粮当兵，求你长官收下小扁担!”

毛泽东见状哈哈哈笑出声来。

毛泽东自东门市监狱门口的这一次开怀大笑之后，后来几乎就没再笑过，一颗心一直如石头一样沉重。随后几天，对秋收起义军而言，形势急转直下。由于一团军事失利，三团失去右路配合，国民党新八军两个团迅速向起义军三团迂回过来，两天之后，东门市便爆发了激战，敌人由两路包围第三团，重机枪扫得秋叶哗哗哗直掉。起义军伤亡严重。三营长汤采芝牺牲得尤为壮烈，他把打出的小肠子塞回肚子。石头也打红了眼睛。他以独臂挥动着一杆步枪，呼呼舞圈，沉重的枪托接连砸倒几个跃上山坡的敌兵。

砰！他的枪柄砸在树根上，半截子断了。

满脸是血的铁龙奔上来，说："快撤，石大哥！"

铁龙是石头带回湖南参加革命的八个好弟兄之一，也是百步穿杨的神枪手，但是杀红了眼的石头此时已经听不进铁龙的话。他亲眼看见八个好弟兄中已经有两个牺牲了。石头狂喊："我不撤！我打死他八辈子祖宗！"

铁龙抱住石头的后腰，吼叫一声："是毛委员叫你撤！"

石头喘着粗气，站着不动了，在硝烟中垂下了枪。

遭受重创的秋收起义军第三团被迫撤出东门市，于 14 日退至上坪。

"领兵打仗，有胜有负，不足为道。"在上坪村外小河边召集的军事会议上，毛泽东这样说。毛泽东认为现在必须要给大家打气，尤其是给指挥层打气。"我们这一仗，为什么败了？第一，蒋介石汪精卫的兵还像蚂蚁一样多。第二，我们起义军确实也缺乏打仗的经验。所以，一时打不过人家。胜败兵家常事，不奇怪。不过，败了，就要有败了的思考。我看，我们不宜再按原计划打长沙。"

石头一愣："什么？不打长沙？打长沙不是省委的计划吗？不是中央的命令吗？"

"这是你的枪吗，石教官？"毛泽东指指他的那支断了枪柄的半截子步枪。"你应当看到，你的枪断了。"

石头说："这枪照样好使，毛委员你信不信？你叫我打天上哪只鸟儿?”

毛泽东指着断枪，对所有面目阴郁的指挥官说:“同志们，如果说我们第三团的枪全像这支枪一样，断了，这不是事实。但是，我们手中的许多枪，确实都像这把枪一样，断了。我们的伤亡人数太多。我们每个连，每个排，都出现了逃兵。暴动五天来，敌强我弱的局面已经很清楚了。古人有言，审时度势。我们不能再按原计划攻打长沙。”

“长沙，还是要打的。不然，逃跑主义就是一顶现成的帽子!”有人这样说。

毛泽东说:“有一句大家都知道的古话，叫作‘将在外，君命有所不受’。做人做事，贵有自知之明。大家可以想一想，我们该不该做以卵击石的蠢事?我看，我们不打长沙，避开强敌，到敌人势力相对薄弱的山区去，交绿林朋友去，做红色好汉去，这是一条可行之路!当然，中央和共产国际驻长沙的代表，可能会对这样的做法不满意，可能会指责我们，但是我们无法指责现实。现实的情况是，敌人数十倍于我们，一味蛮干，只能全军覆没!”

毛泽东作出的这个应变之策是正确的，但也是不容易的。他后来果然被斥为逃跑主义，并在两个月之后被在上海召开的中央政治局扩大会议解除了政治局候补委员职务。但是，就是因为毛泽东的这一正确决策，为中国革命带来了莫大的生机，拓展出了一条以农村包围城市并最终解放城市的中国革命之路。

福顺大叔说:“毛委员的想法在理，我赞成毛委员的话。”

团长苏先俊也说赞成毛泽东的意见。

石头始终不语。他的脸上伤痕斑斑。他是想打长沙的。他的父母和姐姐都在长沙东郊等着他的红旗。他要把护在坟头上的军用雨披拿开，换上红旗，如果那件军用雨披还在的话。他正想再发表什么意见，却看见有一个士兵嗵嗵嗵跑来，一迭声喊他石教官，说是有人要跑。

石头惊问是谁，说就是他从湖北带来的那几个弟兄，都是班排骨干，他们要跑，是真的。

三分钟后，石头用他的沉重的军靴，砰的一声踢开了上坪村的一家农舍。以铁龙为首的六个班排干部果然都在这里，并且惊得一齐起立。这六个人均已换上粗布便衣，看来确实是要逃跑。

石头踢开门之后，阴沉着脸，大步进屋，谁也不看。

六个人一声不吭。

“我操他八辈子娘！”石头忽然仰脸，冲着屋顶，狼一样怒嚎一声。嚎完了，从腰间拔出一把手枪，往破桌子砰地一摔。

众人一声大气也不敢出，站得笔直。石头总算回过神来，他，依次看着他的被硝烟熏黑了脸的弟兄。他开始说话，声音出奇地平静：“如果我石头没有记错的话，我们当年的北伐军弟兄赶来加入第三团起义的弟兄一共是九个。”

“是，连你九个。”铁龙说。

“现在剩几个？”

“连你七个。”

“是啊，连我七个。这就是说，已经死了两个了。一个埋在白沙，一个埋在东门。现在，你们都脱了军装，要走，那么，留在第三团的，就剩我石头一个了。”

铁龙小声说：“老连长，你也走。”

石头盯着说话者。铁龙赶紧垂脸，他知道说出这句话很冒失。

石头怒喝一声：“都伸出大拇指来看看！”

众人伸出拇指，低头看。石头说：“我们离开武汉的时候，九个弟兄，都伸出大拇指，伸在桌沿上，记得吗？我举起这把枪的枪托，砰砰砰砸，砸出九股血来！九股血滴在两斤烧酒里，大家一齐喝了！都说要随我石头跟毛特派员去湖南搞暴动，都说革命不成功，誓不还家！娘的都还记得吗？”

农舍里一片沉默。石头冷笑：“如今，仗还没打两天，血里就没有一丁点儿酒味了？”

铁龙小声说：“老连长，部队号称一个团，实际上只剩几百人，这仗还怎么打？老连长，你是学过黄埔的，你知道不能往虎口送食！”

石头不言，忽然，取过一只粗瓷碗，又从一只米酒缸里倒出些许米酒，然后把自己的右手大拇指按住桌沿，干干脆脆对铁龙说：“举枪，砸！”

铁龙愣了，石头说：“砸！”

铁龙不敢走过来，反而后退了一步。“铁龙！”石头喊，声色俱厉。

铁龙只得走过来。

“砸！”

铁龙举起手枪柄，咬牙，狠狠一击。只听砰一声，便见血了。血从指甲盖的四周一齐渗出来，鲜红鲜红。

石头把自己的血滴入碗中。众人失色，你看我，我看你。石头一声暴喝：“大拇指，伸过来！”

六个人闻言，一齐上前，六只左手大拇指逐渐排列在桌沿上。老连长发话，他们不能不听。石头以独臂抓过手枪，举起枪柄就砸。

砰！砰！砰！砰！砰！砰！

六股细血先后流了出来。六只流血的手，先后举在瓷碗上。碗里的米酒越来越红。石头说一声“喝”，便端起酒碗，自己喝一口，然后六个弟兄学样，一人喝一口。

石头见众人喝完，便厉声说：“上回喝的是什么血酒？”

铁龙说："出征酒！"

"今天喝的是什么血酒？"

铁龙想不出是什么酒，看看众弟兄，大家也发愣。

"告诉你们，"石头说，"今天喝的，是来世酒！什么叫来世酒？因为你们要走，我与你们六个弟兄今生再无法见面，唯有来世相逢！所以要喝来世酒！"

铁龙说："石头大哥，你真的不走？"

石头说："我身上每一滴血，都是共产党的！"

"老连长，"铁龙说，"那我们就走了。"

六个人一齐慢慢转身。"等等！"石头又喝一声。六个人站定了。

石头指指自己眼睛："你们走之前，先把我眼睛刺瞎，我石头不能眼睁睁看着你们走！若是眼睛瞎了，啥也不见，心里还好受一点。"

六个人泥塑木雕似的，一动不动。石头暴跳："刺我眼睛！快！"

所有的人都不敢动。谁敢动呢？石头抓起手枪，说："既然你们手软，不敢刺我眼睛，那就别怪我石头手硬，今天要拿弟兄们开刀了！"

众人大惊。石头厉声说："走一个，老子打一个！刚才喝了什么酒？来世酒！谁敢逃离革命，老子就打死谁，来世相见！"

六个弟兄全傻在那儿了。铁龙说："石头大哥，你不能这么做。"

石头怒不可遏："北伐军老规矩，哪个临阵脱逃，就叫哪个的后脑勺开喇叭花！"

空气紧张得像要爆裂一样。就在此时，门推开了，毛泽东几乎是悄无声息地走进来的。毛泽东伸出手，轻轻按下了那支平伸在空中的杀气腾腾的短枪。“把枪放在桌子上。”毛泽东说。

石头把手枪往桌上一扔。

毛泽东抬脸，平静地望着这六位已经换上了便装的班排长。毛泽东问：“都想回家了？”

六个人均不吭声。

毛泽东说：“告诉我，回去干什么呢？”

铁龙小声说：“回去种田。”

“那就回去吧，好好地把田种好，”毛泽东说，“种田，也是一件大事。不管怎么样，我们一起参加暴动，总是朋友了一场。过去江湖上有句话，叫好聚好散，何况我们这支部队还不是江湖上的人马，而是共产党领导的专为穷苦人谋利益的军队呢！所以我们更加讲究同志间的情分。”

石头听着毛泽东的话，脸色更见阴暗，如一尊年久的断臂的泥塑木雕。

毛泽东说：“今天，你们看看，你们的这位石头大哥是生气了，生大气了。不生大气，他是不会举枪的。我毛泽东呢，今天也有点生气，气你们。我生气在哪方面呢？我生气你们不讲个礼数。你看，你们六位弟兄要走，走就走吧，但是，你们就是不跟我毛泽东事先打个招呼。铁龙，我有句话，一直想告诉你。我知道你家里的田是冷水田，你这趟回去种田，我看，就不如不灌水，别再种稻了，改种豆子，这样，收成兴许会高一点。”

铁龙垂脸，点点头。

“还有你，国成，你说过你爷爷是两条橡皮腿。这种粗腿病，别说中国郎中治不好，外国洋大夫也治不了。前几天打下东门市的时候，我专门问过东门庙里的那个老和尚。那老和尚说，拿干桑叶，用水煮，搽在粗腿上，连搽一个夏天，就会消肿。这法子不管灵不灵，国成，你回去之后，一定让你爷爷试一试。”

那个叫国成的排长拼命忍住泪水。“记住了，毛委员。”他哽咽着说。

“还有你，你这个小颜，你是喜欢上了地主家的千金，被民团吊了三天三夜，打出村子的，你怎么能回老家去呢？你还是投亲靠友吧，换个地方住住，别回老家了，不然又把你吊到梁上。想到你又要吊到梁上的那番情景，我毛泽东心里也不会安生的。”

那个叫小颜的班长泪水汪汪。

“好吧，”毛泽东说，“今日分别，该说的，也都说了，该给的呢，我毛泽东却一时没法子给。”

石头粗声粗气说：“还要给他们什么？”

毛泽东拍拍衣袋：“既然要上路，按道理，盘缠是要给一点的。可是我今天衣袋里裤袋里硬是没一文钱，真个是一无所有。”说着，毛泽东又走到桌子边，拿起石头的那支手枪。“其实，不光是我衣袋里一无所有，我看，他石教官的这支枪里，一定也是一无所有。”

毛泽东拉开枪机，抖一抖，果然不见一颗子弹。

毛泽东叹息一声，说：“你们其实根本不用紧张，他石教官枪法再准，对自己的弟兄，也是下不了手的。”

呜！铁龙首先哭了出来。其余几个弟兄见状也一齐哭了。

铁龙扭头就奔出门外。紧接着，其余几个弟兄也随之而去，像一阵风似的，刹那间都没有了。

毛泽东走到石头身边，拍拍这位独臂军人的肩，说：“石头，莫要焦心，队伍嘛，就如大河里的浪头一样，总是一波一波的。一波下去了，新的一波又会上来，你信不信？”

石头无言，低着头，随毛泽东走出门外。

在他们的远望的视线里，六个退却者在遥远的秋野里慢慢地小成了六颗小黑豆儿。

石头说：“毛委员，我虽然不至于打死他们，可是心底里，确实是恨死他们了！”

“还是把恨留给帝国主义和新老军阀吧，别恨自己弟兄。再说，石头，你敢担保这六位弟兄今后就一定不再投身革命了？”

石头忽然间张大了嘴巴，大叫一声：“毛委员！”

“怎么？”

“他们回来了！”石头惊喜地大叫，“毛委员你看，他们回来了！”

远远望去，果然能看见六粒黑豆儿正在跌跌撞撞地往回滚动。毛泽东凝望片刻，长叹一声：“好鸟知林！是一群好鸟儿啊！”

石头说：“毛委员，你可以给我更大的官做了！”

毛泽东觉着了意外：“怎么？”

“我现在真正明白，怎么样领兵打仗了！真的，我想，我能够领更多的兵了！”

毛泽东听了暗自发笑。

正在毛泽东凝视着他手下的逃兵在慢慢返回时，在离他们二三十里地的山头上，国民党新八军军长也在慢慢地放下手中的望远镜。

副官在一旁报告：“被击溃的共产党中秋暴动军第一团、第二团与第三团残部已奉毛泽东命令正在合为一股。”

军长放下望远镜，微笑：“正好瓮中捉鳖。”

“据侦察，三个团的残余兵力仅为一千余人。”

军长继续微笑：“真是不堪一击。”他又说，“残兵败将全部集中，也只有一千多号人。毛泽东现在是困兽犹斗了，可是他又斗得过谁呢？在中国这块土地上，共产党再折腾，也成不了气候。马上电告汪主席，同时电告蒋总司令：抓住毛泽东、剿灭湘赣境内暴动军残匪，指日可待！”

第 18 章

一个头戴礼帽身穿白西装的年轻人，在拂晓时分，走过湿漉漉的小街。青石板铺就的小街在他的坚硬的皮鞋底下，不时发出咯噔咯噔的响声，那是歪歪斜斜的石板的叫唤。

在天色微明的文家市小街上，这位年轻人拦住了一位挑水的孩子，拦得客客气气。

他小声说："小哥呀！"

小扁担站住了。他头一回听到一个有钱人喊他小哥。

"革命军毛润之先生住在何处？"那人问，笑嘻嘻地。

小扁担说："你是什么人？"

那人一脸和气："小哥，敝人姓陈名三，在此不远之处筹开一家机器厂。敝人是毛润之的朋友。"

小扁担越来越警惕。小扁担看看天，天正在亮起来。

现在是 9 月 20 日凌晨。秋收起义军第一团、第三团和第二团的余部是昨日才会师文家市的，大约有一千五百人光景。小扁担昨日晚上还看见过毛委员，毛委员独自在一家祠堂门口散步，像是在思考什么很窝心的问题。小扁担自然不知道这一天中共中央仍旧作出了攻打长沙的决定，也不知道毛泽东内心掀着多大的水花。但是有一点他是知道的，那就是仗很难打，大家说法很多，军队不好带，许多人想脱离队伍。在这样的时候，一个有钱人鬼头鬼脑地打探毛泽东，那就绝对不是好事。

小扁担说："好吧，我告诉你。"他于是笑眯眯地放下水桶，抽出扁担，突然用扁担一个横扫，一下子便将那个戴礼帽的家伙打跌在地上。

陈三叫：“哎哟！哎哟！”

小扁担像一头小豹一样扑上去，按住对方，大声喊：“抓国民党探子呀！”

这个探子顷刻就被送到了第三团军事教官石头居住的瓦房内。

石头显得有些焦躁。他甩着独臂，绕着被强行按坐在小竹椅上的陈三，慢慢走了一圈。“看你这副嘴脸，就是国民党探子！”他哼着鼻音说。

陈三说：“敝人实是有要紧之言面禀毛先生。官长有所不知，毛润之先生在韶山救过敝人的命，敝人也曾捎信让毛先生逃避追捕，说起来也算是救过他的命。”

“一派胡言！”石头以独臂拍桌，“搜身！”

搜身结果，并无发现携带行刺器械。于是石头努努嘴，示意按住陈三的两位战士退出门去。

门关上了。

“好了，”石头在这个可疑的年轻人面前坐下来，忽然和颜悦色了，“现在你告诉我，你想对毛润之先生说什么话？”

“敝人请求面禀。”

石头说：“你告诉我！你若不告诉我，你就将是第九只鸡。你知道吗，昨天这镇子上一共杀了八只鸡，今天还没开杀呢。”

陈三说：“我能抽棵烟吗，长官？”点上一根美丽牌香烟之后，他说，“敝人素来敬佩毛润之。敝人认为，润之先生是我们国家的栋梁之材。值此时局严重关头，敝人想当面对毛先生说，该偃旗时偃旗，须息鼓时息鼓，万勿死撑苦斗，力避全军覆没，留有火种为上，以图他日再起。”

“放你娘狗屁！说你是国民党探子还是小看你了，你是国民党说客！”

“长官可知道，共产党南昌暴动之军队已经没有出路了？”

“你有屁再放！”

“长官，敝人订了不下二十种报纸，每天都看。据敝人所知，南昌起义军已经在广东陷入重围，国民党方面的第七军、第十六军、新编第一师、第四师、第二十师正在全力围堵，双方实力，实在悬殊得很。半个月之前的会昌一战，光是贺龙的第二十军，就死了一千人。长官，不是敝人危言耸听，南昌起义军已是穷途末路，难以逢凶化吉了。”

石头听得双眉打结。南昌起义军打得艰苦，他是知道的。但是今日这个说客直接说出“穷途末路”四个字，他还是有点心惊肉跳。

在广东的这个潮湿多雨的秋天里，分兵之后的南昌起义军如河中之叶，飘散了。最后的被打散是在陆丰附近，敌东路军的两个师像狼一样咬上来，激战三个钟头，二十军余部彻底溃散。在这以后，发烧高达40℃的周恩来，一连几天都忙于妥善安排起义领导人和党政干部的秘密撤退。

在海陆丰地区一个村民的茅屋里，身患恶性疟疾的周恩来从担架上支起身子，用深凹的眼睛看着贺龙军长。

“我不换！”贺龙把战士递上的一件灰布长衫扔在一边，“为什么要换下军装？我贺龙自从穿上这件军装起，就没想到过脱！我可以对不起天，对不起地，对不起爹娘，甚至可以对不起这支枪，可是不能对不起这身军装！”

周恩来坐起来，他的脸是青颜色的，眼窝如井。周恩来一定要贺军长赶快换上便装，化装转移。他吃力地说：“贺军长，今日脱下军装，就是为了日后重新穿上军装。你听我周恩来一句。”

贺龙解了几颗衣扣，又停手了。他说:“恩来同志，我没有读过多少书，可是有一句话，我是记住了的，那就是：丈夫立志，如山有根，不可移也！这身戎装就是我的丈夫之志！人凭衣装，佛凭金装，好佛不也是靠了一身黄皮吗？”

“贺军长丈夫之志，恩来素来钦佩，只不知贺军长所言之丈夫，是大丈夫还是小丈夫？”

“当然是大丈夫！”贺龙瞪眼。

“那好，”周恩来说，“有一句话，我也是记住了的，那就是：大丈夫能屈能伸！”

贺龙沉默了。后来，他很快脱下了军装。“就当蛇蜕一次皮吧。”他说。

“贺龙同志，你不是蛇蜕皮，你是龙蜕皮！只要是一条好龙，就不怕蜕皮换甲！”

贺龙上前一步，蹲下来，与担架上的周恩来紧紧地拥抱在一起。

“我是新党员，”贺龙说，“这辈子我跟定共产党了！恩来同志，你放心，我回湘鄂西去，不重新拉出一支队伍来我不叫贺龙！”

周恩来用虚弱的手轻轻拍着这位汉子的魁伟的肩膀。这副肩膀在轻微颤抖，仿佛也像周恩来一样打着摆子。

南昌起义军主力的这种绝境，远在湖南浏阳文家市的石头当时是不可能想象得到的。但是局势的危急程度，他已是充分感受到了。此刻，坐在他面前的这个穿着白色西装的“国民党探子”的每一个面部表情，都使他感到紧张和厌恶。他觉得这个探子就是一条狠狠咬你一口之后还要卖乖的狼，它在分析你的肉的香味和耐嚼的程度。

他继续听这个探子说话。他说：“你说！”

“长官，南昌的暴动军，是没有出路了。而你们的中秋暴动之军，敝人也着实捏一把汗。”

“说下去。”石头说，他额上的青筋突突直跳。

“贵党贵军虽有志为民造福，公平天下，但依目前情形而言，仍是势孤力单，兵寡枪稀。兵寡枪稀之军，实不可硬拼。定要硬拼，必是以卵击石，以溃告终。长官，恕敝人直言，你们是当局者迷，敝人是旁观者清。若今日敝人不将这番话面禀毛润之先生，及时送一帖苦口良药，则实是对不起他当年的救援之恩了。”

石头不愿意接触这个探子的可憎的目光，又垂眼走了一圈。

陈三看着这个独臂军官的背影，忽然眼泪汪汪了：“长官，敝人本不该前来冒死相谏，实在是感念毛润之先生多年为湘民奔走呼号，侠肝义胆，高风亮节。敝人真不愿看见毛润之先生于今慷慨赴死啊！”

石头眼睛看着窗户问：“你到底是什么人？”

“我真是毛先生的朋友，”陈三说，“长官只要禀告毛先生，说我的太太是英国人，叫玛利亚，毛先生一杯茶是一定会泡给我的。两年前，有人要缠我太太的小脚，就是毛先生死死拉住裹脚布不让缠的。”

“他不让缠，我缠你！”石头嘟哝着说。陈三不明白这位长官说什么，但总觉得事情有点不妙。

“来人！”石头果然怒喊一声。两位战士应声而进。“扒下这小子的衣服！”

陈三惊愕，从椅子上蹦起来：“长官！”

“对不起，借你一身皮用一用！”石头狠狠说。

任凭这个探子如何挣扎，白色西装还是一下子就被剥下来了，外裤也扒了下来，礼帽也被收缴。

陈三忽然不再作抵抗了。他穿着白衬衣，光着腿，似笑非笑地看着这位喜怒无常的独臂长官。

“你笑什么？笑个屁！”石头的眼睛冒着兽一样的凶光。

“长官，”陈三一下子显得非常顺从，话音充满体谅，“敝人已明白长官为何要这身衣服了。这里还有一把小木梳，敝人经常梳头用的，长官一并带上。”

石头抓过小木梳，塞进西装衣袋，然后对战士们冷声命令：“把这位先生的眼睛蒙上，赶出文家市三里地！”

毛泽东的寝房设在文家市里仁学校，毛泽东起身很早，他喝一碗稀粥，一边喝一边琢磨今天的全体官兵大会怎么开。

天还没有大亮，窗外鸡叫声仍旧此起彼伏。这时候他就听见门外有人小声喊报告。那声气，仿佛是石头。

“进来！”毛泽东放下碗。

“毛委员！”果然是独臂石头，手里拿着一个很大的布包。

“什么事？”

“毛委员，你眼圈都黑了。你是一夜没睡？”

“我一夜没睡不是稀罕事，你石头一大清早来敲我的门，倒是稀罕事。说吧，什么事？”

石头一时无言。毛泽东用毛巾擦擦嘴，奇怪了：“有什么事不能说的？”

石头抖开布包，取出白色西装和西裤，还有一顶礼帽。他把这些东西一股脑儿往毛泽东面前一推，但是毛泽东还是看不明白。

“毛委员，你要赶快走。”石头急了。

毛泽东一时打愣了：“我走？”

“国民党新八军从四面八方上来了，我们三个团加起来，也拢共只有一千五百个兵。我想过了，没法子拼的。毛委员，你不能作无谓的牺牲。我们留在这里掩护你。这套衣服，你合身的。这里还有把小梳子，你常梳梳头。毛委员，你拿出这种派头，敌人不会认出你！”

毛泽东走了两三步，心里想：这个石头，这个石头！

“毛委员！”

毛泽东坐下，说：“前几天，你要枪毙逃兵。今日里，你又动员我毛润之当逃兵。”

“毛委员，是你亲手领着我参加了北伐军，走上了革命道路。你是我的大恩人，也是我全家的大恩人。我早看出来了，中国革命不能没有你！这一回暴动倒了旗，不是说今后中国就没有暴动了。毛委员，我石头说句真心话，只要有你在，中国的大革命迟早会成功！”

毛泽东接过小梳子，梳梳头。头发太硬，梳都梳不通。毛泽东笑了几声。

石头求告地说：“毛委员！”

“我走了，你们呢？”

“我们跟国民党反动派拼了！杀一个，够本！杀两个，赚一个！我们会怎么样，毛委员你别管，大帅别管小兵，管小兵的就不是大帅了。毛委员，你只顾自己赶紧走，你南走香港也行，北去俄国也行，你一定要避一避，避过这一劫，再拉队伍，保不定就会成功！我石头要是此番不死，过几年，千山万水也会再来投奔你毛委员！”

毛泽东想，这些话，倒是石头的真心话。

“毛委员，你别担心我们，你可以听听，我们三团的官兵都是怎么说的！”石头突然把门拉开。

一下子就涌进来铁龙等五六个战士，他们一迭声说：“毛委员，你别担心我们，我们能坚持！我们就是打开一条血路，也要让你走！”

一个钟头之后，全体官兵大会开始了。大会场就是里仁学校那个坑坑洼洼的大操场，一千五百余名官兵全站下了。

司令台上出现了毛泽东，但是他的装束显得特别奇怪：头戴浅色礼帽，身穿白色西装，下面却依然一条老蓝布裤，脚上是一双草鞋。

队伍顿时喊喊喳喳议论起来，如蜂群飞起。

值班军官喊：“请同志们保持安静，现在请中央来的毛委员给大家讲话。”

毛泽东看着大家，满脸都是笑。他说：“工农革命军的同志们、弟兄们！我们不少同志都觉得，这一回的秋收起义，已经没有胜利希望了，他们动员我毛泽东化装撤退，看看，他们就送来了这身衣服。他们说：我们就是打开一条血路也要让你毛委员走！同志们，打开血路，这四个字分量足呀，这是一句好话呀！就凭这句打开血路的誓言，我就可以断定，我们革命军的士气还是足够高的！我们革命军的力量还是足够强大的，我们的革命还是有胜利的出路的！只是，你们不要为我毛泽东一个人打开一条血路，你们要为中国革命打开一条血路！”

起义军士兵们穿着被硝烟熏黑的军服，一个个睁圆了眼睛。

“要夺取革命的胜利，没有破釜沉舟奋战到底的决心，行不行呢？我看是不行的！这次武装起义，受了挫折，算不了什么！胜败乃兵家常事，哪一次胜利，不是从失败中得来的呢？既然暴动了，我们就要像古人说的那样，敢于破釜，把锅子砸掉；敢于沉舟，把后路断掉！我毛泽东今日无釜可破，无舟可沉，但却是有帽可弃，有衣可毁！弃帽毁衣，也就是破釜沉舟！我们决不后退，我们一定要拿出全部的力量与国民党反动派斗争到底！”

说到这里，微笑中的毛泽东以坚决的手势拉下礼帽，脱去西装，露出一身老蓝布衣服。

全场欢声雷动，手臂举如森林：“破釜沉舟！”“革命到底！”

来自第二团的黑筐一遍遍振臂高呼。他听过这位毛先生讲过许多话，也看见过毛先生在长沙车站抱着小小油灯尸体之时掉下眼泪，但是这一回，他听得比任何时候都要热血沸腾。

石头站在讲台边，没有举手，他只微微低首，很有些泪眼迷蒙，也很有些悔意。

队列里唯有小扁担一声不吭，他大眼圆睁，眼睛里带着些许迷惘。有些革命道理，他还并不怎么懂。他只知道毛委员在说他带头不做逃兵，他还要打仗。

毛泽东待欢呼声平静一些，继续说：“当然，有些人走了，他们经不起考验，从革命的队伍中逃跑了。这算不了什么。革命队伍中少了些三心二意的人，只会更加巩固。俗话说得好，万事开头难。革命嘛，就万万不要怕困难！”

士兵们又高呼：“不怕困难！”“攻打长沙！”

“不，同志们！”毛泽东举起手，让大家安静下来，“我听见许多同志在喊：攻打长沙！攻打长沙！按秋收起义原先的计划，是要攻打长沙的。大家也都想进长沙。我毛泽东家居长沙，我也想打回去。长沙好不好呢？长沙好。可是长沙打不下来。别说打长沙，就是去长沙的路，我们也走不了几步。敌人已经用重兵在封锁、包围我们了。长沙那样的地方，目前阶段，还不是我们去的地方。既然不能去，那好，我们就不去。不去长沙，我们又到哪里去呢？我们到敌人管不着或者难得管的地方去！到乡下去！在乡下站住脚跟，养精蓄锐，发展我们的武装力量！今天开过大会之后，我们就出发，到湘赣边界的罗霄山脉中段去，在那儿好好找个落脚的地方！”

蜂群又飞起来了，里仁学校的操场一片嗡嗡营营，一种崭新的思路开启了众人的心。

毛泽东知道自己成功了，或者说，基本成功了。在最黑暗的环境里引入真实的亮光，在最困难的时候紧密地集聚人心，是一门艺术。

毛泽东大声说：“我们现在好比一块小石头，蒋介石反动派好比一口大水缸。但是，同志们，总有一天，我们这块小小的石头，能够打烂蒋介石那口大水缸！”

毛泽东听到了掌声。掌声似潮。但是毛泽东从这些分布不均匀的掌声里，也听到了许多犹豫和不安。

在接下来的几天里，部队一直在行军。部队情绪两极分化。振奋的非常振奋，颓唐的更其颓唐。各营连仍然有不少开小差的。对于沿罗霄山脉南下，对于向江西萍乡、莲花前进，准备上山，许多人有疑虑甚至恐惧起来。上山，不就为匪了吗？若老躲山上，不能下山，不能入城，革命还有什么出路呢？眼睛发红的石头开始抓逃兵，有一个晚上他与铁龙一共在树上吊起了八个人，皮带都抽断了一根。

毛泽东对好几个营、连出现的“官多兵少、枪多人少”的现状，愈益忧虑。他想，部队只剩千把人了，该整整绑腿了。共产党领导的人民军队与传统意义上的“绿林好汉”，应该是有非常本质的差别的。这种差别应该仔细找一找。

毛泽东连续几天脚都很痛。石头拉来一副担架要抬他，毛泽东摇手拒绝。“走走好，”毛泽东对石头说，“走路的时候，我就能更好地想想如何走路的问题。”

对于正在走路中的千余名工农革命军官兵而言，9 月 25 日的芦溪镇一仗，又是大伤元气。国民党朱培德部特务营和保安团在芦溪镇外进行了一次成功的伏击，子弹的呼啸声和咒骂声像密密的罗网一样罩上来。

面对弹雨，毛泽东镇定自若。他半跪在一株灌木丛后面，不断地下命令指挥突围。石头忽然奔过来，冲毛泽东狂喊："趴下！快趴下！"

毛泽东没理会，继续喊："快抢占这边高地！"

石头推倒了毛泽东，并且一下子伏在他身上，几乎同时，一枚炮弹在他身边爆炸，灼热的气浪使毛泽东的耳朵聋了好长时候。

他爬起来的时候，突然发现石头不动了。毛泽东失声大喊："石头！石头！"

石头仰脸看天，瞪着空洞的眼睛，说："姐姐……我……见你来了……"

毛泽东说："你说什么，石头？"

中午过后，一切都沉静下来了。到处都是掩埋尸体的铁锹声。工农革命军官兵死伤两百余人，黄埔二期毕业生、二十二岁的起义军总指挥卢德铭也中弹身亡。

掩埋卢德铭的时候，毛泽东掉了眼泪。五分钟以后，毛泽东又再次泪流满面。那时候他看见了那副以树枝和草绳编就的简易担架，担架抬过来了，放在简易墓穴的边上。他认出担架上是军事教官石头的血迹斑斑的遗体。

石头的一只空袖管搭拉着。

铁龙泣不成声，连声喊着"老连长"。

毛泽东在担架边蹲下来，伸过手，抚摸石头的血脸。毛泽东说："石头啊石头，我毛泽东曾经托付过人，说万一发生不测，一定要想办法让你跟你父母和姐姐团聚于长沙。于今看来，我毛泽东只能食言了。石头啊，这里离三湘之地不远，看来山色也青翠，你就安睡于此吧。”

有人准备搬动遗体。毛泽东忽然说：“慢！”

大家停了手。毛泽东问：“这就是石教官的枪？”

“是的，”福顺大叔把一杆半截子步枪递给毛泽东，“他的枪托早就打断了。”

毛泽东说：“中国人讲究全尸。石教官凭一条臂膀，教会了大家枪法。如今他走了，不能再教他空袖而去。他这把打断的枪，我看，就是他的左臂。”

众人一愣。

毛泽东仔细看看半截子步枪上刻着的一个“石”字，一声叹：“好手！”

福顺大叔涌出眼泪：“好手！”

黑筐也说：“好手！”

毛泽东说：“石头啊，我毛泽东虽然没有学过医，但是今日，也让我来为你接接臂吧。”他复又蹲下，轻轻托起石头遗体上的一只空袖管，拉直，将步枪管缓缓塞入。

石头顿时有了饱满的两只手。

毛泽东站起，行举手礼。举手之时，晶莹的泪珠就跌落下来了。

半个钟头后，毛泽东转到了山坡的另一边，这时候他又惊讶地看见了小扁担。小扁担活着，但是这个十五岁的孩子此刻是躺在担架上，脖子上胸脯上都是血。

小扁担吃力地睁开眼，看看毛泽东。他嚅动起嘴唇来，他说：“官长，你什么都懂，我，还能问你一句话吗？”

“问吧，小扁担。”毛泽东说。看见小扁担脸白如纸，毛泽东心里难受。

“官长，我才十五岁，我为什么要死？”

毛泽东一皱眉。这又是个什么问题？这问题想想最可笑，想想又最不可笑。毛泽东一时真想不好怎么回答。他看着小扁担的暗淡的大眼睛，那眼睛里都是渴求。

毛泽东想一想之后俯下脸去说："我告诉你，小扁担，你今天负了伤，是因为你今天打了仗……"

"我为什么要打仗？"

"因为你是士兵。你参加了工农革命军。"

"我当兵，只是想吃兵粮。我不想饿肚子。"

士兵们静悄悄地围拢过来。其中有许多是挂花的，满头绷带。他们听着来自中央的毛委员在解答一个十五岁的士兵的疑惑。

毛泽东继续说："竖起招兵旗，自有吃粮人。这句话，小扁担，你听说过没有？"

"听说过。"小扁担的虚弱的眼睛眯成了一根针。

"这句话，其实不对。当革命军的兵，就不是光为自己来吃粮的，而是为了天下穷苦百姓都有粮吃！我们中国，什么都缺，就是不缺招兵旗！历朝历代，都有招兵旗竖在那儿，可是哪朝哪代天下不饿肚子？我们要把'竖起招兵旗，自有吃粮人'这句话改掉，改成'竖起招兵旗，天下有粮吃！'这才是我们参加工农革命军的目的！我们的招兵旗，就是党的旗！信念之旗！人生理想之旗！志气之旗！"

所有的眼睛都看着毛泽东。毛泽东自己也觉得这些语句铿锵有力。于是毛泽东又俯下脸，问："小扁担，你现在知道你为什么当兵了吗？"

福顺大叔在一旁代为回答："毛委员，他不知道了。"

毛泽东一怔："什么？"

福顺大叔说："他已经没有了。"

小扁担安详地闭着他的深凹的眼睛。

马灯的火苗将毛泽东的半边脸庞映得通红。

毛泽东站起来，双手托捧过一根油光滑亮的青竹扁担，将之放在一张充作会议桌的八仙桌上。时隔芦溪镇之败四天，在江西永新县三湾村，中共前敌委员会举行了扩大会议。

毛泽东说："昨日晚上，直到鸡叫，我还没睡着，我一直想着这根扁担。这根扁担的主人才十五岁。我们革命军打下东门市的时候，他才从国民党的监狱里放出来。我记得他一口气喝了六碗粥，死活要求当兵吃粮。四天之前，他牺牲了。他闭上眼睛之前问我：'我才十五岁，我为什么要死？我为什么要打仗？'"

福顺大叔的眼睛很圆，黑筐的眼睛也很圆。

"是啊，"毛泽东看着悬在头顶的马灯。马灯嘶嘶作响。"为什么要死？为什么要打仗？这句问话，虽然出自一个十五岁的孩子，但是，做人的道理，天下的道理，都尽在其中了。此话之大，犹如乾坤啊！"

门外有风，树叶沙沙作响。

毛泽东说："现在，摆在我们起义部队面前的问题，严重得很。军队疲惫，士气不高，每天都有开小差的。三天前我们还有一千五百多人，现在连一千人都打不住了。不少士兵每天都互相问：你走不走？我们的战士在大会上呼口号很响亮：打倒军阀！革命到底！可是，许多人心底深处，还是悬着个大问号，就如这根扁担的主人在牺牲时候问的：我为什么要死？我为什么要打仗？这个问题不解决，我们革命军的军心是不会巩固的，我们是承担不了长期抵抗的任务的。那么，谁来告诉我们的战士，你们为什么打仗？你们为什么要死？你们为什么而死？我，当然可以告诉大家，但是我毛泽东只有一张嘴巴。你们也可以告诉大家，但是你们的嘴巴加起来，也不超过十张。而且，这个犹如乾坤般大的问题，我们须得年年讲，月月讲，日日讲，每一日不讲都不行。那么，这么多的嘴巴哪里来？”

黑筐提议：“每个团都成立一个宣讲队！”

毛泽东说：“不是每个团，而是每个连！也不是宣讲队，而是中国共产党的支部！”

许多人一愣：党的支部？

毛泽东说：“这个问题，我整整考虑了一夜。我建议，我们这一回在三湾，将部队好好整编一番。我们要建设一支新型的人民军队！首先是整编组织，把全师缩编为一个团，也就是，工农革命军第一师第一团，下辖两个营，七个连，另外设立军官队，卫生队。对于军队中的动摇不定的人，采取自愿原则，愿留者留，不愿留者，欢送，发给路费。”

黑筐说：“欢送？毛委员，能欢送吗？”

“我们队伍中的坚定者，还是居大多数。他们对蒋介石汪精卫叛变革命恨之入骨，他们愿意跟着中国共产党革命到底。至于我们队伍中有些小知识分子，有些旧军官出身的人，他们确实看不到革命的前途，悲观动摇，这些人留，留又何益？他们要走，我们根据路途远近，每个人发三元到五元钱路费，还可以开一张证明信允许离队，并且希望他们回到本地，继续革命，将来愿意回来，还可以回来！这件事，福顺同志，你办一下。”

福顺大叔应得干脆：“我办。我这人自小就会刮痧子挤脓包。”

“同时，我们要在部队内部实行官兵平等的民主制度，废除打骂，经济公开，在连、营、团三级建立士兵委员会。同志们，建立新型人民军队，还有最重要的一条。最重要的一条是什么呢？那就是在部队建立党的各级组织。我们要将党的支部建立在连上，班、排设党的小组。支部建在连上，就可以每天了解士兵的情况，更好地教育和团结士兵，发挥支部的战斗堡垒作用。如果哪一天有同志产生疑惑：我为什么当兵？我每天在为谁打仗？我为什么要死？我们连队党支部的同志，我们班排党小组的同志，就会明确地告诉他们：你们是为全中国受压迫人民的根本利益在战斗，你们是为你们的父母、兄弟、姐妹不再受帝国主义和封建主义的奴役在战斗，你们就是战死了，也是为在中国实现共产主义的理想而死，为中国的光明前途而死！”

对，对，与会者频频点头。

毛泽东又说：“我们若是在每个连队都高高竖起镰刀斧头的旗帜，我们若是有了一支由中国共产党领导的新型人民军队，我们就有了磐石一样的力量，我们哪怕人数很少，也永远打不败拖不垮，我们将百折不挠，无往不胜！”

这些建议，都是毛泽东潜心思考之后提出来的。前敌委员会完全同意毛泽东的这些意见。在三湾这个有五十多户人家的大村庄里，整整五天，一千人的部队像被放在砧石上锤打了一遍，直打得嗷嗷出声，通体透亮。

著名的“三湾改编”是中国共产党建设新型人民军队的重要开端。自此以后，革命军队的营、团都建立了党委，毛泽东第一次为工农革命军建立了党委集体领导制度，从而确立了党对军队的绝对领导。

毛泽东宣布了新的干部名单：团长陈浩。一营营长员一民，党代表宛希先。三营营长张子清，党代表何挺颖。特务连连长朱建胜，党代表罗荣桓。军官队队长吕赤。卫生队队长曹镑，党代表何长工。

10 月 3 日，他率领整编后的工农革命军离开三湾，向井冈山进军。他走到路边，对着行进的部队大声说：“同志们，贺龙两把菜刀起家，后来带了一军人！我们有两营人，还怕干不起来吗？我们今天胜利上山，为的是明天胜利下山。明天，我们一定能打到长沙去，打到北京去！”

士兵们嗷嗷直叫：“打到长沙去！”“打到北京去！”

而在同一个金秋十月，由朱德、陈毅率领的南昌起义军一部也辗转进入了江西。这支队伍在激战三河坝之后，一无供给，二无援兵，连打带跑，处境艰险。

“朱军长，”行进在树林里的队伍有人喊，“我们怎么办呀？”

穿着一身破烂军装的朱德站住了。林间厚厚的枯叶在他的磨烂的鞋底上嚓嚓作响。他看见了许多眼睛。这些目光都带着思想的饥渴。朱德一路上说了许多话，做了许多工作，但是他知道他还必须说更多的话。

陈毅也说：“朱军长，你说几句吧。”

朱德说：“好，我来说这个怎么办的问题。”

人群围拢过来。遮天蔽日的树林子哗哗哗响。

“下一步我们怎么办？这当然是个大问题。怎么办呢？好办，打游击呀！江西这一带有大革命时期的农民基础，只要我们跟农民运动结合起来，找个地方站住脚，然后就能发展！”

“没人发饷了。”有人喊。

朱德说：“我们干革命，有饭吃就行了，要什么饷呀！”

“不发饷，拿什么买米呀，朱军长？”

朱德说：“没钱买米，也好办，我们就直接到土豪家挑谷去！”

大家笑起来。笑声未了，就有个喘着气的士兵来报告，说是逃跑的林连长回来了。

一阵树叶响之后，一个二十岁的瘦瘦的小伙子就被推到了朱德面前。小伙子说：“报告朱军长，我不是逃跑，我是往山下去看看情况。”

“你是七十三团的？”朱德看着他那一身褴褛的军衣。

“报告朱军长，我是第七十三团第二营第七连连长林彪。”

“你离开部队的时候，跟谁打了招呼没有？”

林彪一时语塞。朱德马上说：“没关系，没关系，林连长走也好，去查看一下敌情也好，回来了，跟上队伍了，就是大家高兴的事。你看，你腿都伤了，一边流着血，一边还能找回部队来。你不容易啊！”

陈毅说：“来，林连长，你先坐下，歇一会儿。”

他取过一块白色绷带，蹲下来，亲自为林彪缠裹小腿肚子。

林彪忽然声音哽咽了，说：“朱军长，我愿意革命到底！”

“好，这句话，就说出革命军人的志气来了！”朱德很满意这位瘦削的小伙子的最后这句表态之言，他听说过这位年轻的连长打仗很勇敢，此刻这句话也应是他的肺腑之言。朱德站上一块土坡，对聚集在树林里的疲惫的部队大声说，“同志们，大家都知道，中国的大革命，是失败了；我们起义军，也失败了。但是，大家要把革命的前途看清楚。1927 年的中国革命，好比 1905 年的俄国革命。俄国的 1905 年革命失败之后，革命者没有退却，所以他们在 1917 年就把革命干成功了！我们中国，也会有胜利的 1917 年的！我们一定不要气馁，我们要坚持到最后胜利！”

朱德说得很实在。树林里的许多心都被他打动了。

“同志们！”朱德又说，“虽然我们每天都在走，前面有堵的，后面有追的，我们还不知道哪个地方是我们的家，但是，我们会找到一个家的。我们一进江西，江西的袁玉冰、曾山，不是先后都来联络了吗？他们告诉我们，这里的群众还是非常欢迎共产党的队伍的！当然，眼下我们很艰苦，天凉了，大家还穿着八月份发给大家的单衣，每夜都冻得发抖，我朱德看了，也难受。革命，确实是艰苦的。有人不适应，也是难免的。现在我宣布，要革命的，跟我走；不想再革命的，可以回家，我们真的不勉强。”

有几个士兵犹豫了一下，当场就放下了枪，转身就走。

朱德回头，低声对林彪说：“林连长，你若是家里有困难，也可以走。”

林彪轻声说：“我不走，我跟定朱军长了！”

朱德抬脸，问大家：“那么，还有走的吗？”

林子里响起了一片悲壮的回音：“我们不走！我们要革命！”

声音轰轰响，惊得一大群鸟飞了起来。鸟飞走之后，忽然又一阵树叶响，那是王尔琢惊喜万分地跑来了。王尔琢是原国民革命军第三军二十六团的参谋长，奔跑起来像只山鹿。

“朱军长！”他喘着大气报告，“毛泽东的秋收起义部队，已经进入罗霄山脉了！”

“哦！”朱德一惊，“什么地方？”

“地方叫井冈山。老百姓反映，井冈山周遭的几个县都红了，分田分地，忙啊！毛泽东的部队，人也越来越多，经常打胜仗！”

朱德在当晚夜营时，就把队伍中的毛泽覃找来了。他叫毛泽覃化上装，赶紧去找兄长毛泽东。朱德说：“你无论如何要找到毛泽东同志，你告诉他，我们这支队伍盼着与他相见，听听他怎么说。”

“明白了！”毛泽覃说。

“等等，”朱德又示意对方坐下来，“你名字也得改一改。”

毛泽覃一时如坠云雾。陈毅笑着解释：“朱军长为了你的一路安全，建议你别再姓毛了。你要是说你叫毛泽覃，敌人还不把你跟毛泽东联系起来？”

“那我就不姓毛了。名字也不叫泽覃，颠倒过来，姓覃名泽，叫覃泽。这样，朱军长放心了吧？”

“放心了，放心了！覃泽同志，一路上千万小心哪，要是蒋介石知道你的使命，知道朱德的枪想同毛泽东的枪加在一块儿，他就是当了新郎官，夜里也睡不安稳哟！”

陈毅奇怪了：“蒋介石要当新郎官了？”

朱德说：“他要跟宋美龄结婚，风声都很大喽。孔夫人宋蔼龄专门在上海开了个记者招待会，说：将军要同我的小妹结婚啰！然后把蒋介石和宋美龄拉在一块儿，让镁光灯啪啪啪地闪。我前天在小镇上捡到半张破报纸，才知道这事。”

陈毅笑着说：“朱军长倒没有把这张报纸给我们看。我也想看看镁光灯怎么个啪啪啪哩！”

朱德不好意思地说：“当手纸了。”

好几个人捂嘴笑。朱德说：“我说句大实话，蒋介石这个人，现在两只手都是共产党人和工农群众的血。他想做孙中山连襟，中国历史可以承认，他想跟孙中山连名，中国历史不会认账！”

蒋介石如愿做了孙中山的连襟。宋家小女儿宋美龄为蒋总司令的英武所打动，断然与男友刘纪文分了手；当然，蒋介石与陈洁如也是好一场谈判，会说俄语的陈洁如被迫同意拎一包金钱去美国“读书”。

婚礼是12月1日在上海大华饭店跳舞厅举行的，白俄乐队自始至终奏着优雅的欧洲名曲。蒋介石在当天下午把脑袋刮得精光，穿上了定制的欧式燕尾服和条纹裤子。他在孔祥熙的陪同下挥手出场，步伐越过红地毯，潇洒而自信。他的踌躇满志之态与婚礼主持人、南京政府教育总长蔡元培的拿腔拿调的夸张语气相得益彰。

当蔡元培高声宣布“向国父孙中山三鞠躬”时，蒋介石与身披白色长裙礼服的新娘及时鞠下躬去。

孙中山像在国民党党旗与国旗的簇拥下，微笑在镶有金边的画框里。蒋介石在向他鞠第二个躬时，忽然想到了广州。他想到的不是五年半之前的广州，那时候他在永丰舰的甲板上为孙中山遮挡了五十天的海风与弹片。他想到的是眼下的广州。据汪精卫和开进广州的张发奎的密报，四天以前，中共的广东省委已经作出了在广州发动武装起义的决定。

张发奎还派人捎来了一份中共广东省委的起义宣言，那宣言中的口号句句火药味："工友们，农友们，兵士们，下级军官们，学生们，及一切贫民们，联合起来反对共同的敌人！"

"为拥护省港罢工工人原有权利而斗争！为提高一切工人的工钱而斗争！为恢复广州各工会而斗争！为复用旧有被驱逐的铁路工人而斗争！用强力夺回自己的工会！实行示威和群众大众的自由！"

"打倒反革命的国民党！夺取政权在我们自己手里！准备为广州苏维埃政权而战争！用群众革命及苏维埃政权反对帝国主义军阀及资本家！"

蒋介石在鞠第三个躬的时候，一下子想起了所有这些口号。孙中山冲着他微笑。孙中山在辞世的最后一刻，还说过他的心向着苏俄。蒋介石对孙中山默念道：广州是你先生的发迹之地，也是我蒋中正的发迹之地。广州绝不能成为中国共产党的发迹之地。今天虽是我蒋中正大喜之日，但我也绝不会允许共产党在广州用机关枪为我放鞭炮！

十天之后，广州城烈焰冲天。枪声炒豆般爆响。

几个臂上缠红布条的年轻士兵奔过街道。他们在一辆刚刚被炸翻的小汽车旁，扶起一个鲜血模糊的指挥官，他们恓惶地大喊："张总指挥！张总指挥！"

鲜血流在张太雷脸上。黑色眼镜滑落在一边。这是一张二十九岁的年轻人的脸。

中国共产党人组织了著名的广州起义。由叶剑英领导的第四军军官教导团担任主力。起义开始是成功的，被占领的广州公安局楼顶上，铁锤镰刀旗高高飘扬起来，"广州苏维埃政府"的红色横额也悬在了公安局大门口。全广州响彻工农兵歌："工农兵联合起来向前进，我们起来！工农兵联合起来向前进，杀绝敌人！我们前进，我们奋斗，我们胜利！推翻那帝国主义走狗国民党统治，一切权利归于我们工人农民兵士的！"

但是，敌我力量悬殊，由于粤桂军阀勾结帝国主义势力联合反扑，两天后，起义失败，总指挥张太雷英勇牺牲。

这个寒冷的十二月，烈火在广州只燃了三天，但在罗霄山脉中的井冈山地区，工农革命军的火把一直熊熊地燃烧着。

这是一个注定要出现一次小小的戏剧性场面的夜晚。清冷的月亮在宁冈升起来的时候，毛泽东和他的伙伴龙超清、袁文才、贺子珍、朱亦岳、福顺大叔一行打着火把出现在茅坪的一条山路上。他们刚开完一个小会，研究了宁冈、永新、莲花三县尽快重建党组织的问题。

毛泽东忽然听见前面传来嘈杂声。黑筐与铁龙在黑暗中同时出现了，两个人都喘着大气。

"毛委员，抓到一个国民党特务，"他们气咻咻地说，"他竟敢冒充你弟弟！"

毛泽东闻言一怔。

"哥哥！"黑暗中有人喊，声音一半是窒息的。

毛泽东凝神看。

“哥哥！”声音还在喊。

毛泽东大惊：“泽覃？！”

“是我，哥哥！”毛泽覃一下子挣脱了铁钳似的手臂，飞快地扑向毛泽东，“我是泽覃呀！”

“泽覃！”毛泽东张开双臂，亲兄弟一下子紧紧地拥在一起了。

惊愕的黑筐与铁龙均在黑暗中张大嘴巴，半天合不拢。贺子珍则笑弯了腰，她想起了大革命时期在永新县经常演的街头小戏。

毛泽覃说：“哥，是朱德军长亲自派我来跟你联络的！”

毛泽东说：“先吃饭，先吃饭，我看你饿坏了。”

毛泽覃一进哥哥在茅坪洋桥湖的房舍，就开始狼吞虎咽地吃饭。

这顿饭够丰盛的，有大米饭、红薯、南瓜、鱼汤。

“慢点吃，慢点吃。”毛泽东怜爱地看着弟弟。弟弟瘦多了，乱蓬蓬的头发如乌鸦之窝，载着广东、湖南、江西三地的黑尘与硝烟。

毛泽覃终于被一根小鱼刺刺着了喉咙，不停地干呕起来。

“你看，你看！快把嘴张开！”毛泽东细心地将马灯放到饭桌上，凑着光线，用手将弟弟喉边的一根银光闪闪的小鱼刺拔了出来。

“行了！”毛泽东很满意自己的手艺。“你再咽一下！”

毛泽覃吞咽了一下，果然没有了刺痛感。

毛泽东说：“知道吗，刺小，是因为鱼小。”

弟弟说：“这还用你说。”

“你既懂得刺小是由于鱼小之故，那么，你懂不懂得鱼为什么小呢？”

弟弟停止了吃饭，看着哥哥。

毛泽东说："我的炊事兵，每天都到对面山溪里网一些鱼回来。可是最大的鱼，也只有小拇指这么长。溪中之鱼，一条条游得都很快，那是因为水急。但正因为水急溪浅，便又生出了另外一条道理，那就是：溪中无大鱼。"

毛泽东站起来，打了个幅度很大的手势："只有这么宽的江，才有这么长的鱼！只有这么深的湖，才有这么大的鳖！泽覃，你明白我说什么了吗？"

弟弟点头，似乎明白，又似乎不明白。

毛泽东说："井冈山方圆五百里，是个大湖，唯大湖才能养出大鱼，所以，应当赶快请你们的朱德军长上井冈山来！"

弟弟激动了："朱军长就等着哥哥这句话！我这就赶回去报告。"

毛泽东说："不，泽覃，你不用走了。前些日子，我已经专门派何长工同志去找你们了！"

何长工终于看见了一间村舍。

他山路上走累了，直喘大气。他敲敲门，接着就推了进去。快 12 月底了，辗转打听南昌起义军下落的何长工来到广东韶关犁铺头。他走得腿都发肿了。

穿着破衣烂衫的老老少少十几口人，一齐抬脸，惊疑地盯着这个皮肤黝黑的不速之客。

何长工问："老伯，请问，这里是不是刚路过一支部队？"

没人回答他。

"听说是参加过南昌暴动的部队？他们的司令姓朱，叫朱德？"

依旧没人回答他，但却有个精瘦的小伙子在他身后悄悄地把门关上了。

何长工突然意识到什么，叫喊起来："你们想干什么？！"但是，来不及了，一只麻袋从天而降，罩住了他。

片刻之后，在犁铺头的另一处瓦房里，陈毅就接到了一个气喘吁吁的报告，一个飞奔而来的战士说："报告纵队指导员，抓到一个可疑分子，是当地老乡帮助抓的，说是井冈山毛委员派他来的，要找朱军长。"

陈毅放下手中的地图，问："他叫什么名字？"

"说是叫何长工。"

陈毅拔脚就走。他在那家农舍门外的溪边，发现了蠕动的麻袋。

麻袋解开之后，何长工的头就伸出来了。他揉揉眼，看看四周。

"你是何长工同志？我就是陈毅啊！"

"陈毅同志！"何长工想出麻袋，结果又摔倒了，"我可找到你们了！毛泽东同志让我带来口信。"

陈毅急忙扶其出袋，说："进屋坐！进屋坐！"

"不，我想先转告朱德军长和你，毛泽东同志这样说，我们工农革命军上了井冈山之后，什么都不缺了，就缺一个军长！"

陈毅愣了，半晌，一拍大腿："果然是毛润之，一说话就是这么大气磅礴！"

"毛泽东同志说，井冈山是我们的家，也是你们的家！"

"快见朱军长去！"陈毅知道，朱德要是听见这样的话，眼眶子顿时就会湿的。

江西宁冈砻市的龙山书院，在 1928 年的 4 月 24 日，也成了一本大书中的一页。这一天，朱德率南昌起义军余部终于到达井冈山砻市，与毛泽东会师。

朱德在陈毅、王尔琢的陪同下，大步走向迎面而来的毛泽东。两人脸上都是阳光与笑容。

两双手紧紧相握。

“八七会议”前后，中国共产党人在全国发动的武装起义多达百次。其中有黄麻起义、平江起义、桑植起义、渭华起义、百色起义，规模最大的起义是南昌起义、秋收起义和广州起义，虽然都未成功，但是这些起义所点燃的烈火，一直没有熄灭。

井冈山就是一盏硕大的灯笼，里面一直亮着火种。这火种后来就燎原了。二十年后，全国燃成了一片红色。毛泽东和朱德在并肩检阅着这片望不到边的沸腾的红色的时候，他们的双手握着的是北京天安门城楼的光滑的扶栏。

而此刻，这两双手却相握在井冈山。两双手都有些粗糙，掌心有枪械的机油味。

毛泽东与朱德就这样手拉着手，走到山坡上。

阳光满山。朱德说：“好山啊！”

毛泽东指着山峦说：“朱军长，你看，这里方圆足足五百五十里，虽说人口不足两千，产谷不满万担，然而地势险要，风起云生，进宜攻，退宜守，实在是龙藏虎卧之地。从今之后，蒋介石心中最大的石头，就将是这座山了。”

“想我朱德，这四十年，也就是这样爬山爬过来的啊。当年，我向陈独秀先生请求参加共产党，参加革命，陈独秀不同意，想不到，今天，我已经站在革命的大山顶上了。”

“朱军长啊，你提起陈独秀，倒叫我也想到他了。他可以说是我的老师，我走上布尔什维主义道路，受他影响很大。但是这条道路是一条山路，山路弯弯曲曲非常难走啊，他一时就迷失方向了，现在也不晓得他在山下哪个地方呢。”

朱德一时也沉默了。山风很大，朱德的半个月没有洗的头发飘了起来。朱德后来这样说：“润之啊，山路再崎岖，我们打紧绑腿，一步一步走，终也能走通它的！”

“听朱军长这番话，我就知道你我同心了！”

两双大手如山峦相连一样，又紧紧地握在了一起。

中国革命现在走进了山里。若干年后，待它呼啸出山之时，整个东半球都感觉到了隆隆作响的岩浆。

2001年2月19日于杭州宝石山独须斋

“新中国70年70部长篇小说典藏”书目

书　名	作　者
风云初记	孙犁
铁道游击队	知侠
保卫延安	杜鹏程
三里湾	赵树理
红日	吴强
红旗谱	梁斌
我们播种爱情	徐怀中
山乡巨变	周立波
林海雪原	曲波
青春之歌	杨沫
苦菜花	冯德英
野火春风斗古城	李英儒
上海的早晨	周而复
三家巷	欧阳山
创业史	柳青
红岩	罗广斌　杨益言
艳阳天	浩然
大刀记	郭澄清
万山红遍	黎汝清
东方	魏巍

书　名	**作　者**
青春万岁	王蒙
许茂和他的女儿们	周克芹
冬天里的春天	李国文
沉重的翅膀	张洁
黄河东流去	李準
蹉跎岁月	叶辛
新星	柯云路
钟鼓楼	刘心武
平凡的世界	路遥
第二个太阳	刘白羽
红高粱家族	莫言
雪城	梁晓声
浴血罗霄	萧克
穆斯林的葬礼	霍达
九月寓言	张炜
白鹿原	陈忠实
长恨歌	王安忆
马桥词典	韩少功
抉择	张平
草房子	曹文轩
中国制造	周梅森
尘埃落定	阿来
突出重围	柳建伟
李自成	姚雪垠
历史的天空	徐贵祥
亮剑	都梁

书　名	作　者
茶人三部曲	王旭烽
东藏记	宗璞
雍正皇帝	二月河
日出东方	黄亚洲
省委书记	陆天明
水乳大地	范稳
狼图腾	姜戎
秦腔	贾平凹
额尔古纳河右岸	迟子建
藏獒	杨志军
暗算	麦家
笨花	铁凝
我的丁一之旅	史铁生
我是我的神	邓一光
三体	刘慈欣
推拿	毕飞宇
湖光山色	周大新
大江东去	阿耐
天行者	刘醒龙
焦裕禄	何香久
生命册	李佩甫
繁花	金宇澄
黄雀记	苏童
装台	陈彦

新中国70年70部
长篇小说典藏